Meinem
evangelischen
Mitbruder
Pfr. Christian Meyer
mit guten Wünschen
und Gottes Segen

[illegible]

März 2017

Hermann-Josef Zoche
Der Apostel

Fünfmal erhielt ich die neununddreißig Hiebe;
dreimal wurde ich ausgepeitscht,
einmal gesteinigt,
dreimal erlitt ich Schiffbruch,
eine Nacht und einen Tag trieb ich auf hoher See.
Ich war oft auf Reisen,
gefährdet durch Flüsse,
gefährdet durch Räuber,
gefährdet durch das eigene Volk,
gefährdet durch Heiden,
gefährdet in der Stadt,
gefährdet in der Wüste,
gefährdet auf dem Meer,
gefährdet durch falsche Brüder.

(2 Kor 11, 23b-26)

HERMANN-JOSEF ZOCHE

DER APOSTEL

EIN PAULUS-ROMAN

benno

Bibliografische Information der Deutschen Nationalbibliothek
Die Deutsche Nationalbibliothek verzeichnet diese Publikation in der Deutschen Nationalbibliografie; detaillierte bibliografische Daten sind im Internet unter http://dnb.d-nb.de abrufbar.

Besuchen Sie uns im Internet:
www.st-benno.de

Gern informieren wir Sie unverbindlich und aktuell auch in unserem Newsletter zum Verlagsprogramm, zu Neuerscheinungen und Aktionen.
Einfach anmelden unter www.st-benno.de.

ISBN 978-3-7462-4835-6

Umschlaggestaltung: Rungwerth Design, Düsseldorf
Umschlagmotive: © Bonhams, London, UK/Bridgeman Images (Porträt),
© Arkivi UG All Rights Reserverd/Bridgeman Images (Schiff)
Gesamtherstellung: Kontext, Lemsel (B)

Stephanus

Vom Tempelbezirk dringt das Geschrei der Händler und der Opfertiere herunter und vermischt sich hier unten mit dem Geruch von verbranntem Opferfleisch, den der Abendwind in die schmalen Gassen drückt. Die schmalen Häuser stehen im letzten Licht der bald untergehenden Sonne.

Stephanus erkennt die führenden Köpfe aus anderen Synagogen. Der Schriftgelehrte der Zyrenäer und zwei Pharisäer aus der Synagoge der Kilikier tuscheln miteinander. Auch einen Priester aus der Synagoge der Alexandriner erkennt er.

Sie alle haben in den vergangenen Tagen immer wieder gegen ihn agitiert. Wer, wenn nicht sie, hatte die Zeugen dazu angestiftet, gegen ihn vor dem Hohen Rat falsch auszusagen? Sie hatten die Männer bestochen und behaupten lassen, er habe gegen Mose gelästert, er habe das Volk, die Ältesten und die Hohenpriester aufgewiegelt und so weiter. Sie waren es, die ihn vorgestern vor den Hohen Rat, das oberste Leitungsgremium der jüdischen Religion, geschleppt und denunziert hatten.

Aber es ist klar: Sie schauen mit Argwohn auf die Christen, auf diesen neuen Weg und auf die Anhänger dieses Jesus von Nazaret. Heute wollen sie seine Rechtgläubigkeit überprüfen, denn die gegen ihn erhobenen Vorwürfe wiegen schwer. Auf die meisten von ihnen steht die Todesstrafe.

Der Innenraum der Synagoge ist bis auf den letzten Platz gefüllt. Es wird still, als sich Stephanus und die Pharisäer, Priester sowie Schriftgelehrten einen Weg durch die Menge bahnen.

Alle richten jetzt ihren Blick auf ihn.

Die Luft ist stickig. Stephanus schwitzt. Der Synagogenvorsteher erteilt ihm das Wort. Im Saal wird es still. Seine leise Stimme hat etwas Beschwörendes.

Die Rede verläuft genauso, wie er es am Nachmittag mit den Freunden noch einmal durchgesprochen hatte. Aber plötzlich gibt es einen Zwischenruf: „Weg mit diesem Gotteslästerer!"

Stephanus konzentriert sich auf seine Rede. Für ein paar weitere Sätze geht es gut, doch dann gibt es schon wieder einen Einwurf. Diesmal kommt er aus den Reihen der Pharisäer. Stephanus redet weiter, aber er kommt nicht weit. Die Atmosphäre ist zu aufgeladen. Immer wieder gibt es Zwischenrufe. Er konzentriert sich noch stärker auf seine Rede, er will sich nicht provozieren lassen. Sie lauern ja nur darauf, dass er die Nerven verliert. Wieder schreit einer etwas. Er setzt seine Rede fort. Der Satz ist noch nicht beendet, da hallt von irgendwo erneut eine provokante Frage. Fast gleichzeitig hört man auch aus den hinteren Reihen einen Zwischenruf. Es wird lauter. An zwei, an drei, an vier Stellen wird jetzt gerufen. Es entstehen kleine Tumulte. Sie ebben wieder ab. Alle schauen wieder nach vorn. Nun erhebt sich einer von seinem Sitz und ruft, Stephanus habe unehrerbietig über den Tempel und das mosaische Gesetz geredet, er halte seine Anhänger nicht dazu an, die Speise- und Reinheitsvorschriften zu beachten, er habe an Fasttagen öffentlich gespeist. Bestätigende Rufe von allen Seiten. Es wird wieder hitziger. Jetzt strecken sich die ersten geballten Fäuste empor.

„... Tempelschänder ..."

„... Gesetzesbrecher ..."

„... befiehlt die Steinigung ..."

Heißer und hitziger werden die Ankläger. Einige springen auf und zerreißen in rituellem Zorn ihre leichten Umhänge. Das greift auf andere über. Bald sieht man überall in der großen Halle die Menschen aufspringen. Der Lärm wird unerträglich.

Immer und immer wieder hagelt es schwere Vorwürfe: Stephanus habe behauptet, Gott selbst werde den Tempel niederreißen. Wieder erheben sich einige aus der Menge und schreien: „Niemals!" Und weiter: Diesem Jesus aus Nazaret gäben sie, die Nazaräer, den Ehrentitel „Christus", obwohl er als Verbrecher am Schandpfahl des Kreuzes hingerichtet worden sei. Die Synagoge kocht.

Stephanus hat den Kopf zu Boden gesenkt.

Nun springen auch die Vorsteher auf. In der Synagoge geht es drunter und drüber. Einzelne wollen erbost nach vorne stürmen, man rempelt und schubst, einige stolpern über die noch am Boden Sitzenden. Augenblicke später ist die ohnehin nur mit Mühe gewahrte Form der Veranstaltung zerstört. Den Priestern und Leviten gerät die Situation außer Kontrolle. Ein letztes Mal versucht Stephanus noch etwas zu sagen, es geht ungehört im Geschrei und in einem Sturm von Verwünschungen unter.

Da bricht die vordere Holzschranke entzwei. Die ersten Männer stürmen vor, andere drängen nach, sie werfen sich auf Stephanus und schlagen auf ihn ein. Von allen Seiten treten sie in den nun schon am Boden liegenden Körper. „Du wirst schon sehen, wie wir das Gesetz halten – am eigenen Leibe sollst du es erfahren." Sie reißen ihn an den Kleidern hoch und zerren ihn aus dem Gotteshaus. Dazwischen ertönt in einzelnen Wörtern das Urteil, das das Volk gesprochen hat:

„... das Gesetz ...",

„Gotteslästerer",

„... befiehlt dich zu steinigen ..."

„... steinigen ..."

Der Weg vor die Stadt ist nicht weit. Getrieben von der Angst, die Römer könnten durch rechtzeitiges Eingreifen das heilige Werk vereiteln, hetzen sie mit ihrer Beute an die Steinigungsstelle. Dabei nimmt der Tumult Meter um Meter zu. Anwohner schließen sich neugierig an. Sie wissen nicht genau, was los ist, aber sie wollen das Spektakel nicht verpassen. Weiter hinten laufen die Vorsteher der Synagogen, die Priester, Leviten und Schriftgelehrten, mit wehenden Roben.

Als sie den Ort erreichen, wo die nach dem Gesetz vorgeschriebenen Todesstrafen vollzogen werden, stoßen sie

Stephanus den Abhang hinunter. Fäuste füllen sich mit Steinen. Gesetzestreu bildet der erhitzte Pöbel eine Gasse, um die nacheilenden Vorsteher durchzulassen. Sie müssen den ersten Stein werfen. Da fliegt er. Die Menge heult auf. Stein um Stein saust auf Stephanus nieder. Er sackt zusammen. Ein kantiger Felsbrocken trifft ihn am Kopf. Dann ein weiterer. Blut läuft über sein Gesicht. Stephanus liegt gekrümmt am Boden. Auf die erste Welle der Steinwürfe folgt beim Auflesen neuer Steine eine kurze Pause. Der geschundene Körper quält sich blutüberströmt auf die Knie und richtet den Kopf himmelwärts. Seine trockenen Lippen bewegen sich. Später wird man sagen, er habe gebetet, der Herr möge ihnen ihre Schuld nicht anrechnen. Augenblicke später verlassen ihn die Kräfte. Er bricht zusammen. Halbtot liegt er auf der Erde, als der Steinschlag plötzlich endet. In den hinteren Reihen der drängelnden Menge wird es ruhig. „Aus dem Weg!" Murmelnd treten die eben noch Tobenden auf die Seite.

Ein Mann schreitet auf Stephanus zu. Während er den Sterbenden langsam umläuft, steht die Masse dichtgedrängt oben am Abhang. Der Mann bleibt neben Stephanus stehen. Plötzlich hebt dieser den blutüberströmten Kopf. Ihre Blicke treffen sich. Dann sackt er zusammen und der Kopf des Sterbenden stößt auf den felsigen Boden. Der Mann hebt die Hand, um den Fortgang des blutigen Geschehens zu befehlen. Die letzten, tödlichen Steine fliegen. Es ist vollbracht.

Die Menge wird ruhig.

Einige treten näher und vergewissern sich, ob er nun wirklich tot ist. Andere stehen da, schauen zu Boden und reden kopfschüttelnd etwas vor sich hin. Die ersten gehen heim.

Ein Rabbi sammelt die Kleider des Stephanus auf, die halb zerrissen herumliegen. Mit dem Fuß stößt er einige Steine von einem blutigen Umhang und hebt ihn auf. Er kämpft sich mit ein paar Schritten den Abhang hinauf. Dort steht der fremde Mann. Sie scheinen sich zu kennen. Der Fremde nickt und der Rabbi legt ihm die Kleider des Gesteinigten zu Füßen.

Saulus

Am Tag nach der Steinigung des Stephanus begibt sich in Jerusalem der Mann, zu dessen Füßen man die Kleider des Gesteinigten niedergelegt hatte, zum Hohen Rat.

Endlich, so denkt er unterwegs, hat man angefangen, dem so lange geschändeten Gesetz und der missachteten Überlieferung der Alten Respekt zu verschaffen – er, selber ein gebildeter Rabbi, dem bei weitem nicht jeder das Wasser reichen kann, will das Seine dazu beitragen und das einmal Begonnene auch gewissenhaft zu Ende zu führen.

Schon früh am Morgen erhielt er davon Kunde, dass heute der Hohe Rat der Juden tagen würde, denn die Nachricht von der gestrigen Steinigung hat sich wie ein Lauffeuer verbreitet. Als er jetzt über den Vorplatz des Tempels geht, ist dieser voller als gewöhnlich. Im Vorhof stehen Gruppen von Menschen, die die mit Halbwahrheiten und Legenden durchwirkte Nachricht von der Steinigung heftig diskutieren.

Als sie ihn kommen sehen, verstummen sie und blicken ihm nach, als er mit siegessicheren Schritten die Stufen zum Sitz des Hohen Rates hinaufeilt.

In den verschlungenen Gängen des Gebäudes begegnet er einigen Synagogenvorstehern, die auch gestern bei der Steinigung dabei waren.

Als er vor dem in Hoheit versammelten Rat erscheint, sieht er besorgte Mienen.

Der Hohe Rat, das Synedrium, ist alles andere als erfreut. Nach kurzem Wortwechsel wird deutlich, dass sie die Verantwortlichen für die Tat suchen. Besonders besorgt scheint der alte Gamaliel, ein Schriftgelehrter von hohem Rang und Ansehen, der wegen seiner Weisheit in jungen Jahren genauso gerühmt wird wie wegen seiner Milde im Alter.

Einst war er der Lehrer dessen, der jetzt vor ihm Rede und

Antwort zu stehen hat, und er verschont seinen ehemaligen Schüler keineswegs:

„Saulus, ich bin beunruhigt über das, was mir zu Ohren gekommen ist." Seiner Gewohnheit gemäß macht er nach diesem ersten Satz eine lange Pause. Sein stürmischer Schüler fällt ihm sogleich ins Wort: „Aber es geschah nach dem Gesetz ..."

Gamaliel macht mit beiden Händen eine kurze, wegwerfende Geste und fährt fort:

„Saulus aus Tarsus, fast möchte ich glauben, du habest nicht bei mir studiert. Willst du mich über das Gesetz belehren?" Saulus schaut zu Boden.

„Saulus, das ist Lynchjustiz, und wir erbitten Auskunft darüber, wer dafür verantwortlich ist! Die Römer sind mit Recht aufgebracht. Sie verlangen Erklärungen, denn ihnen allein gebührt es, die Todesurteile zur Vollstreckung freizugeben. Sie lassen uns große Freiheiten, aber wir möchten diese nicht wegen eurer Unvernunft aufs Spiel setzen. Ich, Gamaliel, dein Lehrer, verlange eine Darstellung, denn wie ich vernehme, warst auch du zugegen."

„Ich ... trat erst hinzu, als die Steinigung bereits in vollem Gange war", beginnt er zögerlich und ergänzt den leisen Satzanfang mit fester Stimme: „... aber ich hieß die Steinigung für gut und heiße sie weiterhin für gut – ja, mehr noch: für unbedingt notwendig."

Er schaut geraden Blickes zu dem vor ihm erhöht in Reihe sitzenden Rat.

Dann beginnt er mit seinem Plädoyer: Habe der Hohe Rat nicht mehrfach darüber befunden, dass die Sekte der Nazaräer nicht mehr auf dem Boden des jüdischen Gesetzes stehe? Sei nicht schon der Hohe Rat selbst gegen die Nazaräer vorgegangen? Hätten sie nicht selbst diesen Jesus von Nazaret hinrichten lassen und sei dadurch nicht schon das Signal gesetzt worden, auch dem gotteslästerlichen Tun seiner Anhänger Einhalt zu gebieten? Ihm, Saulus, käme es so vor, als verurteile der Hohe Rat den Diebstahl des Strickes und übersehe die Kuh, die an ihm hänge! Diese Nazaräer nähmen täglich an Zahl zu, und besonders zögen sie die Proselyten auf ihre Seite. All das könne dem Hohen Rat nicht verborgen geblieben sein, und deshalb dürfe ihm nicht daran gelegen sein, jetzt als die Verteidiger derer dazustehen, die unentwegt gegen den Tempel lästern und das Gesetz brechen würden. Er, Saulus, habe doch nicht bei dem verehrten Gamaliel studiert, um entscheiden zu können, ob man ein Ei essen dürfe, das ein Huhn am Sabbat gelegt habe, oder ob man am Sabbat im Scheine einer Lampe lesen dürfe, die ein Heide angezündet habe. Er könne nicht anders, als gegen die Gegner des Gesetzes mit Worten und – sofern diese nichts nützen würden – mit Taten vorzugehen. Sollten etwa die Juden müßig zuschauen, wie diese elenden Nazaräer das Gesetz planmäßig abschafften? Und hätte nicht er, der verehrte Meister Gamaliel, sie gelehrt, dass der ehedem gegen die Kanaaniter beschlossene Vernichtungskrieg für alle Feinde Israels gelte? Was seien diese Nazaräer aber anderes als die Feinde, wo sie doch das mit Füßen träten, was den Juden heilig sei.

Er verbeugt sich, tritt einen Schritt zurück und wartet ab.

Seine Worte haben das Synedrium an seiner wundesten Stelle getroffen.

Sie alle, die sie sich jetzt peinlich berührt auf ihren Stühlen winden, sind unter den Römern zu einem schwankenden Rohr geworden. Die Vielzahl der Meinungen, Ansichten und Rücksichten sind ein Anzeichen für die leidige Tatsache, dass der Hohe Rat das Zepter der Rechtgläubigkeit nicht mehr fest in den Händen hält und das Feuer der Gesetzestreue zu einem glimmenden Docht herabbrennen lässt.

Vor ihnen aber steht jetzt ein Mann aus rechtem Schrot und Korn, ein Eiferer für das Gesetz, einer, der kein Blatt vor den Mund nimmt und vor nichts und niemandem zurückzuschrecken scheint als vor der Erhabenheit der Tradition und des Gesetzes.

Was sind gegen diesen all die verstörten kleinen Rabbis, die heute morgen mit gesenktem Kopf das Synedrium verlassen haben, nachdem jeder die Schuld an der Steinigung des Stephanus den anderen in die Schuhe geschoben hat?

„Danke für eure Worte", antwortet der Vorsitzende Kajaphas, „der Hohe Rat zieht sich zur Beratung zurück."

Zu gut kennt er über seinen alten Lehrer Gamaliel die Gesinnung dieses konservativen Gremiums. Seine kurzen, treffsicheren Worte werden Eindruck machen. Schließlich ist er nicht irgendwer, stammt er doch selbst aus der drittgrößten Stadt des römischen Imperiums. Ist er nicht selbst beschnittener Jude und spricht er nicht selbst Griechisch? Steht er nicht selbst denen, für deren Verfolgung er sich jetzt im Namen des linientreuen Judentums einsetzt, in kultureller Hinsicht näher als den orthodoxen Hebräern, deren Sprache er selbst erst mühsam erlernt hat?

Mehr als zehn Jahre ist es nun her, dass er von seinem Vater nach Jerusalem geschickt wurde, um bei dem weit über die Grenzen des Landes hinaus bekannten Gesetzeslehrer Gamaliel zu studieren. Zehn Jahre hat es gedauert, bis er ernst machen kann mit seinem damals schon vorhandenen Wunsch, den in der Diaspora lebenden Juden, die er zur Genüge in seiner Kindheit kennenlernte, das Handwerk zu legen und sie entweder zu zwingen, ihre Abarten und Eigenwilligkeiten aufzugeben oder sie hart zu bestrafen. Am besten beides. Seit aber in der vergangenen Zeit zu den vielen Strömungen, Landsmannschaften, Sekten und Synagogen die Splittergruppe der Nazaräer getreten ist, beobachtet er diese von Anfang an. Sie sind in den vergangenen Jahren bedrohlich gewachsen und haben an Zahl erheblich zugenommen ...

Ein Diener kommt auf ihn zu: „Saulus von Tarsus?"

„So ist es."

„Der Hohe Rat bittet Euch herein."

Die Ratsmitglieder sitzen bereits wieder auf ihren mit hohen geschnitzten Rückenlehnen versehenen Stühlen.

Der Vorsitzende Kajaphas ergreift das Wort:

„Eure Rede, Saulus aus Tarsus, ist leidenschaftlich. Die Hitze des Blutes ist kein guter Ratgeber und macht das Herz unlauter. Dennoch müssen wir Euch Recht geben und gestatten nunmehr, die Sekte der Nazaräer zur Vernunft zu bringen. Diese ist die am deutlichsten vom Judentum abgesonderte Gruppe. Viele ihrer Vorsteher wiegeln das Volk, unter dem sie besorgniserregend viele Anhänger haben, auf."

Er sucht in seinen Unterlagen und holt ein zur Rolle gedrehtes Pergament hervor, auf dem die Saulus übertragenen Vollmachten niedergeschrieben sind.

Er verliest das Dokument und händigt es Saulus aus. Er kennt das heiße Blut seines Schülers und gemahnt noch einmal zum rechten Maß, verwirft abermals die Tötung des Stephanus.

„Saulus", sagt er am Ende, „du darfst einstweilen in Jerusalem die Abweichler nur aufspüren, dann aber sollen sie von uns, dem Hohen Rat, einen religiösen Prozess bekommen. Wenn die Aktion in Jerusalem beendet ist, hast du wieder vor dem Hohen Rat zu erscheinen und darüber Rechenschaft abzulegen. Überdies musst du das Geld für die Hilfstruppe sowie alle Kosten für deren Unterkunft und Verpflegung selber aufbringen."

Er schaut Saulus sorgenvoll an, atmet noch einmal durch, als wolle er sagen: ‚Mehr kann ich leider nicht verhindern', und verabschiedet Saulus.

Als dieser das Gebäude verlässt, macht er sich allerdings hinsichtlich der Finanzierung seiner Gefolgsleute keine Sorge, denn das ihm ausgehändigte Dokument enthält keine Klausel bezüglich des Eigentums der von ihm Verfolgten. Tatsächlich beunruhigt ihn an dieser Einschränkung nur, dass der Hohe Rat gegenüber den Römern seine Hände in Unschuld waschen könnte und frei wäre von dem Vorwurf der Kompetenzüberschreitung.

Was er aber vom Hohen Rat erhalten hat, rechnet er sich

als Sieg an. Fest umklammert er das wichtige Dokument und begibt sich sofort zur Synagoge, um die Helfer zu formieren und keine Sekunde der kostbaren Zeit verstreichen zu lassen.

Er beginnt mit Jerusalem.

Wohl sind die hervorragendsten hellenischen Nazaräer aus der Stadt geflüchtet, aber viele sind immer noch dort.

Nach einem wohl überlegten Plan werden die Verfolgungen angegangen. Seine Häscher dringen gewaltsam in die Häuser der Verdächtigen ein, vor allem in die, welche als Sitz der Zusammenkünfte bekannt geworden sind. Was sie an Nazaräern dort vorfinden, Männer, Frauen, Kinder, Witwen und Greise, wird in Haft genommen. Wer noch fliehen kann, der flieht, denn immer unbarmherziger greift die kalte Faust nach jedem, der nur auf die erdenklich harmloseste Weise Kontakt zu den Nazaräern hat. Durch Folter und Misshandlungen erpressen sie neue Adressen und Geständnisse, schlagen die Gequälten in Ketten und ziehen weiter.

Einige sterben schon auf dem Weg ins Gefängnis an Schwäche, andere in der Haft, und den Übrigen droht ein ungewisses Schicksal, auf jeden Fall aber ein Prozess vor dem Hohen Rat.

Wie in den Tagen nach der Auferstehung Jesu halten die Verfolgten die Türen verschlossen.

Aber Saulus und seine Leute dringen vor.

Mal schleppen sie Frauen und Kinder davon, mal sprengen sei eine stille Gebetsversammlung, dann prügeln sie Knaben nieder, greifen hier ein schreiendes Mädchen auf, dort eine Alte, die die Welt nicht mehr versteht, und eine Frau, die unter Tränen für das Leben ihres Mannes um Gnade fleht.

Wer angesichts dieses brutalen Vorgehens nur hinter vorgehaltener Hand Stephanus, dem Helden, Recht gibt, muss bald um sein Leben bangen.

Nachdem ganz Jerusalem vom Schrecken und Terror seiner Truppen durchgefegt ist, erscheint Saulus wieder vor dem

Hohen Rat. Einerseits will er dessen Lob für sein Vorgehen und seine unbezweifelbaren Erfolge entgegennehmen. Andererseits geht es ihm um die Genehmigung zu weiteren Verfolgungen der Nazaräer dort, wo die aus Jerusalem Geflüchteten sich niedergelassen haben. Man hört bereits von ihren Missionserfolgen. Große Dinge werden vor allem über einen gewissen Barnabas erzählt, der in Antiochia inzwischen eine stattliche Gemeinde um sich gesammelt hat.

Er legt dem vorsichtigen Rat mit feurigen Worten dar, dass alles bis jetzt Errungene vergebens sei und im Ausland eine Verschlimmerung der Lage zur Folge hat. Es hieße auf halbem Wege umzukehren, ließe man sie jetzt gewähren.

Er beschwört seine Glaubensbrüder im Synedrium, auch im Ausland dem geschändeten und missachteten mosaischen Gesetz wieder zu Recht und Geltung zu verhelfen.

Auch bei dieser zweiten Rede erkennt er wieder mit scharfem Blick die schwachen Stellen des Hohen Rates und legt den Finger in die Wunde. Auch dieses Mal muss der Hohe Rat ihm Recht geben, aber auch dieses Mal schränken sie – unter den Augen der Römer – die übertragenen Vollmachten ein. Sie wagen es nicht, ihre Finger weit in das fremde Land zu strecken. Aber nach Damaskus schon.

Damaskus liegt nicht weit von Palästina entfernt, nur ein klein wenig nördlich der Grenze und birgt eine Menge Juden in seinen starken Mauern. Wenn Saulus hier wieder den Pharisäern die autoritative Gesetzesauslegung sichern würde, so mochte das dafür stehen.

Abermals händigt der Hohe Rat seinem eigenwilligen und gefürchteten Helfer die folgenschweren Papiere schließlich aus. Mit diesen erhält er Briefe an die Synagogen von Damaskus, in denen ihm die Vollmacht erteilt wird, dort vorzugehen wie in Jerusalem: nachzuforschen, festzunehmen und die Verhafteten ins Gefängnis zu bringen.

Hochbefriedigt verlässt er das Gebäude. Seine kleine Gestalt wirkt ein wenig größer, als er den Vorplatz des Tempels überquert.

Wenige Tage später reitet eine Schar bewaffneter Männer frühmorgens durch das Damaskustor. Ein Pharisäer namens Saulus, beschnittener und rechtgläubiger Jude, führt den Trupp an, der ihm in den vergangenen Monaten in Jerusalem treu zur Seite stand. Nichts deutet darauf hin, dass dieselben Reiter verwirrt und ratlos in wenigen Tagen zurückkehren würden – ohne ihren Anführer.

Apostel

In Jerusalem haben sich während der verfolgungsreichen Wochen die Anhänger des neuen Weges bemüht, gegenüber den Verfolgern unsichtbar zu bleiben. Während der Sturm tobte und gewaltig an den wackeligen Häusern der Christen riss, verschanzten sich ihre Führer in ihrem Obergemach. Der dunkle Würgeengel ging von Tür zu Tür und trieb mit gewaltigen Flügeln die Glaubensbrüder in den Kerker, während sie bleich und ausgemergelt, wie einst an Ostern, hinter den dicken Mauern saßen und sich nicht rührten. Nur in tiefster Nacht, wenn Saulus' Truppen für wenige Stunden von ihrem Treiben ließen, trauten sich kundige Boten zu ihnen und berichteten in abgehackten Sätzen, was tagsüber vorgefallen war. Mit bangen Gesichtern hörten sie, dass Saulus und seine Leute ganze Arbeit leisteten.

Wohnviertel für Wohnviertel war nun abgesucht. Überall fegte der Sturm die Häuser leer und zog wirbelnd weiter. Dann ebbte er ab, ein- oder zweimal noch forderte er seine Opfer. Dann war Ruhe.

Jakobus, der als naher Verwandter Jesu eine gewisse Sonderstellung neben Petrus hat, ist besorgt über die angekündigten Verfolgungen im Ausland.

Petrus lässt die schweren Finger in melancholischem Takt auf die Tischplatte fallen. Den Kopf stützt er in die andere Hand. Seine geröteten Augen schauen aus eingefallenen Höhlen, unter denen die mächtigen Backenknochen kantig hervortreten. Er sieht blass und müde aus. Neben dem Mund hat er zwei tiefe halbmondförmige Furchen, die einen dunklen Schatten auf sein Gesicht werfen. Die seit Jahren sporadisch aufgetauchten Stirnfalten sind nun zu einem bleibenden Merkmal geworden.

Die zur Straße gelegenen unteren Fenster des Hauses, in dessen Obergemach sie sich häufig treffen und besprechen, sind mit Brettern vernagelt. Im Versammlungsraum gibt es ohnehin nur schmale Schlitze weit oben.

Nach der sicheren Nachricht, Saulus habe die Stadt verlassen, wagt keiner der hier Versammelten zu glauben, dass die Verfolgungen nun vorbei sind. Zu lange haben sie gebetet und gehofft, als dass die jetzige Nachricht sie gleich mit überschwänglicher Freude erfüllen könnte.

Unzählige Gemeindemitglieder sind im Gefängnis und leiden für Jesus von Nazaret, dem auch sie anhängen.

Johannes steht betrübt in einem Winkel und hält einen Becher Wasser in der Hand. Sie schweigen.

Petrus' Finger lassen die Tischplatte wie eine dumpfe Totentrommel ertönen.

So vergehen wieder Tage untätigen Wartens, die einzelne Apostel höchstens dadurch verkürzen, dass sie in die eine oder andere Hausgemeinde gehen und diese zum intensiven Gebet ermahnen.

Eines späten Nachmittags, als es schon dämmert, klopft es an die Tür.

Die Heftigkeit dieses Geräusches steht in Kontrast zu dem gedämpften Ton im Hause. Untereinander haben die Apostel ein Klopfzeichen vereinbart, so dass jetzt unverkennbar ein Fremder an die Tür schlägt.

Irgendeiner der Apostel geht hinunter. Augenblicke später drängt ein noch junger Mann mit wiegendem Schritt in das Obergemach. Es ist der Sohn des Nikodemus, der einigen der Apostel bekannt ist und in der vergangenen Zeit mitunter schon wertvolle Botendienste geleistet hat. Er tänzelt ein wenig hin und her und bleibt schwitzend vor Petrus stehen, wo er eine Weile braucht, um zu verschnaufen. Einer der Apostel reicht ihm einen Becher mit Wasser. Er nimmt und stürzt ihn hinunter, wischt sich mit dem Ärmel den rötlichen Bart und bittet mit ausladenden Gesten um einen weiteren Becher, den er ebenfalls mit einem einzigen Schluck leert.

„Was hast du uns zu melden?“

„Heute gegen Mittag sind die bewaffneten Reiter des Saulus zurückgekehrt ...“ Er atmet etwas ruhiger und sieht die Apostel der Reihe nach an. „Gegen Mittag kamen etwa zwanzig Männer durch das Damaskustor geritten. Ich selbst habe sie nicht gesehen, aber aus glaubhafter Quelle wird mir versichert ... wird mir versichert ..., sie hätten ausgesprochen irritiert gewirkt ... auf jeden Fall nimmt man sie sofort als die Begleiter des Saulus wahr ...“ Wieder muss er Luft holen. Mehrere Leute hätten die Reiter gefragt, wo Saulus sei, aber sie hätten kaum reagiert und wenn, dann nur zusammenhangloses Zeug geredet. Er setzt sich auf einen der herumstehenden Hocker.

Der Bote setzt sich aufrecht hin, legt die Hände auf die Tischplatte und berichtet, dass Neugierige die Reiter immer wieder gefragt hätten, wo Saulus sei, aber sie hätten nur die Antwort bekommen, dass die Reiter es auch nicht genau wüssten, andere wollen gehört haben, er habe eine Vision gehabt, und Jesus Christus sei ihm erschienen, wieder andere, er sei geflüchtet, wie dem auch sei: Auf jeden Fall sei klar, dass mit Saulus irgendetwas vorgefallen sei. Die Verfolgungen in der Diaspora, in Damaskus, seien einstweilen wohl eingestellt.

Die Apostel schweigen, während der Junge sie der Reihe nach ansieht. Johannes bleibt in der dunklen Ecke des Raumes stehen, Petrus sitzt da und trommelt wieder mit den Fingern auf den Tisch. Jakobus sinniert vor sich hin.

Am nächsten Morgen ist Thomas als erster auf den Beinen. Er geht auf den Basar, um sich umzuhören. Obwohl hier in den Morgenstunden noch nicht das volle Treiben herrscht, redet man doch an allen Ständen überwiegend von diesem einen Ereignis des Vortages.

Jeder will es besser wissen als der Händler von nebenan. Sie übertreffen sich gegenseitig mit der phantasievollen Ausschmückung der spärlichen Nachrichten, die sie aus reiner

Erzählfreude ständig verändern. Einmal heißt es, Saulus sei schwer erkrankt und könne deshalb die Verfolgungen nicht fortsetzen. Ein anderes Mal wieder, er sei einem Augenleiden verfallen und erblindet. Von woanders sickert eine noch unwahrscheinlichere Nachricht durch: Ihm sei dieser Christus erschienen, den die Nazaräer für den Messias halten, und Saulus habe den Weg der Verfolgungen ganz verlassen.

Eines aber ist in den unterschiedlichen Variationen als Kern des Ganzen übereinstimmend: Irgendetwas muss mit Saulus vorgefallen sein. Denn dieses Thema beherrscht das morgendliche Gerede.

Das Geschehene stellt sich etwa so dar: Nach mehrtägigem Ritt durch die nördlichen Wüstenregionen seien Saulus und seine Begleiter sehr erschöpft gewesen. In unbändigem Vorwärtsdrang habe Saulus befohlen, auch in der mörderischen Mittagshitze weiterzureiten. Wohl infolge dieser Anstrengungen sei er plötzlich vom Pferd gefallen und habe lange in die hoch am Himmel stehende Sonne geschaut.

Die Soldaten hätten zwar versucht, Saulus' starren Blick in die Sonne zu verhindern, der aber habe niemanden nahekommen lassen.

Irgendwann sei er schließlich zusammengebrochen, man habe ihm eine Binde um die möglicherweise in Mitleidenschaft gezogenen Augen gelegt und ihn so nach Damaskus geführt. Daselbst habe man ihn in eine Herberge gebracht, seine Söldner seien nach Jerusalem zurückgekehrt.

Damaskus

Die schöne Wirtstocher ist früh auf den Beinen. Nach dem morgendlichen Waschen legt sie das dicke schwarze Haar nach hinten und schnürt sich eine Schürze um. Sanften Schrittes gleitet sie die Treppe hinunter und begibt sich in die noch angenehm kühle Küche. Ihr Vater Judas sitzt bereits am Tisch. Ruth küsst ihn seitlich auf die Stirn, nimmt sich einen Becher und ein Stück Brot, setzt sich an den Tisch und beginnt von der blanken Tischplatte zu essen. Liebevoll schiebt ihr Vater ein Stück Ziegenkäse auf einem Holzbrett zu ihr hinüber. Es ist still im Hause. Die frühe Morgensonne wirft goldgelbes Licht in den kühlen Raum. Judas schaut seiner Tochter beim Morgenmahl zu.

Nicht mehr lange wird es dauern, bis die ersten Wagen polternd zum täglichen Markte ziehen und die erwachende Oasenstadt mit geschäftigem Lärm erfüllt wird.

Hier in Damaskus besitzt Judas seit vielen Jahren eine kleine Herberge. Das Haus liegt an einer der schönsten Straßen der Stadt, der „Geraden Straße", die Damaskus von Osten nach Westen durchquert. Die Straße ist mit Marmorblöcken gepflastert und mit einer doppelten Säulenreihe durchgehend verziert.

Die Herrin des Hauses ist bereits auf dem Feld vor den Mauern der Stadt und holt die Früchte, aus denen sie und ihre Tochter Ruth köstlichste Gerichte für ihre anspruchsvollen Gäste herstellen.

„Was macht unser neuer Gast, Vater?"

„Ich habe gestern am Abend noch einmal nach ihm geschaut, er hat fest geschlafen. Ich denke, dass der Schlaf im Moment die beste Medizin für ihn ist. Es ist ja nicht das erste Mal, dass ein hoher Herr aus Jerusalem völlig erschöpft hier ankommt. Die übertreiben immer und meinen, so ein Wüstenritt sei ein Spaziergang."

Er steht auf und schenkt sich noch ein wenig mit frischem Limonensaft versetztes Wasser in den Becher.

„Auch noch?" Sie nickt.

Bei aller Rechtgläubigkeit haben sie es fern von Jerusalem geschafft, die religiösen Vorschriften ihren eigenen Lebensbedürfnissen anzupassen. Was kümmert es auch einen fernen Rabbi, wenn er seine geliebte Tochter bewirtet? Im Verbund mit dieser Toleranz gegenüber dem Gesetz lässt es sich als Wirt gut leben. Er beherbergt auch Heiden und findet in dem einen oder anderen einen durchaus angenehmen Vertreter jener Spezies, von der er sich dem Gesetze nach fernhalten sollte, weil der Kontakt mit ihnen unrein mache. Das Wasser ist in manchen Sommermonaten knapp und erlaubt keine ausgedehnten Reinigungen nach dem Kontakt mit Heiden, wie das Gesetz es vorschreibt.

Nicht zuletzt deshalb hat er sich schon vor etlichen Jahren einer neuen, liberalen Richtung angeschlossen, den Nazaräern, die auf die Einhaltung dieser Gesetze wenig Wert legen.

„Meinst du nicht, wir sollten besser einen Arzt für ihn rufen?", fragt Ruth. Sie schaut den Vater liebevoll an.

„Mal sehen, wie er sich heute fühlt ... im übrigen halte ich dein Birnenbrot für eine ausgezeichnete Medizin."

„Ach, Vater ..." Sie blickt beschämt zur Seite.

Später räumt sie das wenige Geschirr beiseite. Als Judas fort ist, fegt sie die Küche mit einem Strauchbesen aus.

Am Ende eines breiten marmorgefliesten Ganges liegen die Gästezimmer. Judas klopft vorsichtig an die Tür von Sauls Zimmer, das zum dattelbewachsenen Innengarten liegt.

Drinnen rührt sich nichts.

Noch einmal klopft er, jetzt vernehmlicher. Es bleibt still.

Vorsichtig öffnete er die Tür und späht durch den Spalt in den abgedunkelten Raum. Leiser, gleichmäßiger Atem eines Schlafenden ist zu hören.

Bevor er eintritt, schaut er noch einmal, ob ihn jemand

beobachtet, dann drückt er sich durch den Spalt in das dunkle Zimmer und wartet innen, bis sich die Augen an das schummrige Licht gewöhnt haben. In dem Maße, wie er klare Umrisse erkennen kann, sucht er mit schweifendem Blick das geräumige Zimmer ab. Es ist alles unverändert. Nach einigen Augenblicken entdeckt er am Bettende das Gepäck des Mannes. Sein Puls steigt, als er durch das Zimmer schleicht. Vorsichtig tastet er erst die Satteltaschen durch, dann einen großen Rucksack und schließlich noch zwei andere Beutel.

Der Gast atmet ein- oder zweimal unruhig, bewegt sich ein wenig und schläft dann tief weiter.

In einem der Ledersäcke nimmt er einen schmalen Gegenstand wahr. Er fühlt eine Rolle, wie man sie für den Transport von Schriften verwendet. Ihm stockt der Atem. Lautlos zieht er die Rolle heraus und schleicht aus dem Raum. An der Tür schaut er wie ein Dieb den Flur entlang.

Es ist alles still.

Auf leisen Sohlen schleicht er in ein unbelegtes Nebenzimmer. Die Fenster sind weit geöffnet. Einen Moment verschnauft er, stellt sich aufrecht hin und schaut befremdet auf die kleine Rolle, die er in der zitternden Hand hält. Mit ungeübten Händen klopft er mehrere Pergamente heraus. Es sind große Stücke, die er drehend aus der Lederhülle zieht. Die Schriftzüge weisen den Schreckensstarren auf den Absender hin: das Synedrium, der Hohe Rat von Jerusalem.

Judas setzt sich mit weichen Knien auf einen Hocker und liest erregt das Schreiben, auf dem seinem Gast die Vollmacht zur Verfolgung der Anhänger des Jesus von Nazaret in Damaskus übertragen wird. Totenbleich erkennt er, dass auch er zu denen gehört, die sein Gast verfolgen, einkerkern und vor ein Gericht bringen darf. Er hält das Dokument in zittrigen Händen und blickt starr ins Zimmer.

Er erfährt aus einem weiteren, dass sein Gast römischer Bürger ist, und aus einem dritten, dass er das Gewerbe des Zeltmachers erlernt hat.

Kurzzeitig wird ihm schwarz vor Augen. Er zittert. Ohne noch recht begriffen zu haben, was er soeben entdeckt und gelesen hat, rollt er die Papiere säuberlich zusammen, verstaut sie wieder in der Umhüllung und legt sie wieder zurück.

Den Gast, der eben noch seines Mitleides sicher sein konnte, wünscht er nun weiter von sich als irgendeinen anderen Menschen auf der Welt.

Er geht verstört einer Arbeit im Hause nach.

Nach angemessener Zeit schaut er wieder unruhig durch den Türspalt nach dem Kranken. Dieser schläft immer noch.

Dann verlässt er für einige Besorgungen, wie er seiner Tochter erklärt, das Haus. Da auch seine Frau noch nicht wieder von der Feldarbeit daheim ist, überträgt er Ruth die Aufgabe, nach dem Gast zu schauen. Von der erschreckenden Entdeckung schweigt er vorerst.

Etwa eine Stunde später schleicht Ruth an die Tür. Nach dem Klopfen tritt sie leise ein. Die Luft ist verbraucht. Der Gast schläft. Sie entfernt den verblichenen Leinenvorhang von der Fensteröffnung. Etwas Sonnenlicht fällt ins Zimmer.

Er ist mit leichten Leinen bis zum Hals zugedeckt. Eine feine, nur leicht mit schwarzen Haaren bewachsene, aber stark durchäderte Hand liegt auf dem Bauch. Sie ist an den Fingerspitzen leicht zu einer Faust gekrümmt.

Der Schlafende wirkt hager. Deutlich hebt sich der Adamsapfel am Kehlkopf unter dem Linnen ab und wirkt wie eine halb verschluckte Olive. Das sonnengerötete Gesicht ist gefurcht und mit einem kurzen Bart bewachsen. Die Wangen sind ein wenig eingefallen und zwischen ihnen ragt eine gehöckerte Nase auf. Die Augenbinde ist wohl während des Schlafes verrutscht und liegt dicht neben dem Kopf auf dem mit Schafswolle gestopften Kissen. Die geschlossenen Augen liegen nahe beieinander und wölben sich mandelförmig vor; über ihnen wachsen die Brauen buschig zusammen. Seine Stirn ist eben und mit lockigem Haar bewachsen, das grünschwarz schimmert. Ein, zwei Schritte tritt sie näher, angezogen von dem seltsam Fremden, das sich in ihr regt. Sein Gesicht wirkt geschnitzt, so als trete der Stoff völlig hinter der Form zurück. Die schmalen Lippen, die kräftige Nase, die Augen und das Zusammenspiel der Proportionen, alles an diesem Gesicht wirkt wie fein herausgearbeitet. Die zarte, zu einem entspannten Fäustchen geballte Hand zuckt ein wenig. Sie fühlt sich an den selbstvergessenen Schlaf eines Kindes erinnert.

Ruth schleicht eigentümlich berührt auf Zehenspitzen aus dem Zimmer.

Bei der Hausarbeit rutscht ihr ein Tonbecher aus der Hand und zerbricht. Sie erschrickt. Auf diese Weise wieder in die Gegenwart versetzt, meint sie, es sei an der Zeit, abermals dem Auftrag ihres Vaters Folge zu leisten und wieder nach dem Kranken zu sehen.

Bevor sie zu seinem Zimmer geht, bindet sie die Schürze ab. Nebenbei schaut sie prüfend auf ihre Hände. Abermals klopft sie zaghaft an die Tür und schleicht ins Zimmer. Er liegt fast unverändert da.

Sie legt ihm die Hand an die Wange. Wie klein und rund der Kopf ist. Er öffnet die Augen. Sie sind schwarz. Ihr Herz schlägt augenblicklich schneller. Er schließt diese schönen schwarzen Augen wieder. Immer noch ist ihre Hand an seiner Wange. Da dreht er den Kopf und schmiegt sie zwischen sich und das Kopfkissen. Ruth zieht sie behutsam zurück.

Sie tritt aus dem Zimmer und zuckt zusammen, als sie dort auf den fragenden Blick ihres Vaters trifft. Sie lächelt: „Er kommt langsam zu sich."

„Gut, dann werden wir ja bald wissen, was los ist. Ist die Mutter schon zurück?"

„Ich glaube nicht."

„Komm, ich muss mit dir reden."

Sie gehen den breiten Gang zurück in den Essens- und Wohnbereich. Ernst drängt er dort seine Tochter in die Küche und schließt hinter sich die Tür. Ruth ist verlegen und gespannt. Sie reibt die Handfläche, in der eben noch der Kopf des Fremden kurz geruht hatte.

Er erzählt ihr, ihm sei die ganze Szene verdächtig vorgekommen: wie diese Soldaten hier eingerückt seien und Herberge für ihren Kameraden verlangt hätten, ihre gestenreiche Uneinigkeit darüber, was sie tun sollten, ihre Verwirrung und das laute Durcheinander, bevor sie wieder davongeritten seien, und nicht zuletzt die hohe Summe, die sie ihm als Vorauszahlung gelassen hätten, das alles sei ihm komisch vorgekommen.

Ruth hört ihm mit weit aufgerissenen Augen zu.

„Ich habe mir, genährt von dem, was ich nebenbei von den Begleitern mitbekommen habe, gleich gedacht, dass dieser der Anführer der Truppe ist und kein unbedeutender Mann. So habe ich mich, Gott der Allmächtige möge mir verzeihen, so habe ich mich heute am frühen Morgen im Zimmer des Gastes umgesehen, was ich – Gott weiß es! – noch nie in allen Jahren getan habe, und ich habe Urkunden gefunden, ausgestellt vom Hohen Rat persönlich, unterzeichnet von Kajaphas, dem Hohenpriester, die diesem Gast dort" – dabei zeigt er mit dem Daumen über die Schulter – „weitreichende Vollmachten zur Verfolgung der Sekte der Nazaräer übertragen … Er heißt Saulus und ist ausgesandt, uns Nazaräer zu verfolgen. In Jerusalem hat er bereits ganze Arbeit geleistet: Unzählige sind von ihm ins Gefängnis gebracht worden und müssen sich nun vor dem Hohen Rat verantworten."

Dann erzählt er, er sei vorhin bei den Großen der Gemeinde gewesen und habe ihnen berichtet, was für einen Mann er beherberge. Diesen sei sein Name bekannt und sie hätten ihm, der doch nur ein guter Wirt sein wolle und keiner Seele etwas zu Leide tue, darüber in Kenntnis gesetzt, was dieser Saulus schon alles im Sinne des Hohen Rates gegen die Nazaräer unternommen habe. Für den folgenden Satz kommt er der Tochter ganz nahe und flüstert: „Er soll auch die Steinigung des Stephanus zu verantworten haben."

„Oh Gott, nein!", ruft Ruth aus. „Solch ein Mann ist bei uns im Hause und schläft dort hinten wie ein Kind?"

„Ruth, wir müssen jetzt stark sein. Ja, er ist gekommen, uns zu verfolgen. Er betrachtet uns als Feinde, weil wir das Gesetz liberal auslegen und ... und, weil wir Jesus von Nazaret für den Messias und für Gottes Sohn halten. Dieser aber hat gesagt, wir sollen unsere Feinde lieben. Er ist krank und er ist unser Feind: zwei Gründe, an ihm die Liebe Gottes offenbar werden zu lassen. Das habe ich beschlossen und so wird es sein. Schauen wir weiter, wenn er erwacht. Einstweilen ist und bleibt er unser Gast."

Ruth spürt, dass ihr Vater diese Sätze nicht von sich hat, sie passen so ganz und gar nicht zu seiner eher geschäftsmännischen Art, an die Dinge heranzugehen. Die Vorsteher der Gemeinde haben es so beschlossen.

In großer Verwirrung bindet sie sich die Schürze um und geht ihrer Arbeit nach.

Bald kommt die Mutter vom Feld. Die beiden Frauen machen sich gemeinsam über die geernteten Früchte und das Gemüse her. Ruth erzählt der Mutter, was sie vorhin vom Vater über den Gast hörte.

Judas behält währenddessen Saulus im Auge. Wohlweislich meidet er die Küche als vermeintlichen Ort der Verschwörung gegen ihn. Daselbst aber äußert Ruth ihre Zweifel darüber, dass dieser Mann böse sei.

„Mutter, ich habe ihn beobachtet. Er schläft wie ein Kind, ganz sanft und ruhig, er schläft so schön, dass ich ihn nie hätte wecken können."

Die Mutter hält es für besser zu schweigen, dieweil sie in dieses Schweigen in unregelmäßigen Abständen doch halblaut etwas über den Leichtsinn ihres Gatten äußert.

Sie hat nach allem, was ihr über den Gast zu Ohren kommt, Angst und hätte Saulus am liebsten aus dem Haus gejagt. Die Vollmacht zur Verfolgung der nur noch in losem Verband mit dem Judentum stehenden Nazaräer habe er in der Tasche, und nun, wo es ihm schlecht gehe, da suche er genau bei denen Unterkunft, die zu verfolgen er angetreten sei.

„Dieser Saulus hat es übertrieben mit seinen Verfolgungen. Die müssen wie Geisteskranke nach Damaskus gestürmt sein. Keine Pause, kaum etwas zu essen, und dann diese Hitze."

„Die Krankheit wird ihn zur Vernunft bringen."

„Zur Vernunft? Wenn er ein Fünkchen Vernunft hätte, dann hätte er sich anschauen sollen, wie wir leben. Was tun wir ihm denn zu Leide? Nichts! Aber auch gar nichts! Nur unseren Frieden wollen wir. Was hat denn Stephanus getan? Nichts! Er hat armen Witwen zu essen gegeben, wie es das Gesetz befiehlt. Ruth, ich sage dir, dieser Mann, der da hinten schläft ‚wie ein Kind'," – sie ahmte den Tonfall der Tochter nach – „der bringt Unheil über unser friedliches Haus und wird in der Stadt wüten, warte nur mal ab, wenn der zu Kräften kommt … dann Gnade uns Gott …"

Saulus aber kommt nicht zu Kräften.

Gegen Mittag stellt Judas ihm etwas zu essen auf das Zimmer. Am Abend hat er es noch nicht angerührt. Zur Nacht bringt er ihm einen Krug mit Wasser. Aus diesem fehlt am nächsten Morgen kaum ein Tropfen.

„Wo soll das hinführen?", fragt die Gattin, als Judas sich über den Gesundheitszustand des Gastes sorgenvoll äußert. Und er unbeirrt: „Ich frage mich, ob wir nicht Ananias holen sollen, er hat große Gaben und hat durch Handauflegung schon viele geheilt."

„Bring' ihm doch gleich die ganze Gemeinde ans Bett, dann braucht er nicht einmal aufzustehen, um uns alle zu verhaften und nach Jerusalem ins Gefängnis zu bringen."

Wie soll er denn so gegen uns vorgehen? Im Leinenhemd? Seine Leute sind nach Jerusalem zurückgekehrt, er ist doch völlig allein."

„Der wird hier bei den Juden genügend willige Helfer finden … in kürzester Zeit."

Ruth ist bei Saulus. Dieser hat nichts von dem Essen angerührt. Leicht legt sie eine Hand auf seine Stirn. Er hat anscheinend Fieber. Sie holt aus der Küche eine Schüssel und saubere Leinentücher.

„Vater, er hat Fieber."

Die Mutter nimmt ihr die Schüssel und die Tücher aus der Hand und eilt zu dem Kranken. Judas verlässt die Küche mit der Bemerkung, er werde nun Ananias holen.

Als Ruth zu dem Kranken geht, sitzt die Mutter auf der Bettkante und hält seine Hand, als würde sie den Puls messen. Tatsächlich aber schaut sie auf das hagere Gesicht des Patienten. Sie macht sich schweigend daran, ihm kalte Auflagen zu machen.

„Und, er hat bis heute nichts gegessen?", fragt die Mutter, als sie das Zimmer verlassen.

„Nichts gegessen und nichts getrunken."

„Er hat irgendetwas mit den Augen, aber ich glaube, er bekommt viel mit – als ich das Tuch auf die Stirn legte, da berührte es ein wenig die Augen, ganz langsam hob er die Hand und schob es nach oben. Merkwürdig, nicht?"

„Ja, das ist merkwürdig", antwortet Ruth, beruhigt über die Zuwendung, die ihre Mutter dem Kranken zukommen lässt.

„Gestern, als ich bei ihm war", sagt sie leise, „hat er ganz kurz die Augen geöffnet, aber ich weiß nicht, ob er mich gesehen hat. Die wirkten, als sei er … als sei er … "

„Was?"

„… blind".

„Nun, Judas wird mit Ananias bald hier sein."

Ananias gehört auch zur jüdischen Gemeinde, gleichzeitig ist er Anhänger des Jesus von Nazaret und hat heimlich die Taufe empfangen.

Judas und Ananias gehen durch den Flur direkt in den Innengarten, wo sie auf und ab laufen, um sich über das weitere Vorgehen ungehört abstimmen zu können.

Es geht vor allen Dingen um die Frage, ob Ananias ihm die Hände auflegen soll.

„Judas, ich bin ein einfacher Mann, aber Gott schenkt seine Gaben ohne Ansehen der Person, ja, ich habe schon manchem Menschen helfen können mit dieser Gabe. Aber nun ... ich weiß nicht ... immerhin hat er die Nazaräer sehr verfolgt ... Aber, Judas, als du eben zu mir kamst, da hatte ich das Gefühl, ich sollte unbedingt mit dir gehen. Ich spüre, dass etwas Großes vorgeht. Heute Nacht habe ich verworren von dem Ganzen geträumt."

„Das ist ja auch kein Wunder, denn viele in Damaskus reden über das Ereignis."

Ananias aber erklärt, dass sein Traum von anderer Art gewesen sei, er könne sich nicht mehr recht entsinnen, da seien Stimmen und fremde Gesichter gewesen, er habe gehört, er solle dem Fremden die Hände auflegen, aber alles das falle ihm erst jetzt gerade wieder ein, als sie davon sprechen. Er halte es für sinnvoll, zu ihm zu gehen.

Während die Frauen neugierig durch die Küchentür schauen, gehen die beiden Männer zum Krankenzimmer.

Ananias tritt an das Bett, er beugt sich über Saulus und schaut ihn lange an. Langsam nimmt er das inzwischen ohnehin warm gewordene Tuch von der Stirn.

Dann tritt er wieder zurück und verlässt mit Judas das Zimmer.

„Judas, ich spüre, dass er etwas mit den Augen hat, aber ich kann in diesem Zustand nichts für ihn tun, er muss wenigstens halbwegs bei Sinnen sein. Hat er etwas gegessen?"

„Seit gestern keinen Bissen und auch nichts getrunken."

„Dann ist es ja kein Wunder, dass er nicht zu Kräften kommt."

Anschließend beschreibt Ananias den Frauen, wie sie ihm

etwas nicht zu kaltes Wasser einflößen können, später etwas Saft. Er sei gerne bereit wiederzukommen, wenn es dem Gast besser gehe, man könne ihn jederzeit holen, einstweilen aber könne er nichts machen.

Infolge der von Ananias beschriebenen Pflege kommt Saulus schon am nächsten Tag langsam zu sich. Das Fieber lässt nach, weil Esther stündlich die Umschläge wechselt, während Ruth ihm regelmäßig etwas Wasser einflößt.

Am Morgen mischen sie ihm ein wenig Traubensaft bei, am Mittag geben sie ihm zusätzlich warme Honigmilch.

Am Nachmittag erzählt die Mutter aufgeregt, er habe die Augen geöffnet, könne aber nichts sehen, am Abend reagiert er schon auf die Pfleger.

Nachdem er sich etwas Flüssigkeit hat geben lassen, liest Ruth an seinen schmalen Lippen das Wort „Danke" ab.

Diese Phase des Erwachens ist von allgemeiner Aufregung begleitet. Ständig sitzt nun eine der Frauen auf einem Schemel am Bett und berichtet der anderen, wenn diese zur Ablösung kommt, was geschehen ist. Nach ein paar Tagen schickt Judas abermals nach Ananias, und bis dieser erscheint, stehen alle drei in banger Erwartung am Lager ihres Verfolgers.

Jerusalem

In Jerusalem kämpft das Leben wie eh und je mit sich selbst. Niemals kommt diese Stadt zur Ruhe. Sie gleicht einem alten Weib. Der Tempel ist ihr Herz, aber eine schleichende Krankheit hat dieses Lebenszentrum befallen. Kaum noch hat es die Kraft, alle Glieder des Leibes mit frischem Blut zu versorgen. Immer schwächer geht der Puls und auch der Tempelkult bringt nur fade, verbrauchte Luft in die alte narbige Lunge. Alle Kraft benötigt dieser Organismus für sich selbst. Die durchgelegenen Stellen schwären eiternd vor sich hin.

Täglich mehr entgleitet der Körper der starrsinnigen Greisin und will den jahrhundertealten Befehlen nicht mehr gehorchen.

Die Stadt und die Religion haben ihre Selbstheilungskräfte verbraucht. Jede kleine Infektion schwächt nun den Leib, der dies alles mit aufbäumendem Geiste nicht wahrhaben will. Faltig, dünnhäutig und zitternd erhebt sich die greise Hüterin des Gesetzes mit losem grauem Haar über ihr Volk und befiehlt ihm mit krummen Fingern, die Gebote zu achten, während ihr staubiges jahrhundertealtes Gewand im kalten Winde flattert. Mit dunklen Augenhöhlen und zahnlosem Mund gemahnt sie unerbittlich, keinem anderen als ihr sich gnadeflehend zu Füßen zu werfen.

Und das Volk gehorcht.

Zu alt ist das herrische Weib, als dass man ihr widersprechen dürfte. Zu viele Generationen hat sie gebieterisch überlebt und machtgewohnt erhebt sie immer noch ihre dürre Hand über jene, die seit Jahrtausenden glauben, was sie ihnen zu sagen befiehlt: dass sie jung sei und strahlend schön. Finster folgen ihr die Hüter des Gesetzes, keinem anderen treu als diesem allein und dem eisigen Willen ausgeliefert, dass sich niemals etwas ändern dürfe.

Sie aber hören nicht, dass sich im Volke Widerspruch regt.

Flüsternd zieht es durch die Gassen, und hinter vorgehaltener Hand raunen die Geknechteten es sich zu: So kann, so darf es nicht weitergehen.

In den entferntesten Gliedern bricht der Unwille sich merklich Bahn. Fernab von Jerusalem, in der Diaspora. Sie, die sie immer schon nicht ganz dazugehörten, sie wollen nicht mehr. Etwas Besseres bietet sich ihnen an, löst ihnen die schweren Fesseln von den müden Gliedern und verspricht Leben, nicht Tod. Das junge Christentum beginnt sich Bahn zu brechen.

Mit großen Missionserfolgen kehrt Barnabas aus Antiochia nach Jerusalem zurück.

Monatelang haben die Apostel nichts von ihm vernommen, dann aber spricht sich der jähe Abbruch der Verfolgungen auch in der Diaspora herum. Einige Wochen wartet Barnabas noch ab. Aber als dann die anfänglich unsichere Nachricht, Saulus sei aus Damaskus spurlos nach Arabien verschwunden, immer mehr bestätigt wird, packt er eines Morgens sein Maultier und reitet in Begleitung zweier von ihm Neubekehrter und Getaufter nach Jerusalem.

Sie nehmen Quartier bei der Schwester von Barnabas, der das Stadthaus gehört, in dem sich die Apostel seit Ostern regelmäßig im Obergemach treffen. Barnabas selbst hatte einen großen Acker verkauft, um mit dem Erlös das Haus erwerben zu können, was bei den ersten Nazaräern großen Eindruck gemacht hatte.

Er geht zu den Aposteln und berichtet von seiner Arbeit in Antiochia.

Doch mit ungutem Gefühl kehrt er nach diesem ersten Kontakt heim. Es ärgert ihn, dass er so viel und so glühend von seiner Zeit in Antiochia erzählt hat. Die Apostel hörten skeptisch zu und schwiegen.

Wie aber hätte er sich angesichts der Missionserfolge in Antiochia zurückhalten sollen?

Trüb zieht Barnabas durch Jerusalem, dessen drückende Stimmung wie eine Glocke über der Stadt liegt und alle Freude erstickt. Wie sehr hatte er sich auf das Wiedersehen, das nun so ganz anders verlaufen ist, gefreut.

Warum sind die anderen so zurückhaltend, Petrus, Jakobus, Johannes, Philippus, ja, selbst Thomas. Sie haben seine Freude nicht verstehen können. Ein neues Treffen haben sie anberaumt, und ein wenig fühlt er sich, als müsse er morgen zu einem Verhör und vor denen aussagen, die nichts mehr befürchten als die tolerante Aufnahme der Heiden in die Gemeinde.

Am nächsten Abend nimmt er seinen Neffen Johannes Markus mit, den die Apostel kennen, und auch die beiden bekehrten Proselyten aus Antiochia begleiten ihn.

Als sie zu verabredeter Stunde in das Haus kommen, sind die anderen bereits versammelt. Die Luft ist schon jetzt verbraucht.

Dass er nicht allein kommt, verwundert die anderen sichtlich. Aber sie sagen nichts. Es dauert lange, bis sie umständlich aus dem zu ebener Erde gelegenen Gebetsraum noch drei Hocker nach oben geschafft haben. Dann sitzen sie alle um den großen Tisch, auf dem zwei Talglichter stehen. Nur Johannes hält sich abseits und stehend in einem dunkleren Winkel des Raumes auf.

Barnabas hat sich, nach der gestrigen Erfahrung, vorgenommen, nicht mehr so glühend zu berichten. Einstweilen aber muss er ohnehin erst einmal zuhören.

„Barnabas", beginnt Petrus, „du hast uns gestern berichtet, was Gott Großes in der Gemeinde zu Antiochia gewirkt hat, und die beiden Begleiter" – er schaut die beiden Neugetauften kurz an – „sind ein Beweis dafür."

Jakobus sitzt neben Petrus. Er nickt.

„Wir danken dir für den Mut, mit dem du nach der Steinigung des Stephanus ausgezogen bist, um die Mitglieder der hellenischen Gemeinde vor den Verfolgern zu schützen. Aber wir hören mit Sorge, wie weit ihr euch von der Thora entfernt habt."

„Petrus, wir haben uns nicht entfernt, die Juden haben sich von uns entfernt!"

„Wie meinst du das?", Jakobus zieht seine Stirn in Falten.

„Hier in Jerusalem haben alle ihre eigenen Synagogen und treffen sich gemeinsam im Tempel ... aber da draußen gibt es keinen Tempel ... Es gibt nur einen Ort, wo geopfert wird, hier im Tempel von Jerusalem", fährt Barnabas fort, „in den ja auch ihr geht. Viele Synagogen, aber ein Tempel. In Antiochia gibt es auch viele Synagogen, aber man kommt an keinem Ort gemeinsam zusammen. Jede Synagoge lebt für sich. Man hat keinen Kontakt untereinander."

„Wart ihr in der Synagoge?", fragt Jakobus.

„Am Anfang habe ich in verschiedenen Synagogen gepredigt, aber dann gab es Ärger."

„Also doch!"

„Ja, aber wir wollten keinen Streit. Wer sich taufen lassen will, der wird getauft, aber die Juden wurden immer eifersüchtiger. Schließlich sind wir nicht mehr in die Synagogen gegangen, sondern haben uns im Hause eines wohlhabenden, getauften Proselyten getroffen. Wir brauchten auch gar nicht mehr zu den Synagogen, weil viele Juden zu uns kamen. Fast täglich sind Neue dabei, und ich habe sehr viele unterrichtet und getauft."

„Wie erklärst du dir diesen Zulauf?"

Barnabas spürt, dass sich hinter dieser Frage der Vorwurf verbirgt, er habe es den Neugetauften zu leicht gemacht. Da er aber bisher ohne Vorbehalte berichtet hat, so sieht er auch jetzt keinen Grund, sich zurückzuhalten. „Stephanus hatte Recht: das Gesetz ist eine Last ..." Er schaut Petrus und Jakobus prüfend an.

Wieder entsteht eine lange Pause. Dann wird seine Stimme kräftiger: „Um es frei heraus zu sagen: Ich erkläre mir den Zulauf aus der schlichten Tatsache, dass wir die Proselyten nicht als Nazaräer zweiter Klasse behandeln. Wir halten die volle Tischgemeinschaft mit ihnen, sie gehören ganz und gar dazu, sogar die Heiden sind ganz integriert." Barnabas verkreuzt die Arme vor der Brust und macht eine Geste, als wolle er sagen: So, jetzt wisst ihr's.

„Heiden?!", fragt Jakobus dazwischen.

„Ja, Jakobus, Heiden!", antwortet Barnabas fest und immer noch mit derselben Miene.

„Habt ihr sie beschneiden lassen?"

„Nein!"

„Um Himmels willen", Jakobus ist erregt, „Barnabas, du hast Heiden getauft und von ihnen nicht die Beschneidung gefordert?"

„So ist es!"

„Oh Gott, was seid ihr für Juden?"

„Jakobus, wir sind keine Juden, wir sind Nazaräer oder Christen, wie die Juden uns in Antiochia schimpflicherweise nennen."

Jakobus wendet sich an die von Barnabas mitgebrachten Gemeindemitglieder: „Seid ihr beschnitten?"

„Ja", antwortet einer von ihnen, während der andere nur bescheiden nickt. „Wir sind Proselyten, haben uns beschneiden lassen und sind mit den Juden verbunden, jetzt aber sind wir Christen."

Petrus beißt sich auf die Unterlippe und Jakobus scheint nachzudenken. Dann ergreift er wieder das Wort: „Christen? Was ist denn das für ein Wort?"

„So nennen sie uns in Antiochia."

„Nicht ‚Synagoge der Christen'?", fragt Petrus nach.

„Nein, nur Christen."

Thomas, der bis jetzt zwar aufmerksam zuhörte, sich aber jeden Kommentars enthielt, bemerkt nun, dass er diese Bezeichnung gar nicht so übel fände: Nazaräer, die Bezeichnung, die die Jerusalemer Juden der Bewegung gegeben hätten, habe ihn immer schon gestört. Nazaräer klinge sehr ‚weltlich' und bezeichne nichts anderes als den Herkunftsort Jesu. Wenn sie nun aber ‚Christen' genannt würden, so zeige das doch, dass die Juden das eigentlich unterscheidende Merkmal wahrgenommen hätten, und obendrein habe Jesus ja selber gesagt, er sei der Christus, der Gesalbte. Also er, Thomas, könne daran nichts Übles finden. Im Gegenteil, es sei ja wohl der Gemeinde von Antiochia zugutezuhalten, dass sie das Richtige glaube und verkünde, wenn man sie daraufhin so bezeichne.

Barnabas schaut Thomas, dessen Scharfsinn er immer schon bewunderte, dankbar an. Jakobus aber will das von Thomas Gesagte so nicht stehen lassen.

„Thomas, danke für diese klaren Worte, aber ich kann dir nicht völlig zustimmen. Haben wir uns bis jetzt nicht redlich bemüht, die Einheit zu wahren und uns nicht zu grob vom Judentum abzusetzen? Hat Jesus nicht gesagt, er wolle das Gesetz nicht aufheben, sondern lediglich erfüllen?"

„Nun, wenn du den Tod des Stephanus als ein nicht zu grobes Absetzen vom Judentum und als Ergebnis redlichen Bemühens wertest …"

„Thomas, nun werde nicht unsachlich. Das mit Stephanus war Lynchjustiz, und schließlich sind die Verantwortlichen vor den Hohen Rat zitiert worden …"

„… und mit der Genehmigung, so weiterzumachen, entlassen worden", erwidert Thomas und fährt fort, Barnabas habe doch Recht: Es seien nicht die Anhänger des Jesus von Nazaret, die sich absetzten, sondern die Juden würden von sich aus den Abstand zu den Christen schaffen. Er fände, man solle frei und offen die Unterschiede betonen. Schließlich hätten sie sich in Antiochia ja nicht selbst ‚Christen' genannt.

Petrus wendet sich daraufhin wieder an Barnabas und seine Begleiter: „Und die Bezeichnung ‚Christen' ist in Antiochia gang und gäbe?"

„Ja, wir benutzen sie sogar selber."

„Das kann Ärger geben …", wirft Thomas dazwischen.

„Von wem denn? Die Juden haben doch selbst diesen Begriff erfunden und schließlich ..."

Die Diskussion ist festgefahren. Da aber alle im Letzten doch keinen Streit aufkommen lassen wollen, legen sie diesen Gegenstand erst einmal ad acta. Dennoch ist überaus deutlich, dass sich die ‚Christen' keineswegs einig sind.

Es entsteht Gemurmel im Raum. Die Apostel unterhalten sie paarweise und in kleinen Grüppchen. Zwischendurch füllt jemand die Krüge mit frischem Wasser auf.

„Weiß man denn schon, wie es mit Saulus und seinem Auftrag in Damaskus weitergeht?", fragt Petrus Barnabas. Urplötzlich wird es still im Raum. Sie unterbrechen die Gespräche und schauen Barnabas an.

Doch Thomas fällt dazwischen: „Seine Leute sind immer noch hier, und solange sich die Truppe hier in Jerusalem aufhält, brauchen die sich da draußen in der Diaspora keine Sorge zu machen."

Und Barnabas: „Nach Antiochia sind merkwürdige Nachrichten gedrungen, die Einen sagen dies, die Anderen das. Streit gibt es überall, wo Juden und Christen aufeinanderstoßen, aber keine Verfolgungen mehr."

„Wo ist Saulus denn jetzt?"

„Das weiß keiner. Es wird gemunkelt, er sei in Arabien. Aus Damaskus sei er eines Tages spurlos verschwunden. Vielleicht hat er seinen Plan geändert, vielleicht schlägt er erneut zu ... man weiß das eben nicht ... abwarten ..."

Er ist des vielen Geredes um diese nutzlosen Themen überdrüssig und spricht diese letzten Sätze immer langsamer, undeutlicher und leiser.

Der junge Johannes Markus, sein Neffe, kann nicht mehr still sitzen. Seit einer Stunde reitet er schon auf der Holzbank hin und her und setzt sich immer wieder auf seine Handflächen. Jetzt ist seine Geduld am Ende und er zupft seinen Onkel Barnabas am Ärmel. Dieser wendet sich ihm zu. Johannes Markus erhebt sich ein wenig von der Bank, um an das Ohr von Barnabas zu kommen, und flüstert ihm etwas zu. Barnabas nickt. In der Runde ist es still geworden. Nur die Talglichter flackern vor sich hin und werfen zuckende Schatten an die Wand.

„Ich habe noch eine Frage, die meinen Neffen Johannes Markus betrifft: Ihr habt doch nichts dagegen, wenn ich ihn mitnehme nach Antiochia?"

„Das ist doch keine Frage", spottet Thomas.

„Er hat die Schule abgeschlossen, er kann schreiben und es wäre gut, wenn er seine Griechischkenntnisse vertieft", begründete Barnabas seine Frage.

Petrus antwortet: „Meinetwegen", und Jakobus zuckt mit den Schultern.

Johannes Markus, ein Jugendlicher von etwa fünfzehn Jahren, begreift sofort, dass diese Reaktion als positiv im Sinne seines Anliegens zu werten ist. Er steht auf und reibt sich freudig die Hände.

„Wir wollen bald wieder losziehen. Ich will die Gemeinde nicht lange alleine lassen", erklärt Barnabas.

Der Höflichkeit halber plaudern sie eine Weile über belanglose Dinge, am Ende betet man noch gemeinsam und verabschiedet schließlich die vier Gäste aus Antiochia – ohne auch nur zu ahnen, dass die Stadt in kürzester Zeit Jerusalem den Rang ablaufen und die größte christliche Metropole wird.

Auf dem Heimweg fragt Johannes Markus, der hüpfenden Schrittes neben seinem großen Onkel läuft, nach dem Grund für die dicke Luft. Barnabas aber zuckt mit den Schultern, vielleicht, weil er gegenüber den beiden aus Antiochia nicht zugeben will, wie halbherzig die Apostel ihn und seinen Neffen ziehen lassen. Alle wesentlichen Fragen sind ungeklärt.

Der Neffe aber gibt keine Ruhe.

„Barnabas", fragt er weiter, „warum bist du sauer?"

„Weil wir über alles Mögliche geredet, aber nichts entschieden haben ...", antwortet dieser gereizt, obwohl er sich seinem Neffen gegenüber bemüht, seine Enttäuschung über die Apostel zu verbergen. Es sei völlig unklar geblieben, wie man mit den Heiden zu verfahren habe, die Christen werden wollen. Solle man diese erst beschneiden, also zu Juden machen, oder könnten sie Christen sein allein durch die Taufe. Er, Barnabas, wisse nicht, was er von all dem halten solle, was er hier in Jerusalem erlebe. Für dieses Wischiwaschi ist er den weiten Weg aus Antiochia nicht nach Jerusalem geritten. Kaum ein Wort hätten sie an die beiden Mitglieder der Gemeinde gerichtet, fortwährend hätten sie die Angst im Nacken, und kein wirklicher Missionserfolg könne ihnen diese nehmen.

Kaum vierundzwanzig Stunden später verlassen sie Jerusalem in Richtung Antiochia, und wenigstens für dieses Eine hat sich der Weg hierher gelohnt: Johannes Markus, der Schreiber, ist nun bei ihnen.

Rückkehr

Je näher Barnabas und seine drei Begleiter Damaskus kommen, umso mehr kreisen ihre Gespräche um den mit dieser Stadt so mysteriös verbundenen Saulus. Mit aller Vorsicht erkundigen sie sich bei Händlern, die des Weges kommen, nach seinem Verbleib. Bereitwillig erhalten sie Auskunft: Saulus habe Damaskus verlassen, und daselbst gebe es keine Anzeichen für irgendeine Verfolgung der Nazaräer.

Barnabas und seine Begleiter beschließen deshalb, selbst nach Damaskus zu ziehen, was nur einen kleinen Umweg bedeutet.

Und so reiten sie von Sidon aus, wo sie die via maris verlassen, nach Osten. Tags darauf ziehen sie am Abend durch das marmorne Stadttor von Damaskus, das rötlich in der tief stehenden Abendsonne leuchtet.

Sie lassen ihre Maultiere in einer dafür eingerichteten Station stehen und gehen zu Fuß weiter. Die mit Tierkot und Marktabfällen beschmutzen Innenstraßen werden, sofern sie nicht gepflastert sind, gerade mit frischem Wüstensand bestreut. Einer der Straßenarbeiter weist Barnabas auf ein kleines Wohnhaus hin, das über einen Hofeingang zu betreten ist, und Augenblicke später klopfen sie an die Tür.

Ananias' außergewöhnliche Heilungskräfte sind im weiten Umland bekannt. Gewohnt, Fremde zu empfangen, bittet er die Glaubensbrüder mit großer Herzlichkeit hinein, und während seine Frau die Gäste bewirtet, kommt Barnabas ohne viel Umschweife auf den Grund seines spontanen Besuches zu sprechen: Saulus.

Kaum ist dieser Name gefallen, macht Ananias ein sorgenvolles Gesicht. Er wird nervös, hüstelt, steht auf und schließt erst einmal die Stubentür. Noch im Stehen erzählt er dann seinen Besuchern, was vorgefallen war: Er, Ananias, habe, als Saulus erwacht und völlig bei Sinnen war, mit ihm geredet und ihm – obwohl er um sein Leben gebangt hätte – gestanden, auch er hänge der Lehre der Nazaräer an. Dann habe er ihm gesagt, er könne ihm die Hände auflegen und die Augenkrankheit heilen, aber dafür müsse er, Saulus, zur Besinnung kommen und solle von der Verfolgung der Nazaräer lassen. Saulus habe geantwortet, dass ihm Christus auf dem Ritt hierher nach Damaskus erschienen sei. Er wollte fortan die Nazaräer nicht verfolgen. Daraufhin habe Ananias ihm die Hände lange aufgelegt und im Namen des Christus für ihn gebetet. Dann hätten sie ihn allein gelassen. Am Abend sei Saulus, hager und ausgezehrt wie ein Gespenst, in der Küche erschienen. Seine Blindheit sei vollkommen geheilt gewesen. Ihnen allen sei das Herz stehen geblieben. Saulus habe ein Pergament in der Hand gehabt, es vor ihren Augen in kleine Teile zerrissen und darum gebeten, es zu verbrennen. Es sei zweifellos das Dokument mit der Erlaubnis zur Verfolgung der Nazaräer gewesen.

Sie haben sich inzwischen gesetzt, und Johannes Markus sowie die beiden Begleiter aus Antiochia lauschen gespannt dem Bericht des Heilers.

„Woher wusstet ihr, um welches Dokument es sich handelt?" Die Frage von Barnabas ist diesem offensichtlich peinlich. Er lächelt verlegen und will zunächst nicht mit der Sprache heraus.

Schließlich aber erzählt er ihnen umständlich, wie Judas ins Zimmer geschlichen sei und die Urkunden gesucht habe, als Saulus noch in dieser Art Koma lag.

Um dem tadelnden Blick des Barnabas auszuweichen, erzählt er schließlich weiter, dass ihnen allen natürlich mehr als ein Stein vom Herzen gefallen sei und sie die ganze Nacht Gott auf Knien für dieses Wunder gedankt hätten.

„Und dann?"

Ananias runzelt die Stirn und zieht die Augenbrauen hoch. „Dann aber ist er, nachdem er eine reichliche Summe Geldes auf dem Zimmer gelassen hat, über Nacht, und das noch zu Fuß, verschwunden."

„Wohin ist er gegangen?"

„Einige Kaufleute aus Arabien haben berichtet, sie hätten einen Mann getroffen, der – und das ist in der Wüste sehr selten – zu Fuß und allein unterwegs gewesen sei. Die Beschreibung passte auf Saulus."

„Wie lange ist das her?"

„Vielleicht zwei Monde."

„hm ... Arabien ist groß ..."

„Es erstreckt sich jenseits des Jordans im Norden bis Syrien, im Osten bis an den Euphrat und im Süden bis an das Rote Meer", wirft Markus, der eben erst die Schule verlassen hat, ein.

„Gibt es irgendeinen Grund für sein Verschwinden? Ananias, das Ganze ist für uns sehr wichtig, Saulus ist bisher der größte Verfolger der Christen gewesen, und natürlich haben wir alle die Frage, was nun wird. Was ist geschehen, dass er nach der Heilung nicht nach Jerusalem gegangen ist, seine Truppen neu zusammengestellt und die Verfolgung fortgesetzt hat?"

Ananias bekräftigt, dass Saulus von seiner Blindheit vollkommen geheilt gewesen sei und er ansonsten auch nicht wisse, was vorgefallen sei. Auf jeden Fall sei Saulus sehr sehr nachdenklich gewesen. Er habe kaum ein Wort gesprochen. Er sei vollkommen mit sich selbst beschäftigt und geistesabwesend gewesen.

Ananias schaut Barnabas lächelnd an: „Andererseits ist er wohl schon ein Mann, der Wort hält, das haben wir ja alle mit ansehen müssen bei den Verfolgungen in Jerusalem. Also, wenn ihr mich fragt: Dem ist alles zu viel geworden, Krankheit, Schwächung, die Erscheinung und dann dieses merkwürdige Augenleiden, die haben ihn ja wie einen Blinden nach Damaskus geführt. Ich kann das auch nicht näher beschreiben, auf jeden Fall war irgendetwas mit seinen Augen, er sah mich mit ganz leerem Blick an, aber nach dem Gebet und der Handauflegung kehrte so etwas wie Licht und Leben in seine Augen zurück. Vorgefallen ist eigentlich nichts. Solange er hier war, hat er mit kaum jemandem geredet ..."

„Ananias, mich interessiert, ob er hier mit den Juden, seinen Glaubensbrüdern, etwas hatte, eine Auseinandersetzung, ein heimliches Treffen oder so etwas ..."

„Bestimmt nicht. Das Einzige", er überlegt lange, „das Einzige ist eben die für ihn sicher schwer zu verkraftende Tatsache, dass er von denen gepflegt wurde, die zu verfolgen er ausgezogen war ..., und dass wir keinen Hehl aus unserem Bekenntnis zu Christus gemacht haben ..., und dass er von mir", dabei senkte er bescheiden den Blick, „geheilt worden ist. Ich glaube, für einen Fanatiker wie Saulus ist das alles nicht leicht zu verkraften ... Soll er nur in der Wüste über alles nachdenken, die Wüste ist dafür ein guter Ort. Vielleicht kommt er dort wieder zu sich, oder ... oder eben nicht, wir werden ja sehen."

Barnabas atmet schwer in dem inzwischen dunklen Raum.

Die Männer sind lange beieinander. Der Abend ist hereingebrochen, weshalb Ananias seine Frau anweist, das Essen zu richten und die Nachtlager vorzubereiten. Man spricht noch miteinander über das eine oder andere religiöse Thema, und bald legen sich Barnabas und seine Begleiter zur Ruhe.

Am anderen Morgen satteln sie zeitig auf und ziehen weiter nach Antiochia.

In den kommenden Monaten normalisiert sich das Leben in Damaskus. Karge Nachrichten über seinen Verbleib sind am Anfang noch durchgesickert, dann legt sich das Interesse an Saulus. Ein paar Gerüchte kursieren hin und wieder. Sie klingen schnell ab.

Irgendwo in Arabia Petraea, im Nabatäerland hat er sich wohl niedergelassen und sich als gelernter Zeltmacher in diesem Gewerbe verdingt.

Eines Abends klopft ein weißgewandeter, hagerer Mann, der zu Fuß in die Stadt gekommen ist, leise an die Tür von Judas, dem Herbergswirt. Es ist schon dämmrig. Die Straße ist nicht mehr sehr belebt, nur einige Händler stehen noch in den Ecken und plaudern miteinander. Der Mann drückt sich in den eingelassenen Türvorsprung. Ein zweites Mal muss er klopfen, bis der Wirt kommt.

Der Gast tritt rasch ein und steht vor ihm, als wolle er sagen: Hier bin ich. Judas muss die Gedanken, schon schwer vom abendlichen Wein, sortieren. Als er ihn erkennt, beginnt sein Herz heftig zu klopfen. Nervös schaut er sich um.

„Was ... was wollt Ihr denn hier?"

Saulus lächelt ihn freundlich an, nimmt sein Bündel von der Schulter und fragt nach einem bescheidenen Zimmer. Er zahle im Voraus.

„Was Ihr damals auf Eurem Zimmer zurückgelassen habt, das reicht auch noch für dieses Mal, falls Ihr wieder nur ein paar Tage bleibt ... will ich damit sagen ..."

„Vielleicht länger", antwortet Saulus. Judas ergreift sein Gepäck und läuft hinter ihm her. Tausend Gedanken gehen ihm durch den Kopf. Er fühlt sich überrumpelt und denkt an nichts anderes als daran, den Gast möglichst schnell wieder loszuwerden.

Dieser allerdings lässt sich auf ein Zimmer führen, verabschiedet freundlich den Verwirrten und verriegelt die Tür.

Judas bleibt noch eine Weile im dunklen Gang stehen, und erst als er restlos begriffen hat, was über ihn hereingebrochen ist, geht er in den Aufenthaltssaal, wo er sich seit vielen Jahren schon angewöhnt hat, am Ende des Tages ein Glas mit magenschonenden Kräutern versetzten Süßweines zu trinken.

An diesem Abend verschließt er zwar die Flasche mehrmals, öffnet sie aber wieder und hat sie bald restlos geleert. Todmüde schwankt er zu Bett.

Der Schlaf kommt in Begleitung nächtlicher Phantasmen

über ihn. Zweifel und Fragen mischen sich mit Ängsten und Hoffnungen, die in schwadigen Nebeln durch seinen schweren Schädel wabern. Einmal meint er, verdächtige Geräusche zu hören, mehr schlafend als wachend zieht er im Nachtgewand durch das ruhige Haus, streckt seine kalten Füße unter die Wolldecke und schläft, nachdem er sich vorgenommen hat, gleich am frühen Morgen die Vorsteher der Gemeinde zu informieren, unruhig ein.

Morgens hat seine Gattin den Grund seiner Ratlosigkeit rasch erforscht und macht ihn selbst für seinen Zustand verantwortlich. Wie habe er nur diesen Mann einlassen und beherbergen können?

Nach der unruhigen Nacht noch nicht völlig erwacht, beschließt Judas, diese Frage als wenig sachdienlich zu betrachten. In Erwartung, seine Frau würde den Gast mit Sack und Pack unter Einsatz ihrer respektablen körperlichen Kräfte vor die Tür setzen, beeilt er sich, die Vorsteher aufzusuchen.

Sein Ziel ist ein Haus, das vor Jahren kunstvoll in die Stadtmauer hineingebaut wurde und nicht weit von der Herberge entfernt liegt.

Hier wohnte Syrtos, einer der Ersten der christlichen Gemeinde von Damaskus. Er steht in dem Rufe, ein besonnener Mann zu sein, und hat aufgrund seiner griechischen Herkunft nicht nur einen geübten Geist, sondern vom syrischen Temperament freies Blut. Er ist zudem schon alt und hat nicht nur dem Aussehen nach eine gewisse Weisheit erlangt. Aber selbst diese ist durch das, was ihm Judas mit geröteten Augen an diesem Morgen im obersten Stockwerk seines Hauses berichtet, überfordert.

„Judas, die Tugend der Klugheit fordert von uns Vorsicht, die der Gerechtigkeit Nachsicht …"

Der weiß gelockte Flaum an den Schläfen zittert im Rhythmus des Herzens.

„Und was ist mit der Tugend des rechten Maßes?"

„Nun, du hast ihn aufgenommen, gebe Gott, dass er nichts

Schlimmes im Sinn führt. Maßvoll sei in allem, ganz gleich, was er zu tun gedenkt: Übermäßige Liebe wie übermäßiger Hass sind beides keine guten Ratgeber. Wir müssen tapfer sein, wenn er uns Böses will, und genauso tapfer den Hass der Juden ertragen, wenn er ihnen Böses will. Nur dessen bin ich mir gewiss: Solch ein Mann wird Staub aufwirbeln, ganz gleich, was er tut. Zu viel lastet auf seinem Gewissen – wenn er denn eines hat – zu viel auch wird immer wieder über ihn geredet. Fast drei Jahre sind es, dass er fortging, aber richtig fort ist er nie gewesen, weil er allen in Erinnerung blieb. Den einen bangend, den anderen hoffend. Dieser Mann hat einen starken Geist."

Syrtos schaut Judas ein wenig unsicher an. Dann ergänzt er hilflos: „Mehr kann ich leider dazu auch nicht sagen."

Judas nickt.

Tatsächlich hat er zwar keine direkte Handlungsanweisung bekommen, aber dennoch geht von dem, was Syrtos gesagt hat, ein gewisser Trost aus. Sie trinken beide den Saft aus, den Syrtos eingeschenkt hat, und verabschieden sich voneinander.

Judas ist einigermaßen beruhigt: Syrtos sei in der Tat ein kluger Mann, so befindet er auf dem Heimweg.

Zuhause hingegen muss er erkennen, dass die griechische Tugendlehre doch eher etwas für Theoretiker ist und letztlich kein Licht in die ewig unerforschlichen Herzensgründe der Weiber bringen könne.

Diese, Mutter und Tochter, fand er zwar erwartungsgemäß in der Küche, daselbst aber sitzt Saulus bei ihnen.

Die drei wirken alles andere als uneinig. Das ist in jeder Hinsicht seltsam, denn die Gäste haben normalerweise in der Küche nichts verloren. Als Judas eintritt, steht Saulus höflich auf, Ruth holt mit glühenden Wangen einen Stuhl für ihren verwirrten Vater.

„Stell dir vor, Judas", platzt seine Frau sofort heraus, „Saulus ist einer von uns geworden."

„Dass er ein Mensch ist, hatte ich zeitweilig wirklich bezweifelt …"

„Nicht so, er … hat sich taufen lassen, nicht wahr, Saulus, ist das nicht wunderbar?"

Judas wird schwindelig. Mit offenem Munde und völlig ratlos schaut er erst seine Frau an, dann Ruth und schließlich Saulus.

„Ja, es ist wahr", sagt dieser still, dreht nervös den mit dampfender Ziegenmilch gefüllten Becher und lächelt diesen sonderbar an.

„Ist das nicht wunderbar?", ruft Esther von allen guten Geistern der Rührung bewegt dazwischen. „Nun sag' doch etwas … Gerade als du hereinkamst, erzählte Saulus, wie er Christus gefunden hat." Sie schaut Saulus mit glühenden Wangen an und erwartet, dass er seinen Bericht fortsetzt.

Das Äußere der vergangenen Jahre ist schnell berichtet: Tatsächlich hatte er sich in Petraea niedergelassen und als Zeltmacher seinen Unterhalt verdient.

Die jüdische Fraktion sei dort nicht stark, aber er habe einige Christen – auch bis dort ist nun die Bezeichnung gedrungen – getroffen. In Erinnerung an diese drei Tage hier im Haus des Judas, seine Heilung und das Versprechen, die Verfolgungen einzustellen, habe er die Christen von einer ganz anderen Seite kennengelernt. Immer häufiger sei er zu den Gebetsversammlungen gegangen und immer tiefer habe er begriffen, wie frei das Leben ohne Gesetz sei. In Petraea habe ihn niemand beobachtet, er sei auf sich selbst und die Hilfe der Brüder angewiesen gewesen, und bald schon seien ihm die zunächst noch sorgsam eingehaltenen jüdischen Gesetze wie Fesseln erschienen. Schritt für Schritt habe er diese abgelegt und nach anfänglichen Hemmnissen auch Christus gelobt.

Das alles klingt glaubhaft. Saulus macht seinen ehemaligen Gastgebern und jetzigen Glaubensbrüdern einen gefassten Eindruck, wie einer, der weiß, was er sagt, ja mehr noch, wie einer, der lange nachgedacht hat und überlegt redet.

Es spricht sich in Damaskus schnell herum, dass Saulus wieder da ist. Er selbst legt keinerlei Wert darauf, aus seiner Gegenwart ein Geheimnis zu machen, wie es ihm die Christen nahelegten. Deshalb bewahrheiten sich die weisen Worte von Syrtos schneller, als allen Recht sein konnte. Der Mann wirbelt Staub auf und das nicht schlecht.

Wann immer Judas von seiner Frau oder Tochter darauf angesprochen wird, dass Saulus sich in Damaskus keineswegs klug verhalte, zitiert er Syrtos: „Wir müssen tapfer sein, wenn er uns Böses will, und genauso tapfer den Hass der Juden ertragen, wenn er ihnen Böses will".

Immer mehr scheint durch die auffällige Gegenwart von Saulus die zweite Form dieser Tapferkeit von den Christen gefordert zu sein: die Ablehnung der Juden zu ertragen.

Aber wie so oft in religiösen Streitfragen arrangiert man sich zunächst mit den Differenzen und geht einander aus dem Weg. So bleibt der Friede halbwegs in den Mauern dieser Stadt. Aber es ist ein Scheinfrieden, beruhend auf Kompromissen und Halbherzigkeiten, wie Saulus den Christen zu ihrer Verblüffung freiheraus darlegt. Bald schon wird er deshalb auch von ihnen wieder gefürchtet, und viele erinnerten sich wehmütig an den milden und wohltuenden Barnabas, damals, vor drei Jahren, als der Graben zwischen Synagoge und Christen noch nicht so breit war wie heute.

So ist Saulus bereits nach einigen Wochen wieder isoliert: Die Juden meiden ihn als Abtrünnigen, mit dem zu verkehren unrein macht; die Christen meiden ihn als einen der ihren, der alles besser weiß und mit nie gekannter Autorität auftritt. Keinen schont er, wenn es um die Wahrheit geht, und mit nichts kann man seine restlose Zuneigung gewinnen.

Einsam ist er aus der Wüste gekommen, einsam bleibt er in Damaskus.

Einzig Ruth vermag, ihm ein wenig näher zu kommen als die anderen. Wenn er sich erschöpft auf sein Zimmer zurückzieht, versteht sie es, ihn zu ermuntern und aufzubauen.

Dass er diesen Zuspruch braucht, war gar nicht leicht in Erfahrung zu bringen und hat ihrerseits einer gewissen Beharrlichkeit bedurft.

Oft will er keinen Menschen mehr sehen und lässt es sich nur still gefallen, wenn Ruth bei ihm klopft und ihm wortlos etwas zu essen bringt.

Einmal aber – er ist nun schon einige Monate in Damaskus – liegt auf dem Tablett ein Brief ohne Absender, den sie ihm zusammen mit dem Essen bringt: „Herr, dieser Brief lag heute Nachmittag auf der Schwelle unseres Hauses, er ist an Euch adressiert", sagt sie dazu. Saulus bedankt sich wie immer. Ruth verlässt, an der Tür noch einmal zurückblickend, den Raum.

Gleichgültig öffnet der einsame Gast den Brief. Nur eine kleine Notiz ist in dem Umschlag.

Auf dieser steht in Hebräisch: „Saulus, nimm dich in Acht mit deinen gotteslästerlichen Reden, sonst machen wir es mit dir wie mit Stephanus!"

Flucht

Die Römer sind in Damaskus nicht unbeliebt. Sie halten sich weitgehend aus den religiösen Streitigkeiten heraus und sind im Ganzen tolerant, in erster Linie natürlich ihren eigenen Bürgern gegenüber. Umso hellhöriger werden sie, als ihnen zu Ohren kommt, einer ihrer Bürger wiegele in Damaskus seit Wochen das Volk gegen sie auf.

Die Römer haben zwar von der Glaubensrichtung der ‚Christen' bisher nur wenig gehört, und obwohl nicht judenfreundlich, so sind sie doch offen für deren Informationen über diese Sekte. Dieses Vorgehen fruchtet: schon nach einigen Wochen haben sie ein besonderes Augenmerk auf die Christen, und auf einen von ihnen besonders.

Dieser Saulus wirbelt in der Tat heftig Staub auf. Nichts und niemand vermag ihn zu bremsen, das sehen die Römer, aber noch dulden sie es.

Langsam jedoch füllt sich das Fass.

So sehr auch die Christen ihrerseits versuchen, Saulus zur Mäßigung zu bewegen, sie werden seiner Sprachengabe, seiner Bildung, seiner Leidenschaft, kurz seines ganzen ungestümen Missionseifers nicht Herr.

In zornigem Kontrast zur Kungelei der Beschnittenen mit den Römern redet er – wo immer er nur die geringste Gelegenheit dazu hat – angstfrei von der Verblendung der Beschnittenen und dem unmenschlichen Zwang des Gesetzes.

„Dass er sich jetzt überall ‚Apostel' nennt, ist auch eine Provokation", sagt eines Abends Judas zu seiner Tochter.

„Weshalb?"

„Ist ja schön und gut, dass er sich bekehrt hat, aber muss er damit ständig hausieren gehen? Überall fängt er Streit deswegen an. Gestern hätten sie ihn beinahe auf offener Straße verprügelt, und als ich ihn abends treffe, da ist er bester Dinge, den scheint so etwas richtig heiß zu machen."

„Er gibt Zeugnis, Vater."

„Was heißt hier ‚er gibt Zeugnis', kann man das nicht auch anders? Er gefährdet damit auch uns, und gerade für dich wäre es gut, wenn du dich ein wenig vorsehen würdest."

Ruth schaut angesichts des mürrischen Rundumschlages ihres an sich eher ruhigen Vaters diesen fragend an. Er aber fährt, einmal das Blut in Wallung, fort. Die Verhältnisse hätten sich geändert, überall mache Saulus sich Feinde, wenn die Juden nur glaubhaft genug versicherten, er wiegle das Volk auf, dann seien sie alle dran. Er habe gewusst, als er vor der Tür gestanden sei, dass er Unheil bringen werde. O Gott, o Gott. Syrtos habe auch so etwas vorausgesehen. Hätten sie nicht in Damaskus bisher Frieden gehabt, es sei nicht ihre Art, öffentlich zu streiten, und diesem Saulus sei ohnehin niemand gewachsen.

Er holt nur einmal kurz Luft und setzt dann fort: „Die Autorität, mit der er hier auftritt, ist mir unheimlich, der behandelt uns doch alle, auch die Christen, wie dumme Kinder. Woher nimmt er das Selbstbewusstsein? Bisher ist er ja noch nicht einmal in Jerusalem gewesen, dem Zentrum unseres Glaubens. Wissen die Apostel überhaupt, was er hier treibt?"

„Vater, wie kommst du dazu, so zu reden? Er hat dir doch nichts getan ... oder ... oder ist etwas vorgefallen?"

„Nein, noch ist nichts vorgefallen, aber glaube mir, ich spüre das, es liegt etwas in der Luft. Die Beschnittenen jedenfalls sind böse auf ihn, und er hört nicht auf, sie zu provozieren. Jetzt hat er wieder drei Proselyten von der hebräischen Synagoge mitgebracht, dabei haben wir diese doch immer in Ruhe gelassen. Die anderen, die hellenischen Juden, liegen uns mehr, die nehmen das Gesetz ohnehin nicht so ernst, die sind nicht so verbohrt, mit denen kommt man ja noch klar ... Aber nein, er muss unbedingt bei den Hebräern Ärger machen ... Du kannst dir ja vorstellen, dass die dem nicht gerade zu Füßen liegen, wenn er ihnen Leute durch seine Mission nimmt ... ich weiß schon, weshalb der nicht nach Jerusalem zu den Aposteln geht, der hat nämlich Angst."

„Vater, dieser Mann hat keine Angst."

Und der Vater: Natürlich habe er Angst, vielleicht mehr, als sie alle ahnen, vielleicht mache er immer diesen Ärger, weil er seine eigene Angst zum Schweigen bringen wolle. In Jerusalem seien sie nicht gut auf ihn zu sprechen, das könne sie ihm glauben, sonst würden die hebräischen Juden hier nicht so selbstbewusst auftreten. Die Apostel in Jerusalem, ihre eigentlichen Führer, die seien auch nicht so kämpferisch veranlagt und suchten überall den friedlichen Ausgleich mit der Synagoge.

Judas gehört nicht zu den Menschen, die lange etwas mit sich herumtragen können. Wenn er sich aber einmal Luft macht, dann ist es nachher auch schnell wieder gut, ja, manchmal beginnt er sofort darauf wieder, sich zu grämen und zu entschuldigen, und oft wirkt es, als belaste ihn seine herzhafte Entladung mehr als das, was ihm das Herz vorher schwer gemacht hat.

So wartet Ruth erst einmal die Reaktion ihres Vaters auf seinen eigenen Ausbruch ab.

Dieser kommt dann auch bald und nicht weniger wortreich: Er sei schließlich Christ, und was er gesagt habe, sei nicht Recht, sie, Ruth, möge ihm verzeihen, er habe in Hitze gesprochen, keinesfalls wolle er sich gegen Gott erheben, er habe Unrecht gesprochen, schließlich sei Saulus doch alles in allem ein willkommener Gast, andererseits aber müssen man ihn, Judas, auch verstehen, er habe eben keine Erfahrung mit Menschen, die sich so sehr bekehrt hätten wie Saulus, die wenigen Bekehrungen, die er nebst seiner eigenen kenne, seien weniger spektakulär verlaufen; er wolle sich den Entscheidungen Gottes nicht in den Weg stellen, und so weiter.

Bei all dieser reuigen Zurücknahme des vorher Gesagten hat er jedoch nicht jene Sorge zurücknehmen können, die Ruth erfasst hat. Vieles, was er sagt, ist in ihren Augen scharfsinnig. So scharfsinnig allerdings, dass er allein nicht darauf hätte kommen können. Er hat also bereits mit anderen darüber gesprochen und demzufolge nicht seine eigene Meinung wiedergegeben, sondern die eines großen Teiles der christlichen Gemeinde, mit dem er reichlich Berührungspunkte und Gelegenheit zum Austausch hat.

Dann kommt es zum Eklat.

Es ist Sabbat und wie immer gehen die Juden in ihre Synagogen, während sich die Christen in dem Haus eines wohlhabenden Gemeindemitgliedes treffen. Bei dieser Versammlung aber ist Saulus, der bisher keine Gelegenheit ausgelassen hat, das Wort zu ergreifen, nicht anwesend. Das beunruhigt die Versammelten, die einen, weil sie ihn gerne hörten, die anderen, weil sie Schlimmes befürchten.

Der Vorsteher lässt ein oder zwei Gesänge anstimmen und schaut immer wieder zur Tür. Aus den in Reihe auf dem Boden sitzenden Gläubigen drehen sich einige suchenden Blickes um, andere flüstern miteinander. Bekannte machen zueinander Mienen der Verwunderung, und Ananias, der vorne sitzt, zuckt ratlos mit den Schultern. Einmal steht er auf und geht gemessenen Schrittes zu Judas, flüstert ihm etwas zu. Judas schaut ihn ratlos an.

Saulus kommt an diesem Sabbat nicht. Beim Bittgebet erwähnt der Vorsteher, dass Gott auch alle abwesenden Brüder segnen möge.

Nach dem Gottesdienst bleibt man zur Mahlgemeinschaft versammelt. Am Rande des Gebetsraumes stehen kleine runde Tische mit Broten, Bechern und Weinkrügen. Die Gläubigen bedienen sich an diesen Gaben und stehen, mit Weinbechern und einem Stück gebrochenen Brotes in der Hand, beieinander.

Beherrschendes Thema ihrer Gespräche ist Saulus. In verschiedenen Variationen kehren die Vorwürfe, die Judas gegenüber Ruth herausgeplatzt sind, wieder.

Plötzlich kracht es an der Tür und ein Knabe stürmt herein. Sein Kopf ist hochrot, der Atem geht schnell, das Gewand hängt unordentlich am Körper, mit wilder Miene gestikuliert er nach draußen. Zwischen den atemlos herausgestoßenen Sätzen versteht man deutlich, dass er von Saulus redet und von den Juden. Die ersten flüchten daraufhin aus dem Raum, in dem eine Art Panik ausbricht. Becher fallen hin, verschütteter Wein bildet Pfützen auf dem Boden, ein an der Tür stehender Tisch wird umgeworfen, alles drängt hinaus, es wird geschubst und geschoben, während doch niemand genau weiß, was vorgefallen ist.

Auf der Straße bietet sich ein wüstes Bild: viele schwarz gewandete Juden rennen, die Gebetsriemen noch an Stirn und Armen, in eine Richtung; sie schreien und gestikulieren. Einige haben Steine in der Hand, irgendwo trudelt ein Hut im aufgewirbelten Staub, ein alter bärtiger Mann ist gestolpert und liegt am Rande.

In den Quergassen hetzen Einzelne in der Hoffnung, dort schneller voranzukommen oder den Weg abzukürzen. Worum es geht, ist genauso wenig auszumachen, wie das, was sie in ihrer Aufgebrachtheit rufen. So rennen auch die Christen mit. Der Strom der Aufgebrachten führt auf die „Gerade Straße". Vor dem Haus des Judas bildet sich eine große Traube, die sich ständig vergrößert. Dort stehen sie vor dem Eingangsportal der Herberge, haben die Fäuste erhoben und schreien unentwegt. Sie rütteln an der verschlossenen Tür. Judas steht keuchend an der Straßenecke und sieht von weiten, was sich dort abspielte. Geistesgegenwärtig macht er kehrt und jagt nun gegen die immer noch in Richtung seiner Herberge Laufenden. Die Seite sticht ihm heftig, er rennt so schnell es geht, um den Häuserblock, erreicht völlig außer Atem den Hintereingang, sucht mit zitternden Händen den Schlüssel, stochert mit diesem lange herum, kann ihn endlich einschieben und den Riegel lösen. Dann stürzt er durch die kleine Hintertür, verriegelt sie wieder von innen, eilt ins Obergemach, vorbei an den schreckensstarren Frauen, stürzt an das zur Straße gelegene Fenster über dem Portal und reißt es auf.

Die Menge weicht von der Tür zurück und es wird still.

„Was wollt ihr?", ruft Judas von oben der Menge zu. Aber das ist die falsche Frage. Wieder erhebt sich Geschrei, hochrote Gesichter, zuckende Bärte, gefletschte Zähne und geballte Fäuste, richten sich jetzt gegen ihn, der ratlos, aber entschlossen am Fenster steht. Schon preschen die ersten wieder an die Tür und beginnen zu rütteln.

Da hebt Judas, noch ohne zu wissen, was er sagen will, die Hand.

Wieder weicht die Menge ein wenig zurück und hunderte wilder Augen sind auf den Herbergswirt gerichtet. Dieser hat inzwischen genügend Atem, um laut sprechen zu können: „Saulus", beginnt er, und ein Raunen wogt durch die Menge, „Saulus wohnt nicht mehr hier, ich weiß nicht, wo er ist! Wenn ihr ihn sucht, so sucht ihr am falschen Ort!" Einen Moment bleibt er stehen, dann schließt er das Fenster, rennt hinunter an die Eingangstür und beginnt diese mit den im Flur und Eingangsbereich herumstehenden Möbeln zu verbarrikadieren. Ein- oder zweimal wird an ihr noch gerüttelt, dann lassen die Aufgebrachten von dem Haus ab.

Einigermaßen erleichtert, wendet sich Judas in dem dunklen Flur von der Barrikade ab und befreit die Hände vom Staub der Möbel, als wolle er sagen: Das wäre erst einmal geschafft.

Plötzlich hört er hinter sich jemanden in der Dunkelheit atmen. Augenblicklich fährt er herum, und schon lähmt der Schreck seine Glieder: Unmittelbar vor ihm steht Saulus und lächelt hilflos.

Währenddessen setzt sich auf offener Straße der Streit zwischen Juden und Christen fort. Hinter jeden der inzwischen unzähligen Streithähne gruppieren sich die jeweiligen Anhänger. So trennen sich die Mitglieder der Synagoge und die der Hausgemeinde aus der amorphen Masse, und bald stehen auf der einen Seite die Christen, auf der anderen die Juden.

Je mehr sich die Parteien formieren, umso deutlicher zeichnet sich ein quer zur Straße verlaufender Graben zwischen ihnen ab.

Da die „Gerade Straße" eine der häufigst befahrenen Straßen in Damaskus ist, staut sich hinter beiden Fronten der Verkehr. Von hinten schreien die Händler und Fahrer. In dem Tumult werden die Tiere unruhig, bald weiß keiner mehr recht, worum es hier eigentlich geht. Plötzlich regt sich etwas zwischen den Fronten. Ob alarmiert oder vom Anlauf herbeigerufen, auf jeden Fall reitet eine stattliche Schar gerüsteter und bewaffneter Römer in strenger Ordnung durch die Reihen und stellt sich zwischen die Streitenden. Keiner von ihnen spricht etwas, aber die entschlossenen Blicke der Reiter sind mehr als eine Warnung. Ein paar Rangeleien und Schimpfworte gibt es noch, dann wird die Menge still. Alle sehen in die drohenden Blicke der Reiter. Schließlich gehen die ersten heim, andere folgen kleinlaut, und langsam verflüchtigt sich der Auflauf.

Der Verkehr fängt wieder an zu rollen. Zwischen den Ochsenkarren laufen noch einige Menschen hin und her. Der eine oder andere Wagen hebt sich gefährlich beim Überfahren eines achtlos fallen gelassenen Steines, irgendwo steckt noch ein einachsiges Maultiergespann vor einem Gesteinsbrocken. Der Kutscher entfernt unter Flüchen dieses Hemmnis. Alles geht wieder seinen gewohnten Gang. Nachdem die Fronten sich aufgelöst haben und die Ordnung zurückgekehrt ist, entfernen sich schließlich auch die Reiter so lautlos, wie sie gekommen sind.

Was aber bleibt, ist der aufgestaute Groll, der sich jederzeit entladen kann.

Im Hause hat Judas in aller Kürze von Saulus erfahren, was vorgefallen ist. Dieser dachte, es sei einmal wieder an der Zeit, bei der Synagoge der Hebräer vorbeizuschauen, was er dann auch getan habe. Daselbst habe man sich zwar mit Unmutsäußerungen über sein Erscheinen nicht gerade zurückgehalten, aber immerhin sei er in die Synagoge eingelassen worden. Selbstverständlich habe er sich der notwendigen Reinigung unterzogen, schließlich habe ja er als Beschnittener damit keine Probleme. So hätten sich die Gemüter zunächst einigermaßen beruhigt, und der Wortgottesdienst habe mit den obligatorischen Lesungen seinen Lauf genommen. Als es jedoch um die Auslegung der verlesenen Stelle gegangen sei, da habe er einfach nicht an sich halten können, sei aufgestanden und habe die Stelle auf Jesus von Nazaret hin ausgelegt. Zu Beginn habe der Synagogenvorsteher noch Ruhe wahren können, aber der Widerspruch sei immer heftiger geworden. Schließlich habe man ihn aus der Synagoge gezerrt, er aber habe sich losgerissen, sei davongestürmt und habe sich hier in der Herberge verborgen.

Saulus erzählt dies völlig nüchtern, als sei es das Normalste von der Welt, dass er schneller gelaufen sei als die, die ihm nachsetzten. Judas aber ist zornig. Wie ein Stier läuft er schnaubend auf und ab, dann stößt er nur noch aus: „Die Sache muss ein Ende haben" und verlässt das Haus.

Es ist Nacht geworden. Sofort fällt ihm die erhöhte Präsenz der römischen Polizei auf.

Als er auf dem Weg zu Syrtos an der nächsten Straßeneinmündung an einem dort stehenden Posten gesenkten Hauptes vorbeigehen will, als sähe er ihn nicht, reitet dieser ein paar Schritte vor und verstellt ihm den Weg.

„Wohin?", fragt der Reiter.

Judas ist das Herz in die Hose gerutscht. Ohne auch nur den Ansatz einer Antwort zu versuchen, läuft er zurück in die Herberge. Hinter sich hört er den Reiter lachen. Im Hause schildert er gestenreich und mit von Angst beflügelter Phantasie den Zustand draußen.

Kein Zweifel besteht mehr, dass die Staatsgewalt selbst sich in den Streit eingeschaltet hat. Kein Zweifel auch, dass sie wie Gefangene im Hause festsitzen. Der Staat hat schweigend eine Art Arrest verhängt.

Die einzige Unsicherheit zuzugreifen, mag allein in der Tatsache begründet sein, dass Saulus, den sie im Haus des Judas vermuten, römischer Bürger ist. Dies allein gibt einen Spielraum von wenigen Stunden. Spätestens am nächsten Morgen werden sie das Haus durchsuchen.

Saulus hat, nachdem Judas bleich zurückgekehrt ist, die Gefährlichkeit der Situation erfasst. Darüber zu reden, weshalb es soweit hat kommen müssen, ist keine Zeit. Dass er noch in dieser Nacht fort muss, ist ihm klar und Judas ein großes Anliegen. Nur Ruth schweigt zum Ganzen. Sie hat die Hände in den Schoß gelegt und sitzt ratlos da.

„Wenn das Haus umstellt ist, sind auch die Torwachen verstärkt", bemerkt Judas.

„Was ist mit Syrtos?", fragt seine Frau, die trotz einiger schon verworfener Fluchtpläne weiterhin mühsam an einer letzten Möglichkeit schmiedet, Saulus loszuwerden. „Er hat doch ein Haus direkt an der Stadtmauer ..." Einen Augenblick stutzt Judas. Doch dann geht ein Leuchten durch seine Augen. Im Nu steht auch ihm die einzige Fluchtmöglichkeit vor Augen.

Wenig später verlässt ein noch junges Mädchen aus den hinteren Stallungen die Herberge. Sie führt ein schwer beladenes Maultier am Strick. Mit zittrigen Schritten bewegt sie sich, dem guten Tier zusprechend, auf die nächste Querstraße zu.

„Halt, wer da!?", ruft es, und ein Soldat versperrt ihr den Weg. Als sie zu ihm aufblickt, pfeift er leise durch die Zähne.

„Was führt ihr mit euch?"

„Ich bringe Holz zu meinem kranken Großvater", antwortet Ruth.

Der Reiter ist abgesprungen und hält sein Ross am Halfter.

„Ein so schönes Mädchen zu dieser Stunde?", sagt er leise und zieht ihren Kopfbehang ein wenig nach hinten. Dann umschreitet er langsam das ruhige Tier und schaut immer wieder auf die beiden Körbe, die links und rechts an ihm herunterhängen.

„Ganz schön beladen."

Er öffnet eines der großen Gepäckstücke. Es ist voll mit Holz. Zufrieden wendet er sich wieder dem Mädchen zu. Er betrachtet sie von allen Seiten, schließlich setzt er sich wieder auf sein Pferd und lässt sie ziehen.

Ruth fällt ein Stein vom Herzen. „Komm", sagt sie sanft zu dem Tier. Sie zupft ein wenig am Strick, lächelt verlegen dem Soldaten nach und zieht weiter Richtung Syrtos.

Das gute Tier jedoch geht langsamer, als ihr Herz es erfleht. Immer wieder bleibt der bis an die Grenze der Belastbarkeit beladene Maulesel stehen und will nicht mehr. Einmal nützt weder gutes Zureden noch heftiges Ziehen am Strick. Sie muss ihn anschieben wie einen Karren, und widerwillig schwankt das Tier weiter.

Meter um Meter nähert sie sich ihrem Ziel.

Mehrfach muss sie klopfen, bis Syrtos öffnet, und tritt nervös von einem Bein auf das andere. Weil die Straße direkt hinter der Mauer verläuft und nicht weit entfernt ein Stadttor liegt, werden die verstärkten Wachen auf die Geräusche aufmerksam. Während sie abermals klopft, sieht Ruth, wie ein Wächter sich bereits genähert hat, um zu schauen, was in der Gasse los ist.

Inzwischen hat Syrtos geöffnet.

„Syrtos, ihr müsst helfen, mein Vater schickt mich, Saulus ist in einem der Körbe, verhelft ihm zur Flucht – heute Nacht noch." Ängstlich schaut sie um sich. Der Wächter ist verschwunden.

Sie öffnet den Korb, in dem Saulus zusammengekauert liegt, hilft ihm auf, und halb springt, halb fällt er in den Hauseingang.

Mit hastigen Händen kramt sie in dem anderen Korb das Holz auf die Seite und reicht ihm einen Rucksack.

Einen Augenblick schauen die beiden sich wortlos an, dann fällt sie ihm um den Hals und drückt ihn sanft: „Möge Gott euch schützen und kommt wieder", flüstert sie, dann zieht sie mit dem Maultier heim.

Syrtos begleitet Saulus ins Obergemach, löscht das dort brennende Talglicht, öffnet das Fenster, und beide schauen in den Abgrund.

„Hier hinunter?", fragt Syrtos. Saulus nickt.

Den Korb haben sie bereits mit ins Obergemach genommen. Im Rucksack ist außer den Habseligkeiten, Papieren und Nahrungsmitteln ein schweres Tau. Saulus beginnt, dieses an den Tragriemen des Korbes zu knoten, während Syrtos aus den unteren Etagen Helfer aus dem Schlaf holt. Wenig später kommt er mit vier oder fünf jungen Männern wieder. Für diese besorgt er noch Leinenbinden, die sie um die Hände wickeln. Saulus setzt sich in den Korb, die Männer heben ihn auf die Fensterbank und lassen die schwankende Fracht an der Mauer hinab.

Mit leisen Kommandos geben sie das Tau Stück für Stück nach und bremsen die Last mit ihren Körpern ab. Immer kürzer wird das Seil, immer wieder schauen die Vorderen nach hinten, ob es wohl reiche. Schließlich gibt es einen kleinen Stoß, dann zieht die Last nicht mehr. Bange Augenblicke später zuckt das Seil dreimal zum verabredeten Zeichen. Die Männer sehen in den Gemüsegärten einen dunklen Schatten huschen, der bald in der mondlosen Nacht verschwindet. Es ist das Jahr 35 nach Christus.

Saulus hat Damaskus nie wieder betreten.

Zu Besuch

Die Nachricht von Saulus' Flucht verbreitet sich rasch, denn es ist im ureigensten Interesse der Damaszener Christen, überall bekannt zu machen, dass der Störenfried nun fort sei. In Damaskus kehrt daraufhin wieder Ruhe ein.

Ganz anders in Jerusalem. Die Nachricht von Saulus' Flucht schlägt heftig ein: bei den Juden zum Ärgernis darüber, dass sich die Glaubensbrüder in Damaskus von den Christen haben an der Nase herumführen lassen, und bei den Nazaräern – wie sich die Christen in Jerusalem weiterhin nennen – zu vermehrter Furcht. Dies umso mehr, als das Spektakuläre der Flucht auf eigene Weise dokumentiert, mit was für einem Typen man es hier zu tun bekommen hat.

Hinter vorgehaltener Hand raunen sie sich ihre Angst vor diesem merkwürdigen Haudegen zu, der so gar nicht zu ihnen zu passen scheint und sich, wie sie aus sicherer Quelle vernommen haben, nun auch noch zu allem Überfluss als Apostel bezeichnet.

Das könne ja heiter werden.

Saulus aber ist bisher nicht in Jerusalem erschienen, und schon gar nicht hat er von den Jerusalemern irgendeine Bestätigung für sein Auftreten als Apostel erhalten.

Noch leben unzählige hellenische Christen in Jerusalem, die die Spuren seiner Verfolgungen am Leibe tragen, und einige von ihnen sind durchaus nicht so fest im Glauben, als dass sie nicht wenigstens heimlich mit Gedanken der Rache spielten.

Fernes Donnergrollen war von Damaskus zu hören. Langsam zieht nun das Gewitter nach Jerusalem herüber. Hier aber liegen ebenfalls schwere, spannungsreiche Wetterzonen: hellenische und hebräische Synagogen arbeiten gegeneinander und gemeinsam gegen die Nazaräer; bei denen aber sieht es genauso aus: hellenische und hebräische Nazaräer arbeiten nicht gerade miteinander, aber doch müssen sie gemeinsam die ewigen Angriffe und Vorwürfe der Juden abwehren.

Und zwischen allem die Apostel: vermittelnd, lavierend, unentschlossen, von nichts anderem geleitet als dem, was Jesus von Nazaret ihnen auftrug – und das ist für die Lösung der jetzigen Probleme leidlich wenig.

Erste Blitze haben vom nahenden Unwetter gekündet: Stephanus ist in der Frage um die Heiden gesteinigt worden, Barnabas ist mit allen ungelösten Problemen zu den Heiden gezogen, und Saulus – dem Rufe nach bisher der Schlimmste von allen – ist in der Frage um die Heiden aus Damaskus vertrieben worden.

Näher und näher ziehen die dunklen Wolken in Richtung Jerusalem, wo die Apostel nicht wissen, was sie hoffen sollen. Sie können keinen, der sich Apostel nennt, ohne Auftrag bei den Heiden und in der Diaspora missionieren lassen, sie können aber auch keinen in Jerusalem gebrauchen, der die mühsam in der Waage gehaltenen Machtkonstellationen über den Haufen wirft.

Man kann es drehen und wenden, wie man will: Der Mann ist allen unheimlich.

Ach , könnte er doch bleiben, wo der Pfeffer wächst. Aber er kommt.

Genauer gesagt: Er ist schon da. Aber er hält sich versteckt. Per Boten erfahren es die Apostel.

Sie halten gerade das Gedächtnismahl in den einzelnen Hausgemeinden und sind noch nicht vollzählig in ihrem Obergemach zur Nachbesprechung erschienen, da klopft jemand unten an die Tür. In diesen unsicheren Tagen ist schon ein Türklopfen eine Nervenprobe. Thomas geht schließlich nach unten und erscheint mit einem Brief in der Hand. Gesehen habe er niemanden, nur die kleine Rolle sei auf der Schwelle gelegen. Da Petrus noch nicht zurück ist, öffnet Jakobus diese und entrollt ein kleines Pergament, auf dem nichts anderes steht, als dass Saulus in Jerusalem sei und Petrus sprechen möchte.

Unentschlossenheit, Furcht, nervliche Anspannung, das alles sind keine guten Ratgeber, und folglich streiten sie. Der Rat vertagt sich.

Alle Apostel Jerusalems sitzen tags darauf wiederum um den Tisch, auf dem nichts anderes als dieses Pergament liegt.

Man betet.

Dann setzen sich alle schweigend, und nachdem vollkommene Stille eingetreten ist, ergreift Petrus das Wort. Er habe die ganze Nacht gebetet, sagt er mit stillem Nachdruck, und habe beschlossen, sich mit Saulus zu treffen – und zwar er allein.

Es ist so still im Raum, dass man das schwere Atmen der Männer hören kann. Keiner wagt sich zu rühren. Petrus schaut, soweit es ihm das schwache Talglicht erlaubt, in die Runde, dann fährt er fort, er müsse Saulus' Aufrichtigkeit überprüfen. Nach diesem Satz faltet er die Hände und lehnt sich ein wenig zurück. Irgendwo räuspert sich jemand, aber keiner antwortet.

Nach angemessener Zeit traut sich Jakobus: „Petrus, wenn du so redest, dann wissen wir, dass du dich nicht mehr umstimmen lässt, aber Jesus hat die Menschen immer zu zweit ausgesandt. Lass' mich mit dir gehen." Petrus scheint auf diesen Einwand vorbereitet und antwortet kurz, er müsse allein mit ihm reden. Alles Weitere werde man dann sehen.

An seinem Entschluss ist nicht mehr zu rütteln.

Ist aber dieser schon unumstößlich, so beginnt jetzt eine blamable Diskussion bezüglich seiner Durchführung. Vor allem Jakobus führt das Wort und weist darauf ihn, man wisse ja nicht einmal, wo Saulus sich aufhalte. Andere werfen die üblichen Bedenken ein und äußern ihre Sorge. Gute Ratschläge. Stimmengewirr. Kopfschütteln. Diskussionen. Es wird erst stiller, als Thomas etwas sagen will. Ein-, zweimal muss er ansetzen. „Saulus weiß, dass wir uns hier treffen.

Wenn er es auf uns abgesehen hätte, bräuchte er jetzt nur mit seinen Leuten hier einzudringen und hätte alle auf einen Streich. Ich halte sein Vorgehen für klug, und es zeigt doch, dass er sich auch vor seinen ehemaligen Freunden verbirgt. Wenn er mit Petrus reden möchte, und nichts anderes steht auf diesem Zettel", er hebt das Stück mit dem kleinen Finger kurz an und lässt es wieder auf den Tisch fallen, „dann wird er nach dieser Nachricht eine weitere schicken, dessen bin ich sicher. Wir brauchen nur abzuwarten ... Kaum etwas anderes haben wir ja bisher getan ..." Einige schmunzeln, Petrus nickt nachdenklich.

„Also gut, dann können wir ja gehen." Jakobus steht auf, nimmt seinen Umhang und verlässt den Raum. Andere folgen ihm, und das Zimmer leert sich. Nur Thomas und Petrus bleiben schließlich zurück. Bevor Thomas geht, bietet er Petrus an, mit ihm zu warten. Dieser dankt ihm zwar ehrlichen Herzens, aber er lehnt es ab. Schließlich geht auch Thomas. Allein und versonnen bleibt Petrus zurück.

Einsam flackert das Talglicht auf dem Tisch, in dessen gelblichem Schein das Pergament liegt. Petrus hat seinen Kopf in die eine Hand gelegt, während er mit den Fingern der anderen langsam auf die Tischplatte klopft. Jedes Mal, wenn eines dieser schweren Gliedmaße herabfällt, gibt es ein dumpfes Geräusch, das in dem leeren Raum nachhallt.

Mitternacht ist vorüber. Selbst als er schon halb schläft, klopft dieser Takt weiter.

War da ein Geräusch an der Tür zu hören?

Er lauscht und wendet ein Ohr mit schrägem Kopf zum unteren Hauseingang. Sein Herz rast – augenblicklich ist er hellwach. Tatsächlich. Er richtet sich auf. Ein leises Klopfen wiederholt sich.

„Also dann", sagt er vor sich hin, steht mit ungelenken Gliedern auf und geht hinunter.

In Erwartung eines Briefes auf der Schwelle öffnet er die Tür einen Spalt und schaut auf den Simsstein. Im ersten Moment sieht er nichts. Doch dann heben sich undeutlich zwei Sandalen ab. Er öffnet die Tür ein wenig weiter und schaut langsam von den Sandalen aufwärts. Ihre Blicke begegnen sich – zum ersten Mal.

„Ich bin Saulus", sagt der Mann leise.

Petrus lässt ihn eintreten. Er zeigt mit der Hand ins Obergemach. Saulus nickt.

Petrus begibt sich zur Treppe und beginnt diese müde und beschwerlich hinaufzusteigen. Saulus folgt ihm.

Oben legt er seinen Mantel ab und nimmt auf dem ihm gewiesenen Hocker Platz. Saulus nimmt wortlos das Pergament vom dunklen Tisch, liest es und legt es wieder zurück. Er schaut Petrus an.

Sie sitzen sich schräg gegenüber, und hinter jedem flackert ein übergroßer Schatten an der Wand …

Es dämmert bereits. Da verlässt ein einsamer Mann eilig das Haus. Hinter ihm wird ein Riegel zugeschoben. Der Mann hat sich tief in seinen Mantel gehüllt und eine Kapuze auf dem Kopf, die weit in die Stirn hinunterreicht. Gesenkten Blickes hastet er durch die nebligen Gassen der menschenleeren Davidstadt. Auf einem langen Umweg geht er in das Quartier, das er bei seiner Schwester bezogen hat. Die Familie schläft noch. Er zieht sich in seine Kellerstube zurück. Dort schlägt er die Kapuze vom Kopf, behält aber der Wärme halber den Mantel an. Er setzt sich an einen kleinen Holztisch, auf dem eine griechische Übersetzung der Bibel liegt, schlägt diese auf und beginnt darin zu lesen. 70 jüdische Gelehrte sollen die Thora in 70 Tagen aus dem Hebräischen ins Griechische übersetzt haben *Septuaginta* nennen die Römer daher diese Übersetzung. Ein paar Mal steht er vom Hocker auf und vertritt sich die Beine in dem kleinen Raum.

Am Morgen klopft es zart an die Tür. Seine Schwester bringt ihm warme Milch, um deren Becher er sofort die kalten Hände legt. Als er den ersten heißen Schluck genommen hat, sagt sie zu ihm: „Und ..., hat er es dir geglaubt?"

Er zuckt mit den Schultern.

„Scha-ul" – sie spricht diesen Königsnamen hebräisch aus, wodurch er sehr zärtlich klingt – „du warst die ganze Nacht auf den Beinen. Leg' dich ein wenig hin." Er nickt, und nachdem er den Becher geleert hat, sinkt er bald in einen bleiernen Schlaf.

Auch in der kommenden Nacht sitzt er bis zum Morgengrauen mit Petrus allein zusammen, ebenso in der übernächsten. Immer kommt er erst zu fortgeschrittener Stunde und nie trifft er andere Apostel.

Dann aber unterbreitet ihm Petrus, dass auch Jakobus, der Verwandte Jesu, Wert darauf lege, ihn kennenzulernen, er habe ihn über alles, was sie miteinander gesprochen hätten, in Kenntnis gesetzt.

Saulus überlegt lange und erwägt im Stillen die Gründe. Für ihn ist nur Petrus wichtig, den er übrigens stets auf aramäisch *Kephas* nennt – nie wird er von *Petrus* sprechen, auch in seinen späteren Schriften und Briefen nicht. Er ist unschlüssig.

Will Petrus ihn in den Apostelkreis einführen, oder will er Jakobus in ihre Gespräche mit einbeziehen, um bezüglich der Punkte Verstärkung zu erhalten, die sie bisher nicht einvernehmlich klären konnten? Ist Petrus gar abhängig von Jakobus? Ist Jakobus der starke Mann im Hintergrund?

„Soll mir recht sein", antwortet er schließlich und mustert Petrus genau. Man verabredet sich für den nächsten Abend.

Während Saulus heimgeht, fragt er sich, ob er nun einen Schritt weiter sei oder ob Petrus ihm misstraue. Seinerseits ist er bisher der Ansicht, Petrus sei lauter, und er war verblüfft über dessen Bereitschaft, ihm, Saulus, zu glauben, dass ihm der auferstandene Jesus erschienen sei. Dass er von dieser Erscheinung sein Apostelamt herleitet, hat Petrus bisher gelten lassen ... Plötzlich schreckt er aus seinen Gedanken auf.

Dicht hinter ihm sind deutlich Schritte zu hören.

Er geht schneller – auch die Schritte werden schneller. Sein Herz fängt an zu rasen. Ein kurzes Stück geht er noch beherrscht langsam und lauscht dabei zurück. Dann, als er sich sicher ist, dass ihn jemand verfolgt, beginnt er unvermittelt loszurennen.

Hinter sich hört er den unheimlichen Verfolger. Da gerät ihm etwas zwischen die Beine. Er strauchelt, stolpert und fällt schmerzhaft auf das taunasse Pflaster. Fast gleichzeitig reißt ihm jemand von hinten mit grobem Zugriff die Kapuze vom Haupt. Zwei Augen starren ihn kurz an. „Er ist es", hört er jemanden sagen. Dann läuft er davon, und die Schritte verlieren sich in den engen Gassen.

Ihm schmerzt das Knie.

Er strampelt sich aus seinem Umhang frei und erhebt sich, klopft den Mantel ab, setzt die Kapuze wieder auf und geht leicht hinkend heim.

Als seine Schwester ihm wie gewohnt die frische Ziegenmilch bringt, liegt er bereits im Bett. Er schläft nicht.

„Scha-ul, was ist passiert?", fragt sie sorgenvoll und sieht ihre Vorahnung der vergangenen Tage bestätigt. „Sie haben mich entdeckt", antwortet er geistesabwesend.

„Wer?"

Sie stellt die Milch auf den Tisch und wendet sich ihm wieder zu. „Ich glaube, die Hebräer!"

„Haben sie dir etwas getan?"

„Nein, sie haben sich vergewissert, ob ich es bin, und sind davongelaufen."

„Was führen sie im Schilde?"

„Ich weiß es nicht. Mich beunruhigt, woher sie wissen, dass ich hier bin. Sie müssen einen Tipp bekommen haben …"

„Scha-ul, ich bitte dich, sei vorsichtig!" Sie nimmt wortlos den Umhang mit, der über dem Stuhl hängt. „Ich mache ihn dir sauber." Sie schließt die Tür leise hinter sich.

Bevor er einschläft, nimmt er sich vor, unter allen Umständen am Treffen mit Jakobus teilzunehmen. Danach würde man ja sehen …

Das anberaumte Treffen mit Jakobus und Petrus verläuft nicht gut. Nicht, dass Saulus ihm nicht gewachsen gewesen wäre – dazu hat er zu lange die pharisäischen Disputationsformen gelernt –, aber die Konfrontation bewirkte von Anfang an ein unschönes Klima. Petrus hörte bisher mehr zu, fragte nach und erzählte auch selbst. Jakobus prüft. Er lässt keinen Zweifel daran, wie sehr ihm an einer wohlwollenden Verbindung mit den Juden liegt. Am Ende sind sie sich mehr uneinig denn einig. Petrus kann nicht mehr vermitteln. Der Abschied ist frostig.

Saulus ist erregt. An diesem frühen Morgen – nach römischer Zeitrechnung ist es noch Nacht – geht er, auch aus Sicherheitsgründen, zunächst ziellos durch die Gassen und streift gedankenversunken über die Plätze. Nicht zuletzt ist er auch über sich selbst verärgert, denn sein Temperament ist bei diesem Treffen mit Jakobus wieder einmal mit ihm durchgegangen. Während er nachdenklich läuft, sind seine vom gestrigen Überfall – den er Petrus und Jakobus verschwiegen hat – geschärften Sinne auf die Geräusche der Umwelt gerichtet. Nach der heutigen Begegnung mit den beiden Aposteln fragt er sich, ob es noch Sinn habe, hier länger zu bleiben. Die Vorsicht des Petrus ist verständlich, damit hat er gerechnet. Die Ablehnung des Jakobus und dessen klare Vorstellung, das Evangelium nur den Juden zu verkündigen, ist jedoch unzumutbar. Wenn dies die Maßgabe sein sollte, dann hat er hier nichts mehr verloren, hat doch zudem der nächtliche Überfall gezeigt, dass er sich bei den Beschnittenen auch in Jerusalem Feinde gemacht hat.

Mit einem Mal kommt ihm das Pflaster, auf das er sinnierend schaut, befremdlich vor. Kurz blickt er auf, um sich zu orientieren. Er ist gedankenversunken weit gelaufen und hat nicht auf den Weg geachtet. So beschließt er, bis zu irgendeinem bekannten Punkt zu gehen und sich dann neu zu orientieren. Zunächst folgt er weiter der Straße, die immer mehr in einen Sandweg übergeht und in sanften Wellen bogenartig um das Wohnviertel verläuft. Sie führt langsam von diesem weg. Bald gibt es nur noch ausgetretene Pfade, die links und rechts zum Zwecke der Abkürzung entstanden sind. Einmal bleibt er stehen und blickt zurück. Da sieht er die Kuppel einer kleinen Synagoge, und augenblicklich weiß er, wo er ist. Sein Puls fängt an zu jagen. Sollte ihn der Zufall ...? Er geht schneller und schneller, der Weg führt jetzt bergab. Das beschleunigt seinen Schritt zusätzlich. Dann aber bremst er heftig und steht kurz vor einem Abgrund. Er atmet schwer. Zwei Schritte tut er langsam vor. Dann sieht er auf den Platz, an dem Stephanus gesteinigt wurde.

Trüb und versunken schaut er auf den Steinigungsort, bis ihm die Augen brennen.

Langsam wendet er sich ab. Der Morgen graut und der blaurote Himmel kündet einen heißen Tag. Er muss eilen, will er noch einigermaßen ungesehen in sein Versteck – denn etwas anderes ist sein Zimmer ja nicht – gelangen. Für den Heimweg sucht er einen anderen Weg und geht mit den ersten Händlern durch das Tor.

Sein Entschluss aber, vor Jakobus nicht zu kapitulieren, steht unumstößlich fest. Jesus Christus hat ihn zum Apostel berufen – mochten sie es ihm glauben oder nicht. Er bedarf ihrer nicht, dieser Fischer, der Galiläer, deren uneinholbarer Vorsprung zwar darin besteht, dass sie Jesus noch persönlich gekannt haben, die ihm, Saulus, aber doch um ihres eigenen Glaubens willen abnehmen müssen, dass auch er durch eine Erscheinung des Auferstandenen von diesem höchstpersönlich zum Apostel berufen worden ist. Einigten sie sich: umso besser – einigten sie sich nicht, so würde es auch ohne sie gehen.

Sie einigten sich nicht.

In den folgenden Nächten kommt er noch einige Male mit Petrus und Jakobus zusammen. Ihre Gespräche bleiben friedlich, so lange es nicht um die Heidenmission geht. Dann aber sind sie uneinig, wiewohl Saulus mit Verblüffung feststellen muss, dass auch Petrus und Jakobus nicht eines Sinnes sind. Alle drei umschleichen sie sich. Jeder will dem anderen trauen und tut es auch wieder nicht. Saulus hatte das nicht erwartet. Er hatte erwartet, dass die Altapostel mit einer Stimme sprechen und eines Sinnes seien. Jetzt muss er erkennen, dass sie selbst nicht wissen, was sie eigentlich wollen. Er hat starke gegerbte Fischer aus Galiläa erwartet, kräftige Naturburschen, in denen ein nie gekanntes Feuer brennt und die nur darauf warten, loszugehen und zu verkündigen, die mit brennender Leidenschaft von Dorf zu Dorf zögen, die Menschen bekehrten und heilten, die Dämonen austreiben würden, auf Schlangen und Skorpione träten, die über glühende Kohlen laufen würden und Feuer und Schwefel vom Himmel herabriefen, wenn jemand sich nicht bekehrte. Statt dessen muss er nun erkennen, wie schwankend sie sind, wie unschlüssig und zaghaft. Dass sie sich aus Angst vor den Juden hinter verschlossenen Türen aufhalten, dass sie ratlos und niedergedrückt herumsitzen und offensichtlich nicht wissen, wie es weitergehen soll.

Petrus, der große Petrus, von Jesus selbst zum Fels über die Kirche berufen, sitzt da und trommelt mit seinen schweren Fingern auf die Tischplatte. Er wirkt unschlüssig und schwankend. Jakobus weiß zwar, was er will, aber in ihm begegnet ihm, Saulus, dem jüdischen Theologen und Pharisäer, ein altes Judentum, wie er selbst es bereits für sich überwunden zu haben glaubt.

Petrus ist zwiespältig, Jakobus starrsinnig, der eine vorsichtig und klug, der andere beharrlich und dogmatisch.

Petrus ist nachdenklich, Jakobus überzeugt. Petrus zaudert, Jakobus streitet.

In Saulus regen sich die ersten Zweifel, ob er mit diesen Aposteln jemals klarkommen würde. Mehr noch, er fragt sich, wie viel der Jesus Christus, mit dem diese Apostel die Jahre bis zu dessen Hinrichtung verbracht haben, mit dem Jesus Christus zu tun hat, der ihm vor Damaskus erschienen ist.

Was hat er an diesen Christen eigentlich einst als so gefährlich empfunden, dass er meinte, sie bis aufs Blut verfolgen zu müssen? Stehen sie nicht viel mehr auf der Seite der Juden, als er es je für möglich gehalten hätte?

Ihm ist bei diesem ersten Besuch in Jerusalem klar geworden, dass die Juden von den Aposteln nicht viel zu befürchten haben – zumindest nicht in Jerusalem. Er ist enttäuscht. Viel mehr hatte er sich von diesem Besuch versprochen. Jetzt muss er sich fragen, ob er auf das falsche Pferd gesetzt hat, denn mit diesen Aposteln ist das Volk nicht auf die Wiederkunft des Messias vorzubereiten. Dessen ist er sich sicher.

Mit wie viel Hoffnung war er hierher gekommen und mit wie viel Enttäuschung muss er nun feststellen, dass er es nicht mit heroischen Weltverbesserern zu tun hat, sondern mit einfachen, ängstlichen Fischern.

Er ringt mit sich. Die Ernüchterung rieselt wie Schnee auf seine Seele. Sein Besuch hier in Jerusalem entpuppt sich mehr und mehr als Misserfolg. Dass ihm der Auferstandene Jesus Christus erschienen ist, scheint hier niemanden wirklich zu interessieren. Was soll er noch hier? Die Größe seiner Enttäuschung offenbart ihm die Übergröße seiner Hoffnung.

Er beschließt, Jerusalem zu verlassen. In das Stadthaus der ewig Zaudernden geht er an diesem Abend nicht mehr.

Halb wachend, halb schlafend liegt er auf seiner Pritsche. In den frühen Morgenstunden schultert er den Rucksack, verlässt das Haus durch einen Hintereingang und verschwindet lautlos in den verwinkelten Gassen.

Als die Sonne einen ersten matten Lichtstreifen an den Horizont wirft, schaut er noch einmal zum Tempel hinauf, der entfernt im frühen Nebel liegt.

Matt glänzt das Gold seiner Zinnen und dunkel schimmert das kostbare Zedernholz. Die mächtigen Türme ragen weit über den Dunst in den dunkelblauen Himmel. Tausend Jahre sind hier in einem Bauwerk zusammengeschmolzen. Könige und ihre Söhne, Enkel und Urenkel, Generationen und Generationen haben an ihm gebaut. Tausend Jahre lang hat das Volk seinem Gott hier geopfert und ihm nach der Wüstenwanderung dieses ehrwürdige Zelt errichtet – als baulichen Nachfahren jenes Zeltes, in dem die Bundeslade mit den Tafeln der Zehn Gebote durch die Wüste getragen wurde.

Wie ein edles, verwöhntes Tier liegt der Bezirk da, satt, geschmückt, gestreichelt und so lange getätschelt, dass keiner mehr weiß, wie viel Kraft noch in ihm steckt.

Etwas regt sich bei diesem letzten Blick ganz tief in ihm.

Lohnt es sich – für das, was er hier mit Petrus und Jakobus in den letzten vierzehn Tagen durchgemacht hat – das alles hinter sich zu lassen? Zu prachtvoll ist dieses Bauwerk, oben auf dem Berg Zion, zu groß die altehrwürdige Tradition und zu sehr ist er selbst mit dem Schicksal dieses Volkes verbunden, als dass er nicht hätte empfinden können, wie Millionen vor ihm und Abertausende mit ihm: Gepriesen sei Jahwe, der sein Volk aus der Knechtschaft herausgeführt hat.

Dunkel fühlt er, dass auch er, der Beschnittene, von seiner Wurzel nie ganz loskommen würde.

Wie aber ist diese Wurzel beschaffen? Ist sie eine Rübe? Oder ist sie wie die eines Ölbaumes, der seine Früchte weit oberhalb der Wurzel hervorbringt?

Über diese Frage war mit Petrus nicht zu reden.

Er wird sie selbst später, viel später, in seinem Brief an die Römer beantworten.

Einstweilen aber verlässt er bitter die Stadt und schaut sich nicht mehr um.

Die Enttäuschung lässt ihn das tun, was er noch vor zwei Wochen nicht für möglich gehalten hätte: er kapituliert. Der

Fall ist für ihn erledigt. Hier hat er nichts mehr verloren: von den Juden hat er sich losgesagt, weil er an den auferstandenen Jesus Christus als den Messias glaubt und mit den Christen kommt er auf keinen grünen Zweig.

Nur fort von hier.

Fünf Jahre wird es dauern, bis er die Stadt wieder für einen einzigen Tag betritt, fast zehn Jahre, bis er Petrus wieder trifft. Dann aber wird sich die jetzige Enttäuschung zu einem glühenden Zorn gewandelt haben, dessen furchtbarer Ausbruch die frühe Kirche in ihren Grundfesten erschüttern wird ...

Tarsus

Am Tage seiner Flucht ist er bis zur Küste gekommen und hat dort in einer Herberge übernachtet. Nach zwei weiteren Tagen erreicht er auf der Straße Richtung Norden Cäsarea.

Etwa 20 Jahre vor der Geburt Christi war diese Stadt von Herodes dem Großen gegründet und als Festungs- und Hafenstadt ausgebaut worden. Der künstliche Hafen hat große Wellenbrecher, die von Sklaven unter Einsatz ihres Lebens errichtet worden waren.

Es ist Abend geworden. Eine leichte Brise weht vom Meer, wo die Sonne rot untergegangen ist und die letzten lilafarbenen Streifen an den Horizont wirft.

Im Hafen liegen Schiffe aller Herren Länder. Sie werden in der typischen Eile des Herbstes mit den Spezereien des Orients beladen, bevor sich in der mürrischen Jahreszeit mit ihren unberechenbaren Winden nur noch Freibeuter und Piraten auf das mittelländische Meer wagen.

Oberhalb der Hafenanlagen sieht er die mächtige Burg des römischen Statthalters, der sich nur an großen Festtagen oder zu wichtigen Gerichtsverhandlungen in Jerusalem aufhält. Zur Zeit ist hier Pontius Pilatus im Amt, dessen tatsächliche Rolle beim Prozess um Jesus von Nazaret wohl auf immer ungeklärt bleiben wird.

Möven umkreisen mit zackigen Flügen die hohen Mauern. Sie kreischen gegen die Brandung an, die weiter vorne gegen den Felsen rollt, auf dem die Festung erbaut ist. In der Abendsonne leuchtet der Ziegel glühendrot. An den vorderen Mauerbesätzen und am seitlich gelegenen Haupteingang brennen bereits lange Fackeln und züngeln im Winde.

Er setzt sich, legt den Rucksack zu Füßen und isst seinen letzten Proviant. Vor drei Tagen ist er fort aus Jerusalem. Es kommt ihm vor wie eine Ewigkeit. Er war seitdem mit sich und seinen Gedanken allein und hat in der Einöde kaum einen Menschen getroffen, geschweige denn mit jemandem gesprochen. Wie immer, wenn zur Enttäuschung die Einsamkeit kommt, sind beide größer und größer geworden. Ein fremder schwarzer Vogel beginnt, in seiner zerzausten Seele herumzuflattern. Der Zweifel. Von überall her trägt er kleine Gedankenschnipsel zusammen und baut sich daraus eine Bleibe. Saulus hat nicht die Kraft, ihn zu verscheuchen. Wieder und wieder schwirren ihm Gesprächsfetzen durch den Kopf. Es quält ihn, wie unbefriedigend alles ausgegangen ist. Mal ist er fassungslos, mal entsetzt, dann wieder bestürzt und erregt, er entrüstet sich, hört sich selbst halblaut vor sich hinreden, wie ein Angetrunkener. Er ist verwirrt von den Ansichten des Jakobus, verstört von der Orientierungslosigkeit des Petrus und zornig über sich selbst, dass er sich das hat bieten lassen.

Er hatte erwartet, die Altapostel voll glühender Begeisterung über die Auferstehung von den Toten anzutreffen, er war gespannt auf das Antlitz der Erlösten. Und was hatte er vorgefunden?

Schwache Menschen voller Angst. Sie waren wie Schilfrohre, die im Winde schwanken.

Wie konnte es sein, dass diese Apostel jahrelang mit Jesus Christus gelebt hatten, dass er ihnen sogar als Auferstandener erschienen ist und dass das alles offenbar keine Spuren hinterlassen hat. War das der neue Weg, dessentwegen er sich vom Judentum losgesagt hat? Ein erster leiser Zweifel bemächtigt sich seiner einsamen Seele.

Er lässt seinen Blick über die im Winde schaukelnden Barken schweifen. Einige sind beladen und liegen tief im Wasser, andere wippen wie Nussschalen leicht. Aus den nahegelegenen Bordellen und Wirtsstuben tönen Stimmen und Gesang herüber, während ein fahles Licht aus den verhangenen Obergemächern traurig über den Trunkenen leuchtet. Über einen fernen Steg zieht ein kleiner Schwarm dunkelhäutiger Männer zum Boot zurück, wo sie die Nachtwache lärmend begrüßen.

Ein, zwei Fledermäuse jagen an ihm vorbei in Richtung der Burg, die sich nun kantig und schwarz vor dem nachtblauen Himmel abhebt. Dreißig Jahre später wird er sie von innen kennenlernen – als Gefangener, verzehrt von einer unfassbaren Leidenschaft für den neuen Weg, da wird Jakobus schon tot sein und Petrus in namenloser Ferne …

Auf der großen Ladefläche vor dem Anleger türmen sich die Waren, die gleich beim ersten Sonnenstrahl in die Bäuche der Schiffe gesenkt würden. Lastträger und Karren bringen neue Ware. Der Abendwind trägt Gerüche von Pfeffer, Muskat und anderen Gewürzen zu ihm herüber, die sich mit den Blütendüften von Parfümrohstoffen vermischen. Überall brennen jetzt Fackeln. Die Waren werden von Sklaven bewacht, die halb schlafend auf den Kisten kauern oder betrunken neben ihnen liegen.

Er schlägt den Rucksack über die Schulter und schlendert ziellos weiter.

Es riecht nach Myrrhe und Aloe. Zu einer Seite ragen jetzt hohe Säcke auf, zur anderen sind Holzkisten wie eine Mauer gestapelt. Nur eine schmale Gasse ist dazwischen freigelassen worden. Saulus hat die Daumen beider Hände locker an die Riemen seines Rucksackes gehängt und schlendert achtlos durch den hohlen Gang.

„Was suchst du da?", herrscht ihn plötzlich von hinten jemand an. Saulus fährt erschreckt herum. Ein Wächter hat sich bullig hinter ihm aufgebaut und versperrt den Weg.

„Verschwinde!", dröhnt der Riese.

Saulus schaut ihn gedankenverloren an, als wisse er gar nicht recht, wo er eigentlich sei, und fragt ihn plötzlich, ob und wohin sie morgen in See stechen.

„Morgen segeln wir in aller Frühe nach Seleukia, dann weiter nach Perge und dann nach Milet … mehr weiß ich auch nicht …"

„Kann ich bis Seleukia mitfahren?"

„Da müsst Ihr morgen den Kapitän fragen, er ist jetzt noch bei den Mädchen und kommt sicher spät. Wenn Ihr hier bleibt, so werde ich ihn Euch zeigen." Saulus bleibt.

Was hätte ihm besseres passieren können? Seleukia ist die Hafenstadt von Antiochia. Von hier aus ist er in höchstens zwei Tagesreisen in Tarsus.

Dorthin aber zieht es ihn: nach Hause.

Anderntags segeln sie an Tyros und Sidon vorbei. Gegen Mittag erkennen sie weit im Westen liegend die Gipfel von Zypern. Bald liegt auch diese Insel hinter ihnen und kaum ist sie endgültig im Dunst verschwunden, da fährt das Boot bereits in Richtung des Hafens von Seleukia, den sie bei bestem Wind am Abend kurz nach Sonnenuntergang erreichen. Saulus hat bereits im Voraus bezahlt, so verabschiedet er sich bei den Bootsmännern und zieht seines Weges.

Am nächsten Morgen findet er einen Wagen nach Antiochia. Bei dieser Gelegenheit kommt ihm kurz der Gedanke, sich dorthin zu begeben.

Von Barnabas hat er in Jerusalem und Damaskus gehört – hier Zweifelhaftes, dort nur Gutes.

Er steht an einem Scheideweg. Soll er zu Barnabas gehen und riskieren, dass er auch in Antiochia abgelehnt wird und unverstanden bleibt. Oder soll er heimgehen, sich eine Arbeit suchen und die Sache mit dem neuen Weg und Jesus Christus und der Auferstehung der Toten auf sich beruhen lassen?

Er ist unschlüssig und – dies vor allem – verunsichert. Könnte ihm Jesus Christus nicht jetzt erscheinen, wie damals vor Damaskus, und ihm genau sagen, was er von ihm wolle? Oder ist es seinerzeit doch alles nur Einbildung gewesen? War es gar keine richtige Erscheinung? War er nur übermüdet und überreizt in seinem jugendlichen Eifer? War es Jesus von Nazaret, der ihn gefragt hatte „Saul, Saul, warum verfolgst du mich?", oder war es irgendeine innere Stimme, die er gehört hatte? Und was sollte diese Frage überhaupt?

Ging es nicht an der Sache vorbei, wenn sie lautete: Warum verfolgst du *mich*? Er hatte doch die Anhänger dieser neuen Lehre verfolgt und nicht deren Gründer, an dessen Messianität er freilich nicht glaubte. Das ist alles so lange her. Mehr als drei Jahre sind seitdem vergangen. Die Erscheinung, seine Erblindung, die Heilung, alles das verschwimmt langsam zu einem unklaren Bild in seiner Erinnerung und nährt inzwischen eher die Zweifel denn den Glauben. Damals war er sich sicher, aber heute? Die Enttäuschung und der Zweifel werfen ein anderes, trüberes Licht auf das Gewesene.

Kann er, so fragt er sich, von Jerusalem fliehen und geradewegs zu Barnabas gehen?

Er traut sich nicht.

Zu sehr haben die Begegnungen mit Petrus und Jakobus ihn im Unklaren gelassen. Zwar haben sie ihm seinen Status als Apostel nicht unbedingt strittig gemacht, aber er hat auch keine Bestätigung von ihnen erhalten. Jetzt in Antiochia aufzutauchen, hieße Öl in das Misstrauen vor allen Dingen von Jakobus zu gießen.

Er ahnt Unbill und bittet den Kutscher – entgegen seiner anfänglich geäußerten Absicht –, doch bis Issus mitfahren zu dürfen.

Dieser zuckt verständnislos mit den Schultern und schüttelt den Kopf, hält sein Maultier langsam an, und als der Wagen steht, erbittet er von Saulus die Vorauszahlung der Kosten samt einer Übernachtung.

„Geschäft ist Geschäft", sagt er lachend und lässt die Münzen klirrend in einen ledernen Beutel fallen, den er wieder an den Gürtel bindet. Er schnalzt mit der Zunge, schlägt einmal mit den langen Zügeln und knarrend zieht der Wagen wieder an.

Der Händler ist ortskundig, und in der Herberge, die sie zur Nacht anfahren, kennt man offensichtlich seine Eigenart, Mitreisende großzügig freizuhalten. Mit zunehmendem Alkoholkonsum steigt sein sexueller Appetit und er verschwindet mit einem enormen Weibsbild in einer angebauten Bretterbude, die als Etablissement für käufliche Lustbarkeiten genutzt wird.

Saulus begibt sich aus der lauten Schankstube bald auf sein Lager. So sehr er sich auch auf das Wiedersehen mit seiner Geburtsstadt freut, so sehr geht ihm immer wieder durch den Kopf, dass er heute nicht nach Antiochia abgebogen ist. Er bedauert es nicht, aber es lässt ihm auch keine Ruhe. Er ist enttäuscht, er zweifelt – aber der Zweifel schenkt bekanntlich keinen Frieden. Er schläft unruhig, wird öfter wach, wälzt sich hin und her und erwartet den Morgen.

Am Nachmittag des nächsten Tages erreichen sie seine mächtige Heimatstadt Tarsus.

Fast zwanzig Jahre ist er nicht mehr hier gewesen, aber es hat sich nicht viel verändert. Buntes Volk treibt sich in den Straßen herum. Wagen, größere, als man sie sonstwo sieht, ziehen hin und her. Als sie den breiten Kydros überqueren, ist dieser voll von Galeonen, die vom Seehafen Rhegma ins Landesinnere fahren oder ihre kostbaren Waren im Stadthafen abladen. Soweit das Auge reicht, sind die Flussufer von Speichern und Kontoren gesäumt. Ganz Tarsus gleicht einem Marktplatz. Auf den fernen Straßen sieht man Karawanen in den Taurus ziehen.

Er springt von der Ladefläche, verabschiedet sich kurz vom Kutscher, nimmt sein Bündel von der Pritsche und geht zu Fuß weiter.

Sein Ziel ist das große Judenviertel, wo er aufgewachsen ist und wo Verwandte leben. Von weitem sieht er am Hang bereits die imposante Synagoge, außen wie innen Spiegel des Luxus seiner Erbauer und Erhalter. Es gibt viele reiche Kaufleute unter den Juden, die mit zum Stadtbild gehören, sich aber in ihrem eigenen Viertel besonders wohlfühlen. Schon als Kind hat Saulus gelernt, dass sie den einzigen wahren Gott anbeten, wohingegen die Tarser selbst sich an einen merkwürdigen anatolischen Gott namens Tarkun wenden. Dieser hat lustige Nebengötter, was ihn schon als Kind vergnügt hat. Ohnedies sind die leichtfüßigen Tarser mit ihren vielen Göttern immer wieder durcheinander gekommen, was im Judenviertel stets mit viel Heiterkeit aufgenommen wurde. Sie, die Juden, haben nur ihren einen Gott Jahwe – und darauf sind sie stolz. Alle anderen haben dagegen nicht ernst zunehmende Götzen.

Während er die Synagoge bereits hinter sich gelassen hat, muss er an jenes Fest denken, das die Tarser einmal jährlich feiern und an dem er und seine Schwester, sowie alle anderen Kinder rechtgläubiger Juden, nie haben teilnehmen dürfen. Insgeheim hat er sie um dieses Fest immer beneidet, denn es ist von Orgien mit unbändiger Zügellosigkeit begleitet, die überdies nie Gegenstand der Reue sind. Ähnliches hörte er später nur vom Saturnalienfest der Römer. Wen, so fragt er sich, reizt die Vorstellung, reuelos sündigen zu können, denn nicht? Dabei hatte man ihm schon als Kind versucht beizubringen, dass die Welt vor der Sünde immer anders aussieht als nach der Sünde.

Er hat sein Ziel erreicht.

Eine alte Tante öffnet ihm und fällt ihm nach kurzem Zögern lachend, redend, weinend und immer wieder küssend um den Hals. Er ist daheim.

Die ersten Tage vergehen mit nicht enden wollenden Wiedersehensfeiern, mit Besuchen hier und da, mit opulenten Essen und süßem Wein und den sonderbarsten Früchten.

Die Familie hat sich während der vielen Jahre seiner Abwesenheit vergrößert. Es gibt Nichten und Neffen, Schwager und Schwägerinnen. Sie kommen, sie bringen Geschenke mit, sie laden ihn ein. Es wird gegessen und getrunken, es gibt Wein und Käse und Nüsse, Fladenbrot und Lammfleisch. Es wird gefragt, nachgehakt und ergründet, Kinder krabbeln auf seinen Schoß, wollen alles ganz genau wissen und werden von den Eltern nach draußen geschickt.

Nach der ersten kurzen Phase der Wiedersehensfreude folgt die der Neugier.

Er bekommt Fragen gestellt, und es dauert nicht lange, da werden diese kritischer: wo er denn gewesen sei, wo er seine Zeit gelassen habe, weshalb er nicht mehr als Pharisäer lehre, ob denn seine ganze lange Ausbildung für die Katz gewesen sei, ob er denn nicht wisse, was seine Ausbildung zum Pharisäer seinem Vater gekostet habe, weshalb er aus Damaskus verschwunden und jahrelang in der Wüste gewesen sei. Und so weiter.

Nach der Phase der kritischen Fragen folgt die nächste, schlimmere: die der guten Ratschläge. Er könne doch nun nicht einfach alles hinwerfen, wie er sich das vorstelle, wie es denn nun weitergehen solle, ob er sich selbst nicht etwas vormache? – Also so etwas hätten sie ja noch nie erlebt, nun solle er sich aber schleunigst eine Frau suchen und auch eine Arbeit, genau das und in der Reihenfolge, denn vor irgendetwas müsse er ja leben.

Paulus bleibt äußerlich ruhig. Aber er bleibt auch verschlossen. Zu genau weiß er, dass er auf die meisten Fragen nicht antworten kann. Er weiß, dass sie ihn nicht werden verstehen können – vieles versteht er ja selber nicht.

Wie sollte er ihnen erzählen von seinen Hoffnungen, von seinen Enttäuschungen, von den langen schlaflosen Nächten des Ringens, wie erzählen von dem Glauben an Jesus Christus, den sie, die Juden, für Unsinn halten müssen und wie erzählen von dem Zweifel daran, ob die Apostel in Jerusalem wirklich fähig sein werden, diesen neuen Weg zu verbreiten, und wie erzählen davon, dass sie ihn ablehnen und ihm keineswegs alle Türen geöffnet haben und dass er nach Tarsus heimgekehrt ist, weil er nicht mehr weiter weiß?

Aber seine Verwandten bohren weiter. Sie legen die Finger in seine Wunde und merken nicht einmal, wie er innerlich aufschreit.

Auf die Phase der guten Ratschläge folgt die des Verstehens der anderen Seite: das könne er ja nun keinem verübeln, ihm gegenüber kritisch zu bleiben, Petrus habe sicher schon vieles mitgemacht, Jakobus sei ja auch nur ein Mensch, er, Saulus, solle nicht so viel von anderen erwarten, was hätten diese denn tun sollen? Und schließlich sei das ja wohl das Schlimme an diesen Pharisäern, zu denen er ja – ob er wolle oder nicht – gehöre: dass sie schwere Lasten schnürten und sie anderen auflüden, und er müsse nun auch mal einsehen, wie schwer die Last sei, die er, ihr geliebter Neffe, Onkel und Schwager Saulus, anderen auflüde.

Das war nun schon ziemlich deutlich. Saulus versteht diesen Wink mit dem Zaunpfahl. Er schaut sich nach Arbeit um.

Niemand hält es lange mit Menschen aus, die ganz genau wissen, was für ihn das Beste sei. Ratschläge sind auch Schläge.

Er verdingt sich in seinem gelernten Beruf als Zeltmacher, packt seine Habseligkeiten in den Rucksack und zieht in ein über der Werkstatt gelegenes Zimmer.

Wo soll er in Tarsus hin? Ist er nicht immer noch Jude?

Er geht zur Synagoge. Dort trifft er auf das ihm wohlbekannte, tarsische Gemisch von orientalischen Traditionen, römischen Bräuchen und hellenischen Juden.

Sie haben keinen großen Vorbehalt gegen neue Ansichten.

Die Juden sind liberal, und das stört ihn auch keineswegs mehr, aber dann breitet sich doch unterschwellig Misstrauen gegen ihn aus.

Je öfter er im Synagogengottesdienst von seinem Recht Gebrauch macht, das Wort zu ergreifen, desto mehr dämmert ihren Mitgliedern, dass sie sich mit der Aufnahme des Saulus eine Laus in den Pelz gesetzt haben.

Beharrlich legt er Wert darauf, von ihnen als ‚Apostel' bezeichnet zu werden, und begründet dies mit einer neuen religiösen Richtung, der er sich angeschlossen hat. Die Tarser Juden werden daraus nicht schlau, ihnen ist jede Radikalität fremd. So haben sie bei seiner Rückkehr zunächst angenommen, sie sei ein Zeichen dafür, dass er sich im Ausland weidlich die Hörner abgestoßen habe und nun nach wilden Jahren gekommen sei, um hier in Frieden zu leben.

Tatsächlich aber beginnt er bald, ein Fremdkörper unter den Juden zu werden.

Es fängt damit an, dass er eines Sabbats in der Synagoge einfach zu lange redet. Die Menschen werden unruhig, sie wollen heim, und haben anderes – auch am Sabbat! – zu tun, als sich von einem religiösen Besserwisser langweilige Reden über irgendeinen neuen Weg anzuhören und darüber, dass Gott auch die Heiden zum Heil berufen habe. Sie tuscheln miteinander, während er redet, schütteln lachend die Köpfe und kratzen sich gelangweilt die Bärte. Das widerwillige Hüsteln wird lauter. Aber er hört nicht auf zu reden. Er predigt gegen seine Angst an. Gegen die Angst, nirgends mehr hinzugehören und einen falschen Weg eingeschlagen zu haben. Seine Selbstzweifel sind in den vergangenen Wochen groß geworden. Wie, so fragt er sich, könne man ihm noch glauben. Sei es nicht verständlich, wenn die Leute einen Bogen um ihn machen würden? Er sei ja in der Tat stur, er habe ja mit großer Härte die Christen verfolgt. Und nachts, wenn er schwitzend im Halbschlaf liegt, träumt er von Stephanus, sieht ihn verbluten und sieht diesen schrecklichen letzten Blick in seinen glänzenden Augen, bevor sie brachen und er unter dem Steinhagel tot zur Erde sackte. Wie könnte er das je wieder gutmachen?

Aber anstatt ihn zu verstehen, ihm zuzuhören oder sich in seine Lage zu versetzen, hagelt es wieder gute Ratschläge.

Natürlich schlägt er sie in den Wind.

Was wissen diese schon von seiner Seelenqual? Von all dem, was auf seinem Gewissen an Schuld und auf seiner Seele an Enttäuschung lastet?

Immer häufiger geht jetzt ablehnendes Raunen und Rumoren durch die Reihen, wenn er in der Synagoge das Wort ergreift. Er aber ergreift es immer öfter. Seine Glaubensbrüder schalten ab, wenn er redet. Was er sagt, interessiert die saturierten Händler wenig.

Nach dem Gebet streift er draußen herum und sucht das Gespräch. Er will diskutieren, aber dazu haben sie weder die Lust, noch die Zeit, noch die Kenntnis. Sie machen einen Bogen um ihn, denn wenn er sie erst einmal am Wickel hat, dann kommen sie nicht mehr los. Sie grüßen ihn freundlich, nicken mit dem Kopf und gehen mit vorgebeugtem Oberkörper eilig weiter, um anzuzeigen, dass sie unter Zeitdruck sind und fort müssen.

Da er mit seinen Glaubensbrüdern nicht ins Gespräch kommt, beginnt er, sich in der ausgedehnten Hafengegend umzuschauen.

Mit mitleidigem Blick sieht ihn manch reicher Jude von seinem Büro aus dort herumstreichen. Immer nach Dienstschluss schlendert er in den Lagerhallen herum, wo Tag und Nacht gearbeitet wird. Er spricht dort Fremde an: Packer, Handlanger und Arbeiter, oder Matrosen, wenn sie von Bord kommen. In einem schlottrigen Umhang sieht man ihn dort stehen und mit den Sklaven reden. Sie schauen sich ängstlich nach ihren Treibern um, von denen der eine oder andere Saulus schon kennt und ihn schimpflich vertreibt wie einen streunenden Hund.

Einmal bringt er sogar einen Fremden mit in seine Wohnung und lässt ihn mehrere Tage bei sich wohnen. Das Gesetz, er würde dadurch unrein, schert weder ihn noch seine Glaubensbrüder.

Bald dreht sich das Verhältnis um. Jetzt meiden nicht mehr sie ihn, sondern er sie. Ihr mitleidiger Blick bleibt ihm nicht verborgen. Ihr Desinteresse treibt ihn mehr und mehr in die Flucht.

Aber wohin flieht man vor den Menschen? Solange man Hoffnung hat, flieht man zu anderen Menschen, ohne Hoffnung bleibt nur der Weg in die Isolation.

Es ist für den Einsamen ungewöhnlich, dass es eines Abends an seine Tür klopft. Es ist schon dunkel.

Langsam erhebt sich Saulus in seinem niedrigen Zimmer. Er nimmt das Talglicht zur Hand, das mit dem altem Fett der Küchenabfälle seines Meisters gefüllt ist, und tastet sich im Schein der kleinen Lampe zur Tür.

Er öffnet, und vor ihm steht gebeugt ein kleiner alter Mann.

Seinen schwarzen breitkrempigen Hut hält er in der schlaff am Körper herunterhängenden Hand.

Es ist ein Rabbi. Mit wässrigen Augen schaut er zu Saulus hinauf, geduldig wartend, bis dieser ihn erkennt.

Saulus nickt wissend und weist ihn mit flacher Hand in das Zimmer. Der Alte stolpert an der Schwelle. Er lässt sich zum Tisch führen, wo er zittrig stehenbleibt, bis Saulus einen Hocker geholt hat.

Der Alte ist schmutzig. Im Schein des Lämpchens glänzt sein abgetragener schwarzer Mantel. Die Finger sind runzelig und haben schwarze Halbmonde unter den Nägeln.

Saulus erinnert sich, wie seltsam sie ihn schon als Schüler fanden. Er sitzt zusammengesunken auf dem Hocker und atmet schwer. Der Hut rutscht ihm aus den Fingern und kullert zu Boden. Als Saulus sich nach ihm bücken will, winkt der Alte ab. Seine Hände zittern. Er atmet schwer und schaut Saulus durchdringend an.

Saulus holt einen Becher und schenkt ihm Wasser aus einem angeschlagenen Krug ein.

„Saulus", sagt er schließlich, „du hast einen neuen Weg gefunden, aber als Schriftgelehrter solltest du wissen, dass der Prophet nichts in seiner Heimat gilt. Saulus, schau sie dir doch an, die Tarser und all die anderen, mit welch oberflächlichem Gehabe sie ihr Leben vertun, wie sie ihre Geschäfte machen und Geld anhäufen – keinem kann man mehr trauen, in den Straßen und an den Ecken stehen sie herum und reden dumm, in der Synagoge lachen sie einen aus, erhobenen Hauptes laufen sie herum, die Selbstgerechten, an keinem anderen interessiert als an sich selbst, für ihre Kinder geben sie kein Schulgeld, die Witwen kümmern sie nicht, weltliche

Feste und vergängliche Freuden suchen sie, diese übertünchten Gräber, mischen sich wichtigtuerisch in anderer Leute Angelegenheiten und sind über jeden Zweifel an sich selbst erhaben ... ach, Saulus, es ist zum Verzweifeln ..." Er seufzt tief. Seine Augen flackern.

Nach kurzer Pause setzt er wieder an und redet über die Zeit, die Menschen, die Stadt, über den moralischen Verfall, über den Rückgang der Religiosität, über den Götzendienst. Als er fertig ist, hüstelt er ein paar Mal.

Saulus schweigt. Er kratzt sich nachdenklich den Bart und versucht, vor dem Alten seinen unruhigen Blick zu verbergen, indem er auf den Bretterboden schaut. Die Rede und die ehrlichen Worte des Rabbis haben ihn getroffen und rühren ihn merkwürdig an.

Hier sitzt einer vor ihm, der nach jahrzehntelangem Ringen aufgegeben hat, einer, der jetzt mit matter Verachtung über die spricht, die ihr Leben sorglos weiterleben und sich um religiöse Dinge wenig kümmern. Er ist ein müder alter Rabbi geworden, zu gebildet, um selbst oberflächlich leben zu können, und zu sehr missachtet, um die Menschen noch lieben zu können. Eine Art Seelenverwandtschaft mag ihn hierher geführt haben, vielleicht die Sorge, Saulus könne genauso enden, wenn er ihn jetzt nicht warnen würde.

Nach langer Pause, in der man nur das Atmen der beiden Männer in dem stickigen Zimmer hört, beginnt der Rabbi über die Sekte der Nazaräer zu sprechen. Und endlich spricht er Saulus auf dessen Gefolgschaft dieser neuen Richtung an.

Es sei ihm nicht verborgen geblieben, dass er Anschluss suche. Immer wieder würde er sich im Hafen und in der Stadt nach dieser Sekte erkundigen, würde nach ihren Führern und ihrer Ausbreitung fragen. In ihm müsse eine tiefe Verletztheit sein oder eine große Leidenschaft glühen – vielleicht beides. Er sitzt nachdenklich da und seine Beine zittern. „Ich bin ein zynischer und alter, verbitterter Mann geworden. Die Leidenschaft ist erkaltet. Ich bin gekommen, um dir zu sagen: Geh deinen Weg! Die Leidenschaft für Gott kann auf Dauer nicht fehlleiten. Aber, Saulus, geh' diesen Weg nicht allein! Du wirst dich in den Dornen der Enttäuschung verfangen, und am Ende wird dir nur der Spott bleiben und Menschenverachtung ... du bist zu jung dafür – und zu leidenschaftlich ..." – er lächelt ihn gequält an, „... geh' dorthin, wo die Sekte stark ist, wo ihre Führer sind, du wirst sonst zum Außenseiter, und dein Feuer versprüht wie Funken im Winde."

Es ist still im Zimmer. Im Treppenhaus knarrt ein Balken. Wieder hustet Elias kränklich. Saulus sinniert.

Der Rabbi ist aufgestanden und stützt sich mit einer Hand auf den wackeligen Tisch. Saulus bückt sich nach dem Hut. Der Alte drückt ihn achtlos auf den haarlosen Kopf. Er nimmt die Lampe zur Hand und führt den Rabbi sachte die Treppe hinunter.

Ein seltsames Paar zieht in dieser nächtlichen Stunde durch das Judenviertel von Tarsus. Zwei fremde Welten: die eine bei der anderen Stütze suchend, schwach und lebensmüde, die andere jung, leidenschaftlich und im Aufbruch, beide aber einsam, verloren, missverstanden und verfolgt.

Der Rabbi schlurft mühsam. Mehrfach bleiben sie stehen. Die Nacht ist kühl und klar. Irgendwo krächzt ein aufgeschreckter Vogel. Nur wenige Lichter erhellen jetzt noch die schmalen Gassen. Von fern hört man das unruhige Meer draußen vor der Hafenbucht an die künstlichen Wellenbrecher krachen. Elias schaut zu den Sternen, die wie Löcher in einer großen schwarzen Plane sind, hinter denen ein ewiges, unwandelbares Licht leuchtet. Langsam gehen sie weiter, jeder in seine Gedanken versunken.

Später biegen sie um eine Straßenecke und kommen in einen schmale, schmutzige Gasse.

Der Rabbi bleibt am Eingang eines vom bröckeligen Putz mitgenommenen Hauses stehen.

Der lange Abend und der weite Weg haben ihn erschöpft. Saulus spürt, wie er sich fester an seinen Arm klammert, um sich mit letzter Kraft aufrecht zu halten.

Er lässt den Arm des Saulus los und zockelt geistesabwesend in den dunklen Eingang. Mit der Schulter drückt er eine wackelige Tür beiseite, sie quietscht. Saulus will ihm in der Dunkelheit behilflich sein, aber der einsame Alte wehrt ab. Ohne sich zu verabschieden, geht er in den schwarzen Hausflur, der ihn nach wenigen Schritten verschluckt …

Barnabas

Barnabas sieht die Schriftstücke, die der Postbote am Morgen gebracht hat, zunächst nach den Absendern durch. Dabei fällt ihm eine kleine Rolle aus Tarsus auf, sie hat keinen Absender.

Er legt die Rolle gesondert auf die Seite und sieht die Post weiter durch. Das meiste legt er seinem Neffen Johannes Markus hin, der ihm als Schreiber gute Dienste leistet.

Dann nimmt er das tarsische Schriftstück wieder zur Hand, er zieht die Rolle auf und sieht die zittrigen, sehr dünnstrichigen Buchstaben. Er überfliegt die Zeilen, merkt aber, dass er zu schnell liest, und beginnt noch einmal von vorn. Es ist ein umständliches, altmodisches Griechisch, durch das er sich durchquälen muss.

Er liest die Zeilen ein zweites Mal und setzt sich, die Rolle in der Hand, in einen lederbespannten Sessel. Als einige Zeit später Johannes Markus eintritt, sitzt er immer noch so da.

„Onkel, was ist, schlechte Nachrichten?"

Barnabas bleibt sitzen und reicht ihm schweigend das Schriftstück. Barnabas schaut seinen jungen Neffen nachdenklich an, während dieser sich mit dem Griechisch genauso abmüht wie er vorhin. Die Sonne fällt in breiten Streifen in den großen Raum. Johannes Markus tritt ein wenig in den Halbschatten, um besser lesen zu können. In dem breiten Lichtstrahl tanzt der Staub. Barnabas bläst nachdenklich hinein, und die kleinen Teilchen kräuseln sich wie Rauch. Im Garten arbeiten Angestellte. Sie beschneiden den Wein. Eine Köchin zupft in einem Beet Kräuter für das Mittagsmahl. Die Sonne ist weitergewandert und fällt Barnabas nun warm auf seine nackten Füße, an denen leichte Sandalen hängen.

Ferne hört man Wagen poltern und die Rufe von den Arbeitern. Flößer ziehen große Stämme an Land, welche der

Orontes von den hochgelegenen Waldungen des Hinterlandes herunter getragen hat.

Antiochia liegt am linken Ufer des Orontes, etwas im Landesinneren und versehen mit einer eigenen Hafenstadt namens Seleukia. Es ist eine reiche Stadt. Sie ist von fruchtbarem Schwemmland umgeben. Die Berge im Osten schützen vor der kontinentalen Kälte im Winter und bescheren dem Land in den Sommermonaten warme Steigungsregen. Einst war sie eine der bedeutendsten Weltstädte, und auch unter der Herrschaft der Römer ist noch etwas von ihrem alten Glanz zu spüren. Es ist eine sinnenfrohe Stadt. So gibt es hier nicht nur Spiele, die den olympischen in nichts nachstehen, sondern auch viele Götter und Tempel, vor allem jenes bedeutende Apollonheiligtum und einen berühmten Nymphengarten, der zu den lustorientierten Festlichkeiten Jahr für Jahr viele aufgeregte Pilger anzieht.

Barnabas hat die syrische Metropole als Sitz gut gewählt. Die Jerusalemer Gemeinde der Nazaräer, wie die Thorachristen sich dort immer noch beharrlich nennen, ist weit weg, man kann über die gut ausgebauten Post- und Militärwege der Römer Kontakt halten, ohne dass doch direkte Einflussnahmen möglich wären. Noch jedenfalls hat sich keiner der Großen aus Jerusalem nach Antiochia bequemt. Dabei sollten sie ruhig einmal kommen und sich vor Ort ein Bild machen.

Johannes Markus runzelt die Stirn und fragt, was ein Wort aus dem Brief bedeuten soll. Er hält Barnabas das Schreiben hin und deutet mit dem Finger darauf. Sie buchstabieren gemeinsam und können sich nicht einigen, was es heißen soll.

„Das muss ein ganz alter Mann geschrieben haben", sagt Johannes Markus, „der verwendet Wörter, die haben nur die großen Philosophen und Dichter Griechenlands verwendet."

„Und dann fragst du mich, was sie zu bedeuten haben?"

Beide müssen lachen.

Barnabas ist ein wohlgemuter Mensch. Er kann fröhlich sein, ohne laut zu werden, und traurig, ohne in Abgründe zu stürzen. Sein Humor ist hintergründig, gebildet und fein. Er ist gewissermaßen schon von Geburt an gelassen. Er besitzt jenes ererbte Selbstbewusstsein der Leviten, die seit Jahrtausenden für den Tempeldienst auserkoren sind. In diese Schicht des jüdischen Uradels kann man nicht aufsteigen, man gehört von Geburt an zu ihr. Die Leviten sind elitär, gebildet, wohlhabend. Die jahrtausendelange Gewöhnung an Macht und Reichtum hat sie vor der Arroganz der Emporkömmlinge bewahrt. Sie sind wohlhabend, aber bescheiden, sie haben Besitz und protzen damit nicht, sie bleiben unter sich und machen kein Geschrei um ihre Besonderheit, sie sind überzeugte Juden – Leviten dürfen nur Juden heiraten –, aber nicht verknöchert, sie vollziehen den Tempeldienst, aber es bleibt ein Dienst. Sie sind weitestgehend frei von der Versuchung, ihren angestammten Verantwortungsbereich im Tempel als Machtbereich zu missbrauchen. Aus den Spannungen der religiösen Gruppierungen halten sie sich heraus.

Es ist diese ererbte Gelassenheit, mit der Barnabas seinen letzten Besuch in Jerusalem betrachtet. Er war zwar unter ähnlichen Vorzeichen wie Saulus aus Jerusalem fortgegangen, aber noch lässt er sich von Jakobus' Bedenken gegenüber der Heidenmission wenig beeindrucken. Auch für ihn war der Besuch in Jerusalem und das Treffen mit den Altaposteln nicht angenehm gewesen. Er hatte sich mehr Akzeptanz von ihnen für seinen Umgang mit den Heiden erhofft. Aber was soll's?

Er hat den Heiden einen einfachen Zugang zum Glauben ermöglicht, weil ihm immer schon bewusst war, wie schwierig es für Außenstehende ist, sich in das Jüdische hineinzuversetzen. Die Urgeschichte des jüdischen Volkes ist für Juden selbst schon undurchsichtig. Wie sollte man all das den Heiden nahebringen, die zudem oft weder Schreiben noch Lesen können. Sollte man den Heiden sagen, irgendwann sei da Abraham gewesen, aus dem Nebel der Urzeit aufgetaucht und in die Geschichte getreten, er sei mit sage und schreibe hundert Jahren Vater geworden? Sie hätten sich die Bäuche gehalten vor Lachen.

Das alles musste man doch falsch verstehen. Die ganze Vätergeschichte war ja schon für einen Juden schwer verständlich.

Isaak heißt also der Kleine, dessen Vater Abraham bei seiner Geburt hundert Jahre alt war. Aber ganz reibungslos war das nicht, denn zunächst konnte Isaaks Mutter Sarah nicht schwanger werden. Über viele Jahre musste ihre Magd, die Sklavin Hagar, aushelfen und gebar zunächst dem Abraham Ismael. Da war der zeugungskräftige Urahn schon 86 Jahre alt. Zwei Frauen im Hause, eine rechtmäßige, aber unfruchtbare Ehefrau und eine fruchtbare Sklavin im Bett, das konnte auf die Dauer nicht gut gehen. Die zwei Frauen streiten sich häufig. Als dann auch noch die rechtmäßige Ehefrau schwanger wird, kommt es zum Zerwürfnis. Die Sklavin muss mit ihrem Sohn Ismael fliehen. Schon nach diesen Anfängen wäre es schwierig, einem Heiden beizubringen, wie er sich moralisch zu verhalten habe. Aber es kommt ja bekanntlich noch dicker.

Kaum nämlich ist nach der Verscheuchung seiner Zweitfrau Ruhe im Zelte Abrahams eingekehrt, da soll er seinen einzigen Sohn Isaak auf dem Altar Gott opfern. Schon hebt er seine Hand, um den Knaben zu töten, da schreitet dieser Gott selbst dazwischen und lässt es gut sein. Das soll nun ein Heide verstehen? Und damit bei weitem nicht genug: Irgendetwas aber muss vom unruhigen Vater in die Nachfahren übergegangen sein. Der Sohn selbst, Isaak, führt ein überschaubares Ehe- und Sexualleben mit seiner Frau Rebekka, aber seine Zwillingssöhne Esau und Jakob, nunmehr die Enkel Abrahams, scheinen viel von ihrem Großvater geerbt zu haben.

Jakob will die eine heiraten, Rachel, die er liebt. Aber er bekommt von seinem Schwiegervater ihre ältere Schwester untergeschoben, Lea. Sie wird in der Bibel als unattraktiv geschildert, aber sie ist mit großer Fruchtbarkeit gesegnet: Sechs Söhne gebiert sie. Danach bekommt sie keine Kinder mehr. Getreu dem Vorbild des Großvaters begibt sich Jakob nun zu ihrer Kammerzofe, der Magd Silpa, die dann zwei Söhne zur Welt bringt. Nun hat Jakob schon acht Söhne.

Nach langen Jahren des Wartens bekommt Jakob dann doch die Frau, die er liebt, Rachel. Das beflügelt seine Männlichkeit. Aber Rachel wird nicht schwanger. Also muss ihre Leibmagd Bilha für sie einspringen und gebiert zwei Söhne. Jetzt sind es zehn. Dann aber geschieht das Wunder: Nach vielen Jahren wird Rachel doch schwanger, sogar zweimal nacheinander. Sie bringt zwei Söhne zur Welt, Josef und Benjamin. Bei der Geburt Benjamins stirbt sie.

Sollte er, Barnabas, bei den Heiden tatsächlich mit dieser Geschichte aufwarten, die in Kurzform so in der Thora steht: Als Jakob stirbt, hinterlässt er zwölf Söhne, die von vier Frauen geboren wurden: *Die Söhne Leas waren: Ruben, der Erstgeborene Jakobs, ferner Simeon, Levi, Juda, Issachar und Sebulon. Die Söhne Rahels waren: Josef und Benjamin. Die Söhne Rahels waren: Josef und Benjamin. Die Söhne Bilhas, der Magd Rahels, waren: Dan und Naftali. Die Söhne Silpas, der Magd Leas, waren: Gad und Ascher.*

Er ist sich sicher, dass das in Antiochia kaum jemanden interessieren würde. Seine Familie stammt ja selbst aus Zypern, und er weiß, wie wenig man sich für die jüdische Urgeschichte im Ausland interessiert.

Und weiter: Zum Abschluss der Wüstenwanderung wird das Land zwischen den Nachkommen jedes dieser zwölf Söhne aufgeteilt. Dabei aber gibt es eine Besonderheit: die Nachfahren des Sohnes Levi bekommen kein Land. Sie werden die Kultträger. Da die Nachkommen Levis keinen Landbesitz erhalten, stehen ihnen stattdessen die Tempelabgaben zu. Auch das ist seit Urzeiten so.

Damit es nun dennoch zwölf Stämme Israels gibt, wird das Land, das dem Sohn Josef zusteht, zwischen seine Söhne aufgeteilt: Manasse und Efraim. Josef ist ja in Ägypten und geht leer aus.

Das ist die Teilungsformel, nach der seit Urzeit das Land Israel in Stammesgebiete aufgeteilt ist: Die zwölf Söhne Jakobs, abzüglich des Levi und – damit es wieder zwölf sind – anstelle des Josef seine beiden Söhne.

Sollte man die Heiden hier in Antiochia die ganze Last der jüdischen Geschichte auflegen und an ihnen den blutigen Ritus der Beschneidung vollziehen?

Barnabas ist sich sicher, dass man sie, die Heiden, damit verschonen sollte.

Barnabas gehört zu dem weiten Kreis der hellenischen Christen. Er ist kein Apostel, aber seit früher Jugend mit den Aposteln in Jerusalem verbandelt und ein frühes und bedeutendes Mitglied der Jerusalemer Gemeinde. Eigentlich heißt er Joseph, jedoch haben die Altapostel in Jerusalem ihm den Namen Barnabas geben. Es ist ein sprechender Name: Sohn des Trostes.

Er war es, der einen Acker aus Familienbesitz verkaufte und den Erlös den Armen gegeben hatte.

Johannes Markus hat inzwischen den Brief gelesen, er zieht die Augenbrauen hoch und fragt: „Eine Falle?"

„Ich weiß es nicht."

„Irgendwie sieht es nicht so aus ... aber ungewöhnlich ist es schon, dass uns ein Altrabbi schreibt ..."

„Die Tarser sind tolerant, was das betrifft, unterscheidet sich die Stadt wenig von Antiochia ... aber mit Saulus Kontakt aufzunehmen ... ich weiß nicht." Barnabas steht auf und kramt auf dem übervollen Tisch nach dem letzten kurzen Schreiben von Petrus. Zuoberst liegende Bücher muss er auf den Fußboden legen, ein Stapel Briefe rauscht raschelnd nach. Johannes Markus kichert. Sein etwas ungelenker Onkel hat den Oberkörper drollig vorgebogen und sucht die Briefbögen durch. Schließlich zieht er das gefundene Objekt geschickt aus dem Stapel heraus und hopst dabei nach hinten, so dass er seinen Neffen beinahe umgestoßen hätte.

„Ich bin zwar kein Fischer ...", sagt er scherzhaft. Johannes Markus kichert. Hinter Barnabas rauscht ein weiterer Stapel zu Boden und verteilt sich in heillosem Chaos auf dem ungefegten Fußboden. Beide müssen lachen.

Barnabas schaut auf den letzten Brief, den er von Petrus erhalten hat, und meint, dass dieses Schreiben nicht viel hergebe und er sich frage, ob er in Jerusalem um Erlaubnis fragen solle, Saulus aus Tarsus nach Antiochia zu holen. Schließlich läge ihm die Einheit am Herzen. Sie entfernten sich immer weiter von den Jerusalemern: dort würden sie sich nach wie vor Nazaräer nennen, während sich außerhalb von Jerusalem die Bezeichnung Christen mehr und mehr durchsetzen würde, die Jerusalemer tauften höchstens Proselyten und nähmen diese nicht gleichberechtigt in die Gemeinde auf, sie hier in Antiochia würden sogar Heiden taufen, verlangten von ihnen nicht die Beschneidung und säßen mit ihnen an einem Tisch. Andererseits: Saulus habe in Damaskus drei Jahre lang das Evangelium mit viel Erfolg auch den Heiden verkündet und diese aufgenommen. Wahrscheinlich habe er bei denen dieselbe Offenheit und Freude erlebt wie sie hier in Antiochia. Er könnte ihnen in der Tat ein guter Helfer werden. Hier gäbe es sehr viel Arbeit.

Die Sonne ist inzwischen weitergewandert und das Zimmer wird schattig. Draußen beginnt die typische Stille der Mittagshitze. Grillen zirpen. Kein Vogel singt, und alle Arbeit im weiten Umkreis scheint zu ruhen. Die Köchin klopft und bringt einen Krug mit frischem Wasser, stellt ihn auf einen kleinen Tisch und sagt, dass es bald ein leichtes Mittagessen gäbe. Eine Suppe aus frischen Kräutern und mit Lammfleisch.

Beim Essen sprechen sie über die ewigen Streitpunkte, ob Jesus nur zu den Juden gekommen sei oder zu allen Menschen, ob die Heiden beschnitten werden müssten oder gleich die Taufe empfangen könnten, und so weiter.

„Das sind alles sehr theologische Fragen, Onkel Barnabas, ich kenne mich in dieser Thematik nicht sehr gut aus, um ehrlich zu sein."

Barnabas schmunzelt und reicht seinem Neffen eine Schale mit geschälten Äpfeln, die noch warm sind von der Honigglasur.

„Hier nimm, die sind ausgezeichnet." Er leckt sich die Fingerspitzen ab und trocknet sie an einem Tuch.

„Weißt du, Markus, mir geht es ja auch so. Alle denken immer, dass wir Leviten Theologen seien, aber das sind wir nicht. Uns ist nur seit Urzeit der Tempeldienst aufgetragen, aber die Spitzfindigkeiten der Theologen sind uns fremd."

„Ist dieser Saulus, von dem der Brief handelt, nicht ausgebildeter Pharisäer?"

„Daran hatte ich noch gar nicht gedacht …" Barnabas' Augen leuchten. Und ab diesem Moment kann er an gar nichts anderes mehr denken als daran, dass ihnen hier in Antiochia ein Theologe fehlt, einer, der es richtig drauf hat und der die antiochenische Heidenmission auch theologisch begründen könnte.

Johannes Markus sieht seinen Onkel mit zusammengekniffenen Augen an. „Je länger wir darüber reden, umso mehr glaube ich, dass du dich schon entschieden hast, diesen Saulus aufzusuchen …"

Zwei Tage später fährt Barnabas mit dem Schiff von Seleukia, der zu Antiochia gehörenden Hafenstadt, nach Tarsus.

Die wenigen Stunden der Überfahrt verbringt er am Bug sitzend. Der Wind zerzaust sein schon recht weißes Haar. Jetzt, wo er allein ist, kommen ihm erste leise Zweifel, ob es richtig ist, was er hier tut. Damals, als er nach der Steinigung des Stephanus die Flucht der Christen aus Jerusalem organisiert hatte, da war er auch kühn – aber das war nichts gegen sein jetziges Vorhaben. Ist dieser Saulus, von dem man schon das Unterschiedlichste gehört hatte, überhaupt in Tarsus? Ist das Ganze womöglich eine Falle der konservativen Juden, die ihm in Antiochia das Handwerk legen und eine weitere Ausbreitung des Christentums unter den Heiden verhindern wollen? Er wird normalerweise nicht seekrank, denn als Insulaner ist er mit der Schifffahrt aufgewachsen, aber jetzt ist ihm doch flau im Magen. Er kann nicht mehr zurück. Ihn bewegt die Frage, weshalb Jesus nie etwas darüber gesagt habe, wie sie seine Lehre verbreiten sollen. Die Uneinigkeit der Apostel darüber belastet ihn. Er ist ein Mensch, dessen Schaffenskraft der Harmonie entspringt, und er ist zugleich klug genug zu wissen, dass Harmonie nicht durch Gleichmacherei entsteht. Manchmal wirft er sich vor, den Problemen in Jerusalem davongelaufen zu sein, als er sich nach der Steinigung des Stephanus mit den hellenistischen Nazaräern nach Antiochia begeben hat. Fast sieben Jahre ist das jetzt her. Und nun fragt er sich, ob er auch wieder vor den Problemen davonläuft und Saulus nur holen will, weil er selbst sich nicht in der Lage sieht, sich mit den Jerusalemern auseinanderzusetzen.

Das Schiff ist nun so weit von der Küste entfernt, dass es Fahrt aufnimmt. Es weht ein eisigkalter Wind. Sein Gewand flattert. Und wie sonst nur nachts, wenn er, wie so oft in den letzten Monaten, nicht schlafen kann, gehen ihm wieder die ersten ruhigen Jahre durch den Kopf. Wie er seinen Beruf um dieses Jesus willen aufgegeben hat, wie er seinen Acker verkauft hat, damit die ersten Christen in Jerusalem etwas Geld haben sollten. Wie glücklich er damals war und wie frei. Seine Augen fangen im Wind an zu tränen.

Als die ersten Segel eingezogen werden und das Schiff mit verminderter Fahrt langsam in die Bucht einfährt, ist es schwül und diesig. Der frische Wind ist zu einem lauen Lüftchen abgeflaut. Unentschlossen steht die gelbliche Sonne im dünnen Nebel und wirft ein fahles Licht auf die modrigen Hafenanlagen. Graue Striche von Menschen bewegen sich zwischen den haushohen Warenstapeln.

Barnabas hat sich erhoben und steht, sein Bündel haltend, an der Reling.

Sklaven schieben einen Landungssteg hinab, und auf dem knarrenden Brett schwankt er von Bord.

Am Schiff beginnt, nach dem Aussteigen der wenigen anderen Fahrgäste, die laute und hektische Löscharbeit. Sie mischt sich, durch den Nebel verstärkt, mit dem Lärm anderer Arbeiten, der schmerzvoll an sein Ohr dringt.

Barnabas zieht langsam, plötzlich unentschlossen, Richtung Stadt. Am Rande der Hafenanlagen treibt sich viel Volk herum, Tagelöhner, die keine Arbeit bekommen haben, Bettler, die hier und da etwas aufsammeln, neugierige Kinder, ein paar alte Frauen und wohl auch Diebe.

Sie stehen in kleinen Grüppchen, sitzen auf leeren Kisten oder streifen zwischen den Lagern umher.

Er fragt den Erstbesten, ob dieser einen gewissen Saulus kenne. Der schüttelt nur den Kopf und geht davon.

Bei der nächsten Gruppe geht es ihm ähnlich.

Er zieht weiter. Einer bettelnden Witwe schenkt er seinen Reiseproviant. Sie schaut nicht einmal auf. An einer anderen Ecke fragt er wieder nach Saulus. Es ist ein langer dünner Bursche, der ihn aus schmutzigem Gesicht mit blauen Augen gelangweilt ansieht.

Bei dem Namen „Saulus" wird er ein wenig wacher. Ja, von dem habe er schon gehört, der laufe öfter hier herum und suche das Gespräch mit den Ankommenden. Heute habe er ihn noch nicht gesehen. Er sei meist weiter vorne, da, wo Barnabas gerade hergekommen sei, wo die großen Schiffe anlanden, am ersten großen Kontor säße er oft am Rand.

Barnabas dankt und geht in die ihm gewiesene Richtung. Als er an der Gruppe, die er vorhin gefragt hat, wieder vorbeikommt, rufen sie ihm etwas Spöttisches zu. Die Witwe ist fort.

Er nähert sich dem beschriebenen Lagerhaus und fragt dort einen jungen Mann, der sich rücklings an die Mauer gelehnt und ein Bein daran angewinkelt hat, nach Saulus. Er sieht Barnabas nicht an und weist wortlos mit dem Daumen am Gebäude entlang. Barnabas geht weiter. Um ein paar Kisten muss er einen Bogen machen und hat nun die Lagerhalle beinahe hinter sich, da sieht er plötzlich auf einem Balken jemanden sitzen, die Ellenbogen hat er auf die halb gespreizten Beine gestützt und hält den Kopf in den Händen. Er schaut zu Boden. Barnabas tritt zu ihm.

„Saulus?"

Er hebt den Kopf und schaut Barnabas befremdet an. Er hat einen kurzen Bart und von den Nasenflügeln bis zu den Mundwinkeln zwei tiefe halbmondförmige Falten. Die Wangen sind leicht eingefallen. Sein Haar ist kurz geschoren. Er trägt einen Umhang mit Kapuze, den er bis oben zugeknöpft hat. Und dann dieser Blick. Es ist ein so einmaliges und unvergleichliches Erlebnis, das nur den Bruchteil einer Sekunde dauert und doch ein Leben lang anhält. Wann immer er ihm in den nächsten Jahren in die Augen sieht, wird etwas von diesem ersten Augen-Blick mitschwingen. In seiner Seele ist etwas in Schwingung geraten, was nie berührt worden wäre, wenn es diesen ersten Blick nicht gegeben hätte. Auch später, wenn ihre Freundschaft auf so tragische Weise zerbrochen sein wird, wird diese Schwingung in ihm fortdauern und ihn nie mehr ganz in Ruhe lassen.

Saulus nickt kaum sichtbar. Aber es ist weniger eine Antwort auf Barnabas Frage, als vielmehr wie die sichtbare Bestätigung eines Gedankens, der ihn gerade beschäftigt hat.

„Ich bin der Barnabas und komme aus Antiochia."

Saulus schaut ihn an, als sei er mit seinen Gedanken weit weg. Er nimmt die großen adrigen Hände vom Kopf und erhebt sich wie eine noch müde junge Raubkatze, die durch irgendetwas geweckt wurde und nun früher als erwartet zur Jagd aufbricht. Als er sich jetzt langsam aufrichtet, wird schon seine unheimliche Spannkraft spürbar. Eine Urkraft scheint aus jeder seiner Poren zu dringen wie eine vernichtende Naturgewalt. Doch als er hager und schlottrig vor Barnabas steht, wirkt er wie ein frierendes Kind, das man am liebsten in Decken hüllen würde. Barnabas ist fasziniert und irritiert zugleich, er fühlt sich angezogen und zugleich tief verunsichert. Saulus schaut ihn wie von fern an, als würde er durch ihn hindurchsehen.

„Du weißt, wer ich bin?", fragt Barnabas. Wieder nickt Saulus. Er will etwas sagen, seine Lippen zittern, er hebt die Hand, als wolle er etwas erklären, lässt sie dann aber fallen und sagt leise: „Gehen wir."

Er weist mit der Hand in die Richtung, aus der Barnabas gerade gekommen ist, und geht langsam los. Barnabas bleibt einige Schritte hinter ihm, holt dann auf und sie laufen den langen Weg vom Hafen zur Mietwohnung des Saulus schweigend nebeneinander. Es fängt an zu nieseln. Sie bleiben kurz stehen, Barnabas zieht seinen Mantel fest und knöpft ihn zu, Saulus setzt die Kapuze auf.

Es ist fast dunkel geworden. Sie lassen die Stadt mehr und mehr hinter sich. Im Judenviertel wird es immer stiller. Der Stadtlärm ist nur noch von fern zu hören. Es riecht modrig. Paulus weist mit dem Kopf zur Synagoge, die in einer Seitengasse liegt und deren Zinne sich über die Dächer der niedrigen Wohnhäuser erhebt. Dabei schüttelt er ratlos den Kopf.

Im dunklen Hausflur nimmt er Barnabas den Rucksack ab und geht voraus. Unter Barnabas' Gewicht stöhnt die nur mit dünnen Holzbrettern belegte Treppe.

Barnabas ist verunsichert. Oben bleibt er einen Moment stehen, bis sich die Augen an die Dunkelheit gewöhnt haben. Ihm ist schwindlig. Saulus kramt etwas in dem am Ende des Flures gelegenen Zimmer. Er kommt mit einem Talglicht in der Hand. „Es ist hier oben immer dunkel, man bräuchte Tag und Nacht Licht, in der ersten Zeit habe ich mich immer irgendwo gestoßen ..."

Sie sitzen beieinander in der Kammer. Saulus hat ein zähes Fladenbrot auf einen Teller gelegt und schenkt aus einem Krug mit Wein die Tonbecher voll.

Sie kauen schweigend. Barnabas sagt: „Es war ein schöner Zufall, dass wir uns gleich, nachdem ich das Boot verlassen hatte, getroffen haben. Du bist öfter am Hafen?"

„Ja", antwortet Saulus, er liebe Schiffe. Darauf folgt wieder ein langes Schweigen. Schließlich gesteht er Barnabas, dass er dort unten am Hafen immer wieder Leute anspreche, ob sie schon einmal etwas von Jesus Christus gehört hätten.

„Ich habe auch schon mal etwas von Jesus Christus gehört", sagt Barnabas und schmunzelt. Saulus bleibt ernst. Er erzählt von der unguten Begegnung mit den anderen Aposteln – er nennt sie tatsächlich „die anderen" – und davon, dass er deprimiert von Jerusalem weggegangen sei. Sie hätten sich letztlich gar nicht für seine Erfahrungen in Damaskus interessiert. Sie seien zwar höflich gewesen, aber er habe den Eindruck gehabt, sie hätten ihm nicht zu-, sondern ihn nur angehört. Die Heidenmission sei für sie kein Thema. Sie hätten ihm mehr oder weniger zu verstehen gegeben, dass es besser sei, wenn er die Finger davonließe.

Er ist nervös, als er das alles erzählt. Sein Mund ist trocken. Wenn er den Trinkbecher anhebt, zittern seine Hände. Barnabas hat aufgehört zu essen. Er sagt gar nichts. Er fragt nicht. Es entstehen lange Pausen. Saulus schaut ihn immer wieder kurz an und dann irgendwo auf einen festen Punkt im dunklen Hintergrund des Raumes.

„Ich muss offen sagen, dass für mich der Fall erledigt ist. Ich habe andere Erfahrungen gemacht als die Altapostel in Jerusalem, diese Duckmäuser." Barnabas reagiert nicht. „Ich bin enttäuscht von ihrem Kleinglauben und ihrer Leidenschaftslosigkeit. Mir ist es unerklärlich, wie jemand jahrelang mit Jesus gelebt haben kann, wie jemand, der bis zuletzt dabei war und dann die Auferstehung hautnah mitbekommen hat ... wie so jemand mit leidensschwerer Miene hinter verschlossenen Türen sitzen kann und nicht weiß, wie es weitergeht ... und jetzt ..." – er winkt ab und lässt die Arme resigniert neben dem Körper baumeln. Er atmet schwer. Barnabas nickt und denkt, dass Enttäuschung, die sich Luft macht, allemal besser sei als wortlose Resignation. Wieder entsteht eine lange, quälende Stille.

Barnabas fragt nur leise: „Jakobus?“ Saulus nickt. Er will etwas sagen, aber es geht nicht. Er zittert, er schluckt. Seine Hände verkrallen sich ineinander. Die Finger knacken dabei. Er ringt nicht nach Worten, er ringt nach Fassung. Und dann bricht es doch aus ihm heraus. Zum ersten Mal seit langen Monaten, die Wut, die Enttäuschung, der Zorn ... Er kann nicht mehr an sich halten: „Diese Feiglinge ... Duckmäuser ... Drückeberger ... Leisetreter ... Angsthasen ... Krummbuckel ... Speichellecker ... Hasenfüße ... Schwächlinge ... Jammerlappen ... Versager ... Weichlinge ...“ Zwischen jedem dieser Wörter macht er eine Pause. Es scheint, als ginge ihm immer eine konkrete Situation durch den Kopf und als folge dann jeweils eines dieser Wörter als abschließendes Urteil zur vorgestellten Situation. Am Ende nimmt er einen Schluck aus dem Becher und lächelt – zum ersten Mal – Barnabas an.

Saulus fährt fort: Es seien so viele entscheidenden Fragen offen geblieben, dass er nicht sehen könne, wie es weitergehen solle. Er sei mutlos und geknickt aus Jerusalem fortgegangen, er habe so gehofft, dass der neue Weg zu einer echten Befreiung würde, aber er habe in Jerusalem schmerzlich erkennen müssen, dass die Altapostel keineswegs den Weg der Freiheit gehen würden, sie hätten unerlöster ausgesehen als manche Juden, die er kenne.

Barnabas sagt, Christus hätte ihn nach Tarsus geschickt. Er könne es nicht begründen, aber vielleicht verstehe Saulus, was er meine: er hätte ganz tief im Herzen gespürt, dass er hierher nach Tarsus kommen und Saulus nach Antiochia holen solle. Sie bräuchten dort einen Theologen, jemanden, der die Heidenmission theologisch und rational begründen könne.

„Ich bin auch aus Jerusalem geflohen“, fügt er an, „sagen wir es einmal so: Wir sitzen im selben Boot.“

Es ist lange nach Mitternacht, aber Saulus ist immer noch hellwach. Die Nacht schreitet voran. Barnabas kämpft mit müden Augen gegen den Schlaf. Aber Saulus' Energie scheint alles andere als erschöpft. Fast schämt Barnabas sich seiner Müdigkeit. Mit wippendem Kopf sitzt er da und versucht, sich durch gewolltes Zucken wach zu halten. Morgen wäre dann ja auch noch ein Tag. Barnabas schläft unwiderruflich ein …

Als er erwacht, ist es noch früh am Morgen. Seine Füße sind eingeschlafen und schmerzen unangenehm. Sein Nacken ist steif, denn er hat mit nach vorne gefallenem Kopf geschlafen. Sein Rücken tut weh. Barnabas reibt sich den Hals. Er reckt sich und schaut fragend zur Pritsche. Dort liegt, völlig angezogen, Saulus und schläft. In dieser entspannten Haltung lächelt er leicht. Die Hände liegen flach auf den Bauch.

Saulus ist jünger als er. Im Liegen wirkt sein Gesicht noch hagerer und sein ansonsten drahtiger Körper ein wenig eingefallen. Die schmalen Lippen sind leicht geöffnet. Jetzt, mit geschlossenen Augen, wirkt er freundlich, neutral, charaktervoll zwar durch die erstaunliche Nase, aber es ist nur ein schwaches Nachglühen seines Wachzustandes.

Vom ersten Augenblick an hatte er keinen Zweifel daran gelassen, dass er Apostel ist, im Vollsinn des Wortes. Barnabas kann das annehmen, glauben. Er ist bereits ein wenig ermüdet von arbeitsreichen Jahren, zu sehr schon mitgenommen von einem Leben, das er sich so ganz anders vorgestellt hatte, und infolge seiner Erfahrung ist er bereits erhaben über Titel und Ämter.

Nach dem Erwachen des Saulus sind die Habseligkeiten schnell gepackt. Er packt mit kräftiger Hand seinen Seesack und den Rucksack, über den er wieder den langen Mantel knöpft.

Früh gehen sie zum Hafen und beginnen, ein Schiff nach Antiochia zu suchen.

Immer wieder müssen sie warten, sich vorstellen, fragen und weiterlaufen. Die Morgenstunden im Hafen sind keine guten Stunden. Viele Arbeiter sind mürrisch, schwanken noch nach durchzechter Nacht, frieren, sind hungrig und wissen teilweise weder wo sie sind, noch wo sie hinwollten. Auch Barnabas und Saulus reden nicht viel miteinander, Barnabas, weil er von dem Tempo des Saulus außer Atem und ins Schwitzen gekommen ist, Saulus, weil er zur Zeit nichts anderes als die schnellstmögliche Gelegenheit, nach Antioachia zu kommen, sucht.

Er ist es, der mit den Schiffsleuten redet und als er endlich ein Schiff gefunden hat, winkt er Barnabas, der zurückgeblieben ist, zu, als führe das Boot in wenigen Augenblicken ab. Zögernd geht er den dünnen Steg hinauf. Zu beiden Seiten des Brettes geht es tief abwärts, und unter ihm schwappt das schmutzige Hafenwasser. Als er an Bord ist, erblickte er Saulus am Bug des Schiffes. Er geht zu ihm und beide setzen sich auf die dort liegenden Taurollen. Saulus hat seinen Rucksack abgenommen und holt seinen Mantel hervor. Barnabas schwitzt.

„Und?“, fragt er.

„Alles in Ordnung“, antwortet Saulus befriedigt.

„Geht es … noch lange?“

„Nein, wir fahren in Kürze ab.“

Wenig später stoßen magere Sklaven das Schiff mit langen Eisenstangen vom Beckenrand ab. Das vordere Segel wird gesetzt und bläht sich träge. Nur mühsam kommt das Schiff in Fahrt, Möwen folgen ihm.

Außerhalb der Bucht kommt Wind auf. Kurze Kommandos gellen, dann geht es unter vollen Segeln an der Küste entlang nach Seleukia, der Hafenstadt von Antiochia.

Antiochia

Saulus schaut nachdenklich auf eine Münze, die er zur Bezahlung der Überfahrt aus einem kleinen Geldbeutel herausgesucht hat. Es ist ein Denar, der das Antlitz des Kaisers Tiberius zeigt. „Die stammt aus der Prägestätte in Lyon", sagt er zu Barnabas und liest mit zusammengekniffenen Augen die Prägung am Rand „Ti Div Caesar ... Das sind lauter Abkürzungen für TIBERIUS DIVUS CAESAR ..."

„Ich kann kaum Latein", brummt Barnabas.

„Tiberius, göttlicher Kaiser ... "

„Die haben eine Meise, sich als ‚göttlich' zu bezeichnen."

Saulus nickt. „Delirant isti romani", nach einer kurzen Pause fügt er für Barnabas die Übersetzung gleich an: „Die spinnen, die Römer."

Barnabas muss kichern. „Ist der Tiberius nicht von seinem Vorgänger, Kaiser Augustus, adoptiert worden?"

„Genau der", antwortet Saulus.

„... sein Adoptivvater ist dieser Augustus, der allen Familien befahl, sich in Steuerlisten einzutragen, und deswegen auch Maria und Joseph nach Betlehem gegangen sind, wo Jesus dann geboren wurde."

„Die haben immer schon gewusst, wie sie an das Geld herankommen ..."

„Von nichts kommt nichts."

Und Saulus: „De nihilo nihil fit."

Jetzt lachen sie beide und schauen sich an wie zwei Jungen, die gerade die freudige Entdeckung gemeinsamer Interessen gemacht haben.

„Dieser Tiberius ist doch schon ewig Kaiser, oder?"

„Seit über zwanzig Jahren", antwortet Saulus. „Als er den Thron bestieg, war er 56 Jahre alt, aber eigentlich regiert ja ohnehin seine Mutter Livia. Schau" – er zeigt Barnabas die Rückseite der kleinen Münze – „das ist seine Mutter Livia, böse Zungen behaupten, das sei die Vorderseite der Münze ..."

Barnabas schmunzelt.

„Die kann alles ..."

„Außer treu sein, wie man hört ..."

Jetzt schmunzelt Saulus. „Mit dem Kaisertum ist es jedenfalls aus. Nicht das Volk wählt jetzt mehr seine Beamten, sondern der Senat. Das ist die reinste Diktatur."

Barnabas meint, dass Diktatur ein nettes Wort sei, das habe er noch nie gehört. Aber es passe wirklich gut zu dem, was man über die Regierung von Tiberius sagen könne.

Die ersten Segel werden eingeholt und das Schiff verliert an Fahrt.

„Warst du mal in Tiberias?", will Saulus wissen.

„In der Stadt, die Herodes zu Ehren von Kaiser Tiberius erbaut hat? Nein. Da war ich nie. Interessiert mich auch nicht. Ich stamme aus Cypern und war sonst eigentlich nur in Jerusalem."

Der Bootsmann kommt und hält ihnen die flache Hand hin. „Das macht einen Sesterz für euch beide zusammen." Saulus sagt, er habe nur einen Denar, ob er wechseln könne. Der Bootsmann nickt, nimmt den Denar und kramt drei Sesterzen Wechselgeld aus seiner Kasse. Er lässt den Denar in das Kästchen fallen: „Tiberium ad Tiberim" und geht zu den anderen Passagieren, um auch dort abzukassieren.

Nachdem sie das Boot verlasen haben, will Barnabas wissen, was der Bootsmann gesagt habe. Er könne ja kein Latein.

„Der hat gesagt: *In den Tiber mit Tiberius,* was wohl neuerdings die Massen in Rom rufen, weil sie der despotischen Machtherrschaft dieses grausamen, rachlustigen und blutrünstigen Kaisers überdrüssig sind. Aber meistens kommt ja nichts Besseres nach."

Von Seleukia aus begeben sich die beiden mit einem der stündlich verkehrenden Ruderboote auf dem Orontes nach Antiochia.

Saulus hat das Boot bereits bestiegen und für beide einen Platz an Deck besorgt, bevor Barnabas schwitzend nachgekommen ist. Es sitzen noch andere Leute in dem Boot, Hafenarbeiter, Ladekontrolleure, Kontoristen und ein paar Schreiber. Je näher sie auf dem mächtigen, grünlich schimmernden Fluss nach Antiochia kommen, umso unsicherer wird Barnabas, wie die große Gemeinde Saulus, der nun stumm dasitzt und auf das Wasser schaut, aufnehmen würde. Er bringt zweifellos eine kuriose Fracht in diese syrische Stadt. Sie haben den Stadtanleger erreicht und verlassen das Boot.

Um Saulus mit dieser Metropole ein wenig bekannt zu machen, gehen sie die „Säulenstraße" entlang, die von Herodes dem Großen auf einer Länge von 20 Stadien mit Marmorplatten belegt und mit gedeckten Säulengängen geschmückt worden ist. Sie kreuzen eine andere, ebenfalls mit Säulen besetzte Straße, und – um überhaupt etwas zu sagen – weist Barnabas auf die prachtvollen Gebäude und die mit feinster griechischer Kunst verzierten Fassaden.

Saulus brummt irgendetwas und schaut nicht einmal richtig hin.

Sie machen einen Bogen durch den südlichen Teil der Innenstadt, von wo aus man an den Hängen des Silpius die Villen der Reichen sehen kann. Sie interessieren Saulus nicht.

Barnabas weist ihn auf riesige Nymphäen hin, die bereits in dieser frühen Abendstunde herrlich beleuchtet sind, er deutet auf die am Hang sichtbare Ummauerung der Stadt, die sich bis zu dem höchsten Gipfeln erhebt und diesen oben mit Zinnen und Türmen ziert. Saulus verlangsamt kaum seinen Schritt.

Sie gehen schweigend weiter und haben bald ihr Ziel erreicht.

Das Zentrum der christlichen Gemeinde in Antiochia ist

ein großes Stadthaus, welches Barnabas schon vor Jahren gekauft hat. Eigentlich wollte er damals nur ein kleineres Atriumhaus kaufen, aber die Gemeinde war so schnell gewachsen, dass er ein in der Nähe gelegenes Peristylhaus erwarb. In diesem war das ursprüngliche Atrium, jener nach oben offene viereckige Eingangsbereich, um einen vorgelagerten Innenhof mit umliegenden Säulengängen erweitert worden. Barnabas war von der Säulenhalle begeistert, denn in ihr kann man sich geschützt im Freien aufhalten. Außerdem war im Innenhof eine besonders malerischer Ziergarten angelegt worden, der es ihm angetan hatte.

Nachdem sie einen kleinen Korridor durchschritten haben, legen sie im Atrium ihre Rucksäcke ab, und Barnabas weist auf die Säulengänge sowie auf den Ziergarten, den sie umschließen, hin. Ein kleiner Weg führt in dessen Mitte, wo das Regenwasser in einem Becken, dem Impluvium, gesammelt wird. Auf dem Grund des flachen Beckens befindet sich ein buntes Mosaik mit vier Pfauen. „Die stammen noch aus der heidnischen Zeit dieses Hauses", erklärt Barnabas entschuldigend. Paulus zuckt mit den Achseln.

Aus dem hinteren Bereich kommt ein Gärtner, begrüßt Barnabas freundlich, begrüßt Saulus wie jemand, der es gewohnt ist, dass Fremde im Hause sind, und nimmt das Reisegepäck.

„Bring es meinem Neffen", sagt Barnabas, „er hat das Zimmer für unseren Gast vorbereitet."

„Schon vor deiner Abreise hast du ein Zimmer für mich gerichtet?", fragt Saulus interessiert, als der Gärtner fort ist, „warst du dir so sicher, dass ich hierher nach Antiochia mitkomme?"

„Sicher war ich mir nicht, aber ich habe es sehr gehofft."

Sie folgen langsamen Schrittes dem Gärtner. Barnabas schießt einen Pinienzapfen zur Seite, der schnarrend über die unebenen Platten hopst und am Rande liegen bleibt. Es herrscht eine idyllische Stille. Der Säulengang ist kühl und feucht. Das Geräusch des weggetretenen Pinienzapfens hatte ein paar Vögel aufgeschreckt, die sich jetzt wieder auf den wippenden Zweigen einer kleinen Pomeranze niederlassen. Einige umschwirren das Impluvium wie eine Tränke. Ein Sperling nimmt ein Staubbad am Rande. Eine getigerte Katze springt elegant auf den Säulensims, setzt sich, rollt den Schwanz um die Hinterläufe und schleckt eine Pfote ab. Die Vögel fliegen davon.

Sie sind an der gegenüberliegenden Seite des Säulenganges angekommen. Barnabas öffnet die Tür zum Tablinum, jenem großen Raum hinter dem Atrium. Es sind kaum Möbel da. Nur am Rande stehen ein paar Regale mit Schriftrollen, ein Tisch und ein paar Hocker. „Hier treffen wir uns zu den Besprechungen und auch zum Gebet mit den Vorstehern der einzelnen Hausgemeinden."

„Hausgemeinden?" Saulus runzelt die Stirn.

„Es gibt so viele Getaufte und Anhänger des neuen Weges hier, dass wir uns nicht alle an einem Ort treffen können. Es gibt in den einzelnen Stadtvierteln Hausgemeinden, kleine Zentren, wo sie sich in ähnlichen Häusern wie diesem treffen. Die Hausgemeinden haben Vorsteher, und mit denen treffen wir uns hier mindesten einmal in der Woche, um die wichtigen Dinge zu besprechen ..."

Durch die Tür, die zu dem hinteren Küchen- und Wohnbereich führt, tritt ein junger Mann in den Raum. Er trägt ein langes weißes Gewand und sieht auf den ersten Blick aus wie ein römischer Senator. Sein dunkles Haar ist wellig und kurz geschnitten. Er überragt sowohl Barnabas als auch Paulus um einen halben Kopf, wirkt gepflegt, fast elegant. Sein Schritt ist fest und athletisch, aber nicht stürmisch, er geht gerade und sehr aufrecht auf Barnabas zu. Als Barnabas ihn wahrnimmt, geht ein breites Lachen über sein Gesicht. Freude. Der Jüngling streckt seinem Onkel beide Arme entgegen. Lange, feingliedrige Hände umfassen dessen Schultern. Sie umarmen sich rituell, der Junge legt seinen Kopf kurz an die rechte

Wange des Onkels und an die linke. Sie schauen sich kurz in die Augen. Beiden wirken glücklich. Barnabas weist auf Saulus und stellt die beiden einander vor. Johannes Markus macht eine ehrerbietige Kopfverneigung, die feine Manieren offenbart. Saulus bleibt steif. Seine Augen sind ein wenig zugekniffen. Zwei Welten begegnen sich hier: Der Jüngling und der Mann, der junge, gut gelaunte Intellektuelle und der vom Leben schon gezeichnete, skeptische Kämpfer, der Blasse und der Wettergegerbte, Parfüm und Schweiß, der Kontemplation und der Aktion – zwei Welten, wie sie immer existiert haben und immer existieren werden, voller Spannungen und Widersprüche, immer aufs Neue aufeinander verwiesen, zwei Welten, die das religiöse Leben über Jahrtausende repräsentieren werden, die sich einander bereichern könnten und die doch so oft aneinander zerschellen, weil jede der anderen vorwirft, nicht so zu sein wie sie.

„Nun denn ...", sagt Barnabas. Dann stehen sie als Dreiergruppe in dem großen Versammlungssaal. Markus geht mit dem Hinweis, er habe noch zu arbeiten, man sehe sich dann beim Nachtmahl. Barnabas zeigt Saulus die restlichen Räume. In der Küche begrüßt er freudig eine rundliche Köchin, die herzlich lacht. Sie ist fast schwarz. Sie stamme, erklärt er Saulus, als sie im Kräutergarten angekommen sind, aus Afrika und sei eine Freigelassene. Sie würden sich hier in der Gemeinde um die ehemaligen Sklaven kümmern. Der Gärtner stamme auch daher. Dann führt er ihn auf sein Zimmer, wo bereits der Rucksack steht. Die Fensterläden sind vorgeklappt. Durch sie fällt die schon tief stehende Sonne in kleinen Streifen auf die ausgetretenen Terracottafliesen. Barnabas sagt ihm, er solle sich hier wie zu Hause fühlen, und er freue sich, dass Saulus nun hier sei, dann verabschiedet er sich mit dem für Saulus unerklärlichen Hinweis, er müsse noch ein wenig ausruhen, die Fahrt sei anstrengend gewesen.

In den nächsten Wochen lernt er die Gemeinde kennen. Barnabas stellt ihm die Vorsteher der Hausgemeinden vor, nimmt ihn zu einzelnen Gebetstreffen mit, hat ihn bei den Versammlungen dabei. Immer treten sie jetzt zusammen auf, oft zu dritt, wenn Johannes Markus noch dabei ist.

Paulus ist bei den Versammlungen hellwach, bei den Diskussionen geistesgegenwärtig, im Urteil schnell scharf und zielsicher, aber in der Diskussion streitlustig. Die Leute sind ihm nicht gewachsen. Manch einen, der sich nur ungeschickt ausgedrückt hat, verletzt er, einen anderen lässt er nicht ausreden, fällt ihm ins Wort und wischt dessen Ansichten vom Tisch. Barnabas versucht, ihn darauf hinzuweisen, er bittet ihn um Geduld und Verständnis. Saulus meint, für Dummheit dürfte man kein Verständnis haben. Ein andermal versucht Barnabas abends daheim, bei einem Becher Wein, noch einmal die Ansicht von jemandem wiederzugeben, dem Paulus nach seiner Ansicht zu schnell über den Mund gefahren ist. Paulus lässt sich nicht darauf ein. Barnabas insistiert. Paulus antwortet *„Contra factum non valet argumentum“* – Gegen Fakten nützen keine Argumente. Er lässt sich nichts sagen. Auch von Barnabas nicht und auch nicht, dass er sich selbst den Wind aus den Segeln nehme. Saulus wirft Barnabas vor, er sei zu zaudernd und zu langsam, Barnabas seinerseits leidet unter dem Tempo des Saulus, unter seiner Schärfe und seinem oft zu harten Urteil. Der Langsamere hält den Schnelleren für einen Hektiker, der Schnellere den Langsamen für einen Tagträumer.

Und dann ist da noch Johannes Markus. Vom ersten Tag an hat Saulus für diesen Jungen zu wenig Geduld. Immer wieder beschwert er sich bei Barnabas, Johannes Markus sei zu jung, zu unerfahren, zu langsam; von der Schulbank weg sei er in die Gemeindeleitung gekommen, sein Wissen sei erlernt und nicht erlebt, er sei weichlich und verwöhnt.

Johannes Markus ist sensibel. Oft benötigt er des Darmes wegen Schonkost, ist häufig erkältet und hat gewisse Ansprüche, die Saulus als überzogen, ja luxusorientiert, bezeichnet.

Wenn es um seinen Neffen geht, ist allerdings mit Barnabas nicht zu spaßen. Er nimmt ihn in Schutz, wirbt um Verständnis, weist Saulus auf die guten Dienste, die Johannes Markus leistet, hin und ist auch dann nicht eines Besseren zu belehren, wenn Saulus mit dem ihm eigenen Scharfsinn argumentiert, dass er und Barnabas kärglich leben und schwer arbeiten würden, hingegen dieser Jüngling sich nichts abverlange und sich mit dem Mittelmaß zufrieden gäbe.

Johannes Markus wiederum lässt keinen Zweifel daran aufkommen, dass er der geistigen Arbeit gegenüber der körperlichen den Vorzug gäbe.

Nach einigen Wochen kommt es zu einer ernsthaften Auseinandersetzung. Es ist ein normaler Vormittag. Barnabas hat Saulus gebeten, ein paar Briefe zu beantworten, deren Inhalt sie am Vorabend gemeinsam besprochen hatten. Saulus soll diktieren und Johannes Markus schreiben. Der aber ist heute unpässlich. Er habe schlecht geschlafen. Eine Mücke hätte ihn in den Morgenstunden genervt. Auch hätte er die warme Ziegenmilch nicht gut vertragen. Saulus ignoriert das. Er treibt Johannes Markus so sehr an, dass diesem die zarten Finger schmerzen. Er schreibt langsamer als sonst. Einmal muss er wegen eines Tintenkleckses einen Bogen noch einmal schreiben. Je langsamer er schreibt, desto schneller diktiert Saulus. Im Gegenzug reizt ihn Johannes Markus mit der ständigen Bitte um Wiederholung des letzten Satzes. Schließlich bekommt Saulus einen Wutanfall, woraufhin Johannes Markus die Feder aus der Hand legt und die Stube mit dem Hinweis verlässt, Saulus solle doch selber schreiben, wenn er alles besser wüsste, er jedenfalls habe die Nase voll und werde nicht mehr für ihn irgendwelche Sklavendienste machen.

Barnabas sieht ein, dass es zwecklos wäre, die beiden länger miteinander arbeiten zu lassen. Saulus schreibt seitdem selbst und – was er nicht lassen kann zu betonen – schneller. Was ihn jedoch an dem ganzen Vorfall nachhaltig verstimmt, ist die Tatsache, dass Johannes Markus auf diesem Wege wieder einmal seinen Willen durchsetzte und – wie nicht anders zu erwarten – von seinem Onkel darin unterstützt wird.

Saulus ist morgens der Erste auf den Beinen, er arbeitet den ganzen Tag, legt selten eine Mittagsruhe ein, schreibt nach den allabendlichen Besuchen in den Hausgemeinden noch bis tief in die Nacht im Schein der Öllampe Briefe und geht als Letzter im Hause zu Bett.

Dennoch kommt er mehr und mehr zu der Ansicht, er sei in Antiochia nicht ausgelastet. Die Mission mache gute Fortschritte, aber die Gemeinde sei selbstständig genug, auch ohne sie auszukommen. Barnabas gegenüber äußert er, er sei nicht nach Antiochia gekommen – er formuliert es tatsächlich so –, um sich hier ein bequemes Leben zu machen, die Zeit laufe davon, Jesus Christus käme bald wieder und er sei von ihm nicht zum Apostel berufen worden, damit er hier die Hände in den Schoß lege. Johannes Markus ist schon zu Bett gegangen. Barnabas schenkt etwas von dem Süßmost nach und entzündet ein zweites Lämpchen, das auf einer hinteren Konsole steht.

„Saulus", beginnt er, „es gibt vor der Stadt einen dichten Lorbeerhain ..."

„Ich weiß, da will ich ohnehin mal predigen ..."

„Langsam, langsam ... Er ist der Vergnügungsgöttin Daphne geweiht ..."

„... und in der Mitte steht ein Apollotempel ... Was willst du sagen?"

„Es jährt sich das große Vergnügungsfest, zu dem Scharen von Lüstlingen und Buhlerinnern von überall her kommen werden, um ihrer Sinnenlust tage- und nächtelang zügellosen Lauf zu lassen. Schon jetzt beginnen die Gelage, mit denen sie Apollo und Artemis in diesem Tempel der Zuchtlosigkeit huldigen. Dort könntest du predigen. Wir haben diesen Ort bisher gemieden, nicht weil er unrein macht ..."

„... da stehen wir drüber."

„Richtig", fährt Barnabas mit dankbarem Lächeln fort, „wir haben diesen Ort gemieden, damit es keinen Ärger gibt. Aber offenbar brauchst du den Ärger, um richtig arbeiten zu können. Wenn es zu harmonisch ist, dann misstraust du dem Leben."

„Richtig!", antwortet nun Saulus, froh über diesen Hinweis auf den Daphnehain.

„Der Lorbeer ist heilig, strenge Gesetze verbieten, ihn zu fällen."

„Dann sägen wir doch einen ab ..."

„Saulus, genau das nicht!", Barnabas seufzt. „Hätte ich bloß den Mund gehalten ... Saulus, sei vorsichtig! Denke an die vielen Mitglieder der Gemeinde, die Behörden haben uns bisher völlig in Ruhe gelassen. Wir haben hier große Freiheiten. Alles ist bisher harmonisch. Saulus, denk an die Gemeinde."

Noch andere gute Ratschläge gibt er Saulus mit, und tatsächlich verspricht dieser eine gewisse Vorsicht. Genau diese Formulierung aber versetzt Barnabas in Unruhe. Immerhin hat er es geschafft, die Gemeinde von Antiochia in einem Halbschatten existieren zu lassen, in dem sie bis jetzt vor jeder Verfolgung bewahrt geblieben ist.

Barnabas fürchtet, Saulus könne eine schärfere Grenze zwischen Juden und Christen ziehen. Das würde auf kurz oder lang die Römer auf den Plan rufen, die wiederum bei neuen Religionen der Nazaräer insofern empfindlich sind, als sie um deren staatsgefährdendes Potential wissen.

Noch hält sich in Antiochia eine kuriose Balance, denn um des Friedens willen muss die Gemeinde gegenüber den Römern als jüdische Sonderform erscheinen, um der Heiden willen muss sie sich von den Juden absetzen.

Saulus zieht tatendurstig zum Daphnehain.

Am ersten Tag, so versichert er Barnabas, wolle er nur einmal schauen.

Gegen Abend macht er sich auf den Weg. Der Hain ist

hell erleuchtet, tausende von kleinen Kerzen zieren den Lorbeer. Die Wege der parkähnlichen Anlage sind mit Fackeln gesäumt. Im Schein der Lichter erhebt sich der runde Apollotempel, um dessen Dachsims hunderte von Öllämpchen flackern und ihre rötlichen Zungen lüstern in den Nachthimmel stoßen.

Die vielen Feuer erwärmen die Nacht. Es riecht nach Verbranntem. Manchmal weht vom Meer her eine Brise durch den abgeschirmten Bezirk und bringt frische Luft, die sich allerdings sehr bald wieder erwärmt. Schon auf dem Wege nimmt Saulus das ausgelassene Treiben wahr. Jünglinge laufen in leichtester Kleidung herum, Pärchen haben sich in die Büsche geschlagen, und im Hain selbst lassen sie ihren Lüsten vor aller Augen freien Lauf. Liebespaare tollen schamlos herum, in Gruppen oder zu zweien. Nackte liegen an den Hecken und tun es nach alttestamentlichem Vorbild dem Onan gleich. Unter den Arkaden des Tempels jagen Lüstlinge einander, bis sie kichernd in der Dunkelheit verschwinden oder hüpfenden Schrittes aus dieser kommen. Auf der Wiese liegen herrenlose Kleidungsstücke. Viele der Jugendlichen haben einzig einen Lorbeerkranz auf dem gelockten Kopf. Flötenmusik ist zu hören und Trommelrhythmen dringen aus dem Inneren des Tempels.

Einige Male wird Saulus, der seinen langen Umhang trägt, angerempelt. Dann aber fällt er auf.

Allein, ernst, schwarzgewandet – das passt nicht in dieses Treiben. Man gehört dazu, wenn man mitmacht. Zuschauer sind nicht geduldet. Dies zu verhindern, sind Aufpasser angestellt, die die Schaulustigen zu vertreiben haben. Diese Ordner müssen einen Hinweis bekommen haben. Auf jeden Fall treten vier Männer zu ihm und lassen keinen Zweifel daran, dass sie herzhaft zuzupacken verstehen, wenn es um die ungeschriebenen Gesetze dieser Orgie geht. Einer ergreift ihn am Arm, ein anderer zieht an seinem Mantel, und mit finsterer Miene wird ihm bedeutet: „Mitmachen oder verschwinden!" Saulus wehrt die an ihm Herumzerrenden mit den Ellenbogen ab. Aber da hat einer ihn schon am Kragen: „Bursche, mach hier keinen Aufstand – verschwinde!", er hält den Kragenstoff des Mantels in der Faust und hat mit einer Drehung den Hals des Saulus so fest abgeschnürt, dass die Nähte spannen. Saulus ringt nach Luft. Sein Peiniger lässt los und stößt ihn grob von sich. Saulus stolpert nach hinten und fällt. Dabei greift er haltsuchend nach einem hinter ihm stehenden Lorbeer. Als er auf der Erde liegt, versetzt ihm einer der Aufpasser einen Tritt. „Sei vorsichtig, Mann, der Lorbeer ist heilig!" Dann ziehen sie ihn wieder mit vereinten Kräften auf die Beine, drehen ihn in Richtung des Ausgangs und schlagen mit den Fäusten auf seinen Rücken. So drängeln sie ihn vorwärts, bis er selbst zu laufen beginnt. Zwei, drei Schritte setzen sie ihm noch nach, er dreht sich nach kurzer Flucht zu ihnen um, einer droht noch einmal mit erhobener Faust, dann biegt Saulus um die Ecke und tritt aus dem Zentrum des sündigen Ortes.

Er ist wie benommen.

Dinge, der er sich bisher nicht zu denken getraut hat, hat er gesehen, und sie gehen ihm als wirre Bilder durch den Kopf. Der Rücken schmerzt vom Sturz und den Fausthieben, eine Hand nässt aus den Schürfwunden.

Beim Morgenmahl sitzt er wie gewohnt still und wortlos. Die verbundene Hand verbirgt er unter der Tischplatte. Aber Johannes Markus spricht ihn sofort darauf an: „War wohl nichts gestern Abend, wie?" Er grinst.

„Das kann man so nicht sagen."

„Und was ist das da an der Hand?", beharrt Johannes Markus, während er sich ein geröstetes Weißbrot mit Feigengelee bestreicht.

Auch Barnabas muss schmunzeln.

„Was ist schon dabei? ... Ich bin gestürzt und habe mir die Hand dabei aufgeschürft. Ist dir das nie passiert?"

„Ich habe es nie so eilig", entgegnet Johannes Markus und tut sich gütlich an dem Röstbrot. Während er langsam isst, fragt Barnabas besorgt: „Hat es Ärger gegeben?"

„Ich bin ihm ausgewichen, aber du hattest Recht, es ist ..." – er wird durch ein Geräusch an der Tür unterbrochen.

„Salve!", ruft Barnabas, und herein treten zwei Jünglinge in weißen Gewändern. Sie schauen ein wenig verschämt und einer kichert albern vor sich hin. Als sie Saulus sehen, grüßen sie diesen freundlich. Saulus nickt. Einer von ihnen äußert mit hoher Stimme etwas über das herrliche Wetter, während der andere gekünstelt mit wiegenden schmalen Hüften durch den Raum tänzelt. Seine angewinkelten Arme wackeln drollig. Von einer Hand steht der kleine Finger grazil ab.

„Woher kommen die denn?", wendet sich Barnabas an Saulus.

„Die habe ich gestern Abend am Hain aufgegabelt und ihnen für die Nacht hier Quartier geboten." Er weist ihnen einen Stuhl. Johannes Markus hat aufgehört zu kauen und schaut die beiden mit großen Augen an.

„Sie wollen sich bekehren und ihr Leben ändern."

Die beiden nicken eifrig und suchen den Tisch nach Köstlichkeiten ab.

„Ja, das wollen wir", antworten sie beinahe gleichzeitig, worauf sie zu kichern anfangen.

Sie sind noch sehr jung, der eine etwas Ältere dicklich, der andere groß und sehr schlank mit rosigen Bäckchen und Goldlöckchen. Beide riechen stark nach Parfüm, was Johannes Markus mit einem Naserümpfen kommentiert.

„Ich denke, sie sollen Unterricht erhalten und danach die Taufe empfangen."

„Oh, die Taufe, die Taufe, ... ja, hi hi."

Barnabas schüttelt unmerklich den Kopf und runzelt die Stirn.

Dann fragt er sie, wo sie her seien, was sie beruflich machen und welcher Religion sie angehören. All die Fragen beantwortet mal der eine, dann der andere, und sie beschönigen nichts: sie kämen aus einem Vorort von Antiochia, einem Beruf gehen sie nicht nach, da sie vom Erbe des einen gut leben könnten, sie seien nicht religiös, aber der Daphne und dem Apoll würden sie schon huldigen, sie hätten aber diese Nacht von Saulus viel erfahren über den Christus, der bald komme, wiederkomme, um die Welt zu richten, dass diese Zeit zu Ende gehe und sie würden deshalb gerne ein neues Leben beginnen.

„Heiden", sagt Johannes Markus, während Barnabas zu Boden schaut.

„Was soll das denn heißen?", herrscht Saulus ihn an.

Es entsteht Stille, weil keiner vor den beiden Gästen streiten will.

„Ich denke", beginnt Saulus dann wieder zu Johannes Markus gewandt, „die beiden sind etwas für dich und du könntest sie im Glauben unterweisen." Johannes Markus ist fassungslos: „Diese ...", bevor er aber den Satz beenden kann, greift Barnabas ein: „Nun, da habe ich auch noch ein Wörtchen mitzureden ... auf jeden Fall könnt ihr gerne bei uns bleiben. Ein Katechet wird sich eurer annehmen, und dann werden wir ja sehen."

Die beiden haben die Münder voll, aber sie nickten eifrig.

Und so eifrig sind sie auch im Katechumenat. Sie werden getrennt und haben bei Gemeindemitgliedern Wohnung bezogen. Johannes Markus unterrichtet sie im Lesen und Schreiben, beide haben bei Handwerkern aus der Gemeinde eine Anstellung bekommen, im Gottesdienst sitzen sie mit den anderen Taufbewerbern auf einer gesonderten Bank, und bald hat die Neigung zueinander der von Natur aus stärkeren Platz gemacht, so dass sie sich – zu Saulus' höchster Zufriedenheit – mit Mädchen aus der Gemeinde verloben. Alles andere geht seinen Weg.

Saulus allerdings lässt sich im Daphnehain nicht mehr blicken. Er hat am Abend gemerkt, dass das Zentrum selbst für die Mission kein guter Ort ist und begnügt sich fortan mit dem Umfeld. Von den Gassen und Straßen, auf denen die jungen Leute zum Ort der Sünde – wie er ihn nennt – ziehen, kann er nicht verwiesen werden. Immer wieder spricht er dort Einzelne an und immer wieder hat er Erfolg. An die zwanzig junge Leute hat er allein in den letzten Wochen dort gewonnen. Barnabas bremst ihn aus Klugheit immer wieder. Er bittet ihn, nur in großen Abständen dort aufzutauchen, um nicht in unnötiger Weise auf sich aufmerksam zu machen und so dieses hervorragende Missionsfeld zu verderben.

Bald kommt der Herbst und die Orgien werden eingestellt, so dass es dort für Saulus nichts mehr zu tun gibt.

Diese Untätigkeit ist schlimm für ihn. Er hat gemerkt, was man bewirken kann, wenn man auf die Straßen geht. Er hat mit den Muskeln gespielt. Er will mehr.

Dieser eine kleine Götzenhain, der jetzt auch noch eingewintert wird, das ist nicht die Welt. Je unzufriedener er wird, umso öfter äußert er jetzt gegenüber Barnabas die Ansicht, dass das Evangelium, die Frohbotschaft, weit in die Welt hinausgetragen werden sollte. Dabei argumentiert er immer wieder mit der Zeit, die dränge, die zu Ende gehe, die genutzt werden müsse, um so viele Menschen wie möglich auf die baldige Wiederkunft des Christus vorzubereiten.

Barnabas zögert.

Nicht aus Unlust, wie Saulus ihm manchmal vorwirft, sondern aus Rücksicht gegenüber den Aposteln in Jerusalem. Sicher, es gibt viele Juden außerhalb Israels, die man missionieren könnte, mehr sogar als in Israel selbst. Saulus hingegen zieht es, nach den ersten kleinen Missionserfolgen in Antiochia, unverkennbar nicht zu den Juden, sondern zu den Heiden.

Solange aber genau diese Frage der Heidenmission nicht geklärt ist, will Barnabas von sich aus nichts unternehmen. Zwar ist Antiochia inzwischen die größte Christengemeinde, aber Jerusalem ist und bleibt einstweilen das Zentrum der Nazarener, wie sie sich dort noch nennen.

Um Saulus über den Winter zu beschäftigen, schickt Barnabas ihn zu den im Umland entstandenen Gemeinden. Dort solle er predigen, ermuntern, aufbauen. Saulus tut es. Er besucht die Hausgemeinden, geht zu den Versammlungen, trifft sich mit ihren Vorstehern und eingesetzten Diakonen. Mit aller Vorsicht schleicht er sogar um einige ländliche Synagogen, wo er den einen oder anderen Proselyten für das Christentum gewinnt. Aber das reicht ihm nicht. Er ist unzufrieden, wenn er zwischendurch nach Antiochia kommt und Barnabas Bericht erstattet.

Ein Häuflein Bekehrter hat er vorzuweisen, ein paar Proselyten und Heiden, was ist das schon? Nichts im Vergleich zu dem, was möglich wäre!

Dann aber geschieht das Unausweichliche. Es ist die ganze Zeit über absehbar gewesen. Barnabas befürchtete es. Saulus ahnte es. Beide verdrängten es. Beide wussten aber auch, dass es kommen würde, kommen musste.

Wie zwei Kontinentalplatten tief im Innern der Erde, so schoben sich Antiochia und Jerusalem in den vergangenen Jahren aufeinander zu. Erste kurze Erdstöße kündigten schon vor Zeiten an, dass aus der gegensätzlichen Energie ein Beben werden könnte, das die Kraft hätte, alles Bisherige in Schutt und Asche zu legen. Die Frage war nur, wann …

Visitation

Als im März des Jahres 37 die Nachricht über den Tod von Kaiser Tiberius nach Antiochia gelangt, zeigen sie sich davon wenig beeindruckt. Es betrifft sie nicht. Sie kommen bei einem Mittagsmahl auf das Thema zu sprechen. Entgegen der sonstigen Gewohnheit sind heute keine Gäste anwesend. So speisen Barnabas, Saulus und Johannes Markus in einem kleineren, seitlich gelegenen Refektorium, das nahe bei der Küche liegt. Es ist kalt in diesem Frühjahr, und ein Freigelassener, der seit einiger Zeit die Dienste im Hause übernimmt, hat ein kleines Feuer in einem offenen Kamin angezündet. Barnabas reibt sich die Hände. Saulus steht mit dem Rücken zum Feuer. Sie warten auf Johannes Markus, der Bauchweh hatte und den Vormittag im Bett verbrachte. Sie sprechen kurz über die politischen Zustände in Rom und über jene Nachrichten, die seit Tagen das römische Imperium in Atem halten. Barnabas interessiert das nicht groß. Er schaut durch das Fenster und sagt, dass es jetzt auch noch zu regnen anfange. „Es war schon sehr trocken in den vergangenen Wochen. Es ist für den Garten gut, dass es regnet."

Johannes Markus kommt und sie legen sich zu Tisch. Eine Bedienstete aus Äthiopien bringt einen Kupferkessel mit dampfender Hühnersuppe. Es ist eine junge Frau, fast noch ein Mädchen, mit mandelförmigen Augen und sanften runden Bewegungen. Mit ihren schmalen langen Händen umfasst sie den Topf wie den Kopf eines Liebhabers. Sie macht kleine Schritte und schaut starr auf die Suppe, die im Topf schwappt. Ihr ungewöhnlich glattes Haar hat sie nach hinten gebunden. Es glänzt seidig. Als sie die Suppe auf den Serviertisch stellt, schaut sie Johannes Markus kurz an. Er erwidert ihren Blick. Sie errötet und schaut zu Boden, wird unsicher, streicht eine Strähne nach hinten, wo gar keine ist, fasst sich kurz an den schönen langen Hals und geht still hinaus. Johannes Markus schaut ihr nach.

„Läuft da dein Bauchweh von heute Morgen?", fragt ihn Saulus, der die ganze Szene beobachtet hat. Johannes Markus wird tiefrot, weiß nicht, wo er hinschauen soll, und hüstelt.

Barnabas schenkt die Suppe ein.

„Jetzt fängt es auch noch zu regnen an", bemerkt Johannes Markus.

Saulus sagt im Tonfall von Barnabas: „Obwohl es schon sehr trocken war in den vergangenen Wochen. Es ist für den Garten gut, dass es regnet." Johannes Markus schaut ihn erstaunt an. Dann blickt er fragend zu seinem Onkel. Der merkt, dass Saulus ihn nachmacht, und zuckt mit den Achseln. Saulus grinst.

„Jetzt, wo der Kaiser tot ist, wird sicher auch bald Pontius Pilatus abberufen", meint Johannes Markus altklug. Saulus prustet los und hält sich die Hand vor den Mund, damit der Inhalt nicht über die Tafel spritzt.

Böse Blicke von Barnabas. Johannes Markus ist sichtlich gekränkt. Saulus erklärt, dass Pontius Pilatus auf dem Weg nach Rom gewesen sei, wo er sich vor dem Kaiser wegen der blutigen Niederschlagung des Samariteraufstandes rechtfertigen sollte, als der Kaiser starb. Woher Johannes Markus das denn wissen solle, wirft Barnabas ein. „Ich weiß es doch auch", antwortet Saulus und fügt dann noch an, dass er die Hoffnung für verfrüht halte, alles werde jetzt besser. „Die Hoffnung hat ja auch keiner geäußert", fügt Barnabas an. Johannes Markus und Barnabas essen schweigend weiter, während Saulus fortfährt: 78 Jahre sei der Kaiser alt gewesen und er habe zu lange geherrscht, als dass die Hoffnung noch groß sein könnte, nun, nach seinem Tode, werde vieles besser.

Barnabas schlürft vernehmlich seine Hühnersuppe und schaut über den Rand Johannes Markus an.

„Ist ja irre, was man über den alles gehört hat, über seinen Wahnsinn, seine Willkür, seine Mordlust, seine Gewissenlosigkeit, seinen Fieberwahn, seine Halluzinationen und seine Angst. Er war ein Gewaltherrscher, Unterdrücker und Tyrann. Er lebte die letzten elf Jahre seines verkorksten Lebens auf Capri und bewohnte dort eine Villa hoch oben auf dem Felsen, von dem er zum Tode Verurteilte hinunter ins Meer stürzen ließ – zum Schluss mehrere jeden Tag."

Johannes Markus verdreht die Augen. Saulus lässt sich nicht mehr bremsen: Zunächst seien alle sicher gewesen, der Kaiser sei tot. Erstickt. Als die Nachricht davon Rom erreicht habe, sei ein Aufatmen durch die führenden Kreise gegangen, sein designierter Nachfolger Gaius Cäsar Caligula hätte bereits die Glückwünsche zu seinem Regierungsantritt entgegengenommen. Doch plötzlich seien andere Boten, abgehetzt vom langen Ritt, in die gelöste Festatmosphäre nach Rom vorgedrungen und hätten atemlos gemeldet, Tiberius sei wieder zu sich gekommen, er habe sich von seiner Ohnmacht erholt. Die Senatoren und Caligula seien starr vor Entsetzen gewesen, hätten sich selbst schon den berüchtigten Felsen auf Capri vor den Augen des grausamen Greises hinabstürzen sehen, hätten sich fragend angeschaut, ob denn das Leben dieses Tyrannen kein Ende nehmen würde, bis Caligula beschlossen hätte, dem Ganzen ein Ende zu machen, einem der Reiter hätte er ein hohes, ein sehr hohes Bestechungsgeld gegeben, ihn zurückgesandt nach Capri mit dem Befehl, schwere Decken über den Greis zu werfen, um ihn so zu ersticken ...

„Nun ist er ja tot", sagte Barnabas.

„Aber wenn man bedenkt, dass der Irrsinn der römischen Kaiser bei jedem Machtwechsel zugenommen hat, kann einem schon anders werden."

„Lasst die Toten die Toten begraben."

„Von Caligula, der ja wohl der neue Kaiser werden wird, hört man, er würde für das verwöhnte und sensationslüsterne römische Volk grausame Tierhetzen geben, er gefalle sich darin, selber den Richterstuhl zu besteigen und vollkommen willkürlich Recht zu sprechen ..."

Barnabas und Johannes Markus fangen an, miteinander über das Wetter zu reden. Nebenher bemerkt Barnabas zu Saulus, sie seien eben nicht, wie er, römische Bürger und würden sich nicht so sehr für Machtpolitik interessieren.

Die schöne Äthiopierin kommt in Begleitung der Hauptköchin. Johannes Markus wird nervös. Er kann die Augen nicht von ihr lassen. Sie räumen das Geschirr und den Suppentopf ab, servieren Fladenbrot und Käse sowie eine Schale mit Aprikosen. Sie schaut Johannes Markus nicht an, aber sie bewegt sich so, wie jemand, der weiß, dass er beobachtet wird. Ihr Blick streift den des Saulus, da lächelt sie ihn mit ihren sinnlichen Lippen bezaubernd an.

Gegen Ende des Mahles sagt Barnabas: „Die Apostel haben geschrieben, ein Bote brachte am Vormittag den Brief." Saulus hört sofort auf zu kauen. Augenblicklich liegt Spannung in der Luft. „Und?"

„Wir bekommen bald Besuch." Er fährt fort: Das Schreiben enthalte die Mitteilung, die Apostel würden einige Leute mit dem Auftrag nach Antiochia schicken, sich das Leben der Gemeinde anzuschauen und dann in Jerusalem Bericht erstatten.

„Die schicken Spione!"

„Saulus ...!" Barnabas bewegt die Hände langsam in Richtung Tischplatte.

Er versucht ruhig zu bleiben. Aber die Nachricht ist ein Schock. Sie kommt der Hiobsbotschaft eines Arztes gleich, der dem Patienten eine tödliche Krankheit attestiert.

„Jetzt ist es mit der Ruhe und dem weitgehenden Frieden hier in Antiochia vorbei", seufzt Barnabas.

Saulus mutmaßt, dass es bei dem Besuch wohl um die schwelende theologische Kontroverse im Hintergrund gehe: Sie hätten hier in den vergangenen Jahren unbekümmert Heiden in die Gemeinde aufgenommen, er noch mehr als Barnabas. Infolge dessen schrumpfe das jüdische Brauchtum im Gemeindeleben mehr und mehr zu einer randständigen Sonderform zusammen.

„Wir haben die Heiden sehr frei erzogen, sie brauchen sich bei uns nicht an die jüdischen Bräuche und Reinigungs- und Speisevorschriften zu halten. Die Thora kennen sie gar nicht. Sie mussten vor der Taufe nicht den blutigen Beschneidungsritus über sich ergehen lassen ... Barnabas, glaub' mir, die Juden aus Antiochia haben sich über unseren Umgang mit den Heiden bei Petrus oder Jakobus beschwert."

„Ohne uns etwas zu sagen?", fragt der gutgläubige Barnabas.

„Die haben uns denunziert, glaub's mir – so etwas rieche ich wie der Hund den Knochen. Ich wundere mich nur, dass von denen keiner persönlich kommt ... von den Aposteln ..."

Barnabas wirkt in sich gekehrt. Er kaut auf der Lippe.

„Die trauen sich doch aus Jerusalem nicht heraus", fährt Saulus ärgerlich fort.

„Saulus, ich glaube, das ist es nicht."

„Was dann?"

„Ich glaube, die schicken jemanden, gerade weil sie eine mögliche Beschwerde unserer Thorachristen nicht überbetonen wollen ... Sie wollen den Eindruck vermeiden, dass bei der kleinsten Beschwerde der Thorachristen Petrus sofort höchstpersönlich vor der Tür steht."

„Barnabas, du siehst das alles zu positiv". Saulus ist verärgert über dessen ewige Gutgläubigkeit. Man müsse ja mit Blindheit geschlagen sein, wenn man nicht sehen würde, wie anders sich hier die Gemeinde entwickeln würde als in Jerusalem. Wenn Barnabas doch nur einmal den Mut hätte, den Dingen ins Auge zu sehen, dann würde auch er erkennen, dass es den Juden hier in Antiochia nicht passen könne, was vor sich gehe. Die Juden, die sich haben taufen lassen und sich nun zu Christus und der Auferstehung von den Toten bekennen würden, würden sich ja weiterhin an die Thora und die Speisevorschriften halten. Es sei offensichtlich, dass es denen nicht passe, wie die Heiden ohne Beschneidung und nur durch die Taufe in die Gemeinde aufgenommen würden. Diese Kontroverse hätte sich ja bereits in der Auseinandersetzung mit den Altaposteln angedeutet, und schließlich hätte Barnabas ja selber auch erfahren, dass sie in diesem Punkte erstens uneinig seien und zweitens keinen Spaß verstünden. Er, Saulus, könne sich richtig vorstellen, wie das gelaufen sei, die Juden und die Thorachristen aus Antiochia hätten sich in Jerusalem über die hiesige Praxis beschwert, und jetzt würden sie jemanden schicken, der hier nach dem Rechten schaue ...

Barnabas hat zwischendrin immer wieder abgewunken, Saulus mit Gesten beschwichtigt und an einigen Stellen mit den Schultern gezuckt.

„Da hast du's", wirft ihm Saulus vor, „du bist ein Phlegmatiker, du verdrängst die sich androhende Disharmonie, aber du kannst noch so oft abwinken, die Leute aus Jerusalem, diese Spione und von den Aposteln beauftragten Spitzel, sie werden kommen und sie können uns das Leben hier ganz schön zur Hölle machen ..."

„Sagen wir lieber: zum Fegefeuer", wirft Barnabas ein, um durch Humor die Situation zu entschärfen.

„Genau das ist der Trugschluss, Barnabas: Es ist die Hölle, und sie verkaufen es dir als Fegefeuer ..."

„Dann sollen sie halt kommen, in Gottes Namen."

„Ob sie in Gottes Namen oder in ihrem eigenen Namen kommen, das wird sich ja noch herausstellen, sicher ist nur, dass sie kommen werden und dass es ungemütlich wird, und zwar für uns alle ..."

Einige Tage nach diesem Streitgespräch hält am Vormittag knarrend ein Wagen vor dem Haus. Herab springen drei Männer mittleren Alters und ein Jugendlicher. Sie lassen vom Kutscher einige Gepäckstücke abladen und an den Eingangskorridor tragen. Dann hört man ein kurzes Kommando und der Wagen poltert davon.

Die Bediensteten haben in der Zwischenzeit Barnabas und Saulus informiert, die in Erwartung des Besuches in den letzten Tagen kaum aus dem Haus gegangen waren, sie lassen alles stehen und liegen und hasten ins Atrium. Da stehen sie mit langen Gewändern und jeder mit einer Art dunkler Wolldecke um die Schultern, und mit einer kleinen schwarzen Kappe auf dem Kopf.

„Ist in Jerusalem noch tiefer Winter?", fragt Barnabas schon von weitem. Sie wenden sich ihm zu, er eilt ihnen entgegen, begrüßt sie freundlich und fragt, als er merkt, dass sie das nicht witzig finden, ob sie eine gute Reise gehabt hätten. Sie küssen einander rituell auf die linke und rechte Wange. Inzwischen ist auch Saulus bei der Gruppe. Barnabas stellt ihn vor: „... und das ist der Apostel Saulus ..."

„So, so ... Apostel ...", bemerkt einer. Die anderen nicken Saulus steif zu. Peinliches Schweigen. Barnabas löst es auf, indem er irgendetwas über das Wetter sagt. Auch Saulus wird mit dem Kuss begrüßt.

Es werden Grüße übermittelt: von Petrus, von Jakobus, von diesem und jenem aus der Gemeinde – alles Leute, die Saulus nicht kennt.

Als der Hausmeister die Gepäckstücke an ihnen vorbeiträgt, tritt vollkommene Stille ein. Als er vorbei ist, fragt einer halblaut, ob das ein Heide sei, und weist mit dem Kopf nach ihm.

„Kein Heide, aber auch nicht beschnitten", antwortet Barnabas, und Saulus raunt ihm zu, dass das ja gut anfange. Die Besucher runzeln die Stirn. „Nun denn", sagt der Leiter der kleinen Gruppe.

Barnabas führt die Gäste mit dem Hinweis auf ihre Zimmer, dass sie sich nun erst einmal frisch machen sollen. Es gäbe später eine Kleinigkeit zu essen.

Etwa zwei Stunden danach eilt die schöne Äthiopierin von Tür zu Tür und gibt Bescheid, dass das Mahl gerichtet sei. Sie versammeln sich in dem großen Refektorium.

Saulus Weg führt an den Gästezimmern vorbei. Dort sieht er, dass nach jüdischem Brauch an den Türpfosten gut sichtbar die Mesusa hängt, jenes kleine Pergamenttröllchen mit den Schriftzitaten, die nach Vorgabe des fünften Buches der Thora an die Türpfosten des Hauses geschrieben sein sollen. Er weiß, was dort auf den Rollen steht, tausende Male hat er den Text gehört, aufgesagt, wiederholt, hat ihn selber auf solche kleinen Pergamente geschrieben: *Und wenn ihr auf meine Gebote hört, auf die ich euch heute verpflichte, wenn ihr also den Herrn, euren Gott, liebt und ihm mit ganzem Herzen und mit ganzer Seele dient, dann gebe ich eurem Land seinen Regen zur rechten Zeit, den Regen im Herbst und den Regen im Frühjahr, und du kannst Korn, Most und Öl ernten; dann gebe ich deinem Vieh sein Gras auf dem Feld und du kannst essen und satt werden. Aber nehmt euch in Acht! Lasst euer Herz nicht verführen, weicht nicht vom Weg ab, dient nicht anderen Göttern und werft euch nicht vor ihnen nieder! Sonst wird der Zorn des Herrn gegen euch entbrennen; er wird den Himmel zuschließen, es wird kein Regen fallen, der Acker wird keinen Ertrag bringen und ihr werdet unverzüglich aus dem prächtigen Land getilgt sein, das der Herr euch geben will. Diese meine Worte sollt ihr auf euer Herz und auf eure Seele schreiben. Ihr sollt sie als Zeichen um das Handgelenk binden. Sie sollen zum Schmuck auf eurer Stirn werden. Ihr sollt sie eure Söhne lehren, indem ihr von ihnen redet, wenn du zu Hause sitzt und wenn du auf der Straße gehst, wenn du dich schlafen legst und wenn du aufstehst. Du sollst sie auf die Türpfosten deines Hauses und in deine Stadttore schreiben. So sollen die Tage, die ihr und eure Söhne in dem Land lebt, von dem ihr wisst: der Herr hat euren Vätern geschworen, es ihnen zu geben, so zahlreich werden wie die Tage, die der Himmel sich über der Erde wölbt.*

Die Jerusalemer Abordnung berichtet von dem neuen Statthalter namens Marullus, der Marcellus, den Nachfolger von Pontius Pilatus, kürzlich abgelöst habe. Anfangs sei es mit diesem Marullus ja noch gut gegangen, aber am Ende sei es mit ihm unerträglich gewesen.

Man müsse sich das mal vorstellen: Da errichteten die Römer in Jerusalem einen Altar zu Ehren des Kaisers Caligula. Was für eine Gotteslästerung. Sie könnten jeden verstehen, der bei der Demonstration gegen diesen Altar dabei gewesen sei und daran mitgewirkt habe, dass dieser Altar zerstört worden sei. Und dann sei es ja noch schlimmer gekommen, denn zur Strafe habe Kaiser Caligula befohlen, dass ein Standbild des Gottes Zeus im Tempelbezirk von Jerusalem aufgestellt werde, das ihm, dem Kaiser, sehr ähnelte, da hätten die Glaubensbrüder in Jerusalem den Statthalter beinahe umgebracht. Man wisse allerdings nicht, wie lange der sich jetzt noch halten könne, denn die Aufregung ist in Jerusalem unter den Juden immer noch sehr groß.

Der das gesagt hat, schaut jetzt prüfend in die Runde, ob jemand gemerkt habe, dass er die Jerusalemer Juden als Glaubensbrüder bezeichnet habe. Dann fährt er fort: „Übrigens ist der Hohepriester Kajaphas nun auch abgesetzt."

„Der war aber auch lange genug im Amt, waren es jetzt nicht neunzehn Jahre?", fragt Saulus und ergänzt, dass er sich immer schon gefragt habe, wie das hätte sein können, denn normalerweise würde das Amt des Hohenpriesters jedes Jahr neu durch den Hohen Rat an ein Mitglied der Sadduzäer vergeben.

„Saulus gehört halt zu den Pharisäern", erklärt Johannes Markus den Besuchern, als wüssten sie das nicht längst.

„Gehörte! Jetzt bin ich Christ." Die Gäste schauen sich nur an. Saulus will wissen, wie sich diese veränderte politische Situation auf die Christen im Land Israel auswirke.

„Auf die Nazaräer?"

„Meinetwegen, ja – auf die Nazaräer." Saulus ist schon wieder gereizt.

In den vergangenen Stunden war das Wetter umgeschlagen. Nun setzt plötzlich ein heftiger Regen ein. Für einen Augenblick hören alle auf das prasselnde Geräusch. In die Stille brummelt Saulus: „*... dann gebe ich eurem Land seinen Re-*

gen zur rechten Zeit, den Regen im Herbst und den Regen im Frühjahr."

Barnabas verdreht die Augen und zieht die Stirn in Falten.

Sie kommen wieder auf die politischen Gegebenheiten zu sprechen. Die Jerusalemer wissen zu berichten, dass immer mehr Nazaräer die Stadt verließen. „Bei denen, die nicht gehen, bleibt alles hängen: die Versorgung der Armen, die Witwenspeisung und so weiter, das kostet alles Geld ... In diesem Jahr sind die Nahrungsmittel knapp, alles ist sehr teuer. Zwar gibt es nach wie vor die brüderliche Güterverteilung, aber sie vermag nicht alle Kosten zu decken" – und mit dankbarem Blick zu Barnabas: „Es hat nicht jeder einen großen Acker, den er selbstlos verkaufen und das Geld den Aposteln geben kann." Barnabas geht darauf nicht ein.

Und Saulus: „Warum verlassen sie nicht Jerusalem und kommen zu uns?"

„Jerusalem ist das Zentrum, dort hat der Messias gelitten, dort ist er auferstanden. Im Übrigen haben die Apostel schon viel Leid in Jerusalem erlitten, verzeih, aber ... das war vor deiner Zeit", er lächelt Saulus an und verschränkt die Arme vor der Brust, „die sind auch schon ins Gefängnis geworfen und ausgepeitscht worden, und Gamaliel, dein ehemaliger Jerusalemer Kollegienprofessor, hat ihnen damals höchstpersönlich verboten, von Christus zu predigen."

Barnabas sieht Saulus flehentlich an. Er schweigt.

Abends, als sich alle schon auf ihre Zimmer zurückgezogen haben, geht Barnabas zu Saulus. Er klopft leise.

„Ave", flüstert es von drinnen und Barnabas tritt ein.

Er kommt ohne Umschweife zum Thema: „Saulus, ich bitte dich, gegenüber unseren Gästen nicht so bärbeißig zu sein."

„Du meinst gegenüber den Spitzeln, die Jakobus uns auf den Hals gehetzt hat?"

„Petrus ..."

„Oh, Barnabas, du Gutgläubiger – Petrus ist doch nur der Erfüllungsgehilfe von Jakobus, hinter dieser ganzen Visitation stecken Jakobus und die Judenchristen aus Jerusalem …"

„Die Thorachristen."

„Meinetwegen: die Thorachristen. Sie haben diese Abordnung geschickt, weil schon längst gegen uns im Hintergrund agitiert wird. Es muss hier undichte Stellen geben, die nach Jerusalem gemeldet haben, wie wir mit den Heiden umgehen … und wo diese undichten Stellen sind, das wissen wir ganz genau …"

„Du hörst wieder mal die Flöhe husten …"

„Barnabas, an diesem Punkt waren wir schon öfter …"

„Saulus, ich bitte dich", Barnabas macht eine beschwichtigende Geste, „nicht so laut, mein Gott …"

Saulus fährt flüsternd fort und wird dann schnell wieder lauter: „Unsere Denunzianten sind die Thorachristen hier aus Antiochia. Die haben uns das eingebrockt und sich über uns beschwert, weil sie genau wissen, dass sie in Jerusalem auf offene Ohren stoßen. Denen kommt das Jüdische hier zu kurz. Warte mal ab, was unsere Gäste am nächsten Sabbat machen, da rühren die keinen Finger, werden keine Lasten tragen und keine hundert Schritte laufen … So sieht's aus. Das sind doch mehr Juden als Christen. "

„Saulus, die Lage ist nun einmal so, wie sie ist, wir werden diese Leute nicht ändern, aber wir können uns so verhalten, dass sie von uns und unserer Tätigkeit ein gutes Bild bekommen, und nur darum bitte ich dich: sei klug und halte dich zurück. Bitte! Um der Sache willen!"

Und weil er das letzte Wort haben muss, fügt Saulus an: „Die Typen sind mir unheimlich … diese übertünchten Gräber …"

Barnabas erhebt die Hände zum Himmel und murmelt „Großer Gott …"

Schon am nächsten Sabbat erweist sich, dass Saulus Recht hatte: Ihre Gäste halten den Sabbat. Am Vormittag gehen sie in die Synagoge von Antiochia und sonst tun sie den ganzen Tag nichts. Aber sie sind freundlich, sie machen keinem einen Vorwurf, dass er nicht in die Synagoge gegangen ist. Sie lächeln, sie grüßen, sie verneigen sich.

Barnabas tut alles, um den Visitatoren ein möglichst positives Bild von der Gemeinde zu vermitteln. Es kommen bekehrte und getaufte Heiden, die teilweise bei Thorachristen wohnen, die Jünglinge aus dem Daphnehain, die Saulus eines Tages angeschleppt hatte, erzählen von den leeren oberflächlichen Jahren ohne Gott. Einen Tag später ist wie zufällig einer ihrer Arbeitgeber da, ein Juden-Christ, und berichtet, wie ernst die Jugendlichen den Glauben nähmen; alte Frauen weiß Barnabas vorzustellen, die ständig im Gebet sind, Familien, die zweimal wöchentlich fasten, Männer, die von Wundern und Heilungen berichten, Sklaven, die von der Gemeinde freigekauft worden sind, Kinder, die den Gesandten Bilder gemalt, und Künstler, die Schalen und Kerzenleuchter geschmiedet haben, kurz: Das ganze farbige, lebendige und fröhliche Bild der Gemeinde tritt den Boten vor Augen.

Sie hören sich an, was ihnen erzählt wird, nicken schwer und nachdenklich mit dem Haupt, dass ihre Schläfenlocken tanzen, aber sie sagen nichts. Sie kommentieren mit Gesten. Schauen sich plötzlich an, wenn einer etwas erzählt, das ihnen nicht passen kann, runzeln die Stirn, atmen schwer und vernehmlich aus, stöhnen. Das ist alles.

Am Abend vor ihrer Abreise findet eine große Gebetsversammlung statt. Der Gottesdienst läuft so ab, wie er sich in Antiochia entwickelt und als günstig erwiesen hat. Es sind noch Reste vom alten Synagogengottesdienst erkennbar. Aber auch neue Formen werden deutlich: Beschnittene und Unbeschnittene sitzen ungetrennt beieinander, die Schriftlesung aus der Thora ist nicht obligatorisch, sondern fakultativ, es darf nicht jeder das Wort ergreifen, sondern nur die ausgewählten und gesegneten Leiter der Hausgemeinden, und auch die nur, wenn sie sich vorher bei Saulus oder Barnabas zu einer Predigt angemeldet haben. Die Jerusalemer Abordnung ist dabei. Sie sitzen zusammen und beobachten.

Am Ende richtet Barnabas das Wort an die Gäste aus Jerusalem. Sie stehen schon und wollen gehen, als er sie bittet, sich noch einmal zu setzen, er wolle noch etwas sagen. Während er sich bei ihnen für ihren Besuch bedankt, sitzt Saulus stocksteif da. Die Zehen krümmen sich in den Sandalen zum Fußballen hin. Er hüstelt. Er schwitzt. Barnabas sagt, die Gemeinde hätte noch ein Geschenk für sie, das sie bitte mitnehmen mögen nach Jerusalem. Es sei ihnen nämlich nicht verborgen geblieben, dass es in Jerusalem eine Hungersnot unter den Christen gäbe, und das dürfe ja nicht sein, man müsse zusammenhalten, deswegen hätten sie in den vergangenen Tagen in Antiochia eine Kollekte gemacht.

Es wird plötzlich unruhig in der Versammlungshalle, denn auf ein verabredetes Zeichen hin stehen die Vertreter aller Hausgemeinden auf und kommen nach vorn. Sie tragen kleine Säckchen und Körbe bei sich und legen sie vorne zu Füßen von Barnabas nieder. Danach leert sich der Versammlungsraum. Die gesamte Situation ist auf eine merkwürdige Weise peinlich. Die Gesandten bleiben ungerührt sitzen, Barnabas weiß damit nichts anzufangen, Saulus sitzt leichenblass da und schaut starr auf einen festen Punkt auf dem Fußboden. Im Gebetsraum wird es immer ruhiger. Draußen hört man noch die letzten Besucher miteinander reden, aber dann gehen auch sie und ihre Stimmen verlieren sich in der Ferne. Da steht Barnabas auf, und gerade, als er die Kollekte nehmen will, sagt ihr Anführer: „Barnabas, wir können das Geld nicht annehmen."

Es ist totenstill. Barnabas bleibt der Mund offen stehen. Saulus hüstelt. Beide sind sie wie vor den Kopf gestoßen. Man sieht Barnabas an, wie getroffen gerade er ist, der diese Kollekte organisiert hat. Er ringt gleichzeitig nach Worten und nach Fassung. Saulus ist nun aufgestanden. Er atmet schwer und schaut böse.

„Tut uns leid …", sagt ein anderer der Visitatoren.

Barnabas fragt mit brüchiger Stimme: „Weshalb wollt ihr das Geld nicht annehmen?"

„Weil es unrein ist", murmelt Saulus aus dem Hintergrund. Der Anführer der Visitatoren antwortet: „Du sagst es!"

Barnabas ist erregt. Seine Hände zittern. Man merkt ihm an, dass er mit allem gerechnet hatte, nur damit nicht. Er schaut immer wieder zwischen den Kollektenbeuteln und den Visitatoren hin und her.

Dann kippt er das Geld wortlos in einem größeren Beutel zusammen, kehrt die leeren Säckchen und Körbe mit den Füßen beiseite und geht. Saulus folgt ihm.

Die Stimmung ist mies. Das Abendessen vergeht mit höflichem Geplänkel. Johannes Markus schaut der schönen Äthiopierin nach. Die Kollekte wird nicht mehr erwähnt, keiner rührt an das Thema. Es ist wie kurz vor einem Vulkanausbruch: Unter der Erde kocht die heiße Lava hoch, aber von oben betrachtet ist alles noch in bester Ordnung. Noch.

Jakobus der Ältere

Die Visitatoren kehren auf lautlosen Sohlen in das krachende und kochende Jerusalem zurück. Schüchtern schleichen sie durch das Gassengewirr. Sie wollen nicht gesehen werden. Um jedes Hindernis machen sie einen Bogen. Sie ziehen die Kapuzen tief ins Gesicht und drücken sich an Häuserwänden entlang. Sie suchen die Nebengassen und Seitenstraßen. Wie ein Schatten gleiten sie durch die Nacht und sind verschwunden. Für sie gleicht ihre Rückkehr nach Jerusalem einem Wechselbad von extremsten Ausmaßen. In Antiochia gibt es keine Verfolgungen, keine wütenden Juden und keine gereizten Römer. Wie friedlich ist dort alles gewesen, wie fröhlich, gelassen und heiter – und wie anders ist dagegen Jerusalem?

Die Stadt kocht – tags und nachts. Überall künden Propheten – falsche, echte, wohlmeinende und bösmeinende, Scheinheilige und Heilige, die einen authentisch, die anderen Imitate, die einen künden von sich, die anderen von anderen. Sie schreien, stöhnen und jaulen, jammern und weinen, wehklagen und klagen an. An den Straßenecken stehen sie in kleinen Gruppen und diskutieren mit ausladenden Gesten. Nachmittags andere als vormittags, nachts andere als tags. Aber alle blicken sie ängstlich um sich, spähen, ob irgendwo Römer sind, die sie sehen und des Aufruhrs verdächtigen könnten, oder ob – schlimmer noch – befeindete religiöse Gruppen sie beobachten und Ränke schmieden werden. So geht es seit Jahrzehnten, seit das auserwählte Volk Gottes unterdrückt wird von den Besatzern. Für die einen sind die Römer eine Strafe Gottes, für die anderen eine Heimsuchung, eine Folge des Abfalls von Gott, kaum anders einzuordnen als die zehn Plagen, mit denen Gott-Jahwe einst das verstockte Herz des Pharaos schlug: die Heuschreckenplage, die Fröscheplage, die Stechmückenplage, die Stechfliegenplage, die

Viehpest, die schwarzen Blattern, der Hagel, die Finsternis und schließlich der Tod aller Erstgeborenen. Und die falschen Propheten flüstern es von Ohr zu Ohr: Die Römer sind alles zusammen …

Vor den Synagogen stehen die hageren Künder des Untergangs, mit Schaum vor dem Mund; auf den Plätzen verunsichern asketische Seher mit grotesken Ankündigungen ihre Kultbrüder. Sektierer huschen durch die Stadt und ihre unterirdischen Gänge, sie tragen schmähliche Schriften in geheime Zirkel, verfasst von hageren Wüstensöhnen, die mit wippenden Oberkörpern in warmen Höhlen hocken und ihre nächtlichen Visionen niederschreiben. In Tonkrügen versiegeln sie die Pergamente ihres geheimen Wissens um den Weltuntergang. Nur Eingeweihte kennen die Verstecke, lesen mit offenen Mündern die Schreckensbotschaften und flüstern sie nachts hinter vorgehaltener Hand den Glaubensbrüdern zu: Die Römer sind eine Plage, die Heiden haben den Tempel entweiht, dem ganzen Treiben muss mit mächtigem Arm ein Ende gesetzt werden. Temperamentvolle Talmudisten sagen mit tanzenden Schläfenzotteln den Untergang des römischen Reiches vorher, und in den Gebetsräumen wird über das nahende Ende gemunkelt.

Vor einiger Zeit gab es einen Theudas, der sich für etwas Besonderes ausgab und binnen Handumdrehen einen Anhang von etwa vierhundert Mann gewonnen hatte. Er wurde getötet und seine Anhänger wurden zersprengt und vernichtet. Nach ihm hatte sich ein Judas von Galiläa erhoben und einen Volkshaufen hinter sich gebracht. Auch er ist umgekommen und alle seine Anhänger wurden zerstreut. Und dann noch Simon der Magier, der Zauberei trieb und das Volk von Samaria in Erstaunen versetzte. Er sagte, er sei ein Großer. Alle, groß und klein, hingen ihm an und sagten, dieser sei die Kraft Gottes, die man die Große nennt. Er soll von einem gewissen Philippus bekehrt und getauft worden sein und sich der neuen Lehre angeschlossen haben.

Überhaupt, diese Nazarener! Sie sind neu auf der Bühne der verschwörerischen Gruppen. Sie sind anders. Sie machen keine Volksaufstände, aber sie machen doch von sich reden. Sie treffen sich im Geheimen und werden doch wahrgenommen, sie werden vor den Hohen Rat zitiert und wieder freigelassen, werden in Gefängnisse gesperrt und wieder auf freien Fuß gesetzt, werden verfolgt und auch nicht verfolgt. Sie sind für die Ordnungsmacht der Römer ein Rätsel, für die Juden ein Ärgernis, selbst die Kenner halten die neue Lehre für schwer durchschaubar, und die Heiden wissen nicht, was sie damit anfangen sollen. Die Christen kochen ihr eigenes Süppchen. Aber so sehr sie auch versuchen, sich auf leisen Sohlen zu bewegen: sie werden wahrgenommen. Zu groß ist der Tusch, mit dem Saulus von der Bühne der Verfolger abgetreten und Jahre später in Antiochia wieder auftaucht war, als dass man die Sache auf sich beruhen lassen könnte. Die Römer halten still. Sie hoffen, dass Juden und Christen ihren Zwist untereinander ausmachen und sich im besten Falle gegenseitig schwächen. *Duobus litigantibus tertius gaudet.* – Wenn zwei sich streiten, freut sich der Dritte. Und zunächst scheint das Abwarten den Römern Recht zu geben: der Hohe Rat der Juden nimmt die Sache selbst in die Hand. Schon wieder haben sie einen der Christen vor dieses Synedrium gezerrt und denunziert.

Das ist das Erste, was die heimkehren Visitatoren zu hören bekommen: Während sie in Antiochia ihre Ruhe hatten, nahmen die Verfolgungen der Nazarener in Jerusalem wieder an Schärfe zu, während sie in der Sonne saßen, verschanzten sich die Jerusalemer Glaubensbrüder hinter dicken Mauern, während sie bei Tageslicht mittels Halmen aus Stroh süßen Sirup tranken, darbten die Jerusalemer bei Wasser und altem Brot, während sie nachts den Schlaf der Gerechten schliefen und morgens die Nachtigallen hörten, huschten die Jerusalemer unter Lebensgefahr zur nächtlichen Abendmahlsfeier in irgendeinem Keller oder in den Höhlen draußen vor der

Stadt. Und das Schlimmste: Während sie mit ansahen, dass in Antiochia Juden und Heiden, Beschnittene und Unbeschnittene munter miteinander verkehrten, hätten in Jerusalem die Thorachristen ihr Leben für die reine Lehre riskiert.

Die Visitatoren stoßen auf Unverständnis. Was sie zu berichten hätten, wird von den neuesten Vorfällen in Jerusalem in den Schatten gestellt. Zu aufgewühlt sind die Anhänger des neuen Weges, als dass sie sich in dieser Situation mit den Details der Berichterstattung aus Antiocha befassen könnten. Nur von einem redet die Stadt: dass wieder einer der Apostel dem Hohen Rat vorgeführt wurde, weil ihn irgendjemand denunziert hat, dass dieser Apostel nun in Untersuchungshaft sitzt. Und unter der Hand wächst der Unmut der Thorachristen, dass die Römer den Juden viel zu viele Freiheiten gewähren würden.

Dieweil dringt von all dem, was in Jerusalem vor sich geht, nur wenig nach Antiochia. Hier ist man zunächst nur erleichtert, dass die Visitatoren fort sind. Als dann doch in den nächsten Wochen klar wird, wie sehr die Nazarener in Jerusalem wieder einmal in Bedrängnis sind, da gibt Saulus unumwunden zu, diese Drangsal bringe für sie in Antiochia den Vorteil mit sich, dass sie in Ruhe gelassen würden. Barnabas gibt zwar zu bedenken, dass auf die Ruhe normalerweise der Sturm folge, aber zunächst ist auch er guter Dinge.

Das ändert sich schlagartig, als der Postbote einige Briefe bringt, darunter auch einen aus Jerusalem. Barnabas öffnet ihn und überfliegt die Zeilen. Ihm gefriert das Blut in den Adern. Er wird totenbleich, ihn schwindelt, er stützt sich an der schweren Tischplatte ab, sucht einen Hocker und setzt sich. Nach einer Weile fängt er sich, liest den Brief ein zweites Mal und geht dann mit zittrigen Beinen und aufgerissenen Augen zu Saulus, starrt ihn mit verzerrtem Mund an und stürzt schließlich auf Saulus zu, der unter dem Gewicht ein wenig nach hinten weicht. Er kann Barnabas nicht halten, dieser rutscht an seinem Körper herunter, umklammert ihn mit beiden Armen, fällt auf die Knie und fängt an zu weinen. Ein paar Hausangestellte verlassen auf Wink des Saulus das Zimmer. Barnabas krallt sich an Saulus fest und ist nicht zu beruhigen. Es schüttelt ihn. Er schluchzt wie ein Kind. Als die Krämpfe kurz nachlassen und Saulus schon Luft geholt hat, um etwas zu sagen, beginnen sie von Neuem. Immer noch hält er den Brief in den Händen. Barnabas weint und weint. Mit zitternder Hand hält er ihm das Schreiben hin. Saulus liest den Brief und wird bleich. Barnabas sieht ihn mit tränengeröteten Augen an und mit erstickter Stimme flüstert er: „Das wäre dann der Erste." Saulus lässt die Arme am Körper herunterhängen. Er zittert.

Johannes Markus kommt vom Nebenraum ins Zimmer. Saulus reicht ihm wortlos den Brief. Er liest und wird leichenblass.

„O Gott, o Gott", – sagt Barnabas, der sich inzwischen gesetzt hat und fassungslos den Kopf schüttelt. Johannes Markus tritt neben ihn und legt ihm den Arm um die Schulter. Saulus fasst sich sorgenvoll an die Stirn. Er atmet schwer.

Die Stimmung ist drückend. Keiner spricht etwas. Nach langer Zeit fragt Johannes Markus seinen Onkel, ob er Jakobus gut gekannt habe.

„Die furchtbare Nachricht von der Hinrichtung bezieht sich auf den älteren Jakobus, es gab ja zwei Apostel mit diesem Namen", erklärt ihm Barnabas. Johannes Markus nickt, als wolle er sagen, dass er das wisse. Aber er schweigt. Barnabas fährt fort: „... hingerichtet wurde der, den Jesus den Donnersohn nannte, nicht zu verwechseln mit dem Jakobus, der die Jerusalemer Gemeinde leitet und mit dem wir schon so viel zu tun hatten ..."

„Und der uns die Visitatoren auf den Hals gehetzt hat."

„Saulus!" – Johannes Markus blickt ihn vorwurfsvoll an. Dann fragt er seinen Onkel, ob er denn diesen anderen Jakobus, der jetzt hingerichtet worden sei, auch gekannt habe.

Barnabas fängt an zu erzählen. Er habe Jakobus schon recht gut gekannt, obwohl er nicht so viel Einfluss habe wie Jakobus der Herrenbruder, den ja jeder kenne. Er sei sehr temperamentvoll gewesen. Auch sein Bruder Johannes sei immer voller Energie gewesen. Er habe auch die Mutter von den beiden kennengelernt. Es sei ihm erzählt worden, wie sie eines Tages über die sandige Steppe zu Jesus gelaufen sei. Ihren hageren Körper habe sie mit farbenfrohen und arabeskenreichen Tüchern umhüllt gehabt und auf der Stirn hätten ein paar Münzen geblinkt. Ausländischer Schmuck habe an den schmalen Füßen geklirrt, die in echsenlederne Riemensandalen geschnürt gewesen seien.

Johannes Markus schmunzelt über diese Schilderung. Saulus nimmt sich mit langsamen Bewegungen einen Hocker und setzt sich zu den beiden.

Barnabas fährt fort: die Mutter von Jakobus und Johannes sei so energisch gelaufen, dass sich eine kleine Staubwolke hinter ihr gekräuselt habe. Ihr seien ihre zwei kraushaarigen Söhne gefolgt. Beide, Jakobus und Johannes, seien einen Kopf größer gewesen als sie, einer von dem schlanken Körperbau eines Jünglings und der andere mit kurzem, gelocktem Bart und Beinen wie Tempelsäulen.

Keiner der beiden hätte leugnen können, ein Sohn dieser selbstbewussten Frau gewesen zu sein. Sie hätten alle dieselben griechischen Charakternasen gehabt.

Johannes Markus fragt, ob Barnabas auch den Vater der beiden gekannt habe. Nein, diesen habe er nicht kennengelernt, es sei allenthalben bekannt gewesen, dass er nicht begeistert gewesen sei, als seine beiden Söhne ihn mit seinen Tagelöhnern im Boot allein gelassen hätten und diesem Jesus gefolgt seien.

Die Mutter sei ja auch nicht dafür gewesen, dass die Söhne fortan dem misslichen Gewerbe missionarischer Tätigkeit hätten nachgehen wollen.

„Weißt du", fährt Barnabas fort, „das war eine wilde Zeit damals, keiner wusste so recht was los war, und ich verstehe die Leute, die mit all dem so wenig anfangen konnten. Ja, sie war erweckt diese Zeit, sicher, aber viele fragten sich damals, ob man denn jede Mode mitmachen müsse, sich von jeder extremistischen Welle des Zeitgeistes rettungslos erfassen und davonschwemmen lassen sollte?"

Nach einer Pause, in der er den Faden zu suchen scheint, kommt er wieder auf Jakobus und Johannes zurück.

Deren Mutter habe es nicht hinnehmen wollen, dass die Söhne ihren Mann, den guten alten Zebedäus, so einfach mit den Tagelöhnern im Boot zurückgelassen hätten, als sei es ein sündhaftes und gotteslästerliches Gewerbe, Fische zu fangen. Man müsse, so Barnabas, die Mutter verstehen, denn dieser Jesus habe ja nicht nur ihre Söhne, sondern auch eine ganze Reihe anderer junger Männer aus Galiläa zu Jüngern gemacht. Vor allem jenen Simon, mit dem ihre Buben sich immer gut verstanden und oft zusammengearbeitet hätten.

Als sie damals mit ihren beiden Söhnen im Schlepptau zu Jesus gegangen sei, habe sie ihn nicht zum ersten Mal getroffen, denn seinerzeit am See von Galiläa habe ihn jeder gekannt und von ihm gesprochen, dem Sohn des Zimmermannes, der mal hier und mal dort am sandig–seichten Ufer oder in der heimatlichen Synagoge in Kafarnaum gepredigt habe. Und jeder dort habe ja auch schon erlebt gehabt, wie seltsam dieser Jesus manchmal gewesen sei, der als Zimmermann nichts vom Fischfang verstanden habe, aber dennoch Petrus und ihre Söhne am helllichten Tage noch einmal zum Fischen hinausgeschickt habe und sie hätten dann tatsächlich so viel gefangen wie das ganze Frühjahr noch nicht. Das sei schon merkwürdig gewesen, und damals hätten ihre Söhne wohl begonnen, über diesen Jesus nichts kommen zu lassen.

Johannes Markus will seinen Onkel etwas fragen, aber Saulus gibt ihm mit einem Blick zu verstehen, dass er Barnabas jetzt besser nicht unterbricht.

So fährt dieser fort, er habe gehört, man habe auch damals sehen können, wie die selbstbewusste Mutter von Johannes und Jakobus von Jesus beeindruckt gewesen sei. Sie sei ein wenig zögerlicher gelaufen und habe das perlmuttdurchwirkte Stirn- und Kopftuch über die Schulter gelegt. Jesus soll dann in etwa gesagt haben: „Ah, die Boanerges", was in etwa heiße die Donnersöhne, ein raunendes Schmunzeln sei durch die umstehenden Apostel gegangen.

Die Mutter sei auf Jesus zugetreten und habe von ihm erbeten, dass ihre beiden Söhne in seinem Reich rechts und links neben ihm sitzen dürften. Woraufhin Jesus gesagt habe, sie wisse nicht, um was sie bitte, und ob ihre Söhne den Kelch trinken könnten, den er trinken werde. Soweit er, Barnabas, wisse, hätten die beiden dann noch geantwortet, dass sie das könnten, worauf Jesus gesagt habe: „Ihr werdet meinen Kelch trinken; doch den Platz zu meiner Rechten und zu meiner Linken habe nicht ich zu vergeben; dort werden die sitzen, für die mein Vater diese Plätze bestimmt hat."

„Du kannst dir vorstellen, wie die anderen Jünger reagiert haben?"

Johannes Markus sagt nichts. Es ist inzwischen dunkel geworden und sie sehen einander nur noch schemenhaft. „Auf jeden Fall kennen wir das Ergebnis des Streites, den es gegeben haben muss, denn am Ende war Jakobus zusammen mit Johannes und Petrus im Garten Getsemani, wo er Zeuge jener bestürzenden Todesangst Jesu wurde, und zwar nicht den Kelch trank, aber schon nahe daran war."

Barnabas hat diese letzten Sätze sehr leise gesprochen, er scheint weit weg mit seinen Gedanken, und nun flüstert er fast, dass Jakobus bei der Erscheinung des Auferstandenen am Ufer des Sees von Tiberias dabei gewesen sei.

„Und jetzt ist er der erste Märtyrer von den zwölf Aposteln und der zweite Blutzeuge nach Stephanus ... Er hat den Kelch getrunken ..."

Saulus zuckt innerlich zusammen, als der Name Stephanus fällt.

Er will das Thema wechseln und sagt, dass in dem Brief

noch stünde, Petrus sei ebenfalls von den Gewaltexzessen in Jerusalem betroffen. Als der Statthalter Herodes Agrippa gemerkt habe, dass die Misshandlung der Apostel und die öffentliche Hinrichtung den Juden gefallen habe, da habe er auch Petrus festnehmen lassen.

„Seit wann ist Herodes Statthalter in Judäa?", fragt Johannes Markus.

„Kurz nachdem Caligula als Nachfolger von Tiberius Kaiser wurde, hat er Marullus ab- und Agrippa eingesetzt", antwortet Saulus kurz und bündig.

Dann fährt Barnabas fort, Agrippa habe Petrus ins Gefängnis werfen lassen. Die Bewachung habe er vier Abteilungen von je vier Soldaten übertragen. Er habe beabsichtigt, ihn nach dem Passahfest dem Volk vorführen zu lassen. Die Gemeinde habe inständig für ihn zu Gott gebetet. In der Nacht, ehe Herodes ihn habe vorführen lassen wollen, habe Petrus, mit zwei Ketten gefesselt zwischen zwei Soldaten geschlafen, und vor der Tür hätten Posten den Kerker bewacht. Plötzlich sei ein Engel des Herrn eingetreten und ein helles Licht sei in dem Raum erstrahlt, er habe Petrus geweckt und gesagt: Schnell, steh auf! Gürte dich und zieh deine Sandalen an! Wirf deinen Mantel um und folge mir! Da seien die Ketten von seinen Händen gefallen, der Engel sei hinausgegangen und Petrus sei ihm gefolgt. Sie seien an der ersten und an der zweiten Wache vorbeigegangen und an das eiserne Tor gekommen, das in die Stadt führe. Es habe sich von selbst geöffnet. Sie seien hinausgetreten und eine Gasse weit gegangen, und auf einmal habe ihn der Engel verlassen.

Johannes Markus hat inzwischen eine kleine Öllampe angezündet und auf den Tisch gestellt. Petrus berichtet weiter, was noch in dem Schreiben aus Jerusalem steht:

Nach dieser wundersamen Befreiung sei Petrus zu sich gekommen und habe gewusst, dass der Herr seinen Engel gesandt und ihn der Hand des Herodes sowie all dem, was das Volk der Juden erhofft hatte, entrissen habe.

Als er sich darüber klar geworden sei, habe er das Haus der Maria, der Mutter des Johannes mit dem Beinamen Markus, aufgesucht, wo nicht wenige versammelt gewesen seien und gebetet hätten.

Saulus zittert. Schweiß steht ihm im Gesicht. Erinnerungen steigen hoch. Heißeste Reue gegenüber dem Unumkehrbaren, dass er selbst seinerzeit den Christen angetan hatte.

Ob er darüber hinaus noch etwas aus Jerusalem vernommen habe, wollte Barnabas von Johannes-Markus wissen. „Nicht viel, nur, dass Petrus aus Jerusalem geflohen ist und sich an einem geheimen Ort aufhält."

Alle drei sind ratlos. Da haben sie sich gerade durch die Boten guten Leumund in Jerusalem erhofft und nun fegt ein Wirbelsturm der Verfolgungen in nie gekanntem Ausmaß über die Stadt hinweg. Jakobus der Ältere, der Bruder des Johannes, ist tot. Scharenweise verlassen die, die es noch können, die Stadt. Und nun ist sogar Petrus, letztlich doch das unbestrittene Haupt, geflohen.

Nur der andere Jakobus, der Wichtigere, der Verwandte Jesu, ist geblieben, da ihn die große Verehrung schützt, die er beim Volk genießt.

„Für ihn zahlt sich jetzt aus, dass er stets die Nähe zum Judentum gesucht hat und die Nazaräer als eine jüdische Sonderform betrachtet."

„Saulus, solche Analysen helfen uns jetzt auch nicht weiter", und nach kurzer Pause: „Jedenfalls ist noch einer der Apostel dort und folglich die Gemeinde noch nicht zerstört."

Es vergehen ein paar Tage. Man hofft auf mehr Nachrichten aus Jerusalem. Das eine oder andere sickert noch nach Antiochia durch. Die Situation scheint vor Ort sehr ernst zu sein.

Saulus meidet in dieser Zeit das Thema ihrer gemeinsamen Reise nach Jerusalem, um die Kollekte dort abzugeben, die die Visitatoren verweigert hatten. Aber es beschäftigt ihn.

Irgendwann kann er sich nicht mehr zurückhalten und spricht Barnabas darauf an. Er selber müsse sagen, dass er den Zeitpunkt der jetzigen Christenverfolgungen für günstig halte, nach Jerusalem hinaufzugehen. Auch wenn sie nicht alle Apostel anträfen, so könne man doch in dieser schweren Zeit der Jerusalemer Gemeinde die Verbundenheit ausdrücken. Es habe ja auch etwas für sich, die Kollekte direkt den in Jerusalem verbliebenen Gemeindemitgliedern zu geben, sie bräuchten ein Zeichen der Solidarität, gerade jetzt, wo Petrus nicht da sei. Und so weiter.

Zu seinem Erstaunen willigt Barnabas darin ein, nicht mehr lange zu warten und baldmöglichst nach Jerusalem zu gehen. „Du bist erschüttert über den Tod deines Freundes, aber der Schock hat dich eher entschlossener, denn ängstlich gemacht", stellt Saulus fest.

Ein paar Tage warten sie noch. Aber als keine weitere Nachricht aus Jerusalem eintrifft, nehmen sie ein Fährschiff nach Cäsarea, um von dort aus möglicherweise mehr über die Vorgänge in Jerusalem zu erfahren.

Johannes Markus geht mit auf die Reise. Er sorgt sich verständlicherweise um seine Familie. Aus Sicherheitsgründen hat jeder von ihnen einen Teil des Kollektengeldes im Gepäck.

In Cäsarea verstecken sie sich in einem alten Kellergewölbe, das sie von ortskundigen Christen noch in Antiochia als geheimen Aufenthaltsort genannt bekommen hatten. Dort haben die Glaubensbrüder auch Brot, Wein und Käse bereitgelegt, sowie ein paar Kerzen und Decken.

Sie flüstern miteinander im Kerzenschein.

„Ich frage mich", sinniert Saulus, „weshalb die Römer die Juden so gewähren lassen. Was muss denn noch alles passieren, damit die Römer eingreifen?"

Barnabas zuckt mit den Schultern. Und Saulus weiter: „Wenn man bedenkt, dass die Behörden mich als römischen

Bürger in Damaskus verfolgt haben, dann ist unschwer zu erkennen, wie verflochten die einflussreichen jüdischen Kreise mit denen der führenden Römer sind ..."

„Es ist unverkennbar, dass Herodes Agrippa die konservativen jüdischen Kreise auf seine Seite ziehen will. Er will ihnen gefallen – selbst wenn ...", Barnabas hüstelt und muss schlucken, „... selbst wenn dafür Köpfe rollen müssen."

Und Johannes Markus: „... obwohl eigentlich nicht einmal die Vasallen-Könige, wie Herodes einer ist, ein Todesurteil aussprechen dürfen, theoretisch haben sich das die Römer vorbehalten. Aber dieser Agrippa darf machen, was er will, mit treuen Speichelleckern verdirbt man es sich nicht so gerne."

„Theoretisch ... theoretisch", wirft Saulus ein, „das hat Jesus von Nazaret nichts genützt, das hat Jakobus dem Älteren nichts genützt, und mir hätte es wohl in Damaskus auch nichts genützt. Es ist immer dasselbe: Entweder denunzieren die Juden unsere Leute bei den Behörden wegen Volksaufwiegelung, oder die Behörden wollen den Juden sympathisch erscheinen und verfolgen deren Feinde ... ein ständiges Hin und Her."

„Und wir dazwischen ..."

„... so lange, bis klar ist, dass wir keine Nazaräer, sondern Christen sind ..., mir gefällt der Begriff ..." – er spricht den Satz nicht zu Ende, denn sie wissen, dass diese Begrifflichkeit allein sicher nicht ausreichen würde, um das Vertrauen der Römer zu gewinnen.

Es ist nicht die Zeit, in diesem dunklen Keller über derartige Themen zu sprechen. Am Morgen soll sich Johannes Markus als Erster nach Jerusalem begeben. Er ist dort daheim und kennt sich am besten aus. In der Nacht darauf soll Saulus folgen und erst einen Tag später Barnabas. Jeder trägt nur einen Teil der Kollekte bei sich. Verabredet ist, dass man sich erst wieder hier in Cäsarea trifft.

Zur zweiten Nachtwache, gegen Mitternacht, verlässt Saulus den Keller. Tief hängende Wolken werfen den Lichtschein der Innenstadt zurück, wo nach römischem Vorbild die Nacht mit Vergnügungen zugebracht wird. Die Geräusche dieses Treibens sind zu vernehmen, und sicher ist der größte Teil der hier liegenden römischen Truppen an den Ausschweifungen beteiligt. Cäsarea ist ein einigermaßen sicheres Pflaster. Die Römer haben die Stadt nicht nur befestigt, sondern zum Sitz des Statthalters und des größten Teiles der Besatzungstruppen gemacht. Entsprechend geht es hier zu, und rechtgläubige Juden meiden den Ort.

Nach einer genauen Wegbeschreibung geht Saulus durch die Gassen. Er passiert ein Wohnviertel, in dem die meisten Lichter erloschen sind. Die Häuser sind hier ungepflegt. Salziger Meerwind und Luftfeuchtigkeit haben an den Mauern genagt. Wie ein schadhaftes Gebiss stehen die schmalen Gebäude und heben sich schwarz vor dem rötlich schimmernden Nachthimmel der Innenstadt ab. Kleine Pfützen stehen in dem von tiefen Wagenspuren gezeichneten Lehmwegen. Heruntergebröckelter Putz liegt an einzelnen Hauswänden. In den Baulücken treibt Wildwuchs. Irgendwo quieken in der Dunkelheit Ratten. Eine Katze springt, aufgescheucht von Saulus' Schritten, leise davon. Entsprechend der Beschreibung biegt er vorne nach links ab und entfernt sich in östlicher Richtung immer mehr vom Zentrum, dessen Geräuschkulisse jetzt nur noch schwach zu hören ist. Außer dem Geld hat Saulus kein Gepäck. Den langen Mantel hat er nur lose über die Schulter geworfen.

Die Straßenbebauung wird lichter. Zwischen den einzelnen Häusern stehen von Gestrüpp umwucherte Schuppen. In der Nähe knarrt im lauen Nachtwind eine lose Tür. Als sie zurückschlägt, schreckt Saulus auf und bleibt prüfend stehen. Dann ist es wieder ruhig. Irgendwo tropft mit unbarmherziger Regelmäßigkeit eine Wasserrinne.

Er hat die ausfallende Landstraße erreicht.

An dem ersten Grenzstein, der sich deutlich auf dem Buckel der jetzt leicht ansteigenden Straße befindet, muss er nach links über einen kleinen Feldweg zum nächsten Schuppen laufen. Dort soll für ihn ein Maultier bereitstehen. Als er den Feldweg erreicht, bleibt er stehen und lauscht. Nicht weit vom bezeichneten Schuppen sind Geräusche zu hören. Das Gras raschelt. Saulus lauscht wieder. Dann ist ein leises Schnauben vernehmbar, und er hört die mahlenden Geräusche des äsenden Maultieres. Dieses trägt eine Decke und lässt sich friedlich losbinden. Saulus führt das Tier am Strick bis an die Straße.

Ohne jeden Zwischenfall erreicht er am Morgen die erwachende Stadt.

Von weitem sieht er den mächtigen Tempel, daneben erhebt sich der Zionsberg mit der gewaltigen Burg.

Er nähert sich auf einem weniger belebten Weg der Stadt. Das Tier bindet er im Kidrontal, nahe des Absalongrabes, an einen Strauch, wie es üblicherweise die Alten und Kranken tun, die von dort aus in die unteren Heilbäder des Tempels gehen. Dann mischt er sich ungesehen unter die vielen fremden Pilger und zieht hinauf. An einer Kreuzung verlässt er den stärker gewordenen Menschenstrom und begibt sich zu seiner Schwester.

Hier erhält er ein stärkendes Morgenmahl und hört mit Freude die Berichte seines groß gewordenen Neffen, der ihm vor fünf Jahren zur Flucht aus der Stadt verholfen hat. Der Plan, den sie seinerzeit ausgedacht haben, ist geglückt, tatsächlich hatten ihm die Verfolger das verlockende Pergament aus der Hand gerissen und er hat unbeobachtet bei den Aposteln die Flucht seines Onkels bekannt geben können.

Was sie ansonsten zu berichten haben, deckt sich im Wesentlichen mit den Nachrichten, die in den vergangenen Wochen nach Antiochia gedrungen waren. Die erschütterndsten Ereignisse sind vor allem die Enthauptung Jakobus' des Älteren und die Flucht des Petrus, dessen derzeitigen Aufenthaltsort niemand kennt.

Saulus bittet seinen Neffen wieder um einen Dienst. Unter dem Vorwand, es sei zu gefährlich, tatsächlich aber auch aus Gründen innerer Distanz zu Jakobus, dem einzigen der Apostel, der noch in Jerusalem weilt, bittet er seinen Neffen, einen Teil der Kollekte Jakobus persönlich und mit den besten Grüßen von ihm, Saulus, zu übergeben. Den anderen, größeren Teil, solle der Neffe zu dem und dem Christen in Jerusalem bringen. Der wisse Bescheid.

Dann ruht er sich ein wenig aus, lässt sich schließlich von seiner tüchtigen Schwester den leergewordenen Beutel mit Proviant füllen, den sie trotz der Nahrungsknappheit irgendwo aufgetrieben hat, und zieht am Nachmittag auf dem erholten Maultier ungesehen nach Cäsarea.

In dem verlassenen Kellergewölbe trifft er bereits Johannes Markus an, der Detaillierteres zu berichten weiß, denn schließlich gehört seiner Mutter Maria das Stadthaus, in dem jetzt nur noch Jakobus ist. Vor allen Dingen berichtet er von einer schweren Erkrankung des Agrippa I. und kann kaum die Hoffnung auf dessen baldigen Tod verbergen, mit dem eine mögliche Abschwächung der momentanen Verfolgung wahrscheinlich einhergehen würde.

Nach zwei Tagen bangen Wartens erscheint endlich auch Barnabas wieder.

Er hat sich auf dem Fußweg durchgeschlagen und das größte Stück zusammen mit einer Karawane zurückgelegt, die weiter nach Seleukia gezogen ist.

Barnabas ist verändert. Er strahlt übers ganze Gesicht. Zunächst erzählt er umständlich detailliert von seinem Hinaufgang nach Jerusalem, von seiner alles in allem nicht schlechten Begegnung mit Jakobus, „und einen Tag später … stellt euch vor, verbreitet sich dann die Kunde, Agrippa I. sei gestorben."

Die Gesichter von Saulus und Johannes Markus erhellen sich, denn so schnell hat keiner mit dem Ableben des Verfolgers gerechnet.

„Ja", ergänzt Barnabas, „und deshalb bin ich länger geblieben, es hat sich ausgezahlt, denn das Beste kommt noch ..."

Er beugte sich zu den beiden gespannt Lauschenden ein wenig vor: „Eines Abends klopft es an die Tür. Wir, also Jakobus und ich, sind wie früher im Obergemach und sprechen gerade über die Heidenmission in Antiochia – ich habe natürlich kein Blatt vor den Mund genommen –, also da klopft es. Statt aber zu öffnen, kommt die Magd ganz verstört bei uns reingestürzt und hat furchtbare Angst, sie stammelt etwas von einem Geist, der vor der Tür stehe. Jakobus ist streng mit ihr und fragt, ob sie den Geist gesehen habe. ‚Nein', antwortet sie" – Barnabas fängt an zu lachen und schüttelt den Kopf, „sie habe sich nicht getraut, aber sie habe den Geist gehört, ist das nicht komisch?", er klatscht sich mit einer Hand auf den Oberschenkel und schaut die beiden lachend an. Diese allerdings finden das Ganze gar nicht so lustig.

„Ist das alles?", fragt Saulus verärgert.

„Nein, nein ..., also: Jakobus schickte die Magd unverzüglich nach unten, um zu schauen, was vor der Tür los sei und Augenblicke später kommt Petrus höchstpersönlich ins Zimmer – ihr könnt euch vorstellen, wie verblüfft wir waren ... der hatte während der Verfolgungen Jerusalem verlassen und war nun nach dem Tod des Agrippa I. zurückgekehrt ... Jetzt kommt das Beste" – und nun wendet er sich zu Saulus – „er hat Zuflucht bei einem Proselyten gefunden, stellt euch das vor: der flüchtet vor den Verfolgungen, die von den Juden angezettelt werden, und geht zu einem Sympathisanten der Juden ... Wie dem auch sei ... er hat ihn bekehrt und getauft und die ganze Familie gleich mit." Er lehnt sich zurück, als wolle er sagen: So, jetzt seid ihr sprachlos, was?

Johannes Markus fragt jedoch: „Wen?"

„Den Proselyten Cornelius, bei dem er Unterschlupf gefunden hatte. Er ist Hauptmann von Beruf ..."

Das ist nun in der Tat eine verführerisch gute Nachricht. Saulus fragt noch einmal kritisch nach, aber es stimmt offenbar: Petrus hat einen Proselyten in die Gemeinde aufgenommen.

„Ein Proselyt ist allerdings kein Heide", antwortet er dann mit vorsichtiger Zurückhaltung.

„Das nicht, sicher", schaltet sich Johannes Markus gelehrt ein, „die Proselyten sind beschnitten und leben wie die Juden, aber sie sind keine, weil sie von Geburt an Heiden sind, sie stehen dazwischen ..."

„Ja, ja", wirft Saulus nervös ein, während Barnabas ein wenig enttäuscht scheint, dass auf alle seine guten Neuigkeiten sich doch wieder ein Streit anbahnt.

„Und was hat Jakobus dazu gesagt?", will Saulus nun wissen.

„Nun, ehrlich gesagt ..., hm ... also hocherfreut ist er zuerst nicht gewesen ... aber die Freude, dass Petrus aufgetaucht war, überwog."

Saulus nimmt erst einmal Abstand von der Diskussion, die sich nun erfahrungsgemäß anschließen würde. Er schweigt aber nicht nur aus Klugheit, sondern aus Resignation. Die vergangenen Tage waren anstrengend, dazu die Ungewissheit, was die Visitation für Folgen haben werde, und die ungeklärte Frage der Heidenmission belasten ihn.

Er hält Barnabas' Freude für kurzsichtig, denn sie birgt neuen Konfliktstoff bezüglich der bisher so ungeklärten Fragen. Barnabas verhält sich nicht eindeutig, seine Verbindungen zu den Aposteln sind zu gut und zu lange gewachsen, als dass er sich jetzt einfach von ihnen abkehren und auf die Seite der Heidenmission, auf Saulus' Seite, stellen könnte. Aus dessen Sicht schwingt in Barnabas' Freude über die Rückkehr des Petrus nach Jerusalem auch etwas von jener Hoffnung auf Einigung in den strittigen Fragen mit, die er, Saulus, schon längst hat fahren lassen.

Wo Barnabas sich freut, da bleibt er skeptisch, wo Barnabas hofft, da kämpft er schon gegen die Resignation, wo für Barnabas Türen aufzugehen scheinen, da gehen sie für ihn schon zu.

Die Ausgelassenheit seines Freundes glich doch zu sehr der „Gut-Wetter-Hoffnung“ eines erntebereiten Bauern, der immer wieder bang in den verhangenen Himmel schaut und bei dem kleinsten Aufreißen der Wolkenfelder guter Dinge den Ochsen anspannt.

Nach Saulus aber gibt die tückische Wetterlage keinen Anlass zu solchem Optimismus – im Gegenteil: Sind nicht schon öfter die Wolken gewichen und haben sich hernach umso stärker aufgetürmt?

Es braut sich etwas zusammen, aber das Gewitter kommt noch nicht.

Zypern

Die gelungene Überbringung der Kollekte, das Auftauchen des Petrus aus dem Exil, die Taufe eines Proselyten durch ihn, die Nachrichten über den Tod Agrippas, all das weckt den beiden in Antiochia neue Kräfte.

Insbesondere der gutgläubige Barnabas ist mit neuem Schwung beseelt. Die Visitation in Antiochia hat nichts Negatives bewirkt: im Gegenteil. Barnabas deutet das als Bestätigung ihres bisherigen Weges, die Heiden lediglich durch die Taufe zu Christen zu machen, ohne von ihnen die Beschneidung zu verlangen und ohne von ihnen die Einhaltung des jüdischen Gesetzes mitsamt seinen Speise- und Reinigungsvorschriften zu verlangen.

Saulus, so sagt sich Barnabas, sei Pharisäer und gesetzestreuer Jude gewesen. Wenn dieser sich über alles hinwegsetze, was zum Judentum zwingend dazugehört, dann wolle er nicht pharisäischer sein als jeder Pharisäer.

In dem Maße, wie sich diese Ansicht in ihm verfestigt, teilt er immer mehr das spürbarer werdende Drängen des Saulus, von Antiochia aus eine Missionsreise in ferne Gegenden zu unternehmen.

„Was in Antiochia gelingt, das wird auch anderswo gelingen“, behauptet Saulus nun beinahe bei jeder Zusammenkunft.

Und dieser stete Tropfen höhlt tatsächlich den Stein, der Barnabas noch blockiert: Er wird offener für die Argumente des Saulus, der sie durchaus im Sinne von Barnabas darzustellen versteht.

Antiochia sei durch die Visitation der Jerusalemer Gesandtschaft und durch die großzügige Kollekte an die Mutterchristen in Jerusalem genügend angebunden. Schließlich hätten sie das Geld angenommen, was Jakobus nie getan hätte, wenn es aus seiner Sicht des jüdischen Gesetzes unreines Geld von Heiden gewesen wäre.

Barnabas nickt.

Und von Barnabas' Zustimmung beflügelt: „Die Jerusalemer haben nichts gegen unsere Art der Mission eingewandt, Petrus ist nun auch erfolgreich beim Missionieren ... jetzt stehen uns die Türen offen. Verfolgungen sind nicht in Sicht, aber wir wollen die frohe Botschaft doch nicht nur den Antiochenern verkünden. Oder?"

„Nein." Barnabas spielt mit einem kleinen Fisch aus Stein, den ihm jemand geschenkt hat. „Schau dir dieses schöne Symbol für Christus an", Saulus weist auf den Steinfisch, „in wie vielen Gewässern findet man Fische? Überall! Und so müssen wir Christus überall hinbringen.

Wenn Jesus, der Christus, bald wiederkommt, so müssen wir die Zeit nutzen und die frohe Botschaft vielen Menschen bringen, wir müssen weiter ... vorwärts ... nach Griechenland, nach Europa, nach ..." Erstaunt über seine kühnen Gedanken, hält er plötzlich inne und fügt leise, fast bittend hinzu: „Barnabas, ich halt's hier nicht mehr aus, mich drängt es in die Welt und ... ich glaube ... also ... um es einmal so zu sagen: „Es ist der Heilige Geist, der mich so drängt ..."

Barnabas nickt und fügt hinzu: „Da draußen gibt es bereits Christen, auch in Rom, am Pfingstfest sind ja Leute aus allen Landesteilen da ..."

„Eben, das meine ich ... wir suchen sie, wir besuchen sie, dann gründen wir eine Gemeinde wie hier in Antiochia und ziehen weiter ... es gibt da und dort Christen, aber die können wir nicht alleine lassen, sie brauchen Führung, sie müssen von uns hören ..."

„... und von den anderen Aposteln und von Jerusalem ...", unterbricht ihn Barnabas, der langsam Feuer fängt.

„Ja, sie müssen zusammengeführt werden zu Gemeinden, so wie Antiochia und Jerusalem jetzt verbunden sind ... wir müssen ihnen berichten, wenn wir dann wieder fort sind, können wir ihnen Briefe schreiben ..." Die Phantasie ist mit Saulus durchgegangen.

Er schweigt und beißt sich ärgerlich auf die Unterlippe.

Es braucht eine Weile, bis Barnabas sich alles durch den Kopf gehen lässt.

Tage – lange Tage – würde es dauern, so gut kennt er ihn. Das Feuer aber ist gelegt.

Barnabas spielt immer noch mit dem Fisch. „Was heißt das noch mal?", fragt er Saulus und hält den Stein hoch, „ich kann kein Griechisch."

Saulus Stimme wird warmherzig und ganz ruhig. Anderen Dinge zu erklären, die er weiß, macht ihm Freude. Da wird er ganz väterlich und verständnisvoll.

„Ichtys ist Griechisch und heißt Fisch, aber die einzelnen Buchstaben sind die Anfangsbuchstaben des griechischen Satzes: Jesus Christus Sohn Gottes Erlöser. Ist eigentlich ein Geheimzeichen, aber es verbreitet sich immer mehr."

Saulus sorgt sich darum, Johannes Markus könne Barnabas, der nun langsam bereit ist, eine Missionsreise in den Blick zu nehmen, bremsen. Er befürchtet, Johannes Markus würde es allein deshalb tun, weil die Idee von ihm, Saulus, stamme.

In den nächsten Tagen arbeitet er langsam darauf hin, Johannes Markus als Vorsteher der antiochenischen Gemeinde einzusetzen, damit er gar nicht erst auf die Idee komme, ihn und Barnabas zu begleiten.

Teilweise tut er ihm damit sicher Unrecht, denn seit der Rückkehr aus Jerusalem ist Johannes Markus verändert. Er hat nach vielen Jahren seine Familie wiedergesehen. Sie litt unter der Knappheit der Nahrungsmittel. Seine Mutter Maria ist alt geworden, aufgerieben in der ständigen Sorge um die Apostel. Ihr reichen die Mittel nicht, das geräumige Stadthaus, in dem die Apostel zusammentreffen, zu halten. Sie kann aber dieses Zentrum der kleinen Jerusalemer Gemeinde andererseits auch nicht verkaufen. Johannes Markus selber hat aus diesen Gründen begonnen, sich in Antiochia unwohl zu fühlen, und will zur Unterstützung seiner verwitweten Mutter möglicherweise wieder heim nach Jerusalem.

Saulus baut darauf. Aber er täuscht sich.

Seit dem letzten Gespräch sind einige Tage vergangen, da eröffnet ihm Barnabas, er sei bereit, die bestehenden kleinen Gemeinschaften aufzusuchen. Er lässt sich von Saulus abnötigen, bei der Gelegenheit neue Christen zu gewinnen. Von vornherein aber ist für ihn klar, dass er nicht ohne die Begleitung von Johannes Markus gehen würde.

Saulus bemüht sich, seine Enttäuschung zu verbergen, Barnabas weiter: er habe sich die Sache lange überlegt, und obwohl vieles dafür sprechen würde, in die nördlichen Länder zu ziehen, so sei er doch zu der Ansicht gekommen, dass sie zunächst einmal, sozusagen als Experiment, eine kleinere Reise machen sollten, und er würde meinen, Zypern sei ein angebrachtes Ziel.

Saulus schnappt nach Luft.

„Barnabas, so habe ich mir das nicht vorgestellt ..."

„Ich weiß, was du dir vorgestellt hast: Du würdest am liebsten gleich bis an den obergermanischen Limes laufen und es von den Dächern pfeifen, dass Christus auferstanden ist, während Johannes Markus hier in Antiochia die Stellung hält."

„Ja, genau so."

„Saulus, das ist doch Unsinn. Wir haben keine Erfahrung mit der Mission in fremden Ländern. Du als römischer Bürger hast da leicht reden, aber was heißt das schon? Wir kennen ihre Götter und Götzen nicht, wir wissen nicht, wie die Heiden in anderen Ländern auf unsere Missionsversuche reagieren werden, einige sollen auf jeden Fall sehr aggressiv sein ...", man müsse doch Erfahrungen sammeln, und was Johannes Markus beträfe, so habe doch Saulus selbst vor einigen Tagen hochtrabende Pläne geschmiedet und gesagt, man könne brieflich mit den gegründeten Gemeinden Kontakt halten, Johannes Markus wäre als Schreiber eine große Hilfe.

„Von der Sorte könnte ich drei Schreibern gleichzeitig diktieren ..."

„Johannes Markus ist noch jung, aber er ist guten Willens. Jetzt auf Reisen zu gehen, wäre besser für ihn, als in das muffige und gefährliche Jerusalem zurückzukehren, wenn ich aber Antiochia verlasse, dann geht er auch."

Barnabas hofft, dass der sprachliche Seitenhieb auf Jerusalem Saulus gefallen würde, und tatsächlich willigt Saulus zunächst einmal ein.

Schwerer tut er sich mit dem Reiseziel Zypern, jener Insel vor der Haustür, die er mit anderen Jünglingen bereits in Jugendtagen mehrfach als Ziel von Vergnügungsreisen besucht hatte und die zudem die Heimat des Barnabas ist.

Grimmig wirft er ein, Barnabas wolle die Reise zu einem Familienbesuch umfunktionieren, und wird nicht müde zu betonen, dass die Zeit kurz sei und so viele Menschen wie möglich das Evangelium von der Auferstehung der Toten annehmen müssten, um gerettet zu werden, wenn Christus wiederkomme, um die Welt zu retten.

Es nützt nichts. Barnabas lässt sich nur noch abringen, nach dem Durchqueren der Insel vielleicht auf das nördliche Festland zu fahren, nach Perge oder Attalia, worin allerdings für Saulus keine große Herausforderung liegt, denn die Städte gehören zu der Nachbarprovinz seiner Heimat Zilizien, und es ist ja ohnehin nicht sicher, dass sie diesen Reiseabschnitt nach der Durchquerung Zyperns noch anhängen würden.

Mehr aber ist nicht zu machen.

Acht Jahre sind seit der Bekehrung vergangen. In Antiochia hat er die größte Christengemeinde kennengelernt, erhalten, erweitert. Jetzt aber soll das Leben als Missionar erst beginnen. Ihm ist, als sei alles Geschehene nur die Vorbereitung für diesen Aufbruch.

Zypern, die Heimat des Barnabas, nun, das ist nicht die große Welt, aber es ist ein Anfang. Immerhin hat Barnabas ein paar Adressen von dort bereits lebenden Christen.

Bei einer letzten Gebetsversammlung wird für die Ausziehenden Glück und Segen erbeten. Dann kommt der ersehnte Tag der Abreise. Sie fahren mit einem kleinen Schiff bis nach Seleukia, steigen dort für die kurze Überfahrt auf ein Handelsschiff und sehen schon bald nach dem Auslaufen die Spitze der langen Landzunge, die sich von Zypern aus wie ein Zeigefinger nach Antiochia erstreckt. Das Schiff hat gute Fahrt im Küstenwind. Doch je näher sie an die Insel kommen, umso mehr flaut der Wind ab. Die Fahrt entlang der Landzunge nach Salamis dauert lange. Einmal müssen sie wieder weiter aufs Meer hinaus, um sich dort von schnellen Winden erfassen zu lassen.

Saulus steht während der ganzen Zeit am Bug. Barnabas und Johannes Markus setzen sich für ein bescheidenes Mahl auf ein paar Taurollen. Sie haben Obst dabei, ein Fladenbrot und etwas Ziegenkäse, der in einem Bouquet von Bergblumenblüten gerollt worden war und ein süßlich-duftendes Aroma verbreitet.

Salamis ist ein stiller Ort. Seit Jahrzehnten steht das Hafenstädtchen im Schatten des auf der anderen Seite der Insel gelegenen Paphos, wo der römische Statthalter von Zypern residiert.

Kaum angelandet, ziehen die drei am Abend zu einem Halbbruder von Barnabas, der folglich auch mit Johannes Markus verwandt ist. Es gibt die übliche Wiedersehensfreude, herzliche Aufnahme und ein gutes Abendmahl. Saulus jedoch sitzt als Fremdling in der Runde. Den Gesprächen über vergangene Zeiten und Verwandte folgt er nur am Rande. Er ist geistesabwesend und mit dem ersten Auftreten in Zypern beschäftigt. Er horcht nur einmal auf, als Barnabas seinen Halbbruder über die Juden auf Zypern befragt. Da dieser aber selber dazugehört – wiewohl er alles andere als orthodox scheint –, fällt sein Urteil sehr wohlwollend aus: Die Juden auf Zypern seien weitestgehend arme Tröpfe, die kaum Zeit hätten für die Religion, die meisten von ihnen arbeiten hart in den ergiebigen Kupferminen, sie hätten durch die Rabbis wenig Glaubensunterweisung, die Synagogen seien recht verfallen und karg besucht. Barnabas lächelt Saulus zu, als wolle er sagen: ‚Siehst du, deshalb habe ich Zypern ausgewählt.'

Er sollte Recht behalten.

Bereits in den ersten Wochen gewinnen sie viele Christen und taufen sie nach kurzem Katechumenat. Ihr Vorgehen ist dabei so einfach wie wirksam: sie besuchen am Sabbat die Synagoge, dort macht einer von ihnen von seinem Recht Gebrauch, das Wort zu ergreifen. Ist es Barnabas, so stellt er sich als ein Sohn Zyperns vor. Das beeindruckt die vereinsamten Insulaner, sie fühlen sich geehrt, dass ein Kind ihrer Insel in der Welt etwas geworden ist und er sie nicht vergessen hat. Wenn es um theologische Dispute mit anwesenden Rabbis und Schriftgelehrten geht, tritt Saulus auf.

Johannes Markus, den sie als Gehilfen vorstellen, ergreift nie das Wort. Aber er ist ein wertvoller Helfer.

Entgegen Saulus' Befürchtung macht ihm das karge Missionarsleben zunächst nichts aus. Wo es geht, macht er sich Notizen und trägt, sobald sie weiterziehen, die Papiere in Transportrollen bei sich. Da er ununterbrochen bei Saulus und Barnabas ist, setzt bei ihm auch ein neues Interesse für die Schrift und die Auslegung ein. Immer häufiger sucht er gerade mit Saulus – zu dessen Verblüffung – das Gespräch, infolgedessen Saulus beinahe etwas Väterliches entwickelt. Auf jeden Fall hat er viel Geduld mit Johannes Markus, was möglicherweise darauf zurückzuführen ist, dass sich Saulus' Ungeduld insgesamt durch den Aufbruch nach Zypern etwas gelegt hat.

Diese Geduld des Saulus weckt auch in Johannes Markus das Beste. Durch Predigttätigkeit und Gespräche nicht beansprucht wie die beiden Missionare, setzt er seine überschüssige Kraft für die beiden ein. Er besorgt Nahrungsmittel, kümmert sich um die Quartiere, bringt die Wäsche in die öffentlichen Wäschereien, lässt sie stopfen oder besorgt neue, horcht sich im Volke um, während sein Onkel und Saulus in den Synagogen diskutieren.

Seiner eigenen Vorliebe entsprechend besorgt er hin und wieder kulinarische Köstlichkeiten, was der guten Stimmung unter ihnen zuträglich ist.

Alle drei bekommen Routine. In dem Maße, wie diese wächst, nimmt auch die Urteilskraft zu. Sie haben für Zypern keinen Plan, nur ein Ziel: Paphos, die Hauptstadt.

Mal bleiben sie einige Wochen in einer kleinen Gemeinschaft Neubekehrter, mal ziehen sie nach Tagen weiter.

Geographisch kommt ihnen entgegen, dass die Insel aus zwei parallel verlaufenden Gebirgsketten besteht, zwischen denen sich die fruchtbare Ebene Messaria erstreckt. In den Bergen sind die ausgedehnten Kupferminen für den Kupferbedarf der Römer. Die Ebene ist beiderseits von kleinen Arbeitersiedlungen gesäumt.

Sie brauchen nur diese Ebene weiter zu durchqueren und würden dann nach Paphos gelangen.

Langsam eilt ihnen ein guter Ruf voraus, und schon im näheren Einzugsgebiet der Stadt bekommen sie zu spüren, dass man von ihnen gehört hat. Von dem einfachen Volk werden sie als gelehrte Philosophen betrachtet, was vor allen Dingen auf den mitziehenden Schreiber und Gehilfen zurückzuführen ist, dessen helle Pergamentrollen von Weitem aus dem Rucksack leuchten.

Kinder flüstern sich hinter vorgehaltener Hand etwas zu. Erwachsene bleiben stehen und schauen sie an, klatschende Weiber unterbrechen ehrerbietig ihr Gerede. Manch ein Jüngling erhebt sich, wenn er sie kommen sieht.

Je weiter sie in die Stadt einziehen, umso mehr Kinder springen um sie herum oder laufen unbeschwert ein Stück mit ihnen, um dann mit schnellen Füßlein heimzurennen und dort von dem großen Ereignis zu erzählen.

Es nimmt deshalb nicht Wunder, dass bald die Herbergswirte um sie werben. Saulus hat die gute Erfahrung mit dem Wirte Judas in Damaskus nicht vergessen und plädiert bei einer Lagebesprechung dafür, auf jeden Fall einen jüdischen Wirt aufzusuchen: Diese seien tolerant und mehr dem Geschäft denn dem Glauben verpflichtet, hätten andererseits aber die besten Kontakte, was ohnehin eine Eigenart jüdischer Geschäftsleute sei.

„In dem Falle", erklärte er weiter, „wäre ich sogar dafür, in die beste jüdische Herberge am Platz zu gehen."

Das will Barnabas nicht einsehen und erbittet eine Erklärung für den Umstand, dort weit mehr Geld ausgeben zu müssen als in einer vergleichbaren Unterkunft von weniger hohem Niveau.

„Ihr seht doch" – im Zuge des verbesserten Verhältnisses zu Johannes Markus bezieht er diesen nun öfter mit ein – „das heißt, wir merken es alle drei, dass uns ein guter Ruf vorauseilt. Wenn wir nun in die beste Herberge gehen, so werden vielleicht die hier lebenden Reichen und damit natürlich die Einflussreichen auf uns aufmerksam. Wir haben bisher höchstens die jüdische Mittelschicht angesprochen, hier in Paphos aber gibt es noch eine andere Schicht: Politiker, hohe Militärs, reiche Kaufleute, deren Aufmerksamkeit liegt mir am Herzen, sie anzusprechen oder zu gewinnen, wäre von großem Vorteil."

„Christus ist für die Armen gekommen", entgegnet Barnabas, „wir erleben doch, wie freudig sie die frohe Botschaft annehmen."

„Es braucht auch Wohlhabende: sie haben die größeren Häuser für Versammlungen, können mit ihrem Geld die Armen unterstützen und mit ihren Kontakten für eine weitere Verbreitung sorgen ... Christus ist für alle gestorben und auferstanden, auch für die Reichen", beharrt Saulus.

Barnabas lässt sich auf dieses Argument und auf das Experiment ein. Johannes Markus erkundigt sich nach einer solchen Unterkunft, die bald gefunden und bezogen ist. Sie liegt im Zentrum der politischen Macht auf einer kleinen Anhöhe mit Blick auf die Hafenanlagen. Nicht unweit ist die Residenz des Statthalters, des Prokonsuls Sergius Paulus.

Der Wirt weist ihnen die geräumigen Zimmer, auf denen Schalen mit frischem Obst und Wasserkrüge bereit stehen. Johannes Markus prüft die Weichheit des Lagers, und auch die anderen beiden sind nach entbehrungsreichen Monaten froh über das bisschen Luxus.

Am Abend gehen sie in die Synagoge und nach erfolgreicher Predigt bald zu Bett.

Anderntags klopft es früh bei Saulus ans Zimmer. Er braucht eine Weile, bis er aus den Tiefen des Schlafes zu sich kommt, und sieht mit blinzelnden Augen und halb im Bett aufgerichtet, dass jemand eine Notiz ins Zimmer gelegt hat.

Er springt auf, läuft zur Tür und reißt sie auf. Auf dem Gang des Gästeflures dreht sich der Bote erschreckt um. Es ist der Herbergswirt.

Saulus schließt die Tür und liest die Notiz: „Der Prokonsul Paulus bittet die Philosophen zum Mittagsmahl zu sich in die Residenz." Das Schriftstück ist von einem Beamten unterzeichnet.

Saulus springt in seine Kleider und läuft zu Barnabas. Für diesen haben die Morgenstunden nur wenig Gold im Mund. Er braucht lange, um halbwegs klar zu werden, während der ungeduldige Saulus im Zimmer auf und ab läuft.

„Tja", sagt er schließlich. Unverzüglich bleibt Saulus stehen: „Was heißt hier ‚tja', ich würde gerne wissen, was du davon hältst?"

„Woher soll ich wissen, was davon zu halten ist? Du hattest doch die Idee, dich bei den höheren Kreisen bekannt zu machen."

„Ich will nicht mich, sondern Christus bekannt machen."

„Das scheint ja funktioniert zu haben."

„Ich will ja nur wissen, ob du ahnst, was der mit uns vorhat!"

„Nein, das ahne ich nicht, aber schlimm wird es nicht werden, sonst hätte er uns abholen lassen. Zum Mahl geladen zu werden, bedeutet nichts Schlimmes ... auf jeden Fall nicht auf Zypern ... In Rom mag das anders sein, weil man nicht weiß, ob man als Gast oder als Speise dabei sein wird ..."

Die Unbekümmertheit des Barnabas regt Saulus auf. Er äußert denn auch, dass die Sache für ihn hier in Zypern zu glatt gelaufen sei, er habe dem Ganzen von Anfang an misstraut, aber nun scheine es ja ernst zu werden. Das wiederum erregt Barnabas, denn es will ihm nicht in den Kopf, dass Ruhe und Frieden für Saulus nur verdächtige Begleiter sind.

„Du glaubst ständig, dass eine Sache nur dann Erfolg hat, wenn sie gegen bestimmte Widerstände durchgesetzt werden muss", wirft er ihm nicht zu Unrecht vor und belegt diesen Tadel mit Ereignissen aus Saulus' Leben. Statt sich aber weiter mit ihm auf Streit einzulassen, schickt er ihn aus dem Zimmer.

Auf dem kurzen Weg in den Palast ihres Gastgebers beschwört Barnabas Saulus, erst einmal abzuwarten und nicht gleich mit der Tür ins Haus zu fallen.

Von zwei wachhabenden Offizieren werden sie an der äußeren Tür freundlich begrüßt. Man geleitet sie ein Stück des Weges und heißt sie unter einer Dattelpalme warten, bis sie abgeholt würden.

Wenig später erscheint ein gut gekleideter Jüngling, einer jener Sprösslinge aus aristokratischem römischem Hause, die hier leben. Er führt die Gäste über verschlungene Gartenwege der ausgedehnten Parkanlagen zum Wohnhaus. Dort müssen sie wieder warten. Schließlich erscheint Sergius im Atrium und kommt mit auffällig kurzen Schritten auf sie zu.

Es ist ein kleiner, dicklicher Mann, der vorzüglich gekleidet ist. Er führt sie persönlich ins Refektorium, wo Sklaven bereits aufgetragen haben. Eine unübersehbare Menge an Bestecken liegt auf dem Tisch und eine ganze Serie an feinen, hochstieligen Gläsern steht bereit. Verschiedene silberne Karaffen sind gerichtet, aus denen der Tischsklave zum jeweiligen Gang die unterschiedlichsten Fluiden in die Gläser füllte.

„Um es kurz zu machen", beginnt Sergius, nachdem sie sich gesetzt haben, „die Regierungsgeschäfte auf Zypern nehmen mich nicht sonderlich in Anspruch. Die Insel liegt abseits der großen Seerouten oder diesen höchstens im Wege, wir haben außer Kupfer nicht viel zu bieten und, den Göttern sei dank", er erhebt die Hände kurz gen Himmel, „bleibt mir für die Bildung viel Zeit. Ich genieße es, Mußestunden mit geistreichen Männern zu verbringen, Freunde zu empfangen, Gespräche zu führen ... Man hat mir von euch berichtet – nur Gutes übrigens –, ihr seid freundliche und gebildete Menschen, die überall von einem gewissen Christus erzählen. Darüber möchte ich mit euch philosophieren."

Keine Frage, der Mann ist gebildet, weniger als er glaubt, aber mehr als zu erwarten war. Die an den Seiten seines runden Kopfes abstehenden braunen Haare geben ihm das Aussehen eines Forschers. Seine Augen sind lebendig, die Wangen leicht rosig, und in Zusammenhang mit seinen feinen Manieren gibt er das Bild eines lesenden Schöngeistes, der sich allerdings nicht durch züchtige Mäßigung oder entbehrungsreiches Fasten unnötigen Tortouren aussetzt, wie man sie von manchen Griechen kennt. Vielleicht sieht er in Barnabas, abgeleitet von dessen körperlicher Erscheinung, einen Gesinnungsgenossen. Auf jeden Fall wird er nicht müde, das laufende Gespräch ständig mit dem Anbieten neuer Köstlichkeiten und kulinarischen Verführungen zu unterbrechen, während der sprungbereite Sklave auf den kleinsten Wink hin reichlich aus dem Sortiment von Weinen und Likören, Kräutergeistern und Bittern nachgießt.

Sergius scheint sich vor allem eine Grundvoraussetzung für geistige Regsamkeit bewahrt zu haben: die Neugierde.

Er fragt nach, denkt weiter, lässt sich dieses oder jenes ein zweites Mal erklären, trägt seine Erkenntnisse und die namentlicher Philosophen bei, folgert, wägt ab und geht mit all dem Neuen, das er hört, bedächtig um.

Längst hat man nach dem Essen im Garten ein lauschiges Plätzchen bezogen und sich dort an konditorischem Feingebäck gütlich getan, als Sergius zum Ende kommt: die Pflicht rufe ihn, leider; aber er wolle das Gespräch auf jeden Fall fortführen.

So lädt er die beiden anderntags wieder ein.

Sie gehen hin.

Zwar hat Sergius weniger Zeit als gestern, aber umso deutlicher wird dadurch, wie sehr ihm an dem geistigen Austausch gelegen ist. Ja, er will diesen noch durch eine besondere Gegenüberstellung erhöhen.

„Möglicherweise habt ihr schon von meinem Freund Barjesus gehört. Er ist ein sehr gebildeter Mann und er ist Jude wie ihr. Ich erzählte ihm gestern Abend von unserer Begegnung, und auch er würde euch gerne kennenlernen. Er könnte sicher Vieles zu einer anregenden Kontroverse beisteuern."

Man verabredet sich an einem der kommenden Abende, den Barnabas und Saulus mit Spannung erwarten, aber auch mit einem gewissen Unbehagen.

Scharfsinnig hat Saulus wahrgenommen, dass Sergius sie als Juden bezeichnet hat, was den Schluss zulässt, dass er aus den bisherigen Gesprächen nicht den Unterschied wahrgenommen hat. Nun will dieser Schöngeist zur Belebung des Gespräches, als intellektuelles Vergnügen, sie mit einem echten, gescheiten, allerorts als Magier bekannten Juden zusammenbringen. Dieser, davon kann man ausgehen, würde – anders als ein an griechischer Philosophie interessierter römischer Ästhet – die Unterschiede zwischen Juden und Christen durchaus erkennen.

Am besagten Abend gehen sie bereits zeitig zum Palast, wo die Wachen und das Hauspersonal sie inzwischen wie alte Bekannte begrüßen.

Das Essen ist noch ausgesuchter als an den Vortagen. Terrinen mit frischen Pfahlmuscheln stehen dampfend auf dem Beistelltisch, als der bedienende Sklave aus filigranem Körbchen geröstetes Brot reicht. Drei Sklaven bedienen an diesem Abend, einer trägt auf und ab, der andere reicht an, und ein dritter ist einzig für die Getränke zuständig. Kenntnisreich kredenzt er zu den einzelnen Gängen die passenden Weine, die in dem grünen Glas mystisch schimmern.

Allein, dieser eine Sklave kommt ins Schwitzen, denn Barjesus ist den köstlichen Alkoholica überaus zugetan und benötigt dessen Nachfülldienste für sich allein.

Im Gespräch zeigt er sich als im Wissen seiner Zeit höchst bewandert, und unter dem beflügelnden Einfluss des Alkohols gibt er tiefe Kenntnisse über mystische Geheimkulte und deren Machenschaften preis. Bald stellt sich heraus, dass unter den von ihm betriebenen Wissenschaften die der Wahrsagerei einen besonderen Platz einnimmt. Ein leichtes, dankbares Lächeln von Sergius offenbart überdies, dass er die Dienste von Barjesus diesbezüglich durchaus in Anspruch zu nehmen gewusst hatte. Unverblümt lässt er durchblicken, sich der erprobten Künste seines Beraters auch hinsichtlich der beiden Apostel bedient zu haben.

Der Abend schreitet voran und mit ihm der Alkoholkonsum. Zu Barjesus Redseligkeit gesellt sich nun auch eine gewisse Lautstärke. Einmal unterbricht Sergius den schon nahe am Lallen Befindlichen, als dieser einen zu groben Kommentar zu einer Aussage von Saulus abgibt.

„Ich habe die beiden geprüft", wirft er mahnend ein, „und finde, dass sie eine verständige Sicht der Dinge vertreten. Ohne deine geschätzten Dienste je entbehren zu wollen, bin ich durchaus bereit, anzunehmen, was ich daran Gutes finde."

Barjesus rutscht nervös auf seinem Stuhl herum und spielt mit den Fingern am Stiel seines bereits wieder leeren Glases. Der Sklave schenkt nach.

Bestärkt durch diese Unterstützung seitens des Gastgebers fährt Saulus fort zu argumentieren und darzulegen, worin er das Problem der Geheimwissenschaften sieht. Er bezeichnet ihre zweifellos gebildeten Anhänger als Scharlatane, als falsche Propheten und als Blinde, die ihr Unwesen mit den gutgläubigen Menschen treiben. Barjesus, zu selbstzufrieden durch seine unersetzlichen Fähigkeiten am Palaste und vom süßen Wein berauscht, nimmt diese Kommentare nur noch abwinkend hin.

Nachdem als letzter Gang im Teigmantel gebratene Hirse mit Hornissenhonig gereicht wurde, hat sich Barjesus einen zweiten Stuhl herangezogen, auf den er der Bequemlichkeit halber einen Arm gelegt hat. Die Beine hat er gespreizt weit von sich gestreckt. Am Arm klimpert ein ganzes Sortiment von verschiedensten Gold- und Silberreifen.

Ganz anders Sergius. Er folgt hellwach den Ausführungen des Saulus und schaut nur hin und wieder zu dem besorgniserregend betrunkenen Magier. Kaum aber hat Saulus zu Ende geredet, da widersetzt sich Elymas, wie Sergius seinen Magier nennt, diesem Gedanken und versucht den Prokonsul davon zu überzeugen, Saulus habe dummes Zeug geschwätzt.

Sergius aber beharrt darauf, sich selber eine Meinung bilden zu können. Es entsteht kein Streit, aber Spannungen werden spürbar. Barnabas ist es heiß geworden und der aufmerksame Mundschenk, der als einziger nach dem Essen im Raum zurückgeblieben ist, schenkt ihm augenblicklich frisches Wasser ein.

Barjesus hat seine provokante Haltung nicht verändert. Und mit überlegener Distanz: „Wie willst du dir selber eine Meinung bilden, wir reden ja nur miteinander, verschaffe dir einen Beweis von deren Fähigkeiten", er weist aus dem Handgelenk heraus auf Saulus und Barnabas, ohne diese anzusehen, „sie sagen, ich sei blind, ich finde, ich kann noch ganz gut sehen."

Sergius sieht für einen Moment versunken vor sich hin.

Dann schaut er plötzlich aus kleinen blinzelnden Augen Saulus an. Dieser hält dem Blick stand, muss aber kurz auf die Seite rücken, um dem bescheidenen Sklaven Platz zu machen. Dieser hat eine tönerne kleine Flasche in der Hand, aus der er verdaulichen Feigenlikör anbietet. Saulus nimmt, dankbar für die Unterbrechung der brenzligen Situation, einen Schluck aus einem hellgrünen bauchigen Glas. Dann rückt er wieder umständlich auf die andere Seite, damit auch Barnabas bedient werden kann. Barjesus hält sein Glas mit ausgestrecktem Arm über den Tisch. Plötzlich, der Diener will gerade einschenken, fällt er krachend vom Stuhl und fällt unter den Tisch. Das Glas zersplittert auf der mit Damastdecken gezierten Tischplatte, der Sklave springt erschrocken zurück, dabei strauchelt er. Die Flasche kollert zu Boden. Am Kopfende des Tisches ist nach einer Schrecksekunde Sergius aufgesprungen, erst schaut er zum Sklaven, dann auf die zersprungene Flasche, von der eine Scherbe sich noch zu seinen Füßen dreht. Schließlich beugt er sich zu Barjesus, den er unter dem Tisch zunächst nur undeutlich sieht. Als Saulus und Barnabas sich gefangen haben, kniet Sergius bereits auf dem Boden und versucht Barjesus hochzuziehen. Beide eilen hinüber. Barjesus hält sich mit beiden Händen den Kopf und jammert. Gemeinsam helfen sie ihm auf und setzen ihn auf den Stuhl, den Barnabas dafür zurechtgeschoben hat. Barjesus hat beide Hände vor dem Gesicht.

Am Unterarm hat er eine Schnittwunde. Sie blutet leicht. Um nach der Wunde zu sehen, will Sergius die Hand vom Gesicht nehmen, aber Barjesus wehrt jammernd ab. Der Sklave hat feuchte Tücher geholt und legt sie ihm fürsorglich auf den Kopf. Barjesus nimmt nun selber ein solches Tuch und drückt es sich auf die Augen, während Barnabas die blutende Wunde versorgt.

Langsam beruhigt sich die Lage. Barjesus jammert nicht mehr.

Da nimmt Sergius ihm das Tuch von den Augen: sie sind

weit aufgerissen und einen Moment schreckt Sergius vor dem Anblick zurück.

Barjesus schaut starr.

Sergius entfernt das Tuch ganz. „Ich kann nichts sehen, lauter Blitze zucken, oh weh ...", klagt Barjesus.

„Schließ die Augen", rät ihm Barnabas. Ganz langsam, wie von einer ägyptischen Mechanik angetrieben, fallen die Lider herab.

Der Abend ist zu Ende.

Barjesus muss sich von Sergius an die Tür führen lassen und klagt unentwegt, er sei blind. Sergius gibt ihm einen Sklaven mit, der ihn heimleitet. Während Sergius sich von Barnabas und Saulus mit sorgenfaltiger Stirn verabschiedet, hören sie den wimmernden Magier irgendwo in den Tiefen des Gartens. Sergius zuckt mit den Schultern. Ein höflicher, letzter Wortwechsel folgt, dann schließt sich hinter ihnen die Tür.

Sie laufen durch die laue Nacht heim. Beide schwiegen betroffen, und jeder hängt seinen eigenen Sorgen und Gedanken nach.

Keiner von ihnen hat einen solchen Verlauf des Abends gewollt, keiner vor allen Dingen genau jenes erzeugen wollen, das sie jetzt ergriffen hat: Angst.

Daheim wäre es infolge gegenseitiger Schuldzuweisungen um ein Haar zu einer Auseinandersetzung gekommen. Aber sie sitzen in einem Boot.

Das allerdings verändert die Lage nur geringfügig zum Besseren. Was jetzt kommen würde, wissen sie genausowenig, wie sie sich einig werden über das, was sie tun sollten. Fliehen?

„Niemals!", befiehlt Saulus. „Zweimal bin ich geflohen, aus Damaskus und aus Jerusalem, aber nur in akuter Lebensgefahr ... wir wissen nicht, was Sergius jetzt tun wird; solange wir das nicht wissen, harren wir aus, sicher, er ist sehr mächtig ..., aber wir haben nichts Böses getan und eine voreilige Flucht würde die ganze Mission zerstören."

Barnabas gibt ihm Recht, und über alles siegt seine bleierne Müdigkeit, an deren Ende er alle Sorgen weit hinter sich lässt und unter Wirkung des exzellenten Weines einschläft.

Im Lichte des anderen Morgens stehen die merkwürdigen Ereignisse schon anders da. Mit dem heraufziehenden Tag sind die Geister der Angst gewichen. Sie warten.

Gegen Abend berichtet ihr geschwätziger Wirt, die ganze Stadt rede davon, dass der hochgeschätzte Magier Barjesus ihnen nicht gewachsen gewesen ist.

„Im Trinken sind wir ihm nicht gewachsen", scherzt Barnabas bereits wieder. Dann streichelt er über seinen vom gestrigen Mahl noch gespannten Bauch und fügt hinzu: „Im Essen schon ..."

Der Herbergswirt erzählt dann noch, dass Barjesus ernsthaft erkrankt sei, man munkele, er sei erblindet, das gutgläubige und kultgewohnte Volk gehe davon aus, Saulus und Barnabas hätten Barjesus an magischer Kraft übertrumpft, es werde wohl nicht lange dauern, dann stünden Arme und Kranke hilfesuchend vor der Tür.

„Wir könnten sie erst nach einer Übernachtung zu euch führen", erwägt er geschäftstüchtig, „gegen Beteiligung, versteht sich."

Die Sorge der Missionare wird durch das, was das Volk über sie redet, keineswegs geringer.

Sie beschließen, das Haus nicht zu verlassen und sich in der Stadt nicht blicken zu lassen, bis Sergius in irgendeiner Weise reagiert habe.

Und er reagiert.

Die Zaudernden

Besorgniserregende Nachrichten dringen aus Zypern nach Jerusalem, wo nach dem Tode Agrippas die Christenverfolgungen nachgelassen haben.

Relativer Friede ist eingekehrt, denn einstweilen finden die Juden bei den Behörden keine Fürsprecher, und die Thorachristen tun das ihre, die Juden nicht zu verstimmen.

Was jetzt über Barnabas und Saulus zu den Altaposteln dringt, ist alles andere als ein Beitrag, diesen brüchigen Frieden zu sichern.

Der Brief, den Jakobus in den Händen hält, offenbart erneut, wie sehr das Leben der Nazaräer zugleich ein Tanz auf dem Vulkan ist.

Dieser Vulkan brodelt. Dunkle Rauchwolken sind schon aus ihm aufgestiegen – sie haben sich wieder gelegt. Feuer hat er ausgespien – es hat keinen Flachenbrand entfacht. Im Innern aber kocht es und die heiße Lava steigt in dem Jahrhunderte alten Krater hoch.

Wesentlicher Inhalt des Briefes ist die Bekehrung des Statthalters von Zypern, Sergius Paulus. Zwar ist dem Brief von Johannes Markus nicht zu entnehmen, ob sich Sergius Paulus auch hat taufen lassen, aber die Tatsache seiner Bekehrung allein reicht schon aus, um die Apostel in Unruhe zu versetzen.

Als sie sich am Abend wieder im Obergemach des Stadthauses versammeln, liest Jakobus das Schreiben vor. Es enthält auch einige Angaben über die genauen Umstände der Bekehrung. Erwähnt wird die Gegenüberstellung von Barnabas und Saulus mit dem Magier und vor allen Dingen die Erblindung dieses Barjesus. Ferner berichtet Johannes Markus von dem Ruf, den Barnabas und Saulus deshalb davontrugen, und von dem Aufsehen, das dieser Vorfall in der Stadt erregt hat. Als Nachsatz enthält das Schreiben die kurze Information, er, Johannes Markus, werde wohl bald nach Jerusalem heimkehren, es seien einige Dinge vorgefallen, die ihn zu diesem Entschluss geführt hätten, hauptsächlich mit Saulus könne er nicht länger zusammenarbeiten, er habe die beiden in diese Überlegung noch nicht mit einbezogen und wolle eine endgültige Entscheidung vom weiteren Verlauf der Missionsreise abhängig machen.

Nach dem Verlesen des Briefes herrscht Ratlosigkeit. Es ist vollkommen still. Nur ganz in der Ferne hört man ein dunkles Grollen. Es ist der Vulkan.

Wie ein Beweisstück in schwerer Kriminalsache hält Jakobus den Brief distanziert zwischen den knochigen Fingern und lässt ihn in der Stille auf den Tisch fallen. Dort rollt sich das Pergament selbständig zusammen und zuckt hin und hier, als kämpfe es mit dem Leben.

Dann ist es wieder ruhig.

Als Erster ergreift Petrus das Wort: „Damit ist zum ersten Mal jemandem aus den höheren römischen Kreisen die Frohe Botschaft verkündet worden."

Langes Schweigen folgt.

Johannes, der nach dem Tod seines Bruders Jakobus des Älteren im Kreise der Apostel nahezu völlig verstummt ist, steht wie immer in einem dunklen Winkel des Raumes. Er spricht in die drückende Stille: „Das kann den Römern nicht schaden, von der Liebe zu hören ..."

Es ist dunkel im Zimmer. Keiner sieht, wie blass und nervös Johannes ist.

Ohne auf dessen Satz einzugehen, fragt Jakobus: „Möchte sonst noch jemand etwas sagen?"

Er schaut die Versammelten der Reihe nach an und blickt dann wieder ängstlich auf das corpus delicti, das sich auf dem Tisch kräuselt.

Als sich keiner zu Wort meldet, setzt er fort: er sei in höchstem Maße beunruhigt, ja, enttäuscht. Schon die Situation in Antiochia sei brisant und ungeklärt. Ohne mit ihnen gesprochen zu haben, seien Barnabas, sein Neffe und dieser Saulus losgezogen und hätten auf Zypern das Wort Gottes verkündet. Sie hätten Heiden in die Gemeinde aufgenommen, und nun würden langsam die Römer, die sie bisher im Verbund mit dem Judentum gesehen hätten, auf sie aufmerksam. „Noch schlimmer: Durch das Geschehen mit Barjesus muss Sergius, der Statthalter, unsere Botschaft als im Gegensatz zum Judentum stehend empfinden – Barjesus ist Jude."

Wieder schaut er die Mitbrüder der Reihe nach an, und wie so oft ist es Thomas, der geistesgegenwärtig antwortet: „Das kann man auch anders sehen ... Es ist immerhin möglich, dass sie die Auseinandersetzung nicht gesucht haben. Man muss den Bericht des Johannes Markus von dem letzten Satz dieses Briefes her lesen: Dort schreibt er recht deutlich, dass sie untereinander Spannungen haben, diese lagen ja schon vor, als er den Brief schrieb, also haben sie ihn beeinflusst. Vielleicht stellt er die Lage unter diesem Einfluss anders dar, als sie tatsächlich ist. Im Übrigen habe ich nichts dagegen, wenn die Römer auf uns direkt aufmerksam werden, das ist mir lieber, als wenn sie uns nur infolge von Denunziationen wahrnehmen."

Er schaut in der ihm eigenen Lebendigkeit Jakobus an, nicht provokant, aber angstfrei.

Petrus trommelt mit schweren Fingern auf den Tisch. „Und schließlich", setzt Thomas nach, „war Barnabas dabei, als Petrus von der Taufe des Proselyten Cornelius berichtete. Wir kennen Barnabas doch, er ist ein Mensch des praktischen Verstandes. Ich kann mir vorstellen, dass der sich über die tiefgreifenden Probleme, die wir hier in Jerusalem haben, keine großen Gedanken macht."

„Die Probleme", antwortet nun Jakobus, „haben wir ja nicht, weil wir in Jerusalem leben, sie sind grundsätzlicher Natur. Die ganze Frage, ob die Heiden einfach getauft werden dürfen, ohne vorher durch die Beschneidung Juden geworden zu sein, hängt doch nicht von der Lokalität hab, hier geht es ums Prinzip …"

„Cornelius ist beschnitten", verteidigt sich Petrus.

Und Thomas: „Ich denke doch, dass es mit der allgemeinen Stimmung hier in Jerusalem zusammenhängt, jedenfalls sehen die Juden in Antiochia das Ganze nicht so eng, und … auf Zypern wohl auch nicht …"

„Das sind doch alles hellenische Juden", unterbricht ihn Jakobus ärgerlich.

„… und selbst die kennst du nicht, du hast niemals Jerusalem verlassen … Hast du mal darüber nachgedacht, dass Petrus, kaum war er endlich mal aufgebrochen …"

„Das war eine Flucht aus Klugheit und keine Missionsreise", wirft Petrus rechtfertigend ein.

„Petrus, ich würde mal sagen: immerhin!", antwortet Thomas, dann wendet er sich wieder an Jakobus: „Petrus ist also aufgebrochen, und kaum lässt er Jerusalem ein paar Stadien hinter sich, tauft auch er einen Proselyten. Seltsam, nicht wahr?"

Die anderen sagen gar nichts mehr. Das Trommeln des Petrus klingt hohl im Raum wider. Es ist spät.

Wieder sind sie aneinandergeraten, und die zunehmenden Auseinandersetzungen werden härter, persönlicher.

„Na gut," antwortet Jakobus zynisch, „was dieser Saulus kann, das können wir auch. Du meinst", richtet er sich jetzt an Thomas, „wir sollten handeln, statt hier herumzusitzen?"

„Genau!"

„Also gut, es wird gehandelt werden, dann werden wir ja sehen …" Er greift nach seinem Umhang und verlässt, ohne noch jemanden anzusehen, das Haus.

Am nächsten Morgen, als Petrus und Thomas über den Basar zum Tempelbezirk gehen, sehen sie Jakobus. Er redet heftig mit einem Thorachristen. Mit ausgestrecktem Arm gestikuliert er mehrfach in die Richtung ihres Versammlungsortes.

„Was geht da wohl vor?", flüstert Petrus seinem Begleiter zu. Thomas zuckt mit den Schultern.

„Jakobus war gestern erregt, du hast ihn heftig angegriffen, vielleicht zu heftig."

„Wenn die Ausbreitung der Frohen Botschaft weiter so praktiziert wird wie in Antiochia und wie du es mit Cornelius getan hast, dann ... Die Verkündigung des Evangeliums an die Heiden lässt sich sowieso nicht mehr aufhalten."

Jakobus und sein Gesprächspartner umarmen sich herzlich und trennen sich voneinander. Auch Petrus und Jakobus ziehen langsam weiter. Schließlich verabreden sie sich für den Abend in ihrem Versammlungsraum und gehen aus Sicherheitsgründen auf getrennten Wegen weiter. Unter Tags sieht Thomas Jakobus noch einmal von Weitem. Wieder spricht er mit einem führenden Mitglied einer aus hebräischen Thorachristen bestehenden Hausgemeinde. Das Gespräch wirkt ähnlich heftig wie das am Morgen beobachtete.

Am Abend treffen sie sich früh, weil keine Gebetsversammlung vorausgegangen ist. Als Thomas kommt, sind die meisten schon versammelt, sie stehen in Grüppchen beieinander. Leises Stimmengewirr erfüllt den Raum.

Kurz darauf bedeutet Petrus durch Handzeichen, dass er um Ruhe bitte. Es wird langsam still. Petrus begrüßt alle – auch die in dieser Runde Fremden – freundlich und erteilt dann Jakobus das Wort.

Dieser richtet sich in einer kurzen Ansprache an die Apostel und, ohne darauf Bezug zu nehmen, weiß jeder, was gemeint ist: sein jetziger Auftritt ist die Reaktion auf gestern Abend. Er habe, so Jakobus, im Einvernehmen mit Petrus – wobei er diesen kurz ansieht – beschlossen, eine Abordnung nach Antiochia zu senden. Der Kontakt mit der dortigen Gemeinde sei gut, die Antiochener hätten durch die Kollekte bewiesen, dass ihnen am Zusammenwirken mit Jerusalem läge, schließlich sei schon einmal eine Gruppe aus Jerusalem dort gewesen, habe anschließend Bericht erstattet und so weiter.

Thomas fällt auf, dass keiner, der zu der alten Gruppe gehört hat, jetzt anwesend ist. Ganz offensichtlich hat Jakobus eine neue Schar um sich versammelt.

So aufmerksam er auch der Rede des Jakobus zu folgen versucht, so sehr geht ihm doch Anderes, Sorgenschweres, durch den Kopf. Vor allen Dingen scheint ihm der Zeitpunkt der von Jakobus erneut inszenierten Visitation ungut zu sein Schließlich sind Barnabas und Saulus derzeit nicht im Lande. Das Ganze sieht nicht gut aus, auch weil Jakobus genau diese Tatsache der Abwesenheit von Barnabas und Saulus nicht weiter erwähnt.

Jakobus spricht fest und selbstbewusst, während Petrus ein wenig betreten neben ihm steht. Von der begleitenden Mimik her lässt Petrus keinen Zweifel daran, dass er sich von der Aktion überfahren fühlt, zugleich aber müht er sich, den Gästen mit Wohlwollen zu begegnen. Am Ende des Abends verabschieden sich die Gäste warmherzig von Jakobus. Den Anderen begegnen sie mit fühlbarer Distanz.

Ganz offensichtlich hat Jakobus das getan, was er Barnabas und Saulus vorwirft: er hat ohne Absprache gehandelt. Und – er hat es eilig.

Schon am folgenden Mittag reisen die von ihm ausgesuchten Visitatoren nach Antiochia ab, so dass jedes nachträgliche Gespräch über sein Vorgehen durch diese Fakten hinfällig wird.

Petrus aber reagiert nicht. Er will das tun, was er bisher immer getan hat: abwarten.

Eines Tages erscheint Johannes Markus in Jerusalem.

Zunächst sickert nur die Nachricht durch, er sei wieder bei seiner Mutter. Der eine oder andere hat ihn gesehen und kurz gesprochen. Einen offiziellen Besuch bei den Aposteln nimmt er nicht vor.

Als kein Zweifel mehr besteht, dass er in Jerusalem ist und er sich auch nach Tagen noch nicht hat blicken lassen, beschließt Petrus, ihn aufzusuchen.

Gegen Abend macht er sich auf den Weg.

In Jerusalem ist zu dieser Stunde das größte Leben auf den Straßen. Die Händler haben ihre Stände geschlossen und ziehen entweder mit beladenen Wagen hinaus, oder sie laufen zum Tempel, in dessen weiträumigem Umfeld eine eigene Art von Nachtleben stattfindet. Tagelöhner haben ihren Sold erhalten und sind nun auf nichts weiter aus, als diesen einen Denar, der ihnen nach jüdischem Sozialgesetz zustand, zu verjubeln. Er reicht nicht, um Ersparnisse anzulegen – nicht einmal für das kleinste Opfer im Tempel genügt dieser Mindestlohn, den sie jetzt in den Taschen tragen. So sind sie darauf aus, dieses wenige Geld möglichst effektiv auf den Kopf zu hauen, denn jeder Denar trägt in dieser Zeit den geprägten Kopf des Claudius.

Schwatzende Gruppen junger Männer nehmen langsamen Schrittes die ganze Straße ein, und Petrus muss sich durch sie hindurchdrängeln. Seine Nerven sind angespannt. Der Lärm, die vielen Menschen, ihre Unbekümmertheit, ihre flache Religiosität und ihr gedankenloses Leben greifen ihn an. Wie ein Flüchtender huscht er durch die Menschenansammlungen, drückt sich an breiten Wagen vorbei, geht einem Maultier im letzten Augenblick aus dem Weg und empfindet den Lärm als schmerzhaft. Bald zieht er seine Kapuze über den Kopf, um sich von der Umwelt abzuschirmen. Er nimmt Abkürzungen durch enge Gassen, in denen es fürchterlich nach Küchenabfällen stinkt. Ein paar Male rempelt er jemanden oder wird geschubst. Außer Atem erreicht er die ruhigere Wohngegend. Am Hause der Maria bedient er mehrmals einen eisernen Türklopfer, bis ihm endlich eine alte Magd öffnet.

Sie lächelt Petrus an, gibt in aller Seelenruhe etwas von sich und sagt, indem sie hinter ihm die Tür schließt, er sähe schlecht aus.

Petrus versucht freundlich zu bleiben, aber die Hektik der Gassen haftet noch an ihm, so dass, entgegen seiner Gewohnheit, die Frage nach Johannes Markus sehr knapp ausfällt.

Die Magd führt ihn in ein hinten gelegenes Zimmer, welches im letzten Sonnenschein gelblich leuchtet.

Die Zeit des Wartens kommt ihm ewig vor. Voller Spannung wendet er sich zur Tür, als er im Flur Schritte vernimmt. Statt des Johannes Markus aber tritt dessen alt gewordene Mutter herein. „Petrus", beginnt sie, ohne ihn zu begrüßen, „Johannes Markus ist krank. Wir hatten schon den Arzt im Hause und er hat ihm strenge Bettruhe verschrieben. Er fiebert und nachts redet er im Traum." Sie hat sich auf Petrus gestützt. In der Abendsonne glänzen ihre Falten wie altes Leder. Mit zittriger Hand bietet sie Petrus einen Platz an. Er setzt sich.

„Petrus", spricht sie nun leise, „ich freue mich, dass Ihr gekommen seid, Ihr wisst, dass Ihr ein gern gesehener Gast im Hause seid. Aber ich möchte Euch nicht verheimlichen, dass ich mir Sorgen mache. Markus hat als frischer junger Mann dieses Haus verlassen und nun kommt er krank, ausgezehrt und enttäuscht aus Zypern wieder. Er ist um Jahre gealtert, und ich merke, dass irgendetwas seine Seele belastet."

Sie schaut Petrus mit wachen Augen an, und ein Lächeln, ein mitleidiges und erbarmendes zugleich, spielt um die furchigen Winkel ihrer schmalen Lippen. Am liebsten hätte er sie gefragt, was sie gerade denke, statt dessen aber fährt sie fort: „Schaut Euch selber an, ich wünschte, Ihr könntet Euch sehen. Ihr habt keine Freude mehr. Was wart Ihr für tatkräftige Männer, als Jesus von Nazaret noch unter Euch war. Aber nun zerfressen Euch die Sorgen."

„Es ist nicht leicht", antwortet Petrus, „mit all dem Verrat zu leben."

Die Alte nickt still. „... als er noch bei uns war", wiederholt Petrus und schaut dabei unentwegt auf einen Punkt der alten Holzdielen, „da haben wir uns um vieles keine Sorgen gemacht, aber nun haben wir nur noch Probleme ..."

„Petrus, es steht mir nicht zu, Euch Ratschläge zu geben, Ihr braucht mir auch das Herz nicht auszuschütten, glaubt mir, ich weiß, was Euch belastet, nur dieses Eine möchte ich Euch sagen: Vergesst die Freude nicht!"

Petrus nickt ganz langsam. Dem Gesagten ist nichts hinzuzufügen. Sie schweigen.

Dann nach langer Pause: „Was ist mit Johannes Markus?" In dem Zimmer ist es inzwischen dunkel geworden.

„Nun, ich bin eine alte Frau", antwortet Maria, „ich bin meinesteils froh, dass er wieder hier ist, aber ich gebe ihn Euch gerne ... nur ...", wieder lächelt sie Petrus eigentümlich an, „... nur nicht für den Kampf ... er soll nicht in das Werk Eurer Rechthaberei geraten, seht, wie jung er noch ist ..."

Petrus ist beschämt und zugleich fasziniert von Maria, die er nun schon so viele Jahre kennt und in deren Herzen so Vieles von früher noch wach ist. Er hat den Eindruck, dass sie die stille Freude ihres Glauben an Christus, den sie öfter bei sich im Hause empfangen hatte, genießt und jenseits aller Rechthaberei zum Wesentlichen gefunden hat.

Lange sitzen sie noch in dem dunklen Zimmer beieinander und sprechen von früher, den Erlebnissen mit Jesus, sprechen von seinem Tod und seiner Auferstehung, den bangen und dann so freudigen Tagen danach, lassen all die Jahre noch einmal lebendig werden. Maria haucht mit der letzten Kraft ihres schon gebrochenen Atems in das klein und kleiner gewordene Feuer, um die alte Glut neu zu entfachen. Die ersten Hölzer knistern. Petrus wird es warm ums Herz und er lässt es geschehen.

Die Zeit ist verflogen. Längst sollte er bei der Versammlung der Jünger sein, aber kaum etwas anderes als die leidige Pflicht zieht ihn von der warmherzigen Alten weg. Sie selbst schickt ihn fort, und als er auf der Schwelle einen Blick zurückwirft, da hat sie wieder das milde, wissende Lächeln um die Lippen. Entschlossener als er gekommen ist, geht er zurück in das Haus, das sie ihnen so großherzig zur Verfügung stellt, und weniger als sonst macht es ihm aus, dass sie dort wieder stumm und ratlos beieinandersitzen werden.

Zum ersten Mal seit Wochen ergreift er wieder das Wort und hält eine Ansprache an die Apostel, wie sie sie lange nicht gehört haben. Da steht der alte Fischer und berichtet von seinem brennenden Herzen. Zum ersten Mal spricht er von dem bitteren Erlebnis des Verrates, damals, als der Hahn dreimal krähte; spricht von dem Feuer der Vergebung, als Jesus ihn nach Ostern fragte, ob er ihn liebe. Er kämpft mit den Tränen und wiederholt zittrig, was er damals Jesus mit trockenen Lippen geantwortet hatte: Du weißt alles, Herr, du weißt, dass ich dich liebe.

Er will in ihnen entzünden, was in ihm neu entfacht wurde. Nach dieser Rede herrscht betretenes Schweigen. Keiner will jetzt irgendein aktuelles Thema anschneiden, keiner hat Lust zu streiten, und alle hoffen, dass es so bleiben werde.

Aber es bleibt so nicht.

Zu schnell holt die Alltagsproblematik die Apostel wieder ein, und die Genesung des Johannes Markus, sowie sein Erscheinen bei den Aposteln, tragen das ihre dazu bei, die verschiedenen Ansichten um die Heidenmission wieder krass hervortreten zu lassen.

Die Aussagen des Johannes Markus lassen die kühnen Hoffnungen des Jakobus zu Staub zerfallen: nicht eingeschränkt werde die Heidenmission von Barnabas und Saulus, sondern eher noch erweitert.

Dass er nicht mehr dabei sei, habe sich so abgespielt: nach dem triumphalen Erfolg auf Zypern sei Saulus keineswegs gewillt gewesen, nach Antiochia heimzukehren. Er sei nahezu besessen gewesen von dem Gedanken, die frohe Botschaft von der Auferstehung der Toten so schnell wie möglich zu verbreiten. Damit habe er auch Barnabas angesteckt, und die beiden hätten sich geeinigt, an das nördlich von Zypern gelegene Festland zu segeln, um dort, Richtung Antiochia heimziehend, zu missionieren. Er, Johannes Markus, sei dagegen gewesen, aber er habe Barnabas nicht umstimmen können, so dass am Ende Saulus seinen Willen durchgesetzt habe. So sei er mit ihnen bis Attalia gesegelt und habe sich dann von ihnen getrennt. Einen regelrechten Streit habe es nicht gegeben, aber nachdem er versucht hatte, Barnabas gegen die Ansicht von Saulus zu gewinnen, sei Saulus zu ihm sehr distanziert gewesen, am Ende sogar in seinen Angriffen persönlich geworden: er hätte ihn einen verweichlichten Jüngling genannt, der Angst vor den Bergen und der Fremde habe. Schließlich habe er gesagt, er hätte ihn ohnehin schon auf Zypern nicht bei sich haben wollen, aber hätte sich seinerzeit dem Willen von Barnabas gebeugt, jetzt aber sei es an der Zeit, dass Barnabas sehe, wie Recht er, Saulus, damals schon gehabt hätte und so weiter. Saulus habe schließlich selbst alles Mögliche getan, dass er, Johannes Markus, sie bald verlasse, und so habe er nicht mehr lange gezögert und sei zu seiner Mutter heimgekehrt, die ihn ohnehin jetzt im Alter mehr benötige als früher.

Während dieser Rede wiederholt sich Johannes Markus mehrmals. Öfter wird er von Jakobus unterbrochen, der dies und das genauer wissen will. Entsprechend der Nachfragen wird den Aposteln deutlich, dass Barnabas in die zweite Reihe getreten ist und die Führung der Mission Saulus überlassen hat.

Barnabas kennen sie, seine Gutmütigkeit und sein Bedürfnis, ohne unnötige Konflikte möglichst harmonisch zu leben, seine Bereitschaft, jemandem entgegenzukommen, wenn dadurch Streit vermieden werden kann, aber auch seine Bequemlichkeit, seine Freude am Essen und Schlafen sowie an den schönen Dingen des Lebens.

Saulus hingegen ist ihnen weitgehend fremd, und das Bild, das Johannes Markus von ihm zeichnet, ist nicht dazu angetan, ihn bei den Aposteln im positivem Licht erscheinen zu lassen.

Er sei, so Johannes Markus, ein Mann, der von allen das erwarte, was er selber zu leisten fähig sei. Er sei gegen jede Art von Kompromissen, er brauche kaum zu essen und zu trinken und schlafe wenig; dabei sei ihm niemand gewachsen, denn er sei höchst intelligent, wenn er sich etwas in den Kopf gesetzt habe, dann könne er mit jeder Art von Argumenten so lange auf jemanden einreden, bis dieser schließlich seiner Ansicht sei.

Es ist das erste Mal, dass die Apostel ausführlich den Charakter des Saulus beschrieben bekommen. Petrus hat ihn zwar vierzehn Tage lang kennenlernen dürfen, aber das ist nun mehr als fünf Jahre her und war relativ kurz nach seiner Bekehrung. Durch die Berichte des Johannes Markus wird nun deutlich, dass Saulus sich inzwischen entwickelt hat, seine enge Freundschaft zu Barnabas und dessen ausgleichender Charakter haben sicher genauso viel dazu beigetragen wie die Erfolge in der Mission.

Aber es sind für die Apostel nach wie vor zweifelhafte Erfolge, denn sie beziehen sich auf Heiden, oder höchstens auf Gottesfürchtige und Proselyten, die den Juden nur locker angeschlossen sind, von Geburt an aber nicht zu ihnen gehören. Das bereitete ihnen Sorgen.

Der ihnen durch Johannes Markus geschilderte Charakter des Saulus lässt diese Sorgen keineswegs geringer werden. Im Gegenteil: Seit den beginnenden Zwistigkeiten zwischen hebräischen Thorachristen und hellenischen Thorachristen in Jerusalem schwelt der Brand.

Immer deutlicher wird Petrus, dass mit Abwarten allein diese Probleme nicht beigelegt werden können, und immer deutlicher wird Jakobus, dass dieses Treiben des Saulus in kontrollierbare Bahnen gelenkt werden müsse.

Es ist Thomas, der die Situation auf den Punkt bringt. „Tja, Jakobus, nun sieht es mit deiner Abordnung in Antiochia anders aus. Nun hast du es in die Wege geleitet, dass in Antiochia nach dem Rechten geschaut wird, da kommt uns zu Ohren, dass in einer völlig fremden Gegend Heiden, Gottesfürchtigen, Proselyten und Juden nach Antiochenischem Muster die frohe Botschaft verkündet wird."

Jakobus hat schon in den vergangenen Tagen immer weniger geredet, und als nun unbestreitbar feststeht, dass Saulus und Barnabas in völlig fremden Ländern zu missionieren begonnen haben, ist er gereizt und blass. Entsprechend reagiert er: „Ich frage mich nur, weshalb du dich jetzt zu Wort meldest, wo du doch die ganzen letzten Tage geschwiegen hast, es gelingt dir kaum, deinen Triumph zu verbergen."

„Wenn du jetzt von ‚Triumph' redest, setzt du voraus, dass wir verschiedener Ansicht sind", unterbricht ihn Thomas, „was mich betrifft, so frage ich dich, wie du zu dieser Ansicht kommst?" Aber er wartet die Antwort des Jakobus nicht ab, sondern fährt fort: „Es ist doch offensichtlich, dass Saulus und Barnabas so weitermachen, wie sie es bisher getan haben, Johannes Markus hat es ja ausführlich – auch auf dein Nachfragen hin – berichtet" – er schaut Johannes Markus lächelnd an und richtet sich dann wieder an Jakobus – „zweifellos werden sie die Gegenwart der in Antiochia befindlichen Abordnung als unglaubliche Provokation empfinden, nun bist du derjenige, der durch Fakten einen Streit heraufbeschwört …"

„Thomas, ich weise dich darauf hin, dass zuerst Barnabas und Saulus Fakten geschaffen haben, indem sie nicht nur den Juden die frohe Botschaft verkündet haben." Er schaut Thomas mit zusammengekniffenen Augen an. Dieser aber kann nicht mehr reagieren, weil Petrus schlichtend dazwischentritt, so dass Thomas nur noch eine wegwerfende Geste macht und in etwa sagt, dass der Brand, den man an einer Stelle löschen will, an anderer Stelle mit neuer Kraft hervorbricht.

Barnabas und Saulus aber sind in den wilden einsamen Gegenden des Taurus unterwegs, keiner weiß, was sie tun, keiner weiß, was sie vorhaben. Jedem aber, der jetzt im Hause der Maria sich kaum zu atmen traut, ist klar, dass etwas Neues begonnen hat.

Überquerung des Taurus

Schon als sie von Zypern kommend in den Hafen von Attalia einlaufen, haben sie die zerrissene Bergkette des Taurus vor Augen. Die hinteren Erhebungen des Massivs sind durch schwere Wolken verhangen. Schneefelder erstrecken sich weit ins Tal. Keiner von ihnen weiß, was sie hinter diesen Bergen erwartet, nur eines hat man ihnen in Attalia immer wieder erzählt: In den schneeigen Höhen lauern dutzende von Räubern und Wegelagerern, deren Zahl sich ständig durch entlaufene Sklaven vermehre.

Ein wenig hat Barnabas angesichts dieser Nachrichten gezweifelt, ob die mühselige Überquerung des Taurus tatsächlich der beste Weg ins das Land der Galater sei. Für Saulus jedoch ist es der kürzeste und deshalb auch der beste.

Barnabas hat sich gefügt, und Johannes Markus ist bitter und stumm gefolgt.

Von Attalia aus laufen sie nach Perge und ziehen dort Erkundigungen über den Weg ein. Nur unwillig erteilt man ihnen, den Fremden, Auskunft. Die wohlmeinenden ihrer Ratgeber versuchen, sie mit guten Ratschlägen von diesem Weg über die Berge abzuhalten. Er sei zu gefährlich für Alleinreisende. Ein paar Schläger oder Söldner sollten sie schon mitnehmen, auf jeden Fall sollten sie nicht gänzlich unbewaffnet in die Berge gehen, und zu zweit sei auf jeden Fall zu wenig. Am besten sei es, wenn man gar nicht über die Berge gehe. Und überdies höre man von dem, was sie dahinter erwartet, auch nur Schlimmes. Dort müsse ein Volk hausen, das sich ganz merkwürdig verhalte, das ganz seltsame Götzen anbete und so weiter.

Nichts hält Saulus davon ab, den Taurus zu überqueren. Kein Hinweis auf hungrige Wölfe und wilde Tiere, keine Warnung vor den weiten Schneefeldern, die den Weg überlagern, kein Bericht von Menschen, die nie wiedergekehrt sind, und keine geflüsterte Erzählung von brutalen Räuberbanden können ihn eines Besseren belehren.

Da bricht sich die ganze Not, die Angst, der aufgestaute Grimm des Johannes Markus, Bahn. Unmissverständlich stellt er klar, dass er nicht mehr mitmache.

Haben die Erzählungen über das, wie sie in den Bergen und dahinter erwartet, Saulus nur beflügelt, so geben sie dem zarten Jüngling und Schreiber Johannes Markus den Rest. Er ist nach der Durchquerung Zyperns körperlich am Ende. Ihn ängstigt die Fremde. Er sucht Geborgenheit statt Herausforderung und Sicherheit statt Abenteuer.

Saulus bleibt bei seiner Entscheidung, den Taurus zu überqueren. Sie könnten doch wohl um der Liebe des auferstandenen Christus willen das vollbringen, was Händler aus Gewinnsucht und römische Beamte aus Pflicht seit Jahrzehnten auch könnten.

Dann ist passiert, womit keiner ernsthaft gerechnet hat: Johannes Markus ist gegangen. Es ist der Schlussstrich unter einen wochenlang schwelenden Dissens, der am Ende für alle unerträglich wurde.

Er schließt sich einer Karawane an, die nach Antiochia zieht, und fühlt sich von seinem Onkel und Saulus an diese verkauft, wie Josef von seinen Brüdern an die Kaufleute, die nach Ägypten zogen. Von Antiochia wolle er auf schnellstem Wege nach Jerusalem.

Als Johannes Markus fort ist, machen sich Barnabas und Saulus in Perge auf den gefährlichen Weg, den Taurus zu überqueren.

Drei Tage sind sie nun schon in diesem öden Gelände unterwegs und wollen heute noch die zugige Kuppe überqueren.

Als sie aufbrachen, führte der Weg zunächst lange am Fluss entlang. Dann ist er immer schmaler geworden und in den tiefen Schluchten, die der Kestros in Jahrtausenden gespült hat, zu einem riskanten Saumpfad geworden. Der Untergrund war lehmig und feucht, und sie konnten nur Fuß vor Fuß setzen, um einigermaßen sicher voranzukommen. Dann führte der Pfad vom Fluss weg und stieg allmählich zur Hochebene Pisidiens auf. Immer spärlicher wurde der Bewuchs und die Wälder lichteten sich mehr und mehr.

Öde Heiden sind sie seit gestern durchlaufen, und immer wehte ihnen von den Schneekuppen her ein eisiger Wind ins Gesicht.

Auch heute sind sie schon viele Stunden schweigend unterwegs und noch immer liegt der schwerste Teil des Weges bedrohlich vor ihnen.

Seit dem Morgen läuft Saulus vorweg und hat bald wieder einen großen Vorsprung. Wenn Barnabas aufblickt, sieht er ihn Mal für Mal kleiner vor sich. Der Weg hat an dem steilen Anstieg vor den Schneefeldern ausgetretene weiträumige Schlaufen, aber Saulus kürzt diese ab, während Barnabas am Anfang noch den normalen Weg läuft.

Barnabas ist stehengeblieben und schaut geblendet zum Schneefeld, an dessen Rand Saulus angekommen ist. Saulus trägt den größeren ihrer Reiserucksäcke und hat auch die größte Menge an Proviant auf seinen Schultern. Barnabas schnauft in der dünnen Luft. Wieder zieht ein eisiger Wind und lässt seinen schwitzenden Körper erschauern. Langsam setzt er sich in Bewegung und schaut sorgenvoll zu Saulus in der Hoffnung, dieser würde auf ihn warten und eine längere Pause einlegen. Tatsächlich sieht er mit vom Winde tränendem Auge, dass Saulus sich auf einen Felsbrocken setzt. Auch Barnabas nimmt nun die Abkürzungen und geht steil und direkt auf Saulus zu. Dieser schaut ihm freundschaftlich entgegen. Sie halten ein bescheidenes Mahl.

„Hier endet der Weg", sagt Saulus nach langem Schweigen. „Ich bin schon ein Stück vorausgegangen, um zu schauen, aber der Schnee hat alles verdeckt."

Barnabas isst schweigend einen Apfel und ein paar getrocknete Feigen. Da Saulus deutlich die Führung übernommen hat, hat er sich angewöhnt, zu den Diskussionen über den genauen Wegverlauf zu schweigen. Saulus kennt sich von seiner Kindheit her in den Bergen besser aus, er weiß von weitem den Verlauf eines Pfades einzuschätzen, auch wenn dieser mit Geröll belegt und über Strecken nicht sichtbar ist. Saulus scheint die rauhe, menschenleere Gegend weniger Angst zu machen, und die dünne Luft bereitet seinem ohnehin drahtigen Körper weniger Probleme. Auch hat er bisher mit den Wetterprognosen Recht gehabt und scheint nach wie vor der Überzeugung, noch heute das große Schneefeld überschreiten zu können. Immer wieder schaut er zum Gipfel, an dessen zugiger Spitze sich Wolken bilden und bald wieder in schnellen Fetzen davonfliegen. Langsam streckt Saulus seinen Arm aus, der sich vom Schneefeld abhebt. Barnabas folgt der Geste. „Siehst du dort den Sattel? ... Ich bin mir sicher, dass der Weg nach dorthin verläuft ..." Sie schweigen. Trotz des Windes ist es hier oben sehr still.

Barnabas fällt auf, wie lange die Pause schon dauert.

„Ich denke, wir überqueren das Feld in einem Zug, oben wird es sehr kalt ...; wenn ich Recht habe, dann finden wir auf der anderen Seite den Weg dort wieder, wo der Schnee aufhört."

Langsam schreitet Saulus voran, er achtet jetzt darauf, dass Barnabas dicht hinter ihm bleibt. Einmal halten sie noch an, um die Mäntel vor dem immer schärfer werdenden Wind zuzuziehen, dann stapfen sie knirschend in die Höhe. Die Sonne blendet und trocknet die Lippen aus. Saulus schaut prüfend auf jeden Schritt, und Barnabas müht sich, die seinen in Saulus Fußstapfen zu setzen. Saulus geht rücksichtsvoll und bald sind beide in einem Rhythmus, der sie gut vorankommen lässt. Die Luft wird dünner und der kalte Wind bläst immer schärfer ins Gesicht. Barnabas sucht den Windschatten des Saulus, der zielstrebig auf den Sattel zugeht. Dieser ist breiter, als Barnabas vermutet hat. Es dauert Stunden, bis sie oben sind.

Hinter der obersten Kuppe erstreckt sich eine weite Senke, wo es windstill wird.

Ein herrliches Panorama öffnet sich jetzt ihren Blicken, und in der Ferne, weit unten am Horinzont, blinkt silbern der See Egerdir durch dünne Nebel.

Keinen Augenblick aber bleibt Saulus stehen. Bald haben sie auch die Senke durchschritten und unten taucht das lang ersehnte Ende des Schneefeldes auf. Dort zeichnet sich auch der Weg ab. Sie haben diesen in etwa gehalten und müssen lediglich eine große Schlaufe gehen, um unten wieder auf den Pfad zu gelangen.

Die Sonne ist inzwischen weitergewandert, und der riesige Schatten des Massivs hat die beiden eingeholt. Es geht bergab und wird kalt. Stundenlang sind sie gewandert. Kein Wort haben sie miteinander gesprochen. Barnabas schlägt heftig das Herz. Die dünne Luft setzt ihm zu und reicht ihm nicht mehr aus. Mit letzter Kraft rutscht er von dem Schnee, wankt auf einen vorstehenden Felsen zu und setzt sich keuchend. Saulus ist stehengeblieben und schaut befriedigt zur Bergkuppe zurück.

Barnabas trinkt etwas. Sein Kreislauf macht nicht mehr mit, immer wieder ziehen Grauschleier über seine Augen, die er jetzt schließt. Ein wenig noch lehnt er sich auf dem Felsen zurück, dann schläft er unwiderruflich ein.

Als er mit schmerzenden Gliedern erwacht, ist es tiefe Nacht. Ein wundervoller Sternenhimmel ist aufgezogen. Nie hat er so viele Lichter am Himmel gesehen. Neben ihm sitzt Saulus. Er ist wach und hat sich tief in seinen Mantel gehüllt. Auch er blickt zu den Sternen. Einmal schaut er zu Barnabas, und als er sieht, dass dieser wach ist, lächelt er ihm zu. Dann blickten sie beide in die unendlichen Fernen des Himmels, der sich über ihnen wölbt.

„... schöner als in der arabischen Wüste ...", sagt Saulus ganz leise vor sich hin.

„So etwas habe ich noch nie gesehen", antwortet Barnabas

fasziniert, „ich wusste gar nicht, dass es so viele Sterne gibt … Wie still es hier ist."

Sie schweigen.

„Barnabas?", fragt Saulus nach langer langer Zeit. Dieser brummt nur leise.

„Barnabas, kannst du noch laufen? Wir sollten hier nicht die Nacht verbringen …"

„Saulus … ich … ich kann nicht mehr …", kommt es schmerzgequält aus Barnabas heraus.

Saulus steht auf und hockt sich an seine Seite. Fast mitleidig sagt er zu ihm: „Wir müssen weiter, Barnabas, hier holen wir uns den Tod … es ist erst frühe Nacht, aber es wird in wenigen Stunden eiskalt werden."

Er fasst ihn unter dem Arm und hilft ihm auf. Schweigend nimmt er auch den zweiten Rucksack, der neben Barnabas liegt, und schnürt ihn sich vor den Bauch. Den anderen trägt er auf dem Rücken.

Barnabas humpelt. Der Pfad ist zu schmal, um nebeneinander zu laufen. Vorsichtig geht Saulus voran. Der Mond ist aufgezogen und reflektiert ein mattes Licht vom noch nahen Schneefeld. Hinter sich hört Saulus den ungleichmäßig humpelnden Gang des Barnabas. Die ersten Büsche tauchten bereits auf. Ein wenig Gras sprießt rechts und links vom Wege. Da bleibt Saulus stehen, und Barnabas wäre ihm beinahe in den Rücken gelaufen. Er lehnt beide Arme müde auf den Rucksack von Saulus und lässt den Kopf hängen.

„Barnabas, siehst du das da vorne?", fragt Saulus und deutet zwischen einige Bäume, die sich unweit erheben.

„Ich sehe nichts", lallt Barnabas.

Saulus tritt wieder neben ihn, legt ihm einen Arm um die Schulter und zieht ihn ein wenig unter der Achsel hoch.

„Dort ist eine Scheune oder irgendein Schuppen … komm … wir haben es gleich geschafft."

So ziehen sie zu einer verlassenen Karawanserei. Im halbzerfallenen Innern ist es vollkommen windstill. Nur ein paar lose Bretter schlagen gegen eine Mauer. Saulus hilft Barnabas, sich zu betten, von irgendwo holt er Stroh, dann deckt er ihn mit seinem Mantel zu, und Augenblicke später fallen beide in einen bleiernen Schlaf.

Barnabas friert, als er am nächsten Morgen erwacht. Saulus ist schon aufgestanden. Durch die zerfallenen Mauern sieht er ihn draußen sitzen. Als er nach einiger Zeit mit noch müden Schritten auf ihn zutritt, sieht er, dass Saulus den Rucksack schon gepackt neben sich stehen hat. Er wendet sich Barnabas zu: „Geht es wieder?"

„Mir schmerzen alle Glieder."

„Das gibt sich, wenn wir ein Stück gelaufen sind ... ich bin den Weg schon ein wenig abgegangen, dort vorne beginnt bald ein Hochtal, das können wir heute bis zum Mittag durchlaufen, leider ist dahinter noch ein kleiner Anstieg, aber ohne Schnee, bis zum Abend können wir auch diesen hinter uns haben ... wir sollten keine Zeit verlieren."

Schweigend packt Barnabas seine wenigen Sachen, schultert mit einem schweren Stöhnen sein Gepäck, und als er hinaustritt, sieht er, dass Saulus schon vorausgelaufen ist.

Der Mittag kommt, und in der größten Hitze durchwandern sie das baumlose Hochtal. Nur einmal halten sie an einem Bach und trinken von dem erfrischenden Wasser, das gurgelnd vom Gipfel herabschmilzt. Für eine kurze Weile duldet Saulus, dass Barnabas sich im Grase ausstreckt. Dann hilft er ihm brüderlich auf und mahnt zur Eile. Die ganze Zeit über haben sie die zweite schneelose Kuppe vor sich.

Diese steigt nun steil an.

Der Weg ist mit kleinen Kieseln übersät, so dass sie nur Schritt für Schritt vorankommen. Mehrfach rutschen sie auf dem durchnässten Boden aus. Als sie endlich die Höhe erreicht haben, sehen sie weit unten wieder den See Egerdir.

Einen ganzen Tag sind sie nun gelaufen, aber er scheint um nichts näher gekommen zu sein. Vier Tage sind sie insgesamt unterwegs und haben doch nur eine vage Vorstellung von ihrem Ziel. Sie sind drauflosgegangen, einzig auf die Bitte einiger Neugetaufter aus Zypern, die sie gebeten haben, auch hier in Kleinasien bei den Verwandten und Geschäftspartnern die frohe Botschaft zu verkündigen.

Weit hinter dem See liegt ein anderes Antiochia, Antiochia in Pisidien, namensgleich mit Antiochia in Syrien, dem Ort, an dem sie beide so segensreich gewirkt haben und der ihre Freundschaft begründet hat.

Dort wollen sie hin, in diese unbekannte Stadt, deren Name für sie ein Wohlklang ist und heimatliche Gefühle auslöst.

Nach dem Überqueren der zweiten Kuppe wird der Weg breiter. Haushohe Opuntien säumen majestätisch den Pfad, dazwischen stehen Kaktushecken und ein paar Sträucher.

Vage ist ihnen in Perge gesagt worden, dass hinter den Bergen einige Gasthäuser zu finden seien. Auf ein solches hoffen sie jetzt.

Hier und da sehen sie Eselsmist am Wegrand: die ersten Hinweise auf Menschen in dieser Einöde.

Bald nehmen sie den Geruch von verbrennendem Holz wahr und laufen unermüdlich auf dem flach bergab führenden Weg weiter. Barnabas schmerzen die Oberschenkel, und zum ersten Mal wird ihm gewahr, dass tatsächlich das Bergablaufen mit mehr Mühe verbunden ist als der Aufstieg. Doch die Hoffnung auf ein Lager sowie auf ein heißes Abendessen gibt ihm die Kraft durchzuhalten. Seit geraumer Zeit schon ist Saulus auf dem verschlungenen Weg, der hin und wieder durch noch lichte Wäldchen führt, weit voraus. Barnabas hat kein anderes Ziel mehr, als ihm mit aller Kraft auf den Fersen zu bleiben.

Hin und wieder bleibt er stehen und legt eine kleine Verschnaufpause ein. Dabei reibt er sich die Schenkel, um die Muskeln zu lockern. Als er sich nach solch einer Pause wieder aufrichtete, sieht er plötzlich Saulus auf sich zukommen.

Er hat keinen Rucksack bei sich und geht sehr schnell. Sofort schießen Barnabas die berüchtigten Räuberbanden durch den Kopf, die Hinweise auf nahe Menschen, Geruch von Feuer ... Er bleibt stehen und wartet, bis Saulus bei ihm ist.

„Was ist passiert?", fragt er voller Erregung.

„Nichts, ich habe eine Herberge gefunden, ein wenig unterhalb des Weges, wir werden über Nacht dort bleiben."

Barnabas fällt ein Stein vom Herzen.

„Gib mir deinen Rucksack", sagt Saulus und greift bereits nach den Riemen. Er schnürt sich das Gepäck um, dann hakt er Barnabas ein, der seinerseits einen Arm um Saulus legt, und so gelangen sie zu der Herberge; besser gesagt: zu dem, was man hier oben eine Herberge nennt.

Es ist ein elendes Gasthaus, vor dem ein paar Ziegen äsen und ein Maultier angebunden ist. Aus dem Kamin steigt Rauch auf. Derbes Stimmengewirr dringt nach außen. Als sie die Stube betreten, verschlägt ihnen die dicke Luft den Atem. Keiner der Männer kümmert sich zunächst um sie. Saulus legt Barnabas' Rucksack zu dem seinen, der in einer Ecke steht. Eine Wirtin, nur durch die Kleidung als Frau erkennbar, fragt laut: „Essen?"

Saulus nickt.

Kaum sitzen sie, da schieben zwei grobe Hände ein dünnes, dampfendes Süppchen auf den Tisch. Die Masse schwappt über den Rand der Tonteller und bildet auf dem klebrigen Tisch kleine Flecken.

Nach dem Essen müssen sie eine im Gegensatz zur Suppe gesalzene Rechnung begleichen und gehen dann ins Schlafgemach. Es ist ein großer mit Decken ausgelegter Raum, in dem schon einige Männer liegen. Es riecht nach Alkohol und Schweiß. Sie sind zu müde, um sich zu ekeln. Selbst nachts, als die letzten Betrunkenen lauthals ihr Lager suchen, wacht Barnabas nicht auf. Erst am Morgen, als alle anderen noch schlafen, spürt er die warme Hand von Saulus rüttelnd an seiner Schulter.

Leise richten sie ihre wenigen Habseligkeiten und steigen über die schmale Treppe in die Gaststube, wo vom Vorabend noch nicht einmal die Tische abgewischt sind. Das Feuer ist ausgegangen, und es ist nasskalt. Dicker Nebel ist über Nacht aufgezogen. Ein kleines Mädchen, das offensichtlich behindert ist, schiebt ihnen einen Holzteller mit trockenen Brotkrumen hin. Einen Krug kalten Wassers holt sie aus dem Bach vor dem Hause. Dabei summt sie eine aus vier Tönen bestehende kleine Melodie und wiederholt diese fortwährend.

„Können wir bei dem Nebel weiterlaufen?", fragt Barnabas in der Hoffnung, dass Saulus diese Frage verneint. Dieser aber sagt nichts.

Erst nach dem kärglichen Mahl, zu dem Barnabas sich mit einem gewissen Galgenhumor äußert, dass jede Witwe in Jerusalem besser speise, sagt Saulus: „Wir müssen bald weiter, unten wird kein Nebel sein, den Weg können wir nicht verfehlen … hier oben wird es bald regnen."

Barnabas fügt sich, und nach einigen Stunden mühseligen Wanderns muss er zugeben, dass Saulus Recht hat. Sie sind gegen Mittag aus dem Nebel, der alles hinter ihnen wie eine Wand verschließt.

Sie durchqueren dichte Pinienwälder, laufen auf schmalen Pfaden über saftige Bergwiesen, hier und da machen sie Wild auf, das schreckend davonspringt. Dann tauchen in der Ferne die mächtigen Bögen der römischen Wasserleitung auf.

Langsam lassen sie die Bergwelt hinter sich.

Am Abend finden sie wieder ein Gasthaus, das in Qualität, Grobheit und Preis das letzte noch unterbietet. Derb werden sie von den dort verkehrenden Händlern als Sonderlinge angepöbelt, nachts müssen sie innerhalb des Schlafraumes das Quartier wechseln, weil ein Betrunkener behauptet, sie lägen auf seinem Platz, und morgens präsentiert man ihnen grinsend eine Rechnung, die an Gaunerei grenzt.

Sie ziehen weiter.

Am Nachmittag gelangen sie endlich an den großen See Egerdir. Nach kurzer Pause entschließen sie sich, statt zu Fuß an der Ostseite des Sees über die zerklüfteten Berge zu steigen, mit dem Boot überzusetzen, so dass sie bereits am Abend an die Römerstraße gelangen, die von Ephesus über Antiochia in Pisidien nach Tarsus führt. Nach fünf Tagen haben sie endlich die Tiefebene Kleinasiens erreicht, jener Fleckenteppich von ehemaligen Fürstentümern, Völkerstämmen, kleinen Siedlungen und Weilern mit ihren abergläubischen Gebräuchen und merkwürdigen Zauberkulten, die jetzt alle zur römischen Provinz Galatien verbunden sind.

Sie finden eine von einem römischen Veteran betriebene Herberge. Dort stellt sich Saulus zum ersten Mal unter seinem römischen Namen Paulus vor, was ihnen in der Tat einigen Nutzen hinsichtlich der Behandlung, des Preises und des Nachtlagers bringt.

Er wird diesen Namen nie wieder ablegen. Zu eng ist er verknüpft mit seiner ersten Missionsreise, zu sehr verbunden mit der Rast- und Ruhelosigkeit, die nun beginnt.

Schon auf Zypern hat er gemerkt, dass sein Status als römischer Bürger bei Sergius Paulus Eindruck gemacht und ihm den Zugang erleichtert hat.

Sein römischer Name wird zum Synonym werden für das, was auf Zypern und hier in Aniochia in Pisidien begonnen hat, die Heidenmission.

Römischer Bürger zu sein und damit unter dem Schutz römischer Gerichtsbarkeit zu stehen, bringt Vorteile und gute Kontakte.

Durch einen solchen finden sie am nächsten Morgen einen Händler, der sie kostenlos auf seinem Karren mit nach Antiochia in Pisidien nimmt, dem Ziel ihrer Reise in dieses fremde Land.

Schon von weitem riecht es nach Gerbereien, die sich an den Schmelzwasserflüssen der Berge entlangziehen. Auch der Händler, mit dem Paulus – so nennt er sich von nun an – und

Barnabas fahren, ist wegen des Fell- und Lederhandels nach diesem Antiochia in Pisidien unterwegs. Beim Gespräch auf dem schaukelnden Wagen amüsiert er sich darüber, dass die beiden aus jenem anderen Antiochia in Syrien kommen, und ist nicht wenig verwundert, dass sie dieses stinkende, kleine Antiochia hier in Pisidien überhaupt kennen.

„Ich war einmal in Rom, sage ich euch", erzählt der Händler, „dort siedeln sich auch immer mehr Gerber an, direkt am Tiber, die müssen ja immer viel Wasser zur Verfügung haben, aber in Rom stinkt es noch mehr, die Fliegen sind ein Greuel, sage ich euch, hier in Antiochia ist die Luft viel besser, von den Bergen weht ständig ein Wind und macht die ganze Sache erträglich, nein ... in Rom möchte ich kein Händler sein ... übrigens sind die Felle hier im Hochland besser, die Römer zahlen unglaubliche Preise dafür ... Antiochia ist eine komische Stadt ... alles lebt und redet vom Leder und von den Fellen ... am schlimmsten aber sind die Juden, die stinken auch, aber vor Geld ... ha, ha, ha ... genießen unglaubliche Vorrechte seit Cäsars Tagen, sage ich euch ... und es werden immer mehr Juden hier, weil sie von Caligula aus Rom vertrieben werden, hüh, mach schon, altes Maultier ..., und sein Nachfolger Claudius denkt nicht daran, das Judenverbot in Rom aufzuheben ..., die feilschen um jeden As und jeden Denar ... hüh, hüh, das Geschäft ist schwieriger geworden ..."

„Gibt es auch Zeltmacher in der Stadt?", will Paulus wissen, der daran denkt, mit seinem eigenen Beruf die zur Neige gehende Reisekasse aufzubessern.

„Zeltmacher? ..., ja, viele Zeltmacher, ha, ha, ... sie machen gute Zelte hier, warme, sage ich euch."

Paulus ist beruhigt.

Tatsächlich dauert es nicht lange, bis er eine Anstellung gefunden hat. Sein skeptischer Meister hat sich unter kritischen Blicken zunächst von seinen Fähigkeiten ein Bild gemacht und dann mit ihm die tägliche Auszahlung des Lohnes vereinbart. Barnabas und Paulus beziehen ein kleines Zimmer oberhalb der Werkstatt.

Alles ist bisher gut gelaufen, alles ist friedlich, und keiner ahnt auch nur, dass es mit diesem Frieden bald vorbei sein würde, ja, dass in Jerusalem sich der Wind inzwischen gegen sie gedreht hat und in ihrer Heimatgemeinde Antiocha in Syrien bereits die Visitatoren ihr stilles Unwesen trieben.

Antiochia in Pisidien

Wenige Tage nach dieser geglückten Ankunft ist im Judenviertel ein Feiertag. Alle von Juden betriebene Basare sind geschlossen. In festlichen Gewändern bevölkern Scharen von Juden die Gassen und ziehen im Verein mit den ‚Gottesfürchtigen' und den ‚Proselyten' zum Gebetshaus.

Um das Wasser für die Reinigung leicht beschaffen zu können, hat man dieses nahe am Flussufer gebaut.

Im Untergeschoss sind die ausgedehnten Waschräume, wo jeder, der verbotenes Fleisch gegessen, eine Leiche oder ein Grab berührt, oder gegen ein anderes der über dreihundert Reinheitsgebote verstoßen hat, sich zuvor reinwaschen muss.

Barnabas und Paulus nehmen sich vor, an diesem Sabbat – erst wenige Tage nach ihrer Ankunft – in die Synagoge zu gehen und dort sogleich von ihrem Recht Gebrauch zu machen, das Wort zu ergreifen.

Sie laufen jetzt mit dem Volk zur Synagoge, an deren Eingang sich die Menschen stauen. Einige stehen abseits und unterhalten sich mit Freunden und Verwandten, die sie getroffen haben. Ein paar verhüllte Frauen stehen beieinander und stecken die Köpfe zusammen. Über der Synagoge steht auf hebräisch: „Synagoge der Hebräer".

Paulus stellt sich einem der Synagogenvorsteher als Rabbi vor und nennt dabei auch den Namen seines Lehrers Gamaliel. Der Vorsteher verbeugt sich ehrerbietig.

Nachdem Paulus und Barnabas unter Observanz der Rabbiner die Reinigungsprozedur vollzogen haben, geht ihnen der Synagogenvorsteher schweigend voraus und führt sie über eine breite Steintreppe in den Gebetsraum. Am hinteren Ende des Raumes verdeckt ein grüner Vorhang die Nische, in der die Schriftrollen aufbewahrt werden. Davor steht ein siebenarmiger Leuchter, der nach dem Vorbild des Leuchters im Jerusalemer Tempel gebildet ist. Zusätzlich hängen von der Decke brennende Öllampen herab. In der Mitte steht am Ende einer steinernen Stufe erhöht das Lesepult. Links und rechts brennen Kerzen.

Als die beiden nach vorne zu den Plätzen für die Schriftgelehrten geführt werden, erregen sie Aufmerksamkeit, denn die Kunde von ihrer Gegenwart in Antiochia hatte sich rasch herumgesprochen. Dies umso mehr, als es ein seltenes Ereignis ist, dass zwei Schriftgelehrte den mühseligen und gefährlichen Weg über die Berge nach Antiochia in Pisidien wagen. Es hat sich das Gerücht verbreitet, dass diese zwei Männer mit ganz neuen Ideen gekommen seien, und die Versammlung in der Synagoge ist deshalb – vor allem von den angegliederten Nichtjuden – besser besucht als gewöhnlich.

Zu Beginn des an die Gebete anschließenden Wortgottesdienstes geht ein Diener würdigen Schrittes auf den grünen Vorhang zu und holt eine Buchrolle hervor. Mit zarten Fingern zieht er die buntgestickte Hülle ab und entrollt die Schrift bis zu der Stelle, an der man am letzten Sabbat aufgehört hatte zu lesen. Er schreitet zum Lesepult. Der Rabbi tritt hinzu und liest mit Hilfe eines vergoldeten langen Zeigers aus der Schriftrolle vor.

Nach der Lesung schickt der Vorsteher den Synagogendiener zu Paulus mit der Einladung, das Wort zu ergreifen: „Wenn Ihr ein Wort des Trostes für das Volk habt, so redet."

Paulus steht auf und stellt sich vor die gespannt wartende Menge. Nach alter Sitte erhebt er die Hand, um anzudeuten, dass er bereit sei zu reden. „Ihr Israeliten und ihr Gottesfürchtigen, hört!"

Er stellt sich als Gesetzeslehrer und Barnabas als Levit vor.

Dann macht er eine lange Pause. Die Spannung steigt.

Schließlich fängt er an, den verlesenen Text auszulegen.

Der Gott dieses Volkes Israel habe unsere Väter erwählt und das Volk in der Fremde erhöht, in Ägypten; er habe sie mit hoch erhobenem Arm von dort herausgeführt und fast vierzig Jahre durch die Wüste getragen.

Sieben Völker habe er im Land Kanaan vernichtet und ihr Land ihnen zum Besitz gegeben, für etwa vierhundertfünfzig Jahre. Danach habe er ihnen Richter gegeben bis zum Propheten Samuel.

Dann hätten sie einen König verlangt, und Gott habe ihnen Saul gegeben, den Sohn des Kisch, einen Mann aus dem Stamm Benjamin, für vierzig Jahre.

Nachdem er ihn verworfen habe, habe er David zu ihrem König erhoben. Aus seinem Geschlecht habe Gott dem Volk Israel, der Verheißung gemäß, Jesus als Retter geschickt.

Vor dessen Auftreten habe Johannes dem ganzen Volk Israel Umkehr und Taufe verkündigt.

Johannes aber habe bezeugt, er sei nicht der, für den sie ihn hielten, aber nach ihm werde einer kommen, dem die Sandalen von den Füßen zu lösen er nicht wert sei.

Ein Murmeln geht nun durch die Reihen. Anerkennendes Nicken. Nachbarn flüsterten miteinander. Von Johannes dem Täufer hätten sie schon gehört, ja, der sei nun wirklich ein großer Prophet gewesen. Ja, das sei ja etwas, wie dieser Paulus sie Söhne aus Abrahams Geschlecht und Gottesfürchtige nenne, das höre sich doch gut an.

Und Paulus weiter: die Einwohner von Jerusalem und ihre Führer hätten Jesus nicht erkannt, aber sie hätten die Worte der Propheten, die an jedem Sabbat vorgelesen werden, erfüllt und ihn verurteilt.

Obwohl er nichts getan habe, worauf die Todesstrafe stünde, hätten sie von Pilatus seine Hinrichtung gefordert.

Als alles vollbracht gewesen sei, was in der Schrift über ihn stünde, hätten sie ihn vom Kreuzesholz abgenommen und ins Grab gelegt.

Gott aber habe ihn von den Toten auferweckt, und er sei viele Tage hindurch denen erschienen, die mit ihm zusammen von Galiläa nach Jerusalem hinaufgezogen und jetzt vor dem Volk seine Zeugen seien.

Seine Stimme hat etwas Beschwörendes. Fast flüsternd

und mit vorgebeugtem Kopf, als wolle er es jedem Einzelnen ins Ohr flüstern, erzeugt er unglaubliche Aufmerksamkeit. Dann wieder wird er laut, bedrohlich, heftig. Mal hat er die Hände vor dem Körper zusammengelegt, dann wieder redet er mit ausladenden Gesten. Er weist mit einer Hand zurück in die Vergangenheit, mit der anderen in die Zukunft. Wie bei einem Schwertkämpfer schnellt mal der eine, mal der andere Arm hervor. Er zeigt mit beiden Händen auf sich, dann wieder in die Menge, kurz danach gen Himmel und folgt der eigenen Gestik mit den Augen. Die Menschen sind fasziniert. Was er sagt, ist ihnen neu und kommt ihnen doch nicht fremd vor. Gebannt starren sie auf ihn. Er redet schon lange. Aber der Höhepunkt kommt noch. Wieder folgt, nachdem er einige Sätze flüsternd gesprochen hat, eine rhetorische Pause. Man könnte eine Stecknadel fallen hören.

Die Schriftkenntnis des Paulus fasziniert sie. Wie er zur Belegung seiner kühnen These alle möglichen Stellen aus der Bibel anführt, so etwas haben die meisten von ihnen noch nicht erlebt.

Die Münder stehen offen. Sie spüren die fesselnde Rhetorik dieses Mannes. Aber was er da sagt, das befremdet sie. Es ist ihnen neu, dass Gott die Verheißung, die an die Väter ergangen sei, nun an ihnen erfülle, indem er Jesus von den Toten auferweckt habe.

Und wie Paulus sie seine Brüder nennt und beschwört, sie sollten wissen, dass ihnen durch diesen Jesus die Vergebung der Sünden verkündet werde, und in allem, worin sie das Gesetz des Mose nicht gerecht machen könne, werde jeder, der glaube, durch Jeus gerecht gemacht. Das beeindruckt.

Dann kommt der Schlussakkord. Er richtet sich gegen das mosaische Gesetz und kontrastiert dieses mit der neuen Freiheit, die Jesus Christus gebracht hat. Noch einmal breitet er beschwörend die Arme zu den Zuhörern aus, denen er die volle Rechtfertigung durch den Glauben an Christus verspricht.

Nach der Rede bleibt es totenstill. Paulus schaut zu Boden. Er schwitzt. Langsam entspannen sich die Menschen. Viele setzen sich anders zurecht, husten, richten sich auf.

Paulus geht an seinen Platz zurück.

Der Synagogenvorsteher bringt den Gottesdienst zu Ende. Das letzte Wort aber ist noch nicht verhallt, da stürmen die ersten Leute auf Paulus zu. Die Neuheit des Gegenstandes sowie die Genauigkeit der Tatsachen, die über Jesus von Nazaret von ihm berichtet wurden, haben tiefen Eindruck gemacht. Fragen über Fragen werden ihnen, den Fremden, gestellt. Auch nachdem fast alle Gläubigen die Synagoge verlassen haben, stehen Paulus und Barnabas immer noch umringt von den letzten Interessierten in der Mitte der Halle.

Der Synagogendiener löscht die Kerzen. Die Gruppe schreitet unter den an der Tür noch leuchtenden Kandelaber. Schließlich bittet der Diener sie mit höflichen Worten hinaus.

Draußen aber steht eine andere Gruppe, die ebenfalls im heftigen Gespräch ist. In ihrer Mitte steht ein einheimischer Schriftgelehrter. Als diese beiden Gruppen aufeinanderstoßen, tritt in der bereits draußen stehenden vollkommene Stille ein. Man schaut die Heraustretenden an, fragend, prüfend, zweifelnd. Schließlich aber löst sich der umringte Schriftgelehrte und tritt auf Paulus zu. Höflich bittet er ihn, am kommenden Sabbat doch wieder zu erscheinen und Weiteres zu berichten. Am Ende dieser Bitte zieht er eine Augenbraue vielsagend in die Höhe. Es wirkt zugleich sorgenvoll und bedrohlich.

Genug aber, um klarzustellen, dass nicht alle Synagogenbesucher mit der Rede des Paulus einverstanden sind.

„Die merken etwas …", sagt Barnabas schmunzelnd, als sie daheim sind. Er hat sich in den vergangenen Tagen von den Strapazen der Reise erholt und seinen Humor genauso wiedergefunden wie seinen gesegneten Appetit. Eine Arbeit hat er bisher nicht gesucht, obwohl er Paulus angeboten hat, sich eine Angelrute kaufen zu können und fischen zu gehen.

„Ich kann nichts anderes als fischen", hat er angefügt, „und selbst das habe ich in den vergangenen Jahren verlernt." Paulus hat diesen Satz aufgegriffen und ihm tröstend geantwortet: „Du hast schon viele Menschen für das Himmelreich gefischt."

„Was meinst du damit: ‚Die merken etwas'", fragt Paulus nach.

„Die Rabbiner, ich habe sie beobachtet, während du redetest, einige rümpften die Nase, als sei ihnen unangenehmer Rauch hineingezogen ... der Duft der Häresie ..."

„Nun, sagen wir lieber: Es ist der Windstoß der Revolution, der an ihnen vorbeizog ..."

„Ich habe die Sorge, dass das nichts Gutes bedeutet ... ich meine, für uns kann die ganze Sache schlimm enden ... auf jeden Fall sind spürbare Widerstände da ..."

„Bis zum nächsten Sabbat sind sieben Tage Zeit, ich denke, wir legen unser Ohr an das Herz des Volkes, dann werden wir schon mitbekommen, was vorgeht."

Und tatsächlich müssen sie nicht lange warten, bis die ersten Gerüchte auch zu ihnen dringen.

Dabei sind es anfänglich nur gute. Die Proselyten und Gottesfürchtigen nämlich sind begeistert. Schon anderntags kommen die ersten von ihnen und wollen mehr wissen. Für sie tut sich das große Tor auf: Sie spüren, dass sie, wenn sie sich taufen lassen, nicht mehr Juden zweiter Klasse wären, und sind deshalb empfänglich für die verkündigten Neuigkeiten.

Aber genau diese Entwicklung bringt die weniger angenehmen Gerüchte hervor: die strenggläubigen Juden ahnen eine freventliche Auflösung des allerheiligsten mosaischen Gesetzes.

Diese beiden Gerüchte aber verbinden sich schließlich zu der einen, allein wichtigen Nachricht. Von Mund zu Mund geht die Kunde und verbreitet sich in der ganzen Stadt. Nicht nur Juden, sondern auch die Heiden, Griechen wie Orientalen, Gebildete wie Handwerker, alle vernehmen sie, dass am folgenden Sabbat ein Jude aus Tarsus in der Synagoge reden würde, der römischer Bürger sei und anfänglich einen gewissen Jesus von Nazaret verfolgt habe, dann aber zu dessen Anhängern übergelaufen sei und von einem Halbgott redet, den die Juden den Messias nennen.

Für diese Nachricht sind die Antiochener in Zilizien aufgeschlossen, denn obwohl der Hellenismus weit in ihre Region vorgedrungen ist, hat doch jede Stadt ihren eigenen Gott, der unter griechischem oder lateinischem Namen seinen asiatischen Ursprung nicht verleugnen kann. Es wimmelt von heiligen Stätten, absonderlichen Mysterien, geheimen Priesterschaften und dubiosen Kulten, für die die kleinasiatische Bevölkerung nicht nur aufgeschlossen ist, sondern eine starke Sympathie hegt. Mit Paulus und Barnabas kommt eine neue, interessante Note in die gemischte Vielfalt von Aberglauben und Geheimkulten.

In den Tagen bis zum folgenden Sabbat erscheinen abends immer wieder die Proselyten und Gottesfürchtigen bei Paulus, dessen Zimmer sie kaum fassen kann. Teilweise müssen sie in die Werkstatt ausweichen. Neben den Unterweisungen bringen die Besucher stets die neuesten Gerüchte mit, und so sind Paulus und Barnabas aufs Beste vorbereitet, als sie am kommenden Sabbat in das Gotteshaus gehen.

Sie haben gewaltigen Zulauf. Die Synagogenvorsteher und Schriftgelehrten stehen am Eingang der Synagoge und sehen mit Schrecken, wie viele Heiden und Unbekannte sich versammeln. Von allen Seiten strömen sie herbei, und nur von einem ist die Rede: was Paulus wohl heute sagen würde.

Finster blicken die einheimischen Schriftgelehrten und Rabbis auf diese Menge der Unreinen.

Sie machen eine Gasse frei, und hinter ihnen erscheinen Paulus und Barnabas. Sie grüßen die Vorsteher, nehmen die vorgeschriebene Reinigung vor und betreten den oberen Gebetsraum, der bis auf den allerletzten Platz gefüllt ist. Die

Menge der unreinen Heiden bleibt draußen, vor dem Gotteshaus, in der Hoffnung, durch die geöffneten Fenster etwas von dem zu vernehmen, was drinnen vorgeht.

Wieder beginnt der Gottesdienst auf die normale Weise. Wieder wird Paulus um ein Wort gebeten, wieder macht er davon Gebrauch. Schärfer aber als am vergangenen Sabbat stellt er das Ende des mosaischen Gesetzes dar, und aufmerksamer als vor sieben Tagen lauschen die Schriftgelehrten. Anders jedoch als bei der letzten großen Predigt sind die Juden nicht mehr gewillt, sich derartige Gotteslästereien bieten zu lassen. Paulus gelingt es nicht mehr, die Zuhörer zu fesseln.

Sie sind unruhig. Einige murren schon. Satz um Satz muss er sich durch seine Rede kämpfen. Die hinteren Reihen opponieren vernehmlicher. Als Paulus erklärt, im Reiche des Messias, des Christus, gelte ein Jude gerade soviel wie ein Angehöriger eines anderen Volkes, und an die Stelle des mosaischen Gesetzes trete die Frohe Botschaft, da hört man aus der Ecke der Proselyten vorsichtigen Beifall. Dieser ruft die Juden auf den Plan. Geschrei bricht los, und bald erfüllt empörter Lärm das Gotteshaus. Mehrfach hebt Paulus die Arme, um anzudeuten, er wolle weiterreden. Sie lassen ihn nicht. Fäuste erheben sich. Flüche auf den Gotteslästerer werden laut. Jeder Anstand und jede Rücksicht sind zusammengebrochen. Aus den hinteren Reihen stürzen die ersten Proselyten schutzsuchend auf die Straße, und vorne skandieren die strengen Juden: „Verräter – Verräter!"

Paulus hat jedoch diesen Ausgang vorausgesehen und sich darauf vorbereitet. Aufrecht verharrt er am Rednerpult. Er steht unter dem Schutz des Vorstehers, der ihn zu dieser Rede eingeladen hat, und tatsächlich übertritt das erhitzte Volk die vordere Schranke nicht. Still steht Paulus da und hört sich die Drohungen und das Geheul an. Kurz schaut er zu Barnabas, dann legt sich der Lärm langsam.

Wieder erhebt er die Hand, und fassungslos schauen sie ihn an. Diese kurze Stille genügt für den Schlusssatz, den Paulus vorbereitet hat: „Euch, den Juden, müssen wir in erster Linie das Wort Gottes verkündigen, da ihr es abweist und euch selber des ewigen Lebens nicht würdig erweist, so werden wir uns an die Heiden wenden!“

Der Satz wirkt, er enthält keine Häresie, aber eine Drohung.

Immer noch ist es still.

Barnabas hat sich verabredungsgemäß erhoben, gemeinsam verlassen sie das Gotteshaus, und die entgeisterten Juden machen ihnen eine Gasse frei. Erst als sie bereits die von Menschen gesäumte Steintreppe hinuntergehen, hören sie, dass ihnen Böses nachgerufen wird.

Vor dem Gotteshaus stehen die Heiden, Proselyten, Gottesfürchtige und viele Neugierige. Sie klatschen Beifall, als sie Paulus und Barnabas heraustreten sehen, und schließen sich diesen an, als sie so schnell wie möglich den unsicheren Umkreis der Synagoge verlassen.

Die Sache ist vorerst gutgegangen.

Die Juden beruhigen sich. Solange die beiden Missionare die Synagoge meiden und keine neuen Provokationen anzetteln, lässt man sie in Frieden. Diesen aber nutzen sie weidlich für die angekündigte Mission unter den Heiden. Ihre Versammlungen finden nicht mehr in der Synagoge statt, sondern wo es sich eben trifft: in einem Laden, in einem Privathaus, in einem Garten unter freiem Himmel. Der Zulauf ergibt sich von selbst: wer an einem Treffen teilgenommen und daraus Trost geschöpft hat, spricht darüber mit seinen Hausgenossen, mit dem Händler, der vom fernen Dorfe geschäftehalber zur Stadt gekommen ist, mit dem Soldaten, der von seinem vorgeschobenen Posten ins Hauptquartier kommt, mit der Marktfrau, mit dem Nachbarn. Paulus und Barnabas gehen hierhin und dorthin, missionieren in und vor der Stadt und lassen sich von den Neubekehrten helfen. An bestimmten Tagen ziehen sie mit den von ihnen Vorbereiteten an das Ufer eines Wasserlaufes, der von den nahen Bergen niederfließt, um dort zu taufen. Die ersten Hausgemeinden werden gegründet, Vorsteher ausgewählt und Versammlungsorte festgelegt.

So geht es nun schon seit vielen Monaten.

Die Mitglieder der hebräischen Synagoe beäugen die Ausbreitung des neuen Glaubens mit Argwohn, denn ihnen laufen die Proselyten und Gottesfürchtigen davon. Je mehr ihre Gemeinde auf den harten Kern gebürtiger Juden zusammenschmilzt, umso mehr wächst die neue Richtung. Und eines steht unverkennbar fest: der Bruch mit der Synagoge hat Paulus und Barnabas beweglicher und schlagkräftiger gemacht.

Leer und leerer wird die Synagoge, während die Christen – wie sie sich selber nennen – ein ums andere Mal einen größeren Schuppen und eine größere Scheune suchen müssen, um alle Anhänger unterbringen zu können.

Monat für Monat steigt auf der anderen Seit die Eifersucht als bitteres Gift in den Juden hoch.

Einen Gegenaltar dieser Art, der so vieles mit dem Judentum gemeinsam hat, kann, darf man um Jahwes willen nicht dulden.

Die Diskussion aber wollen sie nach dem Bruch nicht mehr aufnehmen.

Anfänglich ahnen Paulus und Barnabas nicht, was vorging. Monatelang haben sie schon in Frieden gearbeitet, und sie hoffen, dass dieser Friede hält.

Er hält aber nicht.

Der Sturm kommt von einer Seite, von der sie ihn nicht erwartet haben.

Erst deutet er sich durch die lange Stille an. Dann ziehen die ersten Wolken auf. Noch leichte Böen künden das nahende Unwetter. Böse Nachrede hier, Verleumdungen dort, ein paar Intrigen über einzelne Bekehrte erzeugen Unwillen und Unmut.

Der entscheidende Schlag jedoch geht über die jüdischen

Frauen aus den höheren Kreisen, die mit führenden römischen Beamten verheiratet sind. Ihnen flüstern die Vorsteher ein, ihre Männer seien in Gefahr und mit ihnen das gesamte Herrschaftssystem, denn die Apostel führten einen fremden, unerlaubten Totenkult ein. Überall gewännen sie Anhänger für einen gewissen Christus, der zur Zeit des Pilatus als Aufrührer gegen die römische Oberhoheit hingerichtet worden sei, nach Ansicht der Missionare aber als neuer König des Ostens herrschen würde.

Das allein genügte. Die Männer dieser Frauen sitzen in der Verwaltung der Stadt und bei den Behörden an einflussreichen Stellen. Unfähig, ihren aufgewiegelten und misstrauischen Frauen zu widerstehen, lassen sie sich – um des häuslichen Friedens willen – zunächst darauf ein, die Christen genauer zu beobachten.

Bei den Versammlungen erscheinen plötzlich Ordnungshüter der Stadt und verschwinden dann wieder im Dunkel der Nacht. Aus ungeklärten Gründen brennt eine große Scheune ab. Die Christen suchen sich eine andere. Diese aber wechselt auf geheimnisvolle Weise den Besitzer. Der neue Eigentümer, ein Jude, will die Christen hier nicht mehr sehen. Zur Durchsetzung seines Eigentumsrechtes hat er von den Behörden schlagkräftige Ordnungshüter an die Seite gestellt bekommen.

Das alles aber genügte nicht. Die Frauen flüstern weiterhin ihren willfährigen Männern ein, dass sie handeln müssten. Schließlich handeln sie.

Zielstrebig und wohlvorbereitet greifen sie nach dem Zentrum der Bewegung: den beiden Fremden, die vor zwei Jahren eines Morgens aus den Bergen gekommen waren.

Behördenaufseher dringen bei Paulus und Barnabas ein. Sie stürzen, ohne anzuklopfen, in das nur schwach beleuchtete Zimmer.

Paulus sitzt auf einer Wolldecke und liest. Barnabas hat sich schon zum Schlafen gelegt.

„Mitkommen, alle beide!"

Paulus erhebt sich, während Barnabas im Halbschlaf irgendetwas murmelt. Einer der Aufseher verpasst ihm einen groben Fußtritt. Er schreckt hoch. Halbwach noch erkennt er die Gefährlichkeit der Situation. Blitzschnell springt er aus dem Bett. Da aber haben ihn schon zwei Hüter am Kragen. Paulus fährt herum und fordert eine Begründung für den Überfall.

„Ich bin römischer Bürger!"

„Das hier ist eine von den Behörden geprüfte und akzeptierte innerjüdische Angelegenheit", erhält er vom Hauptmann zur Antwort.

Die Beamten stellen sich in dem kleinen Zimmer breitbeinig auf und warten, bis die beiden ihre Sachen gepackt haben.

Barnabas macht sich bereitwillig daran, seinen Rucksack unter dem Bett hervorzuziehen.

Auch Paulus sieht, dass es wenig Sinn hat, mit diesen behördlichen Schlägern eine Prügelei zu beginnen, die im Übrigen alles noch schlimmer machen würde.

Sie haben ihre Habseligkeiten zusammengepackt. Einer der Männer reißt Paulus den Rucksack aus der Hand, ein anderer nimmt den von Barnabas, von den Übrigen ergreifen je zwei die Missionare und führen sie ab.

Während sie so durch die Stadt mit ihnen laufen, halten sie sie fern voneinander, dass sie sich nicht absprechen können.

Auch ohne diese Maßnahme ist klar, dass nur die Polizeibehörde ihr Ziel sein kann.

Der dortige Pförtner ist auf die Ankömmlinge vorbereitet. Wortlos nimmt er eine Lampe und geht der Gruppe voraus in den Keller. Dort hat man in den unterirdischen Felsen Gefängniszellen gehauen. Paulus und Barnabas werden je in eine Zelle gestoßen.

Es beginnt eine kalte einsame Nacht im Gefängnis.

Am nächsten Morgen kommt ein Oberaufseher und verkündet geradewegs das Urteil: Jeder der beiden erhalte in der

Synagoge die vom Gesetz des Mose wegen Gotteslästerung vorgeschriebenen vierzig Hiebe weniger einen auf den Rücken. Man führt sie zur Synagoge, die sie seit der Bildung ihrer eigenen Gruppierung nicht mehr betreten haben.

Als sie dort ankommen, sind bereits einige Vorsteher und hohe Beamte anwesend. Im Reinigungsraum sind die Krüge beiseite geschoben, und ein kurzer Holzpflock steht in der Mitte. Breitbeinig steht ein Muskelprotz neben diesem und hält die lederne Peitsche schlagbereit in der Hand.

„Ausziehen!"

Die Apostel rühren sich nicht.

„Wird's bald!" Zwei Aufseher treten drohend zu Paulus. Einer zerrt ihn am Hemd. Langsam beginnt er die Holzknöpfe zu lösen. Barnabas schiebt mit kindlichem Trotz einen Wärter beiseite und zieht sich ebenfalls das Hemd aus.

„Zuerst der Dicke", schreit der amtliche Überwacher.

Barnabas wird von hinten vorgeschoben. Er stellt sich an den Pflock, stützt sich mit den Armen darauf, beugt seinen Rücken und wartet auf den ersten Hieb. Brennend saust dieser auf die weiße Haut. Ein zweiter folgt, ein dritter, ein vierter. Er stöhnt laut auf. Peitschenhieb um Peitschenhieb zischt auf ihn nieder. Das Stöhnen wird leiser. Zwischen den hellen Schlägen zählt einer der Synagogenvorsteher laut die Anzahl der vollzogenen Schläge.

Ein paar Mal schlagen die Peitschenhiebe an den Rippen vorbei, und das dünne Leder schneidet schmerzhaft in Brust oder Bauch.

Nachdem zwei Drittel der Schläge vollzogen sind, schwankt Barnabas so sehr, dass die Geißelung unterbrochen werden muss. Auf Wink eines Beamten tritt ein kräftiger Wärter zu ihm und zieht ihn wieder auf die Beine. Dann wird die Geißelung fortgesetzt. Die Haut ist auf dem Rücken aufgesprungen. Blutstropfen spritzen. Hautfetzen fliegen auf die Umstehenden. Sie weichen angewidert zurück. Nach dem letzten Schlag lässt der Wärter ihn los, und der geschundene

Körper sackt auf den steinigen Boden. An den Armen schleifen sie ihn auf die Seite.

„Jetzt der andere!"

Paulus wird an den Pfahl geführt.

„Vorbeugen!"

Er fügt sich und muss nun an sich vollziehen lassen, was er selbst seinerzeit anderen als Strafe auferlegt und überwacht hatte.

Hell pfeift das Leder. Jeder Hieb schlägt Wunden in den dürren Körper. Dicht und dichter werden die blutigen, wässrigen Striemen. Ein Schlag sitzt nicht recht, das Leder umschlingt seinen Hals und brennt sich tief ein. Der Henker zieht die Geißel grob ab und holt zu neuem Schlage aus.

Dazwischen gellt in unbarmherziger Ruhe die Zählung: siebenunddreißig – achtunddreißig – neununddreißig ... Nach dem letzten Schlag fällt Paulus halb ohnmächtig auf den harten Stein, und neu brennen die Wunden in der plötzlichen Kälte.

Auf allen Vieren schleppt er sich zu Barnabas, der von den Wächtern an die Wand gelehnt worden ist. Man gönnt ihnen Ruhe, während die Reinigungskrüge wieder an Ort und Stelle gerückt werden. Dann schmeißt jemand ihnen ihre Oberkleider entgegen: „Anziehen!"

Mühsam quälen sie sich mit ihren nässenden Wunden in die Leinenhemden. Paulus kommt als erster auf die Beine. Er legt den Arm um Barnabas und zieht ihn hoch. Mit einer Hand stützt er sich an der Wand ab. Dann lehnen sie sich aneinander und schlurfen unter grausamen Schmerzen mit ihren brennenden Rücken zum Ausgang. Beinahe stolpern sie über ihre Rucksäcke, die man am Portal bereitgelegt hat. Dann wird es plötzlich dunkel im Raum. Direkt am Eingang hat sich ein hoher Beamter breitbeinig in den Türrahmen gestellt: „Verschwindet aus der Stadt und lasst euch hier nie wieder blicken!"

Er greift den kleineren der beiden Rucksäcke und wirft ihn

auf die Straße, während Paulus bereits den größeren hinter sich herschleppt.

Draußen lehnen sie sich an die Synagogenwand. Das Gotteshaus wird verriegelt und die Schergen verschwinden.

Wohl eine Stunde haben sie da gesessen, als Paulus sagt: „Wir sollten gehen!“

Barnabas ist zu keinem Worte fähig. Sie helfen sich gegenseitig auf und ziehen – es ist schon Nachmittag – aus der Stadt. Da die Synagoge nahe am Stadtrand gebaut ist, brauchen sie dazu nur eine nahegelegene Brücke zu überqueren. Die Kommentare der dort wachhabenden Soldaten offenbaren ihnen deutlich, dass die ganze Stadt bereits von der Auspeitschung weiß.

Hinter der Brücke kommt ihnen eine Gruppe von mehreren Frauen entgegen, Witwen und Ehefrauen aus der Gemeinde.

Sie tragen Körbe mit frischem Wasser, Tüchern, Öl und Salben, sie haben etwas zu essen dabei und allerlei kraftbringende Kräuter im Gepäck.

Aus einer Korbflasche wird den Gepeinigten erst einmal ein Schluck Wein angeboten.

„Kommt“, flüstert eine kleine Witwe und sieht sich dabei spähend nach den Wachsoldaten auf der Brücke um. Irgendeine nimmt Paulus die Rucksäcke, die er hinter sich hergeschleift hat, aus der Hand, und umringt von den wohlmeinenden Frauen ziehen sie durch ein naheliegendes Wäldchen weiter.

Bald haben sie ein ärmliches Wohnhaus am Stadtrand erreicht. Die Tür ist angelehnt. Wortlos werden sie in den Flur geschoben und dann in einen hinteren Raum geleitet, in dem zwei Pritschen stehen.

Die beiden Ausgepeitschten legen sich bäuchlings darauf, und sofort beginnen die Frauen, die Wunden zu waschen. Vorsichtig tupfen sie mit feuchten Tüchern die erste, schmutzige Borke ab, dann reinigen sie die Verletzungen mit

Wein, was abermals schmerzt. Schließlich gießen sie Öl auf die Wunden, welches sie Stunden später wieder abwischen und liebevoll durch entzündungshemmende Salben ersetzen. Zwischendurch schlafen die beiden. Als es schon Nacht ist, geht es ihnen bereits besser. Die erleichterten Frauen servieren ihnen ein reichhaltiges Mahl.

„Wir müssen fort", sagt Paulus, derweil Barnabas ihn traurig anschaut. „Es ist ein Wunder, dass sie euch hier noch nicht gefunden haben", bestätigt eine Witwe, nicht ohne hinzuzufügen, dass man für ihre weitere Flucht gesorgt hat. Gegen Mitternacht würden zwei Männer aus der Gemeinde mit einem Eselskarren kommen und die beiden nach Ikonium begleiten.

Die Zeit bis dahin nutzen sie dazu, sich von Paulus Instruktionen über die Führung der Gemeinde geben zu lassen. Barnabas sitzt still neben ihm und nickt betrübt zu allem, was Paulus anordnet.

Nur von einem schwachen Talglicht ist die Stube erleuchtet. Es pocht an die Tür. Sie sind da. Eine geht und öffnet. Die Männer treten leise ein. Mit wenigen Worten verständigen sie sich. Schließlich ergreift jeder von ihnen einen Rucksack, die Frauen tragen mehrere Taschen mit Nahrungsmitteln hinaus. Wortlos wird der Wagen bepackt. Man hilft den beiden Gepeinigten auf, der Kutscher schnalzt mit der Zunge, und bald schaukelt die seltsame Fracht auf der via sebaste, der Kaiserstraße, in Richtung Lystra.

Fast zwei Jahre wirkten sie im pisidischen Antiochia und der Umgebung. Kleinere und größere Gemeinden sind entstanden. Am Ende haben die Nachstellungen der Behörden die Hirten getroffen – aber nicht die Herde.

Nun ziehen sie weiter. Mit ihnen ziehen dunkle Wolken. Zum ersten Mal haben sie in Antiochia in Pisidien das Unwetter, das sie bringen, gespürt. Aber das ist nur der Anfang.

Ikonium

Der Morgen graut schon, als sie den See Karalis erreichen.

Vom Wasser her steigt Nebel auf und verdeckt die dahinterliegenden Höhenzüge. Die Sonne hat diese noch nicht überschritten und wirft nur einen hellroten dünnen Streif auf die weiße Nebelwand. Oben greifen die kalten Winde nach den Wolken und treiben sie davon. Unten steht spiegelglatt der morgendliche See. Nur hier und da entstehen von einem Fisch oder einer Fliege gleichmäßige Ringe auf dem Wasser. Ein paar Paddelschläge von frühen Fischern sind zu hören.

Hier am See zweigt die Straße, von Antiochia in Pisidien kommend, nach Ikonium ab.

Der Kutscher zieht die Zügel an und lässt das Maultier auslaufen. Als es geduldig stehenbleibt, drehen sich die beiden vorne sitzenden Männer nach den Aposteln um. Diese liegen unter Decken auf der Ladefläche und schlafen. Der Kutscher springt ab, rüttelt sie wach, und nachdem Paulus sich aufgerichtet hat, erklärt er ihm: „Wir sind an der Wegkreuzung beim See Karalis – geradeaus geht es nach Lystra und links nach Ikonium."

„Wir wollen nach Ikonium."

„In dem Fall endet unsere Fahrt hier." Der Kutscher schaut mitleidig zu dem noch schlafenden Barnabas. „Der Weg nach Ikonium ist mit diesem Wagen hier nicht befahrbar."

„Also gut",Paulus rüttelte unterdessen seinen Gefährten wach , „dann laufen wir ab hier."

Die Vier essen noch etwas miteinander, Paulus und Barnabas packen die übrigen Lebensmittel in ihre Rucksäcke, dazu noch Binden und Salben für die Wunden und ziehen, nach herzlicher Verabschiedung, ihres Weges. Dieser führt über die kahlen und öden Hochebenen. Zur einen Seite sehen sie anfangs noch den See, der immer weiter unter ihnen bleibt, zur anderen Seite steigt die Sonne höher, und bald haben sie die nebeligen Niederungen hinter sich. Auf der von Mulden und Senken gezeichneten Ebene irren verstreut große Schaf- und Ziegenherden umher. Sie liefern die Wolle für die vielen Gewebefabriken in Ikonium. Die schmalen Wanderwege sind mit ihrem Kot verschmutzt.

Weil die Rückenwunden noch schmerzen, haben Paulus und Barnabas ihre Rucksäcke vor den Bauch geschnürt. Sie sprechen wenig miteinander. Wie schon bei der letzten großen Wanderung läuft Paulus voraus, aber er lässt keinen so großen Abstand entstehen wie vor zwei Jahren, als sie den Taurus überquerten. Öfter machen sie Pause. Die Rucksäcke sind schwer. Hin und wieder erkundigt sich einer beim anderen, wie es ihm gehe. Bei einer längeren Rast am Mittag reiben sie sich gegenseitig die Rücken ein und belegen sie mit getrockneten Wegerichblättern als Wundauflage. Nur noch einige tiefe Wunden nässen, über die meisten hat sich eine dicke Borke gebildet. An manchen Stellen eitert es.

„Vielleicht können wir bald wieder die Rucksäcke hinten tragen", schmunzelt Barnabas, und als Paulus darauf nicht reagiert, fügt er an, man müsse in Ikonium ja nicht gleich auffallen.

Als der Weg bereits wieder abfällt und der Höhenzug immer mehr hinter ihnen bleibt, sehen sie weit unten in der Senke ein Gasthaus. Vor diesem äsen einige mit Decken belegte Maultiere. Schon von weitem ist wahrnehmbar, dass dort reges Leben herrscht.

Paulus hat den restlichen Lohn von seiner Arbeit im pisidischen Antiochia noch in der Tasche, und deshalb wollen sie sich am späten Nachmittag dort eine längere Rast mit einem warmen Essen gönnen.

Als sie dem hofähnlichen Gebäudekomplex näher kommen, nehmen sie ihre Rucksäcke von den Bäuchen und tragen sie in den Händen weiter.

In der Sonne sitzen mehrere Hirten und schauen ihnen fragend zu, als sie langsam den Pfad herunterkommen.

Man hält sie für Wilderer.

Zwei der Männer erheben sich und gehen schwerfällig zu dem Weg. Dort stellen sie sich breitbeinig auf und warten.

Paulus versucht die bedrohlichen Typen jenseits des Weges zu umgehen. Da packt ihn einer am Hemd. „He, he ... Bursche, nicht so eilig ... wollen mal sehen, was ihr da oben gesucht habt!"

Durch den groben Zugriff beginnen die Rückenwunden wieder zu schmerzen. Einige reißen auf. Paulus schiebt den Zudringlichen mit dem Ellenbogen grob: „Lass mich in Frieden!"

Zwei andere treten hinzu.

„Willst du Ärger haben, Bursche?"

Paulus reißt der ohnehin dünne Geduldsfaden. Mit geschwollener Zornesader schreit er sie plötzlich aus Leibeskräften an, er beschimpft sie als ungebildete Tagediebe und rücksichtslose Wegelagerer. An der Schläfe schwillt eine Ader gefährlich an, er ist außer sich und donnert die Männer mit Schimpfwörtern an. Diese weichen zurück. Da sagt Barnabas von hinten mit ruhiger Stimme: „Wenn wir etwas zu verbergen hätten, dann hätten wir einen Bogen um diesen Ort gemacht." Freiwillig öffnet er seinen Rucksack und lässt die neugierigen Männer hineinschauen.

„Jetzt du", traut sich einer zu Paulus zu sagen. Der aber behält sein Gepäck in den Händen und sagt: „Ich denk' ja nicht dran – komm, Barnabas! "

Paulus geht weiter. Barnabas stapft mit noch offenem Rucksack hinter ihm her, und sie betreten die Schenke.

Paulus Wutanfall hat die beiden bereits angekündigt, und alle Augen sind gebannt auf sie gerichtet. Paulus sucht zornig einen leeren Tisch. Als er auf diesen zugeht, erkennt ein Gast die Halswunde von der Auspeitschung und bringt einen dummen Spruch dazu.

Einige Umsitzende lachen.

Paulus und Barnabas kümmern sich nicht weiter um die Spötteleien. Sie begeben sich zu einem in der hintersten Ecke stehenden Tisch. Dort sitzt nur versunken ein einzelner Mann, der sich aus dem Gespött der Anderen heraushält und geistesabwesend auf seine Hände starrt.

Sie nehmen ihm gegenüber Platz. Der Mann sitzt ein wenig vorgebeugt. Paulus mustert ihn und folgert aus der Kleidung, dass er nicht zu den groben Hirten und Jägern gehört, die hier oben verkehren.

Das bestellte Essen bekommen sie nach einiger Zeit hingeschoben. Während Barnabas seine Suppe löffelt, schaut er einmal zu dem Fremden am Tisch. Er blickt sie schüchtern an und schmunzelt verlegen, als er dabei entdeckt wird.

Auch Paulus sieht zu ihm hinüber und nickt dem Fremden beim Löffeln der dünnen Suppe ein wenig zu. Der Andere zieht die Augenbrauen hoch und lächelt flüchtig zurück. Dann schaut er wieder auf seine unruhigen Hände. Hin und wieder fährt er sich mit einer Hand über den glänzenden Schädel, als wolle er die Haare nach hinten streichen.

Am Anfang schaut noch der eine oder andere Trunkenbold zu ihnen herüber. Eine paar dumme Kommentare müssen sie sich noch anhören, dann lässt das Interesse an ihnen spürbar nach. So sitzen die beiden und ihr fremder Tischnachbar bald unbeobachtet am karg gedeckten Tisch. Als Barnabas abermals einen Krug Himbeersaft bestellt, erbittet er für den Fremden ein zusätzliches Glas. Ohne diesen zu fragen, gießt er ihm ein.

„Danke." Der Fremde trinkt. „Ich bin Onesiphoros."

„Paulus aus Tarsus".

„Ich weiß", antwortet der Fremde.

Barnabas ist so perplex, dass er völlig vergisst, sich vorzustellen. Beide starren ihren Tischnachbarn mit großen Augen an. Dieser erhebt sich, geht zur Wirtin, zahlt die Rechnung der beiden und nimmt einen ihrer Rucksäcke. „Gehen wir!"

„W... Wo... wohin?", fragt Barnabas.

„Nach Ikonium, da wollt ihr doch hin, oder?"

Barnabas schaut Paulus fragend an. Dieser zuckt mit den

Schultern, nimmt den anderen Rucksack, und sie folgen Onesiphoros.

Draußen holt Onesiphoros die drei äsenden Maultiere. Er drückt Barnabas und Paulus je einen der Stricke in die Hand und setzt sich selbst bereits auf das seine. Als sie beide ein wenig mühsam aufgesessen sind, ist Onesiphoros schon ein wenig vorausgeritten. Am nahen Waldesrand wartet er und schaut sich nach ihnen um.

So schaukeln sie auf dem engen Pfad nach Ikonium, das sie noch am selben Abend – die Dunkelheit ist schon eingebrochen – erreichen.

Onesiphoros lenkt sein leitendes Tier ortskundig durch die Gassen und macht am Stadtrand an einem kleinen schmalen Häuschen, wie sie meist von Beamten bewohnt werden, halt.

„Hier könnt ihr einstweilen wohnen", sagt er, nimmt die Maultiere von Paulus und Barnabas, führt sie durch ein Nebentor und lässt sie im Hof grasen. Durch die Hintertür tritt er ins Haus und öffnet den beiden von innen den Haupteingang. In dieser kurzen Zeit haben sie miteinander verabredet, erst einmal abzuwarten, was geschehe. Der Mann macht keinen unsympathischen Eindruck, und wo hätten sie auch hin sollen in dieser für sie vollkommen fremden Stadt.

Drinnen führt er sie in ein kleines Zimmer und lässt die Tür offen stehen.

Durch die schmalen Fenster kann man auf das ausgedehnte Grundstück eines nachbarlichen, großen Hauses schauen. Es zieht in dem Raum, und der wollene Vorhang stößt mit bauchigen Wellen ins Zimmer.

Paulus und Barnabas sind müde von der Wanderung und vom Reiten. Beide sind am Ende ihrer Kräfte. Barnabas sagt, er friere entsetzlich und er zittere am ganzen Körper. Sie versorgen sich noch gegenseitig die Wunden, hüllen sich in dicke Decken und legen sich schlafen.

Nachts wird Paulus wach, weil er im Untergemach Stimmen hört.

„Hast du sie?", fragt einer. Paulus versteht die Antwort nicht. Mehrere Männer müssen dort versammelt sein. Sie sprechen leise miteinander. Paulus hat sich erhoben, um für den Fall der Fälle sprungbereit zu sein. Er rüttelt Barnabas an der Schulter und vernimmt von ihm ein abwehrendes Brummen.

Später hört er, dass die Männer sich im Flur voneinander verabschieden und das Haus durch den Hofeingang verlassen. Er schleicht zum Eckfenster und sieht im schwachen Licht des abnehmenden Mondes, dass sie die drei Maultiere mitnehmen. Dann kehrt Ruhe im Hause ein. Übermüdet, unterkühlt und zittrig legt sich Paulus wieder hin. Augenblicke später schläft er ein.

Sie werden durch ein Kind geweckt, das barfuß durchs Zimmer läuft. Es balanciert mit zusammengekniffenen Lippen zwei Becher warmer Ziegenmilch. Kaum hat es sie am Lager der beiden abgestellt, rennt es mit platschenden Füßen aus dem Zimmer. „Psst!", sagt jemand unten.

Onesiphoros ist gastfreundlich zu ihnen. Jeden Morgen bekommen sie ihre warme Milch, am Sabbat mit Honig. Keiner von beiden kann sagen, wie viele verschiedene Kinder morgens schon im Zimmer waren, um die Milch vorsichtig abzustellen und einen verstohlen Blick auf die beiden Fremden zu werfen.

Als die Salben zu Ende gehen, bringen Frauen aus dem Dorf neue, andere Medikamente und Wundauflagen. Nach wenigen Tagen sind die beiden Missionare aus dem Gröbsten heraus. Die Wundern heilen gut und beginnen nun furchtbar zu kitzeln. Paulus behauptet, das sei ein gutes Zeichen für die voranschreitende Heilung, aber Barnabas findet das Jucken schlimmer als die Schmerzen.

Mehrere Tage leben sie jetzt schon im Hause des Onesiphorus. Er ist ein frommer Proselyt und erzählt ihnen viel von der jüdischen Gemeinde in Ikonium. Nur über die mysteriösen Umstände, unter denen er sie getroffen und hierher geführt hat, ist nichts in Erfahrung zu bringen. Onesiphoros behauptet, er sei einer Eingebung gefolgt und sei selbst überrascht gewesen, dass er sie getroffen habe. Das ist alles.

Die Missionsarbeit läuft in Ikonium genauso wie im pisidischen Antiochia.

Paulus sucht sich Arbeit. Barnabas und Paulus bleiben bei Onesiphoros wohnen. Dieser tritt bald zum Christentum über und mit ihm einige andere Propselyten aus der Gemeinde.

Wieder gehen sie in die Synagoge, fallen dort als Schriftgelehrte und Leviten auf, bekommen die vornehmsten Plätze, halten ihre Ansprachen, erregen Widerwillen bei den Juden und Freude bei den Juden zweiten Ranges: den Gottesfürchtigen und Proselyten. Wieder wiegeln die Juden das Volk gegen sie auf, wieder denunzieren sie sie bei den Behörden und versuchen, die einflussreichen Männer gegen sie einzunehmen. Wieder werden sie aus der Synagoge verjagt, wieder verkündet Paulus, er werde den Heiden die Frohe Botschaft bringen, weil sie, die Juden, sie nicht annähmen.

Alles ist wie in Antiochia.

Nach dem Bruch mit der Synagoge versammeln sich die Anhänger der neuen Lehre bei den Bekehrten. Paulus setzt Vorsteher für die kleinen Hausgemeinden ein, sucht Versammlungsstätten für die Gesamtgemeinde und meidet alles in allem die Auseinandersetzung mit den Juden – so gut sie sich eben vermeiden lässt.

Das Zentrum der neu entstehenden Christengemeinde in Ikonium ist nach wie vor das Haus des Onesiphoros. Hier trifft man sich – ähnlich wie die Apostel in Jerusalem – nach den Gebetsversammlungen, hier plant man, bespricht Reisen in die Umgebung und setzt die Tauftermine fest.

Ein solcher Umtrieb im Hause kann in der Nachbarschaft

nicht verborgen bleiben. Vor allen Dingen das herrschaftliche Haus nebenan wird auf die Vorgänge bei Onesiphoros aufmerksam. Die Bediensteten, Gärtner, Kutscher, Stallknechte, nehmen wahr, dass die beiden Fremden hier wohnen und vornehmlich nachts dort Menschen kommen und gehen.

Das Haus des Onesiphorus gilt als Zentrum der neuen Bewegung und Paulus und Barnabas als die Anführer der neuen Bewegung, die wie eine große Welle immer mehr Menschen erfasst und begeistert.

Wann immer ein Bediensteter einen der Apostel sieht, bleibt er stehen und schaut ihm mit offnem Munde nach. Man flüstert hinter vorgehaltener Hand, wenn sie das Haus verlassen oder an der langen Grundstücksmauer vorbeilaufen. Man schaut ihnen nach, wenn sie gehen, und man achtet darauf, wann sie wiederkommen. Aus diesen ersten, vorsichtigen Kontakten wächst eine Beziehung zu den Hausangestellten und Bediensteten der Nachbarn, denn Paulus und Barnabas sind sich nicht zu schade, mit ihnen zu reden.

Sie laden sie ein und sie kommen.

Das nächste Mal bringen sie Kollegen mit, diese ein anderes Mal wieder Freunde, und so ist bald schon das Christentum auch in das herrschaftliche Haus – dessen Besitzer bei den Behörden aufgrund seiner reichlichen Handelstätigkeit gut angesehen ist – gedrungen.

Einer der Gärtner zieht nach einer Gebetsversammlung Paulus mit dem Hinweis beiseite, er müsse mit ihm reden. Paulus heißt ihn zu warten, verabschiedet die Gäste, verabredet sich mit dem einen oder anderen Vorsteher und wendet sich schließlich dem geduldig wartenden Gärtner zu.

„Paulus, ich muss Euch etwas sagen ..., viele von uns sind Christen geworden, aber es hat Streit mit den Juden unter den Angestellten gegeben. Wir haben uns gewehrt und von Christus erzählt, aber sie hielten sich die Ohren zu und nannten uns Gotteslästerer." Er kratzt sich umständlich am Kopf und fährt dann fort, diese jüdischen Kollegen hätten sie, die

Christen, beim Herrn des Hauses angezeigt, sie hätten sie verleumdet und dem Herrn gegenüber die Sache so dargestellt, als würden sich die Angestellten gegen ihn zusammenrotten. Der Herr aber sei ein guter Mensch, der teure Opfer zu den Göttern brächte, ein gebildeter Heide, der dem Rechtsgrundsatz folge, auch die andere Seite zu hören. So habe er mit den Angestellten vereinbart, sich am Abend des kommenden Tages zusammenzusetzen, die jüdischen Angestellten sollten dann noch einmal ihre Anklage vorbringen, und die Christen sollten sich verteidigen. „Paulus, ich bitte Euch", schließt er, „kommt mit zu dieser Unterredung, sonst sind wir den schriftkundigen Juden nicht gewachsen." Paulus willigt nicht sofort ein. Zunächst lässt er sich noch über die Familienverhältnisse und den Umgang mit den Angestellten in Kenntnis setzen, dann redet er dem Gärtner Mut zu, lässt sich Ort und Uhrzeit des Treffens nennen und entlässt den Gärtner mit dem Segen Gottes.

In der Nacht bespricht er sich mit Onesiphoros und Barnabas. Er weiß, dass sein Erscheinen die Sache schlimmer machen und jener Tropfen sein könnte, der das Fass des Unmutes gegen sie auch hier in Ikonium zum Überlaufen bringen könnte.

Am anderen Abend verlässt er die Zeltmacherei früher als gewöhnlich. Er ordnet seinen Arbeitsplatz, räumt auf, lässt sich abzüglich der fehlenden Stunden seinen täglichen Lohn geben und geht heim. Die kurze Zeit bis zum Beginn der Verhandlung nutzt er für ein kleines Mahl, ruht sich noch ein wenig aus und macht sich dann auf den Weg. Dieser führt um den Häuserblock herum zu den hinten gelegenen Arbeiterwohnungen. Das Holztor steht offen. Über einen geharkten Kiesweg geht er an beschnittenen Buchsbaumhecken vorbei zu einem der Gebäude. Schon von außen hört er das Stimmengewirr. Einen Moment zögert er, dann tritt er ein. Zuerst nimmt ihn keine der beiden Gruppen, die jeweils an einem Ende des Raumes stehen, wahr. Als der Gärtner ihn jedoch sieht, tritt er auf ihn zu und will ihn in die Gruppe der Christen nehmen. Doch nun werden auch die näher bei Paulus stehenden Juden auf ihn aufmerksam und verstummen. Es ist eine lange Sekunde, in der er entscheiden muss, ob er von vornherein auf Konfrontation gehen oder zunächst nur hörend im Hintergrund bleiben will. In diesem Augenblick öffnet sich plötzlich die Tür, und der Herr des Hauses tritt herein. Aber er ist nicht allein. Hinter ihm läuft ein unglaublich schönes Mädchen. Es wird augenblicklich still.

Je weiter sie anmutig in den Raum tritt, umso mehr ist ihre Schönheit zu erkennen. Sie hat ein langes samtenes Kleid an und darüber kunstvoll eine ornamental bestickte Stola geworfen. Jeder Schritt verursacht einen zauberhaften Faltenwurf des Kleides. Sie ist groß und überragt ihren Vater um einen halben Kopf. Im Kerzenlicht glänzt ein breiter Goldreif am Arm. Das seidenmatt schimmernde Haar hat sie nach hinten gekämmt und mit einer perlmuttverzierten Elfenbeinnadel hochgesteckt. Ihr Kopf ist zierlich. Eine ebene Stirn wölbt sich über den großen smaragdgrünen Augen. Der Mund ist schmal und ihre geschwungenen Lippen sind mit einer dunkelroten, ägyptischen Tusche nachgezeichnet. Der alabasterfarbene Hals ist mehrfach mit Perlenketten umschlungen, und ein kleiner Ausschnitt lässt die braune Haut auf dem Schlüsselbein sichtbar werden.

Vielen der umstehenden Männer ist die Erscheinung zu glanzvoll, die Schönheit zu unerträglich. Beschämt blicken sie zu Boden.

Ihr Vater ist würdevoll. Er hat seinen Körper in eine kostbare Toga gehüllt. Sein griechischer Charakterkopf ist ein wenig nach vorne gebeugt. Etwas von echter Bescheidenheit und wahrer Größe gehen von ihm aus.

Liebevoll reicht er seiner Tochter den Arm, als wären sie bei einem Bankett.

Er sieht, dass Paulus nicht zu der Gruppe seiner Angestellten gehört. Er geht auf ihn zu, verbeugt sich, stellt seine wunderschöne Tochter Thekla vor und macht eine interessierte Miene, als er den Namen Paulus vernimmt.

Damit ist die gesamte Spannung abgefallen. Die bedeutendste Person im Raum ist seine Tochter, und wahrscheinlich hat er diese Wirkung klug einkalkuliert.

Jeder ist friedlich, zeigt sich von seiner besten Seite, keiner sucht Streit, kaum einer profiliert sich. Nicht einmal die Anklage, um die es hier geht, wird deutlich vorgebracht. Im Gegenteil: Nachdem der eine und andere geredet hat, erscheint die Sache so, als sei bereits alles friedlich beigelegt und als habe man sich schon vorher miteinander versöhnlich verständigt und Frieden geschlossen.

Da er aber nun einmal zugegen ist, will er Paulus – von dem er schon viel gehört hat – gerne anhören. Er fühle sich sehr geehrt, beginnt er, dass dieser heute Abend hier sei und er solle freimütig seine Lehre vortragen.

Paulus ergreift das Wort. Aber anders, als die in dem Raum befindlichen Christen ihn kennen, spricht er völlig ruhig. Zwar fesselt er die Zuhörer, aber die merkwürdige Atmosphäre des Friedens, die vorausgegangene Auflösung des Streites in Nichts und die Gegenwart von Thekla – diese vor allem – geben ihm die Aura des Wohlwollens, des Friedens. Mit keinem Wort greift er die Juden an, vielmehr versteht er es, bei allem, was er sagt, auch von sich zu reden, seiner Ausbildung, seiner Bekehrung, seinem Wirken als Apostel. Tiefer als sonst wirkt seine Stimme, beruhigender als üblich seine Rede, anziehender als gewohnt sein Charakter. Der Herr fragt kein einziges Mal nach. Die Juden rühren sich nicht. Die Christen triumphieren nicht.

In dieser Atmosphäre geht der Abend zu Ende. Er ist zunächst ein voller Erfolg, denn bei der kommenden Gebetsversammlung tauchen mit einem Mal genau jene jüdischen Angestellten auf, die zuvor ihre christlichen Kollegen bei ihrem gemeinsamen Brot- und Arbeitgeber in Verruf hatten bringen wollen.

Und schon wie im pisidischen Antiochia bereitet sich das Unheil leise vor und es kommt, wie dort, von einer unerwarteten Seite.

In der Nacht nach diesem Gespräch im herrschaftlichen Nachbarhaus klopft es leise an die Haustür des Onesiphoros. Dieser sitzt im matten Schein eines Talglichtes mit Barnabas und Paulus beisammen und geht fragenden Blickes zur Tür.

Paulus hört flüsternde Stimmen, dann kommt Onesiphoros blass und ein wenig stotternd in die Stube: „D... da ... da ... ist ..." – hinter Onesiphoros steht die schöne Thekla im Halbdunkel des Flures.

„Entschuldigt, wenn ich euch zu dieser nachtschlafenden Stunde störe", beginnt sie, während der Hausherr nervös ein wenig im Zimmer herumräumt, Schriften, Briefe und leere Töpfe, Essgefäße und Trinkbecher auf die Seite stellt, „eure Rede hat mich gestern Abend sehr beeindruckt, erzählt mir mehr von eurem Christus."

Paulus ist aufgestanden, Onesiphoros hat ein paar weitere Talglichter herbeigeholt und diese mit nervösen Händen auf dem Tisch verteilt. „Macht euch keine Umstände", sagt Thekla milde und mit einem bezaubernden Lächeln zu Onesiphoros. Sie setzen sich, und es beginnt ein tiefes Gespräch über alle möglichen religiösen Inhalte. Weit nach Mitternacht verlässt die Schöne das Haus.

Am nächsten Abend kommt sie wieder. Am übernächsten auch. Als Paulus ihr an diesem bedeutet, er sei einige Tage bei Gemeinden im Umland, hat er Mühe, sie von dem Gedanken abzubringen, ihn zu begleiten. Allerdings lässt sie am anderen Morgen ein Paket abgeben, in dem sie für die Reise etwas zusammengestellt hat. Mit verwunderten Blicken sieht Paulus die sonderlichsten Dinge: gebratene Tauben in Tontöpfen, bereits geschälte Wachteleier, mehrere liebevoll verpackte Braten, dazu Honig, Milch, Brot, und alles in einer Menge, als würde er mehrere Wochen unterwegs bleiben. Das meiste davon überlässt er Barnabas, der sich wie ein Kind darüber freut.

Paulus aber hält sich dieses Mal kürzer in den bäuerlichen Gemeinden des Umlandes auf, als er vorhatte. Als er zurück ist, fragt er gleich nach Thekla. Einem Angestellten ihres Vaters trägt er auf, ihr zu sagen, er sei wieder daheim, und tatsächlich erscheint sie am Abend wieder bei ihm.

Ihr Herz aber ist schwer. „Ich habe", so erklärt sie Paulus, „mit meinem Verlobten von unseren Begegnungen erzählt und ihm auch gesagt, dass ich meinen Verlobten, einen Heiden, nicht heiraten kann … – nicht mehr … Mir sind bei den vergangenen Gesprächen die Augen aufgegangen …" – wieder lächelt sie hintergründig, dann atmet sie einmal tief ein, als fiele es ihr schwer, das folgende zu sagen – „… Paulus, ich möchte Christin werden und die Taufe empfangen."

Sie schaut Paulus mit ihren großen Augen flehend an.

„Wie sieht denn Euer Verlobter das?"

„Mein Verlobter kann dieses nicht einsehen, als naheliegendsten Grund für meine Veränderung gibt er Euch die Schuld … Schließlich ist er sehr eifersüchtig und ist zu meiner Mutter gelaufen …"

„Und …?"

„Meine Mutter hat mich zur Vernunft bringen wollen und mich einen Tag lang im Hause eingesperrt … Auch jetzt bin ich nur mit Hilfe eines Dieners ausgerissen."

Sie atmet heftig und hält sich ein zierliches Taschentuch an die Nase.

„Herr, ich möchte Euch keine Schwierigkeiten machen, aber ich befürchte, es ist zu spät, meine Mutter ist eine harte Frau …"

„Mich sorgen vielmehr die Probleme, die Ihr jetzt habt, es ist nicht gut, wenn in einem Haus kein Friede ist."

„In einem Hause wie dem unseren gibt es immer Probleme, irgendwann opfert dann jemand den Göttern, und alles soll wieder gut sein …"

Thekla wirkt gehetzt und verzweifelt, während sie mit Paulus spricht, gehen ihre Augen unruhig hin und her. Sie schnäuzt verstohlen in ihr kleines Taschentuch.

„Ich mache mir auch Sorgen, denn meine Mutter und mein Verlobter halten mich für eine Verführte ... sie meinen, die Lehre von Christus, die Ihr verbreitet, leite mich in die Irre ... ich muss gehen ... wenn mein Verschwinden auffällt, wird alles noch schlimmer ... flieht, wenn es sein muss", mit schmerzverzerrten Lippen lächelt sie Paulus hilflos an, dann wendet sie sich um und öffnet die Haustür. „Lebt wohl", flüstert sie. Mit ihrem letzten Lächeln dringt ein Lichtstrahl tief in seine einsame Seele.

Tatsächlich sieht die Sache nicht gut aus, zumal Thekla am nächsten Abend nicht kommt.

Paulus ist angesichts des von ihr Erzählten unruhig. Er wartet einen Tag. Sie kommt nicht. Er erkundigt sich bei den Angestellten. Sie wissen von nichts.

Am dritten Tag, als er gerade von der Werkstatt daheim ist, sitzen bei Onesiphoros bereits drei Männer in der Stube, die ihn erwarten.

Völlig unspektakulär erklären sie ihm, sie seien gekommen, ihn festzunehmen, es läge eine Anklage gegen ihn vor, er sei ein Zauberer und würde die Herzen der Menschen verdrehen, sie wollen kein Aufhebens um diese Festnahme machen, alles werde sich schon irgendwie klären, aber mitkommen müsse er.

Er geht mit und wird in einen Kerker gesperrt.

Es ist ein dunkles Verließ im wuchtigen Gewölbe des städtischen Polizeihauses. Nur an der Treppe zum Ausgang brennt eine Kerze und flackert im Luftzug des Kellers. Paulus sitzt gedankenschwer auf einer Holzpritsche im Dunkeln und hat sich eine verlauste Decke über die Schultern gelegt. An Schlaf ist nicht zu denken, denn immer wieder kreisen seine Gedanken um Thekla, die offensichtlich seit Tagen unter strengem Arrest gehalten wird. Irgendwo im Dunkeln tropft es. Die herunterbrennende Kerze zeigt an, wie die Zeit verstreicht.

Plötzlich hört er von seinem Käfig aus leise Stimmen hinter der dicken Eingangstür. Augenblicke später öffnet sich diese, und im Luftzug verlöscht die Kerze. Der Wärter hält eine kleine Laterne vor sich und tritt plump die Stufen hinunter. Langsam und stöhnend bewegt er sich auf Paulus zu.

Dann tritt er ganz nahe an das Gitter und hebt die Lampe Paulus entgegen: „Besuch!", sagt er grinsend und stellt die Lampe ab, bevor er in der Dunkelheit des Verlieses verschwindet.

Ängstlich tritt Thekla an die Gitterstäbe, an denen Paulus mit klopfendem Herzen steht.

Sie wirkt fast noch schöner als sonst.

„Ich habe den Wächter bestochen, um zu Euch zu kommen", beginnt sie hastig, „den Gefängnisaufenthalt habt Ihr meinem Verlobten ... meinem ehemaligen Verlobten ... zu verdanken, er hat Euch bei den Behörden angezeigt, meine Mutter hat ihre Finger auch im Spiel, und in dem Falle steht mein Vater nicht auf meiner Seite."

Das ist die kurze Erklärung. Paulus streckt seine kalten Hände durch das Gitter, und Thekla umfasst sie. Sie sprechen nichts. Ganz sanft und mit traurigem Blick streichelt sie die Hände, die langsam wärmer werden. Dann beugte sie sich nieder, küsst die eine Hand, rafft das Kleid hoch und verlässt nahezu fluchtartig den Kerker.

Bereits am anderen Tage findet die Verhandlung statt.

Keine Spur aber ist von dem diskreten Vorgehen der Behörden zu merken, auf das Paulus gehofft hat. Im Gegenteil: Unzählige Juden haben sich im Gerichtssaal eingefunden, und bald nach der Aussage des Verlobten reißen sie die Verhandlung an sich. Sie bestätigten, ja sie steigern, was der Verlobte ausgesagt hat. Alle möglichen Vorwürfe hagelt es, jeder drängt sich, noch eine Aussage gegen Paulus zu Protokoll zu geben. Langsam wird der Richter nervös. Mehrfach schon hat er Ruhe herbeiführen müssen.

„Möchte sonst noch jemand etwas sagen?", fragt er in den Raum. Es meldet sich ein mutiger Vorsteher einer Hausgemeinde. Er tritt vor und legt die Vorwürfe des Verlobten und der Juden als baren Unsinn aus. Allerdings kann er unter dem immer unruhiger werdenden Saal nicht zu Ende sprechen. Verwirrt schaut er noch einen Moment auf den Richter, der nun schon mehrfach „Ruhe!" gerufen hat. Dann ist offensichtlich, dass er die Kontrolle verloren hat. Aus dem anfänglichen Geschrei werden plötzlich Handgreiflichkeiten.

Der Richter lässt Paulus von zwei Wächtern abführen.

Im Laufschritt eilen die herbeigerufenen Wachen in den Gerichtssaal, wo die Auseinandersetzung zwischen Juden und Christen an einigen Stellen schon zur Schlägerei ausartet.

Erst nach Stunden ist die Situation mittels des brutalen Durchgreifens der Ordner und schließlich noch der herbeigerufenen Polizei geklärt.

Am Nachmittag sieht man an den dafür vorgesehenen öffentlichen Stellen große, gelbliche Plakate aus Papyrus aushängen, und Barnabas liest dort, dass die Verhandlung erst am übernächsten Tag fortgesetzt würde.

Dann geht alles sehr schnell.

Noch am Abend desselben Tages taucht Thekla plötzlich bei Onesiphoros und Barnabas auf, sie ist kreidebleich. Kaum steht sie im Flur und hat sich mit nervösem Blick versichert, dass die Haustür geschlossen ist, flüstert sie hastig zu Barnabas: „Ihr müsst fliehen! Wenn ihr nicht in dieser Nacht noch die Stadt verlasst, dann wird der Prozess mit der Steinigung des Paulus enden! … Jedenfalls betreibt das meine Mutter im Verein mit meinem ehemaligen Verlobten … ich habe an der Tür gelauscht."

Barnabas schaut Thekla fragend an und Onesiphoros sagt irgendetwas. Hektisch aber fährt Thekla fort: „Ich werde Paulus aus dem Gefängnis holen ... wir haben den Wächter bestochen ... in der Zwischenzeit müsst ihr alles für die Flucht vorbereiten ... Nahrungsmittel und Kleider habe ich gerichtet, die bringt ein Bediensteter gleich vorbei. Eine Adresse habe ich auch besorgt, von einer jüdischen Familie in Lystra, die Großmutter war früher bei uns als Köchin angestellt, die werden euch aufnehmen ..." Sie stürzt vor, umarmt Barnabas, drückt ihm den Zettel mit der Adresse in die Hand und eilt aus dem Haus.

Barnabas geht und packt. Zwischendurch nimmt er die angekündigten Waren von einem Gärtner entgegen.

Onesiphoros ist zu den Christen gelaufen, die bald mit einem Gespann auf den Hof fahren. Dort verstauen sie auf der Ladefläche die Rucksäcke und das große Paket von Thekla. Das Tor ist zum sofortigen Losfahren geöffnet. Alles ist für die Flucht bereit.

Und tatsächlich erscheint Thekla bald nach Einbruch der Dunkelheit. Sie späht um die Ecke der Einfahrt. Paulus tritt hinter ihr hervor. Barnabas hilft ihm auf, die Zügel klatschen, ein paar Schritte läuft Thekla neben den Flüchtenden her, ein letztes Mal reicht sie ihm die Hand ... Dann bleibt sie stehen, streicht sich das lose Haar hinters Ohr und läuft erhobenen Hauptes heim.

Nur eines wünscht sie aus tiefstem Herzen: dass er wiederkomme.

Timotheus

Ein scharfer Wind zieht über die öde halb versumpfte Steppe von Lykanien. Er treibt hier und da ein paar Büsche vor sich her, sie rollen einen Hang hinab und bleiben an einer Grasnarbe oder einem Baumstumpf hängen. Wenn der Wind sie von ihren wilden Weiden vertreibt, suchen Schafe und Ziegen Unterschlupf in eigens dafür errichteten Baracken. Wildesel stehen in der Ferne. Es ist eine unwirtliche Gegend. Lystra heißt der gottverlassene Ort.

Barnabas und Paulus gehören vom ersten Tag an zur Familie. Da ist die jüdische Großmutter Lois, ihre Tochter Eunike, deren heidnischer Mann gestorben ist, und der Halbwaise Timotheus. Dieser ist unbeschnitten. Das ist aber in dieser weitgehend heidnischen Gegend kein Problem. Der verstorbene Vater von Timotheus war auch nicht beschnitten. So ist das hier, in der Ödnis.

Durch die Gegenwart der Apostel hat Eunike ein schlechtes Gewissen bekommen. Neuerdings ist ihr die ungeklärte Religionszugehörigkeit ihres Sohnes unangenehm. Sie wendet sich Rat suchend an Paulus.

Sie fragt ihn, ob es nicht besser sei, den Jungen zu beschneiden, ihn in die jüdische Religion mitsamt ihren Bräuchen und Riten einzuführen, schließlich müsse man doch irgendwo hingehören, und auch wenn sie hier in einer großen Einöde lebten, so wisse sie doch um ihre Pflicht, das Kind um Glauben zu erziehen, sie wolle als Mutter in diesem Punkte ja nicht nachlässig sein, zwar gäbe es hier wenig Möglichkeit, den Glauben zu praktizieren, aber schließlich seien sie, Paulus und Barnabas, ja doch Männer von starkem Glauben und ein gewisser Ruf eile ihnen voraus, kurzum, man könnte doch so und so …

Zu ihrer großen Verwunderung aber legt Paulus keinen Wert auf die nachträgliche Beschneidung des Timotheus. Er verweist vielmehr auf die neue Möglichkeit, auch ohne Beschneidung getauft zu werden, und diese Taufe sei etwas anderes als die Taufe des Johannes, von der sie ja gewiss schon gehört habe und die eine reine Umkehrtaufe sei, die Taufe, die Timotheus empfangen könne, sei eine ganz neue Weise, mit Christus verbunden zu werden, jenem Messias, der Mensch geworden sei, den Juden aber gekreuzigt hätten und nicht als Messias anerkennen würden. Und so weiter. Paulus kommt ganz gut in Fahrt und ist froh, wieder ein wenig missionieren zu können.

Er empfiehlt Eunike, ihren Sohn Timotheus bei Barnabas in den Taufunterricht zu schicken. Timotheus findet diesen Vorschlag äußerst positiv, weniger aus religiösem Interesse, als vielmehr wegen der Abwechslung, die damit verbunden sein dürfte. Barnabas ist witzig und hat einen oft trockenen Humor.

Timotheus ahnt nicht, wo er da hineingerät.

Er erhält Taufunterricht. Und weil nicht nur er Langeweile hat, sondern auch Mutter und Großmutter, lassen sie sich gleich alle im Glauben unterweisen.

Dann aber kommen Paulus doch Zweifel, ob es sinnvoll sei, Timotheus nicht beschneiden zu lassen. Immerhin gibt es in der Gegend überall Juden, und er fragt sich, ob es um deretwillen nicht besser sei, Timotheus ließe diesen blutigen Ritus an sich vollziehen. Er unterbreitet ihm diesen Gedanken. Timotheus ist nicht begeistert.

Er wehrt sich: Sicher, alle wüssten, dass sein Vater Heide gewesen sei, aber andererseits sei doch die Taufe ausreichend, das müssten doch auch die Juden einsehen.

Paulus maß daraufhin der Sache kein Gewicht mehr bei. Er überließ es Timotheus, sich bei Gelegenheit beschneiden zu lassen, wenn ein in diesen Verrichtungen geübter Rabbi wieder einmal in der Nähe und bei den im Umland wohnenden Juden tätig sei. Es gehe ihm nicht um die Beschneidung, Timotheus solle ihn recht verstehen, er meine nur, man sollte auf die Juden Rücksicht nehmen.

Nach wenigen Monaten werden alle drei getauft. Es sind die ersten Christen in Lystra. Während des Taufunterrichts ist Paulus nicht untätig. Er reist in die umliegenden Gehöfte und Weiler. Er sucht Kontakte, spricht mit den Menschen. Er gewinnt sie. Sie interessieren sich für ihn und seine Lehre. Sie nehmen am Taufunterricht teil. Nach der Taufe von Lois, Eunike und Timotheus werden weitere Tauffeiern abgehalten.

Die erste Hausgemeinde entsteht.

Vom Hause der Eunike aus unternehmen die Apostel wie schon im pisidischen Antiochia und in Ikonium Ausflüge in das weite Umland. Der junge, ortskundige Timotheus ist ihnen dabei Reisebegleiter und Helfer. Mit Barnabas versteht er sich gut, was den Humor, das Essen und Schlafen, mit Paulus, was die Theologie betrifft.

„Timotheus ist zwischen uns beiden wie ein schmales Bändchen Lyrik zwischen dem Kochbuch auf der einen und der Bibel auf der anderen Seite", erklärt Barnabas ihr Zusammenwirken.

„Dann wäre Barnabas aber die Bibel", scherzt Paulus, „denn diese ist dicker als ein jüdisches Kochbuch ..."

„So hager wie du bist, gibst du aber kein gutes Zeugnis für die koschere Küche."

„Na gut, du bist ein gutes heidnisches Kochbuch und ich der kleine Rest aus der Bibel, der übrigbleibt, wenn man alle überflüssigen Gebote weglässt."

Das helle, frohe Lachen des jungen Timotheus wirkt ansteckend. Er ist so heiter.

Mit Tränen des Lachens erinnert Timotheus sie an die Körbe voller köstlicher Delikatessen, die sie bei ihrer Ankunft in Ikonium bei sich hatten. Er bittet Barnabas, doch noch einmal die Geschichte zu erzählen, wie er mit gebratenen Tauben in Honigsoße daheim blieb, während Paulus freiwillig mit einem Krumen Brot von Ikonium aus die Außenstationen bereiste. Der gutmütige Barnabas macht die Albereien mit.

Es sind glückliche Wochen.

Sie haben hier ihren Frieden, denn es gibt weit und breit keine Synagoge und deshalb keinen Anlass, Auseinandersetzungen zu suchen. Die einheimischen Lykaonier sind einfache, wenig gebildete und sehr herzliche Menschen. Sie finden die Missionare nett und freuen sich für den jungen Timotheus, dass er väterliche Freunde hat, die ihm seinen früh verstorbenen Vater ersetzen.

Die Apostel bringen Abwechslung in die Hochebene und können ganz spannende Dinge erzählen. Wer möchte da nicht gerne dazugehören? Die Hausgemeinde bei Eunike wächst.

Noch machen sie sich hier keine Feinde.

Einmal im Jahr erwacht das verschlafene Lystra. Da feiert man das große Apollfest.

Es ist der einzige große Menschenauflauf in dieser ansonsten ruhigen und ereignislosen Stadt.

Es reize ihn schon, bei dieser Gelegenheit eine Rede zu halten, äußert Paulus an einem der Vorbereitungstage, als erste Gruppen mit Putzeimern und Lappen zum Apoll-Altar vor die Stadt ziehen, um diesen für das Fest zu reinigen.

„Das ist doch nicht dein Ernst?", fragt Barnabas, und Timotheus kichert hell über dessen Gesicht.

Am nächsten Abend wird die Sache ernst.

„Ich habe heute mit dem Apollpriester gesprochen …"

„Mit der Schnapsdrossel?", fragt Barnabas. Timotheus lacht.

„Genau! … und er hat keine Einwendungen, wenn ich auf dem Marktplatz zur Menge rede."

„Das darf doch nicht wahr sein …" Barnabas macht eine drollige Miene zu diesem Satz, und wieder lacht Timotheus laut auf.

„Doch, doch! Er ist sogar froh darüber, denn dann muss er nicht reden."

Barnabas ist entsetzt, er kann nicht glauben, dass Paulus

den sagenhaften Frieden der vergangenen Monate gefährden will. Er fühlt sich wohl hier in Lystra, die beiden Frauen kochten gut, und Timotheus ist ihm ein liebgewonnener Begleiter geworden.

„Paulus", versucht er liebevoll auf ihn einzureden, „die Leute sind doch dann alle betrunken, schon jetzt füllt sich die Stadt mit dem Gesindel und mit Bauern aus der Umgebung … Auch Bettler sind schon da und treiben sich auf dem Marktplatz herum …, überall stehen Buden … so ein Jahrmarkt ist keine Synagoge …" Obwohl Timotheus wieder herzhaft lachen muss, bleibt Paulus jetzt ernst.

„Und du lach nicht!", herrscht Barnabas ihn an. Timotheus verstummt.

„Paulus, zu diesem Fest kommen auch Juden aus den anderen Ortschaften, vielleicht welche, die uns schon kennen … Ich kann mir kaum vorstellen, dass es dir gelingen wird, eine Rede zu halten, an der sie keinen Anstoß nehmen werden … und dann ist es aus mit dem Frieden hier …" Flehend schaut er Paulus an.

Der lässt keinen Zweifel daran, dass er die genehmigte Rede halten würde.

Und so kommt es.

Die Nacht vor dem Fest ist zum Tage geworden, Gaukler spielen, Musiker sitzen an den Straßenecken, geschäftstüchtige Krämer haben kleine Stände aufgebaut, und überall riecht es nach Gebratenem. Sie haben in ihrem nahegelegenen Haus kaum schlafen können und gehen schon früh am Morgen auf den Marktplatz, wo sich das Volk tummelt.

Manche haben die Nacht hier verbracht und torkeln schon, oder noch, in dieser frühen Stunde. Bettler nehmen dankbar eine großzügige Gabe aus den Händen der vom Alkohol verschwenderisch Gewordenen. Kinder toben lustig umher. Irgendwo spielt Musik.

Barnabas und Paulus haben sich von Timotheus über die Gebräuche bei diesem heidnischen Fest in Kenntnis setzten lassen. Sie drücken sich durch die wartende Menge zu dem kleinen Brunnen vor, der den überfüllten Marktplatz in der Mitte ziert. Alle warten auf die große Prozession.

Nach einer Weile beginnt das Spektakel. Von geckenhaften Flöten- und Trommelspielern begleitet kommt ein kleiner Zug durch die Menge. Ihm voraus läuft der Apollpriester, dessen torkelnder Gang unter den tanzenden Spielern kaum auffällt. Einige von diesen sind bereits so außer sich, dass sie sich fortwährend um die eigene Achse drehen und irgendwann schwindelig niederpurzeln. Am Ende dieses kuriosen Zuges werden zwei Stiere geführt.

„Wozu sind die denn?", fragt Barnabas schmunzelnd Timotheus und zeigt auf die herausgeputzten Tiere, die von Knaben am Strick geführt werden.

„Die werden nachher dem Apoll geopfert", antwortet Timotheus und kichert in sich hinein, als Barnabas schmunzelnd „Schade!" antwortet.

„Gar nicht schade ... Die werden nicht ganz verbrannt. Nur ein kleiner Teil ist für die Götter, der Rest ist für uns, das jüdische Ganzbrandopfer ist denen hier oben unbekannt."

„Da hast du aber beim Taufunterricht gut aufgepasst." Barnabas ist stolz auf seinen Schüler. Aber er muss dann doch anfügen, dass Timotheus noch besser hätte aufpassen müssen, um zu verstehen, dass er, Barnabas, als Jude nicht von dem Fleisch essen dürfe, das als Opfer für die heidnischen Götter dargebracht werde, denn das Essen von Götzenopferfleisch mache nach jüdischem Gesetz unrein, weil es nur einen Gott, Jahwe, gebe, und der sei anders als alle heidnischen Götter, die es ja schließlich gar nicht gebe, wie diesen Apoll hier.

„Ach, dieser ewige Streitpunkt mit dem Götzenopferfleisch", antwortet Timotheus und fügt an, Paulus habe gesagt, er dürfe davon essen, eigentlich sowieso alle Juden, die Christen geworden seien, aber er allemal, denn er sei ja nie Jude gewesen und sei nicht beschnitten, sondern gleich getauft worden. „Und im Übrigen, Barnabas, wenn du hier etwas von diesem köstlichen Fleisch isst, wird dir niemand Probleme machen, hier sieht man das alles nicht so streng wie in Jerusalem, auch die Juden sind hier lockerer." „Wir werden sehen", antwortete Barnabas und lässt es offen, ob er das jüdische Gesetz, an das er sich von klein auf gehalten hat, beherzigen wird oder nicht.

Inzwischen ist der Zug am Brunnen angekommen. Die wilden Trommler und herumtollenden Flötenspieler stellen sich seitlich auf, der Apollpriester tritt an den Brunnen heran. Ruckartig reißt er die Hand hoch, um den Gauklern Einhalt zu gebieten. Die aber drehen sich weiter im Kreise, stoßen aneinander, werden von der aufgedrehten Menge geschubst und purzeln zu Boden. Sie werden umringt von Lachenden. Ein paar Trommler setzen sich müde auf die Straße, das wilde Flöten ebbt ab, irgendwo piepst es noch, dumpfe Trommelschläge und Durcheinander, dann ist mehr oder weniger Ruhe.

Umständlich begrüßt der Priester Paulus und Barnabas. Er fuchtelt wie ein irrer Dirigent zur Menge hin, was diese als Zeichen deutet, dass Paulus mit seiner Rede beginnen will.

Von allen Seiten kommen die Menschen näher und schauen zu Paulus, der auf dem erhöhten Brunnensockel steht. Selbst die Bettler rücken heran. Ein Krüppel schleppt sich auf seinen Krücken an den Ort des Geschehens, und ein Einbeiniger rutscht mitleiderregend zwischen den Beinen der Menge heran. Der Priester ist zu den Stieren getreten und schaut nun breit grinsend zu Paulus.

Als dieser mit seiner Rede beginnt, heftet der Krüppel seinen wässrigen Blick sehnsüchtig an ihn. Paulus spricht vom Heil und allen möglichen Wundern, die im Namen Jesu geschehen seien. Er spürt den Blick des Krüppels, der zu ihm wie zu einer himmlischen Erscheinung aufschaut. Zunächst versucht Paulus, die gesamte Menge zu erreichen, indem er immer wieder seinen Blick über die Zuhörer schweifen ließ. Doch jedes Mal, wenn er dabei auch den Krüppel anschaut, sieht er dessen Blick. Immer öfter schaut er ihn an. Hin und wieder unterbricht er seine Rede und schaut nur auf den Krüppel, der sich regelrecht an ihm festbohrt. Plötzlich stockt Paulus, pfeilartig schießt seine Hand unter dem Gewand hervor, mit ausgestrecktem Zeigefinger weist er auf den Krüppel. Dieser fährt zusammen. Die Blicke des Paulus verändern sich, starr sieht er zu dem Armen. Ein wenig richtet dieser sich auf, und dann spricht Paulus mit unglaublicher Autorität: „Und du, stell' dich auf deine Füße!"

Wie unter einem höheren Zwang erhebt sich plötzlich der Lahme. Die bei ihm Stehenden helfen ihm ein wenig hoch. Wackelig wie ein neugeborenes Kälbchen steht er da, den Mund offen, die Augen weit aufgerissen und auf Paulus gerichtet. Dieser zeigt unverwandt, befehlend auf ihn. Da nimmt der Lahme ganz langsam eine Krücke hoch und reckt sie in den Himmel, die zweite folgt.

„Ich kann wieder gehen, ich kann wieder gehen!", schreit er mit einer Stimme, die nicht von dieser Welt zu sein scheint. Er macht tatsächlich einige wackelige Schritte auf Paulus zu. War es eben noch mucksmäuschenstill, so bricht jetzt Geschrei los. Die Menge umringt ihn tobend. Der Geheilte trappelt mit beiden Füßen auf der Stelle, reckt fortwährend seine Krücken in den Himmel, dreht sich im Kreise und schreit, er sei geheilt, er sei geheilt, er sei geheilt.

In dieser exzentrischen Situation verfallen die Leute in ihren heimatlichen Dialekt und geben mit einem Mal Laute und Worte von sich, die Paulus und Barnabas nicht verstehen. Am Anfang kann Timotheus noch übersetzen, aber das Stimmengewirr ist zu groß, überdies drängt ihn die Masse an die Seite.

Der Apollpriester kämpft sich zu den Aposteln vor. Umringt von der johlenden Menge fuchtelt und redet er wirr, schreit etwas und gestikuliert, bis schließlich die bereits geschmückten Opferstiere herangeführt werden. Plötzlich packten flinke Hände von allen Seiten die Apostel. Einen Moment sieht man ihre Beine in der Luft zappeln, und Augenblicke später sitzt jeder auf einem der Stiere. Jemand hängte ihnen Laubkränze um, und schon zieht der Tross unter der Begleitung von tanzenden Gecken und schrillem Flötenspiel los.

Ziel ist offensichtlich der Apoll-Altar vor der Stadt.

Von all dem Gesprochenen haben die Apostel nichts verstanden. Als sie aber nach diesen Augenblicken des Schreckens merken, dass sie selbst für Götter gehalten werden, denen das Volk opfern will, springt zunächst Paulus vom Stier ab, zerreißt den Blumenkranz, den man ihm umgehängt hat, und schreit mehr, als dass er predigt: „Ihr Männer, was tut ihr da? Wir sind geradeso schwache Menschen wie ihr. Wir verkündigen euch, dass ihr euch von diesen nichtigen Götzen zu dem lebendigen Gott bekehren sollt, der den Himmel, die Erde, das Meer und alles, was darin ist, erschaffen hat." Dieser Gott habe in den vergangenen Zeiten alle Völker ihre Wege gehen lassen, doch habe er sich nicht unbezeugt gelassen: Er habe Gutes getan, habe ihnen vom Himmel her Regen und fruchtbare Zeiten gegeben, mit Nahrung und mit Freude habe er ihre Herzen erfüllt.

Auch Barnabas rutscht nun von dem schwankenden Stierrücken herunter. Verblüfft bleibt die Menge stehen. „Heil dir, Zeus!", rufen sie Barnabas zu. „Heil dir, Hermes, du Gottgleicher!" zu Paulus.

„Nimm das Ding ab", zischt Paulus zu Barnabas und weist mit Blicken auf den Blumenkranz, der noch sein blankes Haupt ziert. Er nimmt den Kranz und zerreißt ihn. Es wird totenstill.

Sofort ergreift Paulus die Gelegenheit: „Ihr Leute, was macht ihr denn da? Haben wir euch denn nicht gesagt, diese Götter, die ihr verehrt, gibt es nicht!" Und weiter redet er von Christus, aber die Menge will es nicht hören. Er aber, einmal in Schwung, greift ins Wespennest, als er ihre Wahnvorstellungen dummes Zeug nennt. Urplötzlich schlägt die Stimmung um. „Wenn sie keine Götter sind, dann sind sie Zauberer!", ruft einer, und bald skandierten alle „Zauberer fort! Zauberer fort!"

„Lass uns verschwinden!", flüstert Paulus zu Barnabas, und ehe das Volk sich versieht, laufen die beiden los.

Keiner setzt ihnen nach: ihre Flucht spricht für sich.

Der Apollpriester führt die Zeremonie fort. Das Flötenspiel setzt wieder ein, und der Zug geht zum Altar, wo die gutmütigen Stiere, die eben noch die Apostel getragen haben, mit unzähligen Messerstichen erdolcht werden, bis sie röchelnd im eigenen Blute liegen, das für einen Gott dahinfließt, den es nicht gibt.

Das Volk tut sich gütlich an dem Fleisch. Alkohol fließt in Mengen. Über eines nur wird geredet: Paulus und Barnabas und die Heilung des Krüppels.

Unter der Festmenge sind auch Fremde, die wie jedes Jahr von weit her zu diesem ausgelassenen Treiben kommen. Die Feiernden merken nicht, dass einige von ihnen kein Fleisch von den Stieren essen und keinen Alkohol trinken. Sie interessieren sich sehr für Paulus und Barnabas. Es stellt sich heraus, dass sie aus Antiochia in Pisidien und aus Ikonium stammen. Bei der Frage danach, ob sie extra für das Apollfest gekommen seien, halten sie sich bedeckt. Aber es bleibt auch den stark angetrunkenen Gesprächspartnern nicht verborgen, dass es ihnen nur um die beiden Missionare geht.

Ja, geben sie schließlich zu, sie würden sie kennen, es seien Betrüger, die schon woanders ihr Unwesen getrieben hätten. Sie seien für ihre Betrügereien sogar bereits zu den 39 Hieben verurteilt worden, seien aber weitergezogen und würden nun anscheinend hier oben ihr Unwesen treiben. Sie, die Lykaonier, täten gut daran, sich vor den beiden zu hüten, sie seien gefährliche Betrüger, Zauberer, Verbrecher, Heiratsschwindler; überall habe man sie ausgepeitscht und verjagt, wer sie in der Stadt weiterhin dulde, der werde es mit dem

Zorn des Apoll zu tun bekommen – und hinter vorgehaltener Hand: von dem Jahwes gar nicht zu reden.

Ja, wo denn der geheilte Krüppel jetzt überhaupt sei. Sei der nicht bald nach der Heilung wie vom Erdboden verschluckt gewesen? Und überdies: ob denn jemand den Krüppel überhaupt kenne, woher er denn stamme, weshalb er gelähmt sei und so weiter.

Sie finden Gehör. Keiner kann sich so recht entsinnen, wer der Geheilte ist.

Und die Lyakonier, einmal vom Alkohol und den Fremden beflügelt, kommen in Fahrt: In der Tat, potztausend, da hätten sie ja nun mal Recht, die Fremden, es hätte auch sein können, dass der Gelähmte gar nicht gelähmt gewesen sei, dass die Apostel ihn vielmehr selber mitgebracht und für seine Zirkuseinlage mit der Heilung sicher auch noch gut bezahlt hätten. Man solle der Sache vielleicht auf den Grund gehen. Und wenn nicht jetzt, wann dann? Jetzt sei doch eigentlich ein guter Zeitpunkt, nachzuforschen, wie es sich nun genau mit der Heilung zugetragen habe. Und schließlich: habe es nicht jedes Jahr beim Apollfest eine zünftige Schlägerei gegeben? Ja, wo sie denn überhaupt seien, die Apostel mitsamt ihrem Timotheus?

Irgendwer berichtet, sie seien im Hause der Eunike.

Die ersten wollen nur mal nachschauen und torkeln vom Festplatz in die kleine Innentadt zurück.

Vor dem Haus der Eunike sammeln sich immer mehr Halunken und Trunkenbolde und grölen dummes Zeug.

Als die Menge größer und größer wird, tritt Paulus vor die Tür. Er erhebt die Hand, aber es wird nicht richtig still. Die Menge skandiert: „Schwindler – Zauberer – fort aus unserer Stadt!"

Ein paar Worte kann er sagen, da stürzen zwei oder drei Angetrunkene auf ihn und packen ihn am Kragen. Er wehrt sich vergebens. Erste Faustschläge sausen auf ihn nieder. Einer trifft ihn schmerzhaft am Auge. Er wird gestoßen und gezerrt. Schließlich ziehen sie ihm die Beine weg, er verliert den Halt. Gleichzeitig spürt er von allen Seiten Schläge und Tritte. Sie packen ihn und ziehen ihn mit sich fort.

Nach ein paar hundert Schritten sind sie schon am Dorfrand, wo die Bebauung aufhört und das freie, steinige Feld beginnt. Hier stoßen sie ihn vom Weg auf einen Acker. Es saust ein Stein auf seinen Schädel nieder. Er taumelt. Ein weiterer Stein. Blut spritzt aus der Platzwunde. Wieder fliegt ein Stein und trifft seinen Leib. Paulus schwankt. Er spürt wieder einen furchtbaren Schlag am Kopf, gleichzeitig auf dem Rücken, wo die Narben von der Geißelung zu schmerzen beginnen. Steine fliegen nun von allen Seiten. Paulus sackt zusammen. Noch einmal schreit er etwas, aber es geht im Geheul der Menge unter. Als er niedergefallen ist, treten sie heran, und aus kürzester Distanz prasseln die kleinen kantigen Felsen auf ihn nieder. Am Kopf spürt er noch etwas Warmes, aber schon hat er keine Kraft mehr, die Hände schützend zu erheben. Und unbarmherzig fliegen die Steine. Selbst als er sich nicht mehr regt, prügelt und tritt die Menge auf ihn ein. Daneben gerollte Brocken werden wieder aufgehoben und ein zweites Mal auf ihn geworfen …

Erst als er offensichtlich tot ist, lassen sie von ihm ab.

Ein paar Männer packen den Leichnam und werfen ihn ins sumpfige Gras, wo er mit dumpfem Aufschlag liegen bleibt. Das Weitere würden die wilden Tiere über Nacht erledigen. Mit den Füßen räumen sie die Steine von der Straße, dann gehen sie befriedigt heim und ziehen sich in die Wirtshäuser zurück, um die Heldentat zu begießen, oder das schlechte Gewissen zu ertränken.

Daselbst aber vernehmen andere Gäste von dem schrecklichen Vorfall, und so kommt die Nachricht bald zu Barnabas. Ihm zittern die Knie, der Mund ist trocken. Er fragt ein paar Mal mit schwächer werdender Stimme nach, aber es ist gewiss: Sie haben Paulus gesteinigt, und dieser liegt tot irgendwo im Straßengraben.

Im Moment der ersten Erschütterung sitzt er nur bleich und verstört in der Stube. Die Frauen, Lois und Eunike, sind bei ihm, und Timotheus legt weinend seinen Arm um ihn.

Für Augenblicke läuft das ganze Leben mit Paulus vor ihm ab: Freud und Leid, das sie geteilt haben, letzteres vor allen Dingen, da sie durch dieses einander immer näher gekommen sind. Was waren das für Jahre mit ihm, dem Großen, dem Einsamen, dem Unbeugsamen. Wie stark hatte er sich immer an seiner Seite gefühlt, wie von einer unglaublichen, höheren Macht unbegreiflich beschützt. Dicke Tränen rinnen über seine totenbleichen Wangen. Er schüttelt ungläubig sein Haupt. Aber es gibt keinen Zweifel an dem Schrecklichen. Geht so ein großes Leben zu Ende? Was soll jetzt werden?

Wenn Paulus tot ist, dann bricht alles zusammen. Nicht die Angst um sein eigenes Leben durchzittert ihn, sondern die Angst vor der Leere, ohne Paulus sein zu müssen, an dessen Seite er nun vier Jahre, so lange ist es her, dass sie Antiochia in Syrien, ihre Heimatgemeinde, verlassen haben, gelebt hat.

Alles ist aus.

Barnabas schluchzt, Timotheus weint, die beiden Frauen sind am Ende.

Aber sie fangen sich als erste. Sie meinen, man müsse den Leichnam holen. Barnabas sagt gar nichts. Timotheus warnt sie vor der Wut des Pöbels. Ihm steckt noch der Schrecken in den Gliedern, wie sie hier vor dem Haus standen und mit bis zur Entstellung verzerrten Gesichtern tobten, brüllten, schrieen. Außerdem gehe das Fest weiter, und der Rausch der Teilnehmer werde genauso ansteigen wie ihre Aggressivität und Streitsucht.

Es ist schlimm, in der Stube herumzusitzen und zu wissen, dass draußen der Leichnam liegt. Jeder hängt schwer seinen Gedanken und seiner Trauer nach.

Nachdem die Stunden so verstreichen, geht Timotheus aus dem Haus, in dem die Totenklage begonnen hat. „Es waren hier vor der Tür einige dabei, die ich kannte. Ich schaue mal, ob ich sie irgendwo treffe, und erkundige mich, wo genau sie ihn hingeworfen haben", sagt er und schließt leise die Tür. „Sei vorsichtig", sagt seine Mutter, und Barnabas sendet ihm den Segen des allmächtigen Gottes hintendrein.

Schwere lange Stunden verstreichen.

Erst bei Einbruch der Dunkelheit kehrt Timotheus zurück. Er hat sich von den Augenzeugen die Stelle beschreiben lassen, wo der Leichnam liegen soll. Zugleich hat er ein paar Gemeindemitglieder informiert und berichtet, sie träfen sich mit ihnen zur ersten Nachtwache draußen und werden den Leichnam holen, sie seien eine stattliche Anzahl und könnten sich wehren, wenn jemand etwas von ihnen wolle.

Die Zeit voll grausamen Wartens schleppt sich dahin.

Ein wenig sprechen sie jetzt miteinander. Sie reden von früher, davon, was Paulus alles getan, aufgeopfert, auf sich genommen hat. Barnabas erzählt, wie Paulus seinen Rucksack in den Bergen getragen hat, und berichtet von anderen Erlebnissen. Langes Schluchzen und Weinen unterbricht ihn immer wieder. Es dunkelt. Eunike holt ein Lämpchen und zündet es an. Da sitzen sie, die vier, im flackernden Licht und wissen nicht, wie es weitergehen soll.

„Gehst du mit?", fragt Timotheus, als es so weit ist. Barnabas nickt.

„Wir auch", antworte die Großmutter Lois. Sie machen sich für den letzten schweren Gang fertig. Lois hat ein Leichentuch mitgenommen.

Die Straßen sind leer. Nur aus den vollen Schenken dringt grobes Stimmengewirr heraus. Am Dorfrand treffen sie an der verabredeten Stelle die Männer aus der Gemeinde. Einige haben ein paar Knüppel bei sich, einer einen Dolch.

Die Nacht ist dunkel. Nur ein matter Sternenhimmel leuchtet verhangen durch hohe Wolkenfelder. Kein Mond. Irgendwo bellte ein Hund. Ein Kauz schreckt aus einem nahen Gestrüpp hoch.

Die Männer haben Lampen dabei und leuchten den Weg ab. Zuerst finden sie ein paar Steine am Wegrand liegen. „Hier muss es sein", flüstert einer. Ein anderer ist schon ein wenig voraus und ruft leise: „Hierher!" Als sie nähertreten, leuchtet er mit seiner Lampe auf einen großen braunen Fleck, der sich deutlich abhebt.

„Ist das Blut?" Einer legt prüfend einen Finger hinein und sagt, er glaube schon, dass das Blut sei.

Nach weiterem Suchen finden sie eine dünne Blutspur, die ins hohe Gras führt.

Die Männer verteilen sich und suchen langsam die Fläche ab.

„Hier! Hier liegt er!", ruft plötzlich einer. Alle kommen herbei.

Die Lampen werfen einen kleinen Kegel auf ein schwarzes Bündel, das im Grase liegt. Sie beugen sich nieder und drehen ihn auf den Rücken. Das Gesicht ist blau. Aus der Nase gelaufenes Blut ist vertrocknet. Barnabas krümmt sich vor Schmerz und wendet sich ab. Die Frauen heulen auf. Schließlich tritt Lois heran und breitet das Leichentuch neben dem Toten aus. Vorsichtig fassen die Männer ihn an den Armen und Beinen und heben ihn an.

Doch dann geschieht das Unerwartete.

„Der lebt noch!", sagt einer plötzlich – alle erstarren. Sie legen den Körper auf das Tuch. Barnabas eilt hinzu.

Eunike legt ihr Ohr auf die Brust. Ganz leise Herztöne sind zu hören. Ein verwundertes „Tatsächlich!" entweicht ihr. „Er lebt! – Er lebt!" Barnabas ist ganz aufgeregt.

Nun handeln sie schnell. Mit kundigen Händen knoten sie das Tuch zu einer Tragevorrichtung, und im Laufschritt machen sie sich auf den Heimweg. Um nicht gesehen zu werden, meiden sie die Hauptstraße und nehmen den Weg durch ein paar verwinkelte Nebengassen.

Sie erreichen ungesehen das Haus und errichten für Paulus eine Lagerstatt in der Stube. Die Frauen bereiten Wasser und richten saubere Tücher. Barnabas stürmt in sein Zimmer und holt die Reste jener Salbe, die sie in Ikonium mitbekommen haben. Timotheus besorgt Wein und Öl, ein anderer ist losgelaufen, um einen befreundeten Arzt zu holen.

Als dieser erscheint, haben sie Paulus bereits ein wenig Wasser eingeflößt und die Wunden gewaschen. Der Arzt prüft die Glieder, von denen lediglich ein Arm gebrochen zu sein scheint.

„Kommt er durch?", fragt Eunike ihn bange.

„Er atmet sehr schwach, aber es scheint kein Körperglied so betroffen zu sein, dass er daran sterben könnte. Ein paar Rippen sind angebrochen. Sicher ist der Arm verstaucht, er ist ganz dick von dem Blut, das sich im Gewebe angesammelt hat … Welche Farbe hat das Blut, das aus der Nase geronnen ist?"

Keiner weiß es zu sagen.

„Wenn er die nächsten Stunden überlebt, dann kommt er durch." Der Arzt lässt noch ein paar schmerzstillende Medikamente da und empfiehlt einige Hausrezepte.

Als er schon an der Schwelle steht, holt er eine kleine Flasche mit einer dunkelbraunen Flüssigkeit hervor. „Hier", sagt er und drückt sie ihr in die Hand, „das ist Opium, ein sehr teurer Stoff, aber sehr wirksam, gebt ihm nicht zu viel davon …" Eunike küsst ihm die Hand, die dieser schnell zurückzieht.

Die Stube aber, vor Stunden noch Ort unsäglicher Trauer, ist nun mit Hoffnung und zugleich mit banger Freude erfüllt.

Paulus schläft.

Man bespricht das weitere Vorgehen und ist sich einig, dass man die nächsten Stunden abwarten muss. Wenn Paulus am frühen Morgen stabiler geworden sein sollte, so wolle man den Abtransport wagen, denn hier zu bleiben sei gefährlich. Die Männer ziehen los und bereiten die Flucht vor. Barnabas geht die Rucksäcke packen. Eunike richtet Nahrungsmittel und das für die Krankenpflege notwendige Material. Schließlich kommt Barnabas wieder in die Stube.

Lois, die Großmutter, hat ihm mit einem Augenzwinkern von dem Wein einen Becher abgezwackt. Barnabas nimmt diesen gerne. Er legt eine Hand ganz leicht auf Paulus und schaut ihn unentwegt an. Zwischendurch fallen ihm die Augen zu. Immer aber wenn er erwacht, fühlt er wieder und wieder die wohltuende und unvergleichliche Wärme jener unsäglichen Freude, dass der Freund die Steinigung überlebt hat. Nie bewunderte er ihn mehr als in dieser Nacht. Ungetrübter denn je ist ihr Verhältnis. Nach vielen Stunden schlägt Paulus die Augen auf. Ihre Blicke treffen sich. Barnabas beugt sich vor. Paulus nimmt eine Hand unter der Wolldecke hervor und drückt Barnabas leicht, dazu lächelt er ganz leise und nickt mit dem Kopf, als wolle er sagen: Das wäre dann auch überstanden.

Überstanden ist es allerdings noch lange nicht.

Am nächsten Morgen betten sie ihn auf viele Decken, die ihn vor den Stößen des holprigen Wagens schützen sollten. Barnabas verlädt wieder einmal ihre Habseligkeiten. Timotheus winkt müde, wie gelähmt von dem unsäglichen Schmerz im Herzen, dass diese beiden Freunde ohne ihn abfahren.

Die Fuhre schaukelt durch eine öde Salzsteppe nach dem zweihundert Stadien entfernten Derbe.

Der Tag wird heiß. Sorgenvoll fühlt Barnabas immer wieder den Puls des Kranken. Die Stirn kühlt er mit mitgeführten Lappen. Der Wagen stößt und poltert entsetzlich auf dieser schlechten Straße in das entlegenste Dorf der Provinz Galatien, das vor kurzem noch ein gefährliches Räubernest und jetzt unter Claudius eine römische Veteranenkolonie geworden ist.

Sie kommen nur langsam voran. Paulus schlägt hin und wieder die Augen auf. Er hat Schmerzen. Aber immer trifft sein Blick auf den seines treuen Freundes, und jedes Mal wieder lächelt Barnabas voll unbegreiflichen Glückes, dass das Leben weitergeht. Mit ein wenig Wasser reicht er ihm auf einem Löffel das Opium, unter dessen Wirkung Paulus einschläft.

Erst am späten Nachmittag erreichen sie den verschlafenen Ort.

Aus Lystra haben sie eine Adresse von einem gewissen Gaius mitbekommen, den sie aufsuchen. Bei ihm laden sie den schwer fiebernden Paulus ab, tragen ihn eine schmale Treppe hinauf und betten ihn in einem kleinen Obergemach.

Er phantasiert im Halbschlaf. Kalter Schweiß steht auf seiner Stirn. Eine Hand baumelt neben der Trage, mit der anderen hält er krampfhaft die des Barnabas fest.

Derbe

Wochenlang ist Paulus in Derbe ans Krankenlager gefesselt. In den ersten Tagen erholt er sich gut, doch dann tritt lange Zeit keine Besserung ein. Das Fieber will nicht weichen, er hat keinen Appetit, ist ständig schweißgebadet und hat furchtbare Alpträume. Sein zwar zäher, aber an Reserven armer Körper hat Kräfte verloren.

Nach drei Wochen beginnt er mit ganz leichten Bewegungsübungen, die er im Bett sitzend vollzieht. Tage später fängt er mittels zweier Krücken langsam an, sich mühsam durch das Haus zu schleppen.

Die Heilung schreitet ihm zu langsam voran. Er ist ungeduldig. Seine eigene Gebrechlichkeit sowie die Abhängigkeit von Barnabas und den Hausbewohnern kann er kaum annehmen, und schlimmer als je zuvor ist sein Vorwärtsdrang. Er mahnt, die Zeit sei kurz, die Ernte sei groß, er wolle dem Auftrag, Zeuge Christi zu sein bis ans Ende der Welt, gerecht werden. Tagelang ist er grimmig, ungenießbar. Ein noch junger Löwe hinter Gittern. Barnabas versucht, ihm gut zuzureden und Mut zu machen, aber er bekommt wenig Dank dafür. Paulus juckt es schon wieder, die Missionsarbeit aufzunehmen. In unzähligen Gesprächen versucht Barnabas ihm nahezulegen, sich zurückzuhalten. Er selbst tue es auch.

Im Städtchen hält Barnabas sich zurück. Der Schock sitzt tief, dass ihnen offenbar Leute nachreisen und sie in den neu gegründeten Hausgemeinden verunglimpfen. Es hätte Paulus beinahe das Leben gekostet, dass auf der Spur, die sie hinterlassen, eine Art Gegenmission begonnen hat. Ihr Leben scheint in dieser öden Steppenlandschaft einigen keinen Pfifferling wert zu sein. Barnabas ist dankbar, dass durch die lange Rekonvaleszens des Paulus Gras über das Vergangene wachsen kann. Die Zeit würde die Wogen glätten. So hoffe er.

Einstweilen verkündet er die frohe Botschaft nur denjenigen, die zu Gaius ins Haus kommen. Diese hat er bald im neuen Glauben unterwiesen und getauft.

Manchen Abend sitzt Paulus nun, in Decken gehüllt und blass, in der Runde. Das Haus des Gaius ist der Treffpunkt der Christengemeinde, die sich aus wenigen Juden und – wie immer – aus vielen Proselyten und Heiden zusammensetzt.

Bleich sitzt er in einem Sessel, mit gebrochener Stimme flüstert er, bald sieht man ihm die Anstrengung an, er hüstelt, schließt immer wieder die Augen – aber er ist wieder da.

Und schon schmiedet er Pläne, greift weit über die Möglichkeiten, die sein jetziger Zustand ihm gestattet, hinaus. Er will ins Umland fahren und kann doch kaum laufen, will zu großen Massen reden und hat doch keine Möglichkeit, diese zusammenzutrommeln.

Immer mehr Freunde, Bekannte und Verwandte der schon Bekehrten kommen zu den Gebetsabenden bei Gaius. Bauern, Hirten und Tagelöhner aus dem kargen Umland schleppen sie an. Viele kommen nicht aus religiöser Sehnsucht, sondern aus Neugierde, denn langsam sickert es durch, wer die beiden sind und was Paulus durchgemacht hat. Eine Steinigung zu überleben, das grenzte an ein Wunder.

Paulus nutzt diese Neugierde aus. Der das Wunder vollbracht habe, sei niemand anders als der auferstandene Christus. Er habe auch den Gelähmten geheilt und ihn, Paulus, auf wundersame Weise vor dem Tode durch Steinigung errettet. Es sei der Glaube, der Berge versetzen könne. Jesus sei gekommen, um zu heilen und von den Lasten zu befreien. So und nicht anders sei es. Amen.

Noch einige Wochen dauert es, dann aber legt er fest, dass er vollkommen genesen sei. Neuer Tatendrang erfüllt ihn. Die Wochen der Heilung sind für ihn verlorene Zeit. Jetzt heißt es, die Missionstätigkeit schnell wieder aufzunehmen.

Und mit diesem Drang kommt zugleich der erste Streit

mit Barnabas, der die ruhigeren vergangenen Wochen genossen hat. Nicht, dass er bequem geworden wäre, aber er hat gemerkt, dass die Mission auch ruhiger vonstatten gehen kann, dass sie nicht immer mit einem Desaster enden müsse und dennoch – wie hier im ruhigen Derbe – Frucht bringen könne.

Gegenstand ihrer Auseinandersetzung ist die relative Nähe zur Heimatstadt Antiochia in Syrien. Sie bräuchten sich nur weiter ostwärts zu wenden, dann die Tauruskette durch die zilizische Pforte zu überqueren und nach einer Reise von tausend Stadien würden sie nach Tarsus gelangen; von Tarsus aus könne man leicht nach Antiochia kommen, von wo sie ausgegangen seien. Er müsse sagen, dass er diesen Weg bevorzuge. Sie seien ohnehin schon sehr lange unterwegs, er wolle wieder zurück nach Antiochia, die Missioniererei sei ihm langsam unheimlich, Paulus sehe ja, wohin es führe, schließlich hätte es ihn beinahe das Leben gekostet und so weiter.

Paulus jedoch denkt anders.

Er will denselben Weg zurückreisen, auf dem sie gekommen sind. In jeder der neu gegründeten Gemeinden kurz verweilen, nach dem Rechten sehen, ermuntern, taufen, festigen. Er sehe überhaupt nicht ein, den Gegenmissionaren das Feld zu überlassen. Wer wisse denn schon, was die für Unheil angerichtet hätten, sicher seien die Christen in den neu gegründeten Gemeinden sehr irritiert, er wolle schauen, wie groß der Schaden sei, wie stark die Auseinandersetzung mit den Juden.

„Willst du zurück nach Lystra, wo sie dich gesteinigt haben, nach Ikonium, wo du im Gefängnis saßest, nach Antiocha in Zilizien, wo sie uns ausgepeitscht haben, noch einmal über die furchtbaren Berge zurück nach Perge, wo Johannes Markus uns verlassen hat …?"

„Ja!"

„Du bist doch nicht ganz normal."

Was das denn nun heiße, will Paulus wissen und wirft Barnabas vor, er habe keine apostolische Verantwortung, wolle die Gemeinden im Stich lassen, wolle denen, die ihnen geholfen hätten, all das zu überstehen, denen, die ihn nicht ins Gefängnis gebracht hätten, die sie nicht ausgepeitscht und verleumdet hätten, die keinen Stein geworfen hätten ... wolle er sie alle nicht ermuntern? Überall seien sie geflohen. „Was sollen die neuen Christen von uns halten. Barnabas, wir müssen noch einmal zu ihnen ... dann, und nur dann, hat alle die Arbeit der vergangenen Jahre ihren Sinn ... wenn wir nicht wiederkommen, so fallen sie auf kurz oder lang ins Heidentum zurück ..." . Nun sprach er wieder mit Engelszungen.

„Du willst nur wieder zu Thekla ..."

„Wer redet denn von Thekla?"

„Paulus, ich habe einen gesunden Menschenverstand, und der sagt mir: Es ist lebensgefährlich, noch einmal dort aufzutauchen, wo wir bisher immer vertrieben worden sind oder freiwillig die Flucht ergriffen haben ..."

„Barnabas, du darfst deine persönliche Angst nicht zum Maßstab für die Mission machen, es ist viel Zeit vergangen, viele Ortsbehörden haben gewechselt, wenn wir mit Umsicht zu Werke gehen, uns nicht in den Vordergrund drängen, dann wird niemand mehr sonderlich auf uns achten ..."

„Das sagt gerade der Richtige!" – Barnabas ist aufgestanden, verlässt das Zimmer und schließt die Tür vernehmlich.

Sein Zorn begründet sich in der unumstößlichen Gewissheit, dass Paulus sich von seinem einmal gefassten Entschluss ohnehin nicht mehr abbringen lassen würde.

Dies wird umso klarer, als eines Tages der junge Timotheus aus Lystra wieder einmal zu Besuch kommt.

Er bringt frohe Kunde über das weitere Fortschreiten des Gemeindewesens. Voller Stolz erzählt er, wie stark die galatischen Christen auch untereinander Kontakt hätten; man wisse voneinander, man tausche Nachrichten aus, man schicke eigene Vorsteher in benachbarte Gemeinden.

Paulus glüht, als er dieses vernimmt. Barnabas grollt.

Dann berichtet Timotheus, er habe sich umgehört und die Lage erkundet, die Juden hätten sich mit der Situation überall mehr oder weniger abgefunden, an den wichtigen Stellen bei den Behörden säßen teilweise nun andere Beamte als vor Jahren, überdies würden sich alle sehr freuen, die beiden wieder zu sehen und sie sollten doch möglichst bald kommen.

Barnabas kapituliert. Wieder einmal hat Paulus seinen Willen durchgesetzt. Wieder einmal hat er die besseren Argumente. Und all das bringt Barnabas auf den stimmigen Schluss: hier in Galatien sei Paulus der erste Mann, es ziehe ihn deshalb nicht so sehr nach Antiochia in Syrien, wo er, Barnabas, der unbestrittene Leiter sei.

Tage später schultern sie ihre Rucksäcke und ziehen zusammen mit Timotheus zurück nach Lystra. Hier müssen sie sich besonders zurückhalten, denn die Steinigung ist noch nicht sehr lange her. Sie bleiben einige Tage im Hause der Eunike. Man hält Gebetsabende ab, versammelt sich mit den Presbytern, bespricht deren weiteres Vorgehen und bittet, die Kontakte zu halten, vor allen Dingen regelmäßig nach Antiochia zu schreiben, wohin sie jetzt zunächst einmal gingen.

Die Lystraner selbst sehen in dem Überleben der Steinigung ein Wunder, das Gott gewirkt hat. Ob die Heiden davon erfahren haben, konnten sie nicht genau sagen, aber Lois weist darauf hin, dass ja selbst die Heilung des Gelähmten für diese blinden Anhänger des Apoll kein Zeugnis gewesen sei.

Einer der anwesenden Christen spottet, man könne die Lystraner ja verstehen, denn Barnabas sähe tatsächlich ein wenig wie jener Gott aus, der auf dem Altar abgebildet sei, und schließlich: Wem könne man es verübeln Paulus für Hermes zu halten, denn er sei ja immer der Wortführer …

Am Tag vor der Abreise ringt Timotheus seiner besorgten Mutter Eunike die Erlaubnis ab, die beiden Apostel nach Ikonium begleiten zu dürfen.

So geht es zurück nach jener Stadt, in der letztlich das Geschehen um die schöne Thekla zur Flucht der Apostel geführt hat. Man bezieht Quartier im Hause des Onesiphoros, der bereits durch schnelle Boten informiert wurde.

Onesiphoros hat furchtbare Nachrichten über Thekla. Kurz nach der Abreise der Apostel habe sie versucht, mit einer ihrer vertrauten Mägde Paulus nachzueilen. Allerdings sei ihre Flucht entdeckt worden, sie sei eingeholt und in Hausarrest gebracht worden. Ihr Verlobter habe noch einmal alles darangesetzt, sie mittels Schmeicheleien und glänzenden Versprechungen für seine Wünsche zu gewinnen, auch ihre Mutter habe ihm dabei treulich geholfen, aber auch diesmal seien ihre Bemühungen gescheitert. Die Lage hätte sich für Thekla auf diesem Wege sehr verschlimmert, denn ihr Verlobter sei in wildem Zorn zum heidnischen Richter gelaufen und habe Thekla als Christin angezeigt.

Barnabas, Timotheus und Paulus lauschen dem Bericht mit bangem Herzen. „Was ist los, lebt sie noch?", fragt Paulus bange dazwischen, und seine furchtbaren Ahnungen werden immer größer, als Onesiphoros fortfährt, Thekla sei noch am selben Tage vor dem Richterstuhl geschleppt und zum Abfall von Christus aufgefordert worden. Sie habe sich aber geweigert, ihren neuen Glauben zu verleugnen. Dann sei etwas geschehen, was niemand erwartet hätte, sie sei nämlich im Amphitheater den wilden Tieren vorgeworfen worden.

„Oh, Gott", stöhnt Paulus schmerzvoll. Barnabas hält ihn am Arm. Paulus schwankt.

Doch als die Löwen und Tiger auf sie losgelassen worden seien, da habe sie mit den Tieren ganz ruhig gesprochen, in eine Art Gesang von vollkommen fremder Melodie sei sie gefallen, und die wilden Bestien hätten sie nicht angerührt, sie hätten sich vielmehr zu ihren Füßen niedergelegt und hätten sie beleckt. Es sei ein merkwürdige Stille in der Arena entstanden. Man habe versucht, die Tiere auf alle mögliche Art zu reizen, aber sie seien still geblieben und sanft und hätten sich schließlich scheu in ihre Käfige zurückgezogen.

Onesiphoros nickt vielsagend, mit vorgestülpten Lippen. Er zuckt mit den Schultern und fügt an: „So war es. Sie hat es überlebt. Sie lebt vollkommen zurückgezogen im Nachbarhause. Sie spricht mit niemandem. Ich habe ihr ausrichten lassen, dass ihr wieder hier seid."

Noch am Abend des Ankunftstages geht Paulus hinüber, und die halbe Nacht verbringt er mit der schönen Thekla im Gespräch.

Dennoch ist es nicht klug, hier länger zu bleiben. Gerade auf dieses Haus der Thekla haben die Juden ein wachsames Auge. Zu schnell würde sich herumsprechen, dass die beiden Unruhestifter wieder da seien, und die stark jüdisch besetzten Behörden würden dann wohl keine Gnade mehr kennen.

Schwer fällt der endgültige Abschied von Thekla.

Mit allen Köstlichkeiten des Orients bedacht, ziehen die Apostel weiter. Timotheus kehrt vorerst nach Lystra zurück.

Auch in Antiochium bleiben sie nicht lange. Die jüdische Ansiedlung ist hier groß und – das vor allem – nachtragend. Ihnen eilt hier kein guter Ruf voraus.

Das bekommen sie am Abend zu spüren, als sie eine Hausgemeinde besuchen. In dieser haben sich viele Neulinge eingefunden. Als sie erkennen, wer die beiden Neuankömmlinge sind, verlässt eine Gruppe Jugendlicher demonstrativ den Raum. Die Situation wird brenzlig. Sobald die Jugendlichen fort sind, beendet man rasch das Treffen. Man befürchtet, sie seien fortgegangen, um die beiden Apostel zu denunzieren und ihren Aufenthalt im Ort den Behörden anzuzeigen. Paulus und Barnabas schleichen durch Nebengassen in ihr Quartier und verlassen eine Stunde später die Stadt.

Für den Anfang des Weges haben sie Begleiter aus der Gemeinde. Einmal übernachten sie mit diesen zusammen in einem Wirtshaus.

Am anderen Morgen kehren die Begleiter heim, und den

Beiden steht nun der mühseligste Teil der Reise bevor. Vier oder mehr Tage benötigten sie für die Überquerung des Taurus. Noch steht Barnabas die Mühsal des vor eineinhalb Jahren von der anderen Seite her begangenen Weges vor Augen, die Überquerung der zackigen Kuppe, die Kälte, der Wind. Und kaum geringer als damals ist auch jetzt die Ungewissheit. Schließlich ist das auf der anderen Seite des Gebirgszuges gelegene Perge ein Ort, an den beide keine gute Erinnerung haben, denn dort hatte Johannes Markus sie verlassen.

Unglücklicherweise ist das Wetter nicht gut.

Schon der erste Anstieg dauert einen Tag länger als geplant. Es ist nebelig und feucht. Die Jahreszeit ist weit fortgeschritten – es ist der Herbst des Jahres 47 – und die Sonne hat nicht mehr genügend Kraft, das Wasser aufzusaugen oder die Nebel zu lichten. Schon hier unten sind die Tage kalt und vor allem die Nächte.

Die erste Nacht verbringen sie noch in einer kleinen Wegschenke. Diese ist zwar ungemütlich und teuer, aber sie können noch einmal ihre Sachen vor dem Ofen ausbreiten und trocknen.

Am nächsten Tag ist das Wetter zunächst freundlich. Paulus will die Zeit aufholen, die sie aufgrund der Wetterlage bisher versäumt haben. In kleinen Biegungen steigt der Weg immer steiler an. Er ist lehmig und rutschig. Gegen Mittag macht dicker Nebel die Sicht nahezu unmöglich. Sie stapfen schnaufend vorwärts. Feuchtigkeit zieht in ihre Kleider, jede Ritze wird klamm. Die Schuhe sind durchnässt. Barnabas klagt über eine große Blase am Fuß. Paulus mahnt zur Eile. Schon sind die ersten Schneefelder zu sehen, dort, wo die Sonne bereits nicht mehr hinkommt. Gasthäuser gibt es nicht mehr, oder aber sie sind im dicken Nebel daran vorbeigelaufen. Erst als die Dunkelheit schnell hereinbricht, suchen sie eine trockene Bleibe. Sie prüfen Felsvorsprünge, überlegen, ob sie irgendwo eine Plane spannen können, schauen jenseits des Weges, so gut es eben geht, nach einem Unterschlupf. Nichts tut sich auf.

„Wir müssen höher hinauf, dort oben gibt es größere Felsen, unter denen es hoffentlich trocken sein wird."

„Hoffentlich", keucht Barnabas und läuft, vor Schmerz schon willenlos, hinterher.

Immer näher rückt die Nacht. Grau und dunkelgrau färbt sich der tiefe nasse Nebel. Paulus ist bereits vorausgelaufen, um einmal zu schauen, wie er sagt. Barnabas kann ihm nicht auf den Fersen bleiben. Er stapft verzweifelt weiter und schaut auf die Schuhe, die bei jedem Schritt vor Nässe quietschen.

Plötzlich schreckt er auf. Um ein Haar wäre er mit Paulus zusammengestoßen, der ihm von oben entgegengekommen ist.

„Ich habe etwas gefunden, nicht sehr gemütlich, aber trocken ... komm ... gib mir deinen Rucksack ... geht es noch?" Barnabas nickt. Für ein paar Schritte will Paulus ihn unterhaken, aber neben dem schmalen Weg kommt er gefährlich ins Rutschen. „Lass nur", sagt Barnabas, „wir haben es ja gleich geschafft." Paulus geht nun langsam voraus. Bald haben sie den Felsvorsprung erreicht. Dort lehnen sie sich rücklings an das Reisegepäck, wickeln die Beine in eine Decke, ohne die nassen Schuhe auszuziehen – „dann ist es morgen früh nicht so schlimm", sagt Paulus. Da schläft Barnabas schon.

Am anderen Morgen scheint die Sonne. Schwerer weißer Tau liegt auf dem Gras, der letzte Zeuge dieser kalten Nacht. Jetzt erst sehen sie, dass sie weiter gekommen sind, als sie geglaubt haben. Zum ersten Mal haben sie nun den Blick auf die Bergkette frei. Unter ihnen liegt alles im Nebel. Azurblau ist der Himmel und mit den ersten Sonnenstrahlen kommt die Wärme. Nun steht eine neue Entscheidung bevor: Sollen sie zunächst die nassen Sachen trocknen oder in den noch feuchten Schuhen heute bereits das Schneefeld überqueren?

„Wenn wir jetzt die Zeit verschwenden und morgen wieder schlechtes Wetter ist, dann können wir besser gleich umkehren."

So wandern sie wieder los. Offenbar aber ist weiter oben

in den vergangenen Tagen schönes Wetter gewesen und die Sonne hat etwas von dem frühen Schnee wieder geschmolzen. Ein kleiner Trampelpfad ist zu erkennen. Am Abend haben sie den mühsamsten Teil hinter sich. Auf der anderen Seite der Bergkette stauen sich die Wolken vom Meer her.

Und wieder stellt sich die Frage: lieber hier oben im halbwegs Trockenen, aber in der Kälte übernachten oder weitergehen und in den sicheren Regen kommen. Sie bleiben die Nacht oben, nicht zuletzt deshalb, weil sie wieder einen Felsvorsprung gefunden haben. Sie können ausgestreckt unter ihm liegen.

Als in den frühen Morgenstunden heftiger Regen einsetzt, gehen sie weiter. Mühselig ist der rutschige Abweg, und erst als die ersten Bäume kommen, finden sie hin und wieder am Rande eine Pinie oder einen Strauch, an dem sie sich festhalten können.

„Der Vorteil dieses Mistwetters ist, dass sich hier keine Räuber herumtreiben", sagt Barnabas. Es ist fast das Einzige, was er an diesem Tage von sich gibt. Auch Paulus ist wortkarg. Und immer drängt er unbarmherzig weiter. Am Mittag des nächsten Tages finden sie ein Gasthaus. Dort kehren sie ein und trocknen ihre Kleider. Nach vier Tagen ziehen sie zum ersten Mal die Schuhe aus. Alles ist nass. Am Körper rinnt das Wasser herunter und mischt sich mit dem Schweiß, ihre Rucksäcke sind, obwohl gut gewachst, völlig durchnässt, und auch vom Proviant ist kaum etwas übriggeblieben.

Sie erreichen das Umland von Perge. Die feuchten Felsenschluchten am Rande des wilden Kestros haben sie bald überwunden. Noch einmal müssen sie übernachten. Und weiter führt der Weg, immer an dem angeschwollenen Fluss entlang. Teilweise sind die Ufer überspült und sie müssen im dichten Wald einen eigenen Weg suchen. Mühsam geht es vorwärts. Dann endlich erreichen sie am fünften Tag die Ebene. Tief hängt der Nebel von den Bergen und unter ihm sehen sie dunkel und fern das graue Meer als kleinen Streifen.

Als sie in Perge ankommen, erkundigen sie sich sofort nach dem Schiffsverkehr, denn sie haben Sorge, dass dieser für den Winter schon eingestellt sei.

„Die ersten Herbststürme sind schon überstanden", antwortet ein alter Schiffer, aber der Seeweg wird wohl noch einen Monat offen sein, vielleicht länger, einzelne unverbesserliche Händler fahren auch noch später … ha, ha, ha."

Sie beziehen Quartier.

„Ein paar Tage wollen wir hier bleiben", entscheidet Paulus.

„Wozu?"

„Wozu … wozu! … Du hast es selbst gehört: Es fahren auch später noch Schiffe. Lass uns hier das Evangelium verkünden."

Langsam dämmert Barnabas, welche Unruhe Paulus getrieben hat: Seit Monaten hat er in keiner Synagoge mehr gepredigt, und seit Monaten hat es keinen Ärger mehr gegeben.

„Du meinst", antwortet er zynisch, „wir machen hier erst noch ein wenig Ärger, lassen uns verleumden, auspeitschen und verjagen … Langsam begreife ich deine Methode: Du bleibst immer so lange, bis du davongejagt wirst, am liebsten noch mit Striemen auf dem Rücken oder halbtot."

„Barnabas", antwortet Paulus geduldig, denn es ist ihm nicht verborgen geblieben, dass er nahezu während der gesamten Rückreise grimmig ist, distanziert, wortkarg – „Barnabas, schau, das letzte Mal ist unser Aufenthalt vollkommen von der Abreise des Johannes Markus überschattet gewesen, und damals wollten wir so schnell wie möglich weiter …"

„Du wolltest weiter!"

„In Gottes Namen … ja! Ich wollte weiter … nun aber haben wir hier doch ein paar Tage Zeit. Wir können ja vorsichtig vorgehen. Lass uns in der Synagoge mal schauen, wir suchen uns ein paar Proselyten heraus und verkündigen ihnen in aller Stille … keinen Ärger – versprochen!"

Barnabas willigt ein. Was hätte er auch anderes tun sollen?

Seine Stimmung steigt auch nicht, als Paulus tatsächlich am nächsten Sabbat ein paar Proselyten und Gottesfürchtige mit in die Herberge bringt. Zwei Tage später ziehen sie zu dem einen ins Haus.

Jetzt drängt Barnabas immer offener zur Abreise. Paulus aber will noch bleiben, also bleiben sie.

Nach drei Wochen haben sie eine kleine Hausgemeinde gegründet. Sie geben ihnen Adressen von den Christen in Galatien, versprechen wiederzukommen und verabschieden sich.

Dann endlich fahren sie, mit Hilfe dieser Neubekehrten, weiter nach Attalia, der Hafenstadt.

Der Herbst ist weit fortgeschritten. Einige Schiffe liegen schon eingewintert an Land. In den Hafenanlagen herrscht nur noch wenig Betrieb. Hier und da wird noch ein Segelschiff beladen. Weite Teile des Anlegers sind frei.

„Da haben wir den Salat", schimpft Barnabas, „jetzt kann es Tage dauern, bis wir ein Boot finden." Er hat Recht. Erst nach einigen Tagen haben sie ein Schiff gefunden, das direkt nach Seleukia fährt. In die Heimat!

Endlich bauschen sich die Segel. Wilde Winde treiben das Boot mit hoher Fahrt auf das Meer.

Barnabas steht an der Reling, als sie auf der Höhe von Zypern sind. Nichts ist davon zu sehen. Nebelwände hüllten alles in ein graues Nichts.

Die erste Missionsreise geht zu Ende. Vier Jahre, vier lange Jahre ist es her, dass sie Antiochia verlassen haben. Keiner von ihnen ahnt, dass sie mehr ins Verderben, denn in die Heimat segeln.

Apostelkonzil

Noch an dem selben Abend, an dem in Jerusalem bekannt wird, dass Barnabas und Paulus nach Antiochia zurückgekehrt sind, finden sich dort die Apostel eilig zusammen, um die neue Situation zu besprechen.

Jakobus resümiert, sie hätten die Zustände in Antiochia geordnet, als Paulus und Barnabas nicht im Lande gewesen seien, und es sei ratsam, auch jetzt, wo die beiden zurück seien, die jerusalemer Position klar zu benennen und die getauften Heiden nicht wieder hinter die Regelungen zurückfallen zu lassen, die sie getroffen hätten. Man dürfe die Heiden den beiden nicht einfach so ausliefern.

Darauf Petrus: „Was soll das heißen: ausliefern? Es geht doch nicht darum, sie auf die eine oder andere Seite zu ziehen, sondern die Wahrheit zu tun …"

„Was ist Wahrheit?", fragt Jakobus und verstummt betroffen, als er merkt, jenen Satz zitiert zu haben, mit dem Pilatus seinerzeit Jesus dessen Messianität abgesprochen hatte und den Petrus nur zu gut kennt.

„Petrus, ich verstehe dich nicht. So lange die beiden außer Landes waren, hattest du nichts dagegen, in Antiochia Ordnung zu schaffen, jetzt aber zweifelst du wieder …" Abermals verstummt er, denn der Vorwurf, ein Zweifler zu sein, verletzt Petrus immer aufs Neue. Er schaut zu Boden. Er ist nervös, ratlos.

„Jakobus, ich bin mir sicher, dass es in Antiochia Ärger geben wird. Die Gemeinde ist durch die vielen Visitationen und die ständig dort als Beobachter lebenden Jerusalemer Thorachristen gespalten, die Thorachristen auf der einen Seite, die auf der anderen … noch aber ist sie nicht zerbrochen …"

„Du willst also den Ärger meiden und damit die Wahrheit verraten?"

„Nein, ich will die Spaltung meiden und damit der Wahrheit dienen."

„Der Wahrheit dienen, der Wahrheit dienen ... wie das klingt ... Jetzt, wo dieser Paulus und unser lieber Barnabas zurück sind, müssen wir der Wahrheit ins Auge sehen, wir haben Fakten geschaffen, denen müssen sie sich nun stellen und ... du auch!"

Petrus will alleine sein. Durch sein Zögern und Schweigen ist er zwischen die sich androhenden Fronten geraten: Jakobus und die Seinen wirken als Häupter der Jerusalemer Gemeinde, Barnabas und Paulus als die der weitaus größeren Gemeinde in Antiochia.

Würden Paulus und Barnabas nach Jerusalem kommen, um die Frage, wie man mit den Heiden umzugehen habe, zu klären, so würde es wohl zu einem Streit mit den Jerusalemern kommen, ginge er, Petrus, als Vermittler nach Antiochia, würde Jakobus dies als Verrat empfinden.

Es ist zum Verzweifeln. Dies umso mehr, als das drohende Unheil eines furchtbaren Streites Tag für Tag spürbar näher rückt.

Auch die Details der Missionsreise von Barnabas und Paulus, die nahezu täglich zu ihnen dringen, können nicht zur Beruhigung beitragen. Hatte schon Johannes Markus bei seiner Rückkehr nach Jerusalem zu berichten gewusst, dass Paulus ein wahrhaft harter Knochen sei, so kommt nun noch die Nachricht hinzu, er habe die vierzig Hiebe weniger einen bekommen und eine Steinigung überlebt. So schnell scheint dieser Paulus nicht klein zu kriegen zu sein.

Es kommt ein Schreiben, in dem Paulus sich bitter über die Wölfe beklagt, die in seine Herde eingedrungen sind. Mit Entsetzen habe er feststellen müssen, wie die Gemeinde während seiner Abwesenheit zerrissen worden sei, was er und Barnabas aufgebaut hätten, sei nun ernstlich in Gefahr, die Gemeinde sei gespalten, die aus dem Judentum stammenden

Christen würden immer mehr in jüdische Gebräuche zurückfallen, die aus dem Heidentum stammenden Christen seien darüber sehr befremdet und würden sich als Christen zweiter Klasse fühlen.

Das sind deutliche Worte.

Sie verfehlen in Jerusalem ihre Wirkung nicht. Die Apostel kommen zusammen. Man trifft sich immer noch weitgehend nachts. Es wird immer noch diskutiert, abgewogen, ausgetauscht, vertagt, neu verhandelt, besprochen, gestritten, gebetet. Es werden Leute befragt, Meinungen eingeholt, Ansichten angehört, Empfehlungen entgegengenommen. Es geht geschäftig zu in dem Haus der Maria. Bei Dunkelheit kommen sie auf leisen Sohlen, die Tür öffnet sich nach verabredeten Klopfzeichen, mit dunklen Umhängen huschen sie nächtens wieder davon, geräuschlos wie Fledermäuse.

Petrus wiegt schwermütig den Kopf und trommelt bei den abendlichen Besprechungen mit den Fingern auf die Tischplatte.

Dann ist die folgenschwere Entscheidung gefallen, dass es eine weitere Visitation in Antiochia geben wird. Ein Brief wird versandt. Die Visitatoren werden angekündigt und der Gemeinde in Antiochia ans Herz gelegt. Ein paar fromme Sätze über Jesus Christus und den Heiligen Geist folgen, eine Segnungsformel am Ende und schon sind sie unterwegs.

In Antiochia seht man der Sache skeptisch entgegen. Zumindest Paulus, nach der Rückkehr von der ersten Missionsreise nun der unbestrittene Führer der Gemeinde, gibt der ganzen Aktion kaum eine Chance.

Es kommt der Tag, an dem die Jerusalemer Abordnung erscheint. Einige Männer in schwarzen Kleidern, mit langen schwarzen Bärten, Hüten auf dem Kopf und Schläfchenlocken. Für Barnabas und Paulus ist das kein unbekannter Anblick. Es sind Juden, wie sie zu hunderttausenden durch

Jerusalem laufen. Aber die aus dem Heidentum stammenden Christen in Antiochia stehen mit offenen Mündern am Rande und schauen ihnen zu wie einem Narrenzug. So etwas haben sie noch nicht gesehen. Ein Kind fängt an zu weinen. Die Mutter nimmt es auf den Arm und sagt, das seien auch Menschen.

Die fremdartigen Besucher beziehen bei Judenchristen in Antiochia Quartier. Das Wohnhaus von Barnabas und Petrus betreten sie nicht. Die beiden sind zwar Juden, aber einige Hausbewohner stammen nicht aus dem Judentum.

Das Risiko ist zu groß, durch das Betreten eines heidnischen Hauses unrein zu werden.

Sie haben ihre Anhänger in der Gemeinde. Von denen werden sie mit Begeisterung aufgenommen. Dort treffen sie sich zum Gebet, dort predigen sie zunächst.

Dann lassen sie sich bei den allgemeinen Gebetskreisen blicken. Wie im Synagogengottesdienst erwarten sie, dass sie predigen und sich an die Gemeinde wenden dürfen. Paulus gibt ihnen die Gelegenheit dazu. Ihr Vorgehen ähnelt dem, was Paulus und Barnabas auf ihrer Missionsreise mit Erfolg getan haben. Ganz still, fast unmerklich, hat eine Gegenmission begonnen

Nach wenigen Tagen ist klar, dass die Fähigkeit zur Diplomatie nicht das Kriterium gewesen sein kann, nach dem diese Abgesandten in Jerusalem ausgewählt worden sind.

Immer unverhohlener tischen sie den Heidenchristen auf, sie könnten nicht gerettet werden, wenn sie sich nicht nach den Gesetzen des Moses beschneiden ließen.

Barnabas ist vor den Kopf gestoßen. Paulus hatte genau mit diesem Vorgehen gerechnet. Die Heidenchristen sind verdattert und laufen Sturm auf das Wohnhaus der Apostel, wo sie sich mit Fragen über Fragen an Paulus wenden.

Weshalb die Jerusalemer behaupten, wer aus dem Heidentum zum Christentum gekommen sei, sei kein wirklicher

Christ und könne auch keine anderen Heiden zum Christentum berufen, schließlich seien sie doch auch getauft, er selbst, Paulus, hätte ihnen doch gesagt, sie bräuchten sich nicht beschneiden zu lassen, er sei es doch gewesen, der sie gelehrt habe, sie bräuchten sich an die jüdischen Vorschriften und Reinheitsgebote und an all die vielen Verbote nicht zu halten – ja, wie denn nun?

Die Aufregung ist groß.

Was Paulus sich von der jerusalemer Abordnung bieten lassen muss, macht seine bisherige Arbeit null und nichtig. Alles, was er schon getan hat, ist demnach mit einem Mal nichts mehr wert, im Gegenteil: Es wird als Zerstörung des Eigentlichen ausgelegt. Es hat ein Tauziehen um die Heidenchristen begonnen

Das kann, das will er nicht auf sich sitzen lassen, wie Barnabas.

In größter Unruhe über die Differenzen, die jetzt offensichtlich sind, berufen Barnabas und Paulus eine große Versammlung aller in der Stadt lebenden Christen ein. Da diese überwiegend aus dem Heidentum stammen, kommen sie in großer Zahl.

Aber auch die jerusalemer Abordnung ist vollzählig anwesend.

Zunächst stellt Paulus seine Position überaus deutlich dar. Er wolle nicht lange um den heißen Brei herumreden, es gehe schließlich um die altbekannte Frage, wie es um diejenigen Gemeindemitglieder bestellt sei, die aus dem Heidentum zum Christentum gekommen seien, die also nicht beschnitten und, bevor sie Christen geworden, keine Juden gewesen seien, die sich mit den jüdischen Gebräuchen und Vorschriften nicht auskennen würden, denen die jüdischen Reinheits- und Speisevorschriften vollkommen fremd seien. Er wolle von Anfang an klarstellen, dass er den Heiden das Joch des jüdischen Gesetzes nie auflegen wollte und auch für die Zukunft nicht gedenke, es zu tun. Schließlich sei Christus gekommen, um die Menschen zu befreien.

Als er von Christen spricht, wirft einer der Jerusalemer Beobachter ein: „Nazarener!“.

Paulus überhört ihn und fährt fort: „Es ist einem Thorachristen unbenommen, seiner persönlichen Auffassung folgend die Gebräuche zu halten. Keiner jedoch darf von den anderen verlangen, sie müssten diese Vorschriften als Pflicht auch übernehmen! Wenn ein Thorachrist gern noch einige rituelle Weisungen des Judentums beachten will, so kann er das in aller Freiheit tun, die bekehrten Heiden jedoch haben jene jüdischen Vorschriften nie beachtet und haben daher keinen Grund, dies jetzt zu tun.“

Dann wendet er sich an die Jerusalemer Abordnung, indem er erklärt, diese Freiheit begründe die Freude, die hier in Antiochia herrsche, sowie dort, wo Barnabas und er das Evangelium auf der Missionsreise verkündet hätten. Es sei die Freude der Erlösten, und von keiner Macht der Welt solle ihnen diese jemals genommen werden!

Bevor die Abgeordneten antworten können, müssen sie den heftigen Beifall abwarten, den Paulus für diese deutlichen Worte erhält. Schließlich erhebt sich ihr Wortführer und wiederholt, dass nach ihrer Auffassung die Beschneidung auch für die Heiden notwendig sei und sie seien von Jerusalem ausgesandt, um den Antiochenern dieses mitzuteilen.

Paulus ist für einen Augenblick fassungslos: „Das kann ich nicht glauben, wenigstens so lange nicht, bis ich selbst mit Petrus …“

„Und mit Jakobus!“

Paulus verdreht sie Augen und setzt seinen Satz dann fort: „… bis Barnabas und ich mit Petrus und den anderen Aposteln gesprochen haben.“

Dann gibt es wieder ein Hin und Her, weshalb er sich eigentlich Apostel nenne, Apostel seien nur die von Christus

Berufenen, die, die ihn kannten, als er noch als Mensch unter ihnen lebte, woraufhin Paulus sich auf seine Vision vor Damaskus beruft. Das reicht.

Die Visitatoren halten es nicht für nötig, über die Streitpunkte weiter zu reden. Sie stehen auf. Der Wortführer sagt, während sie geschlossen den Raum verlassen, es sei ihnen unbenommen, mit Petrus und Jakobus selber die strittigen Fragen zu klären.

Als sie gehen, verlassen auch viele der anwesenden Thorachristen die Versammlung. Paulus und Barnabas bleiben bei den Heidenchristen.

Die Gemeinde ist gespalten.

Noch am selben Abend besprechen Paulus und Barnabas mit den Vorstehern, dass sie unverzüglich nach Jerusalem reisen müssen, um eine Klärung dieses unerträglichen Zustandes herbeizuführen. Die Heidenchristen begrüßen dies. Einer der Vorsteher kommt auf den Gedanken, dass sie doch noch einige der Neubekehrten, gewissermaßen als Gewährsleute, mitnehmen sollten. Man entschließt sich für Titus, einem vom Heidentum bekehrten Antiochener der ersten Stunde.

Einen Tag später ziehen sie los. Nach dem langen Winter ist der Schiffsverkehr wieder aufgenommen und jetzt in vollem Gang.

Zwei Tage später stehen sie in Jerusalem vor der Tür.

Wenige Stunden danach treffen auch die Visitatoren in Jerusalem ein. Sie sind ihnen mit einem späteren Schiff gefolgt, um bei der anstehenden Klärung zugegen zu sein.

Sie haben noch nicht einmal Platz genommen, da geht es schon los, denn einer der Jerusalemer meint, der unbeschnittene Titus möge den Raum auf der Stelle verlassen. Andere schließen sich an. Es entsteht Tumult. Es geht chaotisch zu. Titus sieht Paulus blass und hilflos an.

„Wir gehen nicht", sagt dieser fest und bleibt trotzig bei

der Tür stehen, durch die sie gerade den Raum betreten haben.

Petrus will den Grund der Aufregung wissen. „Dieser da ist Heide! Er macht unsere Versammlung unrein."

Einige Umstehende nicken, andere bejahen lautstark die Aussage.

Petrus mahnt die Erhitzten, sich zurückzuhalten, und nachdem einigermaßen Ruhe eingekehrt ist, erteilt er Paulus das Wort.

„Dieser junge Mann", sagt Paulus, „ist seit vielen Jahren getauft, er ist ein vorbildlicher Christ, wenn ihr ihn aus der Versammlung verjagt, weil er sich nicht mehr nach dem mosaischen Gesetz hat beschneiden lassen, so gehe ich als Beschnittener mit ihm aus diesem Raum, und damit wäre der Verhandlungsgegenstand entschieden."

„Er braucht ja nicht zu gehen, er muss sich nur beschneiden lassen", ruft jemand aus der Ecke der Radikalen.

„Ich denke gar nicht daran ...!", antwortet Paulus.

Petrus greift ein und sorgt für Ruhe. Als diese einigermaßen eingekehrt ist, macht er den Vorschlag, Titus solle dabei bleiben, aber gesondert sitzen.

„Kommt überhaupt nicht in Frage!", ruft Paulus durch den Raum, „ja, er ist unbeschnitten, und das wird er auch bleiben, er ist Christ und durch die Taufe gerechtfertigt, wenn ihr meint, ihr werdet durch ihn unrein, so könnt ihr anschließend gerne in den Tempel oder eure Synagoge gehen und euch reinigen."

Daraufhin zupft er Titus am Ärmel, sie gehen zu den Plätzen und setzen sich. Barnabas ist inzwischen zu Johannes Markus gegangen, den er freudestrahlend unter den Versammelten wahrgenommen hat, und Paulus sieht aus dem Augenwinkel, wie herzlich sie einander begrüßen.

Diese erste Verhandlung dauert nicht lange. Zu frisch sind die Differenzen, die in Antiochia ausgebrochen waren. Zu emotional der Streitgegenstand.

Man geht auseinander. In den nächsten Tagen belagern beide Seiten die Jerusalemer Apostel mit Privatgesprächen bis tief in die Nacht.

Petrus beruft eine Vollversammlung ein, um den Streitpunkt noch einmal von allen Seiten in Ruhe zu beleuchten und nach einer möglichen Lösung für die entstandenen Probleme zu suchen.

Sie haben für diese Versammlung den unteren Raum des Stadthauses der Maria hergerichtet. Das Obergemach wäre für alle Anwesenden zu klein. Ohnehin ist der untere Raum ein wenig freundlicher. Er hat mehrere große Fenster zur Gartenseite und gegenüber breite Luftschlitze in den Wänden.

Die Fronten sind klar, und im Verlaufe der Verhandlungen stellt sich immer mehr heraus, dass es drei Parteien gibt: Paulus auf der einen Seite und die radikalen Thorachristen auf der anderen, dazwischen stehen die von Jesus noch persönlich berufenen Altapostel, die – so sie noch leben – alle vertreten sind: Petrus, Jakobus, Johannes, Thomas und die anderen.

Diese sitzen an einem langen Tisch, wobei Paulus auffällt, dass sich Barnabas zu ihnen setzt, dass aber auch Jakobus nicht bei den Radikalen sitzt. Er vermutet, sie hätten sich miteinander abgesprochen, sich möglichst neutral zu verhalten.

Am Beginn wirkt das Apostelkonzil wie eine Gerichtsverhandlung. Petrus hat den Vorsitz.

Es gibt Geplänkel vorweg, einige scheinen immer noch nicht schlucken zu wollen, dass ein Unbeschnittener dabei ist. Rumoren hier und da, aber irgendwann ist Ruhe. Petrus beginnt, fasst das Vorgefallene und die bisherigen Entscheidungen zusammen. Auch das geht nicht ohne Kommentar und Unterbrechungen ab. Die Tagung schreitet voran. Die Luft ist schlecht.

Paulus hat das Wort. Er hat sich gut vorbereitet und verteidigt die Heidenmission wie eh und je.

Barnabas nickt mehrfach zu dieser Rede.

Danach spricht einer aus der Reihe der radikalen Juden und vertritt die Ansicht, Paulus müsse sich nicht wundern, dass die Juden ihn auf der Missionsreise so heftig abgelehnt und bekämpft hätten, denn schließlich habe er ihnen die Botschaft unter falschen Voraussetzungen verkündigt.

Dann folgt eine lange Kontroverse über das, was Jesus von Nazaret gewollt haben könnte und getan hätte.

So vergeht der erste Tag, indem sich die gegensätzlichen Positionen immer mehr herausschälen.

Einig aber werden sie sich nicht.

Am nächsten Tag trifft man sich wieder. Dieser zweite Konzilstag läuft ab wie der erste.

Dann kommt ein Sabbat, an dem die Radikalen die vorgeschriebene Sabbatruhe halten wollen und von vornherein ankündigen, nicht zu erscheinen.

Erst am übernächsten Tag tritt man wieder zusammen.

Nun beginnt Petrus, der sich bisher stark zurückgehalten hat, mit einer bedeutenden, groß angelegten Rede, in der er Paulus weitgehend Recht gibt.

Er bittet um Verständnis, dass sie, die Apostel, die ja auch aus dem Judentum kämen, so lange gezögert hätten: auch sie hätten sich erst daran gewöhnen müssen, dass das Heil auch zu den Heiden gekommen sei. Am Anfang hätte man diese Entwicklung nicht absehen können. Ihm seien gute Dinge über die Heidenmission in Antiochia zu Ohren gekommen. Man wolle ja niemanden vom Heil ausschließen. Jesus hätte sich auch immer wieder über jüdische Gebräuche und Gesetze hinweggesetzt, indem er beispielsweise mit der Samariterin gesprochen habe und bei Zöllnern eingekehrt sei.

In diesem Duktus verläuft die Rede weiter. Kurz: Petrus stellt sich ganz und gar hinter die Ansicht des Paulus, der ihm, verblüfft und ungläubig mit dem Kopf schüttelnd, zugehört hat. Sein Herz klopft heftig, als Petrus seine Rede beendet hat. Ihm steht der Mund ungläubig offen. Immer wieder schaut er zu Barnabas, als wollte er fragen, ob er träume oder wache.

Auch die judaistische Partei ist verblüfft. Sie brauchen einige Augenblicke, um zu begreifen, was vorgefallen ist. Dann aber wandelt sich ihre anfängliche Sprachlosigkeit in heftige Gegenwehr. Einige haben sich von den Sitzen erhoben, die Stimmen werden lauter, es wird geschrieen und dazwischengerufen. Alle Höflichkeit ist abgefallen. Man lässt einander nicht ausreden, fällt sich ins Wort, wird lauter und lauter. Die Emotionen entladen sich. Jakobus erhebt die Hand zum Zeichen, dass er eine Rede beginnen möchte. Das sorgt für Ruhe, kurz bevor das Ganze in Handgreiflichkeiten ausgeartet wäre. Für die Radikalen ist seine Rede der letzte Trumpf.

Vor sich her schimpfend, mit roten Gesichtern setzen sich alle wieder.

Jakobus erhebt noch einmal die Hand.

Dann verschlägt es den Zuhörern die Sprache: auch Jakobus ist auf die Linie des Petrus eingeschwenkt, kein Zweifel: er ist umgefallen. Schon während er redet, gibt es immer wieder Aufregung, wellenartig wird es unruhig im Saal, heftiges Nicken und freudige Bejahung auf Seiten des Paulus und seiner Leute, kopfschüttelndes Unverständnis auf der Seite der Radikalen, die in Jakobus bisher einen Gewährsmann sahen. Er redet weiter. Fast hat es den Eindruck, Jakobus drehe sich im Kreise, schon stutzen die Zuhörer, da kommt dann – unerwartet oder gut vorbereitet? – das dicke Ende.

Wieder scheint die Position gewechselt, wieder ist es totenstill im Raum, wieder trauen sie ihren Ohren nicht: nun geht Jakobus doch auf die Radikalen ein und fordert von den Heiden Rücksicht gegenüber den Juden.

Jetzt ist die Verständnislosigkeit auf Seiten des Paulus, und die Gesichter der Radikalen sind glanzerfüllt.

Jakobus setzt sich.

Alle sind wie vor den Kopf gestoßen.

Auf den ersten Blick hat Jakobus eingelenkt, denn unter der Hand hat er das mosaische Gesetz, dessen Kern die Beschneidung ist, entkräftet.

Paulus traut der Sache nicht. Viele haben sich wieder von ihren Plätzen erhoben, sie sprechen miteinander, einige flüstern in kleinen Gruppen, andere stürmen nach vorne und wollen sich Gewissheit drüber verschaffen, ob sie recht gehört hätten.

Auch Paulus ist zu den Aposteln gegangen. Mit einem Wink zieht er Barnabas auf die Seite:

„Barnabas, was hältst du davon?"

„Ich finde das, was Jakobus gesagt hat, in höchsten Maße akzeptabel und denke, dass man um der Liebe willen das von den Heidenchristen verlangen kann."

Paulus kratzt sich am kurzen Bart und ist nachdenklich. Aber er akzeptiert und trägt Barnabas auf, dieses Jakobus und Petrus zu sagen, die derzeit von vielen Leuten umringt und in heftige Debatten verstrickt sind.

Eine lange Zeit wird so diskutiert. Dann aber bewegt Petrus sich wieder zu seinem Platz. Mehrfach winkt er Jakobus, der immer noch von einer Menschentraube umstellt ist, zu sich. Jakobus schickt die Leute wieder auf ihre Plätze. Die in den Hof gegangen sind, werden hereingebeten. Die Versammlung kann fortgesetzt werden.

Ein letztes Mal erhebt sich Petrus.

Keinen Zweifel lässt er in seiner nun folgenden Ansprache daran, dass das von ihm und Jakobus Gesagte nicht mehr geändert würde. Alles, was von ihnen beiden gesagt worden sei, habe, von diesem Moment an – einschließlich der Bedingungen, die die Heiden um der Liebe und der Rücksicht willen einzuhalten hätten – Geltung!

In diesem Moment hört man Rumoren in den Reihen der Radikalen. Als Paulus hinüberschaut, sieht er, dass sie sich von den Plätzen erhoben haben. Denen, die noch sitzen, machen sie mit dem Kopf ein Zeichen, auch aufzustehen. Sie fügen sich. Dann verlässt die ganze Fraktion geschlossen den Raum.

Die Versammlung ist gesprengt.

Tagelang läuft Jakobus ihnen nach, spricht mit jedem Einzelnen, versucht sie zur Raison zu bringen, bittet sie, an den Verhandlungstisch zurückzukehren, wirbt für seinen Vermittlungsvorschlag.

Wieder nehmen die nächtlichen Aktivitäten im Hause zu. Sie kommen bei Dunkelheit und gehen in der frühesten Morgendämmerung. Sie kommen auf unterschiedlichen Wegen, sie kommen allein oder zu zweit, sie kommen in kleinen und großen zeitlichen Abständen, einige bleiben lange, andere gehen nach kurzem Aufenthalt, einige schauen scheu um sich, bevor sie das Haus betreten, andere ziehen durch schmale Seitengassen und huschen durch die Tür, die sich lautlos hinter ihnen schließt. Schriftstücke gehen hin und her, wandern von Hand zu Hand, tauchen auf und verschwinden wieder. Johannes Markus bekommt wunde Finger vom Schreiben.

Fiebrige Arbeit an einer Lösung des gravierenden Problems. Jeder bespricht sich mit jedem, aber keiner will dabei gesehen werden. Sie arbeiten nachts mit geröteten Augen im Kerzenschein an einer Lösung und sitzen tags ratlos im Kreise ihrer Fraktion. Sie ordnen Argumente, diskutieren, was kommen wird, spielen einzelne Lösungen durch.

Man flüstert es sich zu und spricht es hinter vorgehaltener Hand weiter: Petrus arbeitet an einer großen Rede. Um Grundsätzliches solle es dabei gehen, ein für alle Mal solle geklärt werden, wie in Zukunft mit den Heidenchristen und wie mit den Judenchristen zu verfahren sei. Die Spannung steigt. Jede Seite glaubt, Petrus stünde auf der ihren. Hoffnung und Ängste wechseln einander ab, mal erwartet man Großes und dann wieder gar nichts.

Es wird gemunkelt, gemutmaßt und geraunt. Dann setzen

die Apostel einen neuen Termin fest. Man würde sich dann und dann zu dieser Uhrzeit am bekannten Ort treffen.

Petrus führt die Vollversammlung an.

Es gibt ein paar Vorredner. Jeder stellt noch einmal seine Position dar.

Mit Spannung wird die Rede des Petrus erwartet.

Er entrollt ein paar größere Papyrusbögen. Dabei betont er, sie hätten die Entscheidungen schriftlich zusammengefasst. Er schaut dankbar zu Johannes Markus, dem Schreiber.

Es gehe in dem Schreiben um die Streitfrage, wie man in Zukunft mit den Christen umzugehen gedenke, die aus dem Heidentum kämen. Zunächst wolle er klar sagen, dass diese nicht beschnitten werden müssten. Das sei besiegelt. Aber man habe beschlossen, dass sie sich doch an drei Gesetze halten sollen: kein Götzenopferfleisch zu essen, kein Blut zu sich zu nehmen und Unzucht zu meiden.

Barnabas denkt an die Stiere in Lystra und Paulus an den Daphnehain in Antiochia.

Petrus weiter: Um diesen Beschluss in Antiochia bekannt zu machen und die entstandenen Irritationen auszuräumen, würden Judas und Silas, zwei Mitglieder der Jerusalemer Gemeinde, nach Antiochia entsandt. Dort hätten sie den Beschluss den Gemeindemitgliedern zu vermitteln. Die Auswahl der beiden Gesandten solle etwas widerspiegeln von dem Beschluss, denn Judas sei aus dem hebräischen Judentum zum Christentum gekommen und Silas sei ein typischer Jude aus der Diaspora, wo die Einhaltung der jüdischen Gesetze und Vorschriften nicht so streng sei. Im Übrigen sei Silas römischer Bürger und führe den römischen Namen Silvanus.

Des weiteren würde man für die Zukunft die missionarischen Aktivitäten so aufteilen, dass er, Petrus, sich weitgehend um die Juden kümmere und dort sein Missionsfeld hätte, Paulus dürfe sich gerne weiterhin der Heidenmission annehmen. Er dürfe dem Beschluss dieses Konzils zufolge weiterhin verkünden, dass die Heiden nicht beschnitten werden müssten, aber er müsse sie unbedingt lehren, die Unzucht zu meiden, kein Götzenopferfleisch und kein Blut zu essen.

Und dann noch dieses: Um die Solidarität in der Gemeinde zu stärken, erbäten die Jerusalemer einen finanziellen Zusammenhalt. Antiochia sei eine große Gemeinde, andere seien gegründet worden, die Jerusalemer Gemeinde sei jedoch klein und arm. Die Antiochener hätten schon einmal, damals, noch vor dem Tode Agrippas, den Jerusalemern mit einer großzügigen Spende geholfen, und sie, die Apostel, erbäten eine weitere Kollekte für die in Jerusalem notwendigen Aufgaben, wie der Armen- und Witwenspeisungen. So könne jeder das Seine dazu beitragen, dass alle zusammenhielten.

Mit diesem Schlusswort des Petrus endet das Apostelkonzil.

Es gibt keine Proteste mehr – und genau das weckt in Paulus umso mehr einen dunklen Verdacht, als er bei der Abfassung des nun offensichtlich verbindlichen Schreibens nicht beteiligt war.

Am Ende des Konzils tröstete er sich damit, zumindest einen Teilsieg errungen zu haben. Immerhin sei es jetzt definitiv geklärt, dass die Heiden nicht beschnitten werden müssten. Unter den genannten drei Bedingungen würden die Jerusalemer die Heidenchristen anerkennen, das sei die Hauptsache. Die Tischgemeinschaft mit den Judenchristen sei, so wie er es sehe, wieder hergestellt.

Die Einschränkungen, die den Heidenchristen auferlegt würden, seien verkraftbar. Götzenopferfleisch, Unzucht und Blutgenuss zu meiden, das seien ja keine gravierenden Vorschriften. So viel Zugeständnisse könnte man den unbeschnittenen Heidenchristen leicht abverlangen, wenn es nur darum ginge, dann würde sich alles zum Guten wenden.

Dass man den Konzilsbeschluss auch anders verstehen kann, wird ihm zum ersten Mal klar, als er auf dem Rückweg nach Antiochia mit Barnabas spricht. Eigentlich ist es nur ein unbedachter Satz, ein wie zufällig gesprochenes Wort, das ihn aufhorchen lässt. Barnabas nämlich sagt, er sei im Großen und Ganzen sehr dankbar, dass nun auch für die Heidenchristen ein paar Minimalgebote gelten würden. Durch diese Gebote sei doch eine erfreuliche Kontinuität zum Judentum gewahrt.

Da beschleicht Paulus eine trübe, verhängnisvolle Ahnung. In diese mischt sich für einen Augenblick die tiefe Traurigkeit seines einsamen Herzens, Barnabas, den treuen Freund, nicht mehr kompromisslos auf seiner Seite zu wissen.

Streit

Johannes Markus hat das Dekret fein säuberlich erstellt. Es enthält im Wesentlichen die Vorschrift an die Heidenchristen, keine Unzucht zu treiben und beim gemeinsamen Mahl mit den Thorachristen Rücksicht zu nehmen auf deren Speisegebote.

In einer gesonderten Rolle tragen sie es bei sich, als Paulus, Barnabas, Titus, Judas und Silas zwei Tage später nach Antiochia absegeln.

Auf der Fahrt stellt sich bereits heraus, wie froh vor allen Dingen Barnabas über das Ergebnis des Konzils ist.

Er schwärmt von Petrus, nennt diesen einen weisen Mann und betont mehrfach seine Freude, die Apostel wiedergesehen zu haben. Auch sei er froh, dass es Johannes Markus so gut gehe und er in Petrus einen väterlichen Begleiter gefunden habe.

Paulus schweigt.

„Du scheinst ja nicht sehr begeistert zu sein", redet Barnabas weiter, „Jakobus ist glänzend ... ich finde, sie haben eine wirklich kluge Entscheidung getroffen ... ach, es ist schön, mit ihnen allen wieder zusammen zu sein ..., sie sind so weise ..."

„Warten wir 's ab." Paulus geht an den Bug des Schiffes.

Als bei klarem Wetter Zypern im Westen auftaucht, schaut er nur nachlässig zu der Insel hinüber. Barnabas und die anderen stehen an der Reling und sprechen über die ersten Missionserfolge unter den Heiden in der Heimat des Barnabas.

Paulus schaut unverwandt in die vor dem Bug aufschäumende Gischt. Titus tritt an seine Seite und blickt ebenfalls in die rhythmisch hochspritzende Gischt der Bugwellen.

„Paulus, was ist?", fragt er ihn nach langer Zeit.

Paulus zuckt mit den Schultern und antwortet nicht.

„Ich bin zufrieden mit dem Beschluss, damit können wir leben …"

„Warten wir 's ab", antwortet Paulus.

Er bleibt die gesamte Fahrt über wortkarg.

Natürlich werden sie in gespannter Erwartung von der Gemeinde empfangen. Die drei Begleitpersonen Titus, Judas und Silas machen neugierig. Schon vor der großen Hauptversammlung werden sie von allen Seiten nach den Ergebnissen der Jerusalemer Verhandlung befragt. Schnell spricht sich herum, was beschlossen worden ist, wie positiv alles verlaufen und dass für die Zukunft alles geregelt sei.

Nur Paulus hält sich aus dem Gerede und den positiven Wertungen heraus.

Auch nach der offiziellen und öffentlichen Verkündigung des Dekretes aus Jerusalem, das von der Gemeinde mit viel Freude aufgenommen wird, bleibt Paulus still, zurückhaltend, in sich gekehrt. Hier und da deutet er an, dass er die Begeisterung für naiv hält.

Auch Barnabas ist nicht verborgen geblieben, dass Paulus ihm gegenüber reserviert und gegenüber den Jerusalemer Regelungen nach wie vor skeptisch ist.

Nur weiß er nicht warum. So sehr er auch versucht, Petrus im besten Lichte erscheinen zu lassen, so sehr er immer wieder auf den positiven Ausgang der Verhandlungen hinweist: es gelingt ihm nicht, in Paulus jene Freude zu wecken, die er selber empfindet.

Zunächst führt er dies darauf zurück, dass Paulus mit den Aposteln weniger verbindet als ihn und ihm deshalb an einem guten Verhältnis zu diesen nicht so viel gelegen ist. Dann schiebt er die spürbar schlechte Laune des Paulus auf mögliche Begebenheiten am Rande des Jerusalemaufenthalts, und schließlich hält er dessen griesgrämige Stimmung für eine persönliche Problematik des Paulus, die mit den aktuellen Gegebenheiten nichts zu tun hätte.

Offenkundig aber kühlt ihre Freundschaft ab. Barnabas bemüht sich, die mitgekommenen Christen, Judas und Silas, am regen Gemeindeleben teilhaben zu lassen. Paulus hält sich zurück.

Barnabas hat eine nicht zu verbergende Freude über den neuen Kontakt mit seinen alten Freunden in Jerusalem, Paulus schweigt.

Schließlich reist Judas wieder nach Jerusalem zurück. Silas hingegen bleibt, angezogen von dem Leben und dem frischen Wind in der Gemeinde, in Antiochia.

„Nichts zieht mich mehr zurück nach Jerusalem", sagt er eines Abends zu Paulus, der während des ganzen Nachtmahles geschwiegen hat. „Ich bleibe."

„Das halte ich für eine sehr gute Entscheidung", antwortet Paulus, „aber die Jerusalemer wirst du nicht los, ich gebe denen noch drei Wochen, dann sind sie hier."

Barnabas schaut ihn entgeistert an.

„Was soll das denn heißen? Seit Wochen bist du schlechter Laune, verdirbst damit unsere Stimmung und jetzt kommst du mit solch einer Unterstellung, ich frage mich, was mit dir los ist."

„Das frage ich mich bei dir auch ... die haben dich völlig eingewickelt in Jerusalem, dieses ganze Dekret ist eine Farce."

Barnabas fällt das Besteck aus der Hand. Befremdet schaut er Paulus an. Dieser aber schweigt und nimmt sich etwas zu essen.

„Wie meinst du das?"

Paulus meint, als hätte er nur auf diese Gelegenheit gewartet, es sei doch naiv zu glauben, dass die Radikalen dort Ruhe geben würden, ob ihm, Barnabas nicht auffalle, wie sehr die Fraktion der Radikalen, nachdem sie zunächst unter Protest den Saal verlassen hätten, einige Tage später alles hinzunehmen bereit gewesen sei. Da laufe doch was, also man könne ihm hier nicht ein X für ein U vormachen, solche Dinge rieche er wie der Hund den Knochen, er sei sicher, dass die nur still gehalten hätten, weil sie sich auf ein anderes Vorgehen verständigt hätten, es sei einfältig zu glauben, sie würden mit einem Mal, quasi aus heiterem Himmel, akzeptieren, dass für die Heidenchristen nur noch die drei in dem Dekret benannten Bedingungen gelten sollten, so leichtfertig würden die das mosaische Gesetz nicht aufgeben, da sei er sich sehr sehr sicher.

Er schluckt. Tränen der Wut und der Trauer, des Zweifels und der schmerzhaften Enttäuschung schnüren ihm die Kehle zu. Sein Stimme zittert. Er bezeichnet Barnabas als zu gutgläubig und er als ehemaliger Eiferer für das mosaische Gesetz könne einfach kaum glauben, dass die Jerusalemer Judenchristen die Aufnahme der Heiden unter diesen Bedingungen tatsächlich billigen würden.

Barnabas ist wie vor den Kopf gestoßen. Er sieht, wie bewegt Paulus ist, der sich mit dem Ärmel eine Träne abwischt. Nie hatte er ihn so emotional gesehen, nicht einmal bei der Auspeitschung oder Steinigung hatte er eine Träne geweint. Er schaut ihn liebevoll an. Auch ihm kommen die Tränen. „Paulus", fragt er mit ebenfalls zittriger Stimme, „weshalb sagst du das jetzt erst? Wir hätten doch schon längst darüber reden können."

Paulus zuckt mit den Schultern.

„Gestern ist Judas abgereist, hätte ich den gehen und oben in Jerusalem berichten lassen sollen, dass ich der Sache nicht traue?"

Barnabas' Mundwinkel hängen herunter und geben ihm ungewollt einen bösen Blick. „Jetzt wird mir einiges klar", sagt er versonnen.

„Wird auch Zeit."

„Was werden die Radikalen deiner Ansicht nach denn tun?"

„Die brauchen zunächst gar nichts zu tun, denn die Beschlüsse des Dekretes sind praxisfern, die lassen sich nicht umsetzen. Schau dich doch auf dem Markt um, das Opferfleisch wird unterschiedslos zusammen mit dem erlaubten Fleisch angeboten, weil die Heiden dem keine Bedeutung beimessen. Die stammen ja nicht aus der Tradition jüdischen Denkens, für das Verbot von Götzenopferfleisch haben die kein Verständnis, die finden das absurd. Barnabas, wir müssten täglich hunderte von Aufpassern herumschicken, um zu kontrollieren, ob die neuen Vorschriften tatsächlich eingehalten werden. Was die Unzucht betrifft, bin ich ja vollkommen auf Seiten der Jerusalemer. Und selbst was das betrifft, haben wir viele viele Jahre gebraucht, um den Christen nahezubringen, dass sie in der Ehe bei einer Frau bleiben müssen, bis der natürliche Tod sie scheidet..."

Barnabas schmunzelt bei der Betonung, die Paulus dem Wort ‚natürlich' in diesem Satz gibt. Paulus' Ton wird freundschaftlicher.

„Schau, im Unterschied zu den Jerusalemern wissen wir beide doch von unserer Missionsarbeit, wie schwer eine Jahrhunderte alte Moralvorstellung den Menschen abzugewöhnen ist, zumal dann, wenn man einen Daphnehain direkt vor der Tür hat, wie wir hier in Antiochia."

Barnabas denkt an die beiden Jünglinge, die Paulus eines Tages hier angeschleppt hatte, und schmunzelt amüsiert.

„Hinter diesen Moralvorschriften, Barnabas, stehe ich voll und ganz. Aber die Einhaltung der Speisevorschriften ist doch für Heiden nun wirklich nicht wichtig, außerdem ist sie nicht praktikabel. Die Speisevorschriften werden ja bereits von den Juden in der Diaspora sehr lax gehandhabt, wie sollen wir die den Christen nahebringen? Das sind aber nur meine Bedenken in Bezug auf die neuen Speisegebote, die wir nun den Heidenchristen nahebringen müssen. Ganz zu schweigen von der Frage, wie wir denen eine Rücksicht auf die Judenchristen vermitteln sollen, wenn diese wiederum die Heidenchristen als Christen zweiter Klasse behandeln und sich für etwas Besseres halten... Die wirklich kritischen

Punkte hat das Dekret gar nicht berührt. Ich war Pharisäer, ich habe für die Reinerhaltung der jüdischen Religion gekämpft, ich weiß, wie schwer es ist, sich von Kerngedanken der eigenen Religion zu trennen, wenn dieses jahrhundertelang zum innersten Glaubenskern gehören. Ich hätte mich davon auch nicht trennen können, wenn Christus mir nicht erschienen wäre …"

„Wir müssen ja nicht das Judentum reformieren, sondern uns darüber einig sein, wie wir in Zukunft mit diesen beiden großen Gruppen, den Judenchristen und den Heidenchristen, verfahren …"

„Schon, Barnabas, da hast du Recht, aber ich glaube, dass die Jerusalemer sehr sehr tief in den Traditionen des Judentums verhaftet sind, erinnere dich nur daran, wie schwer sie es am Beginn unserer Treffen in Jerusalem dem Titus gemacht haben … solche Bedenken sind nicht von heute auf morgen aus der Welt … Mir kommt das irgendwie komisch vor, dass die auf die Beschneidung für Heidenchristen verzichten, von denen aber die Einhaltung der jüdischen Speisegebote fordern. Wie kann man denn auf die Hauptsache verzichten und etwas Nebensächliches so sehr betonen?"

„Paulus, die Einhaltung der Speisegebote ist für Juden nicht nebensächlich."

„Im Verhältnis zur Beschneidung schon. Im Übrigen werden die Speisegebote in der Diaspora auch nicht so streng befolgt … Überdies ist mir zu Ohren gekommen, dass die radikalen Thorachristen in Jerusalem weiterhin ihre Söhne beschneiden und dann erst taufen lassen, den Sabbat halten und die Tempelsteuer zahlen."

„Das dürfen sie ja."

Paulus hat sich wieder erhitzt und fährt fort, dass sie das natürlich dürften, dass sie aber zu radikal seien, als dass sie derartige Bindungen an das Judentum auf den Rang von Brauchtum und Sitte herabmindern ließen, schließlich habe Barnabas ja auch die Erfahrung gemacht, wie gerne die Heiden das Heil annähmen, er habe aber auch erlebt, wozu die Juden bereits in der Diaspora fähig seien, und die seien Waisenkinder gegen die so tief im Judentum verwurzelten Christen in Jerusalem.

Die ganze Gewichtung des Jerusalemer Dekretes sei ihm suspekt, und er garantiere, dass über dieses Dekret noch nicht das letzte Wort gesprochen sei, denn es enthalte bestimmte Forderungen, in denen kommender Ärger schon mit einbeschlossen sei.

Barnabas wiegt den Kopf. Es fällt ihm nicht leicht, sich von Paulus als naiv bezeichnen zu lassen, andererseits aber scheint er wieder einmal Recht zu haben.

Es dauert nicht lange, da kündigt ein Brief an, dass Petrus persönlich nach Antiochia kommen wolle, um sich die Gemeinde anzusehen.

„Da hast du 's", murrt Paulus, als Barnabas den Brief verliest. „Da sind wohl einige Übereifrige der Ansicht, sie müssten sich nicht nur bei uns, sondern bei Petrus höchstpersönlich darüber beschweren, dass die Einhaltung der Speisegebote, wie sie das Dekret verlangt, nicht funktioniert."

„Du bist immer so skeptisch ..., so negativ, davon steht doch nichts in dem Brief ... Vielleicht kommt er nur so vorbei, sei doch froh, dass er endlich einmal aus Jerusalem herauskommt ... und schließlich bringt er noch Johannes Markus mit."

„Barnabas, man muss doch kein Prophet sein, um zu erkennen, dass der Besuch des Petrus in Zusammenhang mit all dem steht, was vorgefallen ist ... Ein reines Interesse an der Gemeinde hätte er früher haben sollen, jetzt ist es zu spät ... und schließlich ist Petrus nicht irgendwer."

Tatsache aber ist, dass Petrus wenig später kommt und Johannes Markus mit ihm. Eine Abordnung der Gemeinde geht ihm und dem Neffen von Barnabas entgegen.

Aus Respekt gegenüber seiner herausragenden Stellung hat Barnabas ihm eine Wohnung bei einem angesehenen Judenchristen besorgt.

Paulus wäre es lieber, Petrus bezöge bei Titus Quartier, jenem Heidenchristen, dem gegenüber sich einige beim Konzil schlecht verhalten hatten.

Die Gemeinde ist feierlich gestimmt. Petrus zu Besuch zu haben, das empfinden sie als große Ehre.

Barnabas ist außer sich vor Freude. Er zeigt Petrus die Gemeinde, die er gegründet und wo er den Grundstein für die erste Christengemeinde außerhalb von Israel gelegt hat. Er führt Petrus bei den Großen ein, macht ihn mit den Vorstehern der Hausgemeinden bekannt und nimmt ihn zu einzelnen Gebetstreffen mit.

Oft besucht er Petrus, bei den Versammlungen sitzt er neben ihm, er kommt an manchen Tagen erst spät heim und hat oft schon zur Nacht gegessen.

Petrus predigt in den großen Gottesdiensten und feiert mit ihnen die Auferstehungsfeier, die einen Tag nach dem jüdischen Sabbat in der Gesamtgemeinde stattfindet. Sie treffen sich dafür in einer großen Scheune vor der Stadt.

Er lässt sich mit väterlichem Schmunzeln erklären, dass Jesus einen Tag vor dem Sabbat gekreuzigt worden sei, am Sabbat im Grabe geruht habe und einen Tag nach dem Sabbat auferstanden sei. „Macht drei Tage", sagt ein kleines dunkelhäutiges Mädchen mit lachender Stimme und hält ihm ein paar kleine Fingerchen vor die Nase, um die Zahl anzudeuten. Petrus sagt ihr noch, dass er am dritten Tage morgens am leeren Grab gewesen war, und will noch davon erzählen, wie alles begann, aber da ist die Kleine schon fort.

Den Tag der Auferstehung, jenen Tag nach dem Sabbat, nennen sie den Tag des Herrn.

Bei diesen großen Gottesdiensten feiern sie auch das Abendmahl. Es beeindruckt die Gemeinde, jemanden bei sich zu wissen, der damals im Abendmahlssaal mit Jesus zusammen war. Immer wieder muss Petrus davon erzählen. Er tut es mit großer Geduld und wachsender Freude.

Sowohl beim Gottesdienst am Tag des Herrn als auch bei den Treffen in den Hausgemeinden sind Juden- und Heidenchristen beieinander. Sie kennen sich, respektieren sich, grüßen einander, sitzen beisammen, und keiner meidet sichtlich den anderen.

Es gibt ein paar ältere Judenchristen, die lieber für sich sitzen und auch eine kleine Kopfbedeckung tragen. Niemand misst dem eine große Bedeutung bei. In der Scheune ist es zugig, und bei kaltem Wetter hüllen sie sich in hübsche braun-weiß gestreifte wollene Umhänge mit langen Zotten daran.

Petrus wohnt zwar bei einem Judenchristen, aber er besucht auch die Heidenchristen. Bei Barnabas und Paulus geht er in den ersten Wochen ein und aus.

Unverkennbar ist Petrus von der Größe der Gemeinde und dem regen Leben, das dort herrscht, angetan. Die fröhlichen und unbeschwerten Heiden bereiten ihm Freude, sie überschlagen sich vor Aufmerksamkeit, hängen an seinen Lippen und beschenken ihn, wann immer er zu Besuch kommt. Nur das Beste ist ihnen für diesen großen Mann gut genug.

Es ist offensichtlich, dass Petrus die Ehrerbietung und diese neue Freiheit, fernab von dem muffigen, lauten und argwöhnischen Jerusalem, genießt.

Er verbringt mit den fröhlichen und unkomplizierten Heidenchristen die freien Stunden, erzählt, berichtet, predigt. Er isst mit ihnen, er tauft ohne Beschneidung und geht bei ihnen ein und aus.

Paulus aber bleibt skeptisch.

Wie ein Luchs horcht er auf, als ihm ein Heidenchrist nebenbei erzählt, Petrus sei vor ein paar Tagen trotz zunächst angenommener Einladung nicht bei ihm erschienen. Wahrscheinlich habe er sehr viel Arbeit. Es kämen ja abends regelmäßig die Judenchristen zu ihm.

Nicht lange danach hört Paulus wieder, dass Petrus einer zunächst angenommenen Einladung nicht nachgekommen sei.

Er wird aufmerksamer.

Barnabas, darauf angesprochen, meint, Petrus habe wohl keine Zeit gehabt. Je länger er sich in der Gemeinde aufhalte, umso mehr Arbeit komme auf ihn zu. Paulus sähe ja selbst, wie viel Petrus zu tun habe und wer alles seinen Rat in Anspruch nehme.

Paulus spricht auch Petrus bei einem Besuch vorsichtig darauf an, dass er bei den Heiden einer zugesagten Einladung hier und da nicht nachgekommen sei.

Petrus schweigt.

Paulus ermuntert die Sitzengelassenen, eine neue Einladung auszusprechen. Einige Tage später muss er hören, dass Petrus diese von vornherein nicht angenommen habe. Er sei sehr höflich gewesen, er habe um Verständnis gebeten, er hätte viel zu tun und sei zur Zeit sehr angespannt, er könne deshalb die Einladung nicht annehmen und es täte ihm Leid, aber er könne nicht kommen.

Noch kippt die Stimmung nicht. Die Heiden nehmen die Entschuldigungen des Petrus an.

Paulus aber hat einen Verdacht. Es ist mehr eine Ahnung, aber zu oft hatte er mit diesen Ahnungen schon Recht, als dass er sie jetzt einfach missachten wollte.

Er will Petrus auf dessen Verhalten ansprechen. Da dieser aber immer seltener zu Paulus kommt, fasst dieser sich eines Abends – Barnabas ist noch nicht zu Hause – ein Herz und sucht seinerseits Petrus auf. Nach mehrmaligem Klopfen öffnet ihm eine freundliche Magd, die noch ein kleines Mädchen gewesen war, als Paulus vor vielen Jahren nach Antiochia kam.

Sie sagt ihm freimütig, Petrus und Barnabas seien da und da bei dem und dem zu einer Versammlung. Sie nennt den

Namen eines älteren, einflussreichen und konservativen Judenchristen, der in der Stadt ein großes Haus besitzt und zu denen gehört, die immer mit einer Kopfbedeckung im Gottesdienst sitzen.

Dann spricht er Barnabas nach einigen Tagen auf das Haus des Judenchristen an. Barnabas verhält sich abwehrend.

In dieser Zeit, als sich der furchtbare Verdacht langsam erhärtet und Barnabas zudem immer seltener daheim ist, kommen Silas und Paulus einander näher. Paulus bespricht sich mit ihm. Er erzählt, was er für einen Verdacht hat, berichtet davon, wie er Petrus und Barnabas bei den Judenchristen gesehen hat.

Silas kann ihm ein wenig Trost spenden. Er berichtet, dass auch ihm schon aufgefallen sei, wie selten Barnabas jetzt daheim sei. Er habe auch schon gehört, Petrus und seine Leute würden sich bei den Judenchristen treffen, in trauter Runde, ohne dass ein Heidenchrist dabei wäre, auch er fände das nicht richtig und habe selbst schon Sorge gehabt, die Heidenchristen würden von diesem Verhalten Wind kriegen, zumal es ja nun schon eine ganze Weile so gehe und es am Anfang ja auch nicht so gewesen sei. Er habe schon gehört, dass die auch Sabbat halten würden.

Sie verabreden sich, die Sache nun doch genauer zu beobachten.

Paulus erkundigt sich vorsichtig bei dem und dem Heidenchristen, wie es Petrus gehe, und siehe da: er weiß es nicht. Immer seltener lässt sich Petrus bei bestimmten Hausgemeinden blicken. Vor allem die, die nur aus Heidenchristen bestehen, meidet er sichtlich.

Nach bangen Wochen ist es klar, und aus dem Verdacht wird Gewissheit: Petrus zieht sich von den Heidenchristen zurück und verkehrt verstärkt bei den Thorachristen.

Eine weitere schmerzliche Entdeckung ist dann der letzte Tropfen, der in ein schon bis zum Rand gefülltes Fass fällt.

Eines Abends nämlich, als er zu einem Gebetstreffen geht, sieht er zufällig in einiger Entfernung vor sich vier Männer laufen, die fast die gesamte Straßenbreite einnehmen. Zwei erkennt er sofort als Barnabas und Petrus. Als er sich der Gruppe nähert, erkennt er zwischen ihnen zwei Judenchristen, denen er schon in Jerusalem begegnet ist: es sind die Vertreter der Radikalen.

Seine beunruhigenden Befürchtungen bewahrheiten sich. Die Radikalen geben keine Ruhe, und was das Schlimmste ist: Petrus und Barnabas stehen auf ihrer Seite.

Zunächst versucht Paulus, mit Barnabas über die Situation zu reden. Dieser aber lässt sich nur selten im Hause blicken, und wenn, dann ist er verschlossen.

Doch als er ihn eines Abends antrifft, als er ein paar Sachen aus seiner Wohnung holt, fällt Paulus gleich mit der Tür ins Haus: Es sei nun genau das eingetreten, was er prophezeit hätte, ja schlimmer noch sei es gekommen, denn nun mische auch Barnabas, sein Freund, sein Vertrauter, mit. Er, Barnabas, mit dem er so viel erlebt habe, mit dem er sich immer einig gewesen sei, lasse sich nun auch von den radikalen Judenchristen um den Finger wickeln.

Er bricht ab, als Barnabas ihn traurig anschaut. Er kennt diesen Blick des Freundes und weiß, was in ihm vorgeht. Aber zu viel hat sich angestaut, als dass dieser Blick ihn nun zum Schweigen bringen könnte.

Er sagt es ihm frei heraus: er wisse, dass Petrus sich von den Heidenchristen zurückgezogen habe, dass sie sich bei Judenchristen träfen und dort nach jüdischen Riten feierten.

Er sieht Barnabas, dem die ganze Situation peinlich geworden ist, an: „Barnabas, das muss aufhören, ich dulde nicht, dass die Gemeinde gespalten wird …"

„Du duldest nicht, du duldest nicht … was hast du hier überhaupt zu dulden? Ich habe die Gemeinde gegründet. Petrus wird schon wissen, was er tut, er ist ein weiser Mann."

„Weise nennst du das? Dann weiß ich ja Bescheid. Ich nenne es Verrat, jawohl Verrat an den Heidenchristen und an unserer Einigung in Jerusalem!"

Er geht wütend aus dem Zimmer.

All die Monate des unausgesprochenen Konfliktes, die halbherzige Einigung in Jerusalem, der Besuch des Petrus, sein Rückzug von den Heidenchristen, alles hat auf diesen Konflikt hingesteuert. Nun ist er in einer Heftigkeit ausgebrochen, die selbst er nicht ahnen konnte.

Erbitterung und fassungsloser Schmerz über Barnabas, seinen Freund, überwältigen seine Seele.

Er fühlt sich verraten und verlassen. Ohne Brot könnte er leben, tagelang, ohne Wasser zur Not auch, ohne festes Dach über dem Haupt sowieso, ohne Schlaf, ohne Luxus, ohne Schonung, aber ohne Barnabas, seinen einzigen Vertrauten zu sein, das zerreißt ihm die Seele. Den treuen Freund zu verlieren, den treuesten aller Freunde, die er je hatte, den, mit dem sein eigenes Leben auf Engste verwoben ist, nicht mehr an seiner Seite zu wissen, das zermartet seine fühlende Seele mehr als alles Leid, das er bisher hatte auf sich nehmen müssen.

Seinen ersten Zornesausbruch muss Barnabas zu Petrus getragen haben. Auf jeden Fall ist die ganze Fraktion bei der nächsten Gebetsversammlung der Gemeinde am Tag des Herrn anwesend.

Und hier, vor aller Augen, hält Paulus nicht mehr an sich. Finster erhebt er sich. Mit Schrecken sieht Barnabas die geschwollene Ader auf der Stirn. Das Unheil bricht los: offen greift Paulus Petrus an, er nennt ihn einen falschen Propheten, einen Verräter, Wortbrecher, Kollaborateur. Mit gewaltigen Worten zeigt er der versammelten Gemeinde dessen widersprüchliches Tun auf. Petrus sei ein Feigling und Duckmäuser, ein Kriecher und Leisetreter, er habe immer nur abgewartet, habe keine Erfahrung mit der Mission. Rot angelaufen ist sein Gesicht. Speichel spritzt von seinen Lippen. Seine Adern dampften. Selbst die Heiden, für die er so leidenschaftlich Partei ergreift, schauen betreten zu Boden.

Das hat niemand erwartet. Manch einer blickt fast mitleidig zu Petrus, der in seinem Sessel zusammengesunken ist. Sein weißer Bart zittert. Unentwegt spielen die Hände. Mehrmals lächelt er verlegen. Er ist kreidebleich.

Und Paulus donnert weiter gegen Petrus. Er sei ein Angstpeter und ein Hasenherz, er habe nicht die Stirn, sich gegen die jüdische Unterwanderung des Christentums zu wehren. Habe es ihm denn nicht am Anfang hier in Antiochia gefallen, sei er nicht mit offenem Herzen auf die Heidenchristen zugegangen, hätte er nicht selbst immer wieder betont, wie dankbar er sei, dies alles erleben zu dürfen, woher denn nun der Gesinnungswandel komme und ob er denn nicht merke, dass er sich zum Erfüller fremder Wünsche mache und sich vor den Karren der radikalen Thorachristen spannen lasse und so weiter.

Da traut sich keiner mehr dazwischen, um ihn zu bremsen. Ein paar treue Augen schauen ihn von hier und da noch an, die meisten aber sitzen mit gesenktem Haupt da und wissen nicht, wie ihnen geschieht.

Als er fertig ist, setzt er sich.

Totenstille. Nur ein rhythmisches Klopfen erfüllt bedrohlich den Raum. Es ist der Pulsschlag seines im heiligen Zorn entbrannten Herzens, das ihm bis zum Hals schlägt.

Petrus bleibt sitzen.

Er schaut abwesenden Blickes auf seine nervösen, in den Schoß gelegten Hände. Dann sagt er ganz leise: „Das muss ich mir nicht bieten lassen." Mühsam steht er auf, Johannes Markus hilft ihm. „Ich gehe", sagt Petrus, lächelt noch einmal bedeutungslos in die Runde der Heiden und geht.

Kaum ist er fort, bricht das Getose los. Die einen fühlen sich geehrt. Jawohl, das habe ja einmal so kommen müssen, und ganz zu Recht habe er einmal so dreingehauen, das habe man ja nicht mehr ausgehalten, was in den letzten Wochen los gewesen sei, und so habe es ja auch nicht mehr weitergehen können.

Paulus hört diesen Zuspruch nur von weitem. Er ist am Ende. Erschüttert über seine eigene Rede sitzt er da. Die Augen auf den Boden gerichtet, starr.

Er ist zu weit gegangen. Was mochte jetzt kommen?

Einsam geht er heim. Ein paar liebevolle Heidenchristen begleiten ihn, sprechen unentwegt auf ihn ein. Er hört sie kaum.

In dieser Nacht kommt Barnabas nicht mehr heim.

Noch am nächsten Morgen zittert Paulus. Kaum eines klaren Gedankens ist er fähig und nur das eine ist ihm klar: er steht vor einem Scherbenhaufen.

Am Nachmittag geht er reuigen Herzens zu Petrus, wo sie alle versammelt sind: Barnabas, Johannes Markus und die anderen, auch die strengen Thorachristen aus Jerusalem.

Niemand spricht ein Wort. Petrus sitzt in eine Decke gehüllt da. Er hat ein Glas Wasser neben sich stehen, und die vorwurfsvollen Blicke der anderen sagen Paulus: „Schau, was du angerichtet hast."

Er sucht Barnabas. Nur sein Blick würde ihm schon Mut machen. Barnabas aber schaut ihn nicht an.

„Paulus", flüstert Petrus mit zittriger Stimme und sieht ihn aus wässrigen Augen an, „du bist zu weit gegangen."

„Können wir noch einmal darüber reden?", fragt Paulus.

„Was sollen wir darüber noch reden?", antwortet einer der Umstehenden.

Die kalte Atmosphäre der Ablehnung macht die ganze Situation nahezu unwirklich.

Paulus wird alles zu viel. Er verbeugt sich kurz und verlässt wortlos den Raum.

Er geht heim. Aber es ist kein Daheim mehr.

Am Abend taucht Johannes Markus auf und holt die restlichen Sachen von Barnabas. Auch mit ihm kommt er nicht ins Gespräch.

Nur Silas ist ihm noch geblieben und wird in diesen schweren Tagen ein teurer Freund. Barnabas sieht er nie wieder. Er zieht sich enttäuscht nach Zypern in seine Heimat zurück.

Wenige Tage nach dem Vorfall reisen sie alle ab. Ohne Abschied, ohne Versöhnung.

Als Paulus diese Nachricht vernimmt, krampft sich sein Herz zusammen. Er weint bitterlich, und es will nicht enden. Tagelang schweigt er und schließt sich in seinem Zimmer ein. Er isst nichts, er schläft nicht.

Am Schlimmsten aber ist, dass er sich selbst die Schuld an dem Bruch ihrer Freundschaft zuschreiben muss.

Schließlich bringt Silas einen Brief von Petrus.

In diesem schlägt er abermals vor, was schon das Apostelkonzil beschlossen hatte: dass ihre Wege sich trennen. Er, Petrus, sei zu den Juden geschickt und würde sich fortan um die Juden-Mission kümmern, Paulus hingegen sei zu den Heiden gesandt, er solle bei ihnen Christus verkündigen. Er wünsche ihm den Beistand des Heiligen Geistes.

Das ist alles.

Barnabas ist fort. Es schmerzt. Mit Petrus hat er sich überworfen. Es reut ihn. Würden die Radikalen nun Ruhe geben?

Tagelang spielt er mit den Scherben. Er grämt sich, er bereut und bereut auch wieder nicht, er spricht kaum ein Wort. Betrübt läuft er herum, zerquält im Herzen über den Freund, den er verloren hat.

Die Heidenchristen sind verschüchtert. Sein gewaltiges Auftreten hat ihnen, auch wenn es um ihretwillen geschehen ist, Angst gemacht. Sie haben den Streitgegenstand gar nicht voll erfasst. Sie wissen nicht, weshalb die Streitfrage so eskaliert ist. Natürlich nehmen sie ihren Glauben ernst, aber sie können nicht begreifen, dass man sich deshalb so streiten muss. Nicht, dass sie Paulus jetzt verachten. Ihr Respekt ist groß, riesengroß. Aber seit seinem offenen Streit mit Petrus fürchten sie, dass auch sie sich grundsätzlich den

Zorn des Paulus zuziehen könnten. Dieses Mal galt er nicht ihnen. Aber es ist ihnen auch klar, dass sie selbst einmal in die Schusslinie geraten könnten. Und dann Gnade ihnen Gott. Nein, sie bleiben seit dem Abend, als der Streit wie eine Naturgewalt über die Gemeinde hereinbrach, nun lieber vorsichtig.

Bei den Thorachristen ist die Lage klar: sie meiden Paulus wie einen Aussätzigen.

Die Eskalation der gesamten Lage macht es ihm unmöglich, weiterhin die Gemeinde zu leiten. Bei den Heidenchristen hat sich die vertrauende Liebe in angstvollen Respekt gewandelt, bei den Judenchristen die Missbilligung in Abscheu.

Die Erde der blühenden Gemeinde in Antiochia ist verbrannt. Die Stadt, die so unlösbar eng mit seinem Freund Barnabas, dem treuen Gefährten, verbunden war, ist ihm fremd geworden. Er hat seine erste Liebe verloren.

Hier noch zu bleiben ist sinnlos, denn der verwüstete Boden braucht nun Ruhe, und es muss Gras über die Sache wachsen.

Die Heimat ist keine mehr und sie wird nie mehr eine sein. Von jetzt an ist er immer unterwegs, rastlos, ruhelos, heimatlos.

Unter diesen Vorzeichen beginnen die Vorbereitungen für eine weitere Missionsreise.

Er will zunächst die auf der ersten Missionsreise gegründeten Gemeinden besuchen – außer auf Zypern, wo Barnabas sich aufhält. Und dann will er weiter missionieren. Er träumt von Galatien und vor allem von Europa. Er weiß, dass das Christentum erst dann sein Schattendasein verliert, wenn es sich in den großen Kulturen etabliert, in Griechenland oder in Rom.

Silas ist jung und voller Tatendrang. Von Paulus' Erzählungen hat er vom Leben unterwegs und in der Ferne gehört. Er glüht darauf, es selbst kennenzulernen, die Herausforderung, die Gefahr, Freiheit und Abenteuer, alles lockt ihn, und alles sind gute Voraussetzungen, ihn mitzunehmen.

Silas freut sich außerordentlich, als Paulus ihm mitteilt, sie würden dieses Mal jenen Weg nehmen, den er bei der Rückkehr von der ersten Reise ausgeschlossen hat: zwar wieder über den Taurus, aber dieses Mal durch die zilizische Pforte.

Da er nach dem Streit mit Petrus und der Trennung von Barnabas nicht mehr länger in Antiochia bleiben mag, gehen er und Silas zunächst nach Tarsus, in seine Heimatstadt. Sie liegt auf dem Weg, den er gewählt hat. In Tarsus können sie sich auf die Reise vorbereiten, und sobald im Frühjahr bekannt wird, dass der Pass über den Taurus durch die zilizische Pforte offen ist, wird die Reise beginnen.

In Antiochia gibt es nur noch weniges zu klären. Die Gemeinde ist in den vergangenen Jahren stabil geworden. Sie wird durch den Weggang der Apostel nicht zusammenbrechen. Er setzt Vorsteher ein, verteilt Aufgaben, schärft ihnen die Kollekte zur Solidarität mit den Jerusalemer Christen ein, warnt sie eindringlicher denn je vor den Radikalen aus Jerusalem und kündigt an, dass es viele Jahre dauern werde, bis sie ihn wiedersähen.

Am Tag ihrer Abreise begleitet sie eine kleine Abordnung der treuesten Heidenchristen bis an den Stadtrand. Es gibt Umarmungen, ein paar Tränen, tröstende Worte und einen Segensspruch. Ein paar Mal drehen sie sich noch um und winken den Zurückbleibenden. Dann hakt Paulus seine Hände in die Riemen des Rucksackes und schaut nicht mehr zurück.

Schon auf dem Weg nach Tarsus merkt Silas, worauf er sich eingelassen hat. Paulus legt ein atemberaubendes Tempo vor. Immer treibt er an, immer drängt es ihn vorwärts, wenn Silas an eine Pause denkt. Er isst schnell, trinkt schnell, schläft wenig.

Nach drei Tagen erreichen sie Tarsus, die große flirrende Stadt, in die er schon einmal gegangen war, als er nicht weiter wusste, damals nach der Bekehrung und den einsamen Jahren in Arabien, über die er nicht spricht.

In Tarsus quartieren sie sich bei einer alten Christin ein, die erst kürzlich von Antiochia dorthin gezogen war.

Sie besuchen niemanden und meiden die Öffentlichkeit und die Synagoge.

Als Silas nach dem Grund dafür fragt, antwortet Paulus abwehrend: „Ich habe keine gute Erinnerung an Tarsus … Übrigens gilt ein Prophet nichts in seiner Heimat."

Einige Wochen bereiten sie sich vor, besorgen das Notwendige für die schwierige Wanderung, machen ihre Ausrüstung zurecht. Dabei kommt ihnen seine Erfahrung von der ersten Missionsreise zugute. Auch seine Ortskenntnis ist hilfreich. Er hat noch alte Kontakte, ein paar Bekannte und gutwillige Helfer.

Als das Frühjahr naht, kommen die ersten Nachrichten, dass der Weg durch die zilizische Pforte wieder begehbar sei, und irgendwann im März des Jahres 48 ziehen sie los.

Paulus kennt die Gegend noch aus Jugendtagen, er weiß, wie lange man benötigt: Zwei Tage lang würden sie noch durch halbwegs begehbares Gelände laufen, gleich zu Beginn noch vorbei an den zahlreichen Sommersitzen reicher zilizischer Bürger, die sich in dem herrlichen Hochtal verstreuen. Dann aber würde es – wie er sich ausdrückt – losgehen.

Die einzige Herberge ist so gelegen, dass ein Fußgänger sie von Tarsus aus gut vor Einbruch der Dunkelheit erreichen kann. Sie passieren das Wirtshaus kurz nach Mittag. Paulus lässt es einfach links liegen und zieht weiter. Von Bleiben keine Rede, nicht einmal eine Verschnaufpause. „Das Wetter ist zu gut zum Halt machen", erklärt er kurz, „hier in den Bergen muss man die schönen Tage nutzen, bis Derbe aber sind es noch zehn ganze Tage."

Silas nickt und zieht tapfer mit.

Am zweiten Reisetag – sie haben irgendwo im Heu übernachtet – führt die kleine Straße in überaus enge Gebirgsschluchten. Teilweise kann man hoch oben kaum den Himmel sehen. Sie sehen nicht, welches Wetter sich anbahnt. Je weiter sie gelangen, umso mehr neue Sturzbäche müssen sie durchwaten und umso häufiger niedergegangene Rüfen überklettern; sie hören das Dröhnen des Gerölls, das aus der Höhe irgendwo niederrollt, und das Geheul wilder Tiere, die in den Felsen ihre Höhlen haben. Ein oder zwei Kadaver liegen halb verwest im Gestrüpp. Es ist nass, die Füße finden keinen guten Stand, sie rutschen auf den moosigen Felsen aus, müssen Gestrüpp auf die Seite drücken und sich am Felsen abstützen.

Dann beginnt der eigentliche Engpass. Eine schmale Klamm, gerade so breit, dass man darin laufen kann.

Der Weg ist jetzt zu einem schmalen Pfad geworden. Links und rechts ragen steile Wände und zackige Felsen empor.

Neben ihnen braust der Fluss, angefüllt mit dem Schmelzwasser des vergangenen Winters. Das wilde Wasser spritzt ihnen ins Gesicht. Bald vereinen sich Bach und Pfad für ein Stück. Hin und wieder müssen sie mit ihren schweren Rucksäcken über dünne, rutschige Baumstämme balancieren. Die Schuhe sind längst durchnässt, das Holz ist glatt. Mehrere

Male ziehen sie einen solchen Balken erst zu sich herüber, prüfen ihn auf Haltbarkeit und reiben ihn mit einem Lappen trocken, aber selbst dann ist das Überqueren gewagt.

In der engen Schlucht bricht die Dunkelheit früh ein. An ein Quartier ist nicht zu denken. So nächtigen sie auf einem Felsvorsprung – sitzend. Als Silas am nächsten Morgen die Augen aufschlägt, ist Paulus schon wieder reisebereit. Sie essen ein paar getrocknete Früchte, Oliven, Käse und dazu Zwieback. Dann geht es weiter. Der Morgentau netzt die Felswände zusätzlich. Der Weg ist unsicher und rutschig. Langsam begreift Silas, weshalb dieser Pass auch die Teufelsschlucht genannt wird.

„Hier soll Alexander der Große mit seinem Heer zur Schlacht von Issos durchgezogen sein", erklärt ihm Paulus in einer der kurzen Pausen. „Denselben Weg?", fragt Sila ungläubig.

„Nur in umgekehrte Richtung, sie kamen von Kappadokien", Paulus weist mit der Hand in nordwestliche Richtung, und Silas meint, dass er angesichts dieser Schinderei nicht wisse, was die größere Leistung sei, die Schlacht von Issos zu gewinnen oder mit einem Riesenheer durch diese nasse Klamm zu ziehen.

Paulus fügt an, dass er eigentlich am Ende der letzten Missionsreise auch auf diesem Wege nach Antiochia zurückkehren wollte, dass aber Barnabas nicht dafür gewesen sei. Es ist eines der wenigen Male, dass er von Barnabas spricht.

Gegen Mittag erreichen sie die eigentliche Pforte. Sie ist die engste Stelle und eigentlich ein Riss im gewaltigen Felsmassiv. Am engsten Punkt, dort, wo man oben auf einem einfachen Brett die Schlucht hätte überwinden können, haben die Römer zwischen den beiden Felsteilen ein regelrechtes eisernes Tor angebracht.

Zwei römische Soldaten stehen Wache. Einer öffnet ihnen das große Tor. Das Quietschen ist neben dem rauschenden Sturzbach kaum zu hören. Die beiden sind freundlich und suchen das Gespräch mit den ersten Wanderern dieses Frühjahres. Es gibt einen kurzen Wortwechsel. Paulus verweist darauf, dass er römischer Bürger sei, aber er will weiter.

Jenseits des Tores steigt der Weg an. Die Schlucht öffnet sich ein wenig, und langsam kommen sie heraus. In der Abendsonne haben sie ein prächtiges Tal vor sich. Paulus ist zufrieden. Einen Tag weniger haben sie bisher benötigt. Sie schlagen ihr kleines Zelt auf, nehmen das frühe Nachtmahl und legen sich zur Ruhe.

„Wie geht es morgen weiter?“, fragt Silas und zieht sich dabei eine schwere Wolldecke über den Kopf.

„Hast du die Bergkette am Horizont gesehen?“

„Im fernen Dunst?“

„Genau, da müssen wir rüber.“

Und so geht es am nächsten Morgen weiter. Den ganzen Tag haben sie ein riesiges Kalkmassiv vor sich. Das Hochtal, in dem sie sich befinden, ist zwar schön anzusehen, aber es ist sumpfig und durchzogen von kleinen Bächen, Seen und glucksenden Rinnsalen. Nach wenigen Stunden haben beide durchnässte Schuhe. Paulus meint, es lohne sich nicht, sie zu trocknen, denn erst wenn die Hochebene durchschritten sei, werde es besser.

So trocknen sie erst am Nachmittag die Füße und legen die nassen Schuhe in die Sonne.

Der Weg fällt jetzt ab, er führt am Abend durch eine Schlucht, an dieser entlang und dann wieder zwei volle Tage lang bergauf. Paulus treibt vorwärts.

Darauf angesprochen erzählt er eines Abends, weshalb er es so eilig habe.

„Silas, es geht nicht nur darum, dass wir das Evangelium vielen Menschen bringen sollten, mich treibt eine andere Sorge: die Radikalen. Sie wissen, in welchen Städten wir, Barnabas und ich, Gemeinden gegründet haben, ich befürchte, sie kommen und wollen verhindern, dass wir weiterhin die Heiden ohne Beschneidung aufnehmen. Wer weiß, vielleicht sind sie uns schon auf den Fersen ... Die geben nicht auf ... und ich war auch noch dumm genug, durch meinen Wutanfall in Antiochia ihnen einen Grund mehr zu geben, gegen meine Missionsarbeit zu sein ..."

Er habe Grund zu befürchten, dass die alle, obwohl sie Christen und getauft seien, noch Kontakt zu den Synagogen pflegten, sich bei den Wallfahrten in Jerusalem träfen und dass die Nachrichten auf diesem Wege sehr schnelle Verbreitung fänden. Er wisse es zwar nicht genau, aber er befürchte es. Er habe auf der ersten Missionsreise seine Erfahrungen gemacht, und sie hätten ja in Antiochia gesehen, wozu die fähig seien.

Silas nimmt es hin, aber es beunruhigt ihn.

Umso mehr ist er bereit, das Vorwärtsdrängen des Paulus zu akzeptieren.

Sie kommen gut voran. Am nächsten Tag erreichen sie die erste Stadt jenseits des Taurus, Kybistra. Diese hat aus ihrer Lage Kapital zu schlagen gewusst, denn jeder, der diesseits durch die Teufelsschlucht will, bezieht ein letztes Mal hier Quartier, jeder, der von der anderen Seite kommt, erholt sich hier für ein paar Tage. Entsprechend hoch sind die Kosten für ein Nachtlager und die Nahrungsmittelpreise für Fremde.

Paulus beschließt, am nächsten Morgen weiterzuziehen.

Beim Morgenmahl, das eine grobe Wirtin ihnen mehr schlecht als recht bereitet hat, bekommen sie ein Gespräch am Nachbartisch mit. Dort wird unzweifelhaft von Christus gesprochen. Sie lauschen. Zwar können sie nicht alles verstehen, aber Wörter wie Gemeinde, Gebet, Beschneidung sind deutlich zu vernehmen.

Sie trauen ihren Ohren kaum. Paulus wendet sich an die Männer und fragt ziemlich direkt, ob sie Juden seien. Nein, antwortet der Jüngste aus der Runde, ein Bub von vielleicht 14 Jahren, sie seien Heiden gewesen und jetzt seien sie Christen. Dabei drückt er mit bedeutungsvoller Miene aus, wie besonders diese Zugehörigkeit sei.

Paulus setzt sich mit Silas zu ihnen, und sie erfahren, wie diese Fremden zum Glauben gekommen seien. Es sei ein gewisser Timotheus aus Lystra, der sie bekehrt habe. Er habe ihnen von Christus erzählt und davon, dass dieser gekreuzigt worden, aber von den Toten auferstanden sei. Und so weiter.

Als Paulus den Namen Timotheus hört, ist er nicht mehr zu bremsen.

Sie zahlen die gesalzene Rechnung und ziehen los, mittags kommen sie durch Heraklea, nehmen ein bescheidenes Mahl und ziehen weiter.

Paulus ist so sehr angetrieben, dass er sein Gespür für das Wetter verloren hat. Das von den Bergen her kommende Gewitter bemerkten sie erst, als es zu spät ist. Weit liegt Heraklea bereits hinter ihnen, vor ihnen ist kein Haus, kein Scheune in Sicht. Zu beiden Seiten des Weges dehnt sich nur die unendliche Steppe.

In Windeseile bauen sie ihr Zelt auf, aber schon zucken die ersten Blitze. Ihr Rucksäcke werfen sie gerade noch ins Zelt, da gießt unendlicher Regen herab. Sie verkriechen sich unter der Plane. Der Wind reißt an den Seilen. Der Boden nässt durch, und bald zieht ein kleines Rinnsal durch das Zelt. Es wird kalt und will nicht aufhören zu regnen. Das Rinnsal wird zu einem Bach. Alles, was sie bei sich haben, droht zu durchnässen.

„Also Silas", sagt Paulus und denkt dabei an den oft köstlichen Galgenhumor des Barnabas, „das Zelt habe ich nicht gebaut …"

Sie lachen beide.

An Schlaf ist auch nach Einbruch der Dunkelheit nicht zu denken. Fortwährend zerrt der Wind am Zelt und pfeift kalt durch jede Ritze. Erst gegen Mitternacht wird es ruhiger. Leise rinnt jetzt der Regen. Es blubbert und gluckst überall. Sie schlafen ein.

Am nächsten Morgen ist es kalt. In den Bergen ist Schnee gefallen. Aber die Sonne scheint. All ihre Habe ist nass. Die

Zeltplane müssen sie trocknen, den Inhalt der Rucksäcke legen sie in die jetzt schon sehr warme Frühlingssonne, und erst am Mittag können sie weiterziehen.

Silas hat den Eindruck, Paulus würde mit doppeltem Tempo laufen. Bis sie abends mit schweren Füßen nach Derbe kommen, haben sie keine Pause mehr gemacht.

Zielstrebig zieht es Paulus zu Gaius, wo er und Barnabas das letzte Mal so gut beherbergt worden sind.

Gaius erzählt viel von den Fortschritten der Mission. Viele hätten das Evangelium dankbar angenommen und sich taufen lassen. Allerdings hätten Paulus und Barnabas dieses und jenes nicht klar genug geregelt. Viele Fragen seien offen geblieben. In einigen Belangen seien sie nach der Abreise des Paulus unsicher gewesen und hätten auf viele Fragen der Neubekehrten und Getauften keine Antwort gewusst.

Zwar sei Timotheus einige Male zu Besuch gekommen, aber auch er habe nicht wirklich helfen können.

Gaius rühmt die hohe Bildung des Jungen und vor allen Dingen seine Schriftkenntnis, seine sanfte, zurückhaltende Art, sein überaus gutes Benehmen, seine echte Frömmigkeit.

Während der Missionsarbeit habe es immer wieder Reibereien mit den Juden gegeben. Timotheus sei sehr sehr vorsichtig gewesen. Ihm habe der Schreck von der Steinigung des Paulus immer noch in den Gliedern gesessen. Trotz aller Zurückhaltung und Vorsicht hätten sie aber gemerkt, dass der Umgang mit den Juden oft nicht leicht sei, sie hätten aber mit ihnen keinen Streit gewollt und seien jeder Auseinandersetzung aus dem Wege gegangen. Wie ihm, Gaius, zu Ohren gekommen sei, habe Timotheus sich sogar aus Rücksicht gegenüber den Juden beschneiden lassen. Paulus runzelt die Stirn. Er berichtet Gaius von den Auseinandersetzungen in Antiochia und dem Beschluss des Apostelkonzils in Jerusalem. Dabei versucht er vor allem die Freude darüber zu wecken, dass den Heiden die Last der Beschneidung und die Einhaltung des Gesetzes erspart bleiben könne.

Gaius kann diesen Berichten nur hinzufügen, dass die Gegnerschaft dieser neuen Lehre des Christentums offenbar stark geworden sei. Aus den Gemeinden, die Paulus und Barnabas gegründet hätten, drängen immer wieder Nachrichten hierher. Man höre dies und das. Es gehe das Gerücht, dass Thekla nicht mehr in Ikonium sei. Die ganze Geschichte mit ihrer Taufe und Entlobung, der Streit mit ihren Eltern und so weiter, habe dazu geführt, dass sie ins Gefängnis gekommen sei. Offenbar, so jedenfalls gehe das Gerücht, habe man sie deportiert, und keiner wisse so genau, wo sie zu finden sei.

Paulus atmet schwer. Er weiß nicht, was er von all dem halten soll. Mit so viel Mut waren sie in Antiochia aufgebrochen, aber nun müssen sie doch schwere Nachrichten verkraften.

Er wird unruhig. Er spielt nervös mit den Fingern, ist geistesabwesend. Die Nachricht vom Verschwinden Theklas trifft ihn schwer, und sie wird von der Freude über das, was er von Timotheus hört, nicht aufgewogen.

Später weist er Gaius darauf hin, wie wichtig diese Kollekte sei, denn sie sei ein Zeichen der Solidarität mit den Jerusalemern. Denen falle es ja offenbar immer noch schwer, sich mit den veränderten Bedingungen der Heidenmission anzufreunden, sie seien nach wie vor skeptisch, und wahrscheinlich würden die konservativen Judenchristen auch weiterhin erhebliche Schwierigkeiten mit den Regelungen des Apostelkonzils haben, er vermute sogar, dass sie auch weiterhin gegen ihn, Paulus, arbeiten würden. Deshalb sei es wichtig, über die Kollekte eine Verbindung zu der Jerusalamer Gemeinde zu knüpfen und durch die Solidarität auch deren Herzen zu gewinnen.

„Erst machen sie euch das Leben schwer, und dann sollt ihr sie noch bezahlen, ich sehe darin keinen Sinn", meint Gaius.

„So gesehen magst du Recht haben, aber mir geht es noch um etwas anderes. Einmal abgesehen davon, dass die Jerusalemer wirklich viel zu bezahlen haben: die ganzen Witwen hängen ihnen am Rockzipfel, in Jerusalem treibt sich seit je hier viel armes Volk herum, Arbeitslose, Tagediebe, alle jene, die eine Unterstützung aus der Tempelkasse erhalten, viele von denen sind Christen geworden und liegen nun den Aposteln auf der Tasche ... also einmal abgesehen davon, ist mir das Zeichen, das wir mit der Kollekte setzen, sehr wichtig. Die auch für uns einflussreichen Leute sitzen in Jerusalem, wenn die nun sehen, dass die gegründeten Gemeinden an der Jerusalemer Finanzlast mitzutragen bereit sind, dann kann diese Kollekte die jetzt noch schwelenden Streitigkeiten überwinden helfen ... je großzügiger sie ausfällt, umso besser ..."

„Was für ‚schwelende Streitigkeiten'?", will Gaius wissen.

„Jene, die zu diesem Dekret geführt haben", Paulus tippt mit dem Finger auf das dünne Dokument, das zusammengerollt auf dem Tische liegt, „Gaius, du musst auf der Hut sein, ich gehe davon aus, dass dieses Schreiben allein die Streitigkeiten nicht beseitigt, die Vorfälle in Antiochia haben das deutlich gemacht ... Bevor Silas und ich weitergehen, musst du mir versprechen, dass du dich nicht beirren lässt! Weiche nicht ab von diesen einmal geklärten, grundsätzlichen Fragen und lass nicht zu, dass die Heiden beschnitten werden müssen! Komme, was, oder besser: wer da wolle." Gaius nickt.

Zwar kann er sich nur bedingt in die Situation hineinversetzen, von der Paulus in seinem Handeln und Denken bestimmt zu sein scheint, aber er glaubt ihm – und ahnt noch nicht, wie stark dieser Glaube geprüft werden würde.

Es sind nicht einmal zwei Wochen seit der Ankunft von Paulus vergangen.

Nachdem die wesentlichen Fragen geklärt sind, will Paulus weiter. Ihn zieht es jetzt immer stärker zu Timotheus, dessen Ruf ihm vorauseilt. So packen sie wieder ihre Sachen.

Gaius besorgt ein paar Tage später einen Wagen, und sie holpern einigermaßen bequem nach Lystra, jenem Ort der überlebten Steinigung und zugleich der besten Frucht der letzten Reise: Timotheus, jener Jüngling, der jetzt zwanzig Jahre alt ist und sich in heller Freude auf die beiden Ankömmlinge stürzt.

Wieder wohnen sie bei der Mutter des Timotheus, Eunike. Louis, die Großmutter, ist alt geworden, sie sitzt jetzt nur noch in der Stube und ist dem Geschehen um sie weitestgehend fern.

Timotheus berichtet von der Ausbreitung des Glaubens in dieser Gegend und von dem Beitrag, den er selbst dazu geleistet hat, wobei er betont, dass dieser im Prinzip bescheiden ist, denn diejenigen, die zum Glauben gekommen seien, hätten wiederum andere davon angesteckt und die Zahl der Christen beträchtlich vermehrt. Lange sprechen sie über das Verhältnis von Heidenchristen und Judenchristen.

Auch das Verschwinden der Thekla spricht Paulus vorsichtig an. Timotheus sagt dazu nur, er habe auch so etwas gehört, ja ja, es stimme wohl, dass die ganze Familie fortgezogen sei. Auf jeden Fall stünde das Haus leer. Die Eltern hätten sich nach dem Skandal um ihre Tochter nicht mehr wohlgefühlt aber Genaueres wisse er nun leider auch nicht.

Paulus spricht das Thema einstweilen nicht mehr an. Er hat Sorge, dass seine Unruhe sich auf Silas und Timotheus überträgt. Diese merken aber so oder so seine Nervosität.

In den nächsten Tagen lassen sich Paulus und Silas von Timotheus zu den Presbytern führen, setzen diese über den Beschluss des Apostelkonzils in Kenntnis, unterweisen und taufen, bedanken sich für die Briefe, die sie nach Antiochia geschickt haben, und ermuntern sie, den eingeschlagenen Weg nicht zu verlassen. Auch dann nicht, wenn andere kämen, die sich auch Christen nennen und sie nötigen würden, jüdische Vorschriften einzuhalten oder gar sich beschneiden zu lassen.

Besonders weist er auch hier überall auf die Wichtigkeit der Kollekte hin.

Nach kurzer intensiver Zeit der Besuche und Tagesreisen ins Umland sind die Vorsteher der Hausgemeinden in die neuen Regeln eingeführt, und die Kollekte ist ihnen ans Herz gelegt worden.

Paulus drängt zum Aufbruch.

So sitzen sie eines Abends wieder in der Stube beisammen und planen. Eunike hat ein bescheidenes Mahl bereitet und für Paulus einen Kräutertee aufgegossen, der einer sich anbahnenden Erkältung entgegenwirken soll.

Seit Tagen schon hat Paulus Schmerzen in den Gliedern, er ist ständig am Schnauben und Niesen und hat sich an den vergangenen Abenden bereits früher als sonst zurückgezogen. Auch jetzt sitzt er mit roter Nase in der Runde. Er hat einen Lappen auf dem Schoß liegen, den er immer wieder benötigt, um ihn beim Niesen vor die Nase zu halten.

„Paulus", spricht Eunike ihn sanft an, „die Krankheit beginnt erst, wäre es nicht besser, noch ein paar Tage zu bleiben und diese auszukurieren?"

„Kommt gar nicht in Frage", antwortet Paulus verschnupft.

Silas hat inzwischen einen Plan ausgebreitet, und Eunike sieht mit Sorge, wie sich Timotheus mit ihm an die Wegbesprechung macht. Es dauert dann auch nicht lange, bis er mit der Sprache herausrückt.

Paulus habe ihn gebeten, mit ihnen zu gehen, sie hätten vor, das Evangelium nach Griechenland zu bringen, nach Europa. Sie antwortet nicht. Den geliebten Knaben, ihren einzigen, kann sie nicht hergeben.

„Mutter, woran denkst du?", fragt Timotheus sie liebevoll und tritt an ihre Seite.

„Ich denke an die Steinigung, die Paulus vor vier Jahren hier überlebt hat …", antwortet sie still. Paulus niest.

Timotheus versucht nun, der Mutter mit allen möglichen Argumenten zu erklären, wie wichtig es sei, mit Paulus zu ziehen. In allem redet er aber dennoch vorbei an dem liebenden Herzen der Mutter, das sich unter dem drohenden Verlust des Sohnes zusammenkrampft.

Sie beginnt zu weinen. Sie sucht Timotheus' Hand und drückt diese fest. Schließlich sagt sie kaum hörbar: „Pass auf dich auf, mein Junge."

Sie hat ihr Einverständnis erklärt, aber Freude kommt nicht auf. Auch Timotheus hat feuchte Augen. Er schaut zu Paulus und Silas, aber beide blicken berührt zu Boden. Keiner traut sich, weiter zu planen. Eunike schluchzt still. Paulus nimmt sich ein neues Nasentuch und geht zu Bett.

Am anderen Morgen hat sich Eunike wieder gefangen. Sie schaltet sich in die Planungen ein, erstellt Listen auf für alles, was sie bräuchten, und beginnt noch am Vormittag mit den Besorgungen.

In diesen letzten Tagen ist es still im Hause. Die Großmutter Louis hat nichts mitbekommen, aber sie spürt das Schwere, das nun über allem liegt. Paulus kämpft mit seiner Erkältung und schläft viel. Silas und Timotheus sind meist außer Haus und machen Besorgungen oder nehmen an Gebetstreffen teil.

Als der schmerzvolle Tag da ist, verabschiedet sich Timotheus von der Großmutter, dann umarmt er noch einmal seine Mutter. Als diese unter Tränen zu Paulus sagt, er solle auf ihn aufpassen wie auf seinen eigenen Sohn, ist Timotheus schon draußen vor der Tür.

Vom Wagen her winkt Timotheus seiner im Türrahmen stehenden Mutter, bis sie um die nächste Straßenecke verschwunden sind.

Ihr Ziel ist Ikonium, danach das pisidische Antiochia. Dann hätten sie die damals gegründeten Gemeinden in umgekehrter Reihenfolge noch einmal besucht.

Erst dann wollen sie entscheiden, wohin sie weiter ziehen. Paulus aber hat keinen Zweifel daran gelassen, dass er noch in diesem Jahr nach Griechenland gelangen will.

Ikonium erreichen sie nach Einbruch der Dunkelheit. Die Türen am Haus der Thekla sind verrammelt. Die Fenster in den unteren Etagen sind mit Brettern vernagelt. Hier wohnt niemand mehr.

Paulus ist verwirrt.

Sie beziehen Quartier bei Christen, von denen sie aber über den Verbleib von Thekla und der Familie nicht viel erfahren. Es sei Jahre her, dass Thekla und die Familie weggezogen seien. Man höre dies und das. Thekla sei dem Weg treu geblieben, die Mutter habe sie ins Gefängnis werfen lassen. Man wisse über ihren Verbleib nicht viel. Händler, die im vergangenen Frühjahr aus Rom hier durchgezogen seien, hätten berichtet, sie sei den wilden Tieren vorgeworfen worden. Aber ob es sich dabei tatsächlich um Thekla gehandelt habe, das hätte man nicht genau in Erfahrung bringen können.

Im Übrigen raten sie Paulus, hier nicht zu viel Staub aufzuwirbeln, denn das Verhältnis zu den Juden sei nach wie vor angespannt. Sie würden eine wackelige Balance halten, aber es könne jederzeit wieder zu Streitigkeiten kommen. Paulus sei auf jeden Fall noch allen bekannt, und die alten Polarisierungen seien bei weitem noch nicht überwunden.

Die Tage sind überschattet von der Sorge über Theklas Verbleib und Wohlergehen. Sie ist spurlos verschwunden und sie wird es für immer bleiben.

Paulus berichtet auch hier den Gemeinden und Vorstehern, dass es in Jerusalem ein Konzil aller Apostel gegeben habe und dass dort Beschlüsse gefasst worden seien, die den Frieden zwischen Judenchristen und Heidenchristen herstellen könnten.

Er verschweigt, dass seiner Ansicht nach den Beschlüssen nur wenig Friedenspotenzial innewohnt und dass die konservativen Judenchristen keineswegs gewillt sein dürften, sich an diese Abmachungen zu halten.

Er, Silas und Timotheus nehmen sich gerade so viel Zeit, wie notwendig ist, die Beschlüsse des Apostelkonzils den Vorstehern bekannt zu machen.

Auch ihnen schärft er ein, von dem einmal Beschlossenen – wer auch kommen möge! – nicht abzuweichen. Schließlich stellt er die Kollekte als wichtiges Mittel zur Überwindung der derzeitigen Schwierigkeiten dar, weist auf die Kraft der Solidarität hin und dass die Kollekte auch zu einem Sinnbild für den Zusammenhalt der neuen Gemeinden werden könne, mit dem sie, die Neuen, die Alten beschämen könnten.

Als er sicher ist, dass sie seine Anliegen beherzigen würden und weiterhin auch bereit sein würden, sich für die Aufnahme der Heiden unter den festgesetzten Bedingungen stark zu machen, ziehen sie weiter.

Es geht nach Antiochia in Pisidien.

Dort bleiben sie ein paar Tage bei Onesiphoros. Er berichtet von den einzelnen Hausgemeinden. Diese hat er entlang der stark befahrenen Handelsstraße, die sich von Antiochium nach Westen hin bis an die Küste erstreckt, aufgebaut.

Überall sind in den wichtigen Ortschaften Gemeinden entstanden, die regen Kontakt untereinander pflegen.

Onesiphoros lässt sich über die Jerusalemer Beschlüsse in Kenntnis setzen, stellt den Aposteln einige von ihm eingesetzte neue Gemeindevorsteher vor und bespricht das eine oder andere Problem mit ihnen, vor allem die Wichtigkeit der Kollekte und das Beharren auf die Aufnahme der Heiden ohne Beschneidung.

Den Vorstehern scheint dieses selbstverständlich, so dass sie von Paulus beschworen werden, sich von nichts und niemandem davon abbringen zu lassen. Die Vorsteher versprechen, sich um die Kollekte zu mühen, deren Wichtigkeit und ideologischen Hintergrund sie erkennen.

Onesiphoros rät angesichts der schlimmer werdenden Erkältung dazu, länger zu bleiben und bei der Gelegenheit auch die neu gegründeten Gemeinden zu besuchen, aber Paulus will weiter. Es sei nicht die erste Erkältung in seinem Leben, sie dauere jetzt schon eine Weile, aber insgesamt fühle er sich doch so gut bei Kräften, dass sie weiter ziehen könnten. Die Zeit sei kurz, hier sei ja das Feld bestellt, wie er sehe, habe Onesiphoros alles bestens im Griff und so weiter.

„Wir müssen das Evangelium dort verkünden, wo es noch niemand verkündet hat. Wir ziehen nach Norden, durch das eigentliche Galatien und laufen in einem langgestreckten Bogen nach Troas, von dort aus können wir dann entscheiden, ob wir auf dem Land- oder auf dem Seeweg nach Griechenland gehen."

Timotheus und Silas widersprechen nicht, nur ein wenig sorgenvoll schauen sie Paulus an, dessen Krankheit immer schlimmer wird.

Zudem hat er seit Tagen merkwürdige Pickel auf dem Gesicht. Kleine rote Punkte, die an einigen Stellen bereits gelbe Eiterköpfe gebildet haben. Da er jedoch alle Bedenken diesbezüglich beiseite wischt, packen sie einen Tag darauf ihre Rucksäcke und ziehen wie abgemacht nach Norden los.

Krankheit

Der Sommer ist schön in diesem kargen Binnenlande Kleinasiens, das wie ein weites Tal zu allen Seiten von riesigen Bergmassiven begrenzt wird.

Auf den ausgedehnten Wiesen weiden hier und da ein paar kleine Herden. Einzelne Baumgruppen unterbrechen die karge, aber jetzt spätsommerlich blühende Landschaft, zwischen der sich unzählige gurgelnde Bäche schlängeln, in denen sich das Schmelzwasser der tagsüber in dunstiger Ferne liegenden Schneegipfel sammelt. Nach mächtigem, aber schnellem Sonnenuntergang sind die Nächte klar und kühl. Hin und wieder ergießt sich ein Regenschauer, und tags darauf ist die Bergflora noch saftiger und grüner, während hinter ihr die klaren Berge wirken, als seien sie über Nacht nähergerückt.

Entlang der ausgetretenen Straße, die hier und da zu einem Gehöft oder einer kleinen Siedlung abzweigt, spenden hohe Laubbäume Schatten, sie lässt Paulus, Silas und Timotheus zunächst gut vorankommen.

Nach einigen Tagen erreichen sie Doryläum, einen kleinen Knotenpunkt in dieser ansonsten dünn besiedelten Gegend, und beziehen Quartier.

Paulus ist sichtlich geschwächt. Er schwitzt, er trinkt zu wenig, er hat keinen Hunger. Eine dünne Suppe isst er abends. Von ihr wird ihm schlecht. Er zieht sich früh auf sein Lager zurück. Silas und Timotheus machen sich Sorgen um ihn. Die Krankheit wird spürbar schlimmer und zehrt an seinen Kräften.

Aber allen körperlichen Warnsignalen zum Trotz drängt er am nächsten Morgen ungeduldig zum Weitermarsch.

Bis Mittag kommen sie noch einigermaßen voran, dann aber lassen seine Kräfte spürbar nach, so dass Silas und Timotheus, die sich immer wieder sorgenvoll anblicken, jetzt sogar auf Paulus warten müssen. Hustend und schweißgebadet kommt er nach und setzt mit zähem Willen Fuß vor Fuß.

Das Ganze beginnt besorgniserregend zu werden, zumal Paulus offensichtlich fiebert. Bei den Pausen legen sie ihm einen Mantel über die Schultern. Er zittert.

Er aber meint, er könne dennoch, vielleicht nicht im gewohnten Tempo, weiterlaufen. Und tatsächlich haben sie keine andere Wahl. Doryläum liegt lange hinter ihnen, weit und breit ist kein Haus in Sicht, nur Steppe, die langsam in die Herbstverfärbung übergeht. Sie gehen also weiter.

Schon nach kurzer Zeit müssen sie wieder eine Pause einlegen. Hier übernimmt Silas, nach Paulus' heftiger Gegenwehr, dessen Rucksack.

Die Dämmerung kündigt sich an. Bei einem weiteren Halt fragt Paulus schwach, wie weit es wohl noch bis zur Herberge sei.

„Es muss bald eine kommen", antwortet Timotheus aufmunternd, aber er sieht die sorgenfaltige Stirn des Silas, der hinter Paulus' Rücken den Kopf schüttelt. Sie machen sich langsam auf den Weg. Als es gar nicht mehr geht, nehmen sie Paulus zwischen sich und stützen ihn. Die Sonne geht unter und es wird kalt.

Sie sind schon eine lange Zeit in der Dunkelheit gelaufen, als endlich ein paar Lichter eine kleine Siedlung ankündigten.

Paulus setzen sie am Rande der Ortschaft ab und gehen zunächst allein auf die Suche nach einem Gasthaus.

Unterwegs verständigen sie sich darüber, eine Herberge zu suchen, in der man baden könne. „Heiß baden ist sehr gut gegen Fieber und Erkältung", weiß Timotheus, der aufgrund seiner Zartheit schon einige Krankheiten hat durchleiden müssen.

Nach langem Suchen finden sie ein nicht einmal unwirtliches Haus im Dorfzentrum. Sie erzählen dem Wirt, dass sie noch einen dritten, kranken Gefährten hätten, und gehen Paulus holen.

Dieser sitzt unverwandt da und ist sehr betrübt, denn das lange Warten und Sitzen hat ihn zusätzlich geschwächt. Silas und Timotheus stützen ihn und schleppen ihn, nur noch unter geringer Mithilfe seiner eigener Kräfte, in die Herberge.

Dort hat die sorgende Wirtin bereits in großen Kesseln Wasser über das Feuer gehängt und in der Waschküche einen Holzbottich bereitgestellt.

Im Bad aber, als Silas und Timotheus Paulus beim Entkleiden helfen, offenbart sich ihnen Schreckliches: sein ganzer Rücken ist übersät mit Eiterpickeln. Dicke rote Beulen pressen sich aus den von der Steinigung und Auspeitschung verbliebenen Narben, einige sind aufgesprungen und nässen. Erst jetzt sehen sie auch, dass er ein dickes Band an Pickeln wie einen Wulst um den Hals hat. Das Unterhemd riecht ekelerregend nach Schweiß und Eiter. Es klebt an einigen Stellen fest und sie müssen es vorsichtig von den Wunden lösen. Paulus, der ohnehin nicht kräftig von Gestalt ist, hat entsetzlich abgenommen. Die Rippen sind einzeln zu sehen, und zwischen den furchterregenden Eiterpickeln auf dem Rücken drückt sich die Wirbelsäule knochig hervor.

Das Wasser ist bereits in der Wanne, daneben stehen zwei Kessel mit kaltem Wasser zum Mischen der richtigen Badetemperatur. Mit kleinen Schritten führen sie Paulus an die Wanne und legen ihn vorsichtig hinein. Timotheus tupft mit einem Schwamm vorsichtig die Eiterbeulen ab. Dadurch nimmt er das ganze Ausmaß der Entzündungen erst wahr, denn auch unter der Haut, kaum sichtbar und noch nicht ausgebrochen, haben sich weitere pickelartige Beulen gebildet.

Hinter Paulus' Rücken schauen die beiden sich besorgt an. Zwar sagt keiner einen Ton, aber an ihren Gesten lesen sie gegenseitig ab, für wie besorgniserregend sie das Ganze halten.

Paulus wirkt benommen und vollkommen kraftlos. Offenbar ist das Fieber noch gestiegen.

Sie nehmen ihn aus der Wanne, hüllen ihn in bereitgelegte Decken und tragen ihn aufs Zimmer.

In der Wirtsstube müssen sie erst einmal einen kräftigen Schluck Bier trinken.

„Mein Gott", beginnt Silas, „das sieht ja schlimm aus."

„Ich habe so etwas auch noch nicht gesehen … was glaubst du, ist das ansteckend?", fragt Timotheus und schaut den Älteren fragend an.

„Ich habe damit kein Erfahrung, aber ich glaube nicht …, der ist einfach völlig am Ende. Ist ja auch kein Wunder, mit welchem Tempo der über den Taurus gelaufen ist, kaum etwas gegessen … kaum geschlafen und das über Wochen, dazu der ganze Nerv in Antiochia und jetzt seine ständige Unruhe, es würden möglicherweise die Radikalen immer noch keine Ruhe geben, sie würden uns nachziehen und die ganze Missionsarbeit zunichte machen."

„Was machen wir denn jetzt?"

„Ich denke, wir bleiben erst einmal hier. Paulus muss sich kurieren. Vielleicht gibt es hier einen Arzt."

Das klären sie am nächsten Morgen mit der entgegenkommenden Wirtin. Sie spricht ein Gemisch aus Griechisch und dem hiesigen Dialekt, der aber ganz gut zu verstehen ist. Sie schaut zuerst einmal nach Paulus. Als sie ins Zimmer tritt, weicht sie vor dem Gestank zunächst zurück. Sie sieht die gelblich-roten Tücher, mit denen schon am Morgen Silas die Wunden abgetupft hat, auf dem Boden liegen. Kurz legt sie die Hand an seine Wange, dann runzelt sie ihre Stirn und hat es plötzlich eilig. Sie rennt durch die Wirtschaft, trägt einem gerade abfahrenden Händler etwas auf und schickt eines ihrer unzähligen Kinder hastig los. Der Kleine schaut fragend, dann klatschen seine Sandalen auf dem Fliesenboden, und er ist aus der Tür.

„Wisst ihr", sagt sie zu den beiden, „einen richtigen Arzt gibt es hier nicht, aber eurem Freund da oben" – sie zeigt mit dem Daumen einer Hand über die Schulter – „dem geht es dreckig, beim Jupiter, die ganze Bude stinkt nach Eiter ... Es gibt hier im Dorfe eine Alte, die sich mit Kräutern auskennt, mein Kleiner holt sie gerade, vielleicht kann sie für euren Freund da oben etwas tun. Dem Händler habe ich gesagt, er soll nach einem Arzt fragen und diesen herschicken, wenn alles gut geht, dann kommt morgen oder übermorgen einer aus dem Nachbardorf. Aber sicher ist das nicht, der ist auch als Viehdoktor noch unterwegs, und es kann sein, dass er draußen bei den Herden zu tun hat."

Timotheus und Silas setzen sich beklommen und warten.

Nach geraumer Zeit kommt der Kleine und führt eine alte, völlig in Schwarz gekleidete Frau an der Hand. Sie läuft gebückt und stützt sich dabei auf einen krummen Stock. Mit wässrigen Augen schaut sie die Fremden an und lässt sich wortlos von ihnen auf Paulus' Zimmer führen, wo sie auffälligerweise nicht vor dem Geruch zurückweicht. Sie tritt an das Bett, doch ohne sich Paulus näher zu betrachten, beginnt sie diesen mit irgendeiner beschwörenden Formel zu besprechen, dabei kramt sie umständlich ein Fläschchen aus ihrem Rock, aber sie kommt nicht mehr dazu, dieses zu öffnen. Plötzlich nämlich packt Silas sie und schiebt sie aus dem Zimmer.

„Wie brauchen deine Hexenkünste nicht ... wir brauchen einen Arzt!", schreit er in augenblicklicher Erkenntnis dessen, auf was sie sich hier eingelassen haben. Die Alte nickt und schiebt ihm zornig ihre knöchrige Hand in Erwartung eines Geldstückes entgegen.

„Für deine Zauberkünste gebe ich nichts ...", antwortet Silas, doch Timotheus drängt ihn mit mahnendem Blick auf die Seite und gibt ihr etwas.

Er fasst die Alte am Arm, hilft ihr die schmale Holztreppe hinunter und sagt verlegen lächelnd: „Nichts für ungut!" Sie schimpft wohl irgendetwas in einer unverständlichen Sprache, keift über den Tresen zur Wirtin, haut mit dem Stock nach dem Knaben, der an der Tür sitzt, und schließlich verschwindet sie.

„Was habt ihr denn mit der gemacht?", fragt die Wirtin spöttisch.

„Das ist eine Zauberin, wir glauben nicht an solche Kulte, sie sind vom Bösen ... was wir brauchen, ist ein Arzt", erklärt Silas die Situation. Die Wirtin schaut verständnislos, schüttelt mit dem Kopf und, während sie sich wieder dem Abwasch zuwendet, sagt sie: „Dann müsst ihr warten."

Am Abend machen sie noch einmal die Badekur mit ihm. Dann erscheint völlig unerwartet am nächsten Tage ein Arzt. In feinem Griechisch erklärt er, er sei auf der Durchreise und habe zufällig gehört, dass hier ein Kranker läge. In dieser Einöde sprächen sich Neuigkeiten schnell herum. Im Übrigen sei er sich nicht sicher, ob er von dem Kranken nicht schon einmal etwas gehört hätte. Wie sei noch sein Name, Paulus? Ja ja, er könne sich erinnern, sei es ihm da und da nicht schon einmal sehr schlecht gegangen, sei es wahr, dass er eine Steinigung überlebt und auch schon einmal die 49 Hiebe weniger einen bekommen habe.

Silas und Timotheus wird ein wenig mulmig. Sie geben keine direkten Antworten und lassen es offen, wer sie nun genau seien.

Nach einer ausführlichen Untersuchung des Patienten hat er festgestellt, dass Paulus irgendeine seltene Krankheit hat. Zur Behandlung der Wunden lässt er einen Tiegel mit einer grünlichen Ziegenklauensalbe da und gegen die nässenden Wundern ein gelbweißes Puder. Dann gibt er den beiden besorgten Pflegern genaue Anweisung zur Behandlung der furchtbaren Wunden. Er verordnet Bettruhe, viel Schlaf und abends eine Schale Honigmilch.

Er verspricht, nächste Woche wiederzukommen und ist über alles noch preiswert.

Einstweilen ist Pauls ans Bett gebunden und sie alle drei an den kleinen, unbedeutenden Ort irgendwo in Galatien, wo sie sich aufhalten.

Ihre Gegenwart ist für die Bewohner ein zu wichtiges Ereignis, als dass man darüber nicht überall mit kindlicher Neugierde spricht. Gerade über diese amüsieren sich Timotheus und Silas mehr und mehr. Sie stellen fest, dass die leichtgläubigen und impulsiven Bewohner sich angewöhnt haben, die Reisenden sowie fahrende Händler aufzuhalten, sich um sie zu scharen und zu erfragen, was diese Neues wüssten oder unterwegs erfahren hätten.

Die Herberge, in der sie zur Zeit wohnen, ist für die gutmütigen Bauern der Umgegend der Ort, wo sie Neues erfahren und verbreiten. Sie ist wie ein sprudelnder Quell und bietet stets neueste Nachrichten, aktuelle Gerüchte und abenteuerliche Theorien.

Silas und Timotheus verstehen sich gut mit den Gästen des Wirtshauses und auch mit den Stammgästen. Abends finden sie sich alle in der Stube ein: Hirten, durchziehende Händler, Bauern und Knechte, Kaufleute und Trödler, Lumpensammler und Krämer, manche ziehen abends heim in ihre kleinen Häuser, andere bleiben ein oder zwei Nächte und ziehen dann wieder ihres Weges.

Mit allen kommen sie in Gespräch. Sie durchbohren Silas und Timotheus mit Fragen, und diese erteilen ihnen willig Auskunft. Sie wollen keine Gelegenheit auslassen, von Christus zu erzählen. So wird die Schankstube zum Verkündigungsraum, und die Leute hören das Evangelium völlig unspektakulär, am Biertisch, auf der Bank vor der Schänke, im Schlafsaal.

Der Hinauswurf der Magierin hat die Missionare infolge dieses Geredes den Ruf von rationalistischen Philosophen eingebracht, und bald weiß jeder im Dorf, woher sie kommen, wohin sie gehen, weshalb sie zu ihnen gekommen sind, was für Nachrichten sie aus den durchreisten Ländern bringen, welche Ideen sie auf politischem und religiösem Gebiet haben.

Zu dem guten Ruf der Apostel tragen auch die Kinder der Wirtsleute bei. Anfangs schleichen sie neugierig hinter der Mutter hinauf und bleiben, während sie dem Kranken das Essen oder die Honigmilch bringt, auf dem Flur stehen.

Ein wenig später schaut schon das eine oder andere Gesichtchen frech durch die offenstehende Tür, und bald gehen sie, eng an die Mutter gedrückt, mit ans Krankenbett.

Nachdem der Arzt ein paar Mal da war und es Paulus langsam besser geht, dürfen die Großen ihm das Essen bringen. Nun ziehen sie barfuß – mit aller Kraft der Konzentration einen Teller Suppe balancierend und den schmutzigen Daumen über den Tellerrand in diese geschoben – stolz zu dem Geheimnisumwitterten. Aufgereiht wie die Orgelpfeifen laufen die Geschwister hinterher. Eines öffnet die Tür, während nur der Suppenträger eintreten darf. Halb gefüllt ist dann der Türspalt von übereinandergetürmten Gesichtern jeden Alters, und zurück auf dem Flur muss der bedienende Knabe den Geschwistern haarklein berichten. Dann hüpfen sie polternd in die Wirtsstube hinunter, um das Gehörte sogleich weiterzuerzählen.

Mit ihrem natürlichen Hang zum Übernatürlichen haben diese Kleinen aus Paulus bald einen Engel gemacht, der vom Himmel herabgekommen sei und sich dabei ein wenig auf der harten galatischen Erde gestoßen hat. Und wehe, wenn einer, der dies vernimmt, darüber zu schmunzeln wagt: dann droht hinter verschmierten Lippen eine piepsige Stimme: „Du wirst es sehen, wenn er bald kommt."

Bald kommt er tatsächlich.

Zu Anfang nur einmal am Tage für eine kurze Weile, dann öfter und schließlich ist er wieder auf der Bildfläche. Jedes Mal, wenn er erscheint, hat er eine Schar von Kindern um sich, die auf nichts anderes gelauert haben als das quietschende Geräusch seiner Zimmertür, um dann hinaufzustürmen und ihm feierliches Geleit in die Wirtschaft zu geben.

Der erste Predigtort wird diese Wirtschaft. Sie wird zugleich auch der Ort der ersten Bekehrungen und Taufen: Die ganze Herbergsfamilie, Vater, Mutter, Großmutter, alle möglichen Onkel, Tanten, Knechte und die unendliche Schar der Kinder werden getauft.

Ein großes Fest schließt sich an, und von weit her kommen die Leute, den ‚Engel' zu sehen.

Der Winter ist hereingebrochen, und das Leben verlagert sich mehr und mehr in die Wirtschaft. Noch ist Paulus zu schwach, um ins Umland zu gehen, aber durch die glückliche Verbindung von Wirts- und Andachtsraum kommen die Leute zu ihm.

Jeden Abend gibt es Geschrei, wenn die Kinder – viel zu spät – in die zwei Betten, die die Familie besitzt, geschickt werden.

Der Frühling kommt und mit ihm ein neues Fieber. Es ist das Reisefieber, das Paulus wieder packt.

Sie müssen diesen Ort, in dem sie unfreiwillig, aber nicht ungerne überwintert haben, verlassen. Dicke, ehrliche Kindertränen kullern den Kleinen über die Gesichter, sie schmiegen sich an die drei, bitten flehend, sie mögen doch bleiben, und ringen ihnen wenigstens dieses ab: wiederzukommen.

Am Abreisetag ziehen sie wie bei einem Schulausflug los. Am Dorfrand drehen die Kinder um, aber vorher muss noch einmal jeder dieser drei persönlich allen versprechen wiederzukommen – nichtsahnend, dass sie das nächste Mal aus anderen, schmerzvolleren Gründen wiederkommen werden, als nur deshalb, dieses Versprechen zu erfüllen.

Paulus hat jetzt nur noch eines im Sinn: Europa. Die Krankheit ist völlig ausgeheilt, und mit der Genesung stellt sich das unglaubliche Reisetempo wieder ein.

Nachdem sie auch den Gemeinden in Galatien noch einmal die große Kollekte für Jerusalem ans Herz gelegt haben, nehmen sie den kürzesten Weg, durch Bithynien. Zuerst führt der schmale Weg sie an den östlichen Ausläufern des Olymp vorbei. Sie streifen Nicaea, weiter nördlich liegt Calcedon und gegenüber Byzanz. Vor ihnen, noch weit, liegt Troas. Es gibt keine befestigte Handels- oder Römerstraße in diesem Gebiet. Aber die Frühlingsluft, die weiten unbewohnten Ebenen und überall das gutgläubige Volk tun ihnen gut.

Andererseits aber drängt Paulus zur Eile. Er will nicht wieder Monate in kleinen Dörfern verlieren.

Hier zu verkündigen, lohnt sich nicht, die Siedlungen sind zu verstreut und zu klein.

Fast ein Jahr seien sie nun unterwegs, meint Paulus, und hätten nicht mehr geschafft, als die alten Gemeinden zu besuchen und ein paar gutherzige Galater zu bekehren sowie deren Kindern den Winter zu verschönern.

Endlich erreichen sie, nach weiteren vier Tagen, Troas, dem gegenüber mit Griechenland Europa beginnt.

Noch bevor sie eine Herberge suchen, ziehen sie ungeduldig zum Hafen hinunter.

Es ist ein schwüler Tag. Die Sonne ist die ganze Zeit nicht aus dem diesigen Küstenhimmel herausgetreten. Kein Lüftchen regt sich, und gegen Abend kündet fernes Grollen ein Gewitter an.

Hier unten im Hafen steht die Luft, einzig erfüllt vom Sirren der gefährlichen Stechmücken, die die Malaria übertragen. Sie sind weit gelaufen, durchschwitzt, hungrig, aber bester Dinge, dem eigentlichen Ziel nun entschieden näher gekommen zu sein. Nach den langen Tagen in der ausgedehnten Steppe tut ihnen trotz der Gewitterluft das rege Treiben in der Hafenstadt gut. So schlendern sie auf der ersten Suche nach einem Schiff an den Dockanlagen entlang, an denen das übliche Treiben herrscht.

Schiffe werden be- und entladen, überall stehen Kisten und

Säcke, geschäftige Kaufleute stehen in Gruppen beieinander und handeln lautstark irgendeinen Preis aus, Eselskarren schaukeln auf und ab. Die Verkäufer von Passagierplätzen stehen vor ihren Schiffen und halten Schilder mit den Anlaufhäfen in der Hand.

Sie haben etwa die Hälfte des ersten Hafenbeckens hinter sich, da hören sie plötzlich jemanden nach ihnen rufen.

Zunächst schauen sie sich verwundert an und trauen ihren Ohren nicht. Nahezu gleichzeitig wenden sie sich um. Hinter ihnen sind Matrosen und Sklaven am Arbeiten.

Paulus zuckt mit den Schultern und will gerade weiterlaufen, da hören sie unzweifelhaft wieder jemanden rufen. Plötzlich drängt ein junger Mann an den arbeitenden Matrosen vorbei, ein wenig muss er auf die Seite springen, um an einem Ballen, den sie gerade verladen, vorbeizukommen. Einer schimpft ihm irgendetwas nach. Dann ist er mit großen Schritten heran. Die drei trauen ihren Augen nicht. „Lukas?", fragt Paulus und geht auf den Herbeilaufenden zu.

„Paulus, Silas! ... Ihr? Hier?"

Sie können es kaum fassen, begrüßen, umarmen sich, schauen sich an.

Timotheus steht bei dieser überschwänglichen Begrüßung ein wenig abseits. Paulus stellt ihn vor: „Das ist Lukas aus unserer Heimatgemeinde in Antiochia, er hat das Dekret über das Apostelkonzil vervielfältigt, das wir bei uns tragen." Schüchtern nickt Timotheus ihm zu. Doch Lukas, im Überschwang der Freude, zieht den Zarten an sich und umarmt ihn herzlich.

„Junge, Junge, ihr seht aber kaputt aus ... wo kommt ihr her, was treibt ihr hier ...?" Lukas überschlägt sich, und immer wieder klopft er vor Freude den dreien auf die Schultern.

Als sie sich alle ein wenig beruhigt und erst einmal die wichtigsten Informationen ausgetauscht haben, beschließen sie, dort Quartier zu beziehen, wo Lukas bereits seit einigen Tagen wohnt.

Dann suchen sie in der regen Hafenstadt nach einer Garküche und verbringen die Stunden im Gespräch, das immer wieder durch die Freude, sich hier zufällig getroffen zu haben, unterbrochen wird.

Lukas, so stellt sich heraus, hat seine Lehre als Arzt beendet und sich anschließend auf Fahrt begeben. Er berichtet den Freunden von den naturwissenschaftlichen Kenntnissen der Griechen und dass er die medizinisch fortgeschrittenen Gegenden Griechenlands aufsuchen wolle, um sich dort mit neuen Künsten vertraut zu machen, Kontakte zu knüpfen, Kollegen zu assistieren und die handwerklichen Fertigkeiten zu festigen.

Länger als es Paulus lieb ist, unterhalten sie sich über dessen überstandene Krankheit. Die von dem galazischen Arzt vorgeschlagene Kur überprüft Lukas kenntnisreich und beurteilt sie am Ende als sinnlos. Was nämlich die Einschätzung dieser Krankheit betrifft, so ist Lukas anderer Ansicht: „An so etwas stirbt man normalerweise."

Timotheus und Silas sind platt. Paulus schaut bescheiden zu Boden und sagt gar nichts.

„Lasst uns über Erquicklicheres reden", schlägt Lukas vor, „... und ihr wollt wirklich nach Griechenland?"

„Sobald wie möglich, das Evangelium muss nach Europa!"

„Da ist es doch schon ... es gibt schon einzelne Gemeinden drüben ... sogar in Rom ..."

„Ich weiß", antwortet Paulus, „aber die sind alle nicht organisiert, sie hängen nicht zusammen wie ein Leib und seine Glieder, wir wollen neu missionieren und bei dem anknüpfen, was wir vorfinden ... auf jeden Fall wollen wir den Beschluss verbreiten, dass die Heiden nicht beschnitten werden müssen ... Du kennst das Dekret ja inzwischen sicher auswendig ..."

„Ja, so oft, wie ich es abgeschrieben habe ... Aber was anderes: organisiert sind die Christen in Europa schon, sie hängen nämlich alle an den Synagogen."

„Genau das ist es ist, was wir ändern müssen. Wir gehen nach Europa, um den Heiden die Frohe Botschaft zu verkünden und um die Thorachristen von der Nabelschnur des Judentums abzuschneiden."

„Wenn das so leicht wäre."

„Leicht wird es nicht, aber ich habe die Erfahrung gemacht, dass es sehr glücklich machen kann, wenn man es schafft."

„Wie wollt ihr denn die Gemeinden untereinander verknüpfen?"

„Um sie vom Judentum abzukoppeln, müssen sie an das Adernetz des Christentums angeschlossen werden. Wenn wir Menschenfischer sein sollen, dann knüpfen wir dieses Netz zwischen den einzelnen Gemeinden und Hauskirchen. Wir haben es im vergangenen Jahr gesehen, als wir die mit Barnabas gegründeten Gemeinden besucht haben. Die hängen inzwischen alle zusammen, kennen sich, tauschen sich aus, sprechen Nachrichten weiter. Für den Zusammenhalt der Gemeinden gebe ich viel auf die Kollekte ..."

Lange verweilt er sich bei diesem Thema, und Lukas hört aufmerksam zu. Ein wenig haben Timotheus und Silas den Eindruck, auch er würde Feuer für die Mission fangen, dies umso mehr, als er von Griechenland, wo er schon mehrmals war, sehr gut berichtet: „Dort oben liegt Mazedonien" – er weist mit der Hand in die Richtung – „in wenigen Stunden Fahrt gelangt man dorthin. Es ist sicher ein Land großer Hoffnungen, ich habe dort Verbindungen, die ihr gerne nutzen könnt ... Besonders nett sind die mazedonischen Kaufleute, man erkennt sie an den weiten Mänteln und den breitkrempigen Hüten."

Sie sprechen noch lange miteinander. In der inzwischen menschenleeren Schenke brennt nur noch ein kleines Licht. Das Lokal verlassen sie erst, als ein aufräumender Sklave bereits die herumstehenden Hocker ordnet und schließlich sagt, dass sie nun bald schließen werden.

In der Nacht hat Paulus einen Traum:

Ein Mazedonier, mit weitem Mantel und breitkrempigem Hut, steht am Ufer und winkt ununterbrochen … als er näherkommt, hört er ihn sagen: ‚Komm nach Mazedonien und hilf uns!'

Am anderen Morgen teilt er diesen Traum seinen Gefährten mit.

„Ist ja ein ziemlich kurzer Traum …", bemerkt Silas, und Timotheus fügte an: „Aber er enthält das Wesentliche."

„Man träumt nachts meist von dem, was man am Vorabend kurz vor dem Schlafengehen getan oder geredet hat", diagnostiziert Lukas. Sie schmunzeln.

„Ich erzähle euch das nicht, damit ihr etwas zu lachen habt, ich nehme diesen Traum als Zeichen, dass wir nach Mazedonien gehen sollen."

„Das wollen wir doch sowieso", wirft Silas – immer noch lachend – ein.

„Nein", Paulus ist ernst und nachdrücklich geworden, „von Mazedonien ist nicht die Rede, bisher haben wir nur gesagt, wir wollen nach Griechenland, jetzt aber steht fest: wir gehen zunächst nach Mazedonien. Lukas, wie sieht es aus? Gehst du mit?" Er schaut ihn mit seinen schwarzen Augen an.

„Ja!"

Ein Wort – und es ist der Beginn einer lebenslangen Freundschaft.

Es ist klar, dass an dieser Entscheidung, nach Mazedonien zu gehen, nicht mehr gerüttelt werden kann. Aber es ist ihnen auch relativ gleichgültig, wo sie in Griechenland beginnen würden. Für Mazedonien spricht allein, dass Lukas sich hier ein wenig auskennt.

Anderntags stechen die Vier in Troas in See. Ziel ist Philippi.

Auf halbem Wege legen sie einen Zwischenstopp auf der Insel Samothrake ein. Waren werden ein- und ausgeladen, ein

Teil der Mannschaft wechselt. Eine Nacht verbringen sie an Deck.

Am späten Nachmittag des anderen Tages sehen sie von Ferne den Dianatempel des Hafenstädtchens Neapolis, das wie ein Amphitheater auf einem Felsenvorsprung am Meer gebaut ist.

Die Segel werden eingeholt, mit kräftigen Schlägen rudern die Sklaven das Schiff langsam in den Hafen. Ein fein abgestimmtes Wendemanöver lässt das Boot mit einem kleinen Ruck an die Pier stoßen, Taue werden ausgeworfen und festgezurrt, während der schmale Landungssteg auf dem europäischen Boden aufschlägt.

Wenig später gehen Paulus, Silas, Timotheus und Lukas an Land. Außer Lukas war noch niemand von ihnen in Europa.

Neapolis ist für sie nicht bedeutend. Es ist eine umtriebige, laute und von Sprachengewirr geprägte Hafenstadt. Hier wohnen nur wenige Menschen fest. Ein ständiges Kommen und Gehen prägt diesen Umschlagplatz für Güter und Waren, die von hier aus ins das Hinterland gebracht werden oder von dort kommen. Aber zehn Meilen von hier liegt Philippi.

Sie durchqueren die Hafenstadt, laufen ein Stück auf der Römerstraße Via Egnatia, von der aus sie aber bald auf einen in den Fels gehauenen Steig ausweichen, eine Abkürzung für Fußgänger, um das Küstengebirge von Pangäus zu erklimmen. Unter ihnen verliert sich die Hauptstraße im Dunst der Küste. Der Lärm dringt nicht mehr bis hier hinauf. Sie laufen in recht großem Abstand hintereinander. Irgendwie ist jeder jetzt gerne allein, ist in seine Gedanken versunken und versucht auf seine Weise mit dem umzugehen, was hier gerade geschieht.

Bald erreichen sie die Passhöhe. Sie haben einen prachtvollen Blick nach Norden. Jenseits einer quellen- und flussreichen Talebene, auf dem letzten Ausläufer des Gebirges, liegt Philippi. Der Burgberg seiner Akropolis leuchtet in der Sonne.

Philippi

Lukas kennt sich zwar in Philippi nicht gut aus, aber immerhin weiß er zu berichten, es sei ein Rom im Kleinen, mit Forum, Theater, Thermen, Burgberg und Festungsmauern.

Er weiß auch zu berichten, dass hier, 42 Jahre bevor Christus geboren wurde, eine bedeutende Schlacht stattgefunden habe zwischen den Cäsarmördern Brutus und Longinus auf der einen und Marc Antonius und Oktavian auf der anderen Seite. Für die Mörder von Caesar sei das Ganze allerdings nicht gut ausgegangen, sie hätten die Schlacht verloren und sich anschließend das Leben genommen.

Diese Dinge interessieren Paulus nicht. Er macht eine wegwerfende Geste. Lukas schweigt.

Schon auf dem Weg hierher hatte er ihnen erzählt, dass es in Philippi keine Synagoge gäbe, weil in dieser römischen Kolonie die nach dem rabbinischen Gesetz erforderliche Mindestzahl an Gesetzeslehrern fehle. Es gäbe hier ohnehin wenig Juden, hatte er noch ergänzt.

Nun greift er dieses Gespräch wieder auf und sagt, er habe von einer Gebetsstätte der Juden gehört, die aber nichts anderes als ein geschlossener, ummauerter Platz sei, den sie sich wegen der jüdischen Reinigungsriten am Wasser gebaut hätten.

Bei seinem letzten Aufenthalt hier in Philippi habe ihm ein jüdischer Geschäftsmann erklärt, wo sich dieser Ort befände.

„Das ist doch weitaus interessanter als das Schicksal der Cäsarmörder", meint Paulus.

Sie suchen eine preiswerte Herberge und beschließen, am nächsten Sabbat diesen Versammlungsort der Juden aufzusuchen.

Die Wirtsleute nehmen für eines ihrer Kinder Lukas' ärztliche Kenntnisse in Anspruch. So kommt etwas Geld in die Kasse.

Am folgenden Sabbat gehen sie hinaus an den Flusslauf des Gangas, wo Lukas' Erinnerungen zufolge die Gebetsstätte sein soll. Sie folgen einem schmalen, ausgetretenen Sandweg am Ufer entlang, der auf der einen Seite mit weit ins Wasser herabhängenden Weiden, auf der anderen mit dichten Dornenhecken bewachsen ist.

Der breite Fluss glänzt silbern und zieht mit ruhiger Strömung zum Meer. Ein paar Enten schrecken mit lautem Geschnatter aus dem Schilf auf und gehen in sicherer Entfernung zu Wasser. Sie schütteln ihr Gefieder und lassen sich wippend von der Strömung davontragen.

Schweigend laufen die Vier hintereinander. Hin und wieder müssen sie sich unter überhängende Äste bücken oder einen biegsamen Weidenast von Hand zu Hand weiterreichen, damit er keinem ins Gesicht schlägt.

Nach einer Weile führt der Weg vom Ufer weg durch eine feuchte Wiese, und sie sehen auf einer kleinen Anhöhe den mit einer niedrigen Mauer umgebenen Platz. Ein Pfad biegt vom Uferweg ab und führt hinauf.

Oben ist am Eingang ein eisernes Tor angebracht, das laut schnarrt, als sie es öffnen. Beschnittene Hecken säumen den Weg, der auf eine Art Lichtung führt. Tatsächlich sind dort ein paar Menschen versammelt.

Timotheus zupft Paulus am Ärmel: „Das sind ja nur Frauen." Paulus zuckt mit den Schultern. Silas schaut fragend zu Lukas. Der kann sich auch keinen Reim darauf machen. Sie gehen weiter.

Die Frauen werden aufmerksam. Sie schauen nach den vier Männern. Schließlich erhebt sich eine, geht auf sie zu und stellt sich als Lydia vor.

Nachdem Paulus und Silas sich als Juden zu erkennen gegeben haben – den Status der anderen beiden verschweigen sie einstweilen diplomatisch –, lädt Lydia sie in die Gebetsrunde ein, wo sie auf bloßen Steinen sitzen. Sie hätten keinen Rabbi, erklärt Lydia, weil sie zu wenige seien. Überdies seien sie heidnischer Abstammung und hätten sich dem Judentum als Gottesfürchtige angeschlossen.

Einen festen Ritus hätten sie nicht.

Lydia zeigt auf eine in Leder gehüllte Schriftrolle. Nach einem gemurmelten Psalm öffnet Silas diese Rolle und reicht sie Paulus. Er liest, wie im Synagogengottesdienst, einen Abschnitt vor und schließt eine Auslegung der Textstelle an. Fasziniert hören die Frauen zu. Nach der ruhigen, überzeugenden Ansprache schließt er die Gebetsversammlung ab.

Das ist alles.

Ob sie denn am nächsten Sabbat wiederkämen, fragt eine der Frauen. Die Missionare versprechen es.

Am kommenden Sabbat haben sich ein paar mehr Frauen eingefunden. Das Treffen läuft wie am vergangenen Sabbat ab. Wieder predigt Paulus, wieder hängen ihm die Frauen an den Lippen.

Als das Gebet beendet ist und sich die Apostel zum Gehen wenden, tritt Lydia auf sie zu.

Sie lüde sie alle Vier in ihr Haus zum Nachtmahl ein. Die Missionare nehmen an.

Am selben Abend gehen sie in das vornehmste Wohnviertel der Stadt, wo auf einem Hügel, im weiträumigen Garten ein wenig zurückgesetzt, das große Haus der Gastgeberin liegt.

Ein farbiger Diener öffnet ihnen das breite Portal. Sie treten ins kühle Atrium, dessen hintere Tür zum Hof offensteht. Ein Brunnen plätschert dort und verbreitet eine eigene Stimmung von Stille und Frische.

Der Diener bedeutet ihnen zu warten. Einige Augenblicke später tritt Lydia ins Atrium.

Sie ist festlich gekleidet und geht trotz ihres nicht mehr jugendlichen Alters anmutig auf ihre Gäste zu, begrüßt sie mit einer tiefen Verneigung, sagt sanft etwas über ihre Freude, die Männer empfangen zu dürfen, und führt sie selbst in einen großen Speisesaal, in dessen Mitte eine gedeckte ovale Tafel steht. Jedem bietet sie zielsicher einen der mit Perlmuttintarsien belegten Holzstühle an. „Sie stammen von meinem verstorbenen Gatten, er brachte sie einst aus Nordafrika mit … ich weiß nicht genau, was sie bedeuten, auf jeden Fall gehört zu jedem der in die Rückenlehne geschnitzten Bilder ein Geschichte", sagt sie erklärend mit so leiser Stimme, dass die Apostel mit äußerster Vorsicht die Stühle bewegen, um kein Geräusch zu verursachen. „Es sind wohl heidnische Geschichten, und darum interessieren sie mich nicht."

Die Gäste lächeln zu ihr herüber.

Sie bedient ein Glöckchen, und vier weiß gekleidete Bedienstete betreten mit dampfenden Schüsseln aus einer Seitentür den Raum. Die silbernen Teller werden mit duftenden Krötenschenkeln belegt, aus einer anderen Terrine gießt ein Mädchen eine sämige rötliche Soße darüber, die dritte folgt und legt gekonnt einige geschnitzelte Gemüse dazu, die vierte gibt ein Löffelchen voll Brei dazu. Erst als die Dienerinnen die Runde gemacht haben und still den Saal verlassen, macht die Hausherrin eine einladende Geste mit dem Kopf, und alle beginnen zu essen. Sekundenschnell sind die Häppchen vom Teller, Lydia, die kaum ein Drittel gegessen hat, legt ihr Besteck sanft ab. Sie klingelt. Die Dienerinnen nehmen die Teller und verschließen leise die Tür. Nach abermaligem Zeichen kommen Andere. Während dieses zweiten Ganges tritt ein Diener hinzu und übernimmt die Bewirtung mit den Getränken.

Jedes Mal, wenn die Tischdiener eintreten, bedienen sie nach einer Verbeugung zunächst die Hausherrin, dann die Gäste, vor deren verwunderten Augen und beklommenen Herzen sich dieses Ritual abspielt.

Solange ein Diener im Raume ist, sprechen sie nicht miteinander.

Dennoch erfahren sie während dieses sonderlichen Mahles, dass Lydia von Beruf Purpurhändlerin sei und nach dem Tod ihres Mannes das Geschäft weitgehend allein leitet. Sie macht kein Geheimnis daraus, dass ihr Handel gut geht und sie diesem ihren außerordentlichen Wohlstand zu verdanken habe.

Bei jedem der vier Gäste erkundigt sie sich ausführlich nach dessen Herkunft, Bildung, religiöser Gesinnung. Sie fragt interessiert nach, lässt sich das Eine oder Andere ein zweites Mal erklären, versucht einen Scherz, über den sie kaum zu lachen wagen.

Die Stimmung lockert sich erst nach dem Essen. Sie haben das Refektorium verlassen und sind in einen angrenzenden, mit großen, fremdartigen Schnitzereien ausgestatteten Raum getreten. Auf mehreren achteckigen Tischen steht feines Gebäck bereit, das allerdings nach kurzer Zeit verzehrt ist.

Nun kommen keine Diener mehr. Die notwendigste Nachschenkarbeit übernimmt Lydia selbst. Bald bleiben die Gläser leer, denn sie legt mehr Wert auf das Gespräch.

Sie sei von dem, was Paulus gepredigt hätte, sehr angetan gewesen. Es habe sie im Blick auf ihren verstorbenen Gatten außerordentlich getröstet, dass es eine Auferstehung der Toten gäbe. Sie wolle nun mehr davon hören.

In diesem Stil verlaufen noch weitere Abende. Zwischendurch ist Sabbat, und wieder predigt einer der vier Missionare in dem kleinen Gebetshain.

Dann kommt der Tag, als sie wieder einmal in diesem stillen, herrschaftlichen Hause beisammen sitzen und Lydia ohne viel Umschweife sagt, sie wolle Christin werden.

Für den nächsten Sabbat legen sie die Taufe fest.

In den kommenden Tagen haben Paulus und seine Helfer – denn letztlich sind seine Begleiter nicht viel mehr – alle Hände voll zu tun, jene anderen Frauen, die zum Gebet kommen, zu unterrichten, denn sie wollen dem Beispiel der Lydia folgen.

Als Taufort schlagen sie am Ufer des Gangas eine Stelle vom Bewuchs frei, wo man bis zur Hüfttiefe in den Fluss hineingehen kann. Für die Taufen treffen sie sich nun am Tag nach dem Sabbat, also am dritten Tage nach der Kreuzigung, jenem Tag, an dem Christus von den Toten auferstanden sei. Sie nennen diesen Tag den Tag des Herrn oder den Herrentag.

Regelmäßig finden am Herrentag nun Taufen im Gangas statt. Anschließend feiern sie mit Brot und Wein das Abendmahl zum Gedächtnis des letzten Abendmahles, das Jesus mit seinen Jüngern gehalten hat.

Nachdem auch alle Hausangestellten Lydias getauft sind, wendet sich die Purpurhändlerin eines Tages an Lukas und sagt zu ihm: „Wenn ihr mich als Gläubige des Herrn anerkennt, so kommt in mein Haus und wohnt bei mir."

„Das kann ich, Verehrteste, nicht allein entscheiden, aber ich danke für das großherzige Angebot und werde dieses mit den Anderen besprechen", antwortet Lukas in ausgesuchtem Griechisch.

Als er am Abend die Bitte Lydias den anderen Aposteln vorträgt, kommt ihm ihre Herberge ein wenig schäbiger und heruntergekommener vor als sonst.

Paulus ist gegen den Umzug: „Ich bin der Ansicht, wir sollten niemandem zur Last fallen, das bindet uns zu sehr, wir schaffen uns Abhängigkeiten, und wer weiß, was sich daraus entwickelt ... wir sollten frei bleiben."

Die anderen, obwohl durchaus verführt, den Tausch ihrer armseligen Herberge gegen das geräumige und gepflegte Haus anzunehmen, sehen dieses ein.

„Die Freiheit ist ein zu hohes Gut, als dass wir sie für ein paar gefüllte Tauben hergeben", fasst Lukas die Ansichten zusammen und ist durchaus bereit, diesen Beschluss der Lydia zartfühlend zu vermitteln.

Aber er scheitert.

Entgegen seiner Erwartung hat Lydia eine Gewissensfrage aus diesem Angebot gemacht. Überdies ist sie Widerspruch nicht gewohnt und argwöhnt jetzt, die Apostel wollen mit ihr nichts zu tun haben. „Wie?", antwortet sie dem betretenen Lukas geistesgegenwärtig, „Ihr habt mich würdig erachtet, in das geistige Haus des Christus einzutreten und haltet mich nicht für würdig, euch in meinem Heim Herberge zu geben?"

Damit trifft sie den Kern der Sache, und nach einem weiteren Gespräch willigen die Apostel, durchaus mit zwiespältigen Gefühlen, ein.

Sie packen ihre kleinen Rucksäcke, Lukas zahlt von seinen Arzthonoraren die Rechnung im Wirtshaus, und sie ziehen in die Villa der Lydia um. Nach einem ausgesuchten Willkommensmahl führt ein Diener die Missionare auf die geräumigen Zimmer, wo Krüge mit Wasser und Schalen mit frischem Obst bereitstehen.

Was im Frühjahr so unspektakulär begonnen hat, zieht Monat für Monat weitere Kreise. Die kleine Gemeinde vor den Toren Philippis wächst ständig. An jedem Herrentag finden Taufen statt, fast jeder, der einmal da war, kommt wieder und bringt am nächsten Herrentag Verwandte und Bekannte mit.

So wächst nicht nur die Gemeinde, sondern auch der Freundes- und Bekanntenkreis der Apostel und mit all dem auch ihre Bekanntheit.

Da steht an einem Herrentag mit einem Mal eine auffällig gekleidete Frau auf dem Weg. Ihre Haare stehen wirr ab. Sie trägt anscheinend mehrere lange Gewänder übereinander und ist barfuß. Sobald sie die Apostel kommen sieht, spricht sie wirres Zeug, sie zappelt und schreit.

Paulus lässt sich nichts anmerken, aber er ist irritiert. Er geht wortlos an ihr vorbei. Hinter ihm läuft Timotheus. Den lässt sie in Frieden. Aber Lukas zerrt sie am Gewand. Er weist sie mit dem Ellenbogen ab. Sie schreit wieder irgendetwas.

Als letzter kommt Silas. Als er an ihr vorbei will, ruft sie plötzlich: „Diese Männer sind Diener des höchsten Gottes, sie verkünden euch den Weg des Heiles."

Es sind an diesem Herrentag sehr viele Menschen auf dem schmalen Uferweg zur Gebetsstätte unterwegs. Von denen, die schon an der Frau vorbei sind, drehen sich viele um. Von hinten nähern sich andere lachend und tippen sich mit dem Finger an die Stirn.

Paulus schnappt das Wort „Wahrsagerin" auf. Als er oben am Gebetshain ankommt, schaut er zurück. Die Frau ist verschwunden. Auch bei der Versammlung ist sie nirgends zu sehen. Der Rückweg in die Stadt verläuft zunächst störungsfrei. Doch dann springt sie hinter irgendeinem Torbogen schon nahe dem Stadtzentrum hervor und beginn wieder zu schreien, diese Männer seien Diener des höchsten Gottes und verkündeten den Weg des Heiles.

Händler drehen sich um, Kinder kommen angerannt, Schaulustige finden sich ein. Paulus geht weiter. Die Frau läuft ein paar Schritte hinter den vier Aposteln her, bleibt dann aber unvermittelt stehen, zappelt herum und verschwindet.

Bei Lydia erzählen sie, was geschehen ist, und erkundigen sich nach der Frau.

Lydia weiß zu berichten, dass diese Wahrsagerin auf ihre Weise eine mächtige Frau sei, denn viele ließen sich von ihr die Zukunft prognostizieren. Das allein sei schon tragisch. Aber es sei so: viele ihrer Kunden würden bei ungünstig geweissagter Zukunft zu den heidnischen Priestern gehen und würden versuchen, sich für viel Geld eine günstige Stimmung bei den Göttern zu erkaufen. Deshalb wolle es sich keiner mit ihr verderben. Sie sei eine gute Geldquelle für viele. Sie, Lydia, wisse auch nicht, was in diesem Falle ratsam sei, zumal sie ja hinsichtlich des Wirkens der Apostel durchaus die Wahrheit sage.

„Wir lassen uns aber nicht von einer Wahrsagerin bezeugen", meint Paulus, „wer weiß, von was für einem Geist bei ihr diese Eingebungen kommen. Wenn sie wirklich von Gott wären, dann würde sie nicht so auftreten, wie sie es tut."

Lukas fügt noch an, dass Jesus Christus sich auch nicht von den Besessenen und von den Dämonen hat bezeugen lassen. Das ist ein Argument.

Für Lydia ist die gesamte Situation schwierig. Sie weist Paulus darauf hin, dass sie diesen Standpunkt nicht nur versteht, sondern teile, andererseits aber sei sie in der Stadt eine anerkannte Frau, die Reichen, die bedeutenden Händler und Politiker kennten sie, sie habe einen großen Bekanntenkreis und wisse deshalb, dass viele dieser Persönlichkeiten auf direkte oder indirekte Weise die Dienste der Wahrsagerin in Anspruch nähmen. Sie wolle eigentlich keinen Ärger, und man müsse vorsichtig sein, denn schließlich werde, seit dem die Missionare hier wohnten, das Haus beäugt, und man spreche in den einschlägigen Kreisen über alles, was hier vorgehe.

„Lukas ist doch Arzt, er kann bei deinen Bekannten die Dienste der Wahrsagerin bestens ersetzen, die Wissenschaft kann mehr als die Dämonen", fügt Paulus an. Es entspinnt sich eine lange Diskussion um das Für und Wider der heidnischen Dienste, über das Wirken der Dämonen in der Welt und in einzelnen Menschen.

Lukas, der angefangen hat, einzelne Begebenheiten aus dem Leben Jesu zu sammeln und aufzuscheiben, erzählt, dass auch zu Lebzeiten Jesu Menschen einen guten Geist gehabt hätten, selbst wenn sie damals Jesus nicht gefolgt seien und die Taufe noch nicht empfangen hätten. Jesus selbst hätte damals die Apostel darauf hingewiesen, dass sie es mit den Dämonenaustreibungen nicht übertreiben sollten. So geht es hin und her bei der Diskussion.

Man beschließt, die Wahrsagerin das nächste Mal mit zur Gebetsstätte zu nehmen, ihr die Hände aufzulegen und für sie zu beten. Dann werde man ja sehen, wie es sich verhalte, beschließt Paulus lange nach Mitternacht die Unterhaltung.

„Wenn der Wahrsagegeist von Gott ist, dann wird er bleiben und nach dem Gebet noch deutlicher aus ihr sprechen, ist er aber vom Bösen, dann wird er ausfahren, und sie wird keine Wahrsagerin mehr sein."

Am nächsten Herrentag lauert sie den Aposteln wieder auf. Paulus tritt auf sie zu und bittet sie, mit zum Gebet zu kommen.

Im Verlaufe der Feier muss sie sich in die Mitte knien, die Anwesenden umstellen sie und legen ihr die Hände auf Kopf und Schulter, die weiter außen Stehenden legen sie auf die ihrer Vorderleute. Viele haben die Augen geschlossen, schauen gen Himmel, haben eine Hand geöffnet. Es wird halblaut gemurmelt, mal spricht hier jemand ein Gebet, mal flüstert dort jemand etwas, dann wird es für Augenblicke ruhig, man hört Paulus eine die bösen Geister austreibende Formel sprechen, daran schließen sich von allen Seiten die Betenden an, erbitten den Segen, den Heiligen Geist in manchmal klar verständlichen, manchmal nur gemurmelten Sätzen und Satzteilen.

Ein Ruck geht durch das Rund, die Frau erhebt sich, die Bewegung setzt sich in den konzentrischen Kreisen fort, es wird still, sie erhebt beide Hände zum Himmel und preist Gott und seinen Sohn, den Auferstandenen Jesus von Nazaret. Die Gemeinde zieht hinunter zur Taufstelle am Ufer, die Frau wird getauft, man singt und betet, feiert anschließend mit Brot und Wein das Gedächtnis des letzten Abendmahles und geht heim.

Es ist seit Wochen zum ersten Mal, dass dieser Heimweg nicht von den Rufen und Aussagen der Wahrsagerin begleitet wird.

Die Wahrsagerin erweist sich am nächsten Herrentag aufgrund ihrer medialen Anlage als besonders offen für die frohe Botschaft.

Paulus meint daheim, sie sei wohl geheilt. Er habe schon

immer gemerkt, dass Menschen mit einer großen medialen Gabe auch empfänglich seien für das Übernatürliche des Glaubens.

Lukas kann als Arzt einiges dazu sagen. Das alles ist für Silas und Timotheus Neuland, sie finden es interessant, aber es ist neu- und fremdartig, was sie hier mitbekommen.

Die Bestätigung ihrer Heilung lässt nicht lange auf sich warten. Bereits am Abend des Herrentages sickert durch, sie habe eine ältere Dame aus den höheren Kreisen nicht empfangen und sich geweigert, ihr wahrzusagen.

Derartige Nachrichten mehren sich in den kommenden Tagen. Es ist klar: sie meidet im entfachten religiösen Eifer den Kontakt mit ihren früheren Geldgebern.

Im Kreise der jungen Christengemeinde gilt sie als geheilt. Das ist der Beginn des Endes in Philippi.

„Die Priester in der Stadt sind sauer auf euch", sagt Lydia unverblümt und vielleicht sogar ein wenig belustigt, denn als Christin kann sie sich dem merkwürdigen Zauber der Heilung der Wahrsagerin nicht entziehen. „Es ist nun genau so gekommen, wie sie selbst es vorhergesehen hatte …" – die vier Missionare schmunzeln über Lydias Beschreibung ihrer eigenen wahrsagerischen Fähigkeiten.

Nein im Ernst, fährt sie fort, es sei nämlich mit dem Ende der Wahrsagerei für viele heidnische Priester eine lukrative Geldquelle versiegt, weil immer weniger Menschen zu ihnen kämen, die infolge einer negativen Vorhersage die Götter milde stimmen möchten.

Ihr sei nun doch Besorgniserregendes zu Ohren gekommen, denn es habe sich wohl jemand bei den Behörden über Paulus und Lukas und Silas und Timotheus beschwert.

„Worüber denn?", wollte Paulus wissen.

„Nun, wer etwas für eine Beschwerde finden will, der wird über kurz oder lang auch etwas finden."

„Sie wollen uns los werden", erkennt Timotheus die Lage.

Ihm ist noch bestens in Erinnerung, wie es sich seinerzeit mit der Steinigung des Paulus zutrug, und vieles an der jetzigen Situation kommt ihm durchaus bekannt vor.

Es gehe, so Lydia, bei der Anzeige wohl darum, dass die Missionare das Volk durcheinander brächten, indem sie Gebräuche lehrten, die ein Römer – und sie wüssten ja, wie viele römische Bürger es in Philippi gäbe – weder annehmen noch befolgen dürfte.

Tage bangen Wartens folgen. Aber zunächst geschieht nichts.

Es kommt der nächste Herrentag, an dem sie in aller Frühe wie gewohnt zur Gebetsstätte laufen. Plötzlich verstellen ihnen vier fremde Männer, etwa dort, wo sonst die geheilte Wahrsagerin lauerte, den Uferweg.

„Wen sucht ihr?“, fragt Paulus sie.

„Paulus aus Tarsus!“

Lukas, der in seiner Freizeit die Leidensgeschichte Jesu aufschreibt, fühlt sich an die Gefangennahme Jesu im Garten Getsemani erinnert. Aber Paulus antwortet nicht, dass er es sei, und die Soldaten fallen auch nicht um. Im Gegenteil: Sie packen Paulus, fragen nach Silas, nehmen beide fest, indem sie deren Hände mit Stricken fesseln, und führen sie ab.

Auf dem Uferweg stehen die Christen wie angewurzelt, machen dem kleinen Trupp Platz, ziehen die Kinder hinter sich und tuscheln hinter vorgehaltenen Händen.

Noch am selben Tage findet die öffentliche Verhandlung statt. Zu dieser hat sich verblüffenderweise viel Volk auf dem Platz angesammelt. Erst jetzt wird offensichtlich, wie fruchtbar die subversive Arbeit der Gegner in den vergangenen Wochen war. Anders lässt sich die Wut der Menge, die sich während der Verhandlung gegen Paulus und Silas erhebt, nicht erklären. Wie Schuppen fällt es Paulus von den Augen. Er sucht nach Timotheus und Lukas, die irgendwo in der aufgebrachten Menge sein müssen. Aber es ist zu spät.

Einer seiner beiden Wärter reißt ihn am Arm, und Silas und Paulus müssen das schnelle Urteil vernehmen, das der voreingenommene Richter ohne Verhör, Zeugenaussagen und ohne Verteidigungsreden plötzlich verkündet: „Auspeitschen!"

Sie wechseln einen schreckerfüllten Blick. Aber ehe sie sich versehen, reißen ihnen die Leute bereits an den Oberkleidern. Sie wehren sie ab. Da dröhnt aus dem Munde des behördlichen Überwachers der Befehl: „Submovete!" Gehorsam gibt die blutrünstige Menge eine Gasse frei, durch die die Liktoren im Gleichschritt gelaufen kommen.

„Despolitae!", dröhnt es, und den Verurteilten werden die Kleider vom Leibe gerissen.

Plötzlich wird es für den Bruchteil einer Sekunde, für einen zeitlich kam messbaren Moment, still. Den vorne Stehenden enthüllt sich ein Bild des Schreckens, als sie den welligen, zernarbten Rücken des Paulus sehen. Einige nehmen erschreckt die Hand vor den Mund und schauen sich mit weit aufgerissenen Augen an. Von hinten recken sie sich, um das Unglaubliche auch zu sehen. Rote Wundmale laufen in schrägen Streifen vom Hals bis hinunter, irgendwo wölbt sich eine pflaumengroße Schrunde, als sei die Haut zusammengeschnürt, zwischen den alten Verletzungen setzt sich die Maserung dunkelblauen Geäders ab, die Wirbelsäule drückt sich knorrig durch und spannt die alten Hautverletzungen, so dass sie teilweise glänzen.

„Verberate!" – straft sie mit Ruten aus dem Liktorenbündel – erschallt der Befehl.

Dann sausen die ersten der schmerzhaften neununddreißig Hiebe nieder. Sie werden jeweils von zwei Liktoren ausgepeitscht, die abwechselnd schlagen. Das Volk zählt laut und rhythmisch mit. Die anfänglichen Striemen platzen auf, Blut rinnt über die gebeugten Rücken, sammelt sich an der Seite und tropft aufs Straßenpflaster.

Lydia, die auch unter der Menge ist, hat sich abgewandt.

Timotheus treten die Tränen in die Augen, Lukas, der Arzt, ist bereits heimgelaufen, um Salben und Wundauflagen für sie zu holen.

Als er außer Atem zurückkommt, steht die Menge zwar noch in kleinen Grüppchen auf dem Platz, auch Timotheus trifft er, die beiden Ausgepeitschten jedoch sind nicht bei ihm. Timotheus ist kreidebleich und berichtet mit zitternder Stimme, man habe sie zur Erhöhung der Strafe für ein paar Tage in den Kerker geworfen. Dann stürzt er sich weinend auf Lukas und wimmert: „Sie haben sie ... wie Tierkadaver auf einen Wagen geworfen ... oh, es ist so furchtbar ... es ist so furchtbar ..."

Sein weiches, gutmütiges Herz ist für solche Brutalitäten nicht geschaffen. Lukas nimmt ihn liebevoll in den Arm und redet ihm gut zu. Als Timotheus sich langsam beruhigt, fragt er ihn: „Wo ist Lydia?" Unter Schluchzen antwortet Timotheus: „Lydia ist schon losgegangen, um sich an höchster Stelle über das Vorgehen zu beschweren ... sie ist außer sich über so viel Ungerechtigkeit ... hoffentlich kann sie etwas bewirken ..."

„Wahrscheinlich nicht viel", antwortet Lukas, der die Reiseapotheke wieder auf den Rücken schnürt, „wenn das Volk erhitzt ist, dann tun sie alles, um es zu beruhigen ... im Übrigen muss da ja einiges vorher gelaufen sein, so viel Volk kommt doch normalerweise nicht spontan zusammen ..."

Beunruhigt gehen sie heim.

Einige Zeit später kommt auch Lydia. Sie ist immer noch erregt. Ihr sonst wohlgeordnetes Haar ist durcheinander, der lange Rock vom Laufen staubig, sie hat rote Wangen und ist außer Atem.

„Denen", platzt sie, „habe ich erst einmal eingeheizt ... Die sind ganz schön zusammengezuckt, als sie hören, die beiden seien römische Bürger ... Morgen sind sie auf freiem Fuße."

Daran wagen Paulus und Silas nicht zu denken. Sie hocken im innersten Raum eines in den Fels gehauenen Gefängnisses und sind zusätzlich mit den Füßen an einen Pflock gekettet.

Man hat ihnen nach der Auspeitschung die Wunden nicht versorgt, in dem Verließ liegen ein paar alte Strohsäcke, aber Paulus rät, die Wunden mit ihnen nicht in Kontakt zu bringen, weil das alles noch schlimmer machen würde. Lukas habe ihm davon erzählt, wie wichtig Hygiene sei, und dass offene Wunden nicht mit Verunreinigtem in Berührung kommen dürfen, das sei ja allgemein bekannt. Nach einigen Stunden öffnet sich die Zellentür, jemand wirft ihre Kleider hinein und stellt zwei Schüsseln mit Wasser auf. Sie trinken sie leer und lassen die Wunden der kalten und feuchten Luft ausgesetzt.

Silas fragt Paulus, wie spät es wohl sein mag, sie schätzen beide die Uhrzeit und sind sich einig, dass es nach Mitternacht sein müsse.

Genauso schlecht schläft in dieser Nacht der oberste Stadtbeamte, der die Geißelung zu verantworten hat, denn dass er laut Lydias Aussage einen römischen Bürger hat auspeitschen lassen, ist ein grobe Verletzung des Schutzes, den römische Bürger in den von Römern besetzten Gegenden genießen. Es könnte ihm an den Kragen gehen, wenn das herauskommt.

Zu allem Übel gibt es in der Nacht noch ein heftiges Erdbeben. Für Sekunden wackeln die Häuser, ein paar Ziegeln fallen zu Boden und zerspringen dort klirrend, in der Wand entsteht ein tiefer Riss. Das sei der Zorn der Götter, sagt er sich schweißgebadet, sitzt aufrecht und fleht mit trockenen Lippen zu Apoll und all den anderen Göttern, verspricht wohl auch, ihnen ein saftiges Fleischopfer darzubringen, wenn sich nur ihr Zorn von ihm abwende. Er zittert am ganzen Körper.

Aus wechselvoll verbrachter Nacht schreckt er mit einem Angstschrei hoch, als am frühesten Morgen ein heftiges Pochen am Tor seiner großen Villa zu vernehmen ist. Der Sklave meldet, ein kleiner Trupp Soldaten sei dort und man wolle ihn sofort sprechen. Er hilft dem vor Angst panischen Herrn in seine Kleider und kann es nicht verhindern, dass er ungekämmt, ohne morgendliche Kosmetik und barfuß ins Atrium stürzt. Er rechnet damit, abgeführt zu werden.

Statt dessen berichten ihm die Soldaten, es habe in der Nacht ein Erdbeben gegeben, das Gefängnis sei teilweise zerstört worden, die Türen seien aufgesprungen und die Gefangenen seien freigekommen.

„Wo sind sie", fragt er wirr, „wo sind sie hin, sind sie geflohen?" Er schaut mit irrem Blick um sich.

Nein, antworten die Soldaten, die Lage sei ein wenig verwickelter. Die Gefangenen hätten fliehen können, aber sie seien nicht geflohen.

Ein anderer Soldat unterbricht die Erzählung und schiebt dazwischen, dass der Kerkermeister sich schon erdolchen wollte, als er sah, dass die Türen alle aufgesprungen seien, aber plötzlich habe der eine Stimme gehört, er solle sich nichts antun, er bräuchte keine Angst zu haben, sie seien ja alle noch da.

„Beim Jupiter", entfährt es dem Beamten, „wessen Stimme war das."

Und dann wieder die Soldaten: man wisse natürlich noch nichts Genaues, es sei wohl die des Paulus gewesen, auf jeden Fall sei der Kerkermeister vor Angst fast ohnmächtig geworden, er habe nach Licht geschrien, sie hätten dann gesehen, wie blass er sei, er habe sich zu Füßen des Paulus niedergeworfen und gezittert wie ein alter Hund, er sei so neben sich gewesen, dass die beiden Ausgepeitschten ihm von ihrem Wasser etwas eingeflößt hätten, er hätte ununterbrochen gewimmert und gefragt, was er tun müsse, um gerettet zu werden und so weiter, sie hätten ihm von ihrer Religion erzählt, von diesem Jesus von Nazaret und so, auf jeden Fall habe der Kerkermeister sie mit zu sich nach Hause genommen, ihnen dort die Striemen gewaschen und zu essen gegeben.

„Und die anderen Gefangenen ..."

„Die sind alle noch da, keine Angst, niemand ist geflohen. Während der Kerkermeister Paulus und diesen Silas mitgenommen hat, haben wir alle wieder eingesperrt und die Türen abgeschlossen."

Dem Hausherrn versagen die Füße, er sieht sich nach einer Sitzgelegenheit im Atrium um, aber außer einer Steinbank am hinteren Ende findet sich dort nichts. Wackelig bleibt er auf seinen nackten Beinen stehen.

Die Soldaten warten auf einen Befehl.

„Holt mir den Amtsdiener, aber rasch!"

Sie schlagen die Hacken zusammen und verlassen den Irritierten. Bei dem taucht wenig später ein nicht minder irritierter Amtsdiener auf. Er erhält den Befehl, die anderen hohen Beamten zu wecken und zu einer eiligen Sitzung einzuberufen.

Daselbst eröffnet er den noch schlaftrunkenen Anwesenden, dass die beiden, die gestern öffentlich die neununddreißig Hiebe erhalten hätten, römische Bürger seien, und im Zusammenhang mit dem Erdbeben, das sie ja wohl alle mitbekommen hätten, sei in der vergangenen Nacht noch das und das vorgefallen, und wie der hohe Rat denn nun entscheiden würde.

Schnell ist allen klar, dass sie in eine brenzlige Situation geraten seien und dass die Sache heiß werden könnte.

Brummelig meint einer der Anwesenden, man könnte die beiden doch nun einfach bitten, den Ort zu verlassen, und dann würde schon Gras über die Sache wachsen, und überdies habe er keine Lust, sich noch länger am frühen Morgen mit diesem Blödsinn zu befassen.

Wo denn nun die beiden seien, will ein andere wissen.

„Wahrscheinlich beim Kerkermeister daheim", antwortete der Vorsitzende, „ich werde einen Amtsdiener dorthin schicken, sie auf freien Fuß setzten lassen und sie bitten, Philippi zu verlassen."

Dagegen hat niemand etwas einzuwenden.

Wenige Zeit später klopft der entsandte Amtsdiener an die Haustür des Kerkermeisters, fragt nach den beiden, die gestern ausgepeitscht wurden, stellt sich vor sie, teilt ihnen kurz mit: „Ihr seid frei, könnt gehen!" und weist zur offen stehenden Tür.

Paulus aber bleibt sitzen.

„Ich will euch mal was sagen, wir beide sind römische Bürger, nachdem man uns öffentlich und ohne Gerichtsverhandlung ausgepeitscht hat, wirft man uns ins Gefängnis, und jetzt will man uns noch insgeheim ausweisen? Kommt nicht in Frage! Die sollen selbst kommen und uns hinausführen."

Der verblüffte Amtsdiener zieht von dannen.

Kaum eine Stunde später öffnet der Kerkermeister wieder seine Haustür, und herein tritt in der Tat einer der höchsten Beamten der Stadt, Vorsitzender des Stadtrates, Richter bei der gestrigen Kurzverhandlung und Verantwortlicher für das Urteil der öffentlichen Geißelung. Er sieht aus wie nach einer durchzechten Nacht. Vorsichtig geht er auf die Apostel zu, verbeugt sich unterwürfig und bittet höflichst um Entschuldigung: ihnen sei ein Fehler unterlaufen, es sei ihnen nicht klar gewesen, dass es sich bei den Verurteilten um römische Bürger handele, die ganze Sache sei ihm höchst peinlich, er bitte sie, jetzt keinen Aufstand zu machen, die Stadt sei bereit, ihnen Schmerzensgeld zu zahlen und so weiter.

Er führt sie aus dem Gassengewirr bis zum Haus der Lydia, beäugt von verdutzten Menschen, die sich darauf keinen Reim machen können, wie die gestern noch Geächteten nun vom obersten Stadtbeamten höchstpersönlich durch die Gassen geleitet werden.

Er bittet sie höflich, aus den genannten und anderen Gründen bald die Stadt zu verlassen, und verabschiedet sich untertänig.

Lydia ist außer sich. Einerseits ist sie erbost über die dummen Beamten, andererseits froh, die beiden wieder auf freiem Fuß zu wissen. Sie überschüttet sie mit Mitleid ob der Auspeitschung. Dann widmet sich Lukas ihren Wunden. Am Abend lässt Lydia ein noch nie dagewesenes Mahl auftragen. Während des Essens klären sie, dass es tatsächlich besser sei, die Stadt zu verlassen, sobald die Rücken einigermaßen verheilt wären.

Paulus meint, dass sich die Verhältnisse der Gemeinde hier in Philippi in dem Jahr, in dem sie hier waren, gut entwickelt hätten. Ein gewisser Epaphroditus sei ein wertvoller Helfer geworden, und schließlich habe sie, Lydia, die Zügel in der Hand. Er sähe eigentlich keinen großen Sinn darin, noch länger in Philippi zu verweilen und vielleicht habe das, was in den vergangenen vierundzwanzig Stunden hier vorgefallen sei, geschehen müssen, damit sie nicht bequem würden, sondern weiter zögen, das Evangelium von der Auferstehung der Toten zu verkündigen. Sie seien jetzt ein gutes Jahr hier, sie seien erholt, man müsse weiter, die Zeit sei kurz, bis Jesus Christus wiederkomme – und so weiter.

Nur das eine wolle er noch sagen: Bei aller postiven Entwicklung der Gemeinde sei es doch sinnvoll, wenn einer von ihnen noch für eine Weile hier bliebe, er dächte da an Lukas, dieser habe in Philippi eine große Akzeptanz, er sei inzwischen ein akzeptierter Arzt, er könne ja hier noch die Dinge ein wenig begleiten.

Das ist Lukas nicht unrecht. Er ist einverstanden.

Paulus beauftragt ihn ausdrücklich damit, die vereinbarte Kollekte gewissenhaft durchzuführen, sie sei wichtig für den Zusammenhalt der Gemeinden untereinander, für die Solidarität mit Jerusalem, vor allen Dingen solle er sich keinesfalls von irgendwelchen Judaisten abbringen lassen, die jetzige Praxis der Aufnahme der Heiden in die Gemeinde zu ändern, denn es sei ja auf dem Apostelkonzil beschlossen worden, die Heiden ohne Beschneidung zur Taufe zuzulassen.

Seine drei Begleiter kennen seine Ansicht zur Genüge, und Lukas verspricht, sein Bestes zu geben.

Am Abreisetag sind ihre Rücken, dank der heilbringenden Fluiden des Lukas, so weit verheilt, dass sie ihre Rucksäcke wieder tragen konnten. Timotheus nimmt den schweren Rucksack mit den gemeinsamen Gegenständen.

Es gibt Tränen, es gibt Segnungen, es gibt Versprechen wiederzukommen, es gibt eine letzte intensive Bitte, die Kollekte nicht zu vergessen, es gibt Verabredungen mit Lukas, und dann werden für die weinende Lydia die drei Gestalten am Horizont kleiner und kleiner.

Am ersten Reisetag führt der Weg zunächst durch ein weites, ruhiges Tal. Er windet sich zwischen weiten Flachsfeldern und schattenspendenden Platanenalleen. Von den schneeigen Gipfeln des Pangäus weht den ganzen Tag über eine angenehme kühle Luft. Sie kommen gut voran und gegen Abend bereits aus den Bergen heraus in das breite Tal des Strymon. Hier wendet sich der Strom in einer mächtigen Schleife um eine Halbinsel, auf der am Südostufer des Sees die Stadt Amphipolis liegt, eine Stunde landeinwärts vom Meer, von hohen Bergen umrahmt, mit einem prächtigen Blick auf die Ägäis.

Nach zehnstündiger Wanderung haben sie Amphipolis erreicht. Dort nächtigen sie.

Anderntags wandern sie wieder an die zehn Stunden zwischen dem blauen Strymonischen Golf und dem Küstengebirge, bald durch dichtes Gehölz, bald über freie Wiesen – immer mit Blick auf das Meer – an zwei einsamen Gebirgsseen vorbei, über die ganze Breite der Halbinsel Chalkidike, wo sie abermals für die Nacht ein Quartier nehmen.

Im Schatten üppiger Kastanienwälder kommen sie gegen Abend des dritten Tages nach Apollonia, das malerisch auf einer Anhöhe am Südufer eines größeren Sees liegt und noch einmal zwei Tage später zur letzten Hügelkette am Ostrand des Golfes von Thessalonich.

Unter ihnen liegt die ewig bewegte blaue Fläche des Meeres, auf dem schaumige Wellen tanzen und drüben in weiter, dunstiger Ferne der von den Strahlen der untergehenden Sonne purpurn gefärbte Firnschnee des vielgipfligen thessalischen Olymp.

Zu Füßen der Wanderer aber liegt das marmorschimmernde Thessaloniki.

Thessaloniki

Etwa zu der Zeit, als Paulus, Silas und Timotheus und ihre Missionsarbeit in Thessalonich beginnen, öffnet sich an der schmalsten Stelle der zilizischen Pforte das eiserne Tor für ein paar schwarzgewandete Judenchristen. Sie gehen schweigend hindurch und grüßen nicht einmal die beiden verwunderten Wachsoldaten, um keine Berührung mit den Heiden zu haben.

Die beiden Wachsoldaten schauen sich fragend an und schütteln die Köpfe über die seltsamen Wanderer. Es ist nicht häufig, dass Strenggläubige diesen Weg gehen, und einige haben aufgrund der vom Gesetz vorgeschriebenen Sabbatruhe schon ihr Leben in diesem rauhen Felsmassiv lassen müssen, sind verhungert, verdurstet oder erfroren, weil sie – um Jahwe die Ehre zu geben – nicht weitergewandert sind.

Geschäftstüchtige Kaufleute gehen diesen Weg, manches Gesinde und treue römische Beamte – zuletzt auch Paulus und Silas vor mehr als einem Jahr. Nun ziehen die gefürchteten Thorachristen ihnen nach. Sie sind in einer ernsten Mission unterwegs, von nichts anderem geleitet als dem Gedanken, dem mosaischen Gesetz Recht und Geltung zu verschaffen. Im Namen Jahwes, des einzigen Gottes und seines Sohnes Jesus Christus, nehmen sie all die Mühsal der Taurusüberquerung auf sich.

Wie eine Ader öffnet sich das Tor und lässt ein paar Tropfen des Gegengiftes hindurch, das hier im Norden die neuen Zellen heilen soll. Es ist eine kleine Dosis, aber sie soll dem Körper heftig zusetzen.

Den strengen Thorachristen ist die missionarische Tätigkeit des Paulus, seiner Gefährten und der Leiter der neu gegründeten Gemeinden nicht verborgen geblieben. Sie haben alarmierende Nachrichten von Glaubensbrüdern erhalten und sehen in den vielen Unbeschnittenen eine Krankheit, die vom Körper weggeschnitten werden muss.

Nach den für sie inakzeptablen Beschlüssen des Apostelkonzils nehmen sie nun die Sache selbst in die Hand.

Sie haben die sichere Information, dass Paulus Galatien in Richtung Griechenland verlassen hat. Nun ist das Feld frei. Die Unkrautvernichtung kann beginnen.

Sie erreichen Derbe.

Niemand kennt sie hier, aber sie haben gute Adressen. Bei einer solchen kehren sie ein und lassen sich vor Ort in Kenntnis setzen.

Sie hören, Paulus sei ein zweites Mal hier gewesen, er habe die Heiden in dem Willen bestärkt, sich nicht beschneiden zu lassen, er hätte Heiden als Vorsteher von Gemeinden eingesetzt, und die Christen, wie sie sich hier nennen, hätten ein feines Netzwerk aufgebaut, und das müsse man ihnen lassen: Sie hielten zusammen.

Im Übrigen sei ihnen zu Ohren gekommen, sie würden überall in den christlichen Zellen eine sogenannte Kollekte durchführen, indem sie jeden ersten Tag der Woche ein wenig Geld beiseite legten, auch die Ärmsten würden sich an der Kollekte beteiligen, dieser Paulus habe es ihnen eingeimpft: sie müssten die Armen in Jerusalem unterstützen. Der das sagt, schaut vorsichtig prüfend um sich und fügt leise an: „Glaubt mir, es kommt viel Geld zusammen."

„Von dieser Kollekte ist schon in Jerusalem die Rede", antwortet der Anführer, „sie wollen damit den Zusammenhalt der Gemeinden stärken und sich an die Nazaräer in Jerusalem binden ..."

„... sagen wir lieber, sie abhängig machen ...", unterbricht ihn sein Sohn, den er zu dieser heiligen Reise mitgenommen hat. Der Vater fährt fort: „Jakobus kam auf diese Idee ..., es ist ein Jammer, wie der damals beim Apostelkonzil umgefallen ist ..." Er sinniert ein wenig und sagt dann mehr zu sich selber, dass das nun mehr als zwei Jahre her sei.

„Weiß er von eurer Mission?"

„Nein, ich glaube nicht, aber er wird schon nichts dagegen haben … übrigens hat er nicht miterlebt, wie Paulus seinerzeit in Antiochia gegen Petrus sich erhoben hat, wenn er das mitbekommen hätte, dann würde er die Dinge jetzt auch anders sehen …"

Keiner weist ihn darauf hin, dass er es ja auch nicht mitbekommen habe, so dass er anfügen kann: „Wir müssen seinem Treiben ein Ende setzen."

Wieder schaut der Gastgeber unsicher um sich, als würde er belauscht werden, dann sagt er leise: „Fangt nicht hier an, die Gemeinden in Derbe, Lystra, Ikonium und im pisidischen Antiochia sind schon zu gefestigt … Sie sind die ersten Gründungen von Paulus und Barnabas, sozusagen ‚die erste Liebe' … Aber ich habe etwas anderes ausgekundschaftet: Galatien!"

Seine Zuhörer schauen ihn fragend an.

Im Zimmer ist es dunkel. Die Männer sitzen um einen niedrigen schwarzen Tisch, auf dem ein paar getrocknete Feigen, zwei Schalen mit frischem Ziegenkäse und mit Kümmel bestreute Fladenbrote liegen. Nur eine kleine Kerze brennt und flackert ein wenig im Zug der fast vollständig abgedunkelten Fenster. Silbern schimmert ein ehrwürdiger Bart im Dunkel, hier und da zittern ein paar Schläfchenlocken und ernst lauschen sie den Gedanken des Weisen für ihr heiliges Werk.

„Paulus war seinerzeit – ein Jahr ist es her – in diesen Gemeinden, die er bereits gegründet hat. Dann ist er mit Silas und Timotheus weitergezogen nach Galatien. Dort haben sie viele getauft, Heiden" – angewidert verzieht er sein Gesicht –, „aber die Gemeinde dort ist noch jung, instabil … ihr wisst, was ich meine … von dort her könnte man beginnen, die Heidenchristen unter die Thora zu stellen."

Noch bis tief in die Nacht schmieden sie Pläne, verwerfen den einen oder anderen Gedanken, besprechen das weitere

Vorgehen und versichern sich des Wohlwollens ihrer judenchristlichen Mitbrüder.

Ihrer Hilfe können sie gewiss sein. In dieser Gewissheit ziehen sie nach Galatien, um dort den Heiden beizubringen, sie müssten sich beschneiden lassen, wenn sie das Heil, das ihnen durch die Taufe geschenkt worden sei, tatsächlich erreichen wollen.

Wie eine Blutspur verfolgten sie die Fährte des Paulus. Nie werden sie lange fehlgeleitet und finden beutegewiss den Weg.

Nach Wochen haben sie das erste Lager ausgemacht: jene kleine Ortschaft in Galatien, wo die Kinder der Wirtsfamilie sich immer noch über die Engel unterhalten, die bei ihnen Herberge gefunden haben.

Sie nehmen Quartier. Sie beobachten, spüren auf, stellen nach, ergreifen Besitz. Die Gegenreformation hat begonnen.

Kaum getauft, erfahren die galatischen Heidenchristen nun, dass sie dem Falschen gefolgt seien, von wegen Engel. Es sei nicht richtig, was sie von ihm gehört hätten. Nein nein, die Taufe allein genüge beileibe nicht. Die Beschneidung müsse schon sein, und im Übrigen müssten sie sich an die Vorschriften des Gesetzes halten, ob sie denn überhaupt schon einmal etwas von dem Verbot des Götzenopferfleisches gehört hätten und wie sie es denn mit der Trennung der Töpfe für Milch und Fleisch in ihrer Küche hielten und was sie am Sabbat alles so täten.

Die kindlichen und gutmütigen Galater sind sprachlos. Solch einem Scharlatan seien sie also aufgesessen. Ja also so was, das hätte man ja nicht ahnen können, dass dieser Paulus so einer sei, er habe sich sehr korrekt und nett verhalten, und eigentlich seien ja auch seine Gefährten sehr nett gewesen, da könne man mal sehen. Aber nun seien sie doch dankbar, dass man sie aufgeklärt hätte, ein wenig komisch sei ihnen das ja – Hand aufs Herz – schon vorgekommen, mit der Auferstehung der Toten und all dem, was Paulus von diesem Jesus zu berichten gewusst hätte. Ja, wer denn dieser Jesus nun eigentlich sei, auch etwa ein Scharlatan?

Und die Antwort: Nein nein, der nicht, aber man müsse halt aufpassen, wer alles in seinem Namen rede, was da verkündet werde und so fort.

Die Galater jedenfalls lassen sich umstimmen.

Währenddessen geht nichtsahnend die Mission in Griechenland weiter.

In Thessaloniki läuft es nicht gut – wenigstens am Ende nicht. Es ist wie überall: Zunächst besuchen sie die Synagoge und machen dort von ihrem Recht Gebrauch, das Wort zu ergreifen.

An drei Sabbatfeiern nacheinander spricht Paulus in der Gebetsversammlung der Juden über die heiligen Schriften. Er erklärt sie ihnen und legt dar, dass der Messias leiden und von den Toten auferstehen musste und: „Der Messias ist Jesus, den ich euch verkündige."

Einige werden gläubig und schließen sich Paulus an, ebenso eine große Zahl von Gottesverehrern und Griechen und eine Reihe vornehmer Frauen. Bald trifft sich diese Gruppe nicht mehr in der Synagoge, sondern immer einen Tag nach dem Sabbat, am Herrentag, in der Wohnung eines Christen. Sie feiern Taufe und das Abendmahl.

Es ist dasselbe Muster wie bei fast allen Gemeindegründungen, und auch der Ärger, der daraufhin entsteht, hat dieselbe Struktur: Die Juden regen sich über Paulus auf, was der nun für einer sei, man höre ja die unterschiedlichsten Dinge von ihm, überall, wo er auftauche, gäbe es Ärger, nirgends würde er für lange Zeit geduldet werden, das könne doch kein Zufall sein, man könne es nicht mit ansehen, wie er hier die Leute von der Synagoge abwerbe und ihnen einen neuen Weg nahebrächte, von wegen Jesus Christus und so, wie er die Heiden behandele, und man höre, er nehme sie sogar ohne Beschneidung in die Gemeinde auf, man sei ja bekanntlich tolerant, hier in Griechenland, aber das gehe ja nun zu weit, man müsse ihm das Handwerk legen, ansonsten könne man die Synagoge ja wohl bald schließen, oder solle man sie etwa gleich den Christen überlassen?

Dann werden Ränke geschmiedet, und am Ende läuft es so: Man holt Gesinde von der Straße, Münzen wechseln schnell ein paar Hände, bis sie schließlich dort ankommen, wo man nahezu alles mit Geld kaufen kann. Denen wird gesagt, was sie behaupten sollen, die ränkeschmiedenden Juden tragen, beflügelt von ihrer Eifersucht, das Ihre dazu bei, und am Ende entsteht ein Auflauf, Geschrei, Gezänk, Gezerre und Handgreiflichkeiten, wie damals in Damaskus, wie in Antiochia, wie in Perge, wie in Lystra, wie in Ikonium, wie in Antiochia in Pisidien, wie in Philippi.

Nur dass Paulus in Thessaloniki anfangs gar nicht bei dem Streit zugegen ist. Die gegnerischen Gruppen, wahrscheinlich beide von den Juden bezahlt und bestellt, streiten sich ohne ihn. Irgendwo in einem der öffentlichen Parks, wo die Philosophenschulen sind, geraten sie aneinander. Vielleicht spielt auch Alkohol eine Rolle, Geld, Verleumdungen, üble Nachrede – das ganze Reservoir an Machenschaften war verwendet worden, um die Gruppen gegeneinander aufzuwiegeln und dafür zu sorgen, dass es ein heftiges Gemenge und Geschrei gäbe.

Irgendwann fällt dann auf, das Paulus gar nicht da ist.

Wo er denn überhaupt sei, ruft einer. Verdutzte Blicke. Suchen. Jeder glaubte, er sei in der anderen Gruppe. Es wird still. Dann ruft wer, Paulus und Silas und Timotheus wohnten ja bei diesem Jason, und dorthin werde man nun auf direktem Wege gehen, man werde ihn zur Rechenschaft ziehen, also so gehe das ja nun nicht, er solle doch mal genau sagen, worum es gehe und wer Recht habe. Die Gruppen ziehen immer noch streitend, schnaubend, schnaufend, sich immer wieder gegenseitig angreifend dorthin, wo er wohnt, lärmen und grölen vor dem Haus.

Aus diesem tritt zitternd und bleich Jason heraus. Wo Paulus denn sei und er solle sich nicht verstecken, sondern nun mal herauskommen und sich stellen, sie wollten mit ihm diskutieren.

Jason sagt, Paulus und die anderen seien nicht da, sie seien ins Umland gegangen ... Er kann nicht ausreden, weil einer meint, in dem Falle könnte man ja auch den Hausherrn mitnehmen, der sei ja wohl auch nicht ohne, und immerhin könne man ihm colaboratio in materiale vorwerfen, wenn er die Volksaufhetzer bei sich wohnen lasse, was sei das denn wohl sonst? Sie zerren den armen Jason am Gewand, er wehrt sich nicht, der Pöbel packt ihn, sie schleppen ihn vor den Stadtrat, der, o Wunder, ohnehin gerade tagt. Ein paar führende Juden stehen wie zufällig vor dem Amtsgebäude, sind zufrieden, dass die so prächtig von ihnen gegeneinandergehetzte Menge so aufgebracht ist. Dann sehen sie verblüfft, dass es nicht Paulus ist, den der Mob da anbringt, sondern Jason. Auch so einer, der einmal zu ihnen gehörte. Na, immerhin.

Nun stellt sich aber heraus, dass die Stadtväter von Thessaloniki nicht so draufgängerisch wie ihre Kollegen von Philippi sind, von deren Fehltritt sie möglicherweise schon gehört haben.

Sie hören sich die Vorwürfe gegen Jason an, versuchen ein wenig einzulenken, indem sie sagen, der habe doch nichts getan, ihn könne man ja schließlich nicht hinsichtlich der Vorwürfe befragen, die sie, die Menge, dem Paulus mache. Daraufhin die Menge: Der sei aber auch so einer, der habe Paulus und die anderen bei sich wohnen lassen, der stecke auch mit ihnen unter einer Decke, Paulus sei nicht in der Stadt, und man müsse halt mit den Mädchen tanzen, die auf der Hochzeit seien, so hätten sie eben Jason mitgebracht.

Die Stadtväter lassen sich nicht beeindrucken. Mehr um die Menge irgendwie zur Räson zu bringen, kerkern sie Jason ein. Er bekommt zu essen und zu trinken, eine warme Decke und die Zusage, dass das Ganze für ihn kein schlimmes Ende haben werde, er könne ganz beruhigt sein.

Mehr geschieht einstweilen nicht. Die Aufgebrachten gehen in nahegelegene Schenken und setzen dort den Streit fort. Bald weiß kaum noch einer, worum es eigentlich geht.

Am nächsten Morgen, als sich die Wogen geglättet haben und sich noch nicht überall herumgesprochen hat, dass es in dem einen oder anderen Wirtshaus in der Nacht noch heftige Schlägereien gegeben habe, wird Jason wieder vor den Rat geholt, muss eine Kaution hinterlegen und kann gehen.

Jason ist das Herz in die Hose gerutscht. Knapp den neununddreißig Hieben und dem zur Lynchjustiz fähigen Volke entkommen, läuft er heim. Dort findet er Paulus und die anderen, die noch in der Nacht heimgekehrt waren und bereits informiert sind. Jason fleht die Apostel an, die Stadt zu verlassen.

Diese hatten bei ihren Erkundigungen im Umland den kleinen Ort Beröa kennengelernt. Er kam ihnen sympathisch vor. Es bietet sich an, dorthin zu gehen, denn der Ort ist einerseits weit genug von Thessaloniki entfernt, um aus der Reichweite zu sein, und liegt doch nahe genug, um jederzeit nach dem Rechten sehen zu können.

Die Gemeinde in Thessaloniki ist noch nicht gefestigt. Die Unruhe, die in den letzten Wochen entstanden war, hat der jungen Gruppe nicht gut getan, und der einzige, auf den Verlass war, Jason, ist nun durch die Wirren auch heftig verunsichert.

Er behauptet aber, er könne die Gemeinde leiten und wieder, wenn Frieden eingekehrt sei, zusammenführen. In der Tat bleibt Paulus keine andere Wahl, als Jason mit der Leitung der Christengemeinde zu beauftragen. Paulus sagt zu Jasons Beruhigung noch, er wolle in Beröa erst einmal abwarten, was in Thessaloniki geschehe, und nach einiger Zeit wiederkommen, um an der Gründung der Gemeinde weiterzuarbeiten. Sie beten gemeinsam, legen ihm die Hände auf, packen ihre Sachen und wandern nach Beröa.

Daselbst gehen sie wieder in die Synagoge, stellen aber fest, dass die Juden das Wort bereitwillig aufnehmen. Sie erweisen sich als Menschen, die von der griechischen Philosophie und Denkweise geprägt sind, fragen nach, diskutieren, forschen selbstständig in den Schriften und bilden sich ein eigenes Urteil, kurzum: Sie bedienen sich ihres eigenen Verstandes.

Rasch entsteht eine neue christliche Gemeinde, es gibt Unterricht für die Taufbewerber, Timotheus und Silas werden eingespannt, Paulus besucht die Kranken, bereitet seine Predigten vor und schreibt Briefe.

Silas und Timotheus fällt auf, dass er in der letzten Zeit mehr schreibt als früher. Er weiß es auszunutzen, dass auf den gut ausgebauten römischen Wegen die Post schnell und sicher vorankommt.

Auf diesen Militär- und Postwegen aber werden nicht nur Depeschen, Nachrichten und Briefe aus allen Teilen des riesigen römischen Imperiums hin und her geschickt, sondern diese Wege dienen auch dem Redefluss. Es wird getratscht und gemunkelt, Gerüchte verbreiten sich schnell, Gerede und Geschwätz ziehen von Ort zu Ort und von Dorf zu Dorf. Die Menschen sind stets erpicht auf Neues, jedes Gefasel wird ernst genommen, jeder Klatsch weitergetragen. Je übler die Nachrede, je schlechter die Nachricht, desto schneller verbreiten sie sich. Immer finden sich Händler, Soldaten, Tagelöhner und Marktschreier, die bereitwillig berichten, die jeden Unsinn und jedes Geschwafel weitertragen, die sich immer am Puls des Geschehens wissen, die mal hinter vorgehaltener Hand tuscheln, mal laut vor sich her posaunen, was sie da und da wieder aufgeschnappt haben, was man höre, was man munkele, was Legende sei und was nicht, was man vom Hörensagen wisse und was man selber erlebt habe, mit diesen seinen eigenen Augen gesehen und seinen eigenen Ohren gehört habe.

Die Postboten und Zusteller berichten in Thessaloniki, die Apostel seien nicht sehr weit geflohen, sie hätten sich in Beröa niedergelassen und würden dort einigermaßen erfolgreich missionieren. Auf jeden Fall höre man dies und das, und die Gemeinde sei sehr angewachsen, die Juden seien dort sehr offen für den neuen Weg, sie würden mit den Aposteln diskutieren und in den Schriften forschen. Wenig später berichten fahrende Händler und Handlungsreisende, die Apostel hätten in Beröa reiche und vornehme Leute bekehrt, denen ginge es dort gut, sie lebten wie die Made im Speck, ja ja, wenn das so weitergehe, dann könne man bald die Synagoge in Beröa schließen.

Die Juden in Thessaloniki horchen auf.

Sie fragen sich, weshalb das, was in Thessaloniki erfolgreich gewesen sei, nicht auch in Beröa funktionieren könnte, schicken ein paar von den bewährten Wühlern und Hetzern dorthin mit dem Auftrag, das Volk gegen die Apostel aufzuwiegeln. Es funktioniert, wenigstens halb.

Paulus, Silas und Timotheus erkennen rasch, dass sich nun auch der Wind in Beröa dreht. Mehr noch: Sie erkennen das Muster, nach dem das geschieht.

Unabsehbar braut sich etwas zusammen, und ob es noch mal so glimpflich ausgeht wie in Thessaloniki, das ist keineswegs gewiss.

Sinnvoller wäre es wohl, sich aus dem Staube zu machen, erkennt Paulus die Situation. Und fügt an, dass er auch wirklich weiter wolle, er sagt den beiden Gefährten, Beröa sei ohnehin nicht sein Traumziel in Griechenland, er hätte immer schon Athen vor Augen gehabt, und man hätte ja hier in Beröa auch gesehen, dass die Griechen vernünftige Leute seien und dass man mit ihren gut reden könne, und dass sie verständig seien und sich für die neuen geistigen Dinge interessiert und offen zeigen.

Ob Flucht oder Antrieb zur Weiterreise: Auf jeden Fall brechen sie in Beröa auf, lassen sich von den Gemeindemitgliedern bis zum Hafen begleiten und suchen sich ein Schiff nach Athen.

Noch unterwegs bricht Paulus' Krankheit wieder aus, als würde sich an seinem eigenen Körper widerspiegeln, was im ganzen Organismus der gegründeten Gemeinden vorgeht.

Wieder beginnt es mit leichten Eiterpickeln, die er ignoriert, mit Rötungen am Hals und nässenden Wunden.

Die ganzen drei Tage der Überfahrt liegt er unter Deck und erbricht selbst den kleinsten Schluck Wasser. Wieder rächt sich der Raubbau, den er an seinem Körper getrieben hat.

„Paulus, du musst dich mehr schonen", Timotheus wischt ihm mit einem gelblichen Tuch, das einmal weiß war, den Schweiß von der Stirn.

„Die Zeit ist kurz ...", röchelt Paulus und hustet zwischendurch trocken und schmerzhaft, „Christus kommt bald ..." Er schläft wieder unruhig ein.

Silas kommt und setzt sich an das schmutzige Lager. Es herrscht starker Seegang. Das Meer ist zwischen den vielen kleinen Inseln unruhig.

In den geladenen Amphoren klatscht der Inhalt schwer an die tönernen Hälse. Die Takelage stöhnt und unter Deck ächzen die Planken unter der Belastung, die ihnen zugemutet wird.

Paulus hat Fieber. In der Nacht phantasiert er.

Wie ein Schatten liegt er auf seiner Bettstatt. Von einem gedämpften Öllämpchen nur spärlich beleuchtet, wirkt sein Körper noch ausgezehrter, das hagere Gesicht durch die Pickel und Bläschen noch entstellter. Tiefblaue Streifen setzen sich unter den Augen ab und die Nase wirft einen schrecklichen Schatten auf die festgezurrte Ladung. Wie ein Krater erhebt sich der Adamsapfel am sehnigen Hals, dessen Falten jetzt schlaff nach unten hängen.

Thimotheus und Silas sehen sich an. Beide machen nachdenkliche Mienen.

„Wird er es durchstehen?", fragt Timotheus leise seinen Freund.

„Ich denke schon, das letzte Mal in Galatien war es schlimmer."

Per Zeichen verabredeten sie sich, ans Oberdeck zu gehen. Dort besprechen sie das weitere Vorgehen.

„Ich mache mir ernsthafte Sorgen", beginnt Timotheus, „Lukas hat doch gesagt, dass man an solch einer Krankheit stirbt …"

„Wir wissen doch gar nicht, was er tatsächlich hat", beruhigt Silas mehr sich selber als den mitfühlenden Timotheus, „einstweilen können wir ohnehin nichts tun … hier auf See …"

„Er ist seit der Auspeitschung in Philippi nicht zu Kräften gekommen." Timotheus geht wieder unter Deck, um nach dem Freunde zu schauen.

Paulus liegt wach und schweißgebadet da. Sanft tupft ihm Timotheus die Perlen von der Stirn. Paulus nickt nur schwach.

So geht es noch einen Tag und eine Nacht.

Dann – endlich! – machen sie in Athen fest.

Dort schleppten sie Paulus ins Töpferviertel, wo sie eine miserable, aber preiswerte Unterkunft finden. Schwer fällt er aufs Lager und lässt die beiden ratlos am Bett stehen.

Am anderen Morgen ist er ein klein wenig erholter. Wenigstens hat er gut geschlafen, so dass sie am Krankenbett das Notwendige miteinander bereden können.

„Paulus", beginnt Silas leise, „Timotheus und ich haben uns Gedanken gemacht, wie es weitergehen soll, und sind zu dem Schluss gekommen, dass ich nach Philippi zu Lukas fahre und ihn herhole. Du brauchst einen Arzt."

„So schlimm ist es nicht", antwortet Paulus mit herunterhängenden Augenlidern und mattem Blick, „ich werde mich ein paar Tage erholen, und dann müssen wir die Frohe Botschaft in Athen verkündigen."

Timotheus ist an das Bett getreten und nimmt die Hand des Kranken. Dann beginnt eine mühselige Überzeugungsarbeit, an deren Ende Paulus schließlich einwilligt.

Silas fährt ab.

Timotheus versucht inzwischen in Athen, das Beste aus dem Ganzen zu machen. Neben einer rührenden Pflege, die er Paulus zukommen lässt, erkundet er in der Stadt die ersten Möglichkeiten für den Ansatz der Verkündigung.

Paulus ist, trotz der Krankheit, begierig darauf, die Situation genauestens geschildert zu bekommen.

Timotheus berichtet ihm: Die jüdische Gemeinde sei nicht groß, aber es gäbe eine Synagoge.

Halb im Fieber antwortet Paulus: „Dort werden wir beginnen."

Timotheus seufzt und fügt sorgenvoll an: „Und dort wird es wohl auch enden."

„Sei es drum ...", flüstert Paulus und sinkt kraftlos aufs Lager zurück. Timotheus wischt ihm die Stirn und tupft ein paar der inzwischen geplatzten Bläschen ab.

Timotheus berichtet von Athen. Das eigentliche Leben scheine ihm auf dem Marktplatz stattzufinden, dort werde gekauft und verkauft, dort bespreche man die Politik und flehe zu den Göttern, hier wende sich ein Redner an die Menge oder äfft ein Schauspieler berühmte Persönlichkeiten nach. Auf einer Seite der ringsum laufenden Säulenhalle hätten sich die Stoiker niedergelassen und vertieften Zenons Lehren, ihnen gegenüber entwickelten die Nachfolger Epikurs die Erbschaft ihres Meisters; von weither gekommene Fremdlinge in seltsamen Trachten würden dort herumziehen, einer habe die Macht eines unbekannten orientalischen Gottes, die Wirksamkeit eines neuen Ritus und die Wunderkräfte von Steinen gelobt. Er, Timotheus, glaube, die Athener strömten jeden Tag auf den Marktplatz, dort sei alles zu finden: Müßiggänger, Schwätzer, Spötter, Neugierige, Gaukler und Philosophen. Thimotheus schaut zu Paulus. Er ist eingeschlafen.

Am Nachmittag zieht er wieder hinab in die flirrende Stadt, die vom nahegelegenen Meer her stets diesig ist.

Athen kommt ihm merkwürdig vor. Die Stadt wimmelt von fremden Leuten, und kaum einer macht den Eindruck, als würde er arbeiten. Timotheus hat so etwas noch nie gesehen. Als er wieder auf dem Marktplatz ist, hört er bei der einen oder anderen Philosophenschule zu. Abends berichtet er Paulus, wie die Menschen in Trauben um einen Lehrer versammelt seien, dass sie teilweise andächtiger lauschen würden als bei ihren Predigten in den Synagogen, dass alle sehr gebildet seien und diskutierten, dass sie aber auch lachend und kopfschüttelnd weiterliefen, wenn sie das eine oder andere, das jemand von den Philosophen von sich gäbe, für Unsinn hielten.

Irgendein platonischer Philosoph habe am Nachmittag von den ewigen Ideen gesprochen; an einer anderen Stelle hätten ein paar Jugendliche einen eben aus Indien gekommenen Kaufmann mit Fragen bestürmt, ein paar Schritte daneben hätten Andere andächtig den Weissagungen einer ägyptischen Wahrsagerin gelauscht, die das Schicksal des römischen Reiches verkündet habe, und nicht weit von ihr sei eine heftig belagerte Alte gesessen, die den Männern die geheimnisvollen Wirkungen der von ihr feilgebotenen Liebessäfte schamlos geschildert habe.

Er habe sich inmitten dieser Menge nicht wohl gefühlt, zumal er mit dem, was die Neuigkeitenkrämer von sich gegeben hätten, genauso überfordert gewesen sei wie mit dem, was die Philosophen gesagt beziehungsweise auf eine Tafel gezeichnet hätten, aber das könne auch daran liegen, dass sie sehr schwierige Formulierungen verwenden würden, mit Vokabeln, die er noch nie gehört habe.

Tagelang wandert er so in der Stadt umher: es bietet sich immer das gleiche Bild. Einmal steigt er den steilen Burghügel empor, der einst der Sitz der Könige gewesen und dann den Göttern geblieben ist. Es ist ihm alles so fremdartig hier, die marmornen Tempel der Akropolis, der Parthenon, der Tempel der Pallas Athene mit dem gold-elfenbeinernen Standbild der jungfräulichen Göttin, der Niketempel und das Gefängnis des Sokrates.

Paulus berichtet er, ganz Athen sei ein Götterwald von Tempeln, Altären, Statuen, Säulenhallen und Bildwerken. „Die Stadt schimmert vielfarbig von Holz, Bronze, Marmor, Gold, Silber und Elfenbein … und sie sind alle so gebildet, die Griechen." Er macht eine ausladende Geste mit beiden Armen und ein sorgenvolles Gesicht.

Paulus hat zwar seit der Ankunft in Athen viel geschlafen und sich sehr geschont, aber die Krankheit steckt ihm noch in den Gliedern. Das erste Fieber ist gewichen, aber ein anderes Fieber zieht schon wieder durch die Glieder: er muss verkündigen. Je mehr Timotheus ihm auf dem Krankenlager von Athen schildert, umso weniger hält es ihn im Haus. Eines Tages, als Timotheus vom Markt kommt, hat er sich vom Krankenlager erhoben und steht – noch ein wenig wackelig – vor ihm.

Dann geht alles seinen fast schon gewohnten Lauf und endet mit einem Desaster.

Er beschließt, auch außerhalb des privaten Rahmens der Synagogengottesdienste zu reden, dort, wo die Menschen sich nach alter attischer Sitte täglich versammeln, um zu philosophieren: auf dem Marktplatz.

Am ersten Tag schaut er sich erst einmal um. Am zweiten Tag beginnt er, die Leute anzusprechen, ob sie schon einmal etwas von Jesus Christus gehört hätten, ob sie wüssten, was die Taufe bedeute, ob sie mitbekommen hätten, dass einer in Israel von den Toten auferstanden sei. Er preist seine Lehre an, wie andere einen Sack Nüsse oder getrocknete Feigen auf dem Wochenmarkt.

Manch einer bleibt kurz stehen, um etwas von dieser Verkündigung fremder Götter mitzubekommen. Sie hören nicht lange zu, schauen ihn von oben bis unten an, winken ab oder schütteln mit dem Kopf. Manchmal bildet sich eine kleine Gruppe, die anfänglich zuhört. Sein merkwürdiger Dialekt ist zum Schmunzeln. Die, die sich schon abgewandt haben, werden von anderen gefragt, was denn dieser Schwätzer wolle.

Am nächsten und übernächsten Tag kommen einige Zuhörer von der epikureischen und stoischen Philosophenschule. Sie mischen sich in die von Paulus angeregte Diskussion ein. Er ist ihnen nicht gewachsen. Ihr Griechisch ist perfekt und geschliffen, seines rau und fremdartig. Ihr Geist ist in der Dialektik geschult, seiner ungeübt. Sie kennen geistige Tricks, das Gegenüber auflaufen zu lassen, und er läuft auf. Sie schmunzeln. Es macht keinen Spaß, sich mit ihm zu unterhalten. Für sie ist es ein Spiel, ein munterer Dialog, der nach griechischer Philosophie beide Seiten voranbringen soll. Aber interessant ist es schon, was er da zu sagen hat, irgendwie exotisch, anders.

Sie laden ihn zu einer größeren Diskussion auf dem Areopag sein, damit er dort seine neue Lehre erläutere.

Es ist eine Ehre, auf diesem Areshügel reden zu dürfen, der sich mitten in Athen erhebt und auf dem der oberste Rat der Stadt tagt. Er nimmt an und erscheint anderntags in der noch kühlen Morgenstunde.

In der vergangenen Nacht hat er sich die Rede zurechtgelegt. Er beginnt mit einem persönlichen Wort und schildert, dass er in Athen einen Altar gesehen habe, der einem unbekannten Gott geweiht sei.

Dann fährt er fort: „Was ihr da verehrt, ohne es zu kennen, das verkünde ich euch. Der Gott, der die Welt und alles in ihr geschaffen hat, der Herr des Himmels und der Erde, wohnt nicht in Tempeln, die von Menschenhand erbaut sind; auch lässt er sich nicht von Menschenhand bedienen, als ob er etwas bedürfe, gibt er doch selber allem Leben und Odem und alles. Er hat aus einem einzigen Ursprung das ganze Menschengeschlecht hervorgehen lassen, dass es wohne auf der ganzen Erde, und hat bestimmte Zeiten und die Grenzen für ihre Wohnsitze festgesetzt. Sie sollten die Gottheit suchen, ob sie ihn fühlen und finden könnten, ist er doch nicht fern von einem jeden von uns. Denn in ihm leben wir, bewegen wir uns und sind wir."

Die Athener spüren die Kritik, die zwischen diesen Zeilen an ihrer Gottesvorstellung geübt wird. Dass dieser Paulus da einen Gott verkündet, der nicht in Tempeln wohne, die aus Menschenhand gebaut seien, sondern der vielmehr alles ins Dasein gerufen habe, das könne man ja noch hingehen lassen. Einen obersten Gott solle es geben, bitte schön, warum nicht?

Dass Gott kein Gebilde von Menschenhand sei, das stelle ja niemand in Abrede. Aber sie wiegen schwer mit den Köpfen, als Paulus sagt, die Menschen seien von seiner, Gottes, Art und durch ihn geschaffen.

Paulus merkt die Unruhe, aber bevor nun eine Diskussion aufkommt, erzählt er von der Auferstehung der Toten. Jetzt kommt Gelächter auf. Die Zuhörer scharen sich in Gruppen zusammen und diskutieren sofort los. Kopfschütteln. Schulterzucken. Wegwerfende Gesten. Die Veranstalter treten zu Paulus, sind ein wenig hilflos und sagen ihm, dass sie ihn über die Auferstehung der Toten ein anderes Mal hören möchten.

Es ist die höflichste Form, ihm klarzumachen, dass er sie langweile.

Diesen Griechen, die das Göttliche nur in der Gestalt des Schönen sehen, ist Christus, der Gekreuzigte und Auferstandene, nicht zu verkündigen.

Seine Zuhörer, die fortwährend differenzieren, unterscheiden, These und Gegenthese aufstellen – sie wollen diskutieren, aber nicht glauben. Sie haben gehofft, weisheitsschwangere Gedanken zu vernehmen. Statt dessen hören sie sich dumme Altweibergeschichten von Totenauferstehungen an. Das ist keine ernstzunehmende Sache und verdient am Ende nicht einmal besprochen zu werden.

Paulus spürt das Desaströse seines Auftrittes und ist zerknirscht. Timotheus gegenüber sagt er, er könne es noch verkraften, dass er den Griechen gleichgültig sei, aber dass sie von Jesus Christus und der Auferstehung der Toten nichts hatten hören wollen, das sei doch sehr kränkend. Er macht sich hinter verschlossenen Türen ordentlich Luft, wie selbstverliebt diese Griechen seien, dass sie alles ihrem apollinischen Schönheitswahn opfern würden, für die übernatürliche Bestimmung des Lebens hätten sie kein Gespür, nichts Geheimnisvolles könnten sie dulden, alles müssten sie mit ihrem Verstand durchdringen, das sei keine Philosophie, sondern hochnäsiger Rationalismus, sie seien arrogant und so weiter.

Er würde es ja noch um Christi willen verkraften, dass sie ihn als Dilettanten vorgeführt hätten, beteuert er, er würde es hinnehmen, dass er für sie nun als finsterer Hinterwäldler dastehe, aber ihr heidnisches Gelächter werde ihm noch lange in den Ohren nachhallen.

Die Sache stellt sich auch nicht besser dar, als am nächsten Sabbat Dionysius, ein Mitglied des Stadtrates von Athen, in der Synagoge auftaucht. Mit ihm ist noch eine Frau namens Damaris gekommen und ein paar andere Interessierte, die bei der Diskussion auf dem Areopag dabei waren.

Paulus ist am Ende. Er meidet die öffentlichen Plätze und sucht nicht mehr die Diskussion. Auch in der Synagoge hält er sich zurück. Er spürt auch hier die Ablehnung. Sie streiten nicht einmal mit ihm, sie werden nicht eifersüchtig, sie wiegeln das Volk nicht auf, sie hetzten nicht gegen ihn und verbreiten keine Fehlmeldungen. Es ist viel schlimmer: sie nehmen ihn nicht ernst.

Nachts beschleicht ihn eine böse Ahnung, die schlimmer ist als alles, was tagsüber geschieht. Wenn er allein auf seinem Lager liegt und der Schlaf nicht kommen will, dann überkommt ihn die Angst, dass die ganze Verkündigung scheitern würde und alles, was er bisher dafür geleistet hat, zu Staub zerfiele.

Zuerst hört er mit stockendem Atem von Thessalonich: die Gemeinde sei zerstritten. Viele seien vom Glauben wieder abgefallen, die Heiden hielten sich nicht von einem Lebensstil fern, den die Christen unzüchtig nennen.

Das hatte sich angedeutet, als sie aus Thessaloniki nach Beröa geflohen waren. Nun ist es Gewissheit: Jason kann die Gemeinde nicht zusammenhalten. Die Strukturen sind noch nicht fest genug, zu schnell ging alles, zu überhastet wurden die wichtigsten Entscheidungen getroffen.

Aber es kommt noch dicker.

Sind die Nachrichten, die aus Thessaloniki kommen, an sich schon beunruhigend genug, so hört er nun in Athen zum ersten Mal von rabbinischen Gegenmissionaren in Galatien.

Er kann es nicht glauben, und noch sind die Nachrichten zu vage, um ihnen Gehör zu schenken. Aber das zersetzende Gift der Sorge zieht durch seinen Geist und beginnt in den Adern zu kreisen.

Er schläft schlecht, träumt wirr, bekommt Ängste.

Nach einer dieser schlaflos durchschwitzten Nächte sagt er morgens zu Timotheus: „Lass uns aus Athen verschwinden, ich will meinen Staub von den Sandalen schütteln … die Zeit ist kurz, unser Evangelium findet hier keinen guten Boden … bald kommt Christus wieder … ich muss weiter …"

„Wieso ich?", fragt Timotheus verwundert, „wir gehen doch zusammen, oder?"

Diese Frage hat er befürchtet, sie ist es, um die er sich in den vergangenen Tagen herumdrückte, weil er weiß, dass sie ihm das Herz zuschnürt. Und doch: Es müsse sein, versucht er Timotheus zu überzeugen, er wisse, dass es nicht leicht für ihn sei, aber er müsse zurück nach Thessaloniki, bevor die Gemeinde dort völlig zerbreche, er Paulus könne sich ja nun in Thessaloniki nicht mehr blicken lassen, wenn er dort auftauche, dann würde es gleich neuen Ärger geben, aber er, Timotheus, sei genau der Richtige, dort die Dinge zu ordnen und zum Guten zu führen. „Ich selbst", fügt er noch an, „will weiter nach Korinth. Vielleicht sind die Korinther offener als die Athener."

Timotheus ist vor den Kopf gestoßen.

Paulus sagt lange nichts und schaut starr auf einen festen Punkt im Zimmer. Er atmet schwer.

Er müsse ja nicht für immer nach Thessaloniki, aber es müsse jemand vor Ort sein und die Verhältnisse ordnen, sonst sei alles vergebens gewesen.

Timotheus weiß, dass es unmöglich wäre, Paulus von diesem Entschluss abzubringen. Er versucht es nicht. Aber er hat ein schweres Herz. War ihm schon der Abschied von daheim schwergefallen, so hat er doch dadurch einen Freund gefunden. Dieser aber setzt nun die Aufgabe über die Freundschaft und verlangte eine Trennung – um der Sache willen.

Er packt seinen Rucksack, und anderntags bringt Paulus ihn zum Hafen. Sie umarmen sich herzlich und verabreden, sich wieder in Korinth zu treffen.

Von dort aus fährt Timotheus schüchtern und verängstigt zurück nach Thessalonich, um zu retten, was zu retten ist.

Paulus hält es nicht mehr in Athen. Von Unruhe getrieben schickt er einen Brief an Lydia in Philippi, wo er Silas und Lukas vermutet, und lässt diesen ausrichten, er ziehe weiter nach Korinth, sie sollen von Phlippi aus dorthin kommen, er werde sich bei ihnen melden, sobald er eine Adresse in Korinth habe.

In Galatien machen die Gegenmissionare indessen Boden gut. Das Gegengift, das sie spritzen, verbreitet sich weiter durch die Gemeinden.

Korinth

Von Krankheit gezeichnet, mit neuen Narben am Körper, zwei tiefen Furchen, die sich selbst im Schlaf nicht mehr entspannen, zwischen den buschigen Augenbrauen und schwarz umrandeten Augen, besteigt er in Athen ein Schiff nach Korinth.

Er ist allein. Zum ersten Mal, seit er vor zwölf Jahren in der Synagoge von Damaskus von Jesus Christus und der Auferstehung von den Toten sprach, ist niemand mehr bei ihm. Die Situation scheint ihm jetzt kaum anders als damals die nächtliche Flucht im heruntergelassenen Korb an der Damaszener Stadtmauer.

Die grauen Haare in seinem wirren Bart haben zugenommen. Auf dem Haupt hat er so gut wie keine Haare mehr. Zwei zackige Narben heben sich wulstig und hellrot auf dem kahlen Schädel ab. Sie stammen von der Steinigung. Seine Schläfen sind tief eingefallen. Links und rechts der Stirn treten starke Adern hervor.

Er steht an der Reling des kleinen Segelbootes, das ihn von Athen westwärts bringt, dorthin, wo eine Landenge die Peleponnes mit dem Festland verbindet. Die sündige Hafenstadt Korinth liegt dort hingebettet in die hügelige Landschaft der Weinberge wie eine schöne Frau in der Sonne. Ein dünner Wolkenschleier verhüllt das gewaltige doppelspitzige Bergmassiv der Akrokorinth, jenen Burgberg, der es den Feinden so schwer machte, Korinth zu besiegen, weil sich die Einwohner im Falle eines Angriffes dorthin zurückzogen. Er schaut mit geröteten Augen gegen den Wind. Vom Bug her spritzt die Gischt hoch und brennt in den Augen. Er trocknet sie mit dem groben Leinen seines Hemdes, das für kurze Zeit helle Spuren auf dem Gesicht hinterlässt.

Sie landen an. Er schlurft müde und ausgezehrt die mit Marmorblöcken belegte Hauptstraße vom Hafen hinauf in die Stadt. Handelshäuser, Kontore, Lagerhallen, Schenken und Bordelle säumen den Weg.

Matrosen aller Herren Länder bevölkern die Straßen. Drei oder vier Sklaven versuchen, einen mit Amphoren beladenen Wagen bergauf zu ziehen. Ein Teppichhändler schlägt seinen Esel, der keinen Platz machen will. Aus den Garküchen dringen Düfte und das Geklapper von Essgeschirr. Vor einem weiter oben gelegenen Gasthaus spielt ein Trubador ein Saiteninstrument und singt dazu. Er wird von Lachsalven angetrunkener Seeleute unterbrochen, die ihm im Vorbeigehen so stark auf die Schultern klopfen, dass er beinahe von dem Stein fällt, auf dem er sitzt. Sie ziehen schwankend zum Hafen hinunter.

Paulus ist müde und ausgezehrt. Er sucht sich für die ersten Tage hier in Korinth ein preiswertes Quartier, zieht sich schon am späten Nachmittag in das ihm zugewiesene Massenlager zurück und versucht zu schlafen. Im Stundentakt kommen andere Bewohner hinzu. Einer stolpert fast über ihn. Er rollt sich zur anderen Seite und zieht die Wolldecke über den Kopf.

Nach ein paar Tagen findet er eine Einstellung bei einem Zeltweber namens Aquila. Er bezieht eine über der Werkstatt gelegene Kammer, die er nur zum Schlafen benötigt, denn es gibt viel Arbeit.

Matrosen bringen ihre Seesäcke, Segel, Planen und Zeltbahnen zum Flicken, kommen anderntags wieder, zahlen die Rechnung, nicken dankbar und gehen.

Aquila und Priscilla sind ebenso fremd in Korinth wie Paulus, der sie auf eigene Weise erbarmt, wenn er schon morgens mit schweren Schritten die Treppe hinunterkommt und mit gebücktem Gang in die Werkstatt geht, nachdem er die halbe Nacht bei Kerzenschein lesend oder briefeschreibend in seiner Kammer zugebracht hat.

In Paulus' Lohn inbegriffen ist die Miete und eine warme

Mahlzeit am Tage. Aber schon kurze Zeit nach seiner Einstellung bereitet Priscilla auch für Paulus alle Mahlzeiten zu.

In der kleinen Küche kommen sie ins Gespräch.

Aquila und Priscilla sind überzeugte Juden. Sie seien infolge eines neuerlichen Judenverbotes unter Kaiser Claudius aus Rom vertrieben worden, erzählt Aquila, und hätten die Stadt verlassen und fast ihre gesamte Habe zurücklassen müssen. Sie seien vor kurzem erst aus strategischen Gründen nach Korinth gekommen. Paulus sähe ja selbst, dass es hier gute Arbeit gäbe.

Sie erzählen sich, wie alle Verbannten, von der Heimat, von Rom, von dem Leben in Rom, von den Zuständen, von den Juden, den Römern, den Sklaven. Paulus ist ein dankbarer Zuhörer. Nicht aus Höflichkeit, sondern aus Interesse. Er nutzt die Erzählungen als eine eigene Art der Reisevorbereitungen. Es kann noch so spät am Abend sein: wenn von Rom die Rede ist, hellt sich sein Gesicht auf. Dann scheint die bleierne Erschöpfung, die tagein tagaus auf ihm lastet, für kurze Zeit abzufallen. Eine neue Glut steigt in ihm auf. Zweifellos eine gefährliche – aber was bedeutet schon Gefahr angesichts dessen, was er zu sagen hat?

Eines Abends erzählen Aquila und Priscilla von Nazaräern, die sie in Rom getroffen hätten. Von da an taut Paulus auf. Das Gespräch wird lebendiger, denn er will mehr von den Nazaräern in Rom hören, sein Meister und dessen gütige Frau mehr von den Christen, wie Paulus die Nazaräer beharrlich nennt.

Sind es am Anfang dieser Gespräche vielleicht nur der Anstand und ein mitfühlendes Herz, die ein gewisses Interesse bekunden, so werden sie bald schon tiefer, ernster, wesentlicher. Jeder fühlt sich beschenkt.

Sie werden Freunde. Aquila und Priscilla lassen sich taufen.

Und infolge dieser Freundschaft teilen sie seine Sorgen und verstehen mehr und mehr, wie sehr er, der Einsame, auf jene Gefährten wartet, mit denen er schon so vieles durchgestanden hat.

Silas ist in Philippi und sucht dort nach Lukas. Ihnen hat er einen Brief geschrieben und die Adresse in Korinth genannt, zu der sie kommen sollen.

Timotheus ist in Thessaloniki und versucht, von der zu hastig gegründeten und zu überstürzt zurückgelassenen Gemeinde zu retten, was zu retten ist.

Auch er kennt inzwischen Paulus' neue Adresse.

Von den Freunden aber kommen keine Nachrichten.

Aquila und Priscilla teilen die Sorgen des Paulus. Er lässt angesichts ihres Verständnisses seinem vor Kummer, Sorgen und Selbstzweifeln gemartertem Herzen freien Lauf.

Die Misserfolge von Thessaloniki und Athen nagen an ihm. Ohne Freunde zu sein macht ihn krank. Vielleicht dringen auch schon erste vage Nachrichten von der zerstörerischen Gegenmission in Galatien zu ihm. Oder er ahnt, dass sich dort etwas Furchtbares ereignet. Sein Herz ist schwer. Er kann sich nicht wirklich freuen, immer wirkt er bedrückt, belastet, gequält. Ängste verfolgen ihn.

So gehen die Wochen ins Land.

Abends füllt sich die kleine Wohnstube mit Leuten. Dann predigt er beim Schein eines Öllämpchens. Nur in diesen Stunden glüht er. Glänzend, lebendig werden die schwarzen Augen, die vor dem einfallenden Gesicht immer größer zu werden scheinen. Er tröstet, ermahnt, bekehrt, tauft. Für eine Zeit lang sind die Sorgen vergessen. Dann hat er keine Angst.

Umso schlimmer aber wird die Nacht. Nach den Gebetstreffen am Herrentag schläft er schlecht. Er liegt wach, schwitzt, friert, wälzt sich, hat Schmerzen und – das vor allem – Angst. Die nächtlichen Phantasmen quälen ihn. Was ist mit Timotheus? Bekommt er die Lage in Thessaloniki in den Griff? Hat er seinen Brief erhalten mit der Adresse in Korinth? Es ist seine erste eigenständige Arbeit. Hat er genügend gelernt, um in Thessaloniki bestehen zu können?

Was ist mit Silas und Lukas? Haben sie sich getroffen? Sind sie bei Lydia? Er hat ihnen geschrieben, seine Adresse in Korinth angegeben und sie gebeten, bald zu kommen. Aber wochenlang hört er nichts von ihnen.

Die Stube bei Aquila und Priscilla wird für die Christen zu klein. Sie weichen in die Werkstatt aus. Die Neubekehrten bringen Freunde mit, diese wiederum Bekannte und Verwandte.

Unter denen ist auch ein gewisser Titus Justus, ein dem Judentum angeschlossener Heide, der nun zum Christentum gefunden hat. Sein Haus steht direkt neben der Synagoge. Das lässt Paulus keine Ruhe. Schon mehrfach hatte er die Synagoge in Augenschein genommen, aber nun bietet sich die Gelegenheit, direkt neben ihr Quartier zu beziehen. Das ist verführerisch reizvoll. Paulus spielt wieder mit dem Feuer. Er zieht bei Titus Justus ein.

Zum Arbeiten geht er weiterhin zu Aquila und Priscilla, deren Haus nun die erste Hausgemeinde der Christen in Korinth beherbergt.

Sein neuer Wohnsitz erweist sich strategisch gesehen als Volltreffer. Von seinem Zimmer aus kann er in aller Ruhe die Gewohnheiten der Juden beobachten. Er weiß, wie lange die Versammlungen dauern, und errechnet sich seine Redezeit. Er kennt vom Sehen her schon die Vorsteher und die eifrigen Mitglieder. Titus Justus zeigt ihm deren Häuser, führt ihn durch ihr Wohnviertel, weiß zu diesem und jenem etwas zu sagen.

Eines Abends verlassen zwei junge Männer mit ernsten Mienen und eiligen Schritten das Hafenviertel von Korinth. Sie gehen auf der Hauptstraße hinauf zum Stadtviertel, das auf einem Hügel liegt. Am Nachmittag waren sie mit einem der zahlreichen Schiffe hier angekommen. Jeder hat einen Rucksack umgeschnürt, und zu zweit tragen sie einen vollgestopften Seemannssack zwischen sich. Bald kommen sie in den voller werdenden Straßen nur noch langsam voran.

Sie lassen die trostlosen Matrosenkneipen und lauten Kaschemmen hinter sich. Hin und wieder bleiben sie stehen, verschnaufen, wechseln die Trageseiten des Seesackes und ziehen dann langsam, aber zielstrebig weiter.

Hinter ihnen schäumt das Meer. Die Wellen klatschen an die dem Hafen vorgelagerte Mole. Am dunkelblauen Abendhimmel sind schon die ersten, frühen Sterne zu sehen. Einige Male müssen die beiden nach dem Weg fragen und brauchen dafür viel Geduld, denn das aus Griechen, Syrern, Afrikanern und Juden bunt gemischte Volk, das die Gassen bevölkert, ist nicht ortskundig.

Schließlich klopfen sie an die Holztür des ihnen gewiesenen Hauses. Niemand öffnet.

Während des Wartens ist einer der beiden an der Hauswand entlanggelaufen und hat einen Hinterhof entdeckt. In der Werkstatt brennt Licht. Er geht zurück, winkt seinem Reisegefährten, beide packen beherzt den Sack, und Augenblicke später lassen sie diesen am Eingang der Werkstatt fallen. Hunderte von Augen blicken sie fragend und ängstlich an. Die Versammelten sitzen auf wenigen Stühlen, viele auf der Erde, die meisten stehen an Tische und Webstühle gelehnt da. Vorne in der Werkshalle sitzt ein schon älterer Mann. Als seine schwarzen Augen die Freunde erkennt, füllen sie sich mit Tränen.

Als er sich erhebt, verschwinden für einen Moment die senkrechten Sorgenfalten zwischen den Augenbrauen. Die nahe bei ihm Sitzenden hören eine leises „Na, endlich!" Paulus schaut die beiden unverwandt an. Es bildet sich eine Gasse, die die Fremden und Paulus durchschreiten. Die Männer fallen sich in die Arme. Paulus umschlingt erst den einen, dann den anderen, dann wieder den ersten, schließlich alle beide. Sie legen ihre Arme um ihn, schmiegen den Kopf an sein Haupt, er drückt den seinen an ihre Schultern, schaut dann wieder jedem ins Gesicht. Für einen Augenblick ist alles vergessen, alles.

Die Gebetsversammlung endet früher als sonst, aber länger als sonst bleiben Paulus, Aquila und Priscilla mit Timotheus und Silas in der Werkstatt sitzen.

Dass nun gleich beide Freunde zusammen wieder da sind, bedarf der Erklärung. Sie berichten, wie und wo sie sich – der eine von Philippi, der andere von Thessaloniki kommend – getroffen haben und gemeinsam hierher nach Korinth gereist sind.

Paulus ist wie verändert. Er redet, scherzt, erzählt und schildert, erklärt mal zu seinen Gastgebern, mal zu seinen Freunden gewandt, was diese jeweils nicht wissen können, er fügt zusammen und ergänzt, fragt nach, hört zu, folgert und erklärt.

Timotheus bringt gute Nachrichten aus Thessaloniki. Er habe wieder bei Jason gewohnt, habe die Gemeinde versammelt, den Vorstehern gepredigt, habe Missverständnisse ausgeräumt, schlechte Praktiken kritisiert und Fragen über Fragen beantwortet. Zwar seien noch nicht alle Vorbehalte ausgeräumt, aber es sei wieder Ruhe und Frieden eingekehrt.

Doch Paulus hat aufgehorcht: „Vorbehalte?", fragt er, und die Sorgenfalten stehen dabei wieder auf seiner Stirn, „Vorbehalte ... gegen was? ... gegen wen?"

Timotheus zögert einen Moment, bevor er ausweichend antwortet, sie seien ja nun ausgeräumt, und die Gemeindeglieder seien besten Willens, und eigentlich könne man vielleicht auch nicht von Vorbehalten sprechen, er habe dieses Wort möglicherweise ein wenig unbedacht gewählt, manches brauche einfach auch Zeit, bis es heile oder wieder gut werde, auf jeden Fall sei es so und so, und um ihren guten Willen zu bekunden, hätten die einzelnen Mitglieder der Gemeinde für ihn, Paulus, vieles mitgesandt. Dabei deutet er auf den immer noch am Eingang stehenden Seesack.

Er versucht zu scherzen und das Gespräch erst einmal auf andere Dinge zu lenken.

Auch Silas bringt gute Nachrichten aus Philippi. Ihn habe, so berichtet er, bald die nachgesandte Neuigkeit erreicht, dass Paulus genesen sei. Da Paulus ihn gebeten habe, bald zu kommen, sei er noch für eine kurze Zeit in der Gemeinde geblieben und sei dann mit vielen Grüßen von Lydia – auch er weist auf den Sack – abgereist, um sich mit Timotheus zu treffen und hierher nach Korinth zu kommen.

Schließlich packen sie ein paar Spezereien aus. Priscilla holt Wein und Brot, ein großes Messer für den früchtehaltigen Honigkuchen, den Lydia mitgeschickt hat.

Es ist feierlich. Nur eine einzige Nachricht trübt die nächtliche Runde: Keiner hat eine Ahnung, wo Lukas ist. Sie beruhigen sich damit, dass er eine Bildungsreise durch Griechenland hatte machen wollen, und hofften, irgendwo wieder auf ihn zu stoßen.

Paulus blüht auf.

Seine Freunde wohnen nun im selben Haus, neben dem so verführerisch nah die Synagoge liegt. Gemeinsam schmieden sie neue Pläne.

Dann geht es wieder los: Synagogenbesuch, Predigt, erstaunte Zuhörer, verwirrte Juden, erfreute Heiden, die ersten Taufen und die ersten Misshelligkeiten.

Da Paulus nun unübersehbar ans Tageslicht getreten ist, spricht sich auch schnell herum, was geschieht: hier wird einem christlichen Mädchen der heidnische Liebhaber entzogen, dort wird ein Mann wieder zu seiner Frau geführt, dann wird ein Jüngling dem verhängnisvollen Beispiel seiner Familie entrissen, ein verknöcherter Proselyt findet neue Freunde, ein paar Gottesfürchtige erzählen mit glühenden Wangen von dem Sinn, den sie wiedergefunden hätten. Die neue Lehre macht von sich reden.

Als fatal im Sinne der weiteren Entwicklung erweist sich vor allem die Bekehrung des Synagogenvorstehers Crispus.

Dieser geht nun im Haus neben der Synagoge ein und aus. Dort beginnt ein reges Treiben: Bekehrte und unbeschnittene Heiden verkehren mit den ehemaligen Juden, essen zusammen am selben Tisch, beten zu demselben Gott, während nebenan in der Synagoge die Klagelieder des Propheten Jeremias angestimmt werden und das von Jahwe Gott Elohim, dem einzigen Gott, auserwählte Volk des gelobten Landes gedenkt, das ihm einst verheißen worden war und von dem sie fernab in der Fremde schmachten und darben müssen.

Das geht nun schon seit Wochen so. Am Sabbat ziehen die schwarz gewandeten Juden in die Synagoge, am Tag des Herren feiern die ehemaligen Juden zusammen mit den ehemaligen Heiden nebenan das Abendmahl und die Auferstehung von den Toten.

In Gegenwart der beiden Freunde kann Paulus reden, sein Herz frei machen von all dem, was im tiefsten Grunde an ihm nagt. Die beiden verstehen ihn, hören zu, begreifen.

„Ist es nicht so", fragt Paulus sie eines Abends nachdenklich, „dass die Gemeinden den Zusammenhalt benötigen? Ich erinnere mich noch an die Freude, die herrschte, als wir, Barnabas und ich, ein zweites Mal die Gemeinden besuchten." Er macht eine lange Pause. „Vielleicht sind wir hier in Griechenland von dem bewährten Weg abgewichen ..."

„Das kannst du so nicht sagen, in Mazedonien auf jeden Fall stabilisiert sich die Gemeinde ...", wirft Silas ein.

„Das kann schon sein, aber wir haben vergessen, ihnen die Kollekte nahezubringen, mir liegt viel an dieser Kollekte, sie ist ein starkes Mittel gegen die judaistischen Strömungen der Nazaräer in Jerusalem ..."

„Aber die Kollekte allein bringt es auch nicht ..."

„Das ist es eben, es muss eine andere Art des Zusammenhaltes entstehen ..., und ich halte den für sehr wichtig."

Paulus fügt dann noch an, er habe bereits in Athen gerüchteweise vernommen, dass die Gemeinden in Galatien in Unordnung geraten seien, es seien wohl kurz nach ihnen andere Missionare dort gewesen und hätten versucht, alles rückgängig zu machen, was sie von ihm, Paulus, über das Christsein erfahren hätten. Unordnung sei vielleicht ein viel zu positives Wort, er gehe davon aus, dass eine Art Gegenmission begonnen habe.

Timotheus und Silas haben Ähnliches gehört. Auch zu ihnen sei gerüchteweise gedrungen, dass andere Missionare hinter ihnen herzögen und die Gemeinden besuchten und ihnen ganz andere Dinge beibrächten als die, die sie ihnen gelehrt hätten. Im Norden, wie sie vor kurzem hergekommen seien, heiße es schon, die würden auch nach Griechenland kommen, vielleicht seien sie schon da. Sie hätten am Anfang auf das Gerücht nicht viel gegeben, aber gerade in Philippi seien Kaufleute aus Galatien gewesen, die glaubhaft versichert hätten, dass es dort eine Gegenmission gäbe. Timotheus erzählt, dass auch er in Thessaloniki Ähnliches gehört habe. Er wisse zwar nicht genau, was in Galatien los sei, aber man könne wohl davon ausgehen, dass diese Nachrichten stimmten, zumal dann, wenn sie von vollkommen unterschiedlichen Seiten kämen. Er habe dazu zunächst nichts sagen wollen, aber jetzt, wo er höre, was Silas erzähle und was auch Paulus schon zu Ohren gekommen sei, da müsse er sagen, dass das ja ein starkes Stück sei, und damit hätte er ja nun gar nicht gerechnet.

Er schon, bemerkt Paulus und auf die Frage hin, wer seiner Ansicht nach hinter solch einer Gegenmission stünde, gibt Paulus unumwunden zu, dass er immer der Ansicht gewesen sei, die eigentlichen Konflikte bezüglich der Heidenmission seien noch nicht ausgeräumt. Silas habe das Ganze ja seinerzeit in Antiochia mitbekommen, und schließlich sei der Streit ja erst gut zwei Jahre her, da seien manche Wunden noch frisch. Zwei Jahre sei ja nun beileibe nicht lange, allemal nicht im Verhältnis zur gesamten Geschichte des jüdischen Volkes. Nachdem alles in Antiochia zusammengebrochen sei, sei er sich sicher gewesen, dass die Gegenpartei nicht einfach Ruhe geben und sich mit den Beschlüssen des Apostelkonzils abfinden werde. Silas sei sein Zeuge, dass diese Sorge ihn immer begleitet habe.

Silas nickt.

Was das nur für Leute seien, die so etwas täten, fragt Timotheus. Er muss nicht lange auf eine Antwort warten.

Das seien nicht die Thorachristen, das glaube er nicht, so Paulus, das seien vielmehr eigenmächtige Missionare, die auf eigene Faust handelten. Er könne sich nicht vorstellen, dass irgendeiner der Apostel in Jerusalem so etwas wirklich gutheiße. Es könnten auch reine Juden sein, die das Christentum als jüdische Irrlehre bekämpften, irgendwie seien die aber sicher aus dieser Ecke, entweder seien es radikale Thorachristen oder es seien beschnittene Juden, die einfach um der Reinerhaltung des Judentums und der jüdischen Lehre willen das Christentum wie Unkraut betrachteten und es nun versuchten auszureißen. Man müsse die Ohren und die Augen aufsperren, aber er sei sich sicher, dass sie ganz bald in Erfahrung bringen würden, wer hinter dieser Gegenmission stecke.

Sie sprechen lange über dieses Thema. Jetzt erst wird das ganze Ausmaß der Sorge deutlich, die seit Beginn der zweiten Missionsreise an Paulus genagt hat.

Sie reden tage- und vor allem nächtelang über kaum etwas anderes. Sie überlegen, welche Lösung es gäbe, was sie tun könnten, wie man dem Ganzen begegnen und bestenfalls ein Ende setzen könne. Es ist, als würde der Körper – des Giftes noch nicht gewahr, das weiterhin ungehindert durch seine galatischen Teile zieht – seine Selbstheilungskräfte ahnungsvoll aktivieren.

Sie sehen, dass es so nicht weiter geht. Der ganze Corpus der Gemeinden ist zu groß geworden, als dass sie ihn durch ständiges Hin- und Herreisen beisammen halten könnten.

Unverkennbar sei auch, dass sich inzwischen neue Gemeinden gegründet hätten, die sie gar nicht kennen würden. Wie ein Lauffeuer verbreite sich das Christentum.

Paulus erkennt, dass es ja auch außer ihnen noch andere Missionare gibt. Die Apostel säßen ja nicht mehr alle in Jerusalem, sondern würden auf ihre Weise das Christentum verbreiten. Überall im Mittelmeerraum würden neue Gemeinden wie Pilze aus dem Boden schießen. Er habe schon gehört, dass es auch in Rom eine große Gemeinde geben solle, und sie hätten auf ihren Reisen ja auch selbst erfahren, dass es in den entferntesten Gegenden immer wieder Menschen gebe, die schon von Jesus Christus gehört hätten. Es seien viele echte Missionare und viele falsche Missionare unterwegs. Das sei das Problem.

Es müsse ein Mittel her, durch das Kontakt zu den Gemeinden gehalten werden könne, ohne dass sie sie persönlich aufsuchen müssten. Die Kollekte allein würde auf jeden Fall nicht ausreichen, um den Zusammenhalt zu garantieren. Warum sollte man nicht die gut ausgebauten Wege im Reich und das zuverlässige kaiserliche Postwesen für die eigenen Zwecke nutzen?

Er äußert gegenüber seinen beiden Freunden die bestehende Sorge um die Gemeinde in Thessaloniki. Zwar habe Timotheus nun erst einmal gute Nachrichten von dort gebracht, aber er habe ja selbst gesagt, dass es doch noch einiges gäbe, was der Richtigstellung bedürfe.

„Wisst ihr", meint Paulus eines Abends, „wenn die Gegenmission tatsächlich in vollem Gange ist, so sehr, dass wir schon hier unten an der Südspitze Griechenlands davon hören, dann könnten wir durch einen Brief schon einmal vorbauen. Wir müssen die Thessolonicher im Guten bestärken und vor allen Dingen darin, mit den Heiden genauso zu verfahren, wie sie es von uns gehört haben. Wenn sie das beherzigen, dann könnte die Gegenmission ihnen wenig anhaben."

Da sei dann gleich noch etwas, was man in einem Brief an die Gemeinde in Thessaloniki ansprechen könne, gibt Timotheus leise zu bedenken. Und auf Paulus Nachfrage hin, was er denn genauer meine, berichtet er von seiner Beobachtung, dass in Thessaloniki einige Neubekehrte aus der baldigen Widerkunft Christi die falschen Schlüsse gezogen hätten. „Sie gehen davon aus, dass Christus ganz ganz bald wiederkommt und dass sie deshalb gar nicht mehr arbeiten müssten. Sie verprassen ihre geringen Rücklagen und geben sich dem Müßiggang hin, weil die Welt dann ja ohnehin bald untergehen würde."

Paulus und Silas schmunzeln und schütteln über so viel kindlichen Glauben den Kopf. Da hätten sie, meint Paulus, wohl etwas falsch verstanden, „als wir ihnen von der Wiederkunft Christi am jüngsten Tag erzählten".

Nacht für Nacht beginnt nun die mühselige Arbeit des Briefeschreibens. Sie treffen sich im Hinterstübchen ihres schmalen Hauses neben der Synagoge, und während dort die ehrwürdigen Texte der Väter und Vorväter rezitiert und ausgelegt werden, sitzen hier im Scheine einer Laterne die drei beisammen.

Beim Schreiben wechseln sich Timotheus und Silas ab. Jeden Abend schreibt jeder für eine Stunde, während Paulus in einer fast dunklen Ecke des Zimmers steht und nach den Formulierungen sucht, sich die letzte und vorletzte Passage noch einmal vorlesen lässt und Stichwörter, die auf einer kleinen Tafel notiert sind, abhaken oder erweitern lässt.

Jeder Satz muss stimmen, jeder Begriff so präzise wie möglich sein, denn der Text soll durch Streichungen nicht verunstaltet werden. Er darf auch nicht zu kompliziert werden, denn sie schreiben auf Griechisch, aber viele Leser der Zeilen werden dieser Sprache kaum mächtig sein.

Hat er einen Satz zusammen, so braucht er die ganze Konzentration, diesen im Kopf zu behalten, während einer der beiden geduldig Buchstabe für Buchstabe auf den Papyrus malt. Der Schreiber sitzt in der Ecke auf dem Boden, mit geschlossenen Knien, die Finger wund und tintenblau, ein Messer neben sich, mit dem er in den Diktierpausen den Federkiel nacharbeitet. Manchmal ist es so still, dass er die Luft hört, wenn sie durch die unteren Löcher der Laterne zieht.

Nach etwa einer Stunde kommt die Ablösung, dann schreibt der andere, während Paulus unverwandt im Dunkeln steht und – des bereits Geschriebenen gewärtig sowie die Stichwortliste präsent – nach der nächsten Formulierung sucht.

Zwölf ganze Abende nimmt dieser Brief in Anspruch, weit über zwanzig Stunden, dann sind schließlich zehn Papyrusblätter von den Handschriften des Silas und Timotheus schmalzeilig gefüllt.

Paulus reibt sich die kalten Hände und wärmt sie mit seinem Atem. Silas und Timotheus räumen das Schreibzeug beiseite.

Das Werk ist vollbracht. Paulus hat seinen ersten Brief geschrieben. Es ist eine Gemeinschaftsarbeit, was sie gleich im ersten Satz betonen: „Paulus und Silvanus und Timotheus an die Gemeinde der Thessalonicher."

Paulus hat gewollt, dass Silas in dem Brief seinen lateinischen Namen, Silvanus, verwendet, wie er selbst, Saulus, ja auch seinen lateinischen Namen, Paulus, verwende.

Noch einmal blättern sie gemeinsam die Seiten durch, lesen die Erklärungen über den wiederkommenden Christus, sehen sich die Zeilen über den jüngsten Tag an und schauen das Skript ein letztes Mal nach Schreibfehlern durch.

Am Ende lässt Paulus sich noch einmal die bereits beiseite geräumte Feder reichen. Das letzte Blatt legt er auf den Boden, schiebt es im Schein der Lampe zurecht, kniet nieder und schreibt mit eigener Hand den Schlussgruß an alle Gemeindemitglieder: Brüder, betet für uns. Grüßt alle Brüder mit heiligem Kuss. Ich beschwöre euch beim Herrn, dass der Brief allen Brüdern vorgelesen werde. Die Gnade unseres Herrn Jesus Christus sei mit euch.

Bei nächster Gelegenheit wird der Brief nach Thessaloniki gesandt und erreicht nach wenigen Tagen die dortigen Presbyter.

Anstatt aber ihrerseits einen Brief zurückzuschreiben, schicken sie gleich einen Abgesandten.

Vierzehn Tage später steht er in Korinth bei den Missionaren vor der Tür.

Er berichtet, dass die Thessalonicher sich zwar sehr über die Zeichen gefreut hätten und auch weiterhin sehr eifrig seien, die Missstände jedoch nicht aufgehört hätten. Er ist bemüht, die Situation für Paulus verständlich zu machen, ohne ihm etwas vorwerfen zu müssen. So erklärt er schließlich mit peinlichem Lächeln: „In der Erwartung des baldigen Kommens des Christus ist die Zahl derer, die sich dem völligen Nichtstun verschrieben haben und sich nicht einmal mehr ums Essen kümmern, noch gestiegen; wenn die gegenwärtige Welt doch in wenigen Tagen oder Wochen zerfallen würde und die kommende Welt beginnen soll, wozu ... so denken sich die einfältigen Thessalonicher ..., wozu soll man dann noch arbeiten, und wäre es auch nur, um sich das Essen zu verdienen?"

„Haben sie denn durch den Brief begriffen, dass sie einer völlig falschen Vorstellung folgen?", fragt Paulus und macht eine Miene, als wolle er sagen: ‚Antworte offen und ehrlich. Du brauchst mich nicht zu schonen.'

Das aber tut der Bote. Er stellt die Zustände, die sich in Thessaloniki eingeschlichen haben, so dar, als seien sie nicht besonders gravierend, er wolle hier nicht den Teufel an die Wand malen, und so schlimm sei das Ganze nun auch nicht, es gebe nicht wirklich einen Grund, sich Sorgen zu machen, die Thessalonicher seien dafür bekannt, viele Dinge allzu wörtlich zu nehmen, das werde sich schon wieder legen, es sei wohl am besten, man warte erst einmal ab, wie sich die ganze Lage entwickele, sicher werde der nette Brief der drei

Missionare seine Wirkung nicht verfehlen, es werde wohl noch eine Weile dauern, bis sich bei allen Gemeindemitgliedern herumgesprochen habe, was zu tun sei und so weiter.

Der Bote zieht nach zwei Tagen seines Weges gen Thessaloniki, nimmt viele Grüße mit an Jason und die anderen Presbyter und lässt die drei einigermaßen beruhigten Missionare zurück.

Paulus wartet einige Wochen ab. In dieser Zeit berichtet der eine oder andere Mittelsmann, es herrschten in Thessaloniki unerträgliche Zustände, die Stadt sei voller Müßiggänger, die Händler würden schon keine Waren mehr bringen, weil den Thessalonichern alles gleichgültig sei.

Es wird immer deutlicher: Der erste Brief hat seine Wirkung verfehlt.

„Ich weiß nicht, Timotheus", sagt er eines Tages nachdenklich, „ob die Idee mit dem Brief gut ist, wahrscheinlich muss ich doch selber nach Thessaloniki, um die Dinge zu ordnen."

Er überlegt eine Weile und dreht mit nervösen Fingern kleine Löckchen in den grauer gewordenen Bart. „Andererseits kann ich hier nicht fort, es zeichnen sich mehr und mehr Spannungen ab. Nachdem der alte Synagogenvorsteher Gaius zu uns übergetreten ist, beginnt es schon zu brodeln, sein Nachfolger, Sosthenes, wird Schwierigkeiten machen ..."

Timotheus befürchtet, Paulus würde ihn wieder nach Thessalonich schicken wollen. Deshalb beginnt er, ihm die Vorteile des schriftlichen Verkehrs mit der dortigen Gemeinde nahezubringen.

Immerhin sei der Brief ein erster Versuch gewesen. Er habe ja auch Wirkung gezeigt. Schließlich habe die Gemeinde infolge des Briefes einen Gesandten nach Korinth geschickt. Vielleicht hätten sie zu viel erwartet. Aber als erste Reaktion sei das Ganze eigentlich doch ganz gut gelaufen.

Paulus gesteht ein, dass diese Sichtweise durchaus richtig sei, und fügt an: „Die Situation ist hier in Korinth zu angespannt, als dass ich jetzt einfach wieder nach Thessaloniki zurückgehen könnte. Ich denke, ich muss hier vor Ort bleiben. Die Agitationen der Juden gegen uns nehmen zu. Sie empfinden uns als Stein des Anstoßes."

Es werde wohl nicht mehr lange dauern, bis auch hier in Korinth die Wellen hochschlagen, er habe so etwas im Gefühl, und dieses Gefühl habe sich bei ihm in den vergangenen Jahren stark entwickelt und nie getäuscht.

„Du magst Recht haben", konzidiert er eines Abends im Schein einer kleinen Öllampe, um die herum sie am Tisch sitzen und beratschlagen, „angesichts der Situation hier in Korinth bleibt uns nichts anderes übrig, als abermals einen Brief zu schreiben."

So entsteht der zweite Brief an die Thessalonicher. Wieder sitzen sie viele Nächte beisammen, wieder formuliert Paulus, wieder schreiben Silas und Timotheus abwechselnd.

Der Brief ist kürzer als der erste. Auch unter diesen kratzt Paulus tief in der Nacht mit der Feder noch einen handschriftlichen Gruß: „Er, der Herr des Friedens, schenke euch seinen Frieden, allezeit und in jeder Weise. Der Gruß stammt von meiner Hand, von mir, Paulus, das ist das Erkennungszeichen in jedem Brief; so schreibe ich. Die Gnade unseres Herrn Jesus Christus sei mit euch allen."

Der Brief geht denselben Weg wie der erste. Wieder vergehen bange Tage des Wartens, aber sie vergehen schnell, denn in der Werkstatt des Aquila türmt sich die Arbeit. Bei aller Anspannung und nächtlicher Arbeit kommt Paulus nach wie vor pünktlich zum Dienst. Aquila hatte ihm mehrfach angeboten, er bräuchte nicht in die Werkstatt zu kommen, wenn er von der Missionsarbeit stark beansprucht sei. Paulus hatte dieses Angebot immer wieder abgelehnt mit dem Hinweis, er wolle niemandem zur Last fallen und sich mit seiner Hände Arbeit ernähren.

Vierzehn Tage vergehen, dann bringt ein Bote aus Thessaloniki die erlösende Nachricht, dass wieder Ordnung eingekehrt sei und nun alle Mitglieder der Gemeinde akzeptiert hätten, dass der Christus doch nicht so bald wiederkommen würde. Die meisten hätten den Müßiggang beendet, gingen wieder einer Arbeit nach, das normale Leben habe wieder begonnen. Jason sei nach wie vor der anerkannte Leiter der Gemeinde und er lasse herzlich grüßen.

Außer dieser guten Nachricht bringt der Bote eine große Geldspende aus Philippi mit. Mitglieder der dortigen Gemeinde, die ebenfalls herzlich grüßen lassen, hätten sie nach Thessaloniki gebracht und bei Jason, mit der Bitte um Weiterleitung an Paulus, abgegeben. Es handele sich um die Sammlung für die darbende Jerusalemer Christengemeinde. Jason hätte, angeregt durch diese Spende, auch in Thessaloniki noch einmal die Trommel gerührt, und so sei nun auch dort eine erkleckliche Summe zusammengekommen. Er, Paulus, möge das Geld bitte bei nächster Gelegenheit mit nach Jerusalem nehmen und könne im Übrigen beruhigt sein, denn die Lage in Thessaloniki entspanne sich merklich.

Von einer Entspannung kann in Korinth selber nicht die Rede sein.

Achtzehn Monate lang sehen die Juden nun das Wirken der Apostel mit an. Immer mehr ihrer Anhänger sind ihnen davongelaufen.

Waren es anfänglich nur die dem Judentum als Gottesfürchtige angegliederten Heiden, denen das Angebot, Christ und damit voll anerkanntes Mitglied der neuen Gemeinde zu werden, verlockend erschien, so waren später auch beschnittene Juden, voll anerkannte Mitglieder der Korinther Synagoge zum Christentum gewechselt, allen voran Crispus, der Synagogenvorsteher. Die jüdische Gemeinde war seit dem Wirken der Apostel arg geschrumpft.

Dazu kommt noch, dass sie nun ausgerechnet ins Nachbarhaus der Synagoge gehen, dass sie sich dort einen Tag nach dem Sabbat treffen und dass überdies vieles, was die Missionare lehren, konträr zu den althergebrachten Auffassungen des Judentums steht.

Es beginnen die üblichen Denunziationen und Anfeindungen.

Die Christen ahnen, dass sich etwas zusammenbraut, aber sie können den Juden nichts nachweisen. Lange allerdings lassen diese sie ohnehin nicht bei der Ahnung, dann bricht die Unbill in der Werkstatt von Aquila los.

Nichtsahnend sitzen die Lehrlinge und Gesellen still an ihrer Arbeit. Man spricht nicht miteinander. Hin und wieder geht einer in das Lager, holt neuen Stoff aus dem Vorrat oder Garn oder ein Werkzeug. Es sind die leisen Geräusche emsiger Arbeit.

Da rumort es an der Tür. Sie wird aufgerissen, Stimmen sind zu hören. Die Arbeiter schauen sich ängstlich um, können aber nicht schnell genug von der Arbeit wegspringen. Schon lärmen die Männer an ihnen vorbei. Bevor Paulus von seiner Arbeit aufschauen kann, hat ihn einer bereits am Kragen. Er reißt ihn unter Beschimpfungen herunter. Paulus stolpert ein wenig. Ein Zweiter packt ihn am Arm. Paulus übersieht schnell die Situation. Es ist zwecklos, sich zu widersetzen. Er lässt sich abführen.

Neugierige Gaffer stehen auf der Straße und viele Menschen laufen in Richtung des Marktplatzes, in der Erwartung, dort die Zeugen eines großartigen Ereignisses zu werden.

Während Paulus durch die Straßen geführt wird, gesellen sich immer mehr Menschen dazu, und bald schon ist es ein lärmender Tross von Weibern, Schreihälsen, Wichtigtuern, Neugierigen und Juden, der zur Agora vor das Tribunal des Statthalters zieht. Der Tag ist günstig gewählt, denn schon den ganzen Vormittag über wird hier Gericht gehalten. Falschhändler, tückische Spekulanten, unaufrichtige Marktfrauen, gewinnsüchtige Viehhändler sind der Reihe nach im unteren Saal des am Marktplatz befindlichen Ratshauses vor

Junius Gallio geführt werden, der dort, in bester griechischer Tradition, weise zu Gericht sitzt.

Auf dem Platz vor dem Gericht warten Betroffene, Angehörige, Opfer und Neugierige. So ein Gerichtstag ist ein Ereignis, das sich niemand entgehen lassen will. Immer wenn nach einer Verhandlungssache die streitenden Parteien über die breite Treppe das Haus verlassen, stürzen sich Trauben von Menschen auf sie und lassen sich haarklein den Hergang und den Ausgang der Sitzung berichten.

Paulus wird herbeigeschleppt. Sie halten ihn links und rechts an den Armen, laufen direkt zum Gerichtsgebäude. Wer ihnen im Weg steht, der wird zur Seite gerempelt. Sie zerren ihn die Sandsteinstufen hinauf, Paulus stolpert ein wenig. Zwei Wachsoldaten kreuzen die Lanzen und versperren ihnen den Eingang.

„Wen bringt ihr? In welcher Verhandlungssache?"

„Einen gewissen Paulus, einen Volksaufwiegler!"

Der Soldat schaut auf den hageren Mann, den sie dort bringen und der noch die Arbeitsschürze umgebunden hat.

„Ist die Verhandlungssache angemeldet?"

„Nein, aber sie ist außerordentlich wichtig!"

Und Paulus: „Lasst uns durch, es ist schon recht so."

Die Wachsoldaten schauen sich verwundert an und lassen die merkwürdigen Ankläger mit ihrer noch merkwürdigeren Beute durch. Dem Gefolge versperren sie den Weg.

„Die Verhandlungen sind doch öffentlich!", protestieren sie. Es nützt nichts. Sie müssen draußen bleiben.

Ein Gerichtsdiener erscheint mit einer Schreibtafel in der Hand. Er lässt sich den Namen des Angeklagten sagen, notiert lediglich ‚Paulus' und darunter in Stichworten jene Anschuldigung, er wiegle das Volk auf.

„Ich bin römischer Bürger." Sofort stutzt der Schreiber. Er tritt zu Paulus und will das Dokument sehen. „Ich habe es nicht bei mir, sie haben mich direkt vom Arbeitsplatz weggeschleppt … aber ich kann es holen …"

Der Schreiber achtet nicht weiter auf ihn, schreibt etwas auf die Tafel, zeigt mit dem Griffel auf die Arbeitsschürze: „Die würde ich abnehmen."

Die Menge wird nun eingelassen und drängt vom Marktplatz in den Saal, der nach Augenblicken bereits überfüllt ist. Man lässt die Türen offen, auch der Vorraum füllt sich mit Neugierigen, selbst die kleine innere Treppe ist voll von Menschen. Es wird gedrängelt, geschimpft, geflucht und gewettert. Die Menschen recken die Hälse, als die Verhandlung beginnt.

Auf der einen Seite die Ankläger, auf der anderen Paulus, von zwei Soldaten bewacht. Zwischen ihnen, auf einem treppenartigen Podest sitzt Gallio, dessen Ernennung überall in Griechenland begeistert aufgenommen worden war, hat er doch Kontakte zu den höchsten Kreisen des Kaiserhauses, sein leiblicher Bruder ist Seneca, der Erzieher des kaiserlichen Prinzen Nero.

Neben Gallio sitzt der Schreiber.

Der Vorsitzende hebt die Hand. Es wird totenstill.

„Nun", beginnt Gallio, „was habt ihr vorzubringen?"

Und dann die Ankläger: dieser Mensch verführe die Leute, er verkünde eine gesetzeswidrige Religion, er wiegle das Volk auf, er würde sie, die Juden, beleidigen mit dem, was er lehre, er verbreite Unsinn über irgendeine abstruse Theorie von der Auferstehung der Toten und einen gewissen Jesus aus Nazaret. Die bei der Verhandlung anwesenden Juden nicken zustimmend mit dem Kopf.

Es wird unruhig. Gallio hebt wieder die Hand und ergreift das Wort: er sei nicht gewillt, sich diese Vorwürfe näher erläutern zu lassen. Wenn es sich um irgendwelche Ungerechtigkeit oder gemeine Freveltat handele, so würde er sie pflichtgemäß anhören, wenn es aber um Lehrfragen und Worte des jüdischen Gesetzes gehe, so sollen sie das gefälligst unter sich selber ausmachen. Über solche Dinge wolle er nicht Richter sein.

Er bittet die Ankläger, den Verhandlungssaal zu verlassen, winkt den Liktoren, den Raum zu leeren, die Wachen tun ihren Dienst und drängen die verdutzte Menge zur Tür.

Draußen erfährt das wartende Volk von der verblüffenden Kürze der Verhandlung. Sie hatten infolge des großspurigen Auftretens der anklagenden Juden damit gerechnet, dass es hier etwas zu sehen gäbe, vielleicht eine Auspeitschung oder eine echte Schlägerei. Aber dass nun so gar nichts los ist, das enttäuscht die Gemüter. Sie fühlen sich durch das jammervolle Scheitern der Verhandlung um ihren Spaß gebracht. Nun werden sie auch noch geschubst und auf die Seite gedrängt. Kein Spektakel, keine Belustigung und keine Gaudi – sie seien enttäuscht, unerhört sei das, wofür warte man denn hier? Also so etwas hätten sie ja wohl noch nie erlebt, nach dem wichtigtuerischen Auftreten hätten sie ja mehr erwartet, als dass die Ankläger nun mit gesenkten Häuptern die Versammlung verlassen.

Schimpfend stellen sie sich an die Treppe und warten, bis endlich die letzten herausgedrängt worden sind. Bei diesen ist auch Sostenes, der neue Synagogenvorsteher. Als er mit seinem faltigen Überwurf angeberisch die Treppe herunter-eilt, tritt ihm einer der Griechen auf den langen Mantel. Sostenes stolpert. Er wird geschubst und purzelt die kurze Treppe hinunter. Unten angekommen, lassen die Griechen ihrem Frust freien Lauf: wütend treten sie auf Sostenes ein, Schmährufe, als er sich erheben will, stellt ihm wieder jemand das Bein, Faustschläge hageln, Flüche auf die Juden sind zu hören. Gespött und Gelächter. Da sagt Sostenes irgendetwas Dummes. Sofort prügeln sie auf ihn ein. Er fällt zu Boden, krümmt sich, schreit und zappelt. Seine Helfer und Helfershelfer haben sich aus dem Staube gemacht, keiner eilt ihm zu Hilfe. Er wälzt sich und bleibt schließlich im Staube des Platzes liegen.

Da kommt ein müder Zeltmacher die Treppe herunter, seine Schürze noch in der Hand. Der Platz ist nahezu menschenleer, nur von Ferne recken noch ein paar Jugendliche die Hälse nach dem Zusammengeschlagenen.

Paulus bückt sich zu ihm nieder. Dann dreht er ihn auf den Rücken und tupft mit der Schürze ein paar blutende Platzwunden ab. Schließlich hilft er ihm auf die Füße, doch Sostenes hat sich ein Bein verstaucht. Zwei drei Schritte humpelt er, dann bricht er wieder zusammen. Abermals tritt Paulus zu ihm und hilft ihm auf. Er hakt ihn unter, legt die matte Hand des Verprügelten auf seine Schulter und gibt ihm Halt. Langsam entfernen sie sich vom Platz, der menschenleer zurückbleibt.

Dieses eine Mal ging die Sache gut aus. Aber hier in Korinth ist nun kein Bleiben mehr. Die Besiegten würden keine Ruhe geben, die Wogen würden beim kleinsten Anlass wieder hochschlagen. Dieses Mal haben die Griechen aus Jux eine Prügelei angefangen. Sie traf den Synagogenvorsteher. Ein nächstes Mal könnte es anders ausgehen. Rache macht die Fäuste härter als bei einer Jahrmarktsschlägerei. Wie hart die Hände der Vergeltung zuschlagen, das hat er ja nun am eigenen Leibe erfahren. Zweimal ist er ausgepeitscht worden, einmal gesteinigt, zweimal war er im Gefängnis, unzählige Male wurde er verleumdet, oft stand er vor Richtern.

Nächtelang beraten die Missionare, zusammen mit Aquila und Priscilla, wie es weitergehen soll.

Einerseits spricht alles dafür, so schnell wie möglich aus Korinth zu verschwinden, andererseits, so Paulus, sei die Gemeinde hier in Korinth alles andere als stabil.

Er habe den Eindruck, dass die Gemeinde das Christentum nicht wirklich ernst nähme. Das muntere Treiben in den Hafenkneipen besäße für die Christen nach wie vor eine zu hohe Anziehungskraft, moralisch seien sie sehr verkommen, viele Männer würden ausschweifende außereheliche Liebesbeziehungen pflegen, auch zu Knaben. Übrigens würden sie das Herrenmahl nicht richtig feiern, sie kämen entweder schon voll des süßen Weines zusammen, oder aber sie würden gleich zu Beginn im Gedenken an das Abendmahl die Korbflasche herzhaft an den Hals nehmen und so sei das ja wohl nicht gemeint mit dem Gedächtnismahl, immerhin sei es ja auch die Erinnerung an die Nacht des Verrates und des beginnenden Leidensweges von Jesus Christus, er Paulus, habe zwar schon öfter darauf hingewiesen, dass man sich bei der Abendmahlsfeier nicht betrinken dürfe, aber die Korinther tränken den Alkohol wie Wasser und würden, bei allen Versprechungen, sich zu bessern, dann doch meist nach dem Herrenmahl angeheitert nach Haus schwanken oder bar jeder Selbstkontrolle in die nächste Spelunke torkeln. Man könne unter diesen Umständen Korinth nicht verlassen, schließlich habe man ja in Thessaloniki gesehen, was geschehe, wenn die Gemeinde noch zu jung und zu unerfahren sei, und das dürfe auf keinen Fall hier in Korinth ein zweites Mal passieren.

Nun reden die anderen wieder auf ihn ein: man könne unter diesen Umständen nicht weiterarbeiten, die Gemeinde würde nicht stabil werden, wenn im Umfeld so viele Querulanten seien, die ihnen alles Böse wünschten, man könne sich an fünf Fingern abzählen, wann sie ihren verprügelten Synagogenvorsteher rächen würden, auf jeden Fall hätte man so keinerlei Autorität gegenüber den Korinthern, diesen munteren und trinkfesten Hafenarbeitern könne man so schnell ohnehin keinen anderen Lebensstil aufzwingen, man könne ja erst einmal das Feld räumen und schauen, dass die Wogen sich glätten, und dann wiederkommen, um das Missionswerk zu vollenden. So werde man am Ende eine stabile Gemeinde haben, die sich selbst tragen könne, immerhin sei ein solches Vorgehen ja in Thessaloniki auch von Erfolg gekrönt gewesen, wenngleich man ein solches Vorgehen anfangs keineswegs geplant hätte.

So geht es nun schon seit Nächten. Durch das reine Für und Wider kann keine klare Position gewonnen werden. Und auch die Wiederholung der einzelnen Argumente macht diese nicht überzeugender.

Sie sitzen fest und sind ratlos. Es wäre noch lange so weitergegangen, wenn nicht Aquila plötzlich von seinem Vermieter gekündigt worden wäre. Unmissverständlich wird ihm bedeutet, er könne sein Hab und Gut zusammenpacken und hätte die Werkstatt binnen weniger Tage zu verlassen. Es ist klar, wer hinter dieser Kündigung steckt, und es ist eindeutig, dass dies der Anfang einer Auseinandersetzung ist, bei der es am Ende nur Verlierer geben würde.

Sie beschließen, Korinth zu verlassen.

Dann geht alles sehr schnell: Die Kollekte wird eingesammelt und verschnürt, die Werkstatt wird leergeräumt, Kisten werden zum Hafen transportiert, die Seesäcke werden gepackt, und die fünf, Aquila mit seiner Frau Priscilla, sowie die drei Missionare Timotheus, Silas und Paulus siedeln mit dem Schiff nach Ephesus über.

Ihnen war bereits in Korinth gesagt worden, dass es in Ephesus eine judenchristliche Gemeinde gäbe. Keiner wusste so recht, wie diese entstanden sei und wer sie gegründet habe. Irgendein Händler oder Kunde hatte ihnen in Aqulias Werkstatt in Korinth davon berichtet und hatte auch den Namen Apollos genannt. Er sei wohl der Gründer oder jetzige Leiter der Gemeinde.

Mit diesen spärlichen Information landen sie im Hafen von Ephesus an.

Nach kurzer Zeit haben sie die Synagoge ausfindig gemacht. Der Synagogenvorsteher bestätigt ihre Informationen, Apollos betreffend. Es gäbe in der Tat eine kleine Gemeinschaft eines neuen Weges. Viele Juden würden dieser Gemeinschaft angehören. Apollos, ein redegewandter und schriftkundiger Mann, würde sie anleiten. Er als Synagogenvorsteher habe eigentlich nichts gegen diesen neuen Weg. Es würde ja auch höchste Zeit werden, dass das Judentum sich erneuere, und so könne das ja auf Dauer auch nicht weitergehen. Einen richtigen Propheten sollte Jahwe mal wieder erwecken, wiewohl dieser Johannes, den sie den Täufer nennen, ja wohl solch einer gewesen sei und dieser Christus wohl auch. Der eine enthauptet, der andere gekreuzigt, das sei nun einmal das Schicksal der Propheten.

Paulus hält sich zurück. Nur seine Begleiter nehmen den erstarrten Blick und ein nahezu instinktives Kopfschütteln wahr. Reizvoll erscheint es Paulus schon, die Judenchristen von Ephesus davon zu überzeugen, dass sie nicht eine innerjüdische Reformbewegung, sondern eine ganz neue religiöse Gemeinschaft bildeten, zu der auch die Heiden Zutritt hätten, und zwar ohne sich vorher beschneiden lassen oder sich an irgendwelche jüdischen Bräuche halten zu müssen.

Zunächst aber scheint es ratsam, bald nach Antiochia aufzubrechen.

Man kommt darin überein, dass einstweilen Aquila und Priscilla die Lage hier vor Ort sichten.

Paulus beauftragt sie damit, sich in vorsichtiger Weise den hiesigen Thorachristen, denn um solche handele es sich zweifellos, zu nähern.

Er, Paulus, müsse nun zunächst nach Antiochia, aber er käme im nächsten Frühjahr oder Sommer wieder, und dann könne man schauen, wie sich die Lage hier entwickelt habe und wie man weiter vorgehe.

Die Missionare helfen Aquila noch bei der Einrichtung einer Werkstatt in Ephesus. Als alles fertig ist, bringt er die Freunde zum Hafen, wo sie in der zu Ende gehenden Seefahrtsaison dieses Jahres noch Plätze auf einem der letzten Handelsschiffe nach Antiochia, dem Ausgangspunkt ihrer Missionsreise, bekommen.

Wieder Antiochia

Es ist später Herbst des Jahres 51. Reife Oliven fallen schwer in die Netze, die unter die Bäume gelegt worden sind. Rotbraune Datteln werden aufgelesen und in Körben heimgetragen.

Die Weinlese hat begonnen. In den Hängen wippen bunte Kopftücher und Hüte. Der süßliche Duft von Most erfüllt die schon kühle Herbstluft. Erntearbeiter ziehen mit beladenen Eselskarren langsam durch die Felder.

Im rötlichen Abenddunst blinken die letzten Segelboote, bevor die Herbststürme das Mittelmeer unbefahrbar machen und die Winterpause einsetzt.

Wenige Schiffe sind es, die jetzt noch den Hafen, der Antiochia vorgelagert ist, anlaufen. Von geschäftstüchtigen und risikofreudigen Händlern getrieben, hetzen die Sklaven hin und her, um möglichst schnell Amphoren mit frischgepresstem Olivenöl in die Schiffsbäuche zu laden.

Passagiere sind jetzt selten geworden. Viele sind schon auf den Landweg ausgewichen. Bald wird der Winter auch eine Überquerung der Berge unmöglich machen. Wie jedes Jahr herrscht die letzte große Hektik vor der Winterruhe auf dem Mittelmeer.

Paulus, Silas und Timotheus gehen in Seleukia von Bord. Sie machen sich gleich nach Antiochia auf den Weg. Für Timotheus ist alles fremd. Er kennt Antiochia nur aus den Berichten und Erzählungen von Paulus und Silas. Antiochia, Paulus' erste Liebe, der Ort jener wunderbaren Freundschaft mit Barnabas, auch der Ort des großen Desasters, des Streites mit Petrus und des Endes der Freundschaft mit Barnabas. Drei Jahre ist das her.

„Von Antiochia haben wir in der letzten Zeit wenig gehört", keucht Silas, der vorweg läuft, „ich bin gespannt, was sich getan hat."

Er berührt einen wunden Punkt.

„Ich freue mich auf Titus", sagt Paulus später, als er sicher ist, dass zu dem vorher von Silas Gesagten kein Zusammenhang mehr besteht.

Eine Art Heimweh scheint diesen zu treiben, denn er ist inzwischen weit voraus.

Antiochia liegt in der letzten Abendsonne. Im Tal der Fluss ist schon dunkel. Für Timotheus ist dies der erste Blick auf die Stadt, von der er so viel gehört hat. Ehrfürchtig bleibt er stehen und betrachtet die sonderbare Abendstimmung über dieser ersten großen Christengemeinde.

Paulus muss daran denken, wie er vor vielen Jahren mit Barnabas das erste Mal durch diese marmorne Stadt lief. Während Silas und Timotheus schon vorauslaufen, bleibt er einen Augenblick stehen. Er denkt nur: Barnabas, und spricht den vertrauten Namen ein paar Mal ganz leise aus.

Eine feine Nadel sticht tief in sein Innerstes. Was hat sich seitdem alles ereignet? Die trübe Gewissheit, den Freund in Antiochia nicht mehr anzutreffen, lastet schwer auf ihm. All die Jahre hatte er die Angst vor diesem Gefühl der Leere verdrängt. Er wird ihrer kaum Herr.

Kein Sterbenswörtchen hat er von ihm seit dem Bruch ihrer Freundschaft gehört, und nur vage weiß er, dass Barnabas sich irgendwo in Zypern aufhalte.

Schon am Nachmittag, als er vom Boot aus die Insel am Horizont sah, hat er an ihn denken müssen, wie ihm ohnehin auf diesem Weg nach Antiochia Barnabas immer und immer wieder durch den Sinn gegangen war.

Langsam geht Paulus weiter. Als er bemerkt, dass die Freunde schon weit voraus sind, eilt er ihnen nach.

In der Stadt laufen Sklaven, die mit langen Fackeln die Laternen anzündeten. Das Licht ändert sich. Die Sonne ist inzwischen untergegangen. Die schwach erhellen Marmorstatuen glänzen matt auf den ehrwürdigen Bauten.

Sie biegen in das Christenviertel ab und gehen zu Titus.

Ein kleines munteres Mädchen öffnet ihnen, schlägt die Tür ängstlich wieder zu und ruft nach dem Vater. Man hört ihn die Treppe heruntereilen. Titus öffnet. Einen Augenblick zögert er, ob er seinen Augen trauen dürfte.

„Kennst du uns nicht mehr?", fragt Silas lachend.

„Mein Gott, wie seht ihr denn aus ...?", lacht Titus, als Paulus bereits im Hausflur ist. „Silas ... mein Gott, Lass dich anschauen ... Und ihr habt noch jemanden mitgebracht?" Er begrüßt Timotheus.

„Stören wir?", fragt Silas.

„Ihr und stören? Ich bitte euch ...!"

Dann hat die Wiedersehensfreude Titus ergriffen. Er wird hektisch. Er trommelt die Bewohner seines Hauses zusammen, er stürzt in die Küche, rennt mit großen Schritten die Treppe hinauf, ruft hier und da etwas in den Flur, stolpert beim Herunterkommen beinahe über seine kleine Tochter, reißt die Stubentür auf, drängt die Freunde hinein, stößt an einen der Rucksäcke, lacht, wendet sich um, ruft wieder etwas in die Küchentür. Er ist außer sich.

Die Hausbewohner versammeln sich in der Stube und begrüßen die Freunde. Da ist die junge, schwangere Frau des Titus, eine alte Tante, die Großeltern und jenes ängstliche Töchterchen, das ihnen die Tür vor der Nase zugeschlagen hat.

Die Wiedersehensfreude nimmt kein Ende.

Die Frauen tragen auf: Fleisch, Käse, Brot, Kuchen und Wein, Obst, Oliven, Saft, Fladenbrote – alles schleppen sie an, und alles steht bunt auf dem Tisch, um den sie sich versammelt haben.

Irgendwie ist die Tochter unter Tränen ins Bett gekommen. Kerzen werden herbeigeholt und dann wird erzählt und erzählt. Zwischendurch kommt die Kleine und behauptet, sie könne nicht schlafen. Titus nimmt sie liebevoll auf den Schoß, wo sie bald selig schlummert.

Titus berichtet, dass sich in Antiochia nicht viel geändert

habe. Nach dem Weggang der Apostel sei bald Ruhe eingekehrt, die unterschiedlichen Parteiungen seien aufeinander zugegangen. Man habe, so gut es ging, versucht, in Antiochia einen Kompromiss herbeizuführen, mit dem alle, Juden wie Heiden, leben können. Und so sei es bis auf den heutigen Tag. Also, er müsse schon sagen, dass Paulus damals Recht gehabt habe, der auf dem Apostelkonzil ausgehandelte Kompromiss sei eigentlich keiner gewesen, da müsse er ihm im Nachhinein zustimmen, diese Regelungen, vor allem das Verbot des Götzenopferfleisches, seien nicht praktikabel. Aber egal. Jetzt habe man einen Weg gefunden, man habe sich arrangiert.

Barnabas, so erzählt Titus, sei auf Zypern und betreue dort die Gemeinden, Petrus sei ein wenig herumgezogen und hätte bei den Juden ohne viel Erfolg missioniert, derzeit halte er sich wieder in Jerusalem auf. Jakobus sei ununterbrochen in Jerusalem, und Johannes Markus pflege dort seine alte Mutter, von der er kürzlich vernommen habe, sie liege im Sterben.

„Das ist eine großartige Frau", sagt Paulus nachdenklich.

„Jetzt im Alter soll sie sehr wirr geworden sein, wenn ich richtig informiert bin, erkennt sie nicht einmal ihren eigenen Sohn, der sie rührend pflegt ... Barnabas fragt in seinen Briefen öfter nach ihm, ich denke, dass er ihn gerne zu sich holen würde."

„Die haben sich immer gut verstanden ..."

„Übrigens: Petrus ist oft hier", Titus schaut Paulus vorsichtig an. Der aber sagt nichts.

„Ich glaube, dass er sich hier wohlfühlt, vielleicht wohler als in Jerusalem ..."

Er fände ihn ganz in Ordnung, seine Predigten würden gerne gehört werden, die Kinder würden ihn lieben, weil er so einfach spreche.

Ob es über die Streifrage noch Ärger gegeben hätte, will Paulus wissen.

Nein, nein, man hätte das alles sehr praktisch gelöst, wenn Petrus hier sei, dann bleibe er bei den Juden, aber die Heiden lasse er in Frieden, ganz anders als … – Titus hat sich verhaspelt. Er hüstelt künstlich und schaut Paulus prüfend an. Diesem aber ist der Versprecher nicht entgangen. Wie immer, wenn es ernst wird, zieht er eine Augenbraue hoch und fragt nach: „Ganz anders als wer …?"

Titus zögert, aber Paulus schaut ihn fest an, „eigentlich will ich das nicht gleich am ersten Abend erzählen … aber nun ist es raus …"

„Was?", fragt Paulus, „nichts ist raus … Titus" – sein Tonfall wird freundlicher – „was ist los?"

Das schlafende Mädchen atmet gleichmäßig auf Titus' Schoß. Die Frauen haben die Hände in den Schoß gelegt und schauen betreten zu Boden. Silas und Timotheus lauschen.

„Nun", beginnt Titus, „ihr wart noch nicht lange fort, damals, nach dem großen Streit, da kamen ein paar Leute aus Jerusalem hierher. Ich kenne sie von unserer Versammlung dort … es sind die, die am ersten Tage meinten, ich müsste beschnitten werden, sie würden sonst unrein … Sie meldeten sich nicht an, sie waren einfach da. Quartier bekamen sie dort, wo Petrus damals auch wohnte … und natürlich fangen sie sofort an, die Heiden zu verwirren … Der Streit aber, euer Weggang, Petrus, Barnabas, ihr wart ja alle fort, und sie meinten wohl, dass sie jetzt genau dort weitermachen können, wo der Streit damals alles so traurig beendet hat … aber" – ein Leuchten geht durch sein Gesicht – „wir hatten die Nase von all den Streitigkeiten noch gestrichen voll … Ich habe sie dann gebeten, den Ort zu verlassen … eigentlich haben sie keinen Schaden angerichtet, aber sie waren sehr unfreundlich …"

„Wo sind sie hingezogen?", fragt Paulus mit klopfendem Herzen.

Titus ist nachdenklich, er beißt sich auf die vorgestülpten Lippen.

„Das ist es, was mir die ganzen Jahre über Sorge gemacht hat: sie gingen nach Norden und nicht nach Süden, wo sie herkamen."

„Über den Taurus?"

„Ja, ich glaube schon ... vielleicht wollten sie hier ohnehin nur Zwischenstation machen und genau hören, wo du und Barnabas die Gemeinden gegründet habt ... Auf jeden Fall waren sie gut ausgerüstet ... Erst als sie fort waren, hörte ich, dass sie eingekauft hätten, wie es nur jemand tut, der über den Taurus gehen will, Zelte, Zwieback und so weiter ..."

„Weshalb hast du mir das nicht geschrieben?"

„Ich hab's getan, ganz vorsichtig ... und den Brief nach Philippi gesandt, aber du warst schon fort."

Paulus haut vor Zorn mit der Faust auf den Tisch. Silas und Timotheus schauen ihn leidvoll an. Allen dreien fällt es in diesem Augenblick wie Schuppen von den Augen. All die Ahnungen der letzten Jahre, das, was sie in Athen und Korinth gerüchteweise vernommen hatten, bestätigt sich nun.

„Übrigens", rechtfertigt sich der wackere Titus, „was hätte es genützt? Ihr wart in Griechenland und habt dort das Evangelium verkündigt ... Hättet ihr um solcher Vermutungen willen die Mission abgebrochen? Im Übrigen habe ich mich all die Jahre damit beruhigt, dass ihr die Gemeinden, euren damaligen Erzählungen zufolge, stabil zurückgelassen hattet ... Auch weiß ich nicht, was ihr denen erzählt habt, als ihr sie anschließend wieder besuchtet."

Es herrscht beklommene Stille.

„Du magst Recht haben", antwortet Paulus nachdenklich, „wir haben sie tatsächlich gewarnt, aber es hat wohl nicht viel genützt, denn irgendetwas sprach sich herum ... Wir haben es in Griechenland gehört ..."

„Was?", fragt jetzt Titus.

„Dass irgendetwas in den Gemeinden in Galatien vorgehe, dass eine Art Gegenmission begonnen habe, dass andere Missionare nach uns in den von uns gegründeten Gemeinden waren und dort versucht hätten, das Rad zurückzudrehen, und dass in den Gemeinden infolge dessen sehr viel in Unordnung sei … die ganze Zeit hatte ich so eine Ahnung."

Silas und Timotheus nicken zustimmend.

„Vielleicht", beginnt jetzt Silas sich am Gespräch zu beteiligen, „vielleicht hat Lukas den Brief erhalten und ist nach Galatien gegangen … In Philippi hatte ich ihn ja nicht angetroffen …"

„Eine vage Hoffnung", sinniert Paulus, „aber ich fürchte, es ist nicht mehr als eine Hoffnung, schließlich weiß Lukas nicht genau, wo wir in Galatien waren, wir haben ihn doch erst in Troas getroffen …"

„Aber wir haben ihm viel erzählt", rechtfertigt sich Silas, „und schließlich wissen die Radikalen auch nicht genau, wo wir waren."

Paulus ist verstummt. Ein oder zweimal entweicht ihm ein leises „hm" oder ein „Ich hab's geahnt."

Keiner der anderen sagt etwas.

Schließlich fragt Paulus: „Kann man um diese Jahreszeit den Taurus noch überqueren?"

„Das ist unmöglich, gerade in diesem Herbst schneit es dort bereits früh … wir haben von Händlern gehört, die schon wieder umkehren müssen …"

„Und auf einem anderen Weg?"

„Paulus, du kennst die Gegend besser als ich, es gibt nur den Landweg über Ephesus … und dann dauert es Wochen, bis man all die kleinen und großen Hochtäler durchwandert hat … dann kommt der Winter, oben Schnee, unten der Regen … so gesehen gibt es keinen Landweg im Winter … jedenfalls nicht von hier aus … jeder andere Weg aber dauert so lange, dass ihr besser hier überwintert und im Frühjahr losgeht."

„Im Frühjahr sind dort auch noch keine Banditen, die kommen erst, wenn der Verkehr wieder stark wird und die Nächte nicht so ungemütlich sind …", sagt Silas, der, kaum angekommen, die Heimat nicht gleich wieder verlassen möchte.

„Aber die Bären sind im Frühjahr gefährlich", trotzt Paulus diesen ihm unlieben Ratschlägen.

„Bären?", fragt Silas. „Du bist bereits zweimal über den Taurus gegangen, hast du dort jemals Bären gesehen?"

Paulus wird rot und lächelt verlegen. Das löst die Spannung, und schließlich müssen alle darüber lachen, dass Paulus lieber durch sicheren Schnee und gefährlichstes Eis gehen würde, als Bären zu begegnen, die dort oben sehr selten sind.

Am Ende aber bleibt es dabei: Sie müssen in Antiochia überwintern.

Es wird ein langes Warten, getrieben von der Sorge, was mit den Gemeinden sei. Die Tage vergehen quälend langsam. Aber die drei erholen sich. Sie schlafen lange und werden von Titus' Frau bestens beköstigt. Als diese wegen der fortschreitenden Schwangerschaft den Haushalt nicht mehr recht versorgen kann, tritt die Tante an ihre Stelle. Das Essen wird noch besser.

In der Gemeinde blüht Paulus auf. Nach all den Enttäuschungen in Griechenland und den schlimmen Nachrichten über die zerstörerischen Machenschaften der Gegenmissionare in den anderen Gemeinden macht es ihm Freude, zu predigen und in den einzelnen Hausgemeinden das Herrenmahl zu feiern. Er trifft sich mit den Vorstehern, nimmt an Gruppen und Treffen teil, bespricht sich mit den Führern der Gesamtgemeinde.

Über alles aber bleibt die Freude, dass der große Streit zwischen ihm und Petrus, der die Gemeinde hart an den Abgrund brachte, keinen bleibenden Schaden angerichtet hat. Es scheint Gras über die Sache gewachsen zu sein. Es war ja auch eine theologische Auseinandersetzung, die weitgehend an den einfachen Gläubigen vorbeigegangen war. Gerade die Heiden, die vom Judentum keine Ahnung hatten, waren mit der ganzen Diskussion überfordert gewesen.

Titus meint, an einem der langen Winterabende darauf angesprochen, dass es in der Tat am besten sei, an die alte Sache nicht mehr zu rühren. Man hätte sich leidlich arrangiert, keiner wolle Streit, und so käme man in der Praxis gut miteinander aus. Natürlich seien die Probleme damit nicht gelöst, aber manchmal könne auch die praktische Handhabung schwerste theologische Probleme unkomplizierter lösen als lange Diskussionen. Mit dieser Ansicht rennt er bei Paulus offene Türen ein. Der erzählt ihm von dem Desaster der Verkündigung in Athen, macht sich Luft über die arroganten Griechen, denen es nur um die Diskussion gehe, die anscheinend an wirklichen Inhalten gar nicht interessiert seien, die immer nur das Schöne suchten oder ihre Vergnügungen oder beides.

So vergeht der Winter.

Kaum aber steigt die Sonne wieder höher, da ergreift ihn die Unruhe aufs Neue. Jeden Kaufmann, der mit beginnendem Frühjahr nach Antiochia kommt, fragt er aus, wie die Wegeverhältnisse seien, ob man schon wieder reisen könne, wie das Wetter da und da sei.

Enttäuschend für ihn, was die Händler zu sagen haben: Es sei zu früh für eine Taurusüberquerung; das Schmelzwasser habe nach dem strengen Winter die Flüsse zum Überlaufen gebracht, es sei lebensgefährlich, jetzt loszuziehen, noch kein einziger sei in diesem Jahr, weder von Süden noch von Norden, über das Gebirge gekommen.

Ganz anders Silas.

Ihm steckt noch die Anstrengung der letzten großen Tour in den Knochen. Er mag nicht mehr reisen. Schon in den wenigen Monaten des Winters hat er Wurzeln geschlagen. Sein Freundeskreis ist groß, er hat eine gute Anstellung bei einem seiner Brüder bekommen, und die Antiochener mögen die Predigten dieses Sohnes ihrer Stadt. Silas hat eine glückliche Hand für den Aufbau der Gemeinde. Er ist streng, wo Strenge gefordert ist, gütig, wo Güte allein noch heilen kann.

Bei Titus verhält es sich genau umgekehrt.

Die nächtelangen Berichte der Heimkehrer in seiner Stube haben die Glut in ihm entfacht. Zwar hat er nun Familie, aber es reizt ihn die Ferne. Darüber hinaus ist es ihm ein Anliegen, den Gegenreformatoren, denen er selbst beinahe ins Netz gegangen wäre, das Handwerk zu legen.

In Erinnerung an die beschämende Situation in Jerusalem hat er zu Paulus gesagt: „Es gibt wohl keinen, der besser nachempfinden kann, wie sich ein Unbeschnittener fühlt, wenn ein Jude meint, dessen Gegenwart mache ihn unrein."

Seine tüchtige Frau ahnt seine Pläne und stellt sich seinen Wünschen nur schwach entgegen. Bald ist es abgemacht: Anstelle von Silas soll Titus mit auf die nächste Reise gehen.

Allen ist dies Recht: Silas, dass er in Antiochia bleiben kann, Titus, dass er daran mitwirken darf, den Heiden zu ihrem Recht zu verhelfen, und Paulus, dass Titus genau den Biss hat, den er für diese schwierige Reise benötigt.

Dann – endlich! – erscheinen die ersten Kaufleute in Antiochia und bringen die heiß ersehnte Kunde: Der Taurus ist offen!

Jetzt hält ihn nichts mehr. Es ist Frühjahr des Jahres 52.

Ein, zwei Tage vergehen noch, eine letzte herzliche Umarmung des Freundes Silas, ein tränenreicher Abschied von der Familie des Titus, alle guten Wünsche von der Gemeinde, und wenig später ziehen drei Männer schwer bepackt in das unwegsame Gelände des Taurusgebirges: Paulus, Timotheus und Titus sind auf dem Wege.

Zum zweiten Mal muss er diesen mühseligen Weg nehmen. Zwar haben sie bei der ersten Überquerung dieses gefährlichen Gebirgszuges dazugelernt, aber er ist auch älter geworden. Kaum ein Mann seines jetzigen Alters nimmt derartige Strapazen noch auf sich, mit Mitte vierzig setzt man sich normalerweise zur Ruhe, lässt es langsam angehen, genießt die Früchte des allzu kurzen Lebens und stellt sich auf den baldigen Tod ein. Er aber hat kaum Früchte, gegründete

Gemeinden, bekehrte Juden, getaufte Heiden in großer Zahl – das schon, aber alles doch gefährdet, wenn nicht schon zerfallen.

Die Gegenmission raubt ihm jeden inneren Frieden.

Es ist, wie wenn der Wein reift und die Trauben schon pralle Frucht tragen, wie, wenn schon alles für die große Ernte vorbereitet ist und dann ein unerwarteter – wenn auch stets befürchteter – Hagelschlag durch die Reben fegt und alle Trauben zum Platzen bringt oder von den Zweigen schlägt.

Paulus stürmt in den ersten Tagen auf den Taurus los. Getrieben von Rastlosigkeit und bösen Ahnungen.

Noch ist keine Schwäche des Alters spürbar, außer dass der Bart über Winter völlig ergraut ist. Er hat ihn vor der jetzigen langen Reise kurz scheren lassen.

Wie ein erfahrenes Tier zieht er vorweg, Titus und der stille Timotheus hinterher. Es wird Pause gemacht, wenn Paulus anhält, es wird unbarmherzig weitermarschiert, wenn Paulus nicht anhält. Mochte der Abstand zu seinen Hintermännern noch so groß werden: er wendet sich selten einmal um.

Nach wenigen Tagen knarrt das schwere Tor, das die Römer in den Felsen gehauen haben.

Mit hornhäutigen Fingern greift Paulus in die eisernen Stäbe und drückt sie so gewaltig nach außen, dass es einen Schlag gibt. Er läuft weiter, als sei dieses Tor nur ein ärgerliches Hindernis gewesen. Titus und Timotheus folgen im Abstand. Die Pharaonen, die Assyrer, die persischen Großkönige Xerxes und Darius, Alexander, sie alle haben schon diese schmale Stelle mit großen Triumphen vor Augen passiert. Zuletzt die Gegenmissionare.

In einigem Abstand stoßen nun auch Timotheus und Titus die Pforte auf.

Sie haben die Schwelle ins fremde Land übertreten.

Nachlässig grüßen sie die beiden römischen Wachsoldaten, an denen Paulus schon längst vorbei ist.

Nach zwei weiteren Tagen haben sie die frühlinghaften weiten Ebenen Galatiens vor sich.

Wie ein Bühnenbild liegen die entfernten Berge und vor ihnen, so weit das Auge reicht, die leicht gewellten, feuchten Auen, auf die der Frühling sein zartes Grün geworfen hat.

„Wunderschön", sagt Titus gerührt. Auch Timotheus ist stehengeblieben und lässt den Blick andächtig über die Weite schweifen. Paulus aber ist schon weit unterhalb des sich schlängelnden Weges.

Die beiden eilen ihm nach, hinein in jenes Land, dessen unberührte Weite so gar nicht den Eindruck macht, als habe auf dieser Bühne jenes Drama schon begonnen, an dessen Ende Paulus' Kopf dumpf in den feuchten Sand rollen wird.

Jetzt folgen sie der Spur derer, die ausgezogen sind, die von Paulus gegründeten Gemeinden in ihrem Sinne umzukrempeln. Wie ein Rettungshund mit tiefer Nase, immer wieder schnuppernd und prüfend auf der schon beinahe verwitterten Fährte, marschieren sie durch die Hochebenen hinter dem Taurusgebirge. Paulus hat eine untrügliche Nase. Er wittert die kleinsten Spuren von Verrat und Hinterhalt. Die Jahre haben ihn skeptisch gemacht. Er traut keinem mehr blindlings. Aber die Spur, der sie jetzt folgen, verliert sich.

Sie kommen nach Derbe, in jene öde salzige Steppenlandschaft, wohin er nach der Steinigung in Lystra auf der ersten Missionsreise von Barnabas gebracht worden war.

Paulus, Titus und Timotheus wohnen wieder bei Gaius.

Von ihm erfahren sie, dass zwar vor Jahren ein paar Leute, die sich auch Missionare nannten, über den Berg gekommen seien und kurz hier verweilt hätten, ja, und sie hätten Quartier genommen bei ein paar Thorachristen, aber so ganz genau könne er sich an diese Missionare nicht erinnern.

Paulus will alles nun ganz genau wissen.

Und Gaius berichtet: Ja ja, sie hätten irgendetwas gesagt über neue Maßnahmen der Apostel in Jerusalem, hätten sich auf irgendein Konzil berufen und auf Beschlüsse, die dort gefasst worden seien und die sie nun den christlichen Gemeinden nahebringen. Daran könne er sich erinnern. Auch hätten sie versucht, die Heiden- und die Judenchristen in den Gemeinden voneinander zu trennen. Aber das Ganze sei doch im Grunde nicht ernst zu nehmen gewesen. Auf jeden Fall seien sie mit ihren Ansichten hier in den Gemeinden nicht ernst genommen worden. Hier gäbe es ja nicht viele Juden, die zögen immer nur durch, als Händler oder auf dem Pilgerweg nach Jerusalem, ja sicher, es würden hier auch einige wohnen, aber die seien tolerant und viele von ihnen würden

Paulus schließlich persönlich kennen, und er habe ihnen ja bei seinem letzten Besuch eingeschärft, sich nicht von etwaigen Gegenmissionaren beeindrucken zu lassen. Nun, daran hätten sie sich wirksam gehalten.

Gaius lächelt Paulus zu, als wolle er ihm sagen, er bräuchte sich keine Sorgen zu machen.

Und Paulus' Spürnase gibt Gaius Recht: Die Gegenmissionare haben die alten, schon stabilen Gemeinden, die er noch mit Barnabas gegründet hatte, gemieden.

Das bestätigt sich auch in den kommenden Tagen. Hier ist nichts in Unordnung und Aufruhr.

Gaius hat für die Stabilität in den alten Gemeinden gesorgt und hat neue Gemeinden gegründet. Viel weiter, als er je zu hoffen gewägt hätte, erstreckt sich jetzt schon ein Netz an Gemeinden im ganzen Gebiet, bis weit nach Westen, fast schon an Ephesus angrenzend, wo er zusammen mit Priscilla und Aquila nach der Zeit in Korinth war und wo die beiden auf ihn warten.

Aus allen umliegenden Gemeinden kommen Vertreter, um die Kollekte bei Paulus abzugeben.

Timotheus ist nach Lystra gefahren, um seine Mutter zu besuchen. Nach einigen Tagen kommt auch er mit einer großzügigen Kollekte, viel Proviant und guten Wünschen wieder nach Derbe. Seine Mutter bedauere, dass sie nicht alle gekommen seien, sie hätte Paulus gerne wiedergesehen und gerne auch Titus kennengelernt, erzählt er frohgemut.

Paulus antwortet, die Zeit sei kurz, und blickt plötzlich um sich, als hätte der Ostwind ihm die verlassene Fährte wieder in die Spürnase getrieben. Sie hätten sich schon zu lange verweilt, hier seien sie im Moment nicht notwendig.

„Ich habe den Eindruck, dass die Gemeinden hier stabil sind ... dreimal habe ich sie besucht, jetzt können sie ohne uns existieren ..."

„Wir brauchen dich", antwortet Gaius, „ich spüre es, wenn du hier predigst, dann glühen die Herzen."

„Woanders brauchen sie uns nötiger, wir müssen die bei der letzten Reise gegründeten Gemeinden stärken, die Kollekten zusammentragen und sie nach Jerusalem bringen, dann erst ist das Werk getan.“

„Welches Werk?“

„Es muss klar werden, dass die Gemeinden zusammengehören und zusammenstehen. Gaius, glaub' mir, der Kampf ist noch nicht ausgekämpft, wir haben gesehen, wie schnell die im Glauben noch Schwachen anfangen zu wanken, aber die frohe Botschaft muss auch zu den Heiden ... die Zeit läuft, wir dürfen hinter die Beschlüsse von Jerusalem nicht mehr zurückfallen ...“

Unverkennbar ist in Paulus die Unruhe wieder erwacht, jene mahnende Sorge, dass das ganze Werk doch noch scheitern könnte, wenn die radikalen Thorachristen ihre Gegenreformation weiter betreiben würden.

Er mahnt zum Aufbruch, in den Norden, dorthin, wo er die schwere Krankheit hatte, in das eigentliche Galatien.

„Dort waren wir erst einmal, es war eine schöne Zeit, aber dort ist die Gemeinde sicher nicht so stabil wie diese Gemeinden hier.“ Mit versonnenem Blick fügt er leise hinzu: „Sie waren so kindlich, die Galater“. Dort müssten sie aufbauen und bestärken, bevor es zu spät sei. Jetzt sei ihm ganz klar, dass die Gegenmissionare dorthin gezogen seien. Der Löwe reiße immer das schwächste Wild.

„Ich würde gerne mitgehen“, wirft Gaius schüchtern ein. Paulus stutzt.

„Derbe kann ohne mich auskommen“, begründet Gaius seinen Entschluss, wir haben hier eifrige Vorsteher ... Aber, wenn ich euch so erzählen höre, von den ganzen Reisen und so ... dann ...“, er schaut bescheiden zu Boden, „... dann möchte ich dabei sein.“

Titus und Timotheus schienen nichts dagegen zu haben. Paulus zögert. Einen Tag lässt er sich Bedenkzeit geben, dann sagt er Gaius ab: „Glaub' mir, Gaius, es fällt mir nicht leicht, wir könnten dich gut gebrauchen, aber die Christen hier benötigen dich dringender als wir ...", er schaut Gaius an, um zu sehen, wie er diese Absage auffassen würde. Als er sieht, dass dieser durchaus gefasst ist, fügte er an: „Wer weiß, was noch alles kommen mag ... vielleicht gehen wir ja doch mal zusammen auf Reise."

Gaius nickt. Er versucht, seine Traurigkeit zu verbergen, als die drei einige Tage später ihre Rucksäcke schultern und nach Galatien aufbrechen. Jeder trägt einen Teil der Kollekte bei sich.

Mit ihnen zieht, als vierter Reisebegleiter, die Unruhe, jene Ahnung, dass gerade dort, wo die Gemeinden noch instabil sind, die Wölfe in die Herde eingedrungen sind.

Sie gehen denselben Weg wie damals. Paulus kann sich an nichts mehr erinnern. Zu stark war er damals schon vom Fieber gezeichnet, durch das er dann gezwungen war, monatelang in Galatien zu bleiben. Viel besser geht es ihm auch jetzt nicht.

Müde, abgekämpft, gehetzt, kommen sie dort an.

Sie ziehen zu der Wirtsfamilie, bei der sie das letzte Mal so liebevoll beherbergt worden sind.

Die Freude ist groß.

Wie alte Freunde werden sie begrüßt, bekommen ihr Zimmer zugewiesen, ein reichliches Mahl serviert und genießbaren Wein vorgesetzt.

Am ersten Abend sitzen sie lange beieinander, und die neugierigen Galater können nicht genug hören von all den Ereignissen, über die die Gäste berichten.

Und doch steigt gerade hier eine Ahnung in Paulus hoch. Sie ist an nichts Besonderem festzumachen, mit keinem äußeren Vorfall zu begründen. Vielleicht ist es das Gefühl, ein wenig zu herzlich begrüßt und empfangen worden zu sein, vielleicht der eine oder andere scheue Blick seiner Gastgeber, vielleicht ist es der kleine Unterschied zwischen Offenherzigkeit und Zudringlichkeit. Auf jeden Fall steigt in Paulus die Befürchtung auf, dass gerade diese geringen Anzeichen auf ein erfolgreiches Wirken seiner Gegner schließen lassen.

Als die Nacht schon vorgerückt ist, steigen sie auf der knarrenden Treppe ins Obergemach.

Es ist dunkel und sie legen sich bald zu Bett. Titus ist schon eingeschlafen, da wendet sich Paulus flüsternd an Timotheus:

„Timotheus, hast du auch das Gefühl, dass hier etwas nicht stimmt?"

„Nein, ganz und gar nicht", raunt dieser leise, „die Aufnahme ist doch sehr herzlich."

„Genau das meine ich, sie ist mir ein kleines bisschen zu herzlich." Paulus dreht sich auf die andere Seite, um Timotheus besser verstehen zu können.

„Was du immer hast....", antwortet dieser und wälzt sich seinerseits auf den Rücken.

„Ist dir nicht aufgefallen", fährt Paulus fort, „wie geschickt sie uns zum Erzählen gebracht haben und damit immer und immer wieder die für sie möglicherweise peinliche Frage ablenkten, wie es hier um die Gemeinde stehe?"

„Hm", Timotheus überlegt lange, „aber du hast sie doch gefragt!?" Etwas Unsicherheit liegt in diesem Satz, der teils wie eine tröstliche Aussage, teils wie eine Frage klingt.

„Eben, ich habe sie gefragt, aber was haben sie denn geantwortet?"

„Hm", brummte Timotheus, und wieder entsteht eine lange Pause.

„Timotheus, bist du noch wach?"

„Ja, ich denke nach ..."

„Und?"

„Du magst Recht haben ... meinst du, sie hätten ein schlechtes Gewissen?"

„Es wirkt beinahe so. – Timotheus, glaub' mir, die waren hier ... von irgendwo her müssen doch die Gerüchte kommen, die uns zu Ohren gelangt sind ... im Übrigen sind das kluge Leute, die haben sich aus den ersten Gemeinden herausgehalten und sich an die neuen Gemeinden gemacht ... mir wird ganz übel, wenn ich daran denke."

„Wenn sie hier waren, dann wird es nicht lange verborgen bleiben", antwortet Timotheus ein wenig genervt. Er dreht sich wieder zur Seite und schläft ein.

Ein paar Tage vergehen, aber es gibt keine deutlichen Anzeichen. Die bekehrten Heiden sind freundlich, nichts lässt darauf schließen, jemand habe sie verwirrt oder gar von ihnen die Beschneidung verlangt. Die wenigen Judenchristen bleiben in höflicher Distanz, aber sie beteiligen sich an den Gebetstreffen und nehmen auch am gemeinsamen Mahl mit den Heiden teil.

So läuft zunächst alles normal.

Die drei Missionare besuchen die Vorsteher, predigen, erkundigen sich nach den Außenbezirken, in denen offenbar die Gemeinden ebenfalls gewachsen sind. Von dort kommen die ersten Vorsteher und bringen die Kollekte, die sie auch hier eifrig betrieben haben.

Die Wirtsleute sind entgegenkommend, und vor allen Dingen die Kinder haben ihre Freude an den Aposteln. Einige sind größer geworden, aber es sind wieder viele Kleine da. Mit ihren wachen Gesichtchen hängen sie nachts viel zu lange in der Wirtsstube herum, tragen mal eifrig einen Krug Wasser zum Tisch oder schieben mit schwarzen Fingernägeln einen Korb Brot auf die Tischplatte. Dann schauen sie neugierig und schüchtern um die Ecke des Tresens und haben bald eine besondere Beziehung zu Titus entwickelt, dem als Vater der Umgang mit den Kleinen vertraut ist.

Mit Titus spielen sie draußen vor dem Essen ein kurzes Versteckspiel oder ‚fangen', und die ersten krabbeln ihm bald zutraulich auf den Schoß.

So hat er eines Abends ein kleines Mädchen bei sich sitzen. Sie ist barfuß, hat wundervolle blaue Augen und schaut ihm bei jedem Bissen, den er sich zuführt, aufmerksam an.

„Du", fragt sie ihn ganz unvermittelt, „wart ihr mal bei den anderen Missionaren?"

Paulus bleibt der Bissen im Hals stecken. Timotheus hat aufgehört zu kauen.

„Nein", antwortet Titus lieb, „wo wohnen die denn?" Aber die Kleine hat sofort gemerkt, dass sie mehr gesagt hat, als sie darf.

„Das darf ich dir nicht sagen", antwortet sie keck und kriecht umständlich von seinen Oberschenkeln herunter. Paulus schaut, ohne den Kopf zu bewegen, über seinen Suppenlöffel nur mit sorgenvoll aufgerissenen Augen zu Titus, als wolle er sagen: ‚Da haben wir 's'.

Die Wirtin muss irgendeinen Fetzen dieses kurzen Gespräches mitbekommen haben. Sie zieht die Kleine weg und schickt sie aus der Stube. Dann kommt sie sofort, die Hände mit einem Tuch abwischend, an den Tisch und redet mit hochrotem Kopf von irgendetwas Unbedeutendem. Sie ist hektisch, erzählt lange, wiederholt sich. Es ist klar: die Kleine hat etwas gesagt, worüber sie hätte schweigen sollen.

Nach ihrem Ausrutscher ist sie verschlossen wie eine Auster. Titus bemüht sich rührend um sie, länger als sonst spielen sie Verstecken, er überschüttet sie mit Komplimenten, streicht ihr durchs Haar, umwirbt sie ritterlich, königlich. Die Kleine hält dicht.

„Paulus, es hat keinen Sinn so", sagt er diesem eines Nachts, „wer weiß, was an der Sache dran ist."

„Aber unseren Verdacht hat sie bestätigt, es sind andere Missionare hier am Werk, das rieche ich doch."

„Paulus, das riechen wir alle, aber was sollen wir denn machen?"

„Am liebsten würde ich sie hier stellen …"

„Die lassen sich nicht stellen, die bleiben, wenn sie überhaupt noch hier sind, im Hintergrund. Im Übrigen wirkt die Gemeinde doch geordnet, die Juden verkehren mit den Heiden, als wenn nichts wäre, hier wirkt keiner besonders aufgeschreckt ... Ich halte es nicht für gut, wenn wir uns an diesem Verdacht festbeißen ... Ich denke, wir predigen, bauen auf, ermuntern, nehmen die Kollekte und ziehen weiter ... Wenn irgendetwas vorfällt, können wir ja wiederkommen."

„Ich regele die Dinge lieber, wenn ich da bin, dieses ständige Hin und Her zwischen den Gemeinden bringt unsere Sache nicht voran ... wir wollen doch neue Gemeinden gründen, oder?"

Titus hat ins Wespennest gegriffen. Es ist ihm nicht gelungen, den Spürhund von der Fährte abzubringen, und je fester jemand an der Leine reißt, umso stärker zieht es ihn in untrüglichem Spürsinn zurück.

Da fügt der Zufall ein kleines Ereignis hinzu, das die Lage wendet.

Nachdem Titus gemerkt hat, dass er mit Komplimenten, Schmeicheleien und Aufmerksamkeiten das Mädchen nicht dazu bringen kann, etwas von dem auszupacken, was sie zweifellos weiß, hat er seine Aufmerksamkeit wieder von ihr abgewendet. Das aber passt der Kleinen ganz und gar nicht. Um wieder die volle Aufmerksamkeit für sich zu gewinnen, sagt sie plötzlich bei irgendeinem Mittagsmahl, das sie an der Sitzgruppe vor dem Hause einnehmen: „Die sind abgereist." Sie spielt mit den Fingern von Titus.

„Wer ist abgereist", fragt dieser mit warmer Stimme.

„Die anderen Missionare ..." Sie springt ihm vom Schoß und rennt fort.

Noch in derselben Nacht beschließen sie, das Katz-und-Maus-Spiel zu lassen. Sie besprechen sich lange und sind darin einig, dass sie derzeit nichts anderes machen können als abzureisen und die Entwicklung im Auge zu behalten.

Am anderen Morgen erscheinen sie mit Gepäck in der Wirtschaft. Die hinzugekommenen Kollektengelder haben sie auf die Rucksäcke verteilt. Sie zahlen die Rechnung, verabschieden sich von den traurigen Kindern, ermahnen die Eltern, sich nicht von anderen Missionaren verwirren zu lassen, bedanken sich noch einmal überaus herzlich für die großzügigen Gaben und ziehen weiter.

Ihr Ziel ist Ephesus, wohin sie im Herbst des vergangenen Jahres von Korinth aus gezogen waren.

Dort sind auch die Freunde Aquila und Priscilla.

Ephesus

Bis nach Ephesus ist es weit. Sie müssen die siebenhundert Meilen noch im Spätherbst laufen und dafür nicht nur das gesamte Hochland von Phrygien durchqueren, sondern auch vor Einbruch des Winters das Mäandertal hinter sich gelassen haben.

Dazu kommt, dass die Stimmung bedrückter ist denn je. Auf Schritt und Tritt wird Paulus von der für ihn nun unumstößlichen Tatsache verfolgt, dass die radikalen Thorachristen sich in Galatien vor ihnen versteckt gehalten haben, um nach ihrer Abreise die Wühlarbeit fortzusetzen oder gar erst richtig damit zu beginnen. Es tröstet wenig, einstweilen nichts dagegen machen zu können.

Die Freunde versuchen, ihn zu beruhigen. Sie reden ihm gut zu, nehmen die mit so viel Eifer betriebene und bisher so erfolgreich verlaufene Kollekte als gutes Zeichen. Immer aber findet Paulus irgendetwas, das seine Sorge noch vergrößert. Mal ist es die räumliche Distanz zu Galatien, die es verhindern würde, einzugreifen, wenn die Wölfe über die Herde herfallen, mal ist es das noch unerreichte Ziel der Kollekte, mal die Sorge um den immer noch verschwundenen Lukas, mal die Erinnerung an die Wirren in Thessaloniki – alles zerfrisst seine betrübte Seele wie die Motten einen wollenen Mantel.

Nach sechswöchiger Wanderung erreichen die Missionare ihr Ziel.

Ephesus ist die erste Metropole der Provinz Asia. Mit Athen und Jerusalem ist es eine der drei heiligsten Städte des römischen Reiches. Ephesus ist der Mittelpunkt des asiatischen Zauberwesens, das Paradies der Wonnen, der Laster und der Mysterien des Ostens.

Hier steht, schon von weitem sichtbar, der Artemistempel auf hohem Hügel und bedeutet den Kommenden unmissverständlich, um was es hier geht. Er ist der größte Tempelbau der antiken Welt, der Göttin Artemis, einer der zwölf großen olympischen Götter und Schwester des Apoll, geweiht. Sie ist nicht nur die Göttin der Jagd, sondern auch Hüterin der Frauen und Kinder. Aber in Ephesus ist alles anders. Größer, mächtiger, selbstbewusster. Hier ist Artemis die Ernährerin aller Lebewesen. Im Innersten des beeindruckenden Tempels steht ihre große Statue, deren Oberkörper übersät ist mit Mutterbrüsten.

Sogar Paulus ist voll Freude, als sie abends bei Aquila und Priscilla vor der Tür stehen.

Die beiden haben in dieser blühenden Handelsstadt Wurzeln geschlagen, und in kurzer Zeit ist ihre Zeltmacherei zu einer stadtbekannten Werkstatt geworden.

Titus ist in den vergangenen Wochen von Paulus und Timotheus detailliert darüber in Kenntnis gesetzt worden, unter welchen Bedingungen sie im vergangenen Herbst Ephesus verlassen hatten. Je näher sie Ephesus gekommen waren, umso mehr beschäftigte sie die Frage, was mit der judenchristlichen Gemeinde sei, von der sie gehört hatten, und wie es sich mit jenem Apollos entwickelt habe, den sie persönlich seinerzeit nicht kennengelernt hatten.

Aquila und Priscilla erzählen: „Wir sind noch nicht lange hier, da machen wir eine seltsame Bekanntschaft, als wir am Sabbat in die Synagoge gehen. Jemand predigte von Jesus, dem Christus. Aber irgendetwas stimmte an dieser Predigt nicht“, Aquila hat gerade Luft geholt, um fortzufahren, da erzählt seine Frau weiter: „… also wir hören ihm zu und merken, dass er zwar von Christus erzählt, aber die Predigt ist anders als die deine.“ Sie wendet sich zu Paulus und legt ihre Hand auf seinen Arm.

Paulus und die anderen lauschen mit offenen Mündern. „Wir nahmen ihn beiseite“, fährt nun Aquila wieder fort, „und sprachen mit ihm über den Glauben, so wie wir ihn in Korinth angenommen haben. Ihm war vieles neu daran, aber er war sehr interessiert …“

„… ein gebildeter Philosoph aus Ägypten. Er legte die ganze Lehre unseres neuen Weges richtig dar, obwohl er nur die Taufe des Johannes kannte", ergänzt seine Gattin.

Sie hätten ihn im Glauben unterwiesen und er hätte dann die Taufe empfangen. Da er sich mit dem Plane getragen habe, nach Griechenland zu reisen, hätten sie ihn bestärkt und ihm ein Empfehlungsschreiben an die Brüder in Korinth mitgegeben. Wie sie gehört hätten, sei er der dortigen Gemeinde eine große Hilfe und habe ihr vortreffliche Dienste geleistet. Denn er habe die Ansichten der Juden schlagend widerlegt und öffentlich anhand der Schrift nachgewiesen, dass Jesus der Messias sei. So jedenfalls sei ihnen berichtet worden.

Paulus schaut ein wenig ratlos. „Ist das dieser Apollos, von dem wir damals schon in Korinth gehört hatten und von dem uns auch der Synagogenvorsteher hier in Ephesus berichtet hatte?"

Aquila und seine Frau nicken.

Paulus ist zu sehr auf die Gegenmissionare eingestellt, als dass er jetzt diese Nachricht als völlig unabhängig davon begreifen kann. Auch die anderen drei sagen nichts.

„Nun sind aber noch viele Schüler dieses Apollos hier in Ephesus, sie haben die Taufe des Johannes empfangen, es sind irgendwie Halbchristen …"

„Bei denen fangen wir an", führt Paulus den Satz zuende.

Und so kommt es.

Paulus sucht diese Johannesjünger auf, die getreu ihres Meisters zurückgezogen betend und fastend leben. Zunächst sind sie skeptisch. Sie stutzen bei der Frage, ob sie den Heiligen Geist empfangen hätten, als sie gläubig geworden seien. Sie antworten ihm: „Wir haben noch nicht einmal gehört, dass es einen Heiligen Geist gibt."

Dann fragt er, welche Taufe sie denn empfangen hätten.

„Die Taufe des Johannes", antworten sie wie aus einem Munde.

Johannes habe eine Taufe der Buße gespendet und das Volk gemahnt, an den zu glauben, der nach ihm komme, das heißt an Jesus – ist dem Sinn nach das, was Paulus ihnen zu erklären versucht.

Sie erhalten Taufunterricht. Dann lassen sie sich taufen und die Hände auflegen, um durch diese Geste den Heiligen Geist zu empfangen.

Diese ersten Christen in Ephesus bilden den Stamm treuester Mitarbeiter, wie sie für das weitere Werk auch notwendig sind. Denn Ephesus ist die Hauptstadt der volkreichsten römischen Provinz mit etwa fünfhundert Städten und Ortschaften.

Sobald die getauften Johannesjünger ausgebildet sind, sendet er sie aus, damit sie in diesen unzähligen kleinen Weilern, Dörfern und Ortschaften die Frohe Botschaft von Christus, dem Gekreuzigten und Auferstandenen, verkündigen.

Trotz des eigenständigen Lebens der Christen, das nun in Ephesus beginnt, geht Paulus unbeirrt am Sabbat in die Synagoge. Dort macht er von seinem Recht Gebrauch zu predigen.

Mag es die Sorge um das Wirken der Gegenapostel sein, die in den vergangenen Monaten stärker und stärker geworden ist, oder mag es die Tatsache sein, dass er schon ewig nicht mehr in einer Synagoge gepredigt hat, Tatsache ist, dass er unglaublich kraftvoll und überzeugend redet. Er spricht leidenschaftlich, hinreißend, glanzvoll, außergewöhnlich und überwältigend, er argumentiert brillant, beantwortet Fragen meisterhaft. Sein Auftreten ist eindrucksvoll. Nacheifernswert. Drei Monate lang geht das gut. Er gewinnt Taufbewerber für den neuen Weg – das ist die eine Seite. Er macht sich Feinde – das ist die andere Seite. Wenn er durch die Straßen zur Synagoge geht, tuscheln sie hinter vorgehaltener Hand. Sie sprechen leise, aber schon bald nicht mehr so leise, über ihn. In der Synagoge verdrehen einige die Augen, wenn er wieder das Wort ergreift, flüstern miteinander und schütteln die Köpfe. Das Murmeln wird lauter, das Brummen wird störender.

Paulus nimmt dies wahr. Er ist in den vergangenen Jahren sensibler geworden. Und auch klüger. Sollte nun alles wieder nach dem allzu bekannten Muster ablaufen? Sollte er sich tatsächlich wieder mit der Synagoge anlegen? Sollte er seine Kräfte für diesen ewig gleichen und offenbar nicht zu gewinnenden Kampf verzehren? Oder soll er sich schonen für den anderen Kampf, der sich andeutet und bei dem es nicht um ein paar bockige Juden geht, sondern um seine eigenen Gemeinden, um seine eigene Sache, um sein Lebenswerk? Soll er es riskieren, hier wieder in Schimpf und Schade davongejagt zu werden, ja, kann er es überhaupt noch riskieren, sich unmöglich zu machen, oder muss er nicht langsam alle Kräfte sammeln, um die eigenen, christlichen Gemeinden zu stärken und vor den Gegenmissionaren zu schützen?

Wie könnte er auf der einen Seite immer neue Juden für das Christentum gewinnen, während auf der anderen Seite die Thorachristen seine Gemeinden wieder zum Judentum zurückzuführen versuchen. Fragen über Fragen. Sie besprechen sie miteinander, sie wägen ab, bedenken die Möglichkeiten, sie ziehen dieses und jenes in Betracht, vergleichen die Situation in Ephesus mit anderen, ziehen Parallelen, spekulieren, prüfen, beten.

Sie können sich nicht wieder eine Auseinandersetzung mit den Juden leisten. Die Zeiten haben sich geändert. Der Wind hat sich gedreht und weht nun aus einer anderen Richtung. Mehr denn je leitet sie alle die Sorge um die innere Stabilität der Gemeinden.

Paulus zieht sich aus dem Einflussbereich der Synagoge zurück. Er ist klug geworden. Zum ersten Mal geht er dem sich androhenden Ärger aus dem Weg und lässt sich nicht mehr in den Synagogengottesdiensten blicken. Er macht einen Schnitt, nimmt seine Jünger mit sich und lehrt täglich im Lehrsaal eines gewissen Tyrannus. Nun ist er frei für einen anderen Kampf, und dieser wird ihm alle noch verfügbaren Kräfte kosten – bis zu seinem letzten Atemzug.

Die Sorge um den Zusammenhalt der Gemeinden treibt ihn um. Sie zehrt Tag für Tag spürbarer an seinen Nerven. Er schläft schlecht. Er wäre am liebsten hier und da gleichzeitig, würde in Windeseile wieder und wieder alle Gemeinden besuchen und sie schützen gegen die Wölfe, die im Schafspelz anrücken und doch nichts anderes im Sinn haben, als die Herde zu zerreißen – denkt er. Und was das Schlimmste ist: Am Anfang sind es nur Ahnungen, die ihn umtreiben. Er ist wie jemand, der in hochsensibler Wetterfühligkeit schon bei wolkenlosem Himmel spürt, was sich hinter dem Horizont zusammenbraut, und den die sorgenvolle Frage umtreibt: ob das Haus dem Sturm wird standhalten können. Wie jeder Hausbesitzer, der in solch einem Falle Hammer und Nägel holt, um das Haus sturmfest zu machen, so nimmt er Feder und Papyrus in die Hand.

Briefe werden geschrieben, eilige Depeschen den Kaufleuten im letzten Augenblick mitgegeben, kleine Papyrusrollen verschickt, und bald empfängt er in Ephesus Abgesandte aus fast allen Gemeinden: Aus Mazedonien kommen Aristarch und ein anderer Gaius; es kommt Secundus aus Thessalonich, es kommt Sopater aus Beröä. Aus Korinth kommen Kaufleute, Matrosen und angesehene Männer, wie Apollos, Erastus, der Stadtrentmeister, und Sosthenes, der ehemalige Synagogenvorsteher. Ihnen allen wird eingeschärft, sich nicht von den Gegnern etwas anderes einreden zu lassen, als Paulus verkündigt habe, vor allen Dingen aber, sich nicht auf die Beschneidung der Heiden einzulassen.

Philipperbrief

Aus Philippi kommt Epaphroditus, der Presbyter, den er selber vor seiner Abreise aus Philippi eingesetzt hatte.

Das Wiedersehen ist mit freudiger Erinnerung an das, was in Philippi vorgefallen war, verbunden. Sie lachen gemeinsam, als sie sich noch einmal vor Augen führen, wie verdutzt die Beamten waren, als sie erfuhren, dass Paulus und Silas römische Bürger seien.

„Und die haben euch öffentlich auspeitschen lassen, ohne sich noch einmal vorher zu vergewissern, wen sie da vor sich haben?"

„Genauso war es, und dann haben sie uns noch ins Gefängnis geworfen."

Sie erinnern sich an die Anfänge des Christentums in Philippi, als Paulus, Timotheus und Silas nur ein paar Frauen dort an der Gebetsstätte am Flussufer antrafen. Sie sprechen über Lydia und die anderen Mitglieder der Gemeinde.

Epaphroditus bringt neben der Kollekte vor allem die so befreiende Nachricht, dass die Gemeinde in Philippi gut bestellt sei.

Nein, von Gegenmisssionaren, wie Paulus sie nenne, habe man dort bisher nicht viel gemerkt. Ja, man habe dies und das gehört, aber in Philippi selbst habe es keine Gegenmission gegeben. Nun gut, die jüdische Fraktion sei in Philippi ja nicht groß und nicht wohlgelitten, die Gegenmissionare hätten den Ort wohl gemieden, wohlweislich. Sie lachen. Aber das Lachen des Epaphroditus geht in Husten über. Er beugt sich nach vorne, er wird krebsrot und ringt nach Luft. Ob etwas sei, fragt ihn Paulus besorgt. Epaphroditus winkt ab. Ihm sei schon seit einigen Tagen nicht gut, er wisse nicht, ob er sich bei einem Abendessen vielleicht den Magen verdorben habe, oder ob es tatsächlich eine Krankheit sei, die er ausbrüte. Wie zur Bestätigung muss er gleich einige Male niesen.

Am Abend hat er keinen Appetit. Er meint, er müsse heute mal früher zu Bett gehen, und schleppt sich mit schweren Schritten zum Lager.

Bei Aquila und Priscilla sind jetzt immer viele Menschen. Auch an diesem Abend sitzen einige Presbyter im Kreis, um mit Paulus dies und das zu besprechen. Sie schauen sich besorgt an, als Epaphroditus geht. Paulus zuckt mit den Schultern.

Priscilla steht auf und folgt dem Kranken. Sie bleibt lange fort. Als sie wieder in die Stube tritt, unterbrechen sie ihr Gespräch. „Was ist mit ihm?", fragt Paulus. Priscilla meint, Epaphroditus gehe es wirklich schlecht. Er habe ganz plötzlich hohes Fieber bekommen. Man bräuchte einen Arzt. So etwas habe sie noch nie erlebt. Er atme ganz heftig. Timotheus steht sofort auf und läuft zum nächsten Arzt. Priscilla widmet sich wieder dem Kranken. Die Gesprächsrunde wandelt sich in einen Gebetskreis.

Nach Stunden bangen Wartens kommt Timotheus wieder – ohne Arzt. Er habe ihn daheim nicht angetroffen, habe aber auf Geheiß seiner Gattin die verschiedenen Wirtschaften abgesucht und ihn schließlich in einer übel beleumundeten Hafenspelunke gefunden. Er sei aber so betrunken gewesen, dass er hinsichtlich seiner ärztlichen Fähigkeiten sicher sehr eingeschränkt gewesen sei, und hätte überdies eher den Eindruck gemacht, als bräuchte er selbst die Hilfe eines Arztes.

Er werde in den frühen Morgenstunden ins Umland fahren und dort versuchen, einen Arzt aufzutreiben.

In der Nacht fällt Epaphroditus in eine Art Koma, auf jeden Fall atmet er morgens nur noch flach, er ist nicht ansprechbar, liegt auf dem Rücken und schaut mit glasigen Augen unverwandt an die Decke.

Als Paulus hört, dass sich ein christlicher Händler heute auf den Weg nach Philippi mache, bittet er ihn zu sich. Er trägt ihm auf, intensiv nach Lukas zu suchen. Wenn man

Glück habe, so sei er bei Lydia, die da und da wohne. Der Händler solle ihm ausrichten, dass Epaphroditus sehr krank sei und man die Hilfe eines guten Arztes benötige, und er solle bitte auf schnellstem Wege nach Ephesus kommen. Man habe die Sorge, dass Epaphroditus die Krankheit nicht überlebe. Die Gemeinde solle für ihn beten.

Der Händler reist ab. Timotheus sucht im Umland einen Arzt. Priscilla pflegt den Kranken. Dessen Zustand bessert sich auch in den nächsten Tagen nicht.

Sie flößt ihm mit Hilfe einer speziellen Tontasse stündlich Flüssigkeit ein. Er trinkt ein paar Schlucke und sackt dann wieder zurück.

Er verliert schnell und sichtbar an Gewicht. Nach drei Tagen sind seine Wangen beängstigend eingefallen.

Die Gemeinde betet jetzt ohne Unterlass. Irgendwann kommt Timotheus wieder. Er konnte einen Arzt auftreiben und ihm die Symptome der Krankheit beschreiben. Der Arzt wusste damit nichts anzufangen. Er gab ihm für eine horrende Summe Medikamente mit und ein paar Hinweise, wie man diese dem Kranken verabreichen solle.

Aus einem der Tiegel riecht es entsetzlich. Dort seien wohl die gemahlenen Ziegenklauen drin, bemerkt er, als Priscilla die Medikamente prüfend unter die Nase hält. Sie schüttelt den Kopf und stellt den Napf auf die Seite. In einem anderen Gefäß sei Opium, wusste Timotheus, es sei sehr selten, aber wirksam, die Asiaten würden es benutzen. Er hat noch einen kleinen Lederbeutel mit getrocknetem Schlafmohn. Daraus solle man abends einen Tee kochen und dem Patienten lauwarm einflößen.

Priscilla traut diesen Medikamenten keine große Wirkung zu. Sie meint, das Zeug würde Epaphroditus den Rest geben. Er sei ja ohnehin mehr tot als lebendig.

Timotheus stockt der Atem, als er den Kranken auf dessen Lager sieht. Unzweifelhaft sieht er so aus, als hätte sich der sanfte Bruder Tod schon zu ihm gelegt und warte nur auf einen günstigen Moment, ihn mit sich zu nehmen hinein in das fremde Land jenseits dieses Lebens.

Dennoch kocht sie abends den Tee und verabreicht das Opium. Epaphroditus schläft zwei Tage. Dann, nach weiteren zwei Tagen, bewegt er morgens mit einem Mal die Augen. „Hörst du mich?", flüstert Priscilla. Er nickt. Von da an geht es bergauf.

Zwei lange Wochen sind vergangen, in denen er dem Tod näher war als dem Leben. Nun aber gesundet er Tag um Tag. Der Appetit kommt zurück. Anfangs bekommt er Fisch und Geflügel, abends eine Brühe. Dann setzt Priscilla die Schonkost ab. Als die Medikamente zu Ende gehen, wird es noch einmal hart. Er hat Entzugserscheinungen. Furchtbare Schmerzen, Schweißausbrüche. Paulus will schon einen Exorzismus beten und all die bösen Dämonen austreiben. Aber das ist nicht nötig. Urplötzlich ist Epaphroditus nach einer weiteren Nacht genesen.

Kam er anfangs in den Genuss Priscillas' hingebender Pflegebereitschaft, so kommt er in den folgenden Wochen in den ihrer Koch- und Backkünste.

Als er völlig gesundet ist und es ihn zurück nach Philippi zieht, drückt Paulus ihm eine Quittung in die Hand und den Brief an die Philipper. Es sei ihm wichtig, ihm eine Quittung für die große Gabe, die er gebracht habe, mitzugeben und die Gemeinde zu grüßen. Er gibt Epaphroditus die Rolle.

Dieser öffnet sie ungeniert und liest am Anfang Paulus und Timotheus, Knechte Christi Jesu an alle Heiligen in Christus Jesus, die in Philippi sind ...

Weiter unten bleibt er bei seinem eigenen Namen hängen: Dringend erscheint es mir, den Epaphroditus, meinen Bruder, Mitarbeiter und Mitkämpfer, euren Abgesandten und Helfer meiner Not, zu euch zu senden, denn er hatte Heimweh nach euch allen und war beunruhigt, weil ihr von seiner Erkrankung gehört habt. Ja, er war krank bis auf den Tod, aber Gott erbarmte sich seiner, jedoch nicht nur seiner, sondern auch meiner, damit ich nicht Kummer über Kummer hätte. Umso mehr beeile ich mich, ihn zu euch zu senden …

Er hebt die Augen von dem Blatt. Sie sind feucht. Es ist ihm peinlich, dass er erwähnt wird. Paulus erklärt ihm, dass sich die Nachricht von seiner schweren Erkrankung herumgesprochen habe und sie sich in Philippi große Sorgen um ihn gemacht hätten. Epaphroditus ist rot geworden. Er liest weiter. Unten findet er die Warnungen vor den Gegenaposteln, die er von Paulus in den vergangenen Tagen immer und immer wieder gehört hatte: Gebt Acht auf die Hunde! Gebt Acht auf die Pfuscher! Gebt Acht auf die Männer der Zerschneidung …

Er überfliegt einige Zeilen und liest:

Denn viele wandeln als Feinde des Kreuzes Christi, ihr Ende ist Verderben, ihr Gott ist der Bauch und ihr Ruhm liegt in ihrer Schande.

Paulus schaut ihn erwartungsvoll an. Epaphroditus schweigt. Er heftet die Augen auf den Brief, wo er an die Stelle gelangt: Eudonia ermahne ich und Syntyche ermahne ich, eines Sinnes zu sein im Herrn. Ja, ich bitte auch dich, Syzygos, wahrer Gefährte, nimm dich ihrer an. Sie haben ja mit mir im Kampf für das Evangelium gestanden, ebenso zusammen mit Klemens und meinen übrigen Mitarbeitern …

Epaphroditus lächelt. „Paulus, ich staune immer wieder, wie informiert du bist.“ Er lässt den Blick über die kleine Schrift schweifen und liest am Ende:

Ich lebe in Fülle, seitdem ich von Epaphroditus eure Spende erhalten habe, einen süßen Wohlgeruch, eine angenehme Opfergabe, wohlgefällig vor Gott … Es grüßen euch die Brüder, die bei mir sind, Es grüßen euch alle Heiligen …

Epaphroditus fühlt sich geehrt, dass er in dem Brief persönlich erwähnt wird. Er rollt ihn zusammen und umhüllt das Dokument mit einem weichen Oasenziegenleder, das er oben und unten zubindet.

Von Lukas fehlt jede Spur. Sie vermuten, dass der Händler ihn nicht bei Lydia angetroffen hat. Epaphroditus wird das und das aufgetragen, für den Fall, dass Lukas nach Philippi komme. Ansonsten bleibt denen in Ephesus nichts anderes übrig, als zu warten und vor Ort ihrer normalen Tätigkeit nachzugehen.

Im Umland von Ephesus sprießen, infolge der hervorragenden Arbeit der nun getauften ehemaligen Johannesjünger, die Gemeinden wie Pilze aus dem Boden: bei den Wollwebern von Milet entsteht eine Gemeinde, in Smyrna, der Königin des Meeres, wird getauft, in Magnesia, der Metropole des Schmiedeeisens, entstehen kleine Gruppen von Christen, in Tralles, bei den Rosinenhändlern und Feigenpflanzern, Philadelphia, Sardes, Thyatria, der Heimat von Lydia, Pergamon, wo der kostbare Marmor abgebaut wird, Troas und Assus, Kolossä, Laodicea und Hierapolis … – die Paulusschüler machen aus Phrygien in kürzester Zeit eine Hochburg des Christentums.

Seit Paulus, Titus und Timotheus vor einem Jahr nach Ephesus gekommen sind, hat sich in dieser Metropole das neue Zentrum des Christentums etabliert.

Hier lebt Paulus mit den anderen Missionaren. Hier laufen die Fäden zusammen. Hier auch setzt sich die Tragödie um die Gegenmissionare fort. Von hier aus nimmt der letzte verhängnisvolle Akt seinen Lauf.

Korinthische Tragödie

Eines Tages steht Apollos, jener ehemalige Johannesschüler, der von Aquila und Priscilla bekehrt und nach Korinth geschickt worden war, vor der Tür. Priscilla lässt ihn freudig ins Haus und eilt dann in die Werkstatt, um ihren Mann Aquila und Paulus zu holen.

Apollos bringt keine guten Nachrichten aus Korinth. Er berichtet, wie schlecht es um die Gemeinde stehe, sie sei gespalten, einige Mitglieder würden behaupten, sie hielten zu Paulus, eine zweite Gruppe, sie halte zu ihm, Apollos, dann hätte sich wieder eine Gruppe gebildet, die behaupte, sie hielte zu Petrus, und die vierte Partei bezeichne sich als jene Gruppe, die Jesus von Nazaret folge. Die Situation sei so schlimm, dass diese Gruppen angefangen hätten, sich gegenseitig zu bekriegen, sie hielten getrennte Versammlungen ab, und jede behaupte für sich, sie habe den richtigen Weg gefunden, den einzig wahren.

Er habe getan, was er hätte tun können, um die Situation zu befrieden und die Spaltungen zu überwinden, aber die Korinther seien einerseits wie die Kinder, andererseits sehr streitbar. Es hätte ihn sehr überrascht, wie verhärtet die Fronten seien. Es würde ihnen aus irgendeinem Grunde offenbar Freude machen, sich jeweils gegen die anderen Gruppen zu stellen.

Nach diesem extrem kurzen Bericht legt er die Hände sittsam in den Schoß. So sitzt er da und wartet: groß, hager, entschieden. Man sieht den Puls an der Schläfe pochen. An der Richtigkeit seiner Darstellung ist genauso wenig zu zweifeln wie an ihrer Ernsthaftigkeit.

„Woher kommt denn die Gruppe, die behauptet, sie würde zu Petrus halten?“, fragt Paulus mit dem richtigen Spürsinn.

„Es sind wohl schon vor einiger Zeit Thorachristen gekommen, sie hatten irgendein Empfehlungsschreiben bei sich, und lehrten die Heiden, sie müssten sich beschneiden lassen. Wie ich gehört habe, beriefen sie sich auf Petrus. Aber das muss andererseits auch nicht viel heißen. Die Griechen sind schnell dabei, sich auf irgendetwas oder irgendwen zu berufen."

„Das waren aber keine Griechen, die da kamen und die Gemeinde durcheinander brachten und das Gegenteil von dem verkündeten, was wir ihnen verkündet hatten ...", stellt Paulus fest.

Es entspinnt sich eine leidliches Hin und Her, an dessen Ende aber immer klarer wird, dass irgendwelche Leute in Korinth waren und die dortige Christengemeinde kräftig aufgemischt haben.

Nun endlich sind sie also aufgetaucht, jene Gegner, die sich in Galatien verschanzten, sobald sie gehört hatten, Paulus sei im Lande.

Jetzt hört er zum ersten Mal von ihnen und ihrem Wirken. Paulus fährt auf. Heftig beginnt er zu atmen, erregt läuft er im Zimmer auf und ab: „Ich hab's geahnt, ich hab's immer geahnt ... die ganze Zeit über habe ich es geahnt ... sie würden kommen ... schon in Jerusalem ist es mir klar geworden: Die würden keine Ruhe geben ..." Er ist außer sich. Priscilla redet ihm gut zu, er solle sich doch wieder setzen. Sie tritt zu ihm, legt ihren Arm um seine schmalen Schultern und führt ihn wie einen Kranken an seinen Stuhl zurück.

Apollos sitzt immer noch unverändert da. Erst als Paulus sich wieder gefangen hat, sagt er mit tiefer Stimme und ganz leise: „Es ist nicht meine Schuld, ich habe alles getan, diese Spaltungen zu vermeiden ... aber die Griechen sind ein eigentümliches Volk ... die schöne Rede fasziniert sie mehr als der Inhalt."

Paulus fügt an, dass er das in Athen auch habe feststellen müssen.

Und Apollos weiter: Die Griechen seien so vollkommen anders als die anderen Völker, man habe irgendwie immer den Eindruck, sie nähmen andere gar nicht ernst, es sei schlichtweg für einen Nicht-Griechen nicht nachvollziehbar, wie gerne die Griechen diskutieren und debattieren würden. Sie würden auch gar keine Ergebnisse erwarten, ihnen würde es offenbar vollkommen reichen, zu diskutieren. Und so richtig heiß würden sie werden, wenn jemand anderer Meinung sei; dann breche ein ungeahntes Temperament durch, dann könnten sie aufeinander losgehen wie Feinde, dann würden sie sich gegenseitig lächerlich machen und kein Mittel scheuen nachzuweisen, dass der andere Unrecht habe.

Paulus nickt betroffen. Seine Gedanken schweifen zum Areopag, wo er selbst genau an dieser Mentalität kläglich scheiterte.

Priscilla ist inzwischen aus dem Zimmer gegangen und richtet das Nachtmahl. Sie stellt Fladenbrot, Käse, Oliven und Früchte auf den Tisch. Apollos schiebt seinen Teller still beiseite, lächelt verlegen und sagt, er esse nur einmal am Tag.

Er bleibt ein paar Tage. Man bespricht die Situation in Korinth, sucht nach Lösungen. Nächtelang sitzen sie wieder im Schein der Öllampe. Sie lassen sich die Situation von Apollos genau darlegen, sie interpretieren das Gehörte immer wieder neu, sie spekulieren, charakterisieren und explizieren; kaum hat jemand eine Idee, wie man die Situation in Korinth entschärfen könnte, da bringen die anderen schon Gegenargumente, sie beratschlagen, sie tauschen sich aus, sie streiten.

Die Lage ist ernst. Zum ersten Mal geht es nicht um Auseinandersetzungen mit den Juden oder Behörden, sondern um innere Angelegenheiten der Christen selbst.

Es ist ähnlich wie vor Jahren in Thessaloniki: Die neu gegründeten Gemeinden sind nicht stabil, sie können ihren Glauben noch nicht selbst verteidigen, sie wanken wie Schilfrohre im Winde und gleichen einem glimmenden Docht.

Dabei geht es offenbar in Korinth nicht nur um diese Parteien, die sich gebildet haben und von denen die eine sagt, sie halte zu Paulus, die andere zu Apollos, wieder eine zu Kephas, also Petrus, und eine andere zu Christus.

Ebenso schlimm wiegen die moralischen, oder besser: unmoralischen, Zustände. Unzweifelhaft haben nun auch die Korinther die ihnen von Paulus, Silas und Timotheus verkündete Freiheit als grundlegende Bedeutung für ein christliches Leben für sich selbst interpretiert und herzhaft ins Diesseits verlagert – ganz ähnlich wie es seinerzeit die Gemeinde in Thessaloniki getan hatte. In Thessaloniki war allerdings lediglich ein schlimmer Schlendrian eingerissen, und man hatte sich dort des süßen Nichtstuns ergeben in der Erwartung, Christus komme bald und würde einen neuen Himmel und eine neue Erde schaffen. Die Korinther hingegen ergeben sich des süßen Weines und lassen sich gehen.

Apollos berichtet, dass die Freiheit des Christen für einige von ihnen bedeute, frei zu sein von den Fesseln bestimmter Verhaltensregeln und sittlicher Verpflichtungen. Sie wollten selbst daran mitwirken, dass die Herrlichkeit der neuen Welt Wirklichkeit werde.

Paulus hatte den Korinthern die Freiheit des Christenmenschen verkündet und ihnen gesagt, dass ihnen alles erlaubt sein, wenn sie nur die Liebe hätten. Das war ein Satz, an dem man sich festhalten konnte. Wie falsch sie diese Verkündigung im Sinne ihrer eigenen Vergnügungen interpretierten, wird ihm nun bei den nächtlichen Gesprächen mit Apollos und den anderen schmerzhaft deutlich.

Der schüchterne Apollos rückt nur stückweise mit der ganzen Wahrheit heraus. Er scheut sich, Ross und Reiter zu nennen, wird rot und ist geniert. Da gibt es offenbar zünftig durchzechte Nächte von Christen, Bordellbesuche von olympischen Ausmaßen, Ehebruch sei an der Tagesordnung, Knabenliebe, Homosexualität – das ganze Programm, das eine Hafenstadt in den dunkelsten Ecken seiner verruchten Vergnügungsviertel zu bieten habe, fände sich nun im Christenviertel wieder.

Erst nach Tagen rückt Apollos damit heraus, dass ein Sohn seine Stiefmutter geheiratet habe und er dagegen nichts habe machen können.

Dann erzählt er noch, dass die Christen in Korinth gegeneinander vor Gericht zögen, dass sie merkwürdige Rechtsstreitigkeiten hätten und dass sie diese nicht miteinander in Eintracht beilegen könnten, sondern vor heidnische Richter zögen und sich vor ihnen dann in aller Öffentlichkeit streiten würden wie die Brunnenputzer.

Paulus ist entsetzt, wütend, fassungslos, schockiert. Er beteuert, dass er das alles hätte kommen sehen müssen. Er beklagt seine eigene Blindheit. Sei nicht die den Korinthern eigene Göttin Unzucht an allen Ecken der Stadt angebetet worden? Klagend erhebt er die Hände zum Himmel, als Timotheus ihn daran erinnert, dass der berühmte Aphroditetempel auf dem Akrokorinth von mehr als tausenden Dirnen bedient werde, die in entzückenden kleinen Häuschen neben dem Tempel untergebracht seien, in denen es freudvoll und manchmal auch toll zugehe – wie er schon seinerzeit in Korinth erfahren habe.

„Ja, ja, ja." Paulus winkt ab, er will es nicht hören.

Am liebsten hätte er sich die Ohren zugehalten, als Titus erklärend hinzufügt, dass der Beiname der auf dem Akrokorinth thronenden Göttin Aphrodite Pandemos sei, was ja bekanntlich des ganzen Volkes heiße. Vielleicht nähmen die Korinther diese Bezeichnung etwas zu wörtlich.

„Titus, deine Kenntnisse in Ehren, aber das hilft uns jetzt auch nicht weiter. Natürlich war mir klar, dass ganz Korinth als eine Filiale des Aphroditetempels und der dort angebotenen Dienste der Tempeldirnen betrachtet werden kann, natürlich haben wir seinerzeit mitbekommen, wie sich die Menschen von dem Ruf ausgesuchtester Lüste zum Tempel und dessen Nebengebäuden ziehen lassen, natürlich gab es überall Unzucht, hemmungslose Leidenschaft, offene Prahlerei und so weiter – aber ich meine, wir hätten den Christen deutlich gesagt, dass es sich für einen Getauften nicht geziemt, da mitzumachen, und dass derjenige, der Christus nachfolgt, sich von solch einem Lebensstil fernzuhalten habe."

Man kommt darin überein, dass es wohl nicht deutlich genug vermittelt worden war, wie ein Christ zu leben habe. Es sei ja auch am Ende nicht mehr genügend Zeit gewesen, die Verkündigung fortzusetzen, nach der missglückten Anzeige des Paulus und seinem Freispruch durch Gallio, und vor allem, nachdem die vergnügungssüchtigen Korinther aus Jux und Tollerei Sosthenes, den Synagogenvorsteher, verprügelt hätten, sei es ja wohl auch das Beste gewesen, die Stadt zu verlassen, auch wenn – wie Aquila lustig bemerkt – Sosthenes später Christ geworden sei und sich habe taufen lassen.

Einig waren sie sich auch darin, dass sich nun rächen würde, die Gemeinde in Korinth zu früh sich selbst überlassen zu haben.

Was soll man tun?

Apollos wieder nach Korinth schicken? Das halten sie für unklug, denn er selbst ist zu sehr in den Streit mit einbezogen, wenn auch nicht persönlich, so doch dadurch, dass sich eine ganze Gruppe hinter ihn und damit gegen die anderen Gruppen stellt.

Aus demselben Grund kann auch Paulus nicht nach Korinth gehen.

So wählt er nach Tagen des Grübelns das Mittel, das schon gegenüber den Thessalonichern gewirkt hat: Er wird den Korinthern zunächst einen Brief schrieben.

Es ist alles wie vor zwei Jahren, als sie in einer ähnlichen Situation den Brief an die Gemeinde in Thessaloniki schrieben.

Wieder hat Paulus Notizen gemacht, von denen ausgehend er formuliert, wieder sitzt Tiomotheus im Schein der Lampe da und schreibt, wieder ringt Paulus um Worte, wieder kämpft Timotheus gegen die Müdigkeit.

Der Brief hat es in sich.

In deutlichen Worten wirft Paulus den Korinthern vor, vom wahren Weg abgekommen zu sein. Sie hätten sich moralisch schwer verfehlt, er wirft ihnen mit kurzen scharfen und eindeutigen Worten Unzucht und Götzendienst vor. In die Zeilen fließen seine Wut und sein Ärger, Enttäuschung und Entrüstung, Erregung, Empörung, Verdruss, er kann seine Aufgebrachtheit nicht bremsen, die Sätze sind sprachlich nicht geschickt oder gewinnend, sein Zorn lässt keine klare Argumentation zu. Er ist verstimmt und die Korinther sollen es spüren. Kurz, klar, kräftig, eindeutig.

Nach getaner Arbeit bittet Paulus Timotheus, den Brief persönlich zu überbringen. Das habe ja auch in Thessaloniki wunderbar geklappt, und Timotheus sei einfach ein sehr guter Diplomat.

Timotheus fügt sich.

Es ist eine schwere Mission. Er weiß um seine Verantwortung und auch um das Heikle.

Paulus seinerseits weiß, dass Timotheus nicht gerne und mit schwerem Herzen nach Korinth geht. Er baut ihn auf, tröstet ihn, redet ihm gut zu. Er schreibt noch eine Bitte unter den Brief: Wenn aber Timotheus eintrifft, so seht zu, dass er ohne Furcht bei euch weilen kann, denn er arbeitet am Werk des Herrn wie ich. Es soll ihn also niemand missachten.

Nach Fertigstellung dieses ersten Briefes an die Korinther rollt er diesen zusammen, übergibt ihn an Timotheus, dieser steckt es in sein Gepäck. Mit dem nächsten Handelsschiff, das Plätze für Privatreisende anbietet, fährt er nach Korinth.

Paulus bringt ihn persönlich zum Hafen. Traurigen Herzens nehmen sie Abschied voneinander. Die Rufe der Matrosen gellen, Taue werden gelöst, Segel ziehen klirrend am Mast hoch, werden vom Wind gebläht und verlieren sich wenig später im Dunst des offenen Meeres. Das ist der erste Akt dieses griechischen Dramas.

Paulus steht am Hafenbecken. Seine Augen tränen vom Wind. Wieder ist der Freund unterwegs, um zu retten, was zu retten ist. Und wieder ist es anders gekommen, als er geplant hatte.

Seine Gedanken schweifen hin zu den Zeilen, die er über Timotheus kürzlich an die Philipper geschrieben hat: „Ich hoffe, euch bald den Timotheus zu senden. Seine bewährte Treue ist euch bekannt: Wie ein Kind seinem Vater, so hat er mir Dienste geleistet für das Evangelium. Ihn also hoffe ich zu senden, sobald ich meine Lage übersehen kann."

Er fühlt sich an damals in Tarsus erinnert. Wie lange das her ist. Fast zwanzig Jahre. Wo wäre er jetzt, wenn Barnabas ihn nicht nach Antiochia geholt hätte? Und Barnabas? Wo er wohl ist, wie es ihm geht? Hatte alles so kommen müssen? Ihn beschleicht die furchtbare Angst, dass alles, was bisher geschah, nur der Anfang ist.

Jahrelang hat er eine Vorahnung gehabt, jetzt zeigt sich, wie Recht er hatte, schlimmer noch: die immer gefürchtete Gegenmission, die stets gegenwärtige Gefahr einer Zerstörung dessen, was er aufgebaut hat, tritt nun da ans Licht, wo er es nicht erwartet hat, in Korinth.

Er bewegt sich von nun an in Ephesus wie ein Löwe im Käfig. Unruhig geht er auf und ab, er schläft kaum noch, isst wenig. Wenn er bei Aquila in der Werkstatt sitzt, spielen die Nerven nicht mehr mit. Fortwährend kreisen dieselben Gedanken in seinem Kopf. Abends ist er ermattet, ohne tatsächlich etwas getan zu haben.

Dazu kommt, dass ihm in den Tagen nach der Abreise des Timotheus immer und immer wieder einfällt, was alles er noch hätte in dem Brief an die Korinther erwähnen müssen. Sätze, Formulierungen, Gedanken, ganze Passagen fehlen in dem hastig erstellten Schreiben. So, wie dieser Brief abgesandt worden ist, dessen wird er sich immer sicherer, können die Korinther ihn nicht verstehen. Er ärgert sich maßlos über seine Unbesonnenheit, aber der Ärger macht ihn nicht besonnener.

Er hat einen sicheren Instinkt. Dieser sagt ihm nun, dass der Brief, mit dem Timotheus unterwegs ist, nicht ausreichen wird, um den Streit in der Gemeinde zu schlichten und die Parteiungen zu überwinden.

Zwar ist das einmal Geschriebene nicht mehr zurückzunehmen, aber ein zweiter Brief muss dem ersten unbedingt folgen. Damit beginnt der zweite Akt der Tragödie.

Er sieht Timotheus in Korinth scheitern, sieht ihn ins offene Messer der Gegner laufen, fühlt sich schuldig, den Freund so unbedacht weggeschickt und einem ungewissen Schicksal ausgeliefert zu haben.

Ist das alles schon schlimm genug, so kommt wenige Tage nach der Abreise des Timotheus eine kleine Gesandtschaft aus Korinth. Sie stellen sich vor als eine Gruppe, die sich um eine Frau namens Chloe gebildet habe. Sie seien gekommen, um mit Paulus über die Missstände in der Gemeinde zu reden. Es sei nämlich so und so.

Im Großen und Ganzen berichten sie dann das, was Paulus schon weiß. Sie reden ganz offen von den Parteiungen, dem unmoralischen Lebenswandel Einzelner und den Streitigkeiten. Ganz Korinth sei ein Freudenhaus, und die Christen seien mittendrin. Bei der Abendmahlsfeier würden sie Rotwein in erschreckenden Mengen trinken und sich den Wanst vollhauen, dass es an Völlerei grenze, auf jeden Fall aber nichts mit dem kargen Abendmahl, das Jesus mit seinen Jüngern in Jerusalem abgehalten hatte, zu tun habe. Auf dem Heimweg dieser unchristlich-christlichen Feiern würden einige regelmäßig einen Abstecher zu diesem oder jenem Ort der Lustbarkeit machen, und nicht selten würden anderntags noch die Christen irgendwo in den Gebüschen vor den Wohnhäusern der Tempeldirnen schnarchen. Manch einer lande voll des süßen Mostes nächtens nicht im eigenen Bette und nicht einmal an der Seite einer Frau, sondern eines Jünglings oder Mannes, der meist sogar völlig kostenlos seine Dienste anböte.

Paulus hört ihnen angewidert zu. Er hat keinen Grund, ihnen nicht zu glauben. Ob sie denn Timotheus in Korinth angetroffen hätten, er sei mit einem Brief von ihm, Paulus, vor einiger Zeit dorthin geschickt worden.

Nein, antworten die Leute der Cloe, sie hätten zwar schon von Thimotheus gehört, er sei ja wohl dabei gewesen, als Paulus die Gemeinde gegründet habe und das erste Mal in Korinth gewesen sei, aber vor ihrer Abreise sei niemand namens Timotheus in Korinth mit einem Brief von Paulus aufgetaucht. Welchen Weges sie denn gekommen seien, wollte Paulus wissen, und es stellte sich heraus, dass die Gruppe den Landweg genommen hatte.

Wer sie denn geschickt habe oder wie sie auf die Idee gekommen seinen, hierher nach Ephesus zu kommen? Nun, sie seien eigentlich aus freien Stücken gekommen. Sie seien Christen geworden, aber es sei soviel Zwietracht in der Gemeinde, dass man gar nicht wisse, wem man glauben könne. Da gebe es eine Gruppe, die halte zu Apollos, eine andere zu Paulus, eine zu Kephas …

„Ja, ja, ja" – er mag es nicht mehr hören.

Die Leute der Chloe erleben einen aufgewühlten Paulus. Er ist einerseits bewegt von ihren Berichten, andererseits ist er fahrig und hört kaum zu, manchmal ist er nervös und gereizt, er läuft ungeduldig durch den Raum, wirkt ratlos und manchmal verwirrt, dann wieder fiebrig und überreizt, er ist ruhelos, lässt sie oft nicht ausreden, antwortet zusammenhanglos, fragt etwas, das nicht zur Sache gehört. Er ist bestürzt und erschüttert, zugleich befremdlich gefangen in seiner eigenen Gedankenwelt. An einem Abend ist er sichtlich erschöpft und bleibt doch die halbe Nacht wach, am anderen Abend wirkt er wie bestens ausgeschlafen, schleppt sich dann aber lange vor Mitternacht ins Bett. Manchmal läuft er gebückt und wirkt, als hätte er Schmerzen, dann ist er wieder voller Spannkraft und Tatendrang.

Sie bleiben einige Tage, hören sich an, was er zu sagen hat, und kehren nach Korinth zurück. Damit fällt der Vorhang es zweiten Aktes.

Das Drama geht weiter. Auch der dritte Akt spielt in Ephesus.

Paulus ist zerschlagen. Er sieht nun überdeutlich, in was für eine Löwengrube er Timotheus geschickt hat.

Am liebsten würde er selbst nach Korinth fahren und dort die Zügel wieder fest in die Hand nehmen. Aber das wäre das Dümmste, was er zur Zeit tun könnte.

Wenige Wochen, nachdem Timotheus abgereist ist, und einige Tage nach Abreise der Leute der Chloe steht er mitten in der Nacht auf, zündete leise eine Kerze an und schleicht in die Kammer des Timotheus. Dort sucht er im schwachen Licht die restlichen Briefbögen. Er findet sie sauber zusammengerollt. Auf dem Tisch liegt ein ledernes Futteral mit den Schreibutensilien, ein Tontopf mit aus gemahlenem Ruß und Gummi Arabicum aufbereiteter Tinte steht daneben und ein Gefäß mit feinem Sand. Paulus nimmt alles an sich und geht über knarrende Dielen zurück in sein Zimmer. Noch in dieser Nacht beginnt er einen weiteren Brief an die Korinther.

Während der monotonen Arbeit am Tage kann er die Gedanken ordnen, Sätze vorweg im Kopf formulieren, Argumente sortieren.

Wo er geht und steht, hat er eine mit Bienenwachs überzogene Holztafel bei sich, in die er mit einem hölzernen Griffel Notizen ritzt. Manchmal zittert seine Hand dabei.

Nachts diktiert er Titus, der nun anstelle von Timotheus im Schein der Kerze sitzt und mit den kratzenden Geräuschen des Schilfrohres das teure Papyrus engzeilig beschreibt.

Für eine Weile sind beide beschäftigt. Aber lange währt die Ablenkung nicht, dann hat ihn die Sorge um Timotheus wieder. Ständig fragt er nun Titus, Aquila und Priscilla, warum Timotheus sich nicht melde, wie es ihm wohl gehe, ob er sich in der Gemeinde zu Korinth Gehör verschaffen könne, wie die Korinther seinen Brief wohl aufgefasst hätten.

Jedes Pochen an der Tür schreckt ihn auf, jeder eintretende Gast wird im ersten Augenblick für Timotheus gehalten, und als eines Tages tatsächlich drei Abgeordnete aus Korinth in Ephesus erscheinen, da wähnt er Timotheus schon tot, weil sie ohne ihn gekommen sind.

Ganz so aber ist es nicht.

Die drei Abgesandten, Stephanas, Achaikus und Fortunas, bringen aber keine guten Nachrichten. Ganz im Gegenteil. Ob denn Timotheus in der Gemeinde gut aufgenommen worden sei, wollte Paulus wissen und vor allen Dingen, wie die Reaktion auf das Schreiben gewesen sei, das er bei sich gehabt habe.

Die drei drucksen. Sie rücken nicht recht mit der Sprache heraus. Erst als Paulus ihnen sagt, sie müssten ihn nicht schonen, ihm sei es lieber, er wisse Bescheid, als wenn sie ihn nur halb in Kenntnis setzten und damit der Gefahr ausliefern würden, falsch zu reagieren.

Nun gut, sagen sich die drei, dann packen wir einmal aus.

Der Brief des Paulus, den Timotheus dabei gehabt habe, der sei mehr als eine Art Komödie aufgefasst worden. Auf jeden Fall habe es satyrisches Gelächter gegeben, als der Brief verlesen worden sei. Viele Gemeindemitglieder hätten das Ganze für Zinnober gehalten, viel Tamtam um nichts, sie hätten sich gefragt, weshalb Paulus soviel Gedöns mache, immerhin hätten sie es doch lustig in Korinth, und was er dort schreibe, das sei ja wohl eine Farce, sie hätten sich gefragt, ob er nicht selbst gesagt hätte, dass dem in Christus Erlösten alles erlaubt sei, wenn er nur die Liebe habe – und diese hätten sie ja in reichem Maße.

Sicher, es habe auch Gruppen gegeben, die den Brief sehr gut und klar gefunden hätten, aber andere Gruppen hätten sich kaputtgelacht. Sie hätten sich auf die Schenkel getrommelt vor Lachen, von anderen Hausgemeinden sei zu hören gewesen, dass man sich dort den Bauch vor Lachen gehalten habe und bestimmte Passagen immer und immer wieder hätte hören wollen, bis sie sich auf dem Boden gewälzt hätten vor Lachen.

Sie, die Boten, müssten ehrlich gestehen, dass sie nicht wüssten, was denn nun an dem Brief so amüsant sei, und schließlich seien sie deshalb ja auch hier.

Timotheus jedenfalls hätte ich zurückgezogen und sei sehr irritiert. Er werde wohl bald aus Korinth zurückkommen und selber Bericht erstatten.

Einstweilen aber müssten sie berichten, dass der Spaß an dem Brief des Paulus längst verklungen sei. Es seien nämlich andere Missionare in Teilen der Gemeinde aufgetaucht und hätten sie kräftig durcheinander gebracht.

Sie hätten in Korinth verbreitet, er, Paulus, sei gar kein richtiger Apostel, er würde sich nur Apostel nennen, aber er würde missionieren ohne Auftrag, und die Korinther seien einem Scharlatan aufgesessen, als sie sich von ihm hätten bekehren und taufen lassen. Als Beweis für ihre These hätten die Gegenmissionare den Lebenswandel der Korinther angeführt und gesagt, es könne doch nicht mit rechten Dingen zugehen, wenn die Mission des Paulus die Christen in die Bordelle und anrüchigen Weinkeller führe, und überhaupt, was das wohl für ein Apostel sei, dessen Herde sich benähme wie eine Rotte Wildschweine. Landauf landab würde man über die Korinther den Kopf schütteln.

Dann, so berichten die drei Boten aus Korinth weiter, hätten diese Missionare die einzelnen Hausgemeinden abgeklappert und genauestens erzählt, was zu tun sei, um wirklich das Heil zu erlangen. Die Christen sollten sich vom Genuss des Götzenopferfleisches fernhalten, sie dürften keinen Umgang mit Heiden haben, sie müssten sich beschneiden lassen und so weiter.

Nun hätten sie aus einigen Hausgemeinden in Korinth ein Schreiben an Paulus dabei, denn es gäbe nach dem Wirken der Gegenmissionare sehr viel zu klären, sie hätten viele Fragen und ob er ihnen diese wohl beantworten könne?

Paulus Nerven vibrieren. Unkontrollierte Zuckungen im Mund und Augenbereich offenbaren seinen bedrohlichen Zustand. Wenn er still sitzt, zuckt sein Kopf und nachts einzelne Glieder, so dass er kurz nach dem Einschlafen aufschreckt und kaum Schlaf findet.

Was er jetzt hört, das dringt ihm nicht nur durch Mark und Bein, es erschüttert sein Herz. Was die drei berichten, ist schlimmer als alles, was er sich je hatte anhören müssen. Dass die Gegenmissionare solche Methoden anwenden, hatte er nicht erwartet. Sie greifen nun nicht die Lehre an, sondern ihn selbst. Es geht nicht mehr nur um die Ausrichtung der Gemeinden, sondern darum, ihn selbst zu zerstören. Er ist zutiefst verwundet.

Nach Abreise der drei Korinther stürzt er sich in die Fortsetzung des bereits begonnenen Briefes. Vier Kapitel sind fertig. Er hat sie in moderatem Ton geschrieben, sie sollten ja den ersten Brief, mit dem Timotheus nach Korinth gegangen war, ausgleichen. Da hat er halb entschuldigend formuliert, weshalb dieser erste Brief so missverständlich war: Ich konnte zu euch nicht reden wie zu Geistesmenschen sondern wie zu Fleischesmenschen, wie zu Unmündigen in Christus, Milch gab ich euch zu trinken, nicht feste Kost; denn die vermochtet ihr noch nicht zu vertragen.

Er lässt diese ersten vier Kapitel stehen, wie sie sind. Einen ganzen Abend brüten er und Titus über den Anschlusssatz, und als Mitternacht vorbei ist, steht dort die Frage:

„Was wollt ihr? Soll ich mit dem Stock zu euch kommen oder in Liebe und im Geist der Milde?"

Titus hat seine liebe Mühe damit, all die Wut des Freundes niederzuringen. Mal geduldig, mal streng, mal ignorant, mal liebend, dann wieder abwägend, mal verstehend und dann wieder mit Unverständnis reagiert er auf die unzähligen Formulierungsversuche des Paulus. Er redet ihm gut zu, möchte, dass der Brief die Kluft zwischen Paulus und der Gemeinde nicht noch größer macht, er will Timotheus, der gewissermaßen wehrlos in Korinth sitzt, schützen und versucht, Paulus' überschäumendes Temperament zu bremsen.

Sie setzen den Brief gemeinsam fort.

In der Stille der Nacht kratzt die Feder Zeile um Zeile über den rauen Papyrus. Die Tinte trocknet sehr langsam. Neben ihm liegt der Stapel schon beschriebener Seiten, jede einzelne nach Fertigstellung mit Sand bestreut, damit beim Stapeln die noch feuchte Schrift der unteren Bögen nicht verschmiert.

Er gibt Paulus ein Zeichen, wenn eine Seite voll ist. Dann wartet dieser unruhig ab, während Titus den Bogen auf die sandige Oberfläche der letzten Seite des Stapels legt und die abgelegte Seite ebenfalls mit Sand bestreut. Es klingt, als würde es regnen.

Auch Titus kann nicht verhindern, dass die Zeilen ab dem fünften Kapitel einen Sprung machen wie ein Pferd, das einen Hieb abbekommen hat, aber am Ende ist er doch zufrieden. Der Brief beantwortet nahezu alle Fragen, die aus der Gemeinde an Paulus gerichtet werden: es geht um den Genuss von Götzenopferfleisch, um die rechte Ordnung in den Gemeinden, um die Organisation der aus den Fugen geratenen Abendmahlsfeier, es geht um die Charismen und Geistesgaben und um die Frage, wie man sich die Auferstehung der Toten vorzustellen habe. Es gelingt ihm sogar, Paulus einen sehr versöhnlichen Briefschluss abzuringen, mit Empfehlungen, Grüßen und Segenswünschen.

Bevor er den Brief absendet, liest er noch einmal jene Stelle, die ihm am besten gefällt und nach der Paulus selbst sehr befriedigt gewirkt hatte:

Wenn ich mit Menschen- und mit Engelszungen redete und hätte die Liebe nicht, so wäre ich ein tönendes Erz oder eine klingende Schelle.

Und wenn ich prophetisch reden könnte und alle Geheimnisse wüsste, alle Erkenntnis und allen Glauben hätte, so dass ich Berge versetzen könnte, hätte aber die Liebe nicht, so wäre ich nichts.

Und wenn ich alle meine Habe den Arme gäbe und meinen Leib zum Verbrennen gäbe, hätte aber die Liebe nicht, so nützte es mir nichts.

Die Liebe ist langmütig und freundlich, die Liebe eifert nicht, die Liebe ist nicht eifersüchtig, sie bläht sich nicht auf, sie verhält sich nicht ungehörig, sie sucht nicht das Ihre, sie lässt sich nicht erbittern, sie trägt das Böse nicht nach, sie freut sich nicht über die Ungerechtigkeit, sie freut sich an der Wahrheit; die Liebe erträgt alles, sie glaubt alles, sie hofft alles, sie duldet alles.

Die Liebe hört niemals auf, prophetisches Reden wird aufhören, das Zungenreden und die Erkenntnis werden aufhören.

Denn unser Wissen ist Stückwerk, und unser prophetisches Reden ist Stückwerk.

Wenn aber das Vollkommene kommen wird, so wird das Stückwerk aufhören.

Als ich ein Kind war, da redete ich wie ein Kind und dachte wie ein Kind und war klug wie ein Kind; als ich aber ein Mann wurde, tat ich ab, was kindlich war.

Wir sehen jetzt durch einen Spiegel ein rätselhaftes Bild, dann aber von Angesicht zu Angesicht. Jetzt erkenne ich stückweise; dann aber werde ich erkennen, wie ich erkannt bin.

Nun aber bleiben Glaube, Hoffnung, Liebe, diese drei; am größten unter ihnen aber ist die Liebe.

Mit dem Brief, der etwa zum Osterfest 55 Korinth erreicht hat, ist die Tragödie nun keineswegs zu einem glücklichen Ende gekommen. Sie hat noch nicht einmal den Tiefpunkt der zu jeder griechischen Tragödie gehörenden Katharsis erreicht.

Paulus glaubt zu dem Zeitpunkt noch, dass seine Zeilen der Gemeinde genügend Orientierung und Sicherheit geben und die Wogen sich glätten werden, er hofft zudem, dass Timotheus vor Ort die Wirkung des Briefes fördern und vertiefen wird. Aber das Drama entwickelt sich weiter.

Er hat kein gutes Gefühl. Obwohl er weiß, dass dieses keineswegs ein Indiz dafür ist, nicht das Richtige getan zu haben, setzt sich ein tiefes Unbehagen in ihm fest. Seine Erfahrung sagt ihm, dass sich die Freude am Guten nicht sofort einstellt, sondern oft lange auf sich warten lässt, aber das Ausbleiben jeglicher Gewissheit, dass sich alles zum Guten wenden wird, beunruhigt ihn schon.

Wieder kreist ihm – wie schon nach dem ersten Brief – am Webstuhl alles durch den Kopf. Ein Gewitter der Gedanken, Ängste und Gefühle lässt ihn oft zusammenfahren und findet seinen körperlichen Ausdruck in unkontrollierten Zuckungen der Arme, des Kopfes oder der Hände. Er kann nicht still sitzen. Gedankenblitze durchfahren ihn am Tag und noch schlimmer in der Nacht. Abermals wirft er sich vor, zu heftig geworden zu sein, wieder erkennt er im Nachhinein Ungereimtheiten und ärgert sich darüber, dass der Brief so geworden ist, wie er am Ende war.

Tag und Nacht wartet er mit steigender Sehnsucht und Unruhe auf eine Nachricht von Timotheus. Woche um Woche wird er nervöser und besorgter, als er nichts hört.

Unter all dem leidet die Arbeit in Ephesus. Seine Predigten verlieren an Qualität, seine Besuche werden spärlicher, seine Stimmung belastet alle.

Plötzlich kommen auch noch aus Galatien erste Gerüchte über andere Missionare in den dortigen Gemeinden. Die spärlichen Nachrichten lassen darauf schließen, dass auch dort eine aggressive Gegenmission im Gange ist. Die Gemeinden werden durcheinandergebracht. Er kann nur ahnen, was dort tatsächlich vorgeht, aber was er zur Zeit mit den Korinthern erlebt, das ist nicht geeignet, ihn hinsichtlich der Entwicklung in Galatien zu beruhigen.

Hatte er am Anfang noch gehofft, dass die in Korinth ans Tageslicht getretenen Gegenmissionare jene seien, denen sie schon in Galatien auf der Spur waren, so stellt sich jetzt heraus, dass sie sich organisiert haben. An der Front in Korinth ist das Feuer schon ausgebrochen, von der anderen in Galatien zieht verdächtiger Schwefelgeruch herüber.

Er hört nichts von Timotheus. Es kommt keine Notiz, kein Brief, keine Reaktion. Wieder verzehrt ihn die Sorge, tagelang, nächtelang.

Dann endlich kommt Timotheus aus Korinth. Eines morgens steht er da, blass, übernächtigt, hager und wortkarg.

Kurze Freude flackert auf. Paulus fällt ein Stein vom Herzen. Er umarmt den Freund und spürt doch, dass etwas nicht stimmt.

Die Nachrichten, die Timotheus aus Korinth bringt, sind niederschmetternd: Alles, was bisher geschehen ist, hat die Gemeinde nicht geeint, sondern den Graben zwischen den einzelnen Gruppen vertieft: der erste Brief ist verpufft, der zweite Brief ist ungehört verhallt, sein Aufenthalt in Korinth war wirkungslos, die Gesandtschaft konnte nichts Positives ausrichten.

Nichts konnte bisher dazu führen, dass die Christen in Korinth sich auch wie Christen verhalten. Gegen das, was sie in Korinth abzögen, sei der Daphnehain in Ephesus ein Kinderhort, meinte Timotheus, um mit dieser lustigen Bemerkung Paulus ein wenig zu erheitern und vielleicht auch daran zu erinnern, dass es einmal Zeiten gab, in denen sie noch viel miteinander lachten. Doch ihm ist nicht zum Lachen zumute. Diese Zeiten sind lange vorbei. Immer ist Paulus nervös, übermüdet und ängstlich, manchmal schroff und abweisend, umhüllt von einem Nimbus an Einsamkeit. Er kaut auf den Lippen und fährt beim Nachdenken durch den grauen Bart wie ein Melker. Er ist hager geworden. Die großen Hände sind knochig. Hin und wieder scheint ihn ein großer Schmerz zu durchzucken. „Das kommt von den Narben auf dem Rücken", sagt er dann entschuldigend, „die schmerzen jetzt manchmal stärker als früher."

Timotheus nickt stumm.

Paulus ist verletzt. Er spürt, dass seine Briefe wirkungslos verpufft sind. Er sagt nichts, aber Timotheus fühlt es. Es liegt so viel Schweres in der Luft, Bedrückendes.

Er schlägt Paulus vor, selber nach Korinth zu fahren, es könne auch ein kurzer Besuch sein, aber er sei sich sicher, dass seine persönliche Gegenwart mehr bewirken könne als jeder Brief. Er wisse, dass es hier in Ephesus unendlich viel zu tun gebe, aber eine Abwesenheit von ein paar Wochen halte er für verantwortbar. Immerhin sei Korinth eine große Gemeinde. Diese wieder auf den rechten Weg zu führen, hätte signalhafte Wirkung für die anderen Gemeinden, in denen es ja offensichtlich auch rumore.

Paulus ist ablehnend.

Er verweist darauf, dass es in letzter Zeit wieder die Auseinandersetzungen mit den Juden gegeben habe. Er rechne damit, dass die Gegenmissionare auch im Umfeld von Ephesus tätig seien. Ob Timotheus denn die Sache von den jüdischen Beschwörern mitbekommen habe. Nein? Er wisse ja nicht, ob die mit den Gegenmissionaren zu tun hätten, aber sicher wollten sie ihn, Paulus, nachahmen und hätten versucht, böse Geister auszutreiben. Aber das sei gottlob gänzlich in die Hose gegangen.

Timotheus will die Geschichte nicht hören, sie lenkt von seinem Vorhaben ab, Paulus nach Korinth zu holen.

Der erzählt von den sieben Söhnen eines Hohenpriesters Skeuas, die versucht hätten, im Namen Jesu Christi einen Besessenen zu heilen. Dieser hätte jedoch geantwortet: Jesus kenne ich, auch Paulus ist mir bekannt, aber wer seid ihr?

Nein, sagt Timotheus, davon habe er noch nichts gehört, aber eigentlich wolle er auch lieber darüber sprechen, ob es Paulus nicht doch möglich sei, selber nach Korinth zu gehen.

Und Paulus weiter: Der Besessene hätte sich dann auf die falschen Propheten gestürzt, hätte sie verprügelt und derart zugerichtet, dass sie nackt und zerschlagen aus jenem Hause fliehen mussten. Nun würden Tag für Tag Leute kommen, die vor ihm, Paulus, offene Bekenntnisse über alles ablegen, was sie getrieben, wie sie sich mit Zauberkünsten abgegeben hätten und so weiter. Viele hätten sogar die Lehrschriften der Magieschriften mitgebracht und hätten sie vor aller Augen als Zeichen für ihre Umkehr verbrannt.

Es habe sich durch diese Vorfälle gerade in den vergangenen Wochen hier eine Tür für ihn geöffnet, er könne dazu jetzt noch nichts Genaues sagen, aber es stünden große Dinge und Entscheidungen bevor, sehr große, und er könne in dieser Situation unmöglich nach Korinth fahren, nur um ein paar verlotterten Matrosen und Hafenarbeitern ihre Bordellbesuche zu untersagen.

Timotheus schmunzelt. Er weiß, dass Paulus mit dieser unwirschen Reaktion zeigt, bereits eine positive Entscheidung getroffen zu haben.

An einem der nächsten Tage reist Paulus nach Korinth, um zu retten, was noch zu retten ist. Es ist keine angenehme Überfahrt. Zunächst steht der Wind nicht gut und das Schiff kommt kaum voran. Schon am Abend des ersten Tages ist deutlich, dass man mindestens noch den ganzen nächsten Tag braucht, um nach Korinth zu gelangen.

Dort in Korinth hängen am nächsten Abend schwere Unwetter in den Bergen. Von fern sieht man, dass Gewitter niedergehen, und das Schiff wird immer wieder von den warmen Abwinden zum Kreuzen vor dem Wind genötigt. Ein Omen.

Am Abend schleppt er sich von Bord. Ihm ist schlecht. Er hat den ganzen Tag nichts gegessen.

In einer Straßenküche, die nach dem Gewitter noch einmal geöffnet hat, nimmt er eine Suppe zu sich.

Er geht zu dem Christen, bei dem Timotheus in den vergangenen Wochen gewohnt hatte.

Wie ein Lauffeuer spricht sich die Gegenwart des Apostels in Korinth herum. Alle möglichen Leute wollen ihn sprechen, sie kommen zu Gesprächen zu ihm, sie greifen ihn an, legen ihm nahe, bald wieder zu gehen, schlagen sich deutlich auf die Seite der Gemeindeteile, die die Gegenmissionare schon gewonnen haben. Sie sind teilweise despektierlich, treten arrogant auf, sind nicht fähig, sich auf seine Gedankenwelt einzulassen, und betrachten ihn wie ein Phänomen aus einer fremden Welt.

Paulus spürt die Ablehnung. Er reagiert entsprechend, lässt sich provozieren, ist gereizt, wird scharf, ungehalten und ist entrüstet. Es wird ihm vorgehalten, seine Briefe seien wuchtig und kraftvoll, sein leibhaftiges Auftreten dagegen sei schwächlich und seine Rede nichts wert.

Es finden Sitzungen mit den Anführern der Parteien statt. Sie bleiben ergebnislos. Eine gemeinsame Gebetsveranstaltung wird einberufen: sie endet im Fiasko. Während seiner Predigt verlassen einige den Versammlungsraum, von anderer Seite wird dazwischengerufen, in den hinteren Reihen entsteht Gelächter. So ist kein Beten möglich. Das Treffen muss abgebrochen werden.

Die Gemeinde ist noch weitaus schlimmer dran, als Timotheus es berichtet hat. Alles ist durcheinander: die Heidenchristen gehen weiterhin unzüchtigem Treiben nach, die Witwen werden vernachlässigt, die Anhänger der verschiedenen Parteiungen predigen zeitgleich in den jeweiligen Hausgemeinden, die Thorachristen haben sich zurückgezogen, jede Gruppe hat ihre eigenen Anhänger, Anführer und Taufbewerber.

Es gibt Beleidiger und Beleidigte, Angreifer und Verletzte, Machtanmaßungen, Eitelkeiten auf allen Seiten. Paulus trifft auf den härtesten Widerstand.

Zu allem Übel wird er von einem Gemeindemitglied vor der ganzen Versammlung hart attackiert, er muss sich die gröbsten und schimpflichsten Vorwürfe anhören. Zitternd und bleich steht er da, wie seinerzeit Petrus in Antiochia vor ihm. Es ist ein Desaster. Sich zu rechtfertigen, hat keinen Sinn mehr. Er löst die Versammlung auf, nicht ohne darauf zu verweisen, dass er wiederkommen werde, die Schuldigen zu bestrafen.

Zwei Wochen nach seiner Ankunft fährt er fassungslos nach Ephesus zurück. Er ist am Boden zerstört. Sein Besuch konnte nichts ausrichten. Die Gemeinde ist hoffnungslos zerstritten und lässt sich von ihm nichts sagen.

Wieder in Ephesus haben Titus und Timotheus ihre liebe Not mit ihm.

Kaum ist er mittels Geduld, langen Zuhörens und unter Mithilfe von Priscillas verführerischen Koch- und Würzkünsten ein bisschen ruhiger geworden, kaum hat er sich wieder einigermaßen im Griff, da dringen beinahe jeden Tag schlimme Nachrichten aus den anderen Gemeinden Kleinasiens zu ihnen.

Paulus steht am Abgrund. Sein Lebenswerk scheint in einem Sumpf von Intrigen, Parteiungen und Machenschaften zu versinken. Die Gemeinden werden von Gegenmissionaren unterwandert, sie werden systematisch durcheinander gebracht und in die Irre geführt, was gestern noch unten war, das ist heute oben, was gestern noch galt, das besitzt heute keine Gültigkeit mehr, was gerade noch Wahrheit war, das ist wenig später Lug und Trug.

Er wird in den Gemeinden verunglimpft, hauptsächlich in jenen, die er nicht selber gegründet hat, wo er also persönlich unbekannt ist und bisher einen unbescholtenen Ruf besitzt. Sie diskreditieren ihn auf alle mögliche Weise.

Von Tag zu Tag wird er nervöser. Die Freunde sehen, wie entkräftet er inzwischen ist. Seine Stimmungen gehen auf und ab, mal schnaubt er vor Wut und Zorn, dann sitzt er wieder schlaff da und scheint weit weit weg zu sein. Oft ist er angsterfüllt über das, was kommen wird, er ist unsicher hinsichtlich dessen, was er tun soll oder überhaupt noch tun kann. Er ist gereizt bis zur Handlungsunfähigkeit, gehetzt, ruhelos.

Das geht nun seit Wochen so. Er arbeitet schon lange nicht mehr in Aquilas Werkstatt. Immer mehr isoliert er sich von den Freunden, geht nachts wie ein gefangener Löwe, der in Rom zu kaiserlichen Lustspielen transportiert wird, in seinem Zimmer auf und ab, so dass sie nicht schlafen können. In den Gesprächen, die sie miteinander führen, sagt er oft dasselbe, und sie antworten dasselbe, was er sagt, offenbart mehr über seinen Zustand als über seine Ansichten. Sie sehen sich hinter seinem Rücken besorgt an, verdrehen die Augen.

Er befindet sich in der schlimmsten Krise seit seiner Bekehrung. In diesen dunklen, bedrohlichen und furchtbaren Wochen reift ein Entschluss in ihm, der von nun an sein Leben bis zu seinem letzten Atemzug bestimmen wird: Nie und nimmer werde er kapitulieren. Er nicht. Er sei berufener Apostel Jesu Christi, ihm sei damals Jesus Christus in der Wüste vor Damaskus erschienen, nie hatte er seitdem, nicht eine Sekunde mehr, an seiner Existenz gezweifelt. Und nie werden sie ihn so weit bekommen, dass er es täte. Lieber werde er auf allen Vieren kriechen und Staub fressen sein Leben lang, lieber jahrelang im Gefängnis sitzen und sich am Ende den Kopf abschlagen lassen, als nur einen Millimeter weit von dem abzuweichen, was er für die Wahrheit erkannt und verkündet habe. Er werde sich nicht beugen, weder unter das jüdische Gesetz noch unter irgendeines Menschen Sinn. Er nicht. Koste es, was es wolle – sein Leben. Dieses zu verlieren um des letzten Kampfes willen, der nun beginnt, werde er von jetzt an als Gewinn erachten. So sei es.

Es braucht einige Tage, bis dieser Entschluss vom Herzen in den Verstand gewandert ist und einige Transformationsstufen durchlaufen hat, dann aber ist er ein für alle Male gefasst.

Jetzt hat er wieder Kraft. Wie verändert erscheint er nach mystisch durchwachten Nächten den Freunden. Erst sind sie skeptisch und denken, es sei ein letztes Aufbäumen seines geschundenen Körpers und der vernachlässigten Gesundheit, bis irgendeine schwere Krankheit ihn niederstrecke oder gar dahinraffe. Der Zusammenbruch kommt nicht. Im Gegenteil. Er kommt zu Kräften, er hat spürbar Mut, manchmal gibt es Tage, da kann er wieder lachen. Er wirkt erleichtert. Die Entscheidung, bis zuletzt zu kämpfen für die Wahrheit, hat sein Herz frei gemacht. Sie fragen nicht, was vorgefallen sei. Sie wissen, dass er es nicht sagen würde, aber sie atmen auf. Einmal in diesen Tagen nach seinem Entschluss sagt er wie nebenbei, dass nur die halbe Hingabe unglücklich mache, die totale Hingabe mache frei und glücklich. Da beginnt jeder auf seine Weise zu ahnen, was in den Tagen und Wochen der schweren Krise in ihm vorgegangen und was für ein Entschluss gereift ist.

Er hatte sich in den dunklen Nächten unter Tränen Notizen für einen weiteren, dritten, Brief an die Korinther gemacht. Nun diktiert er wieder.

Timotheus ist der Schreiber des Tränenbriefes. Angesichts seiner eigenen schwierigen Wochen in Korinth, nach der Überbringung des ersten Briefes an die Gemeinde, kann er eine gewisse Freude über die Heftigkeit der Zeilen nicht verbergen.

Als er gleich zu Anfang schreiben muss, dass Paulus mit Entschiedenheit gegen gewisse Leute einzuschreiten gedenke, kann er sich ein zufriedenes Kopfnicken nicht verkneifen.

Bei den Passagen über die Gegenmissionare schreibt er schneller als sonst, weil er von derselben Erregung ergriffen ist, mit der Paulus seine Ansicht zu Papyrus bringen lässt, dass er in keiner Beziehung hinter den Überaposteln zurückstehe. Timotheus bekommt zu spüren, wie sehr der Vorwurf an Paulus nagt, dass seine Rede schwächlich sei, und seine Hand zittert bei dem Satz: Wenn ich aber auch in der Rede ein Stümper bin, so bin ich es doch nicht in der Erkenntnis.

Er nickt, als er fertig ist und fügt wenig später gerne die Bemerkungen zu den Überaposteln an: Die Betreffenden sind nämlich Lügenapostel, Pfuscher in ihrer Arbeit, die sich das Aussehen von Aposteln Christi geben. Und das ist kein Wunder! Gibt sich doch der Satan selber das Aussehen eines Lichtengels.

Das lässt sich gut an. Und es kommt noch besser. Timotheus ist erregt.

In den folgenden Zeilen kommt der ganze aufgestaute Zorn über die Korinther zum Ausbruch, mehr noch: die jahrelangen Befürchtungen über die Gegenmission in den Gemeinden, seine Angst, die hebräischen Juden würden nun auch in Korinth die Gemeinde umkrempeln und den Abfall der Juden zum Christentum rückgängig zu machen versuchen, bricht sich ungebremst Bahn.

Paulus ist frustriert, dass diese Wühler und Stänkerer, die ihm seit Jahren auf den Fersen sind, in der Gemeinde ernst genommen werden. Sie verstehen es, glänzende Reden zu halten, sich zu präsentieren und der Gemeinde weiszumachen, sie hätten ein reines Gewissen, so weiß, wie das weißeste Gewand, sie rühmen sich großer Taten und protzen mit ihrer Bildung.

Timotheus schreibt mit heißer Feder, was Paulus diktiert:

Noch einmal sage ich: Niemand halte mich für einen Narren! Wenn aber doch, so nehmt mich als Narren hin, damit auch ich mich ein wenig rühmen kann. Was ich euch sage, das sage ich nicht im Sinne des Herrn, sondern wie ein Tor, da ich mich solcher Dinge rühme. Nachdem so viele sich auf fleischliche Weise rühmen, will auch ich mich rühmen. Ihr ertragt ja gern Toren, ihr klugen Leute. Ja, ihr ertragt es, wenn man euch knechtet, euch ausbeutet, euch einfängt, sich über euch erhebt, euch ins Gesicht schlägt.

Zu meiner Schande muss ich gestehen, in diesem Punkt sind wir allerdings schwach gewesen. Womit aber einer prahlt – ich rede im Unverstand: Sie sind Israeliten? Ich auch. Sie sind Nachkommen Abrahams? Ich auch. Sie sind Diener Christi? Jetzt rede ich im Unverstand: das bin ich noch mehr. In vielerlei Mühsal, in häufigen Gefängnisstrafen, in Misshandlungen über die Massen, oftmals in Todesgefahren. Von den Juden empfing ich fünfmal vierzig Hiebe weniger einen. Dreimal wurde ich gegeißelt, einmal gesteinigt. Dreimal erlitt ich Schiffbruch. Einen Tag und eine Nacht trieb ich auf hoher See umher. Christi Diener bin ich gewesen auf Wanderungen, in Gefahren auf Flüssen, in Gefahren durch Räuber, in Gefahren von meinem Volk, in Gefahren von Heiden, in Gefahren in der Stadt, in Gefahren in der Wüste, in Gefahren auf dem Meer, in Gefahren unter falschen Brüdern, in Mühsal und Beschwernis, oft in schlaflosen Nächten, in Hunger und Durst, oft in Fasten, in Kälte und Blöße.

Von allem anderen abgesehen, liegt auf mir der tägliche Andrang, die Sorge um alle Gemeinden.

Wer ist schwach, ohne dass ich schwach werde? Wer kommt zu Fall, ohne dass ich brenne? Wenn denn gerühmt sein muss, will ich mich meiner Schwachheiten rühmen. Der Gott und Vater des Herrn Jesus weiß, dass ich nicht lüge. Er sei gepriesen in Ewigkeit! In Damaskus ließ der Statthalter des Königs Aretas die Stadt der Damaszener bewachen, um mich zu ergreifen. Aber ich wurde durch ein Fenster in einem Korb die Mauer hinabgelassen und entkam so seinen Händen.

So geht es noch ein paar Seiten weiter. In einer einzigen Nacht schreiben sie den größten Teil des Briefes nieder, heiß, bitter, anklagend, ringend, bittend, ermahnend, flehend.

Als die Sonne aufgeht und die ersten Vögel zu hören sind, liegt der Stapel da. Noch trocknet die Tinte auf den mit dünnem Sand voneinander getrennten Seiten. Vier Kapitel sind es geworden, die wuchtigsten, die er je geschrieben hat.

„Timotheus", sagt er an diesem Morgen, „es ist vollbracht."

Und mit dem Brief nimmt die Tragödie ihren Lauf.

Drei Briefe hat er nun geschrieben, einen strengen, den haben sie verlacht, einen milden, den haben sie nicht ernst genommen. Timotheus war monatelang in Korinth, er kam unverrichteter Dinge zurück. Er selbst war vor Ort, um die Probleme zu lösen, er vermochte es nicht.

Jetzt sollen die Korinther zusehen, wie sie mit diesem dritten Brief fertig werden. Er jedenfalls habe gesagt, was zu sagen sei. Er habe die Nase voll von diesen Gegenmissionaren, denen das Handwerk gelegt gehöre.

Die ersten Tage nach Absendung des Schreibens ist er guter Laune, dann ist er immerhin noch einige Tage guter Dinge, schließlich aber kommen wieder Wochen, die von Zweifeln und Warten überschattet sind.

Eines bedingt das andere: Weil er Zweifel hat, ob der Brief tatsächlich in seinem Sinne zu wirken vermag, wird das Warten auf eine Antwort zur Qual, weil aber keine Reaktion aus Korinth erfolgt, werden die Zweifel stärker und stärker.

Paulus ist wieder von Unruhe getrieben. Immer häufiger redet er nun davon, aufbrechen und auf Reisen gehen zu wollen. Er habe in dem letzten Brief an die Korinther den Gegenmissionaren den Kampf angesagt, nun wolle er in die anderen Gemeinden gehen und dort die Gegenmission vernichten. Er halte es hier in Ephesus kaum noch aus – und so weiter.

Auch Timotheus und Titus sowie Aquila und Priscilla halten es kaum noch aus mit ihm. Sie sind langsam am Ende. Sie können dem Freund nicht helfen, der schon wieder von den Strudeln erfasst wird. Sie haben keine Kraft mehr. Ihre Geduld ist erschöpft. Auch Priscilla zuckt nun öfter ratlos mit den Schultern, wenn das Gespräch darauf kommt, wie es wohl weitergehen werde. Woher sie das denn wissen solle?

Ob sie denn eine Hellseherin sei? Aquila sagt schon seit Wochen gar nichts mehr. Ihm geht die gedrückte Stimmung im Hause auf die Nerven.

Als es nicht mehr auszuhalten ist, bietet Titus sich an, nach Korinth zu segeln, um zu schauen, wie sie den Brief aufgenommen hätten und wie sich überhaupt der Zustand in der Gemeinde entwickelt habe. Er sei der einzige – so unterbreitet er eines Morgens seinen Vorschlag –, der von ihnen noch unbelastet nach Korinth gehen könne.

Paulus hört das nicht gern, aber es stimmt. Anfangs wehrt er sich gegen die Idee des Titus. Er hat Bedenken, Titus als erste selbstständige Aufgabe gleich solch ein schwieriges Feld wie das in Korinth anzuvertrauen. Andererseits ist Titus kein Anfänger mehr. Er kennt die Mentalität der Gegenmissionare, war er doch selbst damals, als Paulus ihn mit nach Jerusalem zum Apostelkonzil brachte, Stein des Anstoßes, weil er nicht beschnitten war. Er hat am eigenen Leib erfahren, wie schwer der Stand eines Unbeschnittenen sein kann und wie wichtig es ist, gerade ihnen den Rücken zu stärken.

Zwei Tage später willigt Paulus ein. Gleichzeitig gibt er einen Beschluss bekannt, den er, wie so oft in der letzten Zeit, allein gefällt hat: „Ich werde Ephesus verlassen." Fast hört man, wie ihnen die Steine vom Herzen fallen. Fast – denn er unterbreitet ihnen, dass sie nach Jerusalem gehen werden, es gäbe dort im Zusammenhang mit der Gegenmission Einiges zu klären, man dürfte darüberhinaus nicht warten, bis die Kollekte zu groß werde, denn je mehr sie anschwelle, umso größer sei die Gefahr, unter die Räuber zu geraten. Von Jerusalem aus wolle er dann nach Rom.

Er wartet die Reaktion der verblüfften Freunde nicht ab. Sie stehen mit aufgerissenen Augen und offenen Mündern da, japsen nach Luft und wissen nicht, wie ihnen zu Mute ist.

Die genaueren Pläne, so Paulus weiter, seien diese: Titus solle nach Korinth gehen und mit aller Kraft versuchen, die einzelnen Gemeindeteile zu befrieden, wieder zusammenzuführen und zu einen. Er solle der Gemeinde auch die Kollekte ans Herz legen. Er könne in Korinth überwintern. Im Frühjahr aber solle er mit der Kollekte nach Troas kommen.

„Troas?", fragt Titus, „da oben in Kleinasien? Weshalb Troas?"

„Troas liegt strategisch günstig", antwortet Paulus, dem das Reisefieber neue Kraft gegeben zu haben scheint, „wir hatten seinerzeit dort, aus Galatien kommend, Lukas getroffen, der jetzt immer noch irgendwo in Griechenland unterwegs ist. Damals waren wir nicht lange in Troas, sondern recht bald nach Mazedonien gefahren, nach Philippi, um genauer zu sein. Jetzt gedenke ich, zunächst die Gemeinden in Mazedonien zu besuchen und dann nach Troas zu gehen."

Timotheus nickt, als Paulus von früher erzählt und ihm in Erinnerung ruft, wie sie Lukas am Hafen trafen.

„Troas ist für uns noch neutraler Boden", fährt Paulus fort, „ich weiß nicht, was uns in den Gemeinden, die wir besuchen werden, begegnet, wir müssen schlimmstenfalls mit korinthischen Zuständen rechnen, möglicherweise auch damit, dass man uns nirgends mehr aufnehmen will, dass es Ärger gibt und wir fliehen müssen ..." Er ist in seinem Element.

Titus winkt mit einer beschwichtigenden Geste ab. „Also gut, im nächsten Frühjahr in Troas."

Als Erster bricht Titus seine Zelte in Ephesus ab und begibt sich nach Korinth.

Paulus bittet zeitgleich Timotheus, in die Gemeinden nach Mazedonien vorauszufahren, um sich dort umzusehen, die Lage zu sichten und seinen Besuch anzukündigen. Die Zeiten seien vorbei, dass er einfach in eine Gemeinde kommen und damit rechnen könne, wohlwollend aufgenommen zu werden. Timotheus sei ein guter Vorbote, ihn mögen sie überall, er habe sich noch nirgends Feinde gemacht, ihm würden sie schon Vertrauen schenken.

Timotheus steckt noch das korinthische Desaster in den Knochen. Er verweist darauf, dass er als Schüler des Paulus betrachtet werde und bei weitem nicht solch einen Leumund besäße, wie Paulus vermute, das hätte er ja in Korinth am eigenen Leibe erfahren. Paulus sieht das ein und stellt ihm einen gewissen Erastus zur Seite, der sich bereits beim Aufbau der Gemeinden im Umland von Ephesus bewährt hat.

Auch Timotheus packt seine Habseligkeiten zusammen, nimmt einen Teil der inzwischen gefährlich hohen Kollekte in seinen Rucksack und begibt sich zusammen mit Erastus nach Philippi.

Paulus will noch über den Winter in Ephesus bleiben, hier die Dinge ordnen und dann selbst nach Mazedonien kommen.

So ist es abgemacht, aber es kommt anders.

Aufstand der Silberschmiede

Gut zwei Jahre ist er jetzt in Ephesus. Wie ein Strohfeuer hat sich der neue Weg in dem volkreichen und aus vielen Stämmen bestehenden Hinterland verbreitet. In Rom gibt es eine Zeitung, hier aber, fernab, verbreiten sich Neuigkeiten nur durch das gesprochene Wort. Was neu ist, was fremdartig ist, was exotisch anmutet, darüber wird geredet. Nihil celeriter quam fama. Das Ungewöhnliche fasziniert die Leute, und der leichte, neugierige Zauder gegenüber dem Abwegigen ist die erste Aussaat des Christentums. Gemüsehändler, fahrende Kaufleute, Kleinvieh züchtende Nomaden auf den Wochenmärkten und die Schiffer auf den Flüssen des kleinasiatischen Binnenlandes fragen einander, ob sie schon das und das gehört hätten, es gäbe da einen neuen Weg, eine Lehre von der Erlösung des Menschen und einem Weiterleben nach dem Tode, man müsse sich nur taufen lassen, dann gehöre man schon dazu – und so weiter.

Paulus ist prominent. Vor allem, seit die Versammlungen der Christen regelmäßig in der Aula von Tyrannos abgehalten werden und er dort predigt.

Die neue Botschaft gelangte in den vergangenen vierundzwanzig Monaten in die Städte dieser römischen Provinz Asia: Smyrna, Pergamon, Thyatria, Sardes, Philadelphia und Laodicäa, jener reichen Stadt mit lebhaftem Handel und blühender Viehzucht, wo sich die Anhänger des neuen Weges bei einem gewissen Nymphas treffen. Paulus meint sich zu erinnern, dass dieser eigentlich mit vollem Namen Nymphodorus heiße, aber Aquila, bei dem er jetzt wieder regelmäßig in der Werkstatt arbeitet, meint, dem sei nicht so.

In den Städten am Lykos, einem Nebenfluss des Mäander, sind christliche Gemeinden entstanden. In Kolossä und Hierapolis, der „heiligen Stadt", mit ihren mineralhaltigen Salzen und den Wollfärbereien. In Kolossä trifft man sich im Hause des Philemon und dessen Frau Appia.

Jetzt, wo er allein ist, schweifen seine Gedanken zu diesen Gemeinden. Er kennt sie im Großen und Ganzen. Er hat ihre Entstehung begleitet und ihre Entwicklung verfolgt, hat ihre Presbyter wiederholt bei sich in Ephesus gehabt, wo sie auch in der Aula bei der nachmittäglichen Christenlehre anwesend waren.

Im Hause von Aquila und Priscilla ist es ruhig geworden. Sie haben nicht mehr so viele Besucher wie in den vergangenen Wochen und Monaten. In diesem Herbst des Jahres 55 sitzen sie wieder wie früher beisammen, ein Feuer ist angezündet, der Raum ist von den Tranlampen goldgelb erleuchtet, sie reden miteinander, und öfter kommt in dieser stillen Atmosphäre die Sprache darauf, wie es wohl werden wird, wenn dieses Leben vorbei ist. Priscilla meint, Paulus solle nicht so viel Wasser, sondern auch ein wenig Wein trinken – ein Rat, den er selbst später an Titus weitergeben wird. Ihr fällt auf, dass er jetzt öfter vom Ende des Lebens spricht, aber seine Gedanken sind zur Zeit weitgehend frei von Düsternis.

Er wirkt müde. Ein Arzt schaut nach ihm und verordnet mit der Geduld eines griechischen Philosophen Bettruhe sowie mageres Fleisch. Priscilla sagt er, Paulus müsse zu Kräften kommen, dürfe aber nicht viel zunehmen, denn je mehr die Haut spanne, umso mehr würden die Narben von der Steinigung und den Auspeitschungen zu schmerzen beginnen. Sie solle ihm auch mal ein Ei kochen und Tee aufbrühen von dieser und dieser Pflanze. Priscilla sagt, sie werde schauen, was sich machen lasse, sie wisse nicht, wie lange Paulus überhaupt noch bleibe, er habe große Reisepläne, die Freunde seien schon aufgebrochen, und soweit sie wisse, werde er im Frühjahr in Troas erwartet. Der Arzt verspricht, bei nächster Gelegenheit wiederzukommen.

Es könnte ein erholsamer Winter werden. Titus ist in Korinth und muss, ausgerüstet mit dem nun dritten Brief an die Korinther, zusehen, dass er die verlotterte Gemeinde auf Vordermann bringt, um im Frühjahr beizeiten in Troas zu sein. Timotheus ist mit seinem Begleiter Erastus in Nordgriechenland und bereitet den Besuch des Paulus vor. Die Gemeinden im Hinterland sind gut aufgestellt, Gegenmissionare sind dort bisher nicht in Erscheinung getreten, die Gemeindeleiter sind instruiert und sitzen fest im Sattel.

Paulus' Reisepläne sind so: die Gemeinden in Griechenland besuchen, eventuell auch noch einmal die in Korinth, das hängt davon ab, wie sich die Sache dort entwickelt, dann will er sich in Philippi mit Timotheus treffen, vielleicht ist sogar Lukas dort, schließlich Titus in Troas treffen, mit der ganzen Gruppe samt der Kollekte kurz nach Jerusalem gehen, und wenn ich dort gewesen bin, muss ich auch Rom sehen. Von Rom haben ihm Aquila und Priscilla erzählt. Es soll dort bereits mehrere christliche Gemeinden geben, vorwiegend judenchristliche. Petrus soll sie schon besucht haben. Das lässt ihm keine Ruhe. Die römischen Christen sollen sich nachts am dritten Meilenstein der via appia treffen, draußen auf dem Feld, das von Talsenken und größten Höhlungen im Sandstein gekennzeichnet sein soll. Durch die vielen Griechen in der christlichen Gemeinde scheint der Ort den Namen katà kymbas, bei den Höhlen, bekommen zu haben. Das klinge, wie Paulus bemerkt, schon sehr geheimnisvoll, und wenn es in der römischen Gemeinde griechisch sprechende Christen gäbe, dann seien sie sicher unbeschnitten, es sei schon ärgerlich, dass man nichts Genaues höre, aber bald könne er sich sicher vor Ort ein Bild machen.

Tatsächlich wird es so kommen, wie er es vorhat, aber nach Rom wird er als Gefangener gebracht werden, und das viel später und abenteuerlicher, als er jetzt noch kühn plant.

Entgegen der jahreszeitlich bedingten Kälte wird für ihn der Boden in Ephesus langsam heiß.

Er hat sich hier nicht nur Freunde gemacht. Zwar hat er

alles getan, um Streit zu vermeiden, und war schon vor zwei Jahren dem sich androhenden Streit mit den Juden ausgewichen, indes: die Ausbreitung des neuen Weges hat auch ihre Schattenseiten. Die christlichen Gemeinden etablieren sich in einem heidnisch-jüdischen Umfeld mit eigenen Riten und einem neuen Zeremoniell, dem Herrenmahl. Sie brechen mit alten religiösen Überlieferungen und werden von den Gemeindeleitern streng ermahnt, sich von jüdischen und heidnischen Ritualen fernzuhalten. Was in Korinth den immer noch nicht gelösten Konflikt mit der Gemeinde heraufbeschworen hat, das soll sich im Hinterland von Ephesus nicht wiederholen. Es darf keine Kompromisse mehr geben. Dies ist die erste Lehre aus dem korinthischen Konflikt, die Paulus jeden Nachmittag aufs Neue in der Aula des Tyrannos predigt. Nichts ist für die Identität des neuen Weges wichtiger als eine klare Abgrenzung gegenüber allen heidnischen Bräuchen. Es darf kein zweites Korinth mehr geben. Umso klarer schärft er den Christen nun ein, sich von allem Heidnischen abzukehren. Das freilich passt jenen nicht, die mit dem heidnischen Brauchtum im Schatten des Artemistempels in Ephesus viel Geld verdienen: die Devotionalienhändler. Sie sind fett geworden durch den Verkauf von Miniaturtempeln und kleinen Götterstatuen, die die vielen Pilger mit nach Hause nehmen können.

Diesen heidnischen Silberschmieden schwimmen schon seit langem die Felle davon, denn je mehr Heiden sich bekehren, umso weniger Nippes verkaufen die im kommerziellen Randbereich des Tempels tätigen Schmiede. Ihrem einst so blühenden Gewerbe geht es aufgrund der massenhaften Bekehrungen zusehends schlechter.

Unmissverständlich wird ihm dies vor Augen geführt, als eines Tages ein Menschenauflauf vor seinem Hause lärmt und pöbelt.

Zugegeben, ganz von ungefähr kommen sie nicht. Paulus hat in den vergangenen Wochen schärfer denn je gegen die heidnischen Bräuche gewettert. Von Aquila darauf angesprochen, wo diese neuen Töne herkämen, antwortet er, dass er voller Sorge sei, was in Korinth vor sich gehe, von Titus höre man nichts, er wisse nicht, wie sich der Streit in der Gemeinde entwickele und wie sein Brief aufgenommen werde, aber ihm sei klar, dass das, was in Korinth geschehen sei, sich nicht wiederholen dürfe, man müsse den Neugetauften auch die letzte und kleinste Anhänglichkeit an heidnisches Brauchtum mit Stumpf und Stiel ausreißen. Darauf Aquila: Es rumore gewaltig bei den Silberschmieden, sie hätten enorme Geschäftseinbrüche, es habe in der Stadt Versammlungen mit den Zunftvertretern stattgefunden, sie seien sich einig, dass er, Paulus, das Übel sei, sein Wirken hätte ihre Geschäftseinbußen verursacht, und wenn er es richtig sehe, so seien die Händler durchaus geneigt, nun ihrerseits die Ursache für die Umsatzrückgänge mit Stumpf und Stiel auszureißen, wenn er verstehe, was damit gemeint sei.

Und Paulus: Das verstehe er durchaus, es sei nun einmal das Wesen geistig nicht hochentwickelter Menschen, für alles Übel nur eine einzige Ursache zu finden, und wenn er in den Augen der Silberschmiede diese sei, bitte schön, mit denen werde er nun auch noch fertig werden, die Silberschmiede und Geschäftseinbußen, das sei ja wohl das Letzte, also die würden ja wohl immer noch genügend Gewinne machen, es gäbe noch so viele Heiden, die den ganzen Unsinn mit den heidnischen Göttern und so glauben würden, und es sei ja ohnehin schlimm zu sehen, wie gerade die armen Leute von diesen Händlern übers Ohr gehauen würden. Paulus kommt in Fahrt. Als er merkt, dass Paulus wieder ganz der alte ist, kann Aquila sich ein Grinsen nicht verkneifen.

Anderntags kommen in der abendlichen Dämmerung, es wird jetzt früh dunkel, zwei hohe Provinzbeamte, mit denen Paulus befreundet ist. Sie wissen zu berichten, dass es in allernächster Zeit sicher eine Demonstration gegen Paulus geben werde. Sie hätten mitbekommen, dass aus verschiedenen Richtungen Silberschmiede und Devotionalienhändler unterwegs nach Ephesus seien, um sich hier auf eigene Weise des Problems zurückgehender Geschäfte zu entledigen, wenn er wisse, was sie meinen. Sie seien gekommen, um ihm einen guten Rat zu geben, es sei wohl besser, sich aus dem ganzen Aufstand, der höchstwahrscheinlich bald losbrechen werde, herauszuhalten, sie wüssten natürlich schon, dass das nicht ganz leicht sei, und sicher wäre es für ihn mal wieder eine richtige Herausforderung, mit denen die Klinge zu kreuzen, aber sie müssten ihn warnen, so ein aufgewiegelter Mob sei, faktisch nicht kontrollierbar, und sie müssten schon sagen, dass sie um sein Leben fürchteten, ob er ihnen denn versprechen könne, sich nicht aufhetzen zu lassen, es sei dann auf jeden Fall wesentlich leichter, die Demonstration aufzulösen, er solle sich nicht provozieren lassen.

Paulus ist gewarnt. Es geht nicht lange, da steht ein schreiender Pöbel vor dem Haus des Aquila und skandiert, Paulus möge herauskommen. Sie sind mit Knüppeln bewaffnet und einige sind betrunken. Paulus hält sich versteckt, solange die Aufwiegler da sind. Sie verstummen nach einiger Zeit. Es klopft an die Tür. Niemand öffnet. Dann wird es noch einmal laut, und irgendwann ziehen sie ab.

Kaum hat Aquila den im Keller sitzenden Paulus darüber informiert, dass die Luft wieder rein sei, da steht sein Beschluss fest: „Aquila, für dieses Mal haben die Gegner ihr Ziel nicht erreicht ... aber ich bin mir sicher, dass sie nicht aufgeben werden."

„Man muss kein Prophet sein, um zu dieser Ansicht zu gelangen", scherzte Aquila.

„Wahrlich nicht ... ich werde Ephesus sobald wie möglich verlassen."

„Es wird wohl das Beste sein ..."

Noch an diesem Abend beginnt Paulus seine Sachen zusammenzuräumen und zu packen. Er weiß, dass die Zeit gekommen ist.

Aquila besorgt einen Passagierplatz auf einem Handelsschiff nach Troas. Unterwegs erfährt er die ersten Details über die Vorfälle mit den Silberschmieden. Man redet in der ganzen Stadt davon. Was er erfährt, das berichtet er Paulus. Der kann sich bei Tag jetzt nicht mehr blicken lassen. In den nächsten Nächten kommen noch Gemeindeleiter heimlich zu ihm, lassen sich instruieren und segnen. Sie berichten aus ihrer Perspektive, wie sich der Aufstand der Silberschmiede weiter entwickelt hat.

Paulus wird das später Lukas erzählen, und der wird darüber in seinem kleinen Buch über die Geschichte der Apostel berichten. Dort wird der ganze Hergang so geschildert:

Um jene Zeit aber wurde der neue Weg Anlass zu einem schweren Aufruhr. Denn ein Silberschmied namens Demetrius, der silberne Artemistempel herstellte und den Künstlern viel zu verdienen gab, rief diese und die anderen damit beschäftigten Arbeiter zusammen und sagte: Männer, ihr wisst, dass wir unseren Wohlstand diesem Gewerbe verdanken. Nun seht und hört ihr, dass dieser Paulus nicht nur in Ephesus, sondern fast in der ganzen Provinz Asien viele Leute verführt und aufgehetzt hat mit seiner Behauptung, die mit Händen gemachten Götter seien keine Götter. So kommt nicht nur unser Geschäft in Verruf, sondern auch dem Heiligtum der großen Göttin Artemis droht Gefahr, nichts mehr zu gelten, ja sie selbst, die von der ganzen Provinz Asien und von der ganzen Welt verehrt wird, wird ihre Hoheit verlieren.

Als sie das hörten, wurden sie wütend und schrien: Groß ist die Artemis von Ephesus! Die ganze Stadt geriet in Aufruhr; alles stürmte ins Theater, und sie schleppten die Mazedonier Gaius und Aristarch, Reisegefährten des Paulus, mit sich. Als aber Paulus in die Volksversammlung gehen wollte, hielten ihn die Jünger zurück. Auch einige hohe Beamte der Provinz Asien, die mit ihm befreundet waren, schickten zu ihm und rieten ihm, nicht ins Theater zu gehen. Dort schrien die einen dies, die andern das; denn in der Versammlung herrschte ein großes Durcheinander, und die meisten wussten gar nicht, weshalb man überhaupt zusammengekommen war. Die Juden schickten Alexander nach vorn, und aus der Menge gab man ihm noch Hinweise. Alexander gab mit der Hand ein Zeichen und wollte vor der Volksversammlung eine Verteidigungsrede halten. Doch als sie merkten, dass er ein Jude war, schrien sie alle fast zwei Stunden lang wie aus einem Mund: Groß ist die Artemis von Ephesus! Der Stadtschreiber aber brachte die Menge zur Ruhe und sagte: Männer von Ephesus! Wer wüsste nicht, dass die Stadt der Epheser die Tempelhüterin der Großen Artemis und ihres vom Himmel gefallenen Bildes ist? Dies ist unbestreitbar; ihr müsst also Ruhe bewahren und dürft nichts Unüberlegtes tun. Ihr habt diese Männer hergeschleppt, die weder Tempelräuber noch Lästerer unserer Göttin sind. Wenn also Demetrius und seine Zunftgenossen eine Klage gegen irgend jemand haben, so gibt es dafür Gerichtstage und Prokonsuln; dort mögen sie einander verklagen. Wenn ihr aber noch etwas anderes vorzubringen habt, so kann das in der gesetzmäßigen Volksversammlung geklärt werden. Sonst sind wir in Gefahr, dass man uns nach dem heutigen Vorfall des Aufruhrs anklagt, weil kein Grund vorliegt, mit dem wir diesen Volksauflauf rechtfertigen könnten. Nach diesen Worten löste er die Versammlung auf.

Kurze Zeit nach diesem Aufstand der Silberschmiede packt er die riesige Kollekte aus Ephesus und aus den neu gegründeten Gemeinden in den Rucksack, legt ein paar Habseligkeiten darüber. Ein Bündel mit Nahrungsmitteln, das Priscilla ihm gerichtet hat, findet keinen Platz mehr. Er nimmt es in die Hand.

Zum ersten Mal verlässt er einen Ort, weil der Boden für ihn im Umfeld eines heidnischen Tempels zu heiß geworden ist, weil es Ärger mit den Heiden und nicht mit den Juden gab, wiewohl diese die Finger auch beim Aufstand in Ephesus im Spiel hatten. Als er nach zweieinhalbjährigem Aufenthalt Ephesus den Rücken kehrt, ist das Christentum in eine neue Phase getreten. Es sucht nun auch seine Abgrenzung zu der nichtjüdischen, heidnischen Welt und tritt damit einen Schritt mehr aus dem Schatten des Judentums heraus.

Aquila begleitet Paulus zum Hafen. Sie gehen den Weg schweigend. Paulus muss angesichts des Vorgefallenen an den Satz denken, den er bereits den Korinthern geschrieben hat: Während die Juden Zeichen fordern und die Griechen Weisheit suchen, predigen wir Christus, den Gekreuzigten, den Juden ein Ärgernis, den Heiden eine Torheit. Den Auseinandersetzungen mit den Juden war er geistig bisher immer gewachsen, denen mit den Heiden, das zeigen die Konflikte von Korinth und Ephesus, erfordern andere Methoden.

An einem nebeligen Herbsttag des Jahres 57 steigt ein schon etwas gebückt laufender, alter Mann mit Rucksack und einem Bündel in der Hand über den schwankenden Steg auf ein Boot im Hafen von Ephesus. Er wirft keinen Blick zurück. Nicht zu dem Tempel der Artemis und nicht zu dem Mann, der ihn gerade noch ein letztes Mal umarmt hat. Aquila hat ihm am Hafen noch sagen können, wer die Juden waren, die den Aufstand der Silberschmiede mit angeheizt hatten. Paulus kennt sie alle. Er winkt ab, merkt sich aber die Namen.

Er verlässt diese Metropole der römischen Provinz Asia wie damals Jerusalem. Und genau wie damals dringen die Geräusche geschäftigen Treibens vom Tempel herunter. Schlagartig kommt ihm die bange Frage, wie es weitergehen soll. Jerusalem hat er hinter sich gelassen, Antiochia hat er verlassen, nun geht er aus Ephesus. Glaubenszweifel hat er nicht, nur Fragen, so viele Fragen.

Bald wölbt der Wind die Segel. Klein und kleiner werden die weißen Tupfer und vermischen sich am Horizont mit den Schaumkronen des Meeres. Es beginnt eine letzte Odyssee – aber noch in Freiheit. Ephesus wird er nie wieder sehen.

Troas

Er sitzt am Rande des Oberdecks. Der Wind zerzaust sein spürbar dünner gewordenes Haar. Grauer Flaum flattert hinter seinem Ohr. Sein fadenscheiniger Mantel schützt nicht vor der Kälte des Fahrtwindes. Er hat den Kragen hochgeschlagen.

Alle bösen Ahnungen, mit denen er vor vier Jahren in Antiochia aufgebrochen war, um den Gegenmissionaren das Handwerk zu legen, haben sich erfüllt.

Er hat versucht die Gründungen zusammenzuknüpfen, und tatsächlich ist ein großes Netz entstanden. An diesem aber wird unermüdlich von außen gerissen und gezerrt. Einzelne Knoten haben sich schon gelöst, Verbindungstaue sind angerissen, die Gemeinden in Galatien drohen auseinanderzureißen. Korinth zittert wie dürres Laub im Wind.

Und nun muss er aus Ephesus fliehen. Was soll aus den Gemeinden, die rund um Ephesus entstanden sind, werden? Aus Kolossä, Hierapolis, Smyrna, Pergamon, Thyatira, Sardes, Philadelphia und Laodicäa?

Trost findet er nur beim Gedanken an die südgalatischen Gemeinden, die er noch zusammen mit Barnabas gegründet hatte: Antiochia, Ikonium, Lystra und Derbe. Auf sie ist Verlass. Gaius ist bei ihnen und würde sich auch der nordgalatischen Gemeinden annehmen. Die Sorge aber bleibt, ob es ihm allein gelingen würde, die den Heiden offengehaltene Tür gegen den stärker werdenden Wind der Gegenmission zu stemmen.

Melancholisch blickt er in die Ferne, und mit jedem der trübsinnigen Gedanken trägt das Schiff ihn weiter von Ephesus fort, wo alles zunächst so gut begonnen hatte.

Irgendwo am trüben Horizont liegt Griechenland. Dorthin gehen immer wieder seine Gedanken, zu Titus, der in Korinth zur Zeit das Seine versucht, die Wogen zu glätten.

Vermag er die Gemeinde, im wahrsten Sinne des Wortes, aus ihrer Trunkenheit aufzuwecken, sie zusammenzuführen und zu einen?

Nicht einmal schreiben konnte er ihm, dass er vorzeitig aus Ephesus fliehen musste. Monate, trübe lange Monate würde es dauern, bis er ihn in Troas treffen würde. Was wird er dann berichten? Timotheus ist zur Vorbereitung seiner Ankunft in Mazedonien unterwegs; der gute Timotheus. Und immer noch keine Spur von Lukas.

Ein Matrose sagt ihm etwas Freundliches. Paulus lächelt ihn milde und geistesabwesend an. Der Junge wendet sich im Laufen zu ihm um, springt in einem Satz über ein paar Taue und hüpft an einem Eimer vorbei. Paulus schaut ihm nach.

Die Jahre nagen an ihm. Er sieht ausgemergelt aus. Immer ist er jetzt müde und kann doch nicht schlafen. Seine Augen sind gerötet. Oft tränen sie. Er sieht nicht mehr gut. An der Schläfe treten dicke Adern hervor. Seine dünnen Locken zittern im Wind.

Erschöpft legt er den Kopf an die Bordwand. Für einen Augenblick pfeift der Wind nicht mehr. Die trübe Sonne wärmt das ausgezehrte Gesicht. Er schließt die Augen.

Als er sie wieder öffnet, ist es Nacht. Er zieht den Mantelkragen enger zu und bis zu den Ohren hoch. Den wertvollen Rucksack hat er sich mit einem der Tragriemen fest ans Bein gebunden. Gischt spritzt hoch. Er wischt sich mit großen hageren Händen die Tropfen vom Gesicht. Dann dämmert er wieder in einen fiebrigen Halbschlaf.

Das Schiff hat schon angelegt, als einer der Arbeiter ihn weckt. Paulus schreckt hoch, stottert irgendetwas, packt seinen Rucksack und das Bündel, dann taumelt er wie ein Trunkener von Bord.

Als er die ausgedehnten Hafenanlagen entlanggeht, denkt er an Lukas, den Silas, Timotheus und er hier in Troas vor nunmehr acht Jahren eines Tages zufällig getroffen hatten. Das war auf der zweiten Missionsreise. Damals war die Welt noch in Ordnung. Da hatte er gerade die schwere Krankheit in Galatien überstanden, und von einer Gegenmission war noch nicht die Rede. Lukas hat er seit seinem letzten Aufenthalt in Philippi nicht mehr gesehen. Sechs Jahre ist das her. Jetzt fühlt er sich wieder krank.

Mit müden schweren Schritten geht er zu einer christlichen Familie in Troas, deren Adresse er in Ephesus zugesteckt bekam.

Sie nehmen ihn freundlich auf. Sie fühlen sich geehrt, einen so bekannten Mann beherbergen zu dürfen. Sie geben ihm das beste Zimmer, sie decken reichlich die Tafel, sie bemühen sich um ihn, sie sind nett zu ihm. Aber sie wissen mit ihm nichts anzufangen. Die Aura großer Einsamkeit schafft Distanz. So sehr sich auch beide Seiten bemühen: Sie kommen einander nicht nahe. Es gibt Menschen, die man erst lieben lernt, wenn man sie kennenlernt, Paulus gehört zu jenen, die man erst lieben muss, um sie kennenzulernen. Ihm fehlen die Freunde, die Vertrauten, mit denen er sich austauschen kann. Hier in Troas will er die Menschen nicht mit seinen Problemen belämmern. Er will ihnen nicht zur Last fallen und belastet sie gerade damit am meisten.

Äußerlich nimmt alles seinen gewohnten Gang: er lässt sich von seiner Gastfamilie in die Gemeinde einführen, er lernt die Presbyter der kleinen Hausgemeinden kennen, er geht zu den Gebetstreffen, er feiert das Herrenmahl mit ihnen. Er predigt, er legt die Hände auf, er vergibt im Namen Jesu des Auferstandenen die Sünden.

Die Leute kommen zu ihm, suchen Rat und Trost, aber seine Einsamkeit ist spürbar. Zu viele ungeordnete Gedanken kreisen in seinem Kopf. Bei den Einzelgesprächen ist er oft abwesend. Wenn er tröstet, so spricht er mehr zu sich selbst.

Sein Herz ist wie zugeschnürt, seine Predigten sind jetzt oft düster, seine Worte sind jetzt manchmal ohne Kraft, seine Stimme tonlos, wie eine gesprungene Glocke.

Das ändert sich schlagartig, als Händler aus Galatien in die Stadt kommen, Christen. Von ihnen hört er zum ersten Mal, dass nun auch wieder die Gemeinden in Galatien von den Gegenmissionaren aufgemischt werden. Augenblicklich ist er hellwach. Er reißt den Kopf hoch und nimmt die Witterung auf, die der Ostwind ihm zuträgt. Er wird aktiv. Jeden Besucher aus Galatien befragt er nach den dortigen Zuständen. Jedem abfahrenden Kaufmann trägt er auf, die Lage in den galatischen Gemeinden genau zu sichten und bei der Rückkehr Bericht zu erstatten. Das tun sie. Nach einigen Wochen gibt es nicht den geringsten Zweifel mehr, dass die geliebten kindlichen Galater den Hetzern anheimgefallen sind. Was die Kinder vor vielen Jahren munter andeuteten, ist nun bittere Wahrheit geworden.

Seine juden-christlichen Gegner sind in seine ersten Gründungen nördlich des Taurus eingebrochen und betreiben dort völlig ungestört ihr Werk. Wenn er den Berichten trauen darf, dann führen sie nun in den Gemeinden der römischen Provinz Galatia das große Wort bei den Gebetsversammlungen und in den Häusern der angesehensten Brüder. Sie flüstern den Leuten ein, Paulus sei gar kein richtiger Apostel, wie die in Jerusalem, er habe Jesus nie persönlich erlebt, er habe das Evangelium selbst erst von den Altaposteln lernen müssen, er sei als Apostel ohne Auftrag unterwegs und lehre, dass die Heiden sich nicht beschneiden lassen müssen, was natürlich alles barer Unsinn sei, denn freilich müssten sich die Heiden beschneiden lassen, bevor sie getauft würden, dieser Paulus habe schon seinerzeit auf dem Apostelkonzil ordentlich Wind wegen der Beschneidung gemacht, als er den unbeschnittenen Heiden Titus mitgebracht habe, und das sei damals alles so und so gewesen. Sie verleumden ihn, verbreiten Lügengeschichten, verkünden das genaue Gegenteil von dem, was er lehrt.

Was er hört, haut ihn um. Seine Nerven machen nun endgültig nicht mehr mit. Sein seelischer Zustand ist entsetzlich, dazu kommen furchtbare Kopfschmerzen, tagelange Migräneattacken und Fieberanfälle.

Der Körper schreit nach außen, was sein Geist bisher noch verdrängen konnte: wie geschwächt er ist, wie gedrückt und – auch das – traurig.

Aus Galatien kommen katastrophale Nachrichten. Korinth wankt wie ein stürzender Turm. Ephesus zuckt wie unter einem Erdbeben. Er erfährt, dass auch Aquila und Priscilla die Stadt nach dem Aufstand der Silberschmiede verlassen haben und wieder nach Rom gezogen sind; Timotheus ist irgendwo in Mazedonien unterwegs; Lukas ist seit Jahren spurlos verschwunden, und das Wort Jerusalem hört er nur im Zusammenhang mit den Gegenmissionaren.

Ihn zieht es überall hin: am liebsten würde er höchstpersönlich in Galatien die Wühler mit eiserner Faust in die Flucht schlagen; gleichzeitig würde er gerne in Korinth auf den Putz hauen, dass die heidnischen Fresken herunterrieselten; dann hat er Sehnsucht nach den liebenswürdigen Philippern in Mazedonien und nach Lydia, muss aber hier in Troas bleiben, denn hier ist er nach dem Winter mit Titus verabredet. Es ist zum Heulen.

Er greift zu einem inzwischen bewährten Mittel, um wenigstens den Brandherd in Galatien zu löschen. Er schreibt einen Brief.

Es wird eine Auseinandersetzung mit den Gegenaposteln, das schon, aber er schlägt einen anderen Ton an. Teils, weil er aus dem Streit mit den Korinthern gelernt hat, teils, weil er hier in Troas in einer vollkommen anderen geistigen Verfassung ist als seinerzeit in Ephesus. Er schreibt warmherzig und sehr persönlich: Ich bin überrascht, dass ihr so schnell zu einer anderen Heilsbotschaft abfallt, es gibt doch keine andere; da sind nur gewisse Leute, die euch in Verwirrung bringen und die Heilsbotschaft Christi in ihr Gegenteil verkehren wollen. Aber diesen einen Satz kann er sich dann doch nicht verkneifen: Wenn jemand eine andere Heilsbotschaft verkündet, als ihr empfangen habt – verflucht sei er.

Das musste einfach heraus. Aber dann berichtet er von sich und seiner Bekehrung, davon, dass er in Jerusalem die Christen verfolgt habe, dann nach Damaskus geritten sei, dort das bekannte Ereignis kurz vor Damaskus gehabt habe, wo ihm Jesus Christus erschienen sei, dass er danach für ein Jahr in die Wüste gegangen, dann wieder nach Damaskus zurückgekehrt sei und so weiter. Paulus schreibt allein. Er genießt die Ruhe und bringt zu Papyrus, dass er sehr wohl Apostel und von den Altaposteln in Jerusalem gesandt sei: „Jakobus, Petrus und Johannes, die als Säulen gelten, gaben mir und Barnabas den Handschlag der Gemeinschaft, wir sollten unter den Heiden, sie aber unter den Beschnittenen missionieren. Nur sollten wir der Armen in Jerusalem mittels einer Kollekte gedenken, und gerade dies zu tun war ich eifrig bestrebt."

Er ringt mit sich, ob er auch den Streit mit Petrus erwähnen soll, aber da er nun einmal mit diesem Thema angefangen hat, so will er auch Ross und Reiter nennen: „Als Petrus nach Antiochia kam, da trat ich ihm Auge in Auge entgegen, denn er war im Unrecht. Bevor nämlich einige Leute von Jakobus kamen, hielt er Tischgemeinschaft mit den Heiden. Als sie aber auftauchten, zog er sich zurück und sonderte sich aus Furcht vor den Beschnittenen ab. Und an seiner Verstellung beteiligten sich auch die übrigen Juden in Antiochia, so dass selbst Barnabas sich von ihrer Verstellung fortreißen ließ. Als ich nun sah, dass sie nicht recht nach der Wahrheit der ‚Frohen Botschaft' wandelten, sagte ich in Gegenwart aller zu Petrus: Wenn du als Jude heidnisch und nicht jüdisch lebst, wie kannst du da die Heiden zwingen, jüdische Bräuche zu übernehmen?"

Nun ist es also heraus, nachts im Schein einer Öllampe

in Troas geschrieben. Aber was Recht ist, das muss auch Recht bleiben. Und wo nun klar ist, wie er selbst um das kämpfen musste, was er den Galatern später verkündigte, da kann er die Hände zum Himmel erheben und ihnen sagen: O ihr törichten Galater. Wer hat euch verzaubert, nachdem euch doch Jesus Christus vor Augen gestellt wurde. Das eine möchte ich von euch wissen: Empfingt ihr den Heiligen Geist aus Gesetzeswerken oder weil ihr den Glauben angenommen habt? Seid ihr so unverständig? Ihr habt im Geist begonnen und wollt nun im Fleisch enden?

Weiter unten schreibt er dann noch, er fürchte, seine Mühe um sie sei vergeblich, obwohl er sie doch von der Sklaverei unter den falschen Göttern befreit habe.

Je weiter der Brief voranschreitet, umso besser geht es ihm. Zwar ist er tagsüber immer noch oft geistesabwesend. Aber seine Stimmung hellt sich spürbar auf. An den äußeren Umständen hat sich nicht viel geändert. Eine gewisse Unruhe bleibt in ihm, manchmal spürt er die Klauen der Niedergeschlagenheit würgend in seiner Seele, dann überkommen ihn wieder Ängste. Aber sie verfliegen schneller als am Beginn seiner Zeit in Troas. Seine Predigten werden wieder straffer. Der Brief an die Galater befreit ihn zusehends aus seinem inneren Kerker. Seine Stimme wird fester, seine Sprache wird kräftiger. Abends zieht er sich früh zurück, dann sitzt er die halbe Nacht und schreibt an die Galater. Je besser es ihm aber geht, umso freundschaftlicher, väterlicher wird der Ton. An einem Abend findet er nicht richtig den Anschluss an das, was er gestern geschrieben hatte. Immer wieder gehen seine Gedanken zurück zu der Zeit, als er bei den Galatern war und sie ihn so freundlich aufgenommen hatten, damals als er so krank war. Warum soll er sie nicht daran erinnern? Er schreibt: „Ich bitte euch! Ihr habt mir doch nie etwas zuleide getan, ihr wisst ja noch, wie ich euch das erste Mal in körperlicher Schwäche die Heilsbotschaft verkündete, und ihr habt die Versuchung, die bei meinem körperlichen Zustand für euch bestand, wohl stark empfunden, aber doch nicht ausgespien vor mir, nein, wie einen Boten Gottes habt ihr mich aufgenommen." Während er diesen Satz schreibt, schweifen seine Gedanken wieder zurück, und er muss schmunzeln, als er an die Kinder der Wirtsfamilie denkt, die ihn vor Jahren mit großen Augen für einen vom Himmel gestürzten Engel hielten. Wehmut liegt in diesen Erinnerungen, an ihre treuen Augen und wankelmütigen Herzen.

Wieder steigt der nie besiegte Zorn auf die judaistischen Gegenmissionare in ihm hoch. Seit Jahren binden sie fast alle seine Kräfte. Die Leichtigkeit, mit der er anfangs unter den Heiden missionieren und taufen konnte, haben sie zunichte gemacht. Und dann schreibt er es nieder: „Bin ich denn dadurch euer Feind geworden, dass ich euch die Wahrheit sagte? Sie umwerben euch nicht in edler Absicht, vielmehr wollen sie euch der Gemeinschaft entfremden, damit ihr dann ihnen selbst nachlauft. Meine Kinder, um die ich abermals Wehen leide, ich wollte, ich könnte jetzt bei euch sein und anders zu euch sprechen, denn ich bin in Ratlosigkeit um euch."

Tagsüber arbeitet er in einer kleinen Werkstatt in Troas als Zeltmacher. Hier ist einiges anders als bei Aquila, bei dem er jahrelang in Ephesus in Lohn und Brot stand. Aber bald hat er sich umgestellt und kann während der Arbeit die Sätze im Geiste bedenken, die er in den vergangenen Abend- und Nachtstunden schrieb. Immerzu bewegt ihn jetzt die Frage, ob er bei dem versöhnlichen Ton bleiben oder ob er seine Gegner nicht doch schärfer angreifen soll. Den Berichten zufolge, die er von Kaufleuten aus Galatien erhält, verbreiten die Gegenmissionare, er selbst würde an anderen Orten auch die Beschneidung von den Heiden fordern. Paulus ist erbost. Das ist infam. Es ist eine Lüge, die den Kern seiner ureigensten Botschaft zerstört. Dazu muss nun unbedingt noch in dem Brief etwas gesagt werden. In der Nacht schreibt er: „Der, der euch verwirrt, wird das Verdammungsurteil tragen müssen, wer es auch sei. Was jedoch mich betrifft, Brüder:

Wenn ich angeblich noch die Beschneidung predige, warum werde ich da noch verfolgt? Dann ist ja das Ärgernis aus der Welt geschafft." Und am Ende noch ein kleiner Hieb auf die Hetzer und Lügner: „Sie hielten sich selbst ja auch nicht an das Gesetz, sondern wollen nur, dass ihr euch beschneiden lasst, um sich rühmen zu können." Da sei er, Paulus, freilich anders, ihm gehe es nicht darum, sich zu rühmen oder irgendwelche Erfolge vorweisen zu können, denn in seinen Augen gelte weder Beschneidung etwas, noch Vorhaut, vielmehr gehe es darum, dass sie durch die Taufe eine neue Schöpfung geworden seien.

Seit etwa drei Wochen sitzt er an dem Schreiben. Er hat aus dem korinthischen Drama gelernt und stellt gegenüber den Galatern noch einmal klar, wie es sich nun mit der Freiheit verhalte: „Gewiss, zur Freiheit seid ihr berufen, Brüder, nur macht die Freiheit nicht zum Stützpunkt des Fleischestriebes –" … „wie die Korinther", flüstert er leise.

Anders aber als die Korinther beherzigen die gutgläubigen Galater die wesentlichen Inhalte des Briefes. Schon einige Tage nach dessen Ankunft bringen die ersten Christen, die aus Galatien kommen, gute Nachrichten mit. Diese häufen sich sogar in den kommenden Wochen. Offenbar haben die Galater den Gegenmissionaren aufgrund des Briefes nahegelegt, sich zu trollen und das Weite zu suchen. Vielleicht haben sie sie auch herzhaft davongejagt. Darüber erfährt er Unterschiedliches.

Paulus kann es zunächst nicht glauben. Seine Erfahrung hat ihn skeptisch gemacht gegenüber guten Nachrichten. Aber es stimmt. Die Gemeinde hat wieder ihre Ruhe. Sie haben zur Ordnung zurückgefunden. Sie geben an Paulus Geschenke mit, entschuldigen sich vielmals für ihren irritierenden Ausflug ins Judentum, sie wüssten ja, was sie an Paulus hätten, er sei wie ein Vater zu ihnen gewesen, und die Kinder würden nur gut von ihm sprechen, wie es denn den anderen gehe, Timotheus, Silas und Titus, ob er denn wohl auch noch einmal wiederkäme und so weiter. Ja und auch das noch: Sie werden die Kollekte freilich beherzigen und eifrig sammeln, das sei ja wohl Ehrensache, und falls Paulus nicht kommen könne, sie abzuholen, dann könnten sie sie auch selber dorthin schaffen, vor den Judaisten müssten sie sich ja nicht verstecken, nun, wo die Fronten geklärt seien.

Das waren sie. Paulus ist beruhigt. Anfangs sogar glücklich. Aber er traut diesem Glück nicht. Solange er an dem Galaterbrief saß, war er beschäftigt, jetzt aber ist wenig zu tun. Der Winter schreitet voran, es wird früh dunkel, der Schiffsverkehr wird bald eingestellt, über die Stadt ziehen Herbststürme hinweg. Die aufgepeitschte See bringt Strandgut von Schiffbrüchen, wie sie um diese Jahreszeit üblich sind. Mit dem Herbst wird es im Hause still und im Ort ruhig. Mit der Stille kommen die Ängste. Er hat wieder Zeit, sich über den Verbleib der Freunde den Kopf zu zerbrechen. Schon bei seinem ersten Aufenthalt in Troas hatte er merkwürdige Träume von einem hutschwenkenden Mazedonier mit langem Mantel, der ihn bat, herüberzukommen nach Mazedonien. Jetzt schläft er wieder schlecht, mal bildet er sich ein, Titus käme aus Korinth, dann mutmaßt er wieder, dass dieser in Korinth die Gemeinde nicht befrieden könne. Er wird nachts wach, zittert und ist schweißgebadet. Er will dem keine Beachtung schenken, kann sich aber seinen eigenen Stimmungen nicht entziehen. Wenn er nicht mehr schlafen kann, steht er frühmorgens auf und läuft herum. Seine Wirtsleute sehen, dass es ihm wieder schlechter geht. Aber sie sind machtlos. Er hat keinen Appetit, wirkt schwach und unsicher.

Rastlos irrt er durch die Gassen, verwirrt grüßt er die Passanten, verstört schreckt er aus den Gedanken auf, wenn ihn jemand anspricht, mit verlegenem Lächeln reagiert er, wenn er seine eigene Zerstreutheit wahrnimmt, und die Zuhörer schweigen betreten, wenn er sich verhaspelt, nicht mehr weiter weiß oder eine spontane Predigt unvermittelt beendet.

Er wartet auf Titus, den er hier in Troas treffen will, er fiebert nach Nachrichten aus Korinth, bangt noch immer um Galatien, sorgt sich um Lukas und Timotheus, wartet, wie sich die Lage in Ephesus nach dem Aufstand der Silberschmiede entwickelt.

Aber von nirgendwoher kommen Nachrichten. Er ist wie abgeschnitten von den Gemeinden.

Täglich nimmt die Unruhe zu. Er wartet auf Besuche, Freunde, ein Lebenszeichen von hier oder dort, aber es ist, als hätten sich alle guten Kräfte gegen ihn verbündet. Einsam läuft er in Troas umher. Der Herbstregen peitscht ihm rücksichtslos ins Gesicht. Die Kinder beginnen, sich über den einsamen Mann lustig zu machen, der durchnässt und entgeistert durch die menschenleeren Gassen zieht, wo er es immer noch erträglicher findet als in seiner kleinen Kammer.

Der Regen tropft ihm von der Kapuze, der untere Teil seines Umhanges klebt bereits vor Nässe an seinen dünnen Schenkeln. Paulus hebt ein wenig den Kopf. Ohne ein Ziel gehabt zu haben, findet er sich im Hafen wieder. Ungeachtet des miserablen Wetters ist hier die übliche Herbsthektik in vollem Gang. Wie von Ferne hört er Schreie und Rufe, das Knarren der belasteten Kräne, das Poltern von Kisten und das Rollen von Fässern, die dumpfen Aufschläge der Säcke in den unersättlichen Schiffsbäuchen, alles dringt zu ihm und prallt doch an ihm ab. Irgendwo segeln ein paar Kähne mutig zur offenen See hinaus und verschwinden im Nieselregen, andere machen gerade fest und holen die nassen Segel ein. Wie von einer höheren Macht geleitet schwankt er apathisch weiter.

Er hört sich selbst mit einem Matrosen reden, erlebt wie im Traum, dass er sich einen Schiffsplatz nach Mazedonien besorgt. Ungeachtet des zunehmenden Regens geht er zur Werkstatt seines Meisters, kündigt, lässt sich seinen Lohn auszahlen, läuft heim, packt, legt seinen Wirtsleuten die entsprechende Summe Geldes auf den Tisch und verlässt die Stadt. Gleichgültig gegenüber dem Regen läuft er zum Hafen, bezahlt, geht an Bord. Unter Deck nimmt er sich von einem Stapel eine Decke, bindet den Rucksack mit der Kollekte fest an sein Bein und legt sich hin. Das Schiff schwankt unter der Ladung, die mit wenigen Kommandos von Sklaven in den Bauch des Schiffes getragen wird. Durch die offene Luke sieht er einen trüben grauen Himmel. Es regnet hinein.

Als er Stunden später an Deck geht, hat es aufgehört zu regnen. Sie passieren gerade die große Landzunge am Hafen.

Von diesem Augenblick an steht er an der Reling. Die ganze Nacht über schaut er nach vorne. Der Himmel ist sternenklar. Am Mittag des nächsten Tages – Paulus hat sich kaum von der Stelle gerührt – taucht zunächst wieder der Dianatempel von Neapolis auf. Bei diesem ersten Blick auf Mazedonien wird er wieder unruhig. Er geht unter Deck, packt von seinem Lager den zum Trocknen ausgelegten Mantel zusammen, schnürt ihn auf den Rucksack und wartet ungeduldig, bis sie endlich, lange Stunden später, in den Hafen einlaufen.

Hastig geht er von Bord. Bald hat er die Via Egnatia erreicht, wenig später steht er auf der Passhöhe und sieht bereits die Vororte von Philippi.

Er läuft, als sei er auf der Flucht, die letzten Stadien rennt er beinahe, als müsste er sich vor jemandem in Sicherheit bringen. Er hastet außer Atem durch Philippi, biegt zielstrebig ab, rennt die Gasse mit den Villen der Reichen entlang, stürmt durch das Tor, läuft in der herbstlichen Dämmerung durch die Gartenwege und pocht schließlich an die Tür, als stünde das Haus in Flammen.

Ein Sklave öffnet. Hinter ihm steht Lydia, erschreckt von dem ungewöhnlichen Lärm, an der Tür und noch erschreckter, als sie Paulus sieht. Er ist schweißnass und atmet heftig, von fern hört er Lydia noch sagen: „Paulus! Was ist? Tritt ein ...“, dann wird ihm schwarz vor Augen, die Knie werden weich. Er bricht zusammen.

Als er allmählich erwacht, weiß er zunächst nicht, wo er sich befindet. Im Raum flüstern Menschen. Er bewegt die Lider. Er hört eine sanfte Frauenstimme: „Er kommt zu sich, er kommt zu sich ..." Die vergangenen Tage kommen ihm entfernt ins Bewusstsein zurück. Nur dumpf, als hätte er es geträumt, besinnt er sich auf seine Abreise aus Troas. Wie durch eine endlose Nebelbank ist er nach Philippi gefahren, krank wie ein Vogel im Käfig und zerfressen von Sehnsucht nach den Freunden. Als kein Zweifel mehr besteht, dass er nicht träumt, öffnet er die Augen. Statt an irgendeine Zimmerdecke schaut er in ein Gesicht. Zu schön ist dieses Gesicht, zu freudig dieser kurze Moment, als dass er es glauben kann. Wieder schließt er die Augen. Und dann schießt es ihm siedend durch die Adern, in jeder Zelle beginnt das Blut zu beben, heiß überläuft ihn die Freude, als ihm klar wird, dass das alles wahr ist. Er öffnet wieder die Augen. Das Gesicht ist noch immer da. Ohne nachzudenken, kommen seine Arme unter der weichen Ziegenhaardecke hervor, sie umschlingen den Hals und ziehen den Kopf herunter, in jener unendlichen Freude, die aus unerforschlichen Tiefen kommt, drückt er den Freund an sich. Und als er in diesem Augenblick der Beglückung die Augen wieder schließt, laufen aus trockenen Lidern heiße Tränen hervor. „Timotheus ...", flüstert er immer wieder, und je mehr er weiß, dass er nicht träumt, umso mehr berauscht ihn die Glückseligkeit dieses Augenblicks.

Mit allem hat er gerechnet, auf alles gehofft, nur das nicht, dass er den Freund bereits hier, im Hause der Lydia antreffen würde.

In warme Decken gehüllt liegt er da. Timotheus schaut ihn an. Eine Hausbedienstete flüstert ihm etwas in Ohr. Timotheus fragt, ob er etwas essen wolle. Paulus ergreift seine Hand, drückt sie an seine magere, unrasierte Wange und schüttelt den Kopf.

Stunden mochten vergangen sein. Er hört, wie sich leise die Tür öffnet. Timotheus schaut sich um und nickt. Lydia tritt an das Lager. Sie lächelt. Timotheus hat sich erhoben und wartet, bis sich Lydia an die andere Seite der Bettstatt gesetzt hat. Sie hält seine Hand. Er schließt die Augen und schläft ein. Er wird wach, als es schon Nacht ist. Lydia ist fort. Im ruhigen Kerzenschein hat Timotheus' Gesicht etwas Übernatürliches. Er wendet sich zu Paulus und flüstert: „Ich bin so froh, dass du da bist. Dank sei Gott." Paulus nickt.

„Timotheus, leg' dich schlafen ... nun ist alles gut ... alles!" Timotheus drückt seine Hand, bläst die Kerze aus und verlässt still das Zimmer.

Es geht ihm langsam besser. Die große Fürsorglichkeit, mit der die Philipper ihn pflegen, tut ihm wohl.

Die Not der Seele hat ihn verändert. Er ist mild, still, fast sanft geworden. Leise bewegt er sich, leise öffnet und schließt er die Türen, er isst langsam und ist gegen jeden Lärm genauso empfindlich wie gegen Hektik. Sobald es im Hause lebendiger zugeht, zieht er sich auf sein Zimmer zurück. Am liebsten ist er mit Timotheus und Lydia allein. Lydia lässt die besten Speisen auftragen. Es gibt Hasenleber mit Feigenragout, Pfauenhirn in Honigsoße, einmal auch gebratene Flamingozungen, das Filet von einjährigen Rindern, die mit getrockneten Heublumen gefüttert wurden, dazu mit Mohn bestreute Mandeln, Sahnesoße mit Muskat, Mintpüree und mit gepfeffertem Dotter gefüllte Teigeier. Nachmittags reichen Angestellte Kuchen und gebackene Mehldrosseln mit Rosinen. Abends gibt es Pasteten und mit Wildschweinbäckchen gefüllte grüne und schwarze Oliven, manchmal Kochkäse mit Kümmel oder Honigwaben mit Dickmilch. Überall stehen Teller und Schüsseln mit syrischen Pflaumen, Granatapfelkernen und ägyptischen Datteln bereit. Sie lässt leichte Weine reichen, die den Geist beleben, die Laune heben und dennoch gut schlafen lassen. Angesichts all der Köstlichkeiten ruft Paulus einmal schmunzelnd in Erinnerung, dass er ihnen in seinem letzten Brief über die falschen Missionare geschrieben habe: „Ihr Gott ist der Bauch." „Willst du damit sagen, wir seien falsche Missionare?", antwortet Lydia geistesgegenwärtig.

Sie lässt Masseure kommen, die den von den Auspeitschungen gebeulten und zernarbten Rücken massieren, die alten Wunden mit seltenen Kräutern belegen und vorsichtig mit warmem Öl beträufeln. Ein Sklave richtet jeden Tag ein warmes Bad, das mit frischer Ziegenmilch angereichert wird, keine Medizin ist ihr zu teuer, die tägliche Arbeit, das Geschäft, die Organisation ihres gediegenen Haushaltes, alles kann warten, wenn es nur Paulus bald besser gehe.

Dieser kommt ob solcher Pflege spürbar zu Kräften. Die Gespräche werden länger, die Gedanken geordneter, und die ersten Pläne werden vorsichtig geschmiedet. Nur eines lastet immer wieder auf ihm: Korinth und der Verbleib des Titus. Wie ein Schatten liegen diese Gedanken auf ihm, und so sehr er sich auch in den nächsten Wochen erholt, so bleibt es doch diese Sorge, die ihn dämpft.

Einer der Ärzte, die Lydia hat kommen lassen, hat ihm verschrieben, früh zu Bett zu gehen. Er solle sich gesund schlafen. Wenn die Schlafenszeit gekommen ist, so unterbricht Lydia die schönsten Gespräche und verweist auf den notwendigen Schlaf. Dann verabschiedet er sich in der Runde und geht langsamen Schrittes auf sein Zimmer.

Aus diesem Grunde bekommt er nicht mit, dass es eines Abends spät an der Haustür klopft und noch ein Gast eingelassen wird.

Als Timotheus am anderen Morgen nach ihm schaut und ein paar aufbauende Medikamente verabreicht, hat er eine gewisse Feierlichkeit in seinen Gesten. Unverkennbar ist er bester Laune.

„Paulus", sagt er, während er das Fläschchen wieder verschließt, „obwohl ich kein Arzt bin, erkläre ich dich als restlos genesen. Steh' auf und komm zum Morgenmahl." Noch benommen von der Nacht hat Paulus das Gesagte nicht recht wahrgenommen. Erst jetzt, als er sich erhebt, wird ihm klar, was Timotheus gesagt hat. Unverzüglich bekleidet er sich, streicht das gelockte Haar nach hinten und läuft über den Marmorgang zum Refektorium. Sofort nimmt er wahr, dass heute Morgen etwas Besonderes ist. Kaum hat er den Raum betreten, da stehen Timotheus, Lydia und jener nächtliche Besucher auf. Einen Moment später sieht er Titus auf sich zukommen, und ehe er sich besinnen kann, fallen sie sich in die Arme.

Noch beim Morgenmahl erzählt Titus von den Zuständen in Korinth.

Zunächst sagt er vorab, er bringe gute Nachrichten.

Paulus will alles wissen und alles auf einmal. Wie es denn nun gelaufen sei, wie sein Brief aufgenommen worden sei, wie sich alles im Detail ergeben hätte, wie der Zustand sich verändert habe, was er, Titus, mit ihnen am Ende ausgemacht hätte und wie sie verblieben seien. Titus kommt kaum zu Wort. Gerade beginnt er zu erzählen, da fragt Paulus schon etwas anderes. Timotheus und Lydia wollen ihn bremsen, aber das ist kaum möglich. Er schüttelt mal die eine und mal die andere Hand ab, die sich beruhigend auf seinen Unterarm legt. Paulus wird nicht müde nachzufragen, sich zu vergewissern, über diese und jene Persönlichkeit aus der Gemeinde etwas zu erfahren und vor allen Dingen von der unglaublichen Wirkung seines dritten Briefes an die Korinther zu vernehmen. Aus all dem Chaos entsteht langsam ein Bild, zunächst noch unscharf, dann aber immer deutlicher. Die Lage in Korinth hat sich beruhigt. Titus konnte die Kampfhähne der einzelnen Fraktionen miteinander versöhnen. Am Ende habe er den Eindruck gehabt, all der Streit sei von den Griechen wie ein sportlicher Wettkampf betrachtet worden, mit einem Kräftemessen bis zu dem Punkt, an dem klar war, wer gewinne. Als sich das immer deutlicher abgezeichnet habe, da seien den einzelnen Mannschaften die Kräfte geschwunden, man habe sich freundschaftlich auf die Schultern geklopft, anerkennende Worte für die gegnerische Leistung gefunden, sich den Staub von den Kleidern geschüttelt und sei zur Tagesordnung übergegangen.

„Die verstehe nun einer, die Griechen", bemerkt Paulus, und zum ersten Mal konnte er selbst über das Rätselhafte dieses Volkes lachen. „Die Griechen sind so anders als alles, was ich bisher kennengelernt habe", er schüttelt verwundert den Kopf.

Titus meldet vom korinthischen Kampfplatz zwar nicht völlige Ruhe, aber im Wesentlichen kann er sagen, dass der schlimmste Sturm überstanden sei. Nicht oft genug kann Paulus die guten Nachrichten hören, und geduldig erzählt Titus diese immer wieder.

Der dritte Brief habe seine Wirkung gehabt. Das könne er Paulus versichern. Mein lieber Mann. Also da seien die Korinther nun doch zusammengezuckt. Damit hätten sie nicht gerechnet. Viele seien sogar betrübt gewesen, dass Paulus sie so scharf angegangen sei. Sie hätten sich verkannt gefühlt. Ja, ob er sie denn so wenig kennen würde, hätten sie gefragt. Ob Paulus denn nicht wisse, dass man die Griechen nicht so ernst nehmen dürfe, wenn sie im Streit aneinander gerieten. Das sei in dem Ursprungsland der Olympischen Spiele nun doch das Normalste. Sie hätten ja schon immer den Eindruck gehabt, dass Paulus ein wenig zu verbissen sei. Wie denn nun Titus die ganze Sache sehe, hätten sie ihn gefragt.

Paulus will etwas sagen, aber in dem kurzen Moment, in dem er nach einem Wort sucht, fährt Titus gleich wieder fort: er sei anfangs auch überrascht gewesen, dass die Korinther so eingeknickt seien, er hätte sich voll hinter den Brief gestellt, und das sei seiner Autorität in der Gemeinde zugute gekommen, auf jeden Fall hätten sie sich immer mehr um ihn geschart und hätten genau wissen wollen, was zu tun sei, damit Paulus ein besseres Bild von ihnen bekomme.

Nun, habe er geantwortet, das sei ja wohl nicht schwer zu

erraten. Sie sollten die Spaltungen und Parteiungen überwinden, sie sollten ihr lustiges Lotterleben aufgeben, sie sollten das Herrenmahl würdig feiern und so weiter. Die Korinther hätten, so Titus, Stück für Stück einen anderen Lebenswandel angenommen, bei zunehmender Moral seien auch die Parteien immer mehr zusammengewachsen, sie hätten sich versöhnt, die gegenseitigen Verletzungen bereut; jetzt könne man mit Fug und Recht davon sprechen, dass die Gemeinde geeint und auf einem guten Weg sei. Und auch das wolle er noch sagen: von den Gegenmissionaren sei nichts zu sehen gewesen, die hätten sich, ähnlich wie seinerzeit in Galatien, verkrochen, aber er sei gewiss, dass die Korinther geheilt seien und dass sie auf deren Geschwätz, so sie denn je wieder auftauchen sollten, nicht mehr hereinfallen würden. Es sei nur so, dass die Korinther nun auch von Paulus wissen möchten, ob er ihnen wieder gut und ob die Sache nun auch aus der Welt sei. Sie ließen auf jeden Fall die besten Grüße ausrichten, würden sich freuen, wenn Paulus noch einmal auf Besuch nach Korinth käme, und er solle ihnen nicht mehr bös sein, das würden sie nicht ertragen. Sie seinen zwar zänkisch, aber es bliebe doch letztlich alles ein faires Kräftemessen, und sie gäben kleinlaut zu, dass Paulus gewonnen habe. Nun könne er kommen und solle mal sehen, dass sie, die Korinther, doch eigentlich rechte Kameraden seien und dass sie auch anders könnten. So wie er sie sehe, seien sie eigentlich gar nicht, und er habe einen falschen Eindruck von ihnen bekommen. Sicher sei das verständlich, denn sie hätten es mit ihrem Sportsgeist schon sehr weit getrieben und verübelten es keinem, wenn er dieses missverstünde, aber nun sei die Veranstaltung ja zu Ende, und alles sei wieder gut und friedlich und versöhnt.

Paulus glüht, als er die Berichte hört. Sie sind fast zu schön, um wahr zu sein, und deshalb muss Titus sie in den nächsten Tagen in den verschiedensten Variationen immer wieder erzählen. Paulus kann es gar nicht oft genug hören. Mal ernst, mal belustigt, mal spöttelnd, mal nachdenklich reagiert er auf die Erzählung des Titus, der selbst von Timotheus ob seiner Geduld bewundert wird.

Nachdem er dieselben Geschichten nun einige Male gehört hat, beginnt er sich zu fragen, ob der letzte Brief an die Korinther nicht vielleicht doch zu streng gewesen sei. Wenn er jetzt höre, wie weichherzig die Korinther eigentlich seien, dann täte es ihm leid, dass er ihnen so strenge Zeilen geschrieben habe.

„Aber ohne diese Zeilen hätten die Korinther wohl nicht zur Einsicht gefunden", antwortet Titus, „das ist nun mal das Schicksal des Pädagogen, dass er streng zu sein habe bis zur Besserung des Eleven und dann mild zu sein habe, damit das Gute sich festigen kann." Paulus nickt nachdenklich. „Aber sie denken ja immer noch, dass ich sie so sehe, wie in dem letzten Brief beschrieben. Das muss so schnell wie möglich bereinigt werden."

Timotheus bemerkt, dass es jetzt, an der Schwelle zum Winter, nicht sinnvoll sei, nach Korinth zu reisen, und auch Titus rät davon ab. So bleibt wieder einmal nur ein Brief das Mittel der Wahl.

Timotheus schreibt, Titus gibt Ratschläge, und Paulus diktiert. Es werden versöhnliche und es werden persönliche Zeilen. Am Anfang gibt es noch ein kleine Diskussion, ob der pluralis majestatis in solch einem Versöhnungsschreiben gerechtfertigt sei, aber Paulus meint, warum nicht, schließlich habe Titus ja gesagt, die Korinther würden seine Autorität voll und ganz anerkennen. So schreiben sie: Als wir nämlich nach Mazedonien gekommen waren, hatten wir keine Ruhe, sondern in allem gab es Bedrängnis. Außen Kämpfe und innen Ängste. Aber Gott, der die Gebeugten tröstet, schenkte uns Trost durch die Ankunft des Titus; jedoch nicht durch seine Ankunft, sondern auch durch den Trost, mit dem er bei euch getröstet worden war; berichtete er uns doch von eurer Sehnsucht, von eurer Klage, von eurem Eifer für mich, so dass meine Freude noch größer wurde.

Nach einem Abschnitt, der wie eine Entschuldigung für die harten Zeilen des letzten Briefes klingt, kommt noch einmal die Sprache auf Titus: Sein Herz schlägt euch nun noch viel wärmer entgegen, da er an euer aller Gehorsam zurückdenkt, wie ihr ihn in Furcht und Zittern aufgenommen habt.

Titus will jetzt, dass von ihm nicht weiter die Rede sei. Das Wesentliche sei ja gesagt. Das Wesentliche, bis auf einen Punkt, meint Paulus, nämlich die Kollekte. Gerade jetzt, wo die Stimmung in Korinth zum Guten umgeschlagen sei, wolle er den Rückenwind ausnutzen, um auch die Korinther an der großen Sammlung für die Jerusalemer Gemeinde zu beteiligen. Um dem Augenverdrehen des Titus zuvorzukommen, fügt er gleich an, dass man das natürlich jetzt sehr sanft formulieren müsse, denn schließlich handele es sich um einen Versöhnungsbrief und da wolle man nicht gleich wieder riskieren, dass die Stimmung umkippe, er habe ohnehin gedacht, dass man nicht mit der Tür ins Haus falle, sondern den Korinthern vielleicht erst einmal vor Augen stelle, wie großherzig die anderen Gemeinden gegeben hätten, er habe sich gedacht, dass man es so formulieren könnte:

Brüder, wir wollen euch jetzt von der Gnade erzählen, die Gott den Gemeinden Mazedoniens erwiesen hat. Während sie durch große Not geprüft wurden, verwandelten sich ihre übergroße Freude und ihre tiefe Armut in den Reichtum ihres selbstlosen Gebens ... Er schaut die beiden fragend an. Titus runzelt die Stirn, Timotheus blickt auf die Spitzen seiner Sandalen. Paulus kramt sein gewachstes Notizbrett hervor. Ich möchte den Korinthern die Spendenbereitschaft der Mazedonier vor Augen stellen. Etwa so: Ich bezeuge, dass sie nach Kräften und sogar über ihre Kräfte spendeten, ganz von sich aus, indem sie sich geradezu aufdrängten und uns um die Gunst baten, zur Hilfeleistung für die Jerusalemer Gemeinde beitragen zu dürfen. Und über unsere Erwartung hinaus haben sie sich eingesetzt.

Timotheus erinnert daran, dass Titus bereits mit dem Auftrag nach Korinth gegangen sei, auch für die Kollekte zu sorgen. Dann könne man das einfach schreiben, meint Paulus und fährt fort: Daraufhin ermutigten wir Titus, dieses Liebeswerk, das er früher bei euch begonnen hatte, nun auch zu vollenden. Titus zuckt mit den Schultern und fragt, ob das nicht ein Wink mit dem Zaunpfahl sei.

So geht es noch den ganzen Abend hin und her. Am Ende aber schreiben sie den Spendenaufruf so, wie Paulus es vorschlägt, und fügen dann auf Titus' Bitten hin an:

Wie ihr aber an allem reich seid, an Glauben, Rede und Erkenntnis, an jedem Eifer und an der Liebe, die wir in euch begründet haben, so sollt ihr euch auch an diesem Liebeswerk mit reichlichen Spenden beteiligen.

Ich meine das nicht als strenge Weisung, aber ich gebe euch Gelegenheit, angesichts des Eifers anderer auch eure Liebe als echt zu erweisen.

Ich gebe euch nur einen Rat, der euch helfen soll; ihr habt ja schon voriges Jahr angefangen, etwas zu unternehmen, und zwar aus eigenem Entschluss. Jetzt sollt ihr das Begonnene zu Ende führen, damit das Ergebnis dem guten Willen entspricht – je nach eurem Besitz. Wenn nämlich der gute Wille da ist, dann ist jeder willkommen mit dem, was er hat, und man fragt nicht nach dem, was er nicht hat. Denn es geht nicht darum, dass ihr in Not geratet, indem ihr anderen helft; es geht um einen Ausgleich. Im Augenblick soll euer Überfluss ihrem Mangel abhelfen, damit auch ihr Überfluss einmal eurem Mangel abhilft. So soll ein Ausgleich entstehen, wie es in der Schrift heißt: Wer viel gesammelt hatte, hatte nicht zu viel, und wer wenig, hatte nicht zu wenig.

Dank sei Gott, der den gleichen Eifer für euch auch Titus ins Herz gelegt hat. Denn Titus war mit meinem Vorschlag einverstanden, und sein Eifer war so groß, dass er aus eigenem Entschluss gleich zu euch abreiste. Zusammen mit ihm haben wir den Bruder geschickt, der wegen seiner Verkündigung des Evangeliums in allen Gemeinden Anerkennung findet und außerdem von den Gemeinden dazu bestimmt wurde, unser Reisegefährte zu sein, wenn wir diese Liebesgabe zur Ehre des Herrn und als Zeichen unseres guten Willens überbringen. Denn angesichts der großen Spende, die von uns überbracht werden soll, möchten wir vermeiden, dass man uns verdächtigt. Es liegt uns nämlich daran, dass alles einwandfrei zugeht, nicht nur vor dem Herrn, sondern auch vor den Menschen. Wir haben aber mit den beiden noch einen weiteren Bruder geschickt, dessen Eifer wir vielfach und bei vielen Gelegenheiten feststellen konnten und der sich in diesem Fall noch eifriger zeigt, weil er viel von euch erwartet. Was nun Titus angeht: Er ist mein Gefährte und mein Mitarbeiter, der für euch tätig ist; unsere anderen Brüder aber sind Abgesandte der Gemeinden und ein Abglanz Christi. Legt also ihnen gegenüber und damit vor den Gemeinden das Zeugnis eurer Liebe ab und zeigt, dass wir euch zu Recht gerühmt haben.

Die Abfassung des Briefes hat einige Tage in Anspruch genommen. Inzwischen ist es Spätherbst. Die drei Missionare haben kaum mitbekommen, wie die Stürme die letzten Blätter von den Bäumen fegten, deren Gerippe sich jetzt starr vor dem nebelgrauen Horizont abheben. Es ist zu spät, um mit dem Schiff nach Korinth zu fahren. Deshalb besteigen Titus, sowie die in dem Brief angekündigten Begleiter, einen Eselskarren und begeben sich in den frühen Morgenstunden dieses nieseligen Herbsttages mit dem Versöhnungsbrief und dem eigentümlichen Spendenaufruf nach Korinth. Paulus hat sie darum gebeten, das Terrain für ihn in Korinth zu sondieren und seinen Besuch für das kommende Frühjahr anzukündigen.

Paulus ist vollkommen genesen. Die Depression ist von ihm gewichen. Alle Lebenssäfte sind zurückgekehrt. Schon schweifen seine Gedanken wieder in die Ferne: der Orient sei fast ganz durchwandert, es gäbe unzählige Gemeinden, die sich alle stabil zeigten. Sie hätten Presbyter und hielten sich an deren Vorgaben. Ihm sei von verschiedenen Seiten gesagt worden, dass es bereits Abschriften seiner Briefe gäbe, die die Gemeinden untereinander austauschen würden. Das, was er den Korinthern über das Herrenmahl und die Feier des Abendmahles geschrieben habe, sei sehr bedeutsam und würde in den anderen Gemeinden wortwörtlich eingehalten werden. Nun müsse man das Evangelium nach Rom bringen, den ganzen Westen müsse man missionieren, bis an die Grenzen, bis nach Spanien ...

Lydia macht sich Sorgen. Aber sie schweigt. Sie sieht, dass er zu Kräften gekommen und genesen, sie sieht aber auch, dass er alt geworden ist und dass er schon wieder beginnt, Raubbau an seinem Körper zu treiben. Sie sieht, dass er nachdenklicher geworden ist, sieht, dass er jetzt öfter die eine Hand an die Wange legt und mit glasigen Augen in die Ferne oder auf einen festen Punkt an der Wand schaut. Er fragt sich, wohin das alles führen wird, sie fragt sich, wie es enden wird. Sie ahnt nicht, dass dies sein letzter Winter in Freiheit ist. Aber so gewiss, wie das Amen nach dem Herrenmahl folgt, weiß sie, dass dieser Mann sich von nichts und niemandem aufhalten lassen wird: von keiner Macht dieser Welt, von keinem anderen Apostel, nicht vom Statthalter der Römer in Israel, nicht vom Kaiser in Rom; er wird keine Kompromisse eingehen, er wird nicht einen Fingerbreit hinter dem zurückweichen, was er gelehrt hat, weil in seinem Herzen ein Feuer brennt, das nicht von dieser Welt zu sein scheint. Was sie sieht, und mehr noch, was sie ahnt, schmerzt sie. Zugleich beneidet sie ihn um die Freiheit desjenigen, der nichts mehr zu verlieren hat.

In Mazedonien hat sich die Gegenwart des Apostels herumgesprochen. Die Presbyter kommen mit Fragen zu ihm, sie holen seinen Rat ein, besprechen Probleme, die sich im Alltagsleben der einen oder anderen Gemeinde zwangsläufig ergeben haben, und sie bringen weitere Kollektengelder.

Auf irgendeinem Wege muss Lukas, der nach wie vor in Griechenland unterwegs ist, vom Aufenthalt der Apostel in Philippi gehört haben. Eines Tages taucht er bester Laune hier auf.

Sie hatten sich vor mehr als drei Jahren hier in Philippi voneinander getrennt, nachdem sie sich vorher zufällig in Troas getroffen hatten und, einfach weil sie den gleichen Weg hatten, gemeinsam hierher nach Philippi kamen. Als Paulus nach Athen wollte, trennten sich ihre Wege. Er wollte als Arzt Erfahrungen in Griechenland sammeln. Sie wollten missionieren.

Drei Jahre sind seit der ahnungsschweren Überquerung des Taurus vergangen, mit der zugleich das Katz-und-Maus-Spiel mit den Gegenmissionaren begann. Nach fast drei Jahren der Wirren und Zerrissenheit, der Trennung und Vereinzelung, des Streites, des Hoffens und Bangens nach durchlittenen Nächten und schmerzenden Fingern vom Schreiben, sind sie wieder in Philippi beisammen – fast. Denn einer aus dieser Gruppe, die damals hier angekommen war, um die frohe Botschaft nach Europa zu bringen, Titus, ist bereits wieder aufgebrochen und mit dem Versöhnungsbrief auf dem Wege nach Korinth.

In Philippi taucht die milde Wintersonne die Welt in güldenes Licht. Paulus ist genesen. Lydia reduziert auf sein Bitten hin die Speisekarte. Es gibt wieder mehr Apfelmost statt Wein, aber das tut der guten Laune keinen Abbruch. Freitags wird wieder, zum Gedenken an den Kreuzestod Christi, streng gefastet. Die Dinge scheinen hier in Ordnung zu kommen. Die Arbeit hält sich in Grenzen, weil wegen der langen Regenwochen auch der Landweg das Reisen ungemütlich macht. Es kommen kaum Presbyter, die Rat suchen. Das Mittelmeer war schon vor einigen Wochen für den Schiffsverkehr geschlossen worden, nachdem es wieder einige Schiffbrüche mit hohen Materialverlusten und Toten gegeben hatte, deren Leichen von den Herbststürmen weit südlich an Land gespült worden waren. Lydia klagt, dass immer etwas passieren müsse, bevor die Behörden den Erlass ausgäben, dass das Mittelmeer nicht mehr befahrbar sei. Jedes Jahr werde es schlimmer, immer länger versuche man, die Waren noch zu transportieren. Die Welt werde immer verrückter, früher sei es ruhiger zugegangen, da habe es diese hektische Betriebsamkeit nicht gegeben, es sei ja nicht mit anzusehen, wie alle Welt dem Geld nachjage und wie viel riskiert werde, wenn im Herbst noch so viele Schiffe wie möglich das Meer passieren wollen; jedes Jahr kämen im Herbst mehr Menschen zu Tode, Gott sei Dank gebe es die Natur mit ihren Gewalten, die man respektieren müsse, und gottlob werde es nie Schiffe geben, die den ganzen Winter über fahren würden, so weit werde es nie kommen, denn hier habe die Natur dem Menschen seine Grenzen gesetzt, und das sei auch gut so, die müsse er einhalten, noch in tausend, ja in zwei- oder dreitausend Jahren – so sei das ...

Für einen Augenblick scheint es, als würde nun alles gut werden. Die Lage in Korinth hat sich beruhigt. Paulus hat seinen Besuch dort für das nächste Frühjahr angekündigt. Bis dahin ist noch lange Zeit. Der Galaterbrief hat die Gemeinden in Galatien wieder geeint. Überall kursieren Abschriften von seinen Briefen und gelangen in die entlegenen Gemeinden, deren Zusammenhalt und Austausch immer größer wird.

Als die Sonne im Sternbild des Steinbock steht und sich die Wintersonnenwende ankündigt, wird es in der Stadt lebendig. Es beginnen die Vorbereitungen auf die ausschweifenden Feiern zum Fest der Geburt des Mithras, des unbesiegten Sonnengottes. Das ist den Christen im Hause der Lydia und der Hausherrin selbst gar nicht recht. Sie machen nicht mit, können aber nicht verhindern, dass die Bediensteten der Lydia und viele Sklaven ihres Haushaltes dorthin gehen. Für Tage treiben sie sich in den Tavernen der Stadt herum und tanzen auf den Plätzen von Philippi. Das Haus ist wie ausgestorben, denn sie trauen sich in betrunkenem Zustand nicht heim oder finden den Weg nicht. Paulus knirscht mit den Zähnen. Er bemerkt einmal, dass man anstelle dieses Festes ein christliches Fest feiern sollte, vielleicht die Geburt Jesu, damals in Betlehem. Das sei eine überlegenswerte Alternative, meinten auch die anderen, schließlich habe Jesus gesagt, er sei das Licht der Welt; wenn die Tage jetzt wieder länger würden, dann sei das durchaus auch ein Zeichen für das Licht, das durch Jesus von Nazaret in den Herzen der Menschen aufgehe.

Lukas greift diese Gedanken mit großem Interesse auf. Er sagt, er habe schon angefangen, etwas über das Leben Jesu aufzuschreiben. Ein paar Aufzeichnungen habe er seinerzeit noch von Johannes Markus in Antiochia bekommen, nachdem er die erste Missionsreise abgebrochen hatte – er schaut vorsichtig zu Paulus hinüber – und nach Antiochia zurückgekehrt war. Er habe diese alten Aufzeichnungen in den vergangenen Jahren bearbeitet und ergänzt. Ihm sei immer wieder aufgefallen, dass man zwar an den Tod Christi denke und in letzter Zeit auch das Pfingstfest groß feiere, aber dass man über seine Kindheit so gut wie nichts wisse und dass man das ruhig aufschreiben könne, um es der Nachwelt zu hinterlassen, solche Dinge gingen schnell verloren, wenn man sie nicht aufschreibe und weitergebe, das kenne er zur Genüge von alten medizinischen Rezepten, wenn diese nicht weitergegeben würden, dann verlören sie sich meistens auch und verschwänden irgendwann aus dem Gedächtnis der Leute; also er wolle sich in den kommenden ruhigen Wochen einmal daransetzen, die Kindheitsgeschichte Jesu aufzuschreiben, und überdies sei es eine ganz wunderbare Idee, die Geburt Christi zu feiern, das sei allemal besser, als den Mithraskult zu verbieten, was man ja ohnehin kaum schaffen dürfte, aber anstelle des alten Mithrasfestes etwas Eigenes zu feiern, das sei sicher gut und ratsam. Man müsse den Leuten den Zugang zu diesem Fest so leicht wie möglich machen, und das könne durchaus gelingen, wenn man ein mögliches Geburtsfest Christi mit dem ausschmücke, was der Mithraskult auch kenne, so wisse er, dass bei der Geburt des Mithras nach römischer Auffassung Hirten und Tiere anwesend gewesen seien, und das könne man ja irgendwie aufgreifen. Er wolle sich das mal durch den Kopf gehen lassen.

Paulus gemahnt, dass es nicht nur von dem abhinge, was er sich durch den Kopf gehen lasse, sondern dass man auch dafür beten und den Heiligen Geist bitten müsse, einem das Richtige einzugeben. Sonst sei solch eine Niederschrift des Lebens Jesu und vor allem auch seiner Kindheitsgeschichte ja ein reines Menschenwerk.

„Hast du es bei deinen Briefen auch so gehalten?", will Lukas wissen. Er ist überrascht, wie Paulus, ohne nur eine Sekunde zu zögern, antwortet: „Selbstverständlich, ich habe während der Abfassung meiner Briefe immer gefastet, und wir haben uns nie, ohne vorher zu beten, an die Arbeit gesetzt". Titus und Timotheus nicken zustimmend.

Paulus ist mit einem Mal nachdenklich und wirkt, als sei er nicht anwesend. Er erinnert sich, wie Johannes Markus die erste Missionsreise abbrach und er allein mit Barnabas weiterzog. Sein Blick schweift zu Timotheus hinüber, der dort im Halbdunkel sitzt und nicht merkt, wie sehr er bewegt ist von diesen alten Erinnerungen an die ersten Erfahrungen als Missionar, damals, als die Welt noch in Ordnung war.

„Schreibst du auch auf, wie sich das Evangelium, die frohe Botschaft, nach dem Tod Jesus verbreitet hat? Ich meine, dass man auch das der Nachwelt erhalten sollte, wie ich und Barnabas nach Zypern gegangen sind, dann die ersten kleinen Gründungen, auch, was wir erlitten haben, der ewige Streit mit den Juden und die Frage, ob die Heiden beschnitten oder nur getauft werden sollen …"

„Ja, so habe ich es geplant. Ich habe auch schon angefangen und erst einmal das aufgeschrieben, was ich von Johannes Markus erfahren habe, und das, was wir gemeinsam erlebt haben, damals, als wir von Troas hierher nach Philippi kamen und zu dieser kleinen Gebetsstätte am Fluss gingen, wo wir die Frauen trafen …" Lydia schaut beschämt zu Boden. Paulus fügt an, wie dankbar er sei, dass alles so gekommen ist. Philippi sei eine vorbildliche Gemeinde. Er könne schon sagen, dass es seine Lieblingsgemeinde sei und dass es in ganz Griechenland keine Gemeinde gäbe, die so gut aufgestellt sei. Lydia verlässt geschäftig den Raum und kommt wenig später mit einer Kanne Kräutertees wieder. Die Gäste sind inzwischen bei einem anderen Thema, was ihr recht ist. Sie sprechen über die Apostelgeschichte, die Lukas begonnen hat, und über die Kindheitsgeschichte Jesu, die er unbedingt aufzeichnen müsse. Lukas ist sich unsicher. „Es sind schon einige dabei, etwas aufzuschreiben, Johannes Markus selber schreibt an einer frohen Botschaft und sagte mir, ein gewisser Matthäus habe auch schon einiges geschrieben, überdies sei irgendwo noch eine Quelle aufgetaucht, in der ganz wunderbare Geschichten und Erlebnisse von Jesus verzeichnet sind. Ich weiß, nicht recht, ob man nun noch jemanden wie mich braucht, der die Dinge aufschreibt, die damals passiert sind. Es wiederholt sich dann alles."

„Das kann ja nicht schaden."

„Aber wem nützt es, frage ich mich. Ich bin kein guter Schriftsteller, und die Wahrheit wird ja nicht dadurch wahrer, dass man sie oft wiederholt."

„Es ist besser", bemerkt Paulus, „die Wahrheit so oft zu wiederholen, bis man an ihr zweifelt, als den Zweifel so oft zu wiederholen, bis man ihn glaubt."

„Zweifelst du an der Wahrheit?"

Paulus zuckt mit den Schultern. „Nein, die Wahrheit ist Jesus Christus, und an dem zweifele ich nicht. Aber die Griechen haben ein anderes Verständnis von Wahrheit, für sie muss immer alles bezweifelt werden, sie suchen die Wahrheit hinter den Dingen, ein Mensch kann für sie nicht die Wahrheit sein."

„Jesus Christus war aber auch Gott."

„Ich bezweifele, ob die Griechen das je werden verstehen können, vielleicht muss man es einfach nur glauben ..."

„Und die Vernunft?"

„Die ist für uns wichtiger als für viele andere Religionen. Manchmal bedauere ich es, dass Jesus Christus uns so wenig hinterlassen hat. Keine feste Lehre, kein Buch, keine Tafel wie die mit den Zehn Geboten. Zentrum des neuen Glaubens ist Jesus Christus selbst, das hat es bisher noch nicht gegeben, ansonsten haben wir nur die Vernunft, mittels der wir Gott an seinen Werken erkennen können."

„Wie darf ich das verstehen?", fragt Markus nach.

„Ich meine das so: SEIN unsichtbares Wesen, SEINE ewige Macht und Göttlichkeit sind seit Erschaffung der Welt an seinen Werken durch die Vernunft zu erkennen."

„Das hast du jetzt aber schön gesagt."

„Erkläre das mal den Griechen", meint Timotheus. Paulus wird rot, weil er an sein Desaster in Athen erinnert wird. Die anderen schmunzeln betreten.

Im Nebenraum haben Bedienstete geräuschlos das Nachtmahl gerichtet. Lydia bittet zu Tisch.

Sie setzen die theologische Diskussionen bis in die Nacht fort.

Dabei kommt auch zur Sprache, dass Paulus den Christen in Rom einen Brief scheiben will. Bisher, so seine Begründung, habe er immer erst dann an Gemeinden geschrieben, wenn irgendetwas vorgefallen sei, wenn ein Streit zu schlichten oder sonst ein Missstand beizulegen gewesen sei. Aber gerade in den vergangenen Wochen hier in Philippi, wo sie sich so viele theologische Gedanken machen würden, sei ihm deutlich geworden, dass er seinen Besuch in Rom mit einem Brief an die Römer vorbereiten könne. „Wenn ich höre, dass Johannes Markus in Antiochia an einer Vita Jesu schreibt und dass Lukas über eine Biografie Jesu hinaus auch eine Geschichte der Apostel plant, dann möchte ich meinerseits versuchen, meine theologischen Grundanliegen schriftlich zu fassen." Er schaut in die Runde und sieht fragende Gesichter. „Lukas, nichts für ungut", fügt er freundlich an, „aber ich schreibe das lieber selber auf, als dass ich das anderen überlasse. Du kannst dann ja in der Apostelgeschichte niederschreiben, wie sich die frohe Botschaft ausgebreitet hat und was wir dazu beigetragen haben."

In den nächsten Wochen macht er sich die ersten Notizen für den Brief an die Römer. Langsam werden die Tage wieder länger. Die unwirtlichsten Regen- und Schneetage sind vorbei. Von Nordafrika her kommen mit den ersten warmen Winden Scharen von Vögeln, die weiter in den Norden ziehen. Paulus, Lukas, Titus und Timotheus sind oft im weitläufigen Garten unterwegs. Sie gehen bei ihren theologischen Gesprächen wie die Anhänger einer berühmten Athener Philosophenschule hin und her, wobei jeweils zwei von ihnen rückwärts und zwei vorwärts laufen. Abends ist es noch kühl. Da gehen sie wieder ins Haus und setzen dort ihre Gespräche fort.

Immer wieder gehen ihre Gedanken auch zu Titus, der in Korinth ist. Dort haben sich zwar die Wogen gelegt, und die schlimmsten Spannungen sind behoben, offenbar ist auch die Autorität des Apostels wieder vollkommen hergestellt. Aber jedes Mal, wenn auf Korinth die Rede kommt, wird Paulus unruhig. Zu lange hatte der Kampf um die Gemeinde gedauert, zu groß waren die Sorgen, zu übermächtig die Angst, sein gesamtes Lebenswerk könne durch den Streit um Korinth in Mitleidenschaft gezogen werden oder gar zusammenbrechen, als dass jetzt einfach alles gut wäre. Das Wort „Korinth" reicht schon aus, um seinen Pulsschlag zu beschleunigen. Das alles aber ist nichts gegen das Herzklopfen, als eines Morgens ein Bote einen Brief von Titus bringt. Seine Hände zittern bis zur Unkontrollierbarkeit, und er bekommt ihn kaum geöffnet, sein Mund wird trocken. Er muss sich setzen. Titus berichtet, dass der Friede in der Gemeinde wieder vollkommen hergestellt sei. Mehr noch: die Korinther sehnen sich nach einer Aussöhnung mit Paulus. Er, Titus, sehe kein Hindernis mehr für einen Besuch des Paulus in Korinth.

Urplötzlich ist es mit der Ruhe im Hause aus. Es werden neue Pläne geschmiedet, Verabredungen getroffen, Eventualitäten kalkuliert, man plant bis spät in die Nacht, verwirft am nächsten Tag das Vorhaben, überlegt neu, berechnet Aufenthaltszeiten und Reisewege, überlegt, was wie am sinnvollsten zu organisieren sei. Bei allen Zielen, die Paulus hat – Rom, der ganze Westen, Spanien –, wird doch dies nun das vordringlichste aller Anliegen: die Kollekte sobald wie möglich nach Jerusalem zu bringen. Immer deutlicher sieht er, wie viel davon abhängt, mittels der Kollekte die Beschlüsse ihrer letzten Zusammenkunft von Jerusalem zu erfüllen. Mehr als acht lange Jahre sind seitdem vergangen. Nie hatte er das große Projekt aus den Augen verloren. Immer war es ihm wichtig, diese Verabredung der Kollekte einzuhalten, keine Sekunde hatte er aus den Augen verloren, dass es um ein Zeichen der Solidarität unter den Gemeinden geht. Nun spürt er aus irgendeinem Grund, dass es höchste Zeit werde, nach Jerusalem hinaufzuziehen und die unglaubliche Summe Geldes in Jerusalem den Altaposteln zu Füßen zu legen, damit dieses Kapitel nun endlich geschlossen werden könne.

Sie verabschieden sich von der Gemeinde, von Lydia und von Lukas, der in Philippi bleibt, versprechen, dass sie auf dem Rückweg wiederkommen werden, schultern eines Frühlingstages in den noch nebeligen Morgenstunden ihre vom Kollektengeld schweren Rucksäcke und gehen zum Hafen, wo sie unter dem zänkischen Geschrei der Möven ein Schiff nach Korinth besteigen.

Der Gedanke, nach Jerusalem zu müssen, belastet Paulus zusehends. Schon in den letzten Tagen vor dem Abschied wirkte er, als hätte wieder einmal eine schwere Ahnung von ihm Besitz ergriffen.

Als sie im Windschatten hinter den Schiffsaufbauten nah beieinander sitzen, sagt er mehr zu sich selbst als zu Timotheus: „Ich befürchte, dass Jakobus mit der Kollekte einen viel größeren Stein ins Rollen gebracht hat, als er will … uns selbst ist doch die Symbolkraft dieser Sammlung auch erst im Laufe der Zeit so richtig bewusst geworden." Timotheus schaut Paulus fragend an.

„Ich befürchte …", wiederholt er.

„Geht das schon wieder los?", fragt Titus. Beide müssen schmunzeln.

Und Paulus unbeirrt: Er befürchte, Jakobus werde die Kollekte nicht annehmen, immerhin werde er inzwischen auch durchschaut haben, was sie eigentlich bedeute, denn wenn er die Kollekte annehme, dann setze er ein deutliches Zeichen, dass er die einst getroffene Abmachung hinsichtlich der Aufnahme der Heiden restlos akzeptiere.

„Das wird er schon."

„Und genau dessen bin ich mir nicht mehr sicher. Offensichtlich hat er sich bisher auch nicht an die Abmachungen gehalten. Die Ursache für meinen Streit mit Petrus in Antiochia hat das doch überdeutlich gezeigt, und wenn man bedenkt, wie die radikale Fraktion der damaligen Versammlung in den letzten Jahren vorgegangen ist, wie sie unsere Gemeinden durcheinandergebracht haben, mich denunziert haben und von den verunsicherten Heiden die Beschneidung forderten, dann sind das für mich alles keine Anzeichen dafür, dass Jakobus sich an die eigentliche Abmachung hält ..."

„Vielleicht hat Jakobus mit denen gar nichts zu tun", wendet Timotheus ein, der alles daran gibt, die nagenden Sorgen von Paulus fernzuhalten.

„Aber diese radikalen Thorachristen sind doch in den Gemeinden mit einem Empfehlungsscheiben von Jakobus aufgetaucht ... das hat ja in Galatien dieses Durcheinander bewirkt ..."

„Du hast doch gesagt, dass auf deinen Brief hin dort wieder alles richtiggestellt ist ...?"

„Das schon, aber es bleibt doch die Unsicherheit ... selbst wenn man im besten Falle unterstellt, sie hätten Jakobus nur vor ihren Karren gespannt ..."

Timotheus nickt. Sorgenvoll nimmt er zur Kenntnis, dass Paulus Recht haben mochte, aber noch bedenklicher findet er, dass dieser bereits wieder anfängt, alle möglichen Verfolgungen zu mutmaßen. Immer wenn es um Jerusalem und die Altapostel geht, schlägt die Stimmung um. Er spürt, dass diesbezüglich etwas an Paulus nagt.

Der Wind hat ein wenig gedreht, und es wird zugig dort, wo die beiden sitzen. Sie suchen ein anderes Plätzchen.

Kaum sitzen sie, beginnt Paulus wieder: „Timotheus, ich habe keine Ruhe, bevor nicht die Kollekte in Jerusalem ist ... mir ist dieses Zeichen überaus wichtig, wichtiger noch als die schriftliche Form, mit der wir seinerzeit unsere Abmachungen festgehalten haben ... Erst wenn die Kollekte in Jerusalem ist, können wir beruhigt nach Westen ziehen, nach Italien, Rom, Spanien ..."

Timotheus sagt nichts mehr dazu.

Als das Schiff sich Korinth nähert, bläst ein heftiger Herbststurm. In der an ruhigen Tagen wie ein umschlossener Bergsee liegenden Bucht herrschen wechselnde Winde. Nur mit Mühe schafft es die geübte Mannschaft, das Boot an den zahlreichen kleinen Inseln vorbei zu manövrieren. Erst als es hinter der ins Meer gezogenen Mole windstill geworden ist, ziehen die Matrosen das letzte Segel ein. Den Rest des Weges übernehmen Sklaven mit kräftigen Schlägen der weit aus dem Heck herausragenden Ruder.

Ein paar Kommandos gellen. Polternd werden an Backbord die Ruder eingezogen, während sich Steuerbord die Schlagzahl verdoppelt. Das Schiff dreht auf der Stelle und legt mit einem kräftigen Ruck an. Sofort fliegen die Taue, das Boot wird unter lautem Knarzen festgezurrt, und bevor die Ladung gelöscht werden kann, gehen die Passagiere dieses Herbstes an Land.

Sie gehen auf dem direktesten Weg zu der Adresse, unter der Titus in Korinth wohnt.

Dieser hat die Ankunft des Apostels gut vorbereitet. Noch am ersten Abend findet eine große Gebetsversammlung der Gesamtgemeinde statt. Paulus wird freudig begrüßt. Viele kennen ihn nur vom Hörensagen und sind ergriffen, als sie ihn nun leibhaftig vor sich sehen. Er ergreift das Wort und predigt lange, erhält Beifall, bejahendes Nicken und raunende Zustimmung. Dieses positive Bild ändert sich auch in den nächsten Tagen nicht.

Die Gemeinde empfängt ihn überall außerordentlich herzlich. Jeder ist bemüht, den nun beigelegten Streit nicht mehr aufkommen zu lassen. Man meidet das Thema, über das sich Paulus ja auch schriftlich hinreichend geäußert hat.

Die Beleidigten und die Beleidiger von einst sitzen versöhnt beieinander. Mit glühenden Wangen hören sie den vertiefenden Predigten des Paulus in den nächsten Wochen zu.

Er hat seine Krise überwunden.

Geheilt, geläutert und gereift, findet er hier in Korinth durch die herzliche Versöhnung und Aufnahme genauso wie durch die Gegenwart der Freunde zur alten Form zurück. Mehr noch: Er steigert sie.

Haben seine Freunde Titus und Timotheus bisher geglaubt, seine Pläne, nach Rom zu gehen, seien realitätsferne Träumereien – schließlich steht Paulus nach beinahe zwanzig Jahren Missions- und Reisetätigkeit nun an der Schwelle des Greisenalters –, so belehrt er sie hier in Korinth eines Besseren.

„Ich weiß sicher, dass es in Rom Christen gibt", sagt er eines Nachts, als sie nach getrennten Gebetsversammlungen noch zusammensitzen, „Aquila und Priscilla haben es erzählt."

Timotheus und Titus schütteln ein wenig befremdet die Köpfe. Sie können nicht glauben, dass er es ernst meint, Rom besuchen zu wollen.

Titus, der Heidenchrist, gegen dessen Beschneidung er sich in Jerusalem so erfolgreich zur Wehr gesetzt hat, antwortet als erster: „Das sind alles Thorachristen, die aus der Jerusalemergruppe des Petrus stammen." Eigentlich will er damit nur seine eigene Sorge ausdrücken. Paulus aber versteht seine Bemerkung als Hinweis auf die Aufteilung der Missionsgebiete nach dem Streit in Antiochia, wo Petrus das Apostolat unter den Juden zugesprochen worden ist.

„Ich weiß, Titus, bisher habe ich es infolge des Streites und der Aufteilung der Gebiete gemieden, dorthin zu gehen, wo andere bereits missioniert haben …"

„Petrus soll schon in Rom gewesen sein", wirft Timotheus mit bedenklicher Miene ein.

„Er soll nicht nur gewesen sein, er ist in Rom", antwortet Paulus, „seit mehr als zwei Jahren hält er sich dort auf, zusammen mit Johannes Markus, Barnabas' Neffen, dessen er sich als Dolmetscher bedient … aber nach dem, was mir zu Ohren gekommen ist, gibt es dort auch Heidenchristen … vielleicht sogar welche, die wir kennen, aus unseren eigenen Gemeinden."

„Das wäre schon möglich", fügt Titus hinzu, „aber neuerdings wächst die juden-christliche Gemeinde stark, denn der neue Kaiser Nero hat das Judenverbot aufgehoben, und nun kehren viele als Christen dorthin zurück, von wo sie einst als Juden vertrieben worden sind."

„Dennoch muss es dort auch viele Heidenchristen geben", beharrt Paulus, „aus gut unterrichteten Quellen habe ich vernommen, dass die gewohnten Hetzer und Zwietrachtstifter auch die Christen Roms zu verführen suchen. Wir müssen diese im wahren Glauben bestärken ..."

Titus zieht die Augenbrauen hoch und schaut betreten zu Boden, Timotheus verzieht den Mund mit einer Geste, die sagen will: Nein, nicht schon wieder!

Lange noch ratschlagen sie hin und her. Mit aller Vorsicht versuchen sie, Paulus immer wieder davon zu überzeugen, dass es keinen Sinn habe, nach Rom zu gehen. Zart deuten sie an, welchen Streit sein Kommen dort in der Gemeinde entfachen könnte. Titus wagt einen vorsichtigen Hinweis auf Paulus' vorgerücktes Alter und seine mitgenommene Gesundheit. Aber es hat keinen Sinn, und schließlich wissen sie beide aus leidlicher Erfahrung zu gut: was er sich in den Kopf gesetzt hat, das würde er auch tun.

In diesem Falle ist es sogar noch schlimmer: Je mehr sie ihn vorsichtig von dem Gedanken abbringen wollen, umso mehr fordern sie ihn heraus. Für jedes ihrer schüchternen Argumente findet er gleich mehrere Gegenargumente, jeder Ratschlag wird doppelt verworfen.

Es steht fest: Er will nach Rom und seine Ankunft mit einem Brief an die Römer vorbereiten. Notizen dazu hat er sich noch in Philippi gemacht. Nun aber hat er zwei Menschen um sich, die schreiben können, und das müssen sie jetzt, bis sie das Fürchten lernen: Jeden Abend nach der Arbeit – manchmal erst nach den Gebetsversammlungen – muss einer der beiden zum Gänsekiel greifen, während Paulus im Halbdunkeln steht und diktiert. Die Vorgehensweise ist wie gewohnt: auf einem mit Wachs bezogenen Holzbrettchen hat er ein paar Notizen. Von diesen ausgehend formuliert er Satz für Satz. Er hat auch ein paar Bögen Pergament dabei, auf denen er sich bereits in Philippi Notizen für diesen Brief gemacht hatte. Schließlich breitet er vor sich noch eine Abschrift des Briefes an die Galater aus und bemerkt dazu, dass er sich im Brief an die Römer an diesem Schreiben zu orientieren gedenkt.

Timotheus und Titus merken bald, woher der Wind weht. Am Anfang will Paulus den Römern seinen Besuch ankündigen. So schreiben sie eines Abends:

„Ich will euch nicht darüber in Unkenntnis lassen, Brüder, dass ich mir schon oft vorgenommen hatte, zu euch zu kommen, ich bin aber bis jetzt verhindert worden. Ich wollte bei euch einige Frucht gewinnen wie bei den übrigen Heiden. Bin ich doch Griechen und Barbaren, Gebildeten und Ungebildeten verpflichtet. Daher erklärt sich mein Wunsch, auch euch in Rom das Evangelium zu verkünden."

Darüber, das wissen nun beide Schreiber, lässt sich nicht mehr diskutieren. Nun steht es da, und so wird es kommen.

Wenige Zeilen später aber gerät die Arbeit ins Stocken. Viele Nächte diskutieren sie um einen Satz, den Paulus unbedingt schreiben will, der ihnen aber nicht einleuchtet. Immer wieder versucht Paulus zu erklären, dass Jesus Christus das Zentrum des neuen Glaubens sei und dass bei den Juden im Zentrum die Thora stünde, das Gesetz und die Gebote.

„Jesus Christus hat uns wenig Konkretes hinterlassen, kein Gesetzeswerk, keine Rechtsordnung und so weiter, immer hat er nur die Liebe gepredigt, aber wenn es konkret wird, dann versagen die Quellen."

Seine beiden Zuhörer nicken betreten.

„Aber Gott hat uns den Verstand gegeben, und mit diesem können wir sein Gesetz erkennen."

Titus wiegt den Kopf hin und her, Timotheus kräuselt die Stirn. Das klingt ihnen beiden griechisch, fremdartig, ungewohnt. Sie reden lange über die Vernunft, ihre Grenzen, den Glauben, die Offenbarung, über die Liebe und das, was die

Vernunft nicht erkennen kann. Aber Paulus will den Satz, und deshalb kommt er hinein.

„Also schreib", bittet Paulus zwei Tage später gleich zu Beginn der Sitzung. Er zieht sein Täfelchen aus der Tasche und diktiert Wort für Wort: „Denn Gottes unsichtbares Wesen, seine ewige Macht und Göttlichkeit sind seit Erschaffung der Welt an seinen Werken durch die Vernunft zu erkennen."

Es wird deutlich, dass der Brief länger und größer angelegt wird als zunächst geplant. Paulus ist ausgeschlafen, sein Geist ist hellwach, er diktiert schnell – zu schnell für die doch ungeübten Schreiber Timotheus und Titus. Ihnen bluten die Finger, sie haben Verspannungen und können nicht mehr. Sie bitten ihn, einen professionellen Schreiber zu nehmen, sie würden da einen kennen, der Christ sei, er gehöre zur Hausgemeinde des soundso und wohne dort und dort, und ob sie den einmal bringen könnten, sie hätten gehört, der würde sehr gut schreiben, denn Paulus sehe ja selbst, dass sie mit ihren Schreibkünsten nun am Ende seien, überdies sei er Römer und in der römischen Sprache sehr gewandt, er könne sicher noch bei der einen oder anderen Formulierung Pate stehen. Paulus ist einverstanden. Am nächsten Abend kommt jener Tertius, ein flinker Bursche, setzt sich zu Füßen des Apostels in den Schein der Lampe und schreibt klein und mit geübten Fingern die Zeilen nieder. Mit ihm gibt es keine Diskussionen. Er schreibt, was Paulus diktiert. Sie kommen gut voran.

Erst im Verlaufe des immer länger werdenden Briefes und des immer höher werdenden Stapels der hieratischen Papyrusblätter wird deutlich, was für ein Werk Paulus hier zu verfassen begonnen hat. Tage gehen ins Land, Wochen, Monate.

Als sie die letzten Zeilen des Briefes scheiben, neigt sich der Winter bereits dem Ende entgegen.

Noch einmal kündigt Paulus sein Kommen an und spricht von weiteren Plänen: „Nun aber, da ich in diesen Gegenden kein Arbeitsfeld mehr habe, seit vielen Jahren aber das Verlangen trage, euch zu besuchen, werde ich kommen, sobald ich nach Spanien reise. Denn ich hoffe, euch auf der Durchreise zu sehen und von euch dorthin das Geleite zu erhalten, wenn ich mich zuerst an euch ein wenig erquickt habe. Jetzt aber reise ich nach Jerusalem. Mazedonien und Achaia hatten es nämlich für gut befunden, eine Sammlung für die Armen der Heiligen in Jerusalem zu veranstalten. Wenn ich dies erledigt und ihnen diesen Ertrag versiegelt habe, will ich über euch nach Spanien reisen."

Es folgen sehr viele Grüße, besonders an Priscilla und Aquila, die ja vor einiger Zeit wieder von Ephesus nach Rom zurückgegangen waren, sowie deren Hausgemeinde: „Grüßt Priscilla und Aquila, meine Mitarbeiter in Christus Jesus, die für mein Leben ihren eigenen Nacken dargeboten haben, denen nicht nur ich zum Dank verpflichtet bin, sondern auch alle Gemeinden der Heiden. Grüßt auch die Gemeinde in ihrem Haus."

Schließlich lässt es sich der treue neue Sekretär nicht nehmen, in einem unbeobachteten Moment auch noch sich selbst zu erwähnen: „Ich, Tertius, der ich diesen Brief geschrieben habe, grüße euch im Herrn." Paulus schmunzelt, als er diesen Satz bei der Durchsicht des Tagewerkes liest. Er lässt ihn unkommentiert stehen.

Es regnet seit Wochen ohne Unterlass. Der Winter ist vorüber. Während der Abfassung des Briefes an die Römer war der Gedanke an die Jerusalemfahrt in den Hintergrund getreten. Jetzt, wo der Brief fast fertig ist, ergreift er wieder Besitz von Paulus, und mit ihm kommen die dunklen Gedanken, Erinnerungen, Ahnungen. Etwas tief in ihm sperrt sich gegen die Reise. Seine Gefühle schreien dagegen an, aber sein Verstand befiehlt, dass es sein müsse.

Schon mehrfach haben sie in den letzten Wochen besprochen, bei nächster Gelegenheit nach Jerusalem aufzubrechen. Die gewaltige Kollekte belastet sie alle. Sie behindert alle Planungen. Rom ist weit weg, solange die Kollekte nicht in Jerusalem ist. Einmal noch wird er hinein müssen in diese brodelnde Stadt, einmal noch wird er sich den zu erwartenden Anfeindungen der Juden stellen müssen, einmal noch wird er alles über sich ergehen lassen. Dann steht ihm die Welt offen. Die Kollekte ist das Lösegeld für ihn selbst, der Tribut, den er für die Heidenmission zahlen wird.

Doch in den dunklen Nächten vor der Abreise ergreift die dumpfe Gewissheit von ihm Besitz, dass seine missionarische Freiheit sich um dieses Scherfleins willen nicht kaufen lassen werde. Was, wenn er einen anderen Preis zu zahlen hätte? Er denkt diesen Gedanken nicht zu Ende. Er spürt in seinem feuchten Gemach in Korinth die kalten Finger der Angst, die ihm würgend die Luft abdrücken. Je schwerer er nach Atem ringt, umso gewisser wird ihm, dass dies der Preis sein wird ... Für den Bruchteil einer Sekunde verspürt er Todesangst.

Um die Abfahrt vorzubereiten, geht er nachmittags zum Hafen. Die meisten Kontore haben am Ende dieses Winters im Jahre 57 bereits wieder geöffnet. Händler mit bepackten Wagen stehen vor den Toren, Sklaven schleppen Säcke, leere Karren schaukeln ihm entgegen.

Aus vielen Bootshäusern sind die Schiffe bereits herausgeholt. Der Geruch von heißem Pech liegt in der Luft. Dampfende Eimer dieses Dichtungsmaterials stehen unter den bauchigen Rümpfen der Handelsschiffe. Zimmerleute kalfatern und pechen die Nähte zwischen den hölzernen Schiffsplanken. Sie stehen zu zweit und zu dritt auf einem schwankenden Brett, das von Deck am Bug herabgelassen wird, und stopfen mit Kalfateisen pechgetränktes Werk in die Ritzen. Mit Hämmern und Sägen werden Reparaturen und Flickarbeiten vorgenommen. Lange Ruder liegen quer im Weg. Einige Boote sind schon zu Wasser gelassen worden. Die Saison eines neuen Jahres steht unmittelbar vor der Tür. Man muss nur noch abwarten, bis Anfang März in Rom die Schifffahrt mit riesigem Gepränge eröffnet wird.

Bei einzelnen Bootshäusern erkundigt er sich nach den Routen, die abhängig von der zu spedierenden Ware demnächst befahren werden sollen. Er bekommt den Hinweis, sich in dem und dem Handelskontor umzuhören, die seien immer die Ersten, wenn es losgehe.

Er sucht das Lager auf und findet den Vorsteher.

„Ja", bedeutet ihm dieser, „wir fahren in zwei Wochen zum ersten Mal in diesem Frühjahr nach Cäsaräa … Es sind noch alle Plätze für Mitreisende frei, die Vergabe erfolgt aber erst in wenigen Tagen, kommt dann noch einmal wieder."

Paulus bedankt sich höflich und sagt sein Kommen an.

Diese kurze Begebenheit erzählt er ganz nebenbei vor der anschließenden Gebetsversammlung, zu der er sich direkt vom Hafen aus begibt. Die Korinther bestätigen ihm, dass dieses Vorgehen seitens der Kontoristen üblich sei, die hätten keine festen Preise, sondern würden die Preise nach der Anzahl der Reisenden gestalten, und diese wiederum danach, wer am meisten für einen Passagierplatz zu zahlen bereit sei.

Wenige Tage später geht er wieder zum Hafen hinunter. Doch als er sich ahnungslos dem Büro nähert, springt ihm plötzlich ein Junge in den Weg, schaut ihn blitzschnell an, zieht ihn am Ärmel und sagt hastig: „Komm!"

Der Knabe wirkt nicht gefährlich, und das Ganze geht so schnell, dass Paulus ihm folgt. Als er jedoch im Schatten des Gebäudes zwei Männer sieht, die ihre Kapuzen tief im Gesicht haben, will er die Flucht ergreifen. Da werfen sie ihre Kapuzen mit einem kurzen Ruck nach hinten. Erleichtert erkennt er ihre Gesichter: Es sind Mitglieder der Gemeinde. Sie ziehen ihn um eine weitere Ecke und schauen dabei prüfend um sich und flüstern hastig: „Paulus, nimm auf keinen Fall das Schiff, die sind hinter dir her!"

„Wer?"

„Die ersten Schiffe Richtung Jerusalem sind am Anfang

der Saison immer voll von jüdischen Pilgern, der Kontorist hier" – er zeigt mit dem Finger auf das Gebäude – „ist Jude, strenggläubiger Jude! Sie wollen dich loswerden!"

„Erstechen!", flüstert der andere mit verzogenem Gesicht und fährt mit der Handkante an seinem Hals entlang.

„... und dann über Bord werfen", fährt der erste fort.

„Glaub' uns! Einer aus der Gemeinde hat es belauscht, er arbeitet hier. Es ist eine Falle!"

„Psst! Es kommt jemand", flüstert plötzlich der Knabe, und Augenblicke später gehen ein paar Arbeiter lärmend vorbei.

„Lass uns gehen!", flüstert einer der Männer, als die Gefahr nicht mehr besteht.

Die drei hasten los. Auf der Straße trennen sie sich. Einen Moment wartet Paulus, er stellt sich rücklings an die Wand. Seine Beine zittern. Er atmet tief durch und schließt die Augen. Müde lehnt er den Kopf an die Wand. Dann geht er heim.

Er will keine Zeit verlieren. Also diktiert er auch an diesem Abend wieder bis tief in die Nacht.

Der weitaus größte Teil des Briefes ist geschrieben. Noch zehn oder elf Stunden, so schätzte er, also noch fünf oder sechs Tage, dann wäre alles gesagt, was er den Römer vor seinem Kommen mitteilen will.

Tatsächlich ist der Brief etwa eine Woche nach dem mysteriösen Ereignis am Hafen fertig.

Fünfzig Blätter haben sie vollgeschrieben, mehr als siebentausend Wörter fein säuberlich aufgemalt und beinahe drei Monate gearbeitet.

Am letzten Tag ergreift er selber das Schreibröhrchen und setzt mit feinen Strichen einen persönlichen Gruß unter den Brief.

Es ist geschafft.

Gemeinsam lesen sie an den folgenden Abenden den Brief noch einmal durch. Timotheus und Titus sind dabei. Sie lesen die versöhnlichen Zeilen über das Heil, das den Juden und Heiden in gleicher Weise – zuerst aber den Juden! – angeboten werde, lesen die Gedanken über die Gnade Gottes und über die Wichtigkeit, dass die Gemeinden – alle Gemeinden! – zusammenstehen und in Jerusalem ihr Zentrum haben.

Dann aber bittet Paulus, dass jemand für ihn nochmals den Gänsekiel hole, ein wenig Platz ist noch auf dem letzten Blatt. Er rückt die Lampe zurecht, legt den Papyrus in ihren Schein und schreibt den Römern, sie mögen für ihn beten: „auf dass ich vor den Juden in Judäa gerettet und mein Dienst für Jerusalem von der dortigen Gemeinde gut aufgenommen werde, damit ich in Freuden zu euch komme und mich, so Gott will, mit euch erquicke."

Buchstabe für Buchstabe lesen Timotheus und Titus diesen Satz mit. Sie sind sprachlos.

Zwar haben sie mehrfach darüber gesprochen, dass in Judäa eine Art heiliger Krieg innerhalb des Judentums begonnen hat, auch hat es sich in allen Landesteilen herumgesprochen, dass bestimmte jüdische Fanatiker als organisierte Mörderbanden terroristische Akte verübten, aber dass sie es direkt auf Paulus abgesehen haben, davon ist bisher nicht die Rede.

„Du musst dir ja sehr sicher sein, dass sie es auf dich abgesehen haben, wenn du so einen Satz unter den Brief schreibst", folgert Timotheus.

„Allerdings!"

Den Brief gibt er, gerollt und mit Wachs versiegelt, einer Diakonin aus der Gemeinde in Kenchreä mit, die sich zur Zeit in Korinth aufhält. Für sie hat er am Ende des Schreibens gebeten, dass die Römer sie liebevoll aufnehmen.

Am Tag ihrer Abreise erscheint sie bei Paulus, holt das kostbare Manuskript ab, empfängt seinen Segen und fährt mit einem der ersten Schiffe dieses Frühjahres nach Rom ab.

Kaum ist die Diakonin Phöbe auf dem Wege, da berichtet Paulus kurz und bündig, was im Hafen geschehen war, dass er gewarnt worden sei, die Juden hätten einen Überfall auf ihn geplant, sie wollten ihn ermorden, der Reeder des ursprünglich zur Überfahrt von ihm ins Auge gefassten Schiffes sei strenggläubiger Jude und ein Gegner der Christen und so weiter.

Sie versuchen, ihm seine Sorgen auszureden: Vielleicht sei die eigentliche Falle ja gerade der Landweg, dieser sei gefährlicher als der Seeweg, übrigens weitaus länger und beschwerlicher, unmöglich könne man auf dem Landweg bis Ostern in Jerusalem sein und schließlich das viele Geld, die Wegelagerer seien gefährlicher als die Seeräuber.

Sie beißen auf Granit: Paulus geht auf keines ihrer Gegenargumente ein.

Er schweigt – tagelang.

Ohnehin hat er sich nach der Absendung des Römerbriefes verändert. Dieser hat viel Kraft gefordert, aber ihn auch abgelenkt von allem Konkreten. Er wirkt, als sei er nach der Fertigstellung in eine tiefe Nachdenklichkeit gefallen. Wie ein Testament hat er den Brief verfasst, alles noch einmal erklärt, dargelegt, begründet. Er hat geschrieben, wie er sich das Zusammenwirken von Juden und Heiden vorstellt: die Juden seien der eigentliche Baum, auf diesen aber sei ein neues Reis gepfropft worden, der sich ganz von dem jüdischen Aderwerk nähre und sich doch als etwas Eigenes verstehe.

Zwanzig Jahre des Ringens hat er auf ein paar Blatt Papier komprimiert. Anders aber als bei vergangenen Briefen – an die Korinther und an die Galater – hat er sich im Nachhinein nicht geärgert, irgendetwas vergessen oder falsch ausgedrückt zu haben. Nein, er hat alles gesagt, alles noch einmal zusammengefasst und ausgesprochen.

Es ist, als hätte er einen Schlussstrich gezogen. Die Mission im Osten ist für ihn beendet. Alle wichtigen Städte, Verkehrs- und Knotenpunkte haben nun christliche Gemeinden. Hier gibt es für ihn nichts mehr zu tun.

Unverkennbar haben seine Freunde den Eindruck, als sei

ein Stück von Paulus selbst in diesem Brief mit Phöbe nach Rom gegangen.

Mehr als in den vergangenen Wochen macht er nun wieder viel mit sich selbst aus. Er ist still, oft allein, redet wenig. Wenn aber, dann wirkt er stark, entschlossen, kompromisslos, dann könnte man jeden Satz, den er sagt, in Stein meißeln.

Je näher der Tag der Abreise aus Korinth rückt, umso bedrückter wirkt er. Der mühselige Landweg steht ihm bevor. Die Zeit läuft ihm davon, und das Wesentliche ist noch nicht geschafft: weder ist die Kollekte in Jerusalem, noch ist er sich sicher, dass sie angenommen werden würde. Zu skeptisch hat ihn das gemacht, was er seit dem Konvent von Jerusalem – zehn Jahre ist es her – mit den Aposteln erlebt hat.

Viele Tage des Schweigens sind nach dem letzten Gespräch vergangen. Er hat gerungen, überlegt und erwogen – am Ende aber ist er entschlossen, vielleicht entschlossener denn je.

„Ich habe mir überlegt, was ihr gegen den Landweg eingewendet hattet", bringt er unvermittelt bei einem Morgenmahl das Gespräch auf die Abreise. Er wiegt den Kopf ein wenig hin und her. In der Morgensonne sind die dunklen Ränder unter den Augen sichtbarer als im abendlichen Kerzenschimmer.

„Mag sein, dass gerade das ein Falle ist. Ich halte es daher für sinnvoll, wenn wir uns trennen. Ihr zwei fahrt mit dem Schiff direkt nach Troas, auf diesen Linien sind wenig Juden, ich gehe auf dem Landweg zunächst nach Philippi und komme von dort nach Troas. Im besten Falle bringe ich Lukas mit ..." Er fügt dann noch erklärend an, dass dieses Vorgehen die möglichen Häscher auf eine falsche Fährte locken würde, auf jeden Fall seien sowohl ihr Leben als auch die Kollekte sicherer, wenn sie sich trennten. Der Mordkomplott hat seine Sinne geschärft. Er schlägt vor, von Troas aus mit mehr Leuten, als bisher geplant, nach Jerusalem zu gehen. Das stärke ihre Position. Es sei überdies auch für die nicht ungefährliche Überfahrt nach Jerusalem besser, wenn man in einer größeren Gruppe reise. Und weiter: er halte es für gut, aus den einzelnen Gemeinden gute Leute zusammenzuholen und sich mit ihnen in Troas zu treffen. Von dort könne man dann gemeinsam weiter nach Jerusalem fahren.

Nun beratschlagen sie über diese Begleitperson, die mit Paulus auf dem Landwege erst nach Philippi gehe und dann nach Troas käme. Es gibt wieder ein langes Hin und Her, schließlich einigen sie sich auf einen gewissen Luccas. Er ist jung, kräftig und gläubig. Er werde, wie Titus bemerkt, dort mit Muskelkraft aushelfen können, wo der Glaube allein die Abwehr von Gegnern nicht zu bewirken vermöge. Paulus ist zufrieden.

Titus und Timotheus besorgen sich eine Fahrkarte nach Troas. Paulus und Luccas richten ihre Habe für einen mühseligen Landweg – den letzten in Freiheit.

Der geplante Anschlag auf Paulus macht in den Gemeinden längst seine Runde, als er mit Luccas irgendwo in den kargen Weiten des dünn besiedelten Binnenlandes unterwegs sind. Und in Philippi schreibt Lukas einen Satz dazu in sein großes Werk über die Geschichte der Apostel: Als er dann nach Syrien in See stechen wollte, planten die Juden einen Anschlag gegen ihn, deshalb entschloss er sich, über Mazedonien (nach Jerusalem) zurückzukehren …

Nach Jerusalem

Noch wenige Tage bleiben sie in Korinth, bis das Notwendigste organisiert ist. Kleine Briefe werden an verschiedene Gemeinden geschrieben, damit sie zu Ostern jemanden mit der Kollekte nach Philippi schicken, von wo aus er dann weiter nach Jerusalem ziehen will.

Etwas von der Wehmut des Endgültigen liegt auf dem Abschied von den Korinthern. Die Gemeinde ist ihm in den Jahren des Ringens und des Streites zu sehr ans Herz gewachsen, als dass er jetzt einfach gehen könnte. Er hat die Hand an den Pflug gelegt und will nicht zurückschauen, aber die Tränen in seinen Augen lassen ihn auch nur unscharf nach vorne blicken. Es ist sein letzter Abschied aus Korinth. Er weiß es.

Er gibt sich in diesen letzten Tagen alle Mühe, die getrennten Wege mit pastoralen Erwägungen zu begründen, aber – sei es, dass sich der geplante Überfall auf ihn doch herumgesprochen hat, sei es, dass seine Sorgen bezüglich der Kollekte doch nicht verborgen geblieben sind, – auf jeden Fall gibt es sehr viele gut gemeinte Ratschläge.

Paulus sind diese lästig. Er fühlt sich noch rüstig genug, den Landweg anzutreten. Er wundert sich, weshalb er so stark umsorgt und teilweise wie ein alter Mann behandelt wird. Er selbst ist bei Kräften und bei guter Gesundheit. Überdies hofft er, in Philippi Lukas, den Arzt, zu treffen, dann wäre für alles gesorgt.

Einen Tag, bevor Titus und Timotheus das Schiff besteigen, um verabredungsgemäß über Ephesus nach Troas vorauszufahren, verlässt er mit seinem Begleiter Luccas Korinth.

Der ursprüngliche Plan, Ostern in Jerusalem zu sein, ist nicht mehr durchführbar. Aber bis Philippi können sie es schaffen – in drei Wochen.

Auf dem dünn besiedelten, hügeligen und teilweise kargen griechischen Binnenland schlagen sie sich durch. Sie begegnen wenigen Menschen. Manchmal können sie mit einem Oliven- oder Weinbauern ein Stück des Weges fahren, dann laufen sie wieder zu Fuß, finden infolge der Gastfreundlichkeit jener Bewohner Quartier. Mal ist es eine heruntergekommene Herberge, die sie aufsuchen, mal bleibt ihnen nur ein Heuschober. In diesem Frühjahr ist es nicht besonders heiß. Sie reden wenig, schlafen kurz, brechen früh wieder auf.

Still ist es tags, lautlos nachts. Paulus schläft nie tief. Jedes fremde Geräusch lässt ihn hochschrecken. Einmal fliegt ein Steinkauz nachts geräuschlos ins Gemäuer, da springt er aus leichtem Schlafe auf und wähnt die Häscher schon hinter sich. Luccas, der das schon kennt, murmelt nur, er solle sich wieder hinlegen, es sei nichts. Dieser Luccas aus Korinth ist ein lieber Geselle, dem auch nicht viel am Reden liegt. Wie zwei verirrte Ameisen schleppen sie ihre von der Kollekte schweren Rucksäcke über die Hügel.

Es gibt Tage, da reden sie keinen Satz miteinander. Wenn sie nach einer kleinen Verschnaufpause wieder aufbrechen wollen, nickt Paulus nur kurz zu seinem Gefährten, dann erheben sie sich und gehen weiter. Mal hält dieser, mal jener einen Bauern an und bittet darum, mitgenommen zu werden. Stumm steigen sie dann auf den Wagen, schweigend fahren sie mit, mit knappen Worten bedanken sie sich am Ende der meist kurzen Fahrten zwischen Feld und Haus eines Landarbeiters.

Diese Stille wirkt sich auf die wenigen Menschen, denen sie begegnen, aus. Kaum einer fragt etwas, mehr mit Gesten als mit Worten verständigen sie sich, werden nicht abgewiesen, wenn sie um einen Platz für die Nacht bitten, bekommen einen Becher warme Ziegenmilch und etwas Fladenbrot. Aber wenn die Gastgeber anderntags nach ihnen schauen wollen, dann sind sie schon wortlos weitergezogen.

In den letzten Tagen nimmt das Tempo zu. Paulus legt weniger Pausen ein, läuft nach Einbruch der Dunkelheit bis zu einem gerade noch am Horizont erkennbaren Haus weiter. Er weckt Luccas vor dem ersten Hahnenschrei mit den Geräuschen, die der Rucksack beim Packen macht, und eilt voraus. Je näher sie wieder der Zivilisation kommen, desto nervöser wird er. Seine mageren Hände zucken unkontrolliert, wenn er den Wasserschlauch zu Munde nimmt, die Augen hat er stets zugekniffen, abwesend dreht er Locken in den Bart.

Kurz vor Ostern erreichen sie Philippi.

In den Außenbezirken schaut man verwundert auf die Fremden. Irgendein Christ grüßt und ist verblüfft, keine Antwort zu bekommen. Sie ziehen durch die Straßen, deren geschäftiger Lärm für sie nur irgendwo in der Ferne pulst.

Luccas läuft wie ein Packesel hinter Paulus her. Er weiß wenig von Philippi, aber er fragt auch nicht. Er nimmt nicht einmal wahr, dass sie durch das Villenviertel gehen. Mechanisch nimmt er das Tor zu Lydias Garten aus Paulus' Hand entgegen und lässt es gleichgültig hinter sich zuschlagen.

Auf den Sandsteinstufen zum Portal klopfen sie den Sand von ihren Sandalen. Eine Angestellte öffnet. Paulus tritt ein, Luccas folgt. Diener kommen und tragen ihnen das schwere Gepäck mit verwunderten Blicken nach.

Lydia ist durch ein Schreiben aus Korinth bereits über das Kommen der Beiden informiert. Sie scheint erleichtert, kreuzt beide Hände vor der Brust, schaut einmal schnell himmelwärts, flüstert etwas, rafft ihr langes Gewand etwas hoch und läuft mit schnellen Tippelschritten auf Paulus zu. Sie hält lange seine zittrige Hand, schaut ihm in die Augen, seufzt, begrüßt Luccas und lässt beide von einem Sklaven ins Badehaus begleiten. Auf dem Weg dorthin fragt Paulus nach den anderen und erfährt, dass Lukas, der Arzt, in der Stadt sei. Sein Gesicht hellt sich auf.

In feinem weiblichen Gespür für das, was Paulus bewegt, lässt Lydia ihn in Frieden. Einmal fragt sie ihn, weshalb er so still sei und was ihn bewege, woraufhin er antwortet, dass manche Dinge ihren Glanz verlören, wenn man darüber spräche. Er lächelt still vor sich hin.

Beim Morgenmahl am anderen Tag ist Lukas da. Paulus hat seit langem wieder gut geschlafen. In der Gegenwart des Freundes taut er langsam auf. Wenigstens insofern, als er ihm all jene Sorgen mitteilt, die er sich um die Gefährten in Troas macht, um den Zustand in Jerusalem, um die Kollekte – um alles.

Feinsinnig hört Lukas ihm zu. Er antwortet leise, einmal erzählt er, jener andere Luccas, mit dem Paulus gekommen sei, habe sich verabschiedet und sei wieder nach Korinth gefahren. Paulus ist darüber nicht verärgert.

Er, der die Freunde braucht, ist zu müde geworden, noch neue Freundschaften zu knüpfen. Die alten Freunde will er um sich haben, sie, die ihn kennen, die Freud und Leid mit ihm geteilt haben, die seine jetzige Not verstehen können.

Lukas ist solch ein Freund und Lydia ist solch eine Freundin.

Immer wieder besprechen sie die religiöse und die politische Situation in Palästina und besonders in Jerusalem.

Der gut informierte Lukas weiß zu berichten, dass die Juden selbst mit sich in immer heftigerem Streite lägen. Die Partei der Zeloten habe sich zu einer Art Terrorgruppe mit messianischem Anspruch entwickelt: „Sie erwarten in ihrem Fanatismus den Tag der Rache Jahwes an den Heiden und haben den heiligen Krieg durch Räuberbanden organisiert. Sie lehnen sich heftig gegen die römischen Besatzungstruppen auf ... ich befürchte, dass dieses zu ernsthaften Auseinandersetzungen führt."

„Weshalb das?", fragt Paulus innerlich erregt über diese Neuigkeiten.

„Die Zelotenpartei brandschatzt ganze Ortschaften, die ihnen nicht zu Willen sind, erscheinen zu jedem Fest in Jerusalem, mischen sich – den Dolch im Gewand – unter die Andächtigen im Tempel, stechen blitzschnell ihre Opfer nieder und entkommen ebenso schnell im Festgedränge … vielleicht …"

„Vielleicht, was?", fragt Paulus entsetzt dazwischen.

„Vielleicht ist es gut, dass wir nicht an Ostern dort sind", fügt Lukas nachdenklich an.

„Wir?!", fragt Paulus erstaunt und erfreut zugleich. Lukas nickt.

Seine zarten Chirurgenfinger liegen in der Morgensonne, die in Streifen auf den Tisch fällt.

Lukas ist jung, gebildet und fromm. Paulus denkt wieder daran, wie er, Silas und Timotheus ihn eines Tages zufällig in Troas trafen.

Mit ihm, einer der frühesten Bekehrungen aus Antiochia, einem Barnabasschüler, kann er über seine Bedenken, was die Jerusalemer Apostel betrifft, ohne Rückhalt reden.

„Paulus", fährt Lukas, ungeahnt solcher Gedanken fort, „ich denke, dass die gesamte Situation nicht günstig ist, nach Jerusalem zu gehen. In den derzeitigen Wirren wird Jakobus gar nichts anderes übrig bleiben, als mit den radikalen Juden irgendwie das Auskommen zu suchen …" Er lächelt über seine eigene Formulierung und ergänzt: „Ich meine, sich zu arrangieren."

„Wir können nicht mehr zurück", antwortet Paulus, „mir ist ganz und gar nicht wohl bei dem Gedanken, dorthin zu müssen … aber die Kollekte muss abgegeben werden", er atmet einmal schwer und fügt dann still an: „Aber ich will dir ehrlich sagen, dass ich Angst davor habe, dorthinaus zu gehen, ich kann es nicht begründen, aber ich habe so eine Ahnung …"

Dann setzt er Lukas auseinander, weshalb er die Kollekte für so bedeutsam hält, und endet mit dem Satz. „… bevor ich in den Westen gehe, muss die Situation der Heiden noch einmal definitiv klar sein … ich mache das so nicht mehr mit und will wissen, was los ist. Seit zehn Jahren werden uns andauernd Knüppel von denen zwischen die Beine geworfen, die behaupten, unsere Freunde zu sein ... Ich muss klären, ob es falsche Brüder sind ... unter allen Umständen will ich wissen, ob die Gegenmissionare, die uns so viel Zeit, Kraft und Nerven in den vergangenen Jahren gekostet haben, tatsächlich ihr Empfehlungsschreiben von Jakobus persönlich haben."

Die Sonne ist inzwischen weitergewandert. Ihr Schein fällt jetzt auf Paulus. Fürsorglich schaut Lukas ihn an.

Die Spuren der vergangenen Jahre stehen dem Alternden im Gesicht. Er sitzt ein wenig nach vorne gebeugt auf dem Stuhl, seine Hände sind schwielig und haben hoch hervortretende Adern. Der Bart ist völlig ergraut, nur vereinzelt findet sich noch ein schwarzes Haar und zeugt von vergangener Jugend. Fortwährend zucken die Hände. Die pochenden Schläfen sind eingefallen und aderumspannt. Aber die lebendigen schwarzen Augen stechen völlig klar und ungetrübt hervor. Sie glänzen in dem warmen Licht.

„Eigentlich fühle ich mich kräftig", sagt er, „es ist nur zu bedauerlich, dass diese Kräfte fortwährend für solche überflüssigen Konflikte verzehrt werden ... was könnte man missionieren, wenn wir untereinander Frieden hätten und einig wären ..."

Lukas versucht, ihn zu beruhigen, wirbt um Verständnis für die Jerusalemer Apostel, die nun alle Greise sind. Aber es gelingt ihm wohl auch deshalb nicht, weil er selbst nicht glaubt, was er Paulus zum Trost sagt.

„Lukas", antwortet Paulus, „gib dir keine Mühe, wir beide wissen, was auf uns wartet ... mich haben diese Ahnungen nie enttäuscht ... eines aber weiß ich, so wahr ich hier sitze: Es muss geschehen ..."

„Was", fragt Lukas und beugte sich ein wenig zu Paulus vor.

„Wir müssen die Kollekte abgeben, zu viel Herzblut steckt darin und zu viel guter Wille von manchem Heiden und mancher armen Witwe ... Ich habe ihr Selbstbewusstsein mit dieser Kollekte geweckt ... ich kann sie alle, die zu dieser

Kollekte beigetragen haben, jetzt nicht im Stich lassen ... Ich muss wissen, was weiter geschieht ... und sei es das Letzte, was ich in diesem Leben noch vollbringe."

Wieder versucht Lukas auf ihn einzureden, positive Gedanken zu wecken, die Sorgen zu zerstreuen.

„Lukas, ich hänge nicht mehr sehr am Leben, nur dieses Eine muss noch vollbracht werden, dann mag geschehen, was wolle."

Als die Tür sich leise öffnet, schaut Paulus sich um. Lydia ist ins Zimmer getreten.

Es seien Vorsteher der Gemeinde gekommen, ob es denn möglich wäre, mit ihnen das Osterfest zu besprechen.

Ja, antworten Paulus und Lukas fast gleichzeitig. Sie schmunzeln.

Sie gehen zu den Presbytern und besprechen mit ihnen, was für das Fest der Auferstehung bedacht werden muss. Am Abend geht Paulus zu den Katechumenen, den Taufbewerbern, die in der Osternacht durch die Taufe Christen werden sollten. Er predigte ihnen lange.

Zwei Tage später feiern sie Ostern.

Danach folgt wieder ein endgültiger Abschied, der schlimmste von allen.

Lydia ist vor Trauer ganz benommen. Immer wieder umarmt sie Paulus, und als er endlich auf das kleine Schiff geht, ist es, als hätte man ihr ein Stück aus dem Leib gerissen. Paulus schwankt den Landungssteg hoch. Er schaut sich nicht mehr um.

Der kleine Zweisegler hat viel geladen. Er liegt tief im Wasser und kommt aufgrund einer Flaute kaum in Fahrt. Schlaff hängt das Tuch von den Masten. Der Kapitän flucht, er treibt die wenigen im Unterdeck sitzenden Sklaven zum Rudern an, aber es nützt nichts. Immer wieder starrt der Steuermann auf die spiegelglatte Oberfläche des offenen Meeres, auf das sie ein lauer Küstenwind nach Stunden getrieben hat. Nirgends kräuselt sich das Wasser und kündigt so eine Brise an. Am ersten Tag kommen sie kaum vorwärts. In der Nacht fasst ein flauer Wind nach den Segeln, für ein paar Stunden geht es dann gut voran, doch bereits am Morgen schlägt das Wetter wieder um, so dass sie vor dem Wind kreuzen müssen. Am dritten Tage sollten sie in Troas sein, statt dessen sehen sie im Küstendunst immer noch den Hafen von Neapolis.

Erst am Mittag dieses dritten Tages kommt wieder guter Wind auf. Wegen der schweren Ladung können sie diesen nur aus einem stumpfen Winkel in die Segel lassen. Aber immerhin: Es geht vorwärts.

Erst drei Tage nach der vorgesehenen Ankunft erreichen sie Troas, wo die Freunde bereits auf sie warten.

Ihre Gruppe hat sich vergrößert, denn zu Titus und Timotheus sind schon die ersten Begleiter aus einzelnen Gemeinden gestoßen: Sopater aus Beröa, Aristarch und Secundus von Thessaloniki, Tychikus und Trophimus aus der Provinz Asia. Gaius aus Derbe fehlt noch, hat sein Kommen aber schriftlich angekündigt.

Für Paulus hängen an Troas gute und weniger gute Erinnerungen. Die guten hängen damit zusammen, dass sie hier vor Jahren Lukas trafen und dass sie gemeinsam von hier aus nach Europa aufgebrochen sind; aber hier in Troas begann im Herbst des vergangenen Jahres, nach der Flucht aus Ephesus, auch seine schwere Niedergeschlagenheit, die erst in Philippi besser geworden war.

Sein jetziger seelischer Zustand ist dem damaligen nicht unähnlich. Jedoch hat er acht treue Freunde um sich, der neunte würde in wenigen Tagen kommen.

Neuerdings macht ihm auch die Größe der Gruppe Kummer.

„Wir sind zwar zahlenmäßig stark“, wendet er sich – nachdem sie bereits drei Tage in Troas auf Gaius warten – an Lukas, „aber wir fallen auch mehr auf.“

Lukas seufzt.

„Ich halte es für gut, dass wir so viele sind, wir haben viel Geld bei uns, was sich sicher in den Gemeinden, aus denen es stammt, herumgesprochen hat und ...", er zögert und schaut Paulus gütig an, „... und wir können dich schützen."

„Es geht doch nicht um mich", wehrt sich Paulus, „es geht einzig und allein um die Sache."

„Du glaubst nach wie vor, dass sie das Geld in Jerusalem nicht annehmen werden?", fragt Lukas vorsichtig.

„Ich befürchte es stark, und die Größe unserer Gruppe kann es noch schwieriger machen, wir sind ja auch eine Machtdemonstration ... jetzt ist es anders, als wir es geplant haben ... und" – er zieht die Augenbrauen hoch und lässt die Schultern schlaff herunterhängen – „... wir haben weit mehr Geld bei uns, als wir je gehofft haben ..."

„Wenn deine Befürchtung stimmt, dass die Heidenmission von den Jerusalemern keineswegs so begrüßt wird und dass viele konservativ judenchristliche Kräfte gegenüber der Heidenmission dermaßen reserviert sind, dass sie sie am liebsten ungeschehen machen würden, dann wird die Höhe der Summe sie nicht umstimmen."

Während die letzten Reisevorbereitungen getroffen werden, stößt endlich auch Gaius zu der Gruppe. Sie sind jetzt insgesamt zehn Personen. Gaius kommt aus den Gemeinden in Südgalatien und bringt zur Freude von Timotheus Grüße und Neuigkeiten aus dessen Heimat mit.

Er berichtet, dass der von Paulus an die Gemeinden in Galatien geschriebene Brief, also an die Gemeinden, aus denen er hierher nach Troas entsandt sei, die Galater völlig beruhigt habe und sich infolgedessen auch die Zustände in den Gemeinden zum Guten gewendet hätten.

Durch den Fußmarsch von Korinth nach Philippi haben sie viel Zeit verloren. Paulus drängt jetzt zum Aufbruch. Damit dieser nicht durch lange Aus- und Einladezeiten der Schiffe verzögert würde, mieten sie eigens für ihre Gruppe ein kleines Küstenboot an.

Am Vorabend der Abfahrt findet noch eine gemeinsame Gebetsversammlung mit den Christen aus Troas statt.

In der Abenddämmerung kommen aus den unterschiedlichen Stadtteilen Männer und verschleierte Frauen zu einem großen bürgerlichen Haus. Es sind die wenigen Christen von Troas, die sich mit Paulus und den Gefährten ein letztes Mal im Saal des zweiten Stockes treffen.

Der begüterte Hausherr hat in dieser lauen Frühlingsnacht alle Fenster geöffnet. Langsam füllt sich der Raum. Verhaltenes Murmeln, flüsternde Stimmen. Die Nachdrängenden bitten die vorne Sitzenden, noch ein wenig Platz zu machen. Bald ist links und rechts kein Gang mehr frei. Einige Zeit später ist der Raum bis auf den letzten Platz gefüllt. Hinten kann man nicht einmal mehr sitzen, so dass die Menschen an die Wand gelehnt dastehen. Hin und wieder balanciert ein Nachkömmling durch die Reihen und quetscht sich auf ein kleines freies Fleckchen am Boden. Viele stehen noch auf der Treppe und schieben nach. Es gibt Unmutsäußerungen. Die, die hinten an der Wand stehen, weichen in die noch freien Fensternischen aus. Sie setzen sich auf die Fensterbänke und winkeln die Füße an.

An der Frontseite des überfüllten Saales betreten die Apostel den Raum. Kerzen sind angezündet. Auf einem weiß gedeckten Tisch liegen ungesäuerte Brote in großen Körben. Daneben stehen zwei Krüge Wein. Auf dem Tisch sind einige Trinkkelche.

Hinten rumort es wieder, weil abermals einige versuchen, noch in den Raum zu drängen. Vorn hebt der leise Gesang eines Psalms an. Der Gesang setzt sich in die hinteren Reihen fort. Der Hausherr flüstert etwas zu Paulus, beide schauen auf die offenen Fenster, aber Paulus schüttelt ein wenig geistesabwesend den Kopf. Nur die vordersten zwei Fenster werden nun nach Handzeichen des Hausherren geschlossen. Auch in den Nischen drängen sich jetzt die Menschen.

Die Gebetsversammlung nimmt ihren normalen Verlauf.

Paulus steht auf, um mit seiner Predigt zu beginnen. Es wird wieder unruhiger, weil sich die Menschen bequem hinsetzen. Eine Mutter nimmt ihren schlafenden Säugling auf den Schoß. Paulus steht vorne und wartet, bis völlig Ruhe eingekehrt ist.

Dann beginnt er. Er spricht leiser als gewohnt. Er beschwört die Gemeinde, bei dem einmal Gelernten zu bleiben, er legt die Schriften aus, veranschaulicht das Gemeinte mit Beispielen, erklärt, legt dar. Er erzählt von eindrucksvollen Erlebnissen bei seiner Missionsarbeit, berichtet von der Versöhnung mit den Korinthern und den Galatern, von dem Schmerz des Abschieds in Ephesus, Korinth, Philippi und fügt an, dass er morgen in aller Frühe mit seinen Begleitern auch Troas verlassen werde, um die Kollekte in Jerusalem verabredungsgemäß den Altaposteln zu Füßen zu legen.

Ein raunendes Seufzen geht durch den Saal. Er hebt sofort beschwichtigend die Hände. Es wird wieder still. Es gehe nicht um ihn, sondern um Jesus Christus. Er redet lange, eindringlich und leise, er flüstert und ist doch temperamentvoll, er ballt die Fäuste, kneift die Augen zu, schaut jeden Einzelnen an, und jeder hat das Gefühl, er spräche nur zu ihm. Er fesselt die Zuhörer mit seiner Leidenschaft. Immer wieder begleiten Kopfschütteln oder raunende Zustimmung seine Gedanken.

Plötzlich zerschneidet ein gellender Schrei die Versammlung. In einer der hinteren Nischen wird es unruhig. Einige Menschen treten auf die Seite, andere purzeln übereinander, jemand stürzt ans Fenster und schaut fassungslos in die Tiefe. Wieder entsetzte Schreie, Rufe, Tumult. Paulus versteht zunächst nichts. Ein, zwei Männer schauen aufgeregt zu ihm und deuten mit der Hand nach unten, andere haben sich bereits mit großen Schritten einen Weg gebahnt und sind aus dem Raum gestürzt. Inzwischen hängen Trauben von Menschen an jedem der Fenster. Kaum ist Paulus an der Tür, da kommt einer wieder die Treppe hochgestürmt und keucht, er müsse sofort kommen. Geistesgegenwärtig nimmt Paulus seinen Mantel, den er über das steinerne Treppengeländer gelegt hat, und rennt hinunter. Im Hof haben sich schon ein paar Männer um den Gestürzten gebeugt.

Paulus breitet seinen Mantel aus, mit vereinten Kräften legen sie den Jüngling darauf, dessen Gliedmaßen schlaff herunterhängen.

Dann ist es still – totenstill. Die Männer beugen sich über den Toten, sie versuchen ihn aufzuwecken, tätscheln ihm links und rechts die Wangen, einer hat seinen Kopf auf die Brust gelegt, um nach dem Herzen zu horchen.

„Er ist tot", hört man, „eingeschlafen ... und aus dem Fenster gestürzt."

Paulus befühlt die Rippen des jungen Mannes und beugt sich über ihn. Was dann geschieht, sehen nur die, die unmittelbar dabeistehen, und ihre Aussagen widersprechen sich später. Tatsache aber ist, dass der Knabe die Augen wieder offen hat und lächelt, als Paulus sich langsam entfernt. Jemand holt frisches Wasser. Ein paar Becher davon gießt man dem Gestürzten über den Kopf, einen anderen reicht man ihm zu trinken. Der Junge antwortet freundlich, dankt, lacht und schüttelt den Kopf. Zwei Umstehende helfen ihm auf und ziehen mit ihm in den Saal, wo Paulus bereits seine Predigt fortgesetzt hat. Er unterbricht kurz, als die Gruppe mit dem Jüngling lärmend und außer sich vor Freude wieder den Raum betritt. Es dauert, bis sie merken, dass der Gottesdienst bereits fortgesetzt worden ist. Viele Zuhörer wenden sich zu ihnen um, einige sagen etwas, andere zischen, um anzudeuten, dass sie doch ruhig sein sollen.

Ohne einen weiteren Zwischenfall geht die Versammlung mit der Gedächtnisfeier des letzten Abendmahles zu Ende.

Am Ausgang stehen ein paar große Körbe, in die die Gläubigen noch einen Beitrag zur Kollekte werfen können.

Lukas schreibt am Abend noch das Erlebnis auf: Als wir am ersten Wochentag zum Brotbrechen versammelt waren, sprach Paulus zu ihnen. Da er tags darauf abreisen wollte, dehnte er seine Rede bis Mitternacht aus. Im Obergemach, wo wir versammelt waren, brannten zahlreiche Lampen. Ein Jüngling namens Eutychus saß im offenen Fenster. Als nun Paulus länger redete, wurde er vom Schlaf überwältigt, stürzte im Schlaf hinab und wurde tot aufgehoben. Paulus ging hinab, beugte sich über ihn, nahm ihn in seine Arme und sprach: Beunruhigt euch nicht, es ist Leben in ihm. Dann ging er wieder hinauf, brach das Brot und aß es. Noch lange redete er weiter bis zum Tagesanbruch. Den Jüngling aber brachten sie lebend herbei und fühlten sich nicht wenig getröstet.

Am anderen Morgen, als bereits die Kollektengelder auf die einzelnen Rucksäcke verteilt sind und ein Teil der Gruppe schon an Bord sitzt, gibt Paulus plötzlich bekannt, er würde von Troas aus nach Assos zu Fuß gehen – und zwar allein. Er sagt das mit solch einer Bestimmtheit, dass keiner versucht, ihm diese Idee auszureden. Assos, so Paulus, liege ja nicht weit von Troas entfernt und sei auch auf dem Landweg mit einer knappen Tagesreise erreichbar. Sie sollten schon vorausfahren und ihn am Abend in Assos an Bord nehmen.

Sie wollen ihm etwas Reiseproviant mitgeben, aber er winkt ab und gibt stattdessen Timotheus seinen Rucksack. Er bleibt an Land, bist sie abgestoßen haben, winkt kurz und dreht sich nicht mehr zu ihnen um.

Er ist frei, ohne Gepäck und allein.

Der Wind bläst ihm ins Gesicht. Der moosige Bewuchs des Küstenfelsens gibt seinem Schritt etwas Weiches, Beschwingtes. Immer wieder lässt er den Blick gleiten: über die weiten Flächen der hügeligen Binnenlandschaft, dann über das grüne Meer, das sich am Ende grau mit dem Horizont vereint, und schließlich in den azurblauen Himmel. Möwen kreisen um ihn. Unten braust das Meer schäumend an die Felsen. Er ist glücklich. Vielleicht ist er seit Jahren nie mehr so glücklich gewesen wie in diesem Augenblick. Es ist, wie wenn sich für einen Moment der Himmel öffnet und etwas von der Freude der Engel sich hinabsenkt in sein Herz.

Der schnelle Lauf in dieser Freiheit treibt den Schweiß. Bald ist er durchnässt und lässt den kühlenden Wind durch das Hemd blähen. Dann steht er wieder da, hat die Augen geschlossen und atmet, saugt, die frische salzhaltige Luft ein. Die Hände hat er zu Fäusten geballt und wirft sie schließlich mit ausgestreckten Armen von sich. Durch die gespreizten Finger kräuselte der warme Wind.

Es gibt nur einen ausgetrampelten Pfad. Ein paar Weiler liegen auf dem Weg. Er macht einen Bogen um sie.

Immer wieder hält er inne und genießt die unendliche weite Stille. Früher als geplant hat er sein Ziel erreicht und setzt sich auf einen moosbewachsenen Felsen. Die Sonne hat sich am Horizont dem Meer genähert. Unter ihr wird der Himmel schon rot. Minuten später glüht das weite Wasser wie ein Feuersee. Vögel kreisen akrobatisch im Küstenwind. Glutrot ist jetzt die Sonne. Als der Horizont nur noch gelblich nachleuchtet, klettert er die steilen Felsen hinab und trifft am Strand auf seine Freunde, die den Eindecker an Land gezogen und ein Feuer gemacht haben.

Sein Gesicht glüht vom Wind und der Sonne. Er setzt sich versonnen abseits. Lukas löst sich von der Gruppe und tritt zu ihm. Traurig schaut ihn der Freund mit seinen schwarzen, sehnsüchtigen Augen an. Lukas setzt sich neben ihn, und die beiden blicken still auf das abendliche Meer.

In diesem Augenblick versteht Lukas diesen einsamen Tagesmarsch seines alternden Freundes, er ist ein letztes wehmütiges Eintauchen in das, was ihm das kostbarste auf Erden ist: die Freiheit. Er schreibt deshalb später dazu nur diesen einen Satz auf: Wir gingen voraus auf das Schiff und fuhren nach Assos, wo wir Paulus aufnehmen wollten; denn so hatte er es bestimmt, da er selbst den Weg zu Fuß zu machen vorhatte. Als er in Assos mit uns zusammentraf, nahmen wir ihn an Bord.

Mit hereinbrechender Nacht legt sich auf beide die drückende Ahnung, dass diese Freiheit nicht mehr lange währt.

Fremd

Jerusalem kocht und brodelt. Die Heilige Stadt ist am Schawuot-Fest, fünfzig Tage nach dem Paschafest, überfüllt. Wenige von den Pilgern können gut Hebräisch, aber alle wissen, dass Schawuot Woche heißt, denn eine Woche lang wird die Offenbarung der Zehn Gebote am Berg Sinai gefeiert. Dazu sind sie gekommen. Sprachengewirr. Menschen laufen in kleinen und größeren Gruppen, meist geschlechtergetrennt, durch die engen Gassen der leidgeprüften Stadt, die sich wie Holzwurmgänge schlängeln. Alle führen sie irgendwann zum Tempelbezirk.

Aus den unterschiedlichsten Städten, Regionen und Ortschaften sind tausende Pilger angereist. Sie füllen in der Stadt die Quartiere, am Stadtrand die Herbergen und in den umliegenden Ortschaften die Gasthäuser. Sie müssen essen und trinken und die Notdurft verrichten.

Wie ein Ameisenhaufen liegt der Jerusalemer Hügel da. Aus den dunklen Löchern der zwölf Stadttore schlängeln und drängeln die Menschen nach außen, um dort etwas Nahrung an einer der unzähligen Buden oder einem der Stände zu erwerben, die die Straße säumen. Es wird verhandelt, geschimpft, gefuchtelt, gestikuliert. Verschleierte Frauen tragen Kinder, alte Menschen humpeln an Stöcken und Krücken herum, ein Beinloser rutscht grotesk auf die Seite, irgendwo kippt ein Sack Pistazien um. Dazwischen die Träger einer Bahre, auf der ein Toter hinausgeschafft wird, dessen Leib den Strapazen nicht mehr gewachsen war. Die trauernde Familie folgt wie ein Wurm.

In der Stadt selbst sind alle Gassen verstopft. Ganze Familien, riesige Sippschaften ziehen zum Tempel hinauf oder drücken sich nach vollzogenem Opfer hinunter. Frauen in langen Gewändern, mit geflochtenen Körben am angewinkelten Arm, Männer in schmutziger Kleidung, die sich gestenreich miteinander unterhalten. Die Großmütter sehen sich ständig nach den Kindern um. Schlangen von Menschen, die einander am Rock halten, um sich nicht zu verlieren.

Der Vorplatz des Tempels gleicht einem brodelnden Geysir: Händler mit kleinen Opfertieren, Turteltauben für die Armen, Wechsler an großen Tischen und auf dem gesamten Platz Trauben von Menschen, die sich sammeln, Verwandte suchen, Freunde treffen, einer spontanen Rede zuhören. Zwischen all diesen Ansammlungen bilden sich Rinnsale von Kommenden und Gehenden, wie Siele im schlammigen Watt.

Die römischen Besatzungstruppen sind, wie jedes Jahr, in höchste Alarmbereitschaft versetzt. Sie stehen am Rande, in Rüstung, behelmt und mit Lanzen bewaffnet. Kalte Blicke treffen sie und Ablehnung aus fanatischen Augen.

Zu den Pilgern gehören auch unzählige Thorachristen, jene Beschnittenen, die zwar getauft sind und an Jesus den Christus glauben, aber dennoch an den jüdischen Gebräuchen festhalten. Viele sind aus den Orten und Landstrichen, in denen Paulus gepredigt und getauft hat, schließlich gibt es im östlichen Teil des Reiches außerhalb Palästinas kaum eine große Stadt, wo inzwischen keine Gemeinde des neuen Weges entstanden ist.

Der Vorplatz des Tempels ist für alle zugelassen. Erst an einem hinteren Tor hängt ein Schild, das den Heiden bei Todesstrafe verbietet, in den inneren Bezirk des Tempels zu treten, damit dieser nicht unrein werde. Da steht:

KEIN FREMDSTÄMMIGER DARF EINTRETEN IN DIE SCHRANKEN UND DIE UMZÄUNUNG RINGS UM DEN TEMPEL. WER ABER DABEI ERGRIFFEN WIRD, IST SELBST SCHULD AN DER DARAUF FOLGENDEN TODESSTRAFE.

Von den Altaposteln sind zur Zeit nicht viele in Jerusalem, nur Jakobus und einige seiner Gefolgsleute. Für die Christen und erst recht für die Apostel ist dies kein gutes Pflaster. Ihre Existenz in Jerusalem gleicht einem Eiertanz. Sie müssen leise sein, sich zurückhalten und werden nur geduldet, wenn sie nicht missionieren. Der grausame Tod ihres engsten Gefährten vor ein paar Jahren, des anderen Jakobus, ist ihnen tief in die Glieder gefahren. Dass auch sie ein Fest feiern, fünfzig Tage nach ihrem Osterfest, das Pfingstfest, bleibt verborgen. Sie müssen auf der Hut sein, sie müssen sich den Gegebenheiten in Jerusalem anpassen, müssen mit den Juden kunkeln, sie lavieren hin und her, einerseits und andererseits, sowohl als auch, man weiß nichts Genaues und wiegt den Kopf hin und her, das eine tun und das andere nicht lassen, nichts verbieten und nichts fordern, nirgends anecken, keinen Unmut hervorrufen, kein Missfallen erregen, niemanden vergraulen, keinen der Großen verärgern, möglichst unsichtbar bleiben. Sie müssen Gegensätze ausgleichen, sie dürfen keine Seite, weder die Heidenchristen noch die Thorachristen, noch die Juden, noch die Römer verärgern, niemandem Recht geben, niemandem weh tun, keinen ausschließen, alles für möglich halten und nichts für unmöglich, niemanden bevorzugen und niemanden davonjagen.

Wie ein Blitz aus heiterem Himmel dringt zu ihnen die Nachricht, Paulus aus Tarsus sei in der Stadt. Jakobus ist wie vom Donner gerührt. Ogottogott. Der? Jetzt? Hier? Der, an dem sich die Geister scheiden? Der, der, wo er auftritt, polarisiert? Der, dessen Sache Kompromisse nicht sind? Um Himmels willen. Die Kollekte bringen? Kollekte? Welche Kollekte? Am Schawuot? Wo alles in Alarmbereitschaft ist, wo ein kleiner Tropfen genügt, um das Fass zum Überlaufen zu bringen? Mein Gott! Mit einer großen Schar an Anhängern? Das darf nicht wahr sein! Wie viele Anhänger? WIE VIELE!? Heiden? Unbeschnittene? Und das jetzt, wo die Stadt vor Juden wimmelt?

Jakobus sitzt schweißnass am Tisch und trocknet sich mit einem Lappen den nassen Nacken.

Sicher, sie hätten es sich denken können, dass Paulus nicht an einem ruhigen Sommertag kommt. Aber ihre Stellung in Jerusalem erlaubte es nicht, sich überhaupt vorzustellen, wie es werden könnte, wenn er denn käme. Und nun ist er da.

Jakobus fragt seinen Informanten, ob er sich sicher sei, er, Jakobus, halte es für relativ unwahrscheinlich, dass Paulus sich in dem Gewühl nach Jerusalem traue.

Lange jedoch bleibt er nicht im Unklaren. Am Abend klopft es an die Tür, und wenig später steht Paulus im Raum. Der Ort hat sich in den vergangenen Jahren verändert. Es sind jetzt mehr Möbel dort, zwei große Teppiche teilen das Zimmer. In einer Ecke steht ein geschnitzter Schreibtisch und hinter ihm ein Armsessel mit auffällig hoher Lehne. Gegenüber eine Sitzgruppe. An den Wänden sind ein paar Kommoden und Kerzenhalter aufgestellt. Es ist kein gemütlicher Raum und kein Arbeitszimmer. Irgendetwas Offizielles geht von ihm aus, und zu dem Eindruck der Erhabenheit kommt Jakobus selbst dazu.

Als Paulus eintritt, legt Jakobus die Feder aus der Hand und erhebt sich.

„Paulus", sagt er und gibt sich Mühe, freundlich zu wirken, „ich habe schon vernommen, dass du in der Stadt bist."

„Das spricht sich aber schnell herum", antwortet Paulus, während er langsam zu der Sitzgruppe schreitet, wo Jakobus ihm mit flacher Hand einen Hocker anbietet, „wir sind erst seit gestern Mittag hier."

„Wir?", fragt Jakobus und zieht dabei beide Augenbrauen interessiert hoch.

„Ja, ich habe Männer aus den einzelnen Gemeinden mitgebracht ..."

„So?", unterbricht ihn Jakobus, „wo wohnt ihr denn, wenn man fragen darf."

„Bei den Brüdern", antwortet Paulus.

„Bei welchen? Wenn du gestattest …"
„Bei Mason und den anderen …"
„Bei den Hellenen …?!"
„Ja."
Die beiden blicken sich lange in die Augen.

In diesem Moment scheint jeder in dem Anderen das zu sehen, was sie verbindet und antreibt: Beide sind sie Apostel Christi, ergriffen von seiner Liebe und beauftragt mit einer Mission, die für jeden fast zu schwer ist, und jeder ist in der flüchtigen Sekunde dieses Augenblicks dem Anderen die fremdartige Seite seines eigenen Ichs.

„Jakob", beginnt Paulus schließlich, „wir sind gekommen, die Kollekte abzugeben …"

„Welche Kollekte? … ach, die Kollekte … ach, ja." Jakobus schaut auf irgendein Muster des Teppichs und lässt dabei den Kopf nach vorne sinken. Dann wendet er sich wieder mit einem Ruck zu Paulus und sagt: „Schön."

Paulus öffnet ein wenig den Mantel. Er spürt, wie schlecht die Luft in diesem Gemach ist. Da hat sich nichts geändert, denkt er. Er fragt, ob er ungelegen komme. Und wartet die Antwort nicht ab. Er wisse schon, dass Jerusalem zur Zeit wegen des Festes sehr überfüllt sei, aber schließlich sei es auch ein großes christliches Fest, das fünfzig Tage nach dem Osterfest, dem jüdischen Paschafest, gefeiert werde. Jakobus schaut ihn mit großen Augen an und nickt.

Er könne nicht gut Griechisch, aber diese Sprache setze sich doch immer mehr durch bei den Getauften, und wie das Fest auf Griechisch neuerdings bezeichnet werde, wollte er von Paulus wissen.

„Pentecosta nennen es die Griechen", antwortet Paulus und fügt an, dass das auf Griechisch einfach nur fünfzig heiße und bedeute: das Fest am fünfzigsten Tag nach Ostern.

„Schön, schön." Jakobus hat die Augenbrauen hochgezogen. Er wiegt mit dem ganzen Körper leicht vor und zurück.

Paulus spricht die Männer an, die er mitgebracht habe. Es

sei eine offizielle Abordnung aus den einzelnen Gemeinden, und sie brächten wirklich viel Geld mit, sehr viel. Jakobus ist nachdenklich. Auch als Paulus beschreibt, wie viel Mühe er darauf verwandt habe, die Kollekte so durchzuführen, wie es damals verabredet gewesen sei.

„Wir möchten dir das Geld hier nicht einfach so aufs Zimmer bringen und wieder gehen, so lieb es mir wäre, ich möchte, dass es einen offiziellen Empfangstermin für die Abordnung gibt, mit der ich gekommen bin."

„Gut", antwortet Jakobus wie vom Schlafe erwacht, „morgen früh ... morgen empfangen wir euch offiziell, und dann sehen wir weiter." Er erhebt sich, sie tauschen noch ein paar Floskeln aus, einigen sich über die Tageszeit. Verwirrt tritt Paulus aus dem Raum und schreitet langsam die Steintreppe hinunter. Sein Herz klopft heftig, und was Jakobus gesagt hat – mehr noch das, was er nicht gesagt hat – beunruhigt ihn sehr.

„Also dann, morgen früh", murmelte er halblaut vor sich hin und öffnet die Eingangstür. Da spürt er Jakobus' Hand auf der Schulter. Sie zittert. „Paulus, es ist alles sehr schwer geworden, hier in Jerusalem haben alle Angst, es ist wie damals nach Ostern, wir sitzen immer hinter verschlossenen Türen, versteh mich recht, Du bist ... ihr seid willkommen, aber es ist gefährlich hier", er blickt durch die schon leicht geöffnete Tür hastig nach rechts und links auf die Gasse, „das Fest macht alle verrückt, so viele Menschen, lauter Fremde, so viele Sprachen, und die Truppen sind in höchster Alarmbereitschaft ... sie unterscheiden nicht zwischen Beschnittenen und Unbeschnittenen, sie blicken da nicht durch, die Römer, die denken militärisch und nicht religiös, für die sind wir alle Juden, einige mehr und andere weniger ... Für die Römer zählt nur, dass es hier starke Gegnerschaften gibt, sie sind halt die Besatzer ... wir sehen uns morgen", wieder gehen die Augen wild die Gasse hinauf und hinunter. Es hat angefangen zu nieseln. Der Jerusalemstein glänzt im nächtlichen Zwielicht. An kleinen Vertiefungen haben sich Pfützen gebildet. Er schiebt Paulus hinaus. Hinter ihm schließt schnell und leise die Tür.

Eine Gruppe junger Leute zieht schwätzend und lärmend an ihm vorbei. Da fällt ihm ein Mann auf, der in einem schräg gegenüberliegenden Hauseingang steht. Ihre Blicke treffen sich. Paulus ist, als hätte er ihn schon irgendwo gesehen. Mit wehendem Umhang tritt der Fremde heraus, drückt sich an der Hauswand entlang, wie jemand, der etwas zu verbergen hat, schaut an der Straßenecke mit schnellem Blick zurück und ist verschwunden.

Für einen Augenblick ist er froh, dass die Kollektenübergabe sobald wie möglich ist. Die Stimmung in Jerusalem stößt ihn ab. Von allen fühlt er sich beobachtet, jeder ist ein möglicher Mörder. Vielleicht, so schießt es ihm durch den Kopf, wird die Geldübergabe so bald sein, weil seine Stunden gezählt sind.

Auf dem schnellsten Weg geht er heim.

Dort sind seine Gefährten versammelt, ein paar Presbyter der hellenischen Christen sind da. Sie überfallen Paulus mit Fragen, aber mehr, als dass morgen die Übergabe des Geldes sei, kann und will er nicht sagen.

Anderntags schnüren sie ihre Rucksäcke mit dem Geld, sie verabreden, auf verschiedenen Wegen zum Haus mit dem Obergemach zu gehen, und gehen in Gruppen zu zweit und zu dritt los. Mit Paulus geht Trophimus, ein Heidenchrist aus Jerusalem.

Wieder pulsieren die Straßen vom Leben der Pilger. Nach verabredetem Plan biegen sie mal hier und mal dort ab und kommen so auch in Gassen, die weniger belebt sind. Sie sprechen kein Wort. Beide haben die Rucksäcke fest umgebunden und über diese einen großen Umhang gehängt – Paulus hat sich dafür einen ausgeliehen, weil er seinen eigenen Mantel beim hektischen Aufbruch in Troas vergessen hat.

Kurz bevor sie ihr Ziel erreichen, kommt ihnen wieder ein

Pilgergruppe entgegen. Sie nehmen die gesamte Gasse ein. Paulus und Trophimus drücken sich an die Wand, gehen noch ein paar Schritte bis zu einem zurückliegenden Hauseingang und quetschen sich dort hinein, um die Gruppe vorbeizulassen. Es sind etwa zehn Männer. Plötzlich sieht Paulus nur noch, dass Trophimus stolpert, ihn selbst zieht jemand grob am Arm. Augenblicklich sind sie von den Männern umringt, „Verschwinde, Heide!", zischt einer Trophimus an, jemand greift Paulus von hinten unter den Umhang. Sofort macht er eine abwehrende Bewegung, dabei stößt er den schweren Rucksack einem Dritten ins Gesicht. Von der anderen Seite wird Paulus rüde gerempelt. Einer flüstert ihm zu: „Du kannst dich mit eurem Drecksgeld nicht loskaufen!"

„Du Gotteslästerer", raunzt ihn ein anderer an und versetzt ihm einen derben Tritt. „Wir verkaufen das Gesetz des Mose nicht an die Heiden ..." Dann sind sie fort.

Paulus hilft Trophimus auf, er wendet sich noch einmal angstvoll um, aber die Gruppe ist inzwischen wie vom Erdboden verschluckt. „Komm", sagt Paulus zu seinem Begleiter, „lass uns hier so schnell wie möglich verschwinden ..." Während sie die Gasse hochrennen, schaut Paulus mehrmals erschreckt hinter sich. Am Hause der Maria klopft Trophimus heftig an das Portal. Außer Atem treten sie in den Gang. Von oben dringen die Stimmen der Versammelten. Die beiden nehmen sich gegenseitig die Umhänge ab und knöpfen die Rucksäcke los. Diese tragen sie in den Händen nach oben. Die anderen Geldsäcke liegen schon am Eingang des Raumes. Sie stellen die ihren dazu.

Die Versammlung ist in zwei Gruppen geteilt. Paulus stellt sich zu seinen Leuten.

Ob alles gut gegangen sei? Paulus zuckt mit den Schultern. Jakobus hat sich aus der anderen Gruppe gelöst. Er schreitet zur Stirnseite des Raumes. Jetzt erst sieht Paulus, dass dort ein Stuhl in der Mitte steht, mit Armlehnen und einer hohen Rückenlehne. Jakobus setzt sich.

Alle schauen nach vorne. Jakobus beginnt zu reden. Er erinnert an die letzte Versammlung, bei der es um die Aufnahme der Heiden gegangen sei, und ruft die Lösung in Erinnerung, die sie damals getroffen hatten. Kein Wort sagt er über die Kollekte.

Nachdem er lange geredet hat, erteilt er Paulus das Wort.

Dieser bedankt sich für den offiziellen Empfang, stellt seine Leute vor und geht dann sofort auf den Grund des heutigen Treffens ein. In den Mittelpunkt stellt er die Kollekte und weist während seiner Rede mehrfach auf die Rucksäcke, die immer noch am Eingang des Raumes stehen.

Er kann jedoch nicht ausreden, weil einige Störer in der anderen Gruppe ihm laut dazwischenfahren. Paulus ermuntert sie, ihre Meinung laut zu sagen.

Jakobus will eingreifen, aber er wird übertönt. Sie schieben jemanden nach vorne, der sagt, sie wollten das Geld nicht annehmen, es sei unreines Geld von Heiden, es stamme von jemandem, der den Abfall vom Gesetz lehre. Der Redner wird von seinen Hintermännern unterstützt. Einige nicken, andere bejahen laut. Paulus ist hochrot, man sieht die geschwollene Zornesader an einer der Schläfen.

Mit vorgebeugtem Oberkörper und drohend geballter Faust setzt er sich zur Wehr: „Ich habe nicht den Abfall gelehrt, sondern mich an alles gehalten, was besprochen worden ist … ich habe nichts gegen das Gesetz gesagt, nur gegen die Verbindlichkeit des Gesetztes für die Heiden … Zehn Jahre habe ich meine ganze Kraft in diese Kollekte gesetzt … und ihr wollt sie mit einem Handstreich von euch weisen … wenn ihr wüsstet, wie viele Hoffnungen mit dieser Kollekte verbunden sind … und nicht nur die meinen!"

Nun schreien ihm wiederum die Gegner ins Gesicht, er sei ein Gotteslästerer, Menschen wie ihm drohe die Todesstrafe. „Wir verkaufen das Gesetz nicht …" hört man immer wieder. Inzwischen hat sich Lukas zu Paulus durchgekämpft und seine Hand auf dessen Rücken gelegt, um ihn ein wenig zu beruhigen.

Schließlich tritt Jakobus zwischen die Streitenden, die sich daraufhin trennen. Die Gruppe der Thorachristen scheint den Zorn des Apostels zu genießen. Sie schauen lächelnd und kopfschüttelnd herüber.

Jakobus ergreift das Wort.

Er hält eine diplomatische Rede, bei der er zunächst auf die Beschlüsse des Apostelkonvents zurückgreift, dann berichtet er von den gegenwärtigen Strömungen und jüdischen Gruppierungen, die in Jerusalem ihr Unwesen trieben. Er sagt, dass er um Verständnis dafür bäte, wie sehr in Jerusalem die Thorachristen das Auskommen mit den Juden suchen müssten, es sei nicht leicht für sie, als Nachfolger Jesus Christi und als Getaufte in Jerusalem zu sein, es gäbe auch Juden, die sie verfolgen würden, bei den römischen Behörden seien immer wieder Anzeigen gegen sie eingegangen, Paulus und die anderen müssten ja wohl wissen, dass schon einige der Ihren den Glauben an die Auferstehung und an Jesus Christus, den Messias, mit dem Leben bezahlt hätten, es gäbe in Jerusalem schon eine große Zahl an Juden, die durch die Taufe den Glauben an Christus angenommen hätten und doch zugleich eifrige Beobachter des Gesetzes seien. Das Apostelkonzil sei ja nun schon viele viele Jahre her, und er müsse zugeben, dass sich seitdem nicht viel verändert habe, und wenn sich etwas verändert habe, so die Stimmung insgesamt. Sie, die Christen, die Getauften, hätten es schwerer als vor zehn Jahren. Was hier in Jerusalem los sei, das könne man nicht nachvollziehen, wenn man so viele Jahre wie Paulus in der Fremde, in der Diaspora, gewesen sei.

Er bekommt deutliche Zustimmung von den Thorachristen, erhebt aber die Hand, um anzudeuten, dass er noch nicht ausgeredet habe.

Unzählige dieser Nazaräer seien auch zur Zeit in Jerusalem, sie seien aus der Diaspora gekommen, um die vom jüdischen Gesetz vorgeschriebenen Pilgerfahrten zu unternehmen, diese hätten ihn, Jakobus, in den vergangenen Wochen immer wieder bestürmt, sie vernähmen von Paulus, er lehre alle Diasporajuden den Abfall von Moses, weil er sage, sie bräuchten ihre Kinder nicht beschneiden zu lassen und die jüdischen Gebräuche nicht zu beobachten.

„Das ist nicht wahr!", ruft Paulus dazwischen.

Aus der anderen Gruppe kommen Rufe und wieder entsteht Tumult, gegenseitige Beschimpfungen werden laut.

Paulus erkämpft sich Gehör und stellt mit heftigen Worten klar, er habe niemandem den Abfall vom Gesetz des Mose gelehrt! Damit das klar sei, er habe lediglich die Beobachtung des Gesetzes für nicht mehr verpflichtend verkündet und habe sich schließlich dabei auf die Beschlüsse des vergangenen Konvents berufen können.

Einen Augenblick ist es still, dann fügt Jakobus ruhig an, dass das Gerede so laute, wie er es wiedergegeben habe, er wisse und glaube schon, dass Paulus dieses so nicht gesagt habe, aber man könne an diesem Gerede eben erkennen, wie die Juden es verstünden, auf jeden Fall stehe – unabhängig davon, was Paulus tatsächlich gesagt habe – der Vorwurf im Raum, er lehre den Abfall vom Gesetz. Es habe sich herumgesprochen, dass er hier sei und er, Jakobus, verrate wohl kein Geheimnis, wenn er sage, dass Paulus hier in Jerusalem nicht nur Freunde habe. Er schaut zu Paulus, traurig und vorwurfsvoll zugleich.

Diesem beben die Lippen. Wieder blicken sie sich an wie gestern Abend. Durch allen Streit hindurch zwei Ringende, die die Wahrheit suchen und dabei aneinander scheitern.

Er dächte, beginnt Paulus langsam, dass diese Fragen ein für alle Mal geklärt seien. Es wundere ihn schon, dass ihr Treffen hier zu einer Art Gerichtsverhandlung zu werden scheine. Eigentlich seien sie gekommen, die Jerusalemer Gemeinde zu erfreuen, und jetzt müsse er hören, er sei nicht willkommen. Jakobus unterbricht ihn, weist darauf hin, dass er nur die Meinung Anderer wiedergegeben habe, natürlich freuten sie sich über die Kollekte, und sie könnten das Geld auch gut gebrauchen. Da tönt es wieder von der anderen Gruppe, sie würden das Geld nicht annehmen wollen. Jakobus schüttelt den Kopf. Für einen Augenblick wirkt er ratlos. Dann fährt er fort: „Paulus, du hast es selbst in der Hand, den Vorwurf auszuräumen, du würdest den Abfall vom Gesetz lehren."

Paulus schüttelt den Kopf: „Ich habe die Christen verfolgt und bin danach selber Christ geworden, jetzt wollt ihr aus mir wieder einen Juden machen?"

Und Jakobus: „Paulus, bitte!" Er schweigt daraufhin und schaut zu Boden.

Dieser Streit wird von Lukas später so beschrieben:

Bei unserer Ankunft in Jerusalem nahmen uns die Brüder mit Freuden auf. Am folgenden Tag ging Paulus mit uns zu Jakobus; auch alle Ältesten fanden sich ein. Er begrüßte sie und berichtete im Einzelnen alles, was Gott durch seinen Dienst unter den Heiden getan hatte. Als sie das hörten, priesen sie Gott und sagten zu ihm: Du siehst, Bruder, wie viele Tausende unter den Juden gläubig geworden sind, und sie alle sind Eiferer für das Gesetz. Nun hat man ihnen von dir erzählt: Du lehrst alle unter den Heiden lebenden Juden, von Mose abzufallen, und forderst sie auf, ihre Kinder nicht zu beschneiden und sich nicht an die Bräuche zu halten. Was nun? Auf jeden Fall werden sie hören, dass du gekommen bist, und in großer Zahl zusammenströmen. Tu also, was wir dir sagen …

Und was jetzt kommt, besiegelt das weitere Leben des Apostels. Jakobus gibt ihm einen Rat, einen dringenden Rat, um den Vorwurf zu entschärfen, er lehre in der Diaspora, dass das Gesetz des Moses nicht wichtig sei und von denen, die durch die Taufe zu Christen geworden seien, nicht eingehalten werden müsse. Dieser Rat lautet so: Bei uns sind vier Männer, die ein Gelübde auf sich genommen haben. Nimm sie mit und weihe dich zusammen mit ihnen; trag die Kosten für sie, damit sie sich das Haar abscheren lassen können. So wird jeder einsehen, dass an dem, was man von dir erzählt hat, nichts ist, sondern dass auch du das Gesetz genau beachtest. Über die gläubig gewordenen Heiden aber haben wir ja einen Beschluss gefasst und ihnen geschrieben, sie sollten sich vor Götzenopferfleisch, Blut, Ersticktem und Unzucht hüten.

„Niemals!", ruft Paulus in erster Erregung. Lukas ist neben ihn getreten und rüttelt stark an seinem Arm. Die Gruppe der Thorachristen ist verstummt. Wohlgefällig schauen sie den ringenden Apostel an. Als er sich beruhigt hat, erbittet er das Wort von Jakobus.

„Und was ist mit der Kollekte? Ist das alles vergebens? Ist das eure Art, mit euren Versprechungen und Zusagen umzugehen? Unzählige gute Menschen haben das Geld gespendet, Arme, Witwen, bekehrte Heiden. Das könnt ihr doch nicht einfach ablehnen." Diese letzten Sätze hat er fast flehend gesprochen, die Hände wie zum Bittgebet zu Jakobus erhoben. Eine tiefe Verzweiflung hat Besitz von ihm ergriffen. Er senkt den Kopf zu Boden und drängt sich, ohne eine Antwort des Jakobus abzuwarten, nach hinten. Seine Gefolgsleute schauen ihm nach. Paulus schlurft zur Tür, er wendet sich nicht um, verabschiedet sich nicht, schaut nicht auf die Kollektengelder, die am Eingang stehen. Stufe für Stufe schwankt er die Treppe hinunter, und oben hört man das leise Zuschlagen der Haustür.

Er geht wie einer, der eben sein Todesurteil vernommen hat. Müde schlurft er durch die Gassen, den Blick zu Boden gesenkt, verwirrt. Halblaut murmelte er immer wieder „Das könnt ihr nicht von mir verlangen ... das könnte ihr nicht von mir verlangen ..."

Daheim begibt er sich auf sein Zimmer und starrt stundenlang vor sich hin. Er sinniert, grübelt, versucht die Gedanken zu ordnen.

Ein furchtbares Ringen hat begonnen. Für und Wider stehen ihm vor Augen, die Verantwortung gegenüber den Gemeinden, seine eigene Ehre. Er ringt mit sich, wägt ab, was zu tun sei, forscht nach den Ursachen, die zu diesem grausamen Beschluss geführt haben, zermartert sich mit Selbstvorwürfen und gräbt sein trauriges, zuckendes Gesicht tief in die schwieligen Hände.

Stunden später klopft es leise an die Tür.

Lukas kommt und setzt sich neben den Freund. Er legt den Arm um ihn.

„Paulus, was Jakobus verlangt, ist bitter."

Paulus nickt. „Hat er die Kollekte angenommen?", fragt er nach einer Weile.

„Das möchte er erst, wenn du zusammen mit den vier Männern ..."

„Wenn ich seine Bedingungen erfüllt habe ...", unterbricht ihn Paulus.

„Ja."

Paulus stöhnt auf. Er wendet sich mit tränenfeuchten Augen an Lukas: „Und? Soll ich es tun?"

„Ich fürchte, ja", antwortet Lukas.

Sie sitzen lange beieinander. Keiner spricht mehr. Paulus hat seine Hände vor dem Gesicht und stützt die Ellenbogen auf die Knie.

„Also gut." Er schaut fragend zu Lukas. „Worum geht es?"

Und Lukas legt ihm dar, was er schon weiß: Es seien vier Männer hier im Kreise der Thorachristen zu Gast, die hätten das 30-tägige Nasiräer-Gelübde abgelegt. Paulus wisse ja, was das heiße: Sie hätten in dieser Fastenzeit von dreißig Tagen auf alkoholische Getränke völlig verzichtet, sie hätten gelobt, sich keiner Leiche und keinem Grab zu nähern, selbst wenn es sich um einen nahen Verwandten handeln sollte und sich nicht die Haare und den Bart schneiden lassen. An den letzten sieben Tagen des Gelübdes müssten sie nun täglich zum Tempel hinaufziehen, sich dort den reinigenden Waschungen unterwerfen und dann am siebenten Tag in den Tempel einziehen, um die notwendige Erklärung abzugeben, dass das Gelübde abgelaufen sei, mit dem diensthabenden Opferpriester müssten sie den Tag abmachen, an dem die entsprechenden Opfer dargebracht werden sollten, und schließlich müssten sie sich die Haare und den Bart schneiden lassen. Das sei alles.

„Und ich muss für die gesamten Kosten aufkommen?", fügte Paulus gedrückt hinzu.

Lukas lächelt hilflos. „Nicht nur das, Jakobus verlangt von dir, dass du mit ihnen zum Tempel gehst, dass du auch die rituellen Waschungen vollziehst, zum Priester gehst, das Opfer darbringen und dir die Haare und den Bart schneiden lässt, so, als hättest du selbst das Gelübde abgelegt."

Paulus hört, dass Lukas in einer Tasche kramt. Er holt ein kleines Pergament hervor. „Ich habe mir erlaubt, die Namen der vier betreffenden Männer zu notieren. Jakobus hat schon alles organisiert. Morgen ist der erste Tag von diesen letzten sieben, du sollst am Mittag bei Jakobus sein, dort warten die Männer auf dich."

Paulus atmet schwer. Eine Hand hängt am Körper herunter, während er mit der anderen nervös am Bart dreht. Er nimmt nicht wahr, dass Lukas ihm den Bogen hinhält, und nach einer Weile steckt dieser ihn wieder ein.

„Bringen wir's hinter uns", antwortet Paulus aus dem Dunkeln.

In Ketten

Kaum anders, als er gestern fortgegangen ist, geht er am nächsten Mittag zum Stadthaus. Schweren Herzens klopft er. Nacheinander treten vier junge Männer heraus. „Paulus?" Er nickt. „Gehen wir", sagt einer. Paulus wendet sich um und geht langsam die Straße hinauf. Die vier folgen ihm.

Irgendwo unterwegs hält Paulus bei einem Barbier, weist mit der Hand wortlos in die Stube und wartet, bis die Vier geschoren wieder auf die Straße treten. Er geht hinein und bezahlt für sie die Rechnung.

Am Tempel, wo in den Nachmittagsstunden reger Betrieb herrscht, gehen sie in die östlich gelegenen Vorhöfe. Auch diese sind voll mit Menschen. Sie stehen irgendwo Schlange oder in Gruppen beieinander. Es geht zu wie auf einem Basar.

Herodes hat diesen Tempel bauen lassen, um sich bei den Juden einzuschmeicheln. Er ist der größte Tempel, den sie je besaßen. Damals war auf der Anhöhe, wo die Stadt sich ausbreitet, eine riesige Fläche mit einer eineinhalb Meter hohen Mauer eingefasst. Die entstehenden Hohlräume hatte Herodes mit Schutt auffüllen oder zu unterirdischen Lagerräumen und Stallungen ausbauen lassen. Sie melden ihr Gelübde an. Ein Schreiber notiert die Namen, sortiert ein paar Zettel, schaut auf einer handbeschriebenen Tafel etwas nach und gibt ihnen weitere Anweisungen. Sie gehen in den inneren Bezirk, wo zwölf Stufen zu einer höher gelegenen Fläche führen. Hier befindet sich das Frauentor und das Tor der Reinen und Gerechten, das zum gepflasterten Hof des Gebetes führt. Am Ende dieses Vorhofs drängen sich die Menschen, wie bei einer Sehenswürdigkeit, denn dort werden auf einem halbrunden Podest Opfer und Gaben abgelegt, die Gott dargebracht werden sollen. Erst dahinter liegt der Hof der Priester mit dem unglaublichen Opferaltar und dem Bronzebecken für die rituellen Waschungen. Früher war dieses einmal von zwölf bronzenen Stieren getragen worden, von denen je drei in eine Himmelsrichtung schauten. Aber sie sind bei einer der vielen Plünderungen abhanden gekommen. Um das große Becken herum stehen Männer, die Wasser über sich gießen. Immer und immer wieder füllen sie kleine Becher oder ihr Hände, machen ruckartige und tänzerisch-zuckende Bewegungen, murmeln dabei etwas, wiegen den Körper hin und her. Ein gleichbleibender Klageton breitet sich wellenartig von diesem Becken her aus. Mal lauter und mal leise, mal wie Gesang, mal wie ein fernes Brummen. Fremdartig, sphärisch, wie von einer anderen Welt erscheint hier alles. Jeder, der näher tritt, spricht halblaut Gebetsformeln, die wie Beschwörungen klingen.

Paulus und die vier Männer stellen sich an. Langsam werden sie von denen, die nach ihnen kommen, nach vorn, an den Beckenrand geschoben. Irgendwann sind sie an der Reihe. Das kalte Wasser erschreckt Paulus und holt ihn kurz aus seinem tranceähnlichen Zustand, wie einen Schlafenden ein kalter Guss am Morgen.

Als er über die mit Wasser gefüllten Hände einen Blick auf die Seite wirft, stockt er einen Moment. Nicht unweit steht jener Mann, der ihn bereits vorgestern vor dem Stadthaus der Maria belauert hat. Er beobachtet Paulus. Als dieser nach der Waschung noch einmal nach ihm blickt, ist er fort. Paulus kennt ihn, irgendwo hat er ihn schon einmal gesehen. Aber er weiß nicht wo. Man drängt ihn auf die Seite. Er quetscht sich in die Zone neben dem Becken.

Mehr mit Gesten als mit Worten verabredet er sich nach vollzogenem Ritus mit den Jünglingen für den nächsten Tag. Selber Ort – selbe Uhrzeit.

Anderntags geht er wieder zu dem Stadthaus. Die Jünglinge warten bereits. Jakobus sieht er nicht. Sie gehen wieder in die Vorhöfe, stellen sich wieder an dem Becken an, waschen sich wieder, verabreden sich wieder für den nächsten

Tag und so weiter. Nie wird er morgens ins Haus gelassen, nie sieht er Jakobus, immer trennen sie sich nach den Waschungen.

Und noch etwas ist an all den Tagen gleich: Jedesmal hat Paulus das dumpfe Gefühl, beobachtet zu werden. Er spürt die stechenden Blicke im Rücken, sieht die Fanatiker hinter vorgehaltenen Händen tuscheln, erkennt, wie sie sich schnell abwenden, wenn sie merken, dass er sie sieht. Er nimmt ihre verfolgenden Blicke wahr.

Tag für Tag wird ihm der Gang schwerer. Immer aggressiver macht ihn das oberflächliche, kultische Treiben. Zuwider sind ihm die unzähligen Menschen, das Gerede und Gedränge, die Gerüche und der Dreck.

Nur wenig beruhigen ihn die schlagbereiten römischen Soldaten, die sich in kleinen Gruppen in die Menge mischen und sich am Vorhof verteilen. Mit Sorge denkt er an den Tag, an dem er von diesem Vorhof in den inneren Bezirk des Heiligtums gehen müsste. Diesen respektieren sogar die Römer, so dass sie ihre Kontrolle und ihre Schutzmacht dort drinnen nicht ausüben. Die bösen Ahnungen verdichten sich immer mehr. Willenlos lässt er die Zeit an sich vorbeigleiten, von nichts anderem geleitet als dem Ziel, diese furchtbaren Demütigungen bald hinter sich zu haben und dann so schnell wie möglich aus Jerusalem zu verschwinden.

So rückt der siebente Tag heran – sein letzter in Freiheit.

Heute ziehen die fünf Männer früher als in den vergangenen Tagen zum Tempel hinauf. Wider Erwarten aber ist schon weit vor dem Tempelbezirk hier noch schlimmeres Gedrängel als an den Nachmittagen.

Es ist ein warmer, diesiger Tag. Essensgerüche ziehen durch die Gassen und mischen sich mit Schweiß und Dreck. Je weiter die fünf Männer sich zum Tempelhof durchkämpfen, umso unerträglicher wird die Luft. Schwitzend drücken sie sich durch eine enge Gasse. Wieder rempeln dicke Frauen, schreiende Kinder laufen umher, und rücksichtslose Männer kämpfen sich mit den Ellenbogen durch.

Die Luft steht. Schwaden verbrannten Opferfleisches drücken vom Tempel herunter in die engen Gassen. Es stinkt nach Weihrauch und verbranntem Fleisch. Sie drücken sich zu den Reinigungsbecken durch und müssen sich dort lange anstellen. Nach der Waschung wollen sie sich in den inneren Bereich des Tempels begeben.

Doch als sie schon nahe an dem Tor stehen, das die Heiden nicht durchschreiten dürfen, sieht Paulus plötzlich eine Gruppe von Juden aus Ephesus: Es sind jene, die bei dem Aufstand der Silberschmiede das Wort geführt hatten. Nach ein paar Schritten – sie sind jetzt schon nahe am inneren Tor – schaut er wieder zu ihnen. Sie stieren ihn an. Dann geht alles blitzschnell.

Plötzlich schreit einer aus dieser Gruppe mit Leibeskräften „Hilfeee!" Die Menschen schrecken auf. Einige Männer kommen auf Paulus zugerannt. Im Nu ist er umzingelt. Sie packen ihn, einer brüllt: „Da ist der Mann, der überall Lehren vorträgt, die gegen das Volk und das Gesetz und diesen Ort sind! Er führt Griechen in den Tempel! Der Heilige Ort ist entweiht!!"

„Hilfe!" – „Zu Hilfe!", schreien andere.

Das genügt, um das hitzige Volk wie dünnes Reisig anzuzünden. Von allen Seiten kommen sie gelaufen. Überall wird geschrien und geschubst. Einer zerrt Paulus bereits am Gewand. Selbst Flüche, üble Verwünschungen sind zu hören. Menschen drängeln von allen Seiten herbei, einzelne stolpern. Wie ein Scheunenbrand breitet sich der Aufruhr aus. Die Juden laufen an das große Tor und versperren den Durchgang, von drinnen aber drängelten die Aufgeschreckten, schieben die vor ihnen Stehenden grob auf die Seite, brüllen sich gegenseitig an, zwängen sich durch und begeben sich zu der größer und größer anschwellenden Menge auf dem Vorplatz, in deren Zentrum auf Paulus die ersten Faustschläge niedertrommeln. Er wird getreten und geschubst, man packt ihn am Gewand und zerrt daran. Die ersten Nähte reißen. Paulus setzt sich zur Wehr, aber dreifach zahlen sie es ihm heim, er stolpert, fällt hin. Tritt um Tritt stößt in den gekrümmten Körper.

Sicherheitshalber wird das Tor zum Innenhof geschlossen, damit kein Unreiner eintritt.

Im Geschrei der Menge werden zunächst die Kommandos der Römer überhört, die sich im kurzen Laufschritt nähern. Brutal stoßen die wachhabenden Soldaten die Menschen auf die Seite.

Beim Anblick des römischen Tribuns lässt die Menge von Paulus ab. Dieser liegt blutend am Boden. Augenblicklich steht der Obere der Truppe neben ihm. Mit kurzen Kommandos befiehlt er den Soldaten, Paulus mit zwei Ketten zu fesseln. Sie reißen ihn auf die Beine, und ehe er sich versieht, werden die Arme und die Füße miteinander verkettet. Um ihn herum steht das Volk. Keuchend. Schreiend. Gestikulierend. Mit erhobenen Fäusten und hochroten Gesichtern. Die Menge ist erzürnt und schreit. In dieser Situation ist kein Gespräch darüber möglich, wer er sei und was er getan habe. Eilig befiehlt der Oberst, Paulus ins Quartier der römischen Truppen zu führen.

Sie packen ihn je von einer Seite und zerren ihn vom Platz weg. Die Ketten klirren, Paulus kann nur kleine Schritte machen. Er strauchelt. Die Soldaten schleifen ihn weiter. Ein Bein zieht er hinterher, es wird vom Pflaster aufgeschürft. Die erhitzte Menge drängt nach.

Ein paar Schritte kommen die Soldaten mit ihrer schwerfälligen Last voran, da zerren bereits die Ersten wieder wie blutrünstige Hunde an ihm. Ein Befehl erschallt. Kurz entschlossen packen die Soldaten Paulus auf ihre Schultern, so dass er auf sechs oder acht nach oben gestemmten Armen liegt. Immer weiter drückt die Menge und schreit unentwegt: „Schlagt ihn tot! Schlagt ihn tot! Nieder mit ihm!"

Als sie so noch ein weiteres Stück in Richtung der Burg vorwärtsgekommen sind, drängen die Soldaten mit ihren Schildern die wütende Masse zurück. Diesen Augenblick nutzt Paulus, um sich an den Einsatzleiter der Truppe zu wenden: „Ist es mir erlaubt, etwas zu sagen?", ruft er zu ihm hinunter. Der Leiter wendet sich um, und als er sieht, dass die Soldaten die Menge gerade mit Erfolg abgedrängt haben, gibt er den Trägern den Befehl stehen zu bleiben. Sie stellen Paulus auf die Füße. Er wischt sich mit dem Ärmel über die blutige Lippe. Die Fetzen seines Gewandes wirft er um den blutenden Körper.

Der Tribun: „Kannst du Griechisch? Du bist also nicht der Ägypter, der unlängst einen Aufstand erregt und viertausend Sikarier in die Wüste hinausgeführt hat?"

Paulus antwortet: „Ich bin ein Jude aus Tarsus, Bürger einer nicht unbedeutenden Stadt in Zilizien, ich bitte dich, erlaube mir, zum Volke reden zu dürfen."

Der Oberst schüttelt verwundert den Kopf. Für einen Augenblick ist er irritiert. Schließlich zuckt er nachlässig mit den Schultern und sagt: „Bitte!" – dabei weist er grinsend zum aufgebrachten Volk hinab, das von den Soldaten daran gehindert wird, die Treppe hinaufzustürmen.

Paulus tritt auf die Stufen und winkt dem Volk mit der Hand, es wird still, und er hält auf hebräisch eine Rede, die Lukas so überliefert:

„Brüder und Väter! Hört, was ich euch zu meiner Verteidigung zu sagen habe. Als sie hörten, dass er in hebräischer Sprache zu ihnen redete, waren sie noch ruhiger. Und er sagte: Ich bin ein Jude, geboren in Tarsus in Zilizien, hier in dieser Stadt erzogen, zu Füßen Gamaliëls genau nach dem Gesetz der Väter ausgebildet, ein Eiferer für Gott, wie ihr alle es heute seid. Ich habe den neuen Weg bis auf den Tod verfolgt, habe Männer und Frauen gefesselt und in die Gefängnisse eingeliefert. Das bezeugen mir der Hohepriester und der ganze Rat der Ältesten. Von ihnen erhielt ich auch

Briefe an die Brüder und zog nach Damaskus, um dort ebenfalls die Anhänger der neuen Lehre zu fesseln und zur Bestrafung nach Jerusalem zu bringen. Als ich nun unterwegs war und mich Damaskus näherte, da geschah es, dass mich um die Mittagszeit plötzlich vom Himmel her ein helles Licht umstrahlte. Ich stürzte zu Boden und hörte eine Stimme zu mir sagen: Saul, Saul, warum verfolgst du mich? Ich antwortete: Wer bist du, Herr? Er sagte zu mir: Ich bin Jesus, der Nazoräer, den du verfolgst. Meine Begleiter sahen zwar das Licht, die Stimme dessen aber, der zu mir sprach, hörten sie nicht. Ich sagte: Herr, was soll ich tun? Der Herr antwortete: Steh auf, und geh nach Damaskus, dort wird dir alles gesagt werden, was du nach Gottes Willen tun sollst. Da ich aber vom Glanz jenes Lichtes geblendet war, sodass ich nicht mehr sehen konnte, wurde ich von meinen Begleitern an der Hand geführt und gelangte so nach Damaskus. Ein gewisser Hananias, ein frommer und gesetzestreuer Mann, der bei allen Juden dort in gutem Ruf stand, kam zu mir, trat vor mich und sagte: Bruder Saul, du sollst wieder sehen! Und im gleichen Augenblick konnte ich ihn sehen. Er sagte: Der Gott unserer Väter hat dich dazu erwählt, seinen Willen zu erkennen, den Gerechten zu sehen und die Stimme seines Mundes zu hören; denn du sollst vor allen Menschen sein Zeuge werden für das, was du gesehen und gehört hast. Was zögerst du noch? Steh auf, lass dich taufen und deine Sünden abwaschen und rufe seinen Namen an! Als ich später nach Jerusalem zurückgekehrt war und im Tempel betete, da geriet ich in eine Verzückung. Und ich sah ihn, wie er zu mir sagte: Beeil dich, verlasse sofort Jerusalem; denn sie werden dein Zeugnis über mich nicht annehmen. Da sagte ich: Herr, sie wissen doch, dass ich es war, der deine Gläubigen ins Gefängnis werfen und in den Synagogen auspeitschen ließ. Auch als das Blut deines Zeugen Stephanus vergossen wurde, stand ich dabei; ich stimmte zu und passte auf die Kleider derer auf, die ihn umbrachten. Aber er sagte zu mir:

Brich auf, denn ich will dich in die Ferne zu den Heiden senden.

Bis zu diesem Wort hörten sie ihm zu, dann fingen sie an zu schreien: Weg mit so einem Menschen! Er darf nicht am Leben bleiben. Sie lärmten, zerrissen ihre Kleider und warfen Staub in die Luft. Da befahl der Oberst, ihn in die Kaserne zu führen, und ordnete an, ihn unter Geißelschlägen zu verhören. Auf diese Weise wollte er herausfinden, warum sie derart gegen ihn tobten. Als sie ihn aber für die Geißelung festbanden, sagte Paulus zu dem Hauptmann, der dabeistand: Dürft ihr jemand, der das römische Bürgerrecht besitzt, geißeln, noch dazu ohne Verurteilung? Als der Hauptmann das hörte, ging er zum Obersten, meldete es und sagte: Was hast du vor? Der Mann ist ein Römer. Der Oberst kam zu Paulus und fragte ihn: Sag mir, bist du ein Römer? Er antwortete: Ja. Da antwortete der Oberst: Ich habe für dieses Bürgerrecht ein Vermögen gezahlt. Paulus sagte: Ich bin sogar als Römer geboren. Sofort ließen die, die ihn verhören sollten, von ihm ab. Und der Oberst erschrak, als er erfuhr, dass es ein Römer war, den er hatte fesseln lassen."

Die Sache ist gerade noch einmal gut gegangen, aber in dem Oberst bleibt, nicht zu Unrecht, ein unbehagliches Gefühl zurück, infolge dessen er die halbe Nacht überlegt, wie er heil aus dieser Geschichte herauskommen könnte. Sein Gefangener ist auf jeden Fall erst einmal in dem Kellerverlies des Quartiers der römischen Truppen am Tempel in Jerusalem in Gewahrsam.

Am nächsten Morgen tritt er blass und mit blaugeränderten Augen zu Paulus in die Zelle, wo er ihm mitteilt, er werde überprüfen lassen, was die Juden gegen ihn vorzubringen hätten, er werde dem Synedrium vorgeführt, und die hohen Herren hätten sich bereits in einer Halle des äußeren Vorhofes versammelt und würden ihn erwarten.

Er macht eine lässige Handbewegung, ein Soldat tritt in die Zelle, legt die Kette des Paulus an sein eigenes Handgelenk, und so ziehen sie los. Ziel ist eines der Gebäude, die an die Festung angrenzen. Der Hauptmann geht vorweg.

Er öffnet die wuchtige Tür. Einige der älteren Ratsmitglieder schrecken zusammen. Ein großer Teil der insgesamt einundsiebzig Mitglieder des Synedriums, dessen Vorsitzender der Hohepriester ist, hat sich versammelt.

Paulus tritt in jenen schicksalhaften Raum, den er vor vierundzwanzig Jahren mit der Genehmigung verlassen hatte, die Christen in Damaskus festzunehmen.

Er kennt sie fast alle, wie sie dort sitzen, stolz und eingeschüchtert zugleich, der Tradition ihrer altehrwürdigen Religion verpflichtet. Sie sind die Wächter des Glaubens. Vor diesem Gremium braucht er keine Angst zu haben. Wie Kaiphas dort sitzt mit seinem Schildkrötenhals. Dieser ganze Versammlung hatte er schon einmal seinen Willen aufzwingen können, damals, da brauchte er die nötigen Papiere, um die Christen in Damaskus zu verfolgen – und er bekam sie.

Ehrwürdig wirkt hier alles, alt und stehen geblieben. Alles ist noch genauso wie vor fünfundzwanzig Jahren, die Möbel sind dieselben, die Ratsmitglieder sind zum großen Teil dieselben – auf jeden Fall sehen sie alle gleich aus – selbst der Geruch in diesem Raum ist derselbe. Der Rat besteht aus Sadduzäern und aus Pharisäern, die von den römischen Machthabern willkürlich eingesetzt und abberufen werden. Zwei sehr gegensätzliche Richtungen innerhalb des Judentums, denn die Sadduzäer glauben nicht an die Auferstehung der Toten, die Pharisäer aber glauben daran. Die Versammlung ist seit jeher gespalten, und so sitzen sie auch da: getrennt voneinander, einander gegenseitig beäugend und beobachtend. Lauernd, sprungbereit einerseits und gähnend desinteressiert andererseits. Es sind zahnlose Tiger. Sie wissen, dass sie eigentlich nur pro forma existieren und kaum Möglichkeiten haben, wirklich Macht und Einfluss auszuüben, wie ihre Vorgänger von Generation zu Generation. Die römischen Besatzer haben dieses Gremium unter

Kontrolle. Sie bestimmen die Länge der Leine, an der sie dieses Synedrium laufen lassen. Weit können sie niemals kommen.

Er weiß das alles. Er kennt ihre Resignation, ihre Leidenschaftslosigkeit, ihre Selbstgenügsamkeit. Er weiß, dass es für die einflussreichen jüdischen Familien wichtig ist, auch einmal eines ihrer Mitglieder im Synedrium zu wissen, er weiß, dass viele hier sitzen, weil ihre Familien es verstehen, mit den Römern zu kunkeln und dass kaum einer hier sitzt aufgrund eigener Leistung. Sie alle sind Günstlinge der Römer – genauso hatte er es ihnen vor einem viertel Jahrhundert vorgeworfen, und genauso sitzen sie jetzt da. Nur damals stand er mehr oder weniger auf ihrer Seite, heute ist er der Angeklagte.

Manche der alten Männer schauen ihn so an, wie damals: als hätten sie immer schon gewusst, dass es nicht gut gehen könne, einen solchen Heißsporn wie diesen Saulus, der sich jetzt Paulus nennt, machen zu lassen, ganz gleich, auf welcher Seite.

Der römische Offizier bittet den Vorsitzenden, Ananias, die Anklage gegen Paulus zu präzisieren. Ananias gehört zu der Glaubensrichtung der Sadduzäer. Kaum beginnt Ananias zu reden, da wird die Spaltung dieses Gremiums deutlich: jedes Mal, wenn er bei der Darstellung von Auferstehung, Geist oder Engel spricht, brechen die in der Versammlung anwesenden Sadduzäer in höhnisches Gelächter aus, um damit ihrer Ansicht Nachdruck zu verleihen, dass es keine Auferstehung der Toten gäbe. Die Gruppe der Pharisäer, die an die Auferstehung der Toten glaubt, empfindet das als Provokation. Sie rutschen unruhig auf den Sitzen hin und her. Erste Gegenbemerkungen von den Pharisäern, die sich in ihren religiösen Ansichten beleidigt fühlen, werden zur Seite der Sadduzäer hinübergerufen.

Nachdem der Sadduzäer Ananias die Anklagerede beendet hat, wird es ruhig. Paulus tritt einen Schritt vor und beginnt:

„Ihr Männer, Brüder, bis auf den heutigen Tag bin ich mit völlig gutem Gewissen vor Gott gewandelt." Weiter kommt er nicht, denn in der allgemein schon aufgeheizten Atmosphäre befiehlt Ananias einem Diener, Paulus wegen dieser Beleidigung auf den Mund zu schlagen.

Daraufhin Paulus: „Gott wird dich schlagen, du getünchte Wand. Du sitzt da, um mich nach dem Gesetz zu richten, und lässt mich gegen das Gesetz schlagen?" Es ist wie damals, als er in ähnlich scharfem Ton darum kämpfen musste, die Genehmigung zur Verfolgung der Christen außerhalb Jerusalems, in Damaskus, zu erhalten.

„Du schmähst den Hohenpriester Gottes?", fallen die Umstehenden ein.

Paulus macht einen Rückzieher: „Brüder, ich wusste nicht, dass es der Hohepriester ist, es steht ja geschrieben: ‚Den Vorsteher deines Volkes sollst du nicht schmähen'."

Die Pharisäer schmunzeln, bei den Sadduzäern aber starrt er in entsetzte, offene Münder. Genau diese Schrecksekunde nutzt Paulus, um den Zankapfel der Auferstehungsfrage zwischen die Parteien zu werfen. Er bringt selbst seine Anklage auf den Punkt – auf den wunden Punkt: „Wegen der Hoffnung auf die Auferstehung der Toten stehe ich vor Gericht!"

Es ist geschehen.

Die Pharisäer klatschen Beifall, die Sadduzäer sind außer sich. Gegenseitige Beschimpfungen setzen ein, Bosheiten werden hinüber und herüber gerufen, ein Wort gibt das andere. Die Versammlung artet in ein handgreifliches Theologengezänk aus. Der eigentliche Gegenstand der Sitzung ist vergessen, wenn er denn je überhaupt bekannt war.

Eine Zeit lang stehen die drei, Paulus, sein Soldat und der Oberst hilflos da. Die Wogen schlagen höher, erste Ratsmitglieder haben ihre Sitze verlassen, bald steht die ganze Versammlung in zwei Gruppen gespalten da und zankt erbärmlich. Paulus beachten sie gar nicht mehr.

Es ist so laut, dass sie nicht einmal hören, wie die Tür sich schließt, als der Oberst mit seinem Gefangenen die Ratsversammlung verlässt. Sie gehen durch den langen Marmorgang und hören schmunzelnd, wie der Lärm der Streitenden durch die Türen dringt. Ein paar putzende Sklaven stehen da und schütteln die Köpfe.

Paulus wird wieder in die Zelle der Festung geführt.

Diese zweite Nacht in dem dunklen, feuchten Verließ ist noch schlimmer als die erste.

Er fühlt sich von den Mitgliedern der Jerusalemer Gemeinde allein gelassen, vor allem von Jakobus, der doch ein hohes Ansehen bei den Juden genießt. Er sitzt auf dem als Bett und Stuhl dienenden schmalen Brett und schaut auf die Einkerbungen, die andere Gefangene mit den Fingernägeln in das Holz geritzt haben. Die Ereignisse des Tages gehen ihm wirr durch den Kopf. Neben den Wunden von den gestrigen Misshandlungen schmerzt vor allen Dingen die öffentliche Demütigung vor dem Hohen Rat, jener Schlag auf den Mund, der nichts anderes bedeutet, als dass er nicht mehr als Sohn Israels gelte. Den Juden soll er durch die Teilnahme an den letzten sieben Gelübdetagen ein Jude werden, nun ist er den Heiden ein Heide geworden. Er sitzt zusammengekauert und atmet schwer.

Er schaut im matten Licht des unterirdischen Gefängnisses auf seine faltigen Hände. Er beginnt zu ahnen, dass dies alles nur der Anfang sei. Er hat das Gefühl für die Zeit hier unten verloren. Der wachhabende Soldat läuft mechanisch vor den Zellen hin und her. Tak – tak – tak. Wie die Tropfen einer Wasseruhr klingen die Schritte, in ihrem Takt nur unterbrochen, wenn am Ende des Ganges die Kehrtwendung folgt. Tak – … – tak. Die Schritte kommen näher, sie entfernen sich wieder, Kehrtwende und wieder und wieder und wieder. Die Zeit verstreicht.

Zur ersten Nachtwache kommt die Ablösung. Wortlos verlässt der eine Soldat seinen Posten, ein anderer setzt den

Rhythmus fort. Und wieder tropfen die Schritte mit unbarmherziger Regelmäßigkeit durch den Gang.

Paulus hat sich auf das Brett gelegt und schaut mit offenen Augen in die Dunkelheit, hinter der irgendwo die Zellendecke ist. Plötzlich horcht er auf. Der Wachsoldat hat seine Schritte beschleunigt. Er sieht einen Schatten im Kerzenlicht der Gangbeleuchtung vorbeihuschen, schneller und schneller läuft er. Paulus hat sich aufgerichtet. An der Eingangstür zum Verließ flüstert der Soldat mit jemandem. Das schrille Quietschen der Tür. Jemand ist gekommen. Paulus ist an die Gitterstäbe getreten. Ihm schlägt das Herz bis zum Hals. Die Schritte der Wache kommen näher. Plötzlich steht der Soldat vor der Gittertür.

„Paulus!", ruft er und zuckt zusammen, als dieser dicht hinter dem Gitter sofort antwortet.

Der Soldat tritt einen Schritt auf die Seite und zieht jemanden am Rockärmel heran.

„Besuch!"

Vor Paulus steht sein Neffe, jener Bub, der ihm schon manchen guten Dienst bei den vergangenen Jerusalemaufenthalten getan hat. Er ist inzwischen ein junger Mann geworden, und seine Kleidung deutet darauf hin, dass er es zu gesellschaftlichem Ansehen gebracht hat.

„... Mein Gott?", stotterte Paulus, „Wie kommst du denn hier herein ... um diese Stunde?"

„Ich bin römischer Bürger", antwortet der Neffe, der inzwischen eine tiefe Stimme bekommen hat, „genau wie du. Die anderen: Lukas, Timotheus, Titus, Trophimus, sie können nicht kommen, ich soll dich innig von ihnen grüßen."

Ihm wird warm ums Herz, als er nur die Namen seiner Freunde hört. Mit beiden Händen umklammert er das Gitter und presst sein schmales Gesicht durch die Stäbe, er atmet einmal tief, als söge er wenigstens die Illusion der Freiheit ein.

„Paulus, es ist eine Verschwörung gegen dich im Gange,

die Sadduzäer haben überall in der Stadt herumerzählt, wie du sie bloßgestellt hast, etwa vierzig Zeloten haben mit ihnen einen Plan geschmiedet ..." – auch der Neffe tritt jetzt noch näher an das Gitter und umfasst die kalten Hände des Paulus – „morgen wollen die Sadduzäer dich noch einmal vorführen lassen, auf dem Weg zwischen dem Kerker und dem Tagungsraum aber wollen dir die Zeloten mit Dolchen auflauern und dich umbringen ..."

„Das ... das ...", stammelte Paulus, doch der Neffe drückt fest und liebevoll die Hände, die immer noch das kalte Gitter umklammern.

„Sie haben Angst, dass du ihnen infolge deiner römischen Staatsangehörigkeit entwischst und möchten die Sache so schnell wie möglich selbst erledigen."

„Die Sache ... die Sache? Welche Sache?"

Sein Neffe schlägt die Augen nieder.

In der kurzen Stille hört man wieder die eintönigen Schritte des Wachsoldaten. Tak – tak – tak.

„Die werden mich nicht kriegen, die nicht, die nicht", flüstert er, „ich bin römischer Bürger."

„Das nützt dir aber nicht viel, wenn sie dich morgen ermorden", der Neffe schlägt mit den Fäusten kurz gegen das Gitter, „hörst du", sagt er beschwörend, „die Sache ist ernst, irgendeine undichte Stelle hat es gegeben ... kein Wunder, bei so vielen Verschwörern ... sie wollen dich erledigen ... erstechen!"

Paulus zuckt kurz mit dem Kopf, wie wenn er den letzten Schlaf vertreiben will.

„Wir müssen es dem Kommandanten sagen", spricht er nun fest, „der hat bei mir ohnehin noch eine Rechnung offen, wegen der beabsichtigten Auspeitschung ... er wird auf dich hören, gehe zu ihm, versuch morgen in aller Frühe zu ihm zu gelangen und es ihm zu sagen, hörst du? Es ist wichtig, ich bin römischer Bürger, die können mich nicht vor das Synedrium schleppen ... ich will ..." – er stockt und spricht die folgenden Wörter ganz langsam, einzeln, wie wenn sie nicht in Beziehung zueinander stünden – „... ich will mit ihnen nichts mehr zu tun haben."

Es ist dieser Augenblick, in dem sich Paulus entschließt, aus dem rechtlichen Verband seines Volkes auszutreten, jetzt – und für immer – sagt er sich auch in politisch-juridischer Beziehung vom Judentum los. Er unterstellt sich der römischen Staatsgewalt und Gerichtsbarkeit.

Paulus zwängt sein Gesicht durch die Gitterstäbe und ruft dem wachhabenden Soldaten zu, er wolle ihm etwas sagen. Der unterbricht seinen eintönigen Lauf und steht nach wenigen Schritten vor dem Gitter. Paulus sagt ihm, er möge diesen jungen Mann, seinen Neffen, zum Obersten führen, denn er habe ihm etwas zu sagen.

Sie verabschieden sich herzlich voneinander. Der Wachsoldat geht mit dem Besuch hinaus, erscheint jedoch bald wieder und nimmt seinen Dienst auf.

Schleppend langsam vergeht die Nacht.

Wie ein zum Tode Verurteilter erwartet er den Morgen. Sein karges Mahl lässt er unberührt stehen.

Bei jedem Wachwechsel springt er auf, hofft auf Nachricht und zittert um sein Leben. Jedes Mal setzt er sich noch enttäuschter, noch ungewisser und bangend wieder auf die Pritsche.

Durch kleine Luftschlitze dringt in den frühen Stunden wieder der Lärm des Tempeltreibens in die Zelle.

Es tagt. Abermals erfolgt ein Wachwechsel, wieder springt Paulus auf, wieder rast sein Herz, wieder bekommt er Schweißausbrüche ob der Ungewissheit. Wieder geschieht nichts.

Der Befehlshaber der Tempeltruppen hat den Neffen tatsächlich empfangen, er nahm ihn beiseite und hörte sich an, was dieser zu sagen hatte: „Die Juden haben sich verabredet, dich zu bitten, du möchtest Paulus morgen vor den Hohen Rat hinabführen lassen, angeblich um eine genauere Untersuchung über ihn anzustellen. Traue ihnen nicht! Denn über vierzig Man von ihnen lauern ihm auf, sie haben sich geschworen, weder zu essen noch zu trinken, bis sie ihn umgebracht hätten. Schon sind sie bereit und warten nur noch auf deine Zusage."

Heiß und kalt überläuft es ihn angesichts der verzwickten Lage, in der er sich nun befindet. Den Neffen bittet er, niemandem zu erzählen, dass diese Nachricht zu ihm, dem Oberst, gedrungen sei.

Schließlich sagt er nervös und mit zitternder Stimme die zweite Verhandlung vor dem Synedrium ab.

Er ruft zwei Centurien und bespricht mit ihnen die Abschiebung des Paulus nach Cäsarea, wo der Landpfleger Festus sich weiter um den Fall kümmern soll.

Als die beiden Männer aus dem Raum sind, wird ihm wohler: 470 Mann Begleittruppe, das soll genügen, lieber zu viel als zu wenig, die Hauptsache sei, dass Paulus heil nach Cäsarea gelange, für das Weitere möge der Landpfleger Felix sorgen, er, Lysas, habe von dieser dornigen Geschichte genug; nur eines hoffe er: dass Paulus zum Dank für all die Rücksicht, die Bereitstellung einer eigenen Leibwache und eines Reittieres, sich bewegen ließe, von einer Klage beim Landpfleger wegen der Fesselung und der beinahe vorgenommenen Auspeitschung abzusehen.

Er macht sich daran, das Schriftstück zu verfassen, das nach römischen Recht bei der Überstellung eines Gefangenen mitgeliefert werden muss: „Klaudius Lysias entbietet dem erlauchten Statthalter Felix seinen Gruß! Dieser Mann wurde von den Juden ergriffen und wäre beinahe von ihnen umgebracht worden; da habe ich mit der Wachtruppe eingegriffen und ihn befreit. Ich hatte nämlich erfahren, dass er Römer ist. Und weil ich ermitteln wollte, wessen sie ihn beschuldigen, brachte ich ihn vor ihren Hohen Rat. Ich fand heraus, dass er wegen Streitfragen über ihr Gesetz angeschuldigt wird, dass aber keine Anklage gegen ihn vorliegt, auf die Tod oder Haft steht. Da mir aber angezeigt wurde, gegen den Mann sei ein Anschlag geplant, schicke ich ihn sogleich zu dir; auch habe ich die Kläger angewiesen, ihre Sache gegen ihn bei dir vorzubringen."

Gegen Mittag liest er das Schreiben an Festus noch einmal durch, rollt es zusammen und versiegelt es.

Am Abend wird Paulus nach Cäsarea überführt. Sie reiten in sternklarer Nacht durch die feuchten Schatten der Schluchten und Hohlwege über die mondbeglänzte Felsenlandschaft von Judäa. Auf dem Weg durch Jerusalem hat Paulus seinen Kopf gesenkt. Er ist müde. Seit sein Neffe ihm die Nachricht vom Komplott gegen ihn brachte, hat er nicht mehr geschlafen. Seine Nerven liegen bloß. Nackte Todesangst, leise Hoffnungen, wilder Lebenswille und fatalistische Selbstaufgabe haben abwechselnd von ihm Besitz ergriffen. Jetzt hängt er schlaff auf dem Pferd, das von zwei Soldaten flankiert wird. Immer wieder fallen ihm die geschwollenen Augen zu.

Der Ritt hat etwas von einem Leichenzug.

Nach Jerusalem, dessen Sohn er nicht mehr ist, wendet er sich nicht um.

Immer hat er sich – bei aller Offenheit für die Heiden – als Jude empfunden, als Pharisäer, als Mensch vom selben Ahnenstamm und Blute wie jene, die ihm jetzt wieder – zum wievielten Male? – nach dem Leben trachten.

Jerusalem ist es nicht mehr wert, sich nach ihr, der heiligen Stadt, umzudrehen. Keinen Sehnsuchtsblick soll sie erhalten, jene Davidsstadt, die die Propheten schon eine Hure nannten. Er sieht Jerusalem nie wieder.

Als die Gruppe schon weit entfernt ist und das Gelände langsam abfällt, reiten sie langsamer. Paulus kann die geschwollenen Augen kaum noch offen halten.

Wann immer er zusammensackt und der Kopf schwer auf

die Brust fällt, wenn er die Zügel seines Pferdes loslässt und die Hände blutleer am Körper baumeln, stößt ihn einer der Soldaten an. Dann schreckt er auf, lächelt verlegen, nimmt das dünne Leder zwischen die wunden Hände und hält sich wieder eine Zeit lang aufrecht. Vor und hinter ihm zittert der felsige Boden vom Gleichschritt der vierhundert Fußsoldaten, jener pedisequi, die zur Sicherheit mitgeschickt worden sind. Bald fallen ihm wieder die Augen zu, er wird gestoßen, setzt sich aufrecht, hält sich wach. So geht es die ganze Nacht.

Am Morgen steigen sie aus dem steinigen Gelände in die fruchtbare Scharonebene hinab. Am Horizont liegt das Karmelgebirge im Dunst. Die Sonne geht gerade auf und zeichnet silberne Streifen an den Horizont. Es ist kühl. Bald sieht man die ersten Bauern durch die Felder ziehen. Ein ganz normaler Alltag hat begonnen.

Im Flachland brauchen die Soldaten mit keinem Überfall mehr zu rechnen, deshalb kehren nach kurzer Rast die vierhundert Fußsoldaten nach Jerusalem zurück, wo jederzeit ein Aufstand losbrechen kann..

Paulus schmerzen alle Glieder.

Den Juden ist er entronnen, was aber geschehen würde, ist ungewiss. Der kleine Trupp reitet durch die blühenden Vorgärten der Villen in die Festung des Statthalters von Cäsarea ein.

Das letzte Mal in seinem Leben steigt Paulus von einem Pferd. Er denkt an das kleine Maultier, mit dem er vor fünfzehn Jahren von dieser Stadt aus nach Jerusalem geritten ist, damals, als er mit Barnabas, dem Lieben, und mit Johannes Markus die erste kleine Kollekte aus Antiochia zu den Aposteln gebracht hat …

Seine Bewacher haben ihn bereits rechts und links gepackt. Da streift Paulus dem Pferde die Zügel über den Kopf und streichelt den warmen Hals des schönen Tieres, das ihn, den Müden, so geduldig durch die Nacht getragen hat.

Cäsaräa – Antonius Felix

Er ist bisher so oft davongekommen, warum sollte es jetzt anders sein? War es ihm nicht immer wieder gelungen, den Juden ein Schnippchen zu schlagen? Noch überwiegt die Freude darüber, wie er in Jerusalem die trüben Tassen des Hohen Rates so gegeneinander aufgebracht hatte, dass er ihnen entwischen konnte, während sie sich in den Haaren lagen. Gut, entwischen ist vielleicht ein wenig zu euphemistisch ausgedrückt, gesteht er sich mit einem Schmunzeln ein, aber immerhin hatten die Römer ihn in Sicherheit gebracht und dafür gesorgt, dass er dem Hohen Rat nicht ausgeliefert wurde. Das war doch schon mal etwas. Er kennt den Hohen Rat zu gut, um sich nicht ausmalen zu können, wie sie sich nun die Haare, in denen sie sich gerade noch lagen, raufen, während er sich die Hände reibt.

Duobus certantibus tertius gaudet. – Zwei streiten sich und es freut sich der Dritte.

Seit einigen Tagen sitzt er jetzt im Gefängnis, aber dies ist nicht der schlechteste Ort. Er ist in Sicherheit. In Jerusalem können sich die Wellen legen, und wenn seine Sache dann noch mal verhandelt wird, stehen für ihn die Aussichten nicht schlecht, dass er auf freien Fuß kommt. So jedenfalls denkt er sich das.

Anlass für diese trostvollen Gedanken gibt ihm das Verhalten des Statthalters Felix in Cäsaräa. Der nämlich hat gleich am Tage seiner Ankunft hier in der Burg des Herodes das Schreiben des Lysias gelesen, während er, Paulus, vor ihm stand und wartete. Felix ist einen Kopf kleiner als er und musste zu ihm aufschauen, als er ihn fragte, woher er denn stamme. Aus Zilizien hatte er wahrheitsgemäß geantwortet.

„Ich will dich verhören, wenn auch deine Ankläger zur Stelle sind“, sagte Felix. Das war vor vier Tagen.

Seitdem sitzt er hier im Kerker und wartet.

Aber er ist sich gewiss, dass diese seine Ankläger nicht lange auf sich warten lassen werden, am ersten Tag seiner Gefangenschaft ist er müde, am zweiten ist er siegessicher, am dritten wird er langsam ungeduldig. Gegen Abend dieses vierten Tages wird ihm eine Schüssel Wasser auf die Zelle gebracht, damit er sich am nächsten Morgen waschen könne. Dann nämlich sei die Verhandlung. Seine Ankläger seien mit großem Gefolge aus Jerusalem eingetroffen, und Felix habe die Gegenüberstellung auf morgen Vormittag angesetzt.

Ganz überraschend kommt diese Ankündigung nicht. Er hatte im Gefängnistrakt bereits am Nachmittag das Getöse mitbekommen, mit dem sich eine große Gruppe im Innenhof der Festung einfand, um dort auf Felix zu warten. Zwar war nicht zu verstehen, worum es ging, aber seine Vorahnungen hatten ihn nicht getäuscht. Morgen also.

Er wappnet sich. Sortiert seine Argumente, lässt alles Revue passieren, betet. Beides treibt ihn an: die Sehnsucht nach Freiheit und einem möglichst schnellen Verlassen des Kerkers sowie eine qualifizierte Auseinandersetzung mit den Juden. Nicht irgendwelche Diasporajuden werden mit ihm die Klinge kreuzen – vor denen hat er nie etwas wirklich befürchtet. Jetzt kommt der Hohe Rat höchstpersönlich, die Wächter des Glaubens, die Hüter der reinen Gesinnung.

Ein Wächter kommt in Begleitung eines Soldaten, sperrt die Zelle mit klirrendem Schlüssel auf, gibt ein paar kurze Hinweise, die er wegen des Dialektes kaum versteht, und führt ihn in einen getäfelten großen Raum im Parterre der Burg. Dort sieht er sie wieder: Hannanias und einige der Ältesten, die sich vor ein paar Tagen noch in der Wolle hatten, sind jetzt geeint im gemeinsamen Kampf gegen ihn, Paulus.

Felix erscheint.

Er stellt sie einander vor: Hannanias und die Ältesten samt eines Anwaltes namens Tertullus auf der einen Seite, Paulus, flankiert von zwei bewaffneten Wächtern auf der anderen.

Sie begrüßen einander kühl. Felix nimmt an der Schmalseite des Raumes auf einem überdimensionalen Holzstuhl Platz. Neben ihm stehen einige Höflinge und Lustknaben. Die üblichen Höflichkeiten werden ausgetauscht. Ein Diener kommt und hält Felix eine silberne Schüssel hin, in welcher er sich symbolisch die Hände wäscht. Der Diener hat ein weißes Linnentuch über dem Unterarm, den er vorschiebt, damit Felix sich die benetzten Fingerkuppen abtupfe. Felix spricht währenddessen leise mit einem seiner Begleiter. Sie scherzen.

Noch im Lachen über irgendeine Banalität, die sie gerade ausgetauscht haben, erteilt Felix dem Anwalt der jüdischen Seite mit einem Kopfnicken das Wort. Dieser tritt vor und macht ein paar servile Gesten. Felix macht eine wegwischende Bewegung mit der rechten Hand.

Tertullus erstarrt.

Stocksteif steht er da, als er erklärt: Tiefen Frieden genießen wir durch dich, und durch deine Umsicht hat sich für dieses Volk vieles gebessert. Das erkennen wir immer und überall mit großer Dankbarkeit an, erlauchter Felix. Um dich aber nicht länger bemühen zu müssen, bitte ich dich, uns in deiner Milde kurz anzuhören. Wir finden nämlich, dieser Mann ist eine Pest, ein Unruhestifter bei allen Juden in der Welt und ein Rädelsführer der Nazoräersekte. Er hat sogar versucht, den Tempel zu entweihen. Wir haben ihn festgenommen. Wir wollen ihn nach unserem Gesetz richten. Da trat der Oberst Lysias dazwischen, entriss ihn uns mit starker Gewalt und befahl, seine Ankläger sollten vor dir erscheinen. Du selber kannst, wenn du ihn verhörst, dich über alle unsere Klagen gegen ihn vergewissern.

Raunen ringsum. Bejahendes Nicken auf Seiten der Ankläger, halblaute Rufe, dass es genau so gewesen sei. Arme schnellen vor, erhobene Zeigefinger in Richtung Paulus, geballte Fäuste. Es wird lauter und unruhiger. Felix richtet sich in seinem Stuhl auf, als sei er durch den Lärm jetzt erst richtig wach geworden. Er schüttelt kurz den Kopf und ruckelt mit den Schultern, um aus seiner Abwesenheit aufzuwachen. Er hebt abwehrend die Hand, als wolle er sagen: Nicht so laut, ich schlafe noch halb. Es kehrt sofort Ruhe ein.

Felix schaut zu Paulus. Er bedeutet ihm mit gekrümmtem Zeigefinger, er möge vortreten. Paulus tut einen Schritt nach vorne, mit ihm die beiden Wachen. Felix wiederholt die Geste. Paulus tut wieder einen Schritt. Er schaut zu Felix, dessen zu einem Haken gebogener Zeigefinger sich immer noch bewegt. Paulus tut noch einen Schritt. Felix nickt. „Und nun du. Wie war noch dein Name. Verflixt, wo ist der Bericht von Lysias ...?" Einer der jungen Männer, die neben ihm stehen, reicht ihm das Schreiben und flüstert ihm etwas zu.

„Ach ja, ach so, Paulus?"

Paulus nickt.

Auf Seiten der Ankläger wird es schon wieder unruhig. Felix wendet den Kopf und wirft einen bösen Blick hinüber.

Darauf hält Paulus seine Verteidigungsrede, auf die er sich in den vergangenen Tagen vorbereitet hat. Auch er beginnt mit der captatio benevolentiae, nicht nur, um den Zuhörer positiv für sich einzunehmen, sondern auch, um seine gute Erziehung und geschliffenen Manieren zu zeigen. Da er Felix schon seit vielen Jahren als Richter für das jüdische Volk kenne, verteidige er, Paulus, seine Sache mit Zuversicht. Es seien erst zwölf Tage vergangen, seit er nach Jerusalem hinaufgezogen sei, um Gott anzubeten. Die Juden hätten ihn weder im Tempel noch in den Synagogen noch anderswo in der Stadt dabei angetroffen, dass er ein Streitgespräch mit jemand geführt oder einen Aufruhr im Volk erregt habe. Sie könnten Felix auch nichts von dem beweisen, was sie ihm jetzt vorwürfen. Das allerdings bekenne er: Dem neuen Weg entsprechend, den sie, seine Ankläger, eine Sekte nennen, diene er dem Gott seiner Väter. Er glaube an alles, was im Gesetz und in den Propheten stehe, und habe dieselbe Hoffnung auf Gott, die auch diese seine Ankläger hier hätten: dass es eine

Auferstehung der Gerechten und Ungerechten geben werde. Deshalb bemühe auch er sich, vor Gott und den Menschen immer ein reines Gewissen zu haben. Nach mehreren Jahren der Abwesenheit sei er nun nach Jerusalem gekommen, um Spenden zu überbringen und zu opfern. Als er sich zu diesem Zweck im Tempel hatte weihen lassen, hätten ihn – nicht mit einer Volksmenge und nicht bei einem Tumult – einige Juden aus der Provinz Asien getroffen; diese müssten eigentlich hier erscheinen und Anklage erheben, wenn sie etwas gegen ihn vorzubringen hätten. Oder diese jetzigen Ankläger hier sollen doch selbst sagen, was für ein Vergehen sie herausgefunden hätten, als er in Jerusalem vor dem Hohen Rat gestanden sei, wenn er sich richtig erinnere, so hätte er im Wesentlichen nur einen einzigen Satz gesagt, und danach seien sie ja gegenseitig übereinander hergefallen, und er wolle gern noch einmal wiederholen, wie dieser Satz gelautet habe, er habe nämlich in ihrer Mitte lediglich ausgerufen: „Wegen der Auferstehung der Toten stehe ich heute vor eurem Gericht."

Auf der Seite der Ankläger wird es wieder unruhig. Kopfschütteln. Leise Rufe von wegen, er sei ein Verräter, er habe den Tempel entweiht, er werde schon sehen, wohin so etwas führe. Fuchtelnde Arme. Erhobene Fäuste. Die Soldaten, die Paulus flankieren, sowie die Saaldiener nehmen Haltung an, um gegebenenfalls sofort eingreifen zu können.

Felix verschafft mit einem missmutigen Handwedeln und abwehrendem Kopfschütteln Ruhe. Er puhlt mit der Zunge die Zähne sauber und zieht schmatzend Luft durch die Zahnlücken. Er schaut im Raum herum, als würde er dem Flug einer Fliege folgen. Er hat keine Lust mehr und macht es kurz: er wolle die Verhandlung vertagen, er sehe schon, dass es sonst doch nur wieder Streit gäbe zwischen den Parteien. „Wenn der Oberst Lysias herabkommt, will ich eure Angelegenheit genauer untersuchen", sagt er zu den Juden und scheucht diese aus dem Raum wie ein paar Hühner.

Paulus wird zurück in seine Zelle geführt. Nach ein oder zwei Stunden kommt der Aufseher und bedeutet ihm, er solle sein Habseligkeiten zusammenraffen. Paulus wickelt seine Sachen in eine Decke, die auf der Holzpritsche liegt. Als er sie unter den Arm nehmen will, winkt der Aufseher einen Sklaven heran und zeigt mit seiner kurzen Rute auf das Bündel. Der Sklave nimmt es an sich und trägt es hinter den beiden her. Was los sei, will Paulus wissen. Er werde verlegt. Hafterleichterung. Sie gehen in den Angestelltenbereich des Kastells. Er bekommt eine große Kammer zugewiesen. Sie ist leicht möbliert. Es gibt ein richtiges Bett, einen Schreibtisch, mehrere Sessel und Liegemöglichkeiten für das Mahl. Ein Krug mit Wasser steht bereit. Früchte in einer Schüssel. Die Zimmertür wird nicht verriegelt. Er könne sich in diesem Bereich frei bewegen. Wenn er in den Innenhof wolle, müsse er nach den Palastwachen rufen, denn die Außentür sei abgeschlossen. Die Wachen seien in diesem Bereich eng gestellt. Gruß von Felix. Er solle sich bereithalten, Felix nämlich hätte einige religiöse oder auch phisolophische Fragen, oder wie das heiße, und würde sich darüber gern mit ihm unterhalten.

„Philosophische", korrigiert Paulus, „philosophische Fragen". Aber da ist der Aufseher mit seinem Sklaven schon fort.

Am Abend kommt er wieder, sagt in knappen Worten, dass Felix ihn zu Tisch bitte, und führt ihn in ein großes Refektorium. In diesem stehen Diener an kleinen Tischen. Einer ist für die alkoholischen Getränke zuständig, ein anderer für die Säfte und das Wasser. Ein Tisch ist überladen mit Obst, ein anderer mit Fisch, ein dritter mit allen möglichen Formen und Farben von Gebäck, dann wieder Berge von Pasteten, eine Schale voller verschiedener Eier, Töpfe und Tiegel mit süßen, sauren und salzigen Konfitüren und Marmeladen.

An der Seite sitzen Musiker und spielen gedämpfte Melodien auf.

Vorne liegt auf vielen Polstern und Kissen: Marcus Antonius Felix – Statthalter von Judäa, Idumäa und Samaria, ein freigelassener Sklave, der sich hochgedient hat. Mit dem Kopf zu ihm lümmelt seine füllige jüdische Gemahlin Drusilla auf weichen Unterlagen: Tochter des Herodes Agrippa I, einst von Felix heiß umworben und von ihm dazu gebracht, gegen das jüdische Gesetz zu verstoßen, das die Vermählung einer Jüdin mit einem Nichtjuden verbietet – dachte er doch keineswegs daran, an sich den blutigen Ritus der Beschneidung vollziehen zu lassen, um als dazugehörig zu gelten. Er hat das fettglänzende Nackenhaar zu einem Kranz um den kahlen Schädel gelegt.

Sie führen ihr Gespräch fort, als Paulus gebracht wird. Nur ein Blick von Felix streift ihn. Drusilla nascht an Obst. Sie beißt schmatzend und sabbernd hinein und wirft den Rest achtlos in den Raum. Ein Diener springt herbei und liest es auf, reicht ihr eine schneeweiße Leinenserviette. Ein anderer tritt mit einer Platte heran, auf der gebratene Hühnerbeine liegen. Sie nimmt sich eine Keule, zerrt daran, macht eine missmutige Geste, legt das Stück zurück auf die Platte und winkt einem Sklaven, er solle ihr die Wasserschüssel reichen. Bevor sie sich die Finger benetzt, schleckt sie diese schmatzend ab. Felix puhlt mit dem Finger im Mund. Er lässt sich Obst reichen und winkt Paulus heran, bedeutet dem Sklaven, er möge ihm etwas zu essen bringen. Paulus wehrt ab, bekommt aber von einem anderen Diener einen silbernen Trinkkelch aufgenötigt. Wein wird eingeschenkt und mit Wasser verdünnt. Drusilla rülpst mit halb geöffnetem Mund. Sie kichert. Sklaven ändern die Beleuchtung des Raumes. Jetzt brennen kleine Öllampen an der Wand.

Felix hat glasige Augen. Und beginnt: Was er ihn schon lange einmal fragen wolle, es sei ein philosophisches Problem, über das er schon lange nachdenke, aber noch niemand hätte ihm auf seine Fragen eine Antwort geben können, er, Paulus, sei ja weit herumgekommen und lange in Griechenland gewesen, er wisse, dass Paulus gescheit sei, und nun wolle er ihn doch mal fragen, ob ... Und ohnehin hätte er sich schon gedacht, dass eventuell nicht ... Er selbst findet diese Frage sehr spannend, und sie treibe ihn schon lange um. Nun sei er aber gespannt, was Paulus darauf zu sagen habe.

Paulus bittet ihn, seine Frage zu präzisieren. Dieser Bitte kommt Felix gerne und vor allem wortreich nach. Drusilla scheint das alles zu kennen. Sie winkt ab. Das kränkt Felix. Sie brummt etwas wie ‚schon gut' oder ‚ja, ja'. Felix erteilt Paulus das Wort. Dieser kann ein oder zwei Sätze sprechen, dann unterbricht Felix ihn. Genauso hätte er das nämlich auch schon gesehen, und ohnehin fände er, dass die Philosophie der einzige Weg sei, auf dem der Mensch klüger werde, ja sie sei das Einzige überhaupt und außerdem im allgemeinen und speziell, Philosophie ...sophie ...sophie.

Paulus wird leicht übel. Die Luft ist verbraucht. Er verträgt keinen Alkohol mehr.

Irgendwann ist die Folter vorbei. Drusilla ist eingeschlafen. Felix ist betrunken und hat keine Lust mehr. Er lässt Paulus abführen, bekräftigt aber, wie gewinnbringend er die Unterhaltung gefunden hätte und wie wichtig doch die Philosophie sei, und sie würden darüber sicher ein andermal weiter reden können.

So gehen die Wochen dahin. Paulus verliert das Gefühl für die Zeit. Die Tage gleichen einander in zermürbender Eintönigkeit, die Gespräche mit Felix und Drusilla werden mehr und mehr eine Qual für ihn. Am liebsten ist er allein.

Wann immer er Lust bekommt, lässt er Paulus holen. Mehr noch als Felix hat dessen Gattin Drusilla Gefallen an den Gesprächen gefunden. Infolge dieser abendlichen Unterhaltungen kann sie in den gelangweilten Runden mit ihren Freundinnen brillieren, und: sie kann deren Neid wecken, dass sie, Drusilla, mit diesem bekannten Aufrührer und

Weltverbesserer regelmäßig zusammentrifft. Das hat etwas Faszinierendes und einmalig Gruseliges.

Paulus wird übel, wenn er ihn selbstgefällig zu Tisch liegen sieht, ständig grinsend und zu seiner molligen Gattin schauend, die kichernd dumme Fragen stellt.

Von Mal zu Mal ist ihm die Zumutung solcher Gespräche unerträglicher. Zwar nimmt er sich vor, seine Nervosität vor der strapaziösen Drusilla zu verbergen, aber je weniger es ihm gelingt, umso länger halten die beiden ihn mit sinnlosem Gefasel fest.

Nervös rutscht er hin und her, mit gequältem Lächeln verbirgt er seinen Überdruss, angewidert senkt er den Blick, wenn Drusilla mit einem spitzenumwobenen Seidentüchlein neckisch nach ihm schlägt. Sein Kehle wird bei jedem dieser Gespräche trockener, sein Hals ist zugeschnürt, er trippelt unruhig mit den Beinen, die zuckenden Hände spielen zornig, er kratzt sich am Hals, er legt das Gewand immer und immer wieder beherrscht in Falten, die Zehen krümmen sich in der Sandale.

Einmal, es ist schon spät geworden und Felix furzt an diesem Abend wie ein altes Pferd, lässt ein Sklave wohl vor Müdigkeit ein Tablett fallen. Felix gerät vollkommen außer Kontrolle. Er lässt den Vorsteher der Sklaven mitten in der Nacht wecken, beschwert sich bei ihm, weist ihn an, den Sklaven sofort aus dem Dienst zu entfernen, bei Wasser und Brot einzukerkern und hart zu bestrafen. Paulus schickt er zu Bett. Tagelang wird er nicht mehr zum Abendessen gebeten. Als er dann wieder geholt wird, entschuldigt sich Felix bei ihm. Aber nicht für sein eigenes schlechtes Benehmen, sondern für das des Sklaven. Den übrigens habe er hinrichten lassen, lässt er beiläufig fallen, und reicht Paulus ein paar Datteln.

Schon bei dem Gedanken an diese hohlen abendlichen Runden überkommt ihn die grausame Erkenntnis, wie ausweglos seine Situation ist. Er muss gute Miene zum bösen Spiel machen, denn Felix hat seinen Fall lediglich vertagt, bis er die andere Seite gehört habe. Aber die Monate gehen ins Land. Es wird Sommer, es wird Herbst, es wird Winter. Die Sonnenwende ist vorbei. Die Sonne steigt wieder höher am Horizont. Mehr als ein Jahr sitzt er nun hier in Cäsarea.

Lysias erscheint nicht. Anfangs hatte er noch gehofft, dass er komme, seine Sicht der Dinge darlege und er freigelassen würde. Jetzt ist mehr als ein Jahr vergangen, und er weiß: Felix hat kein Interesse daran, ihn freizulassen, und keines daran, ihn zu verurteilen. Weder die Gunst der Juden noch die Gunst der Anhänger des neuen Weges will er sich verspielen. Felix tut gar nichts.

Paulus schreckt aus seinen trüben Gedanken hoch, als er hört, wie einer der wachhabenden Hausdiener kommt. Es ist bereits Abend und damit jene Tageszeit, in der er ständig damit rechnen muss, zu einem dieser Gespräche mit Felix und Drusilla, deren sittlicher Leichtsinn landesweit bekannt ist, abgeholt zu werden.

Er hat in dem vergangenen Jahr weidlich Gelegenheit, die Vorgänge in dem Hause kennenzulernen, er hört die Schritte im Obergeschoss, er weiß, welche Räume dort liegen, kennt die Gewohnheiten und Stunden.

So hört er jetzt, dass nicht ein Bediensteter eintritt, sondern dass Felix höchstpersönlich kommt.

Er steht vor ihm. Paulus hat sich erhoben und bleibt gebückt stehen.

„Paulus, ich könnte dich auf Kaution freilassen!"

Paulus lächelt und zieht eine Augenbraue hoch.

„Wie hoch ist die Kollekte, die ihr nach Jerusalem gebracht habt?"

„Ich weiß es nicht."

„Du willst mir doch nicht weismachen, dass ihr damals das Geld nicht gezählt habt, ihr habt drin gebadet, habt euch jeden Abend neu über die Summen hergemacht, habt gestapelt, sortiert, summiert … das viele Geld."

Vertraut legt er ihm seine borstige Hand auf die Schulter.

„Na, macht nichts ... hast ja Zeit, es dir zu überlegen. Ich erwarte dich heute Abend zum Gespräch." Er macht auf den Hacken kehrt, als hätte ihm jemand den Befehl wegzutreten gegeben, und marschiert mit einem Schritt hinaus, als würde er hinter einem Pflug herlaufen. Er kann das Plebejische seiner Herkunft nicht verbergen.

Paulus läuft die Zeit davon. Der Gemeinde in Rom hat er sein Kommen angekündigt, und statt dessen sitzt er hier, der Willkür eines geldgierigen Tyrannen ausgesetzt, nahezu tatenlos herum.

Einzig angenehm sind die erleichterten Haftbedingungen.

Er darf sich in einigen Teilen der Festung relativ frei bewegen, und er kann Besuch empfangen. Dann hat er gute Stunden, vor allem, wenn Lukas kommt. Und er kommt häufig.

Paulus hat Freude an diesem Freund, der sich still und umsichtig im Rahmen seiner Möglichkeiten der Gemeinden annimmt. Nur über das Vergangene sprechen sie selten. Paulus meidet dieses Thema. Es widerstrebt ihm, diese Zeit als etwas Abgeschlossenes, Verstrichenes und nicht Wiederkehrendes zu betrachten. Tiefe Traurigkeit hatte ihn die wenigen Male, die sie darüber ins Gespräch gekommen waren, ergriffen, und stärker, als in jedem anderen Zusammenhang, hatte er unter der ungerechten Kerkerhaft gelitten. Nein, es ist besser, daran nicht zu rühren.

Mit Lukas arbeitet er an einem Bericht über das Leben Jesu. Lukas trägt die Fakten zusammen, besucht Freunde in der Umgebung oder auf seinen Reisen, bringt Paulus Notizen, die dieser in der relativen Ruhe der Festung sortieren, korrigieren und redigieren kann. Einmal ist er sogar mit einer Abschrift des Manuskriptes erschienen, das Johannes Markus zu demselben Thema verfasst hat.

Felix' Vorsicht gegenüber den Juden lassen die Monate ins Land ziehen – ungerechte zermürbende Monate, die Paulus an der Länge seines Bartes ermessen kann. Er weigert sich, diesen abzuschneiden, um ständig das lange graugelockte Mahnmal der Ungerechtigkeit vor sich herzutragen.

Aber er tut sich damit keinen Gefallen. Monat für Monat, den er hier verbringt, schwindet die Glut aus seinen Adern. Er läuft gebückt und langsam. Bei Gesprächen ringt er nach Worten, die Gedanken sind wohlüberlegt, als hinge von jedem Wort sein Leben ab. Die Zeit hier im Kastell, das Herodes der Große mit der gesamten Stadt gebaut und nach dem Cäsaren, Kaiser Augustus, benannt hat, hat ihn geprägt.

Je mehr die Zeit verstreicht, umso gebrochener wirkt er.

Manchmal trifft Lukas ihn sehr abwesend an. Paulus nimmt ihn nur verwirrt und wie von Ferne wahr, glanzlos haften seine Augen an den unbarmherzigen, weißen Wänden. Lukas setzt sich neben ihn und schweigt, wie damals am Strand von Assos, bevor sie das Boot zur Überfahrt nach Jerusalem bestiegen. Dann muss er selbst melancholisch daran denken, wie Paulus diesen letzten Fußmarsch in den frischen Küstenwinden zwischen Troas und Assos trotz schwermütiger Ahnungen genossen haben muss.

Zwischendurch brummt Paulus leise „... hm" oder nickt mit dem Kopf, als dächten sie an dasselbe.

Er leidet immer stärker unter Einsamkeit. Die leichtfertige Drusilla hat andere Vergnügungen zum Zeitvertreib gefunden und ihr flatterhafter Charakter wendet sich attraktiveren Beschäftigungen zu, als mit Paulus in ihrem marmornen Salon zu parlieren.

Fast zwei Jahre sitzt er jetzt hier herum.

Plötzlich aber zieht ein Luftzug durch die kleine Restglut, die noch in ihm ist. Ein Besucher berichtet ihm, Felix sei nach Rom beordert worden, um Rechenschaft über seine Tätigkeit in Judäa abzulegen. Er müsse wohl in den nächsten Tagen abreisen. Es sollen in Rom viele Beschwerden gegen ihn eingegangen sein. Die Hoffnung, dass Felix abgesetzt werde, sei durchaus berechtigt, es sei nach Rom gedrungen, dass seine Untertanen ihn hassen würden, der neue Kaiser Nero sei anders als seine Vorgänger, wie man höre, wolle der wieder das Reich ordnen, der sei mehr ein Künstler denn ein Machtmensch, ein großer Sänger, und der habe andere Ziele …

Paulus ist alles dieses neu. Die Tagespolitik interessiert ihn nicht, noch weniger jetzt, wo sie faktisch keinen Einfluss auf seinen Zustand hat. Als sein Besucher ihm jedoch erzählt, was unlängst alles vorgefallen sei, da spitzt er die Ohren: Es habe wieder Parteikämpfe zwischen Griechen und Juden in Cäsarea gegeben, richtige Straßenkämpfe, Handgemenge und so, die Griechen seien unterlegen gewesen, Felix habe den Juden befohlen, die Straße zu räumen, sie hätten sich geweigert, daraufhin habe Felix eine Kohorte anrücken lassen, das müsse er, Paulus, doch mitbekommen haben, wie die von hier in Alarmbereitschaft ausgerückt seien.

„Kann sein", antwortet Paulus.

„… also, und diese Kohorte metzelt los, ein richtiges Blutbad mit vielen Toten … und damit nicht genug: schließlich stecken sie noch die Häuser der Juden in Brand … und dann ist das Geschrei groß … ich habe gehört, die Juden hätten sich darüber heftig in Rom beschwert, und der neue Kaiser hat sich der Sache angenommen, Nero, muss ein ganz guter Mann sein … übrigens sind die Gönner dieses Felix alle tot, der hält sich nicht mehr lange, wirst sehen, bald bist du frei … habe ich gehört …"

Die Sätze stechen wie eine Brandwunde ins Herz des vergessenen Häftlings. Die aussichtslose Schlacht gegen die rieselnde Sanduhr scheint gewonnen. Andererseits: wenn der neue Kaiser Nero ein Freund der Juden sei, dann würde er diesen ausgeliefert werden, und dass sie danach trachten, ihn umzubringen, das ist nichts Neues. Aber immerhin: es scheint Bewegung in die Sache zu kommen.

Mit enormem Getöse wird die Romreise vorbereitet. Hektik in der Burg. Alles ist in Aufregung. Alarmbereitschaft für die Wachen und Truppen. Sklaven schleppen Kisten. Es klirrt und scheppert. Marschgetrappel, Befehle und Geschrei – von morgens bis abends.

Dann, wenn Ruhe einkehrt, wird er zum Mahl geladen. Felix ist nervös. Betrunken, fahrig, unkonzentriert. Empfindlich war er immer schon, jetzt sind die wenigen Sekunden zwischen einer seiner dummen Aussagen und der erwarteten Antwort von Paulus schon eine Provokation. Er duldet nicht den geringsten Widerspruch. Drusilla ist blass. Wie eine speckige Robbe liegt sie neben ihm, sie trinkt viel, schikaniert die Hausdiener, lacht hysterisch. Sie ist oft allzu lässig gekleidet.

Dann sind sie fort. Abgereist eines frühen Morgens mit einem Hofstaat an Personal und Begleitpersonen.

Es kehrt Ruhe ein. Stille friedliche Wochen vergehen. Paulus atmet auf. Er kann im Garten spazieren gehen, schreiben, Besucher empfangen.

Nach einigen Wochen kommt Felix wieder und mit ihm eine ungewöhnliche Geschäftigkeit.

Paulus – feinsinnig für die Geräusche im Hause geworden – merkt eine größere Hektik. Aus den Kellern werden Kisten geholt, mehr Leute sind jetzt zugegen, sie laufen, eilen, befehlen. Fremde Stimmen dringen durch die Gewölbe, unbekannte Schritte gehen durchs Haus und erklingen nun auch nachts in den Räumlichkeiten über seiner Zelle. Es wird gepackt, organisiert, fortgeschickt, die geschäftige Betriebsamkeit wandelt sich in Eile und schließlich in laute Hektik.

Felix ist abgesetzt. Kurzerhand hat Nero einen neuen Statthalter benannt und Felix bedeutet, er solle seine Siebensachen packen und das Weite suchen.

Alles ist jetzt anders als vor der Abreise. Der Tag hat keinen Rhythmus mehr, die Nacht schenkt keine Ruhe. Paulus scheint vergessen zu sein.

Er lässt diesem die Nachricht überbringen, ihn sprechen zu wollen. Felix scheint beschäftigt zu sein. Ein zweites Mal versucht es Paulus. Er wird zunächst nicht erhört.

Völlig unerwartet kommt Felix allerdings einige Tage später zu ihm. Wie immer ist er laut, und dieses Mal mischt sich zudem derber Zynismus in seine Worte.

„Paulus, die Zeiten haben sich geändert, es ist vorbei mit nettem Plausch, Drusilla ist schon abgereist, ich folge ihr morgen ... dann kommt Festus ... ohhh, ein würdiger Herr, ho, ho." Er riecht nach süßlichem Alkohol. Mit vorgestülpten, feuchten Lippen steht er breitbeinig da und schwankt.

„Du wirst verstehen, dass ich ihm die Dinge hier übergeben muss ... soll der feine Herr doch zusehen, wie er den Prozess zu Ende bringt ... mich geht das nichts mehr an ... ho, ho ... aber geordnet soll er die Dinge schon vorfinden, da will ich mir nichts nachsagen lassen.... mit denen da oben muss man das Auskommen suchen... was, Paulus? ho... ho." Plötzlich wird sein Blick böse. Er kneift die Augen zusammen und mustert Paulus. „Tsss", spritzt es zwischen seinen Zählen hindurch. Er ruft den Kerkermeister und befiehlt, Paulus in Ketten zu legen.

„Soll keiner sagen, ich hätte die Dinge hier nicht so hinterlassen, wie ich sie vorzufinden wünschte ..."

Er geht, ohne sich noch einmal zu Paulus umzuwenden. Dann ist er fort.

Tage später – Paulus wird jetzt wie ein Gefangener behandelt und ist auf die schmalste Kost gesetzt – breitet sich dieselbe Geräuschkulisse, die er in den vergangenen Wochen bis zur Verzweiflung Tag und Nacht hat hören müssen, wieder aus. Dieses Mal geht es um den Einzug des neuen Statthalters.

Irgendwann hallen frühmorgens Trompeten im Kasernenhof, und dann ist er da, der Neue.

Cäsaräa – Porcius Festus

Paulus muss sich umstellen, denn die unter Felix angewöhnte Analyse der Geräusche scheitert an der stilleren und nobleren Art des dünnen Festus, der ihn wenige Tage nach dem Amtsantritt besucht.

Er war in Jerusalem zu dem obligatorischen Besuch gewesen, und dort haben sie ihn an Paulus erinnert.

„Sie haben mich gebeten, dich ihnen auszuliefern", erzählt er ihm. Seine schwarzen Augen versuchen schnell, das Zimmer und die Gegenstände zu erfassen. Dann ruhen sie wieder auf Paulus wie auf einem Fremdkörper.

Paulus zuckt mit den Schultern.

„Sie möchten, dass ich deinen Fall wieder nach Jerusalem verlege."

„Das könnte denen so passen."

Festus schaut ihn verwundert an. „Wie meinst du das?", fragt er interessiert.

„Sie würden versuchen, mich schon auf dem Weg nach Jerusalem zu töten."

Festus ist in den geistlichen Dingen des Judentums unerfahren. „Ach so", antwortet er.

Festus ist groß und schlank, fast hager. Dennoch haben seine Gesichtszüge etwas Weiches. Die Arme sind sehr lang. Er wirkt beim Laufen etwas schlaksig.

Seine Art verführt Paulus zu der Hoffnung, in ihm einen besseren Fürsprecher und milderen Richter zu finden, als er ihn in Felix jemals hatte.

Er ist des Wartens müde.

Seit Wochen schon hat er dieses erste Kennenlernen herbeigesehnt und hat sich darauf vorbereitet. Er nimmt als sein eigener Anwalt seinen Fall in die Hand.

So schüchtern und nervös er auch vor Festus steht, so sehr rafft er nun allen Mut zusammen, jenen Mut der Verzweifelten, denen ein letzter Hoffnungsschimmer Kraft gegeben hat: „Ich kenne meine Rechte als römischer Bürger", sagt er fest, „wenn die Häupter von Jerusalem Klagen gegen mich vorzubringen haben, so sollen sie sich als Ankläger vor dem Gericht in Cäsarea einfinden."

Schon diese wenigen Worte der Klarheit tun ihm nach dem jahrelangen Lavieren im Umgang mit dem unberechenbaren Felix wohl. Er schaut dem Statthalter fest in die Augen und ist erstaunt, dass dieser mit näselnder Stimme antwortet: „Das sehe ich auch so."

Endlich! – Nach zwei Jahren des Stillhaltens kommt Bewegung in die Sache. Hoffnung keimt auf. Man hat ihn nicht vergessen. Ungeduldig ist er und zugleich erfreut über jenen Lebenstrieb, der wieder in ihm erwacht.

Er ist wieder beschäftigt. Ununterbrochen bereitet er sich auf seine Verteidigung vor. Er dreht und wendet die Argumente, bedenkt Gegenargumente seitens der Kläger und wie er diesen begegnen könnte.

Ihr Vorwürfe kennt er zur Genüge und er würde sie am Verhandlungstag sicher mit bestimmten Variationen wieder hören. Nein, vom Verlauf der Verhandlung auf dieser Ebene verspricht er sich nicht viel. Aber er will die Gelegenheit nutzen ... Er schläft kaum noch, nachts wird er wach, und es geht ihm nur dieses Eine durch den Kopf: die Verhandlung seines Falles und die Aussicht auf Freilassung. Er stellt sich die Gegner vor, spielt im Kopf alle möglichen Situationen durch. Dann schläft er wieder unruhig ein. Wird nach ein oder zwei Stunden wach, ein Gedanke fliegt ihm im Halbschlaf an wie ein nächtlicher Vogel, er kann ihn nicht halten, wälzt sich auf der harten Pritsche, schläft wieder ein – und so geht es nun jede Nacht.

Dann, am Ende dieser tage- und nächtelangen einsamen Gedankenspiele, ist für ihn eine Entscheidung gefallen: klar, fest, reuelos. Immer deutlicher ist ihm in den vergangenen

Tagen geworden, wohin sich alles entwickeln wird. Immer wieder hat er alle möglichen Varianten, die seinen Fall betreffen, durchgespielt. Hin und her hat er überlegt, was passieren könnte, was geschehen würde, was er hofft, dass es geschehen solle. Sollte er die Sache aus der Hand geben? Sollte er sich widerstandslos den Juden ausliefern lassen? Sollte er sich – in einer anderen Variante – auf freien Fuß setzen lassen und dann? Sollte er das Weite suchen, fliehen aus dem Land, sollte er sein Leben lang mit der Angst leben, die Juden trachteten ihm nach dem Leben und würden nicht rasten und nicht ruhen, bis sie ihn aus dem Wege geräumt hätten? Er hat für sich beschlossen: Nein, so soll es nicht kommen. Alles, alles in seiner Macht Stehende werde er tun, um den Juden nicht ausgeliefert zu werden, denn dies wäre mit einem Todesurteil gleichzusetzen. Er weiß, was er tun wird. Er hat sich entschieden.

Je klarer die gefällte Entscheidung in den nächsten Tagen und schlaflosen Nächten wird, umso mehr fiebert er nun dem Moment der Gegenüberstellung entgegen.

Zehn Tage dauert es, bis die Jerusalemer Kläger in Cäsarea auftauchen, dann bringt der Kerkermeister Paulus schließlich die ersehnte Nachricht, die Verhandlung sei auf den kommenden Tag festgelegt.

In dieser Nacht schläft er nicht. Sein Herz klopft bis zum Hals, er hat Angst, er hat Hoffnung, er fleht zu Gott, er redet sich selbst gut zu, ihm ist kalt, er schwitzt. Die Lampe brennt und wirft flackernde Schatten an die Wand. Er träumt. Plötzlich ist er hellwach. Waren es Stimmen, die er dort gehört hat? Flüstern? Er schleicht an die von außen mehrfach verriegelte Tür. Nichts. Stehen sie dort, mit dem Dolch im Gewand? Nichts regt sich. Er legt sich wieder hin. Die Stunden scheinen stillzustehen.

Als er am Morgen aus dem Kerker geführt wird, ist er wie gerädert. Wie durch eine Nebelwand nimmt er das Geheul der Menge wahr, die sich im Hofe angesammelt hat. Geballte Fäuste recken sich ihm entgegen. Und dennoch: sein gequältes Herz hüpft: endlich – nach fast zwei Jahren – ist es so weit. Zwei Soldaten führen ihn durch das Peristyl, während er daran denkt, dass nun der Augenblick der Entscheidung naht. Er hat einen einzigen und letzten Trumpf im Ärmel, von dem die Ankläger nichts ahnen.

Als sie den Verhandlungsraum betreten, sind die Gegner schon versammelt. Er schaut in zwanzig oder dreißig Gesichter. Einige grimmig, andere gleichgültig, und einige blicken sogar gelangweilt – oder, so schießt es ihm durch den Kopf – siegessicher? An der Tür wird salutiert. Das Klirren von Säbeln.

„Strammgestanden!"

Es wird still. Festus kommt mit seinem Gefolge.

Er trägt eine lange schneeweiße Toga und schreitet elegant zu seinem Richterstuhl. Sekretäre und Diener gehen mit ihm. Er wirkt geschäftig, schaut auf den marmorgefliesten Boden, grüßt niemanden. Am Richterstuhl angekommen, setzt er sich. Er wirkt viel zu groß für seine zarte Gestalt. Die Adjutanten, Protokollführer und andere Gefolgsleute stehen neben ihm.

Die Jerusalemer Juden haben auf den langen Bänken an einer Längsseite des Saales Platz genommen. Paulus und seine beiden Begleitsoldaten stehen.

Festus begrüßt die Anwesenden, schaut dabei in Papiere, die ihm sein Sekretär hinhält. Er weiß gar nicht recht, worum es hier geht. Interessiert wendet er sich den Anklägern zu und erteilt ihnen das Wort.

Paulus hat den Blick zu Boden gesenkt. Er hört zu. Manchmal zuckt ein Bein vor, dann sieht man, wie er unter Spannung steht. Ein paar Mal schüttelt er den Kopf. Oder schaut fragend zu den anklagenden Rednern hinüber.

Diese haben die Zeit weidlich genutzt und aus der ersten – nie fortgeführten – Verhandlung vor Felix gelernt. Schwere

Vorwürfe gegen seinen Gefangenen muss sich der neue, unerfahrene Festus anhören. Die Ankläger sind emotional und werden zwischendurch laut. Einige springen auf. Festus muss immer und immer wieder Ruhe herstellen. Manchmal weiß Paulus gar nicht, wer jetzt redet. Sie fallen sich gegenseitig ins Wort, vergessen Begründungen zu dem, was sie sagen. Sie setzen bei Festus zu viel voraus. Es wird keine klarte Argumentation erkennbar. Am Ende sind es nur Vorwürfe, die übrig bleiben und die ständig wiederholt werden.

Dann ist er an der Reihe.

Die Ankläger lehnen sich zurück und harren der Dinge, die da kommen mögen.

Und sie kommen.

Wider Erwarten geht er kaum auf die religiösen Vorwürfe seiner Gegner ein, sondern auf die politischen. Er habe weder gegen das Gesetz der Juden noch gegen den Tempel noch gegen den Kaiser irgendwie verfehlt.

Doch, doch, doch – schreien die Ankläger. Einige Saaldiener werden von Festus per Handzeichen aufgefordert, dort für Ruhe zu sorgen. Sie durchschreiten den Saal und stellen sich breitbeinig vor die Gruppe, aus der der lauteste Protest zu hören ist. Es wird wieder ruhig. Paulus fährt fort: er sei römischer Bürger, er achte den Kaiser, er habe nichts, aber auch gar nichts gegen den Kaiser gesagt, geschweige denn getan, es seien Verleumdungen gegen ihn im Gange, er sei rechtschaffen und habe sich nichts vorzuwerfen.

Die gescheiten Sadduzäer begreifen sofort, was vorgeht. Sie rufen dazwischen, wiederholen ihre Vorwürfe, was die Verletzung religiöser Gesetze betrifft. Und je mehr sie zu ahnen beginnen, worauf er hinauswill, je mehr Festus sie zur Ruhe aufruft, umso bleicher sitzen sie da. Paulus redet. Fast genießt er den Schrecken, der in ihre Glieder gefahren ist, sieht die bleichen Gesichter, die offenen Münder und ihr nervöses Kopfschütteln. Damit hatten sie nicht gerechnet. Sie erkennen längst, wohin der Hase läuft, und hören schon nicht mehr zu.

Am Ende der Rede macht er eine lange Pause. Festus schaut ihn fragend an.

Draußen stürmt es. Irgendwo knallt ein loses Brett gegen eine Mauer. Eine Amphore stürzt um und zersplittert dumpf. Man hört ein paar aufgeregte Stimmen. Festus trippelt mit den Füßen und schaut wieder Paulus an. Es ist totenstill, als hielte die ganze Schöpfung für eine Sekunde den Atem an.

Und dann ist es draußen, das Wort, das die Sadduzäer befürchten und auf das Festus nicht gefasst ist: „Caesarem appello!", sagt er leise und fest und wiederholt das Unglaubliche für die Juden in Hebräisch: „Ich appelliere als römischer Bürger an den Kaiser und verlange eine Verlegung meiner Verhandlung an den obersten Gerichtshof in Rom!"

Er macht eine tiefe Verbeugung zu Festus.

Schrecksekunden vergehen, bis die Sadduzäer aufspringen. Erneut hagelt es Schimpfwörter und Morddrohungen. „Tempelschänder" tönt es aus der einen Ecke, „Volksaufwiegler" von woanders, wo jemand noch nicht begriffen hat, dass sich ihnen Paulus gerade durch diese politischen Vorwürfe entzogen hat. Rumoren entsteht um ihn herum, sie zischeln ihn böse an und rufen, nun schon der Verzweiflung nahe, umso lauter: „Er hat das Gesetz des Mose gebrochen!"

Einen Augenblick sieht sich Festus dieses Schauspiel orientalischer Darstellungsfreude an. Kopfschüttelnd schaut er auf die erhitzten Juden und wendet einen milden Blick zu Paulus, der äußerlich ruhig, ein wenig lächelnd, dort steht und gedankenversunken am langen Bart dreht.

Er bespricht sich kurz mit den Beisitzern.

Paulus schlägt das Herz bis zum Halse. Konnte er Festus davon überzeugen, dass es sich bei ihm um einen politischen Gefangenen handelt? Oder würde dieser den Streitfall als innerjüdische Angelegenheit bewerten und ihn an die Juden ausliefern? Sein Körper bebt.

Schließlich weist Festus einen Diener an, Ruhe zu verschaffen.

Mit wachen Augen schaut er in die Runde. Etwas hilflos hängen seine langen Arme am Körper herunter. Er tritt einen Schritt vor.

Nur schweres, erregtes Atmen ist zu hören.

„Ich habe mir beide Seiten angehört", beginnt Festus mit seiner näselnden Stimme, „von euren religiösen Streitigkeiten verstehe ich nichts."

Schon atmen die ersten Ankläger auf, weil sie denken, er übergebe ihnen Paulus nach dem Motto: Ich kann mit ihm nichts anfangen, nehmt ihr ihn und richtet ihn nach eurem Gesetz.

„Aber", fährt Festus fort und sieht dabei zu den Sadduzäern, „die Sache scheint mir doch politischer Natur zu sein." Schließlich dreht er sich mit dem ganzen Körper zu Paulus und fragt ihn: „Willst du nach Jerusalem hinaufgehen und dort in meiner Gegenwart ein Gericht über diese Dinge halten lassen?"

Darauf Paulus:

„Ich stehe vor dem Richterstuhl des Kaisers, und da muss ich gerichtet werden. Den Juden habe ich kein Unrecht getan, wie auch du sehr wohl weißt. Wenn ich wirklich ein Unrecht begangen und etwas getan habe, worauf die Todesstrafe steht, weigere ich mich nicht zu sterben. Wenn aber ihre Anklage gegen mich unbegründet ist, kann mich niemand ihnen ausliefern. Ich lege Berufung beim Kaiser ein!"

Festus stülpt die Lippen vor und wiegt den Kopf hin und her. Er gibt einem der Beisitzer ein Zeichen, so dass dieser sich zu ihm beugt. Sie flüstern miteinander. Festus zuckt mit den Schultern, antwortet etwas, der Beisitzer schüttelt den Kopf.

Es ist inzwischen abermals laut geworden und Festus muss schon wieder für Ruhe sorgen lassen. Dann sagt er fast feierlich: „An den Kaiser hast du appelliert, zum Kaiser sollst du geführt werden!"

Paulus atmet tief aus und lehnt sich rücklings an die Wand. Die Knie sind ihm weich geworden.

Einen Augenblick noch sind die Sadduzäer fassungslos. Dann, nach einigen Schrecksekunden toben sie los. Sie schreien und trampeln noch mehr als vor dem Richterspruch, wiederholen die Anklage, er sei ein Tempelschänder, und schreien schließlich nur noch wild durcheinander. Nun aber ist die Geduld des Festus am Ende.

Kurzerhand bricht er die Verhandlung ab und erklärt den Juden, sofern sie ihn überhaupt noch anhörten: „Ich bin in diesem Falle verpflichtet, den Angeklagten nach Rom zu überstellen."

Er lässt die Leute aus dem Raum entfernen und noch einige Zeit im Vorhof toben, bis er auch diesen räumen lässt.

Annanias ist übrigens nicht mehr dabei, ihn haben vor einigen Wochen die Sicarier – jene, mit denen er den Komplott gegen Paulus seinerzeit geschmiedet hatte – erstochen.

Paulus hat sich mit einem Coup der jüdischen Gerichtsbarkeit entzogen.

Mag kommen, was da wolle, alles ist besser, als hier noch einen Tag länger in Cäsarea zu sitzen.

Eines hat er auf jeden Fall erreicht: dass ihm auf dem Weg nach Rom noch einmal der Wind durch die Kleider fahren wird und er wieder die Sonne über dem Meer wird aufgehen sehen, bis sie irgendwann ein letztes Mal glutrot versinken und ihn mit in die Ewigkeit nehmen wird.

Cäsaräa – Herodes Agrippa II.

In Jerusalem ist die Hölle los. Die Sicarier morden, was das Zeug hält. Die befeindeten Gruppen der Sadduzäer und Pharisäer gehen bei jeder Gelegenheit aufeinander los. Die römischen Truppen sind in ständiger Alarmbereitschaft, jeden Tag passiert etwas, das ihr Eingreifen erfordert. Die Gerichte können nicht mehr alle politischen und auch nicht mehr alle religiösen Straffälle verfolgen. Lynchjustiz, Folter, Verleumdungen, Morde, Intrigen und Fehlmeldungen sind an der Tagesordnung. Spitzel huschen auf Zehenspitzen von Tür zu Tür, erstatten Bericht, verfälschen und verdrehen das Gehörte und gießen Öl ins Feuer. Ränkespiele und Machenschaften in der politischen und religiösen Führung lähmen den Staatsapparat der Besetzer und den religiösen Apparat der Besetzten.

Es hat sich eine Art Bürgerkrieg entwickelt. Er ist nicht ausgebrochen, er war irgendwann einfach da. Er ist wie ein Schwelbrand entstanden, der lange unentdeckt blieb, aber doch so viele giftige Gase entwickelt hat, dass sie sich irgendwann selbst entzünden, urplötzlich schlug das Feuer hoch.

Noch bleibt der Bürgerkrieg auf Jerusalem beschränkt, aber er kann jederzeit auf benachbarte Städte und Dörfer übergreifen.

In Cäsarea flackert er kurz auf, als die Ankläger bei Festus sind und lauthals die Herausgabe des Paulus verlangen. Das wäre ein Schauspiel ganz nach ihrem Gusto geworden – und keiner glaubt, auch die Wohlmeinendsten nicht, dass Paulus seine Auslieferung an die Juden überlebt hätte.

Mit gesenkten Häuptern und geballten Fäusten kehren die Ankläger aus Cäsarea nach Jerusalem zurück. Sie sind wütend, und das darf jeder merken, ganz gleich, ob es ihn interessiert oder nicht. Mit vor Mordlust triefenden Lefzen ziehen sie bei Dämmerung durch die gequälte Stadt. Ihre gelblich beleuchteten Straßen sehen aus wie Eiter. Die Ankläger des Paulus sind erbost. Und nun suchen sie, an wem sie sich rächen können. Ihre Wut ist groß. Paulus hat sie an ihrer wundesten Stelle getroffen: bei ihrer Ehre. Dieser Christ. Und so macht das Schimpfwort seine Runde: Die Christen sind schuld, sie sind schuld, schuld, schuld.

Nachts poltert es an der Tür des Jakobus. Die verriegelte Pforte ist mit ein paar kräftigen Tritten aufgesprengt, eine schüchterne Magd wird beiseite gedrängt, Stimmengewirr, Rufe nach Jakobus, komm herunter, du Christ, wir kriegen dich ... Sie stürmen mit wehenden Mänteln die Treppe hinauf, packen den Verwirrten, fesseln ihn, schubsen ihn die Treppe hinunter, den Christen, er wird gewürgt, geschüttelt und abgeführt, dieser Christ. Wenn Paulus nicht beizukommen ist, dann soll halt Jakobus dran glauben ... Das ist beschlossene Sache. So lasse man sich nicht vorführen, wie dieser Paulus es versucht habe. Nun muss ein anderer dran glauben. Ungeschoren sollen sie auf jeden Fall nicht davonkommen. Diese Christen.

Jakobus ist nicht irgendwer. Er ist der anerkannte Leiter der Jerusalemer Gemeinde. Er wird jetzt schon der Große genannt, um ihn zu unterscheiden von jenem anderen Jakobus, dem Kleinen – Jacobus minor, Sohn des Zebedäus – der schon vor Jahren den Märtyrertod erlitten hat. Nachdem Petrus nach der Ermordung des kleinen Jakobus Jerusalem verlassen hatte, war er, Jakobus der Große, der Gemeindeleiter geworden. Schließlich ist er ein Verwandter Jesu. Und Jakobus kann nicht an den Kaiser appellieren, denn er hat nicht das römische Bürgerrecht.

Weil aber Jakobus nicht irgendwer ist, spricht sich das Unglaubliche schnell herum. Schon am nächsten Tag weiß es in Jerusalem jeder: der sadduzäische Hohepriester, Hannas II., hat Jakobus, den Leiter der Christengemeinde in Jerusalem, gefangen nehmen lassen und wegen Gesetzesübertretung angeklagt ...

Konnten die Christen gestern noch aufatmen, dass die Ankläger ohne Paulus heimgekehrt sind, so fährt ihnen jetzt der Schreck umso tiefer in die Glieder. Statt Paulus haben sie nun Jakobus. Sie wollen ein Exempel statuieren – und wenn nicht bei Paulus, dann eben bei Jakobus. Das ist offensichtlich.

Unter denen, die diese Nachricht hören, ist auch Lukas.

Was tun?

Zu Paulus fahren und Bericht erstatten oder erst einmal in Jerusalem bleiben und die Gemeinde beruhigen, jetzt, wo Jakobus, ihr Haupt, im Gefängnis sitzt? Die Gemeindemitglieder sind am Ende mit ihren Nerven: Petrus ist fort, Paulus sitzt im Gefängnis, Jakobus ist verhaftet worden, Barnabas ist auf Zypern, der kleine Jakobus wurde bereits hingerichtet. In was für Zeiten leben wir, was wird geschehen? Ist denn kein Gott, der dem Wahnsinn Einhalt gebietet? Dann geschieht das Furchtbare, und sie selbst sind vollkommen machtlos ...

Erst einige Tage später begibt sich Lukas zu Paulus. Er ist verstört. Ein ängstliches, halb in Tränen ersticktes Wimmern liegt in seiner Stimme, als er das Schreckliche, das geschehen ist, berichtet. Er zittert am ganzen Körper. Ob Paulus es schon gehört habe?

„Was denn?"

Das mit Jakobus, dass er verhaftet worden sei und dass man ihn gefangen genommen und in Windeseile den Prozess gemacht habe. Paulus schüttelt den Kopf. Nein, das habe er noch nicht gehört. Wann das denn geschehen sei?

„Gleich nachdem sie aus Cäsarea ohne dich wieder nach Jerusalem zurückgekehrt sind. Sie waren so wütend. Sie haben alle verrückt gemacht, weil du ihnen nicht ausgeliefert wurdest. Ihr Zorn war grenzenlos."

„Paulus", sagt er dann mit zitternden Lippen, „Jakobus ist tot."

Paulus wird blass. Seine Beine zittern. Lukas bricht zusammen und weint. Paulus stützt ihn. Er nimmt den Freund in den Arm und führt ihn zu einem Stuhl in der geräumigen Zelle.

Lukas schaut Paulus mit wirren, aufgerissenen Augen an. Sein Kopf zuckt.

Sie schweigen.

„Lukas, ist das wahr?"

Lukas nickt nur.

„Das ist ja furchtbar."

Wieder nickt Lukas.

Dann beginnt Lukas stockend und immer wieder mit dem Kopf schüttelnd zu erzählen, er habe von Christen aus Jerusalem erfahren, dass der neue Hohepriester Jakobus habe einsperren lassen. Er habe von ihm verlangt, den Glauben an Christus zu leugnen und ihm dafür die Freiheit versprochen, Jakobus aber habe widerstanden. Da hätten sie ihn einfach zum Tode durch Steinigung verurteilt und das Urteil sofort vollzogen.

Die ganze Verzweiflung bricht nun aus ihm heraus. Er weint heftig, versucht zwischendurch noch etwas zu sagen, aber es geht im Schluchzen unter.

Immer wieder beginnt er: „Sie haben ihn ... sie haben ihn ...", dann schüttelt er verzweifelt den Kopf.

Erst, nachdem er sich den ersten Schmerz von der Seele geweint hat, erklärt er den Rest: „... sie haben ihn sofort hinausgeführt und die Steinigung vollzogen, weil die Römer gerade nicht anwesend waren ... aber er hat noch gelebt ... da haben ihn die Tuchwalker mit Stangen totgeschlagen ... oh, es ist furchtbar ... es ist so furchtbar ..."

Paulus sitzt vorgebeugt da und hat die Hände vors Gesicht genommen.

Als er sie nach langer Zeit schlaff auf die Oberschenkel fallen lässt, hat Lukas sich ein wenig beruhigt. Fragend und ängstlich schaut er Paulus an. Dieser nickt nur langsam und sinnierend.

„Vielleicht habe ich doch unterschätzt, in welcher Bedrängnis er ist …", sagt er mehr zu sich selbst als zu Lukas.

„Die Macht der Messermänner, der Sicarier, hat in der vergangenen Zeit zugenommen, besonders in Jerusalem. Annanias, den Hohenpriester, haben sie ja auch erstochen, das ist ein Fanal. Die sicheln alles nieder, was sich ihnen entgegenstellt. Selbst Annanias ist ihnen zu liberal mit dem Gesetz umgegangen und hat sich, nach ihrer Ansicht, zu stark mit den Römern eingelassen", meint Lukas.

„Vielleicht hängt das Ganze doch mit mir zusammen …" – Paulus schaut, während er dies sagt, den Freund fragend an.

„Du meinst, weil Festus dich ihnen nicht ausgeliefert hat, um dich nach jüdischem Gesetz zu richten?"

Paulus schweigt.

„Du meinst", versucht es Lukas es nach einer Weile wieder, „dass die Sicarier, diese messianischen Terroristen, sich einfach ein anderes Opfer statt deiner gesucht haben."

Paulus wirkt geistesabwesend. In dem Zimmer ist es dunkel geworden. Sie sehen sich nur noch schemenhaft. Schließlich fragt er: „Dann ist Jakobus für mich in den Tod gegangen?"

„So könnte man das sehen." Lukas schaut auf den Fußboden. Lange sitzen sie still beieinander. Paulus atmet schwer und gleichmäßig. Man sieht seinen Pulsschlag an den Schläfen.

Nach geraumer Zeit spürt er Lukas' warme Hand auf den Schultern.

„Paulus, du wärst nicht lebendig nach Jerusalem gekommen, wenn Festus dich an sie ausgeliefert hätte."

„Ob es mir in Rom allerdings besser ergehen wird, das sei dahingestellt … Stephanus … Jakobus, der Ältere… und nun einer aus dem innersten Zentrum des Apostelkreises … es grenzt an ein Wunder, dass ich noch lebe …"

„Nun ja, sie haben den zentralen Mann getötet, aber im Zentrum selbst steht Christus …", antwortet Lukas.

„... den haben sie auch getötet ..."

„Aber es kam anders, als sie dachten, denn er ist auferstanden."

Sie sprechen lange über die Auferstehung, über das Leben nach dem Tod und über Jesus von Nazaret. Zwischendurch kommt eine Wache, zündet zwei Lampen an und sagt Lukas, dass er bald gehen müsse. Paulus meint, er werde wohl auch nicht mehr lange leben. Als Lukas ihn trösten will, wehrt er es ab. Es sei schwer für ihn zu denken, Jakobus sei statt seiner hingerichtet worden. Er gäbe etwas darum, wenn er ihm bald nachfolgen könnte.

Die Soldaten für die erste Nachtwache haben ihren Dienst angetreten. Man hört hinter der verschlossenen Tür dumpf die Kommandos. Wenig später betritt einer die Zelle und führt Lukas hinaus. Als sie schon an der Tür sind, fragt Paulus aus der Dunkelheit heraus: „Ist Petrus noch in Rom?"

„Ich habe gehört, er sei fortgegangen. Genaues weiß ich nicht ..."

„Nun ja ..., bald bin ich ja in Rom."

Bei diesen letzten Worten fällt die Tür ins Schloss und wird verriegelt.

Draußen ist es dunkel. Ein spätsommerlicher Sturm hat die Wolken zerrissen, die am Horizont noch gelblich schimmern. In der Ferne brandet das Meer. Und kein Stern ist da, der leuchtet.

Täglich fiebert Paulus nun danach, endlich nach Rom gebracht zu werden. Die Tage werden ihm unerträglich. Der Sommer neigt sich dem Ende entgegen. Täglich bekommt er jetzt frische Früchte. Die Trauben sind reif. Bald ist es Herbst, und dann wird die Schifffahrt übers Mittelmeer nach Rom geschlossen.

Aber Festus tut sich schwer, das notwendige Begleitschreiben mit dem juristischen Befund zu verfassen.

Er lässt Paulus aus dem Arrestbereich holen und lädt ihn

zu Tisch. Der erste, noch süße Wein, wird gereicht. Festus ist höflich, er ist philosophisch nicht sonderlich interessiert, und alles Jüdische ist ihm fremd.

Er sucht vorsichtig das Gespräch über die jüdische Religion, ihre Gebräuche und Sitten, ihre Splittergruppen und Sekten – zu denen aus römischer Sicht auch das Christentum zählt –, die Belange, Zuständigkeiten, Vorschriften und Anweisungen. Er hört zu, aber Paulus merkt, dass er kaum erfasst, worum es geht. Komplizierten Gedanken kann Festus nicht folgen. Letztlich bleibt für ihn alles, was Paulus erzählt, undurchschaubar.

Folglich lässt er die Sache erst einmal ruhen. Sie hat mehr als zwei Jahre lang geruht, auf ein paar Monate mehr oder weniger würde es jetzt nicht ankommen.

Paulus ahnt den Grund der Verzögerung und kann nichts dagegen tun. Manchmal reizt es ihn, seine Anklageschrift selbst zu verfassen, nur um endlich endlich hier herauszukommen.

Das tage- und wochenlange Warten wird zum Martyrium eigener Art.

Hin und wieder kommen Brüder aus der Gemeinde zu Besuch. Sie bringen Neuigkeiten. Petrus sei sicher noch in Rom, er betreue dort die judenchristliche Gemeinde. Man höre immer mehr von den Christen aus Rom. Dort fände der neue Weg sehr viele Anhänger. Scharen von Juden würden sich dem neuen Weg anschließen, denn sie hätten Angst vor dem Judenhass der Kaiser und den Judenverfolgungen in Rom.

Paulus holt das bereits in Ungeduld zusammengepackte Schreibzeug wieder hervor und macht sich an die mühsame Durchsicht von Manuskriptseiten, die Lukas ihm ab und zu bringt. Er schreibt über das Leben Jesu und auch immer noch an der Geschichte der Apostel.

Die Wochen schleppen sich dahin. Es ist, als habe die verheißungsvolle Verhandlung und die von ihm selbst eingeleitete

Wende gar nicht stattgefunden. Dazu kommt, dass die politische Situation für die Römer, in deren Schutzgewahrsam er sich befindet, aufgrund der antirömischen jüdischen Opposition immer schwieriger wird. Und in den dunklen, schlaflosen Nächten bemächtigt sich eine neue Angst seiner: Was, wenn Festus ihn nur als Faustpfand gegen diese Rebellen benutzt und ihn, um des Friedens willen, doch eines Tages an sie ausliefern würde?

Kommen ihm solche Gedanken – und sie kommen jetzt oft –, dann wälzt er sich stundenlang auf seinem Lager, wird dadurch wach und wacher, bis er schließlich im Bett sitzend, mit geballten Fäusten seine ganze Qual an die dicken Wände schreit, durch deren oberen Schlitze die fernen Sterne ahnungslos in der Freiheit funkeln.

Hat die Verhandlung zunächst seine Glut entfacht, so werden nun – Woche für Woche – die Flammen kleiner. Er wirkt bedrückt und kummervoll. Die Tage ziehen freudlos an ihm vorbei. Er ist sorgenschwer. Die grauen Geister der Enttäuschung legen sich schwer auf ihn. Er ist in einer Art Dämmerzustand. Die Gleichgültigkeit ist ein Schutz vor der Hoffnung auf Freilassung. Er ist wie ein Vogel im Käfig.

Dieser Zustand ist es wohl auch, der ihn zunächst die vermehrte Betriebsamkeit im Hause nicht wahrnehmen lässt.

Erst als sich unüberhörbar etwas in den oberhalb seiner Zelle gelegenen Zimmern tut, als er ständig eilige Schritte, Kommandos, Türenschlagen und die quietschenden Geräusche vom Möbelrücken hört, merkt er auf. Es poltert auf den Treppen, Wagen fahren in den Innenhof und laden Waren aus. Seine Bewacher gehen ein wenig aufrechter als sonst und tun wichtig.

Er erkundigt sich bei einem seiner Wärter, was das zu bedeuten habe, und erfährt so, dass König Herodes Agrippa II., Sohn des Kindermörders Herodes und nach dessen Tod von Kaiser Claudius als König von Judäa eingesetzt, seines Zeichens Oberaufseher über den Tempeldienst in Jerusalem und religiöses Oberhaupt aller Juden, nach Cäsarea kommen würde, um Festus seine Aufwartung zu machen – samt seiner Schwester Berenike, mit der er eheähnlich zusammenlebe.

Und tatsächlich ziehen die beiden Kinder und Erben Herodes' I. – deren verwerfliches Verhältnis bekannt ist und selbst im perversen Rom verachtet wird – mit riesigem Gepränge unter Fanfarenklängen bei Festus ein. Für ein paar Tage etabliert sich ein halber Hofstaat in Cäsarea.

Wieder keimt Hoffnung auf. Ein so mächtiger Gast könnte ihm schneller zur ersehnten Freiheit verhelfen, als er vor wenigen Tagen noch geahnt hatte. Nun ist er wieder hellwach. Er hört die Geräusche im Castell und macht sich darauf einen Reim. Er malt sich aus, was gerade vorgeht, wo sie sich aufhalten, wann sie sich zu Tisch legen, wann sie die nächtliche Tafelrunde beenden und in welchem Zustand. Abend für Abend hofft er, dass ein Wärter kommt und ihn zum Nachtmahl holt. Er lauscht in die Stille des Flures, er horcht mit schräg gehaltenem Kopf, ob es nicht doch Schritte seien, die sich nähern. Verharrt dort jemand an der Tür? Flüstert wer?

So vergehen die Abende in bangem Warten, bis er hört, dass sich die Gäste samt Zofen und Dienern lauthals in ihre Gemächer zurückziehen, um sich dem Verlangen hinzugeben, das der Alkohol beflügelt hat. Da dieser aber zugleich die Tat erschwert, sind es Stunden des Schreiens und lustvollen Heulens, die er aushalten muss, bevor ihm selbst die müden Lider zufallen und ein unruhiger Schlaf ihn übermannt.

Im Castell selbst ist alles auf Hochglanz geputzt. Die Fackeln wurden verdoppelt, die Öllampen glänzen zu hunderten in den Gängen und beleuchten diese nachts honigfarben. Die Tischdiener haben neue schicke Uniformen und stehen Spalier, wenn die hohen Gäste gelangweilt durch die weiträumigen Säle defilieren.

Bei einem der ausschweifenden nächtlichen Orgien äußert Festus gegenüber seinen Gästen mit näselnder Stimme, er habe dort unten einen Gefangenen, über den er sich kein klares Bild machen könne. Er legt den Fall des Paulus so dar, wie er selbst ihn verstanden hat, berichtet von der Vorgeschichte und davon, dass er selbst den Angeklagten gefragt habe, ob er sich in Jerusalem verantworten wolle, der Gefangene jedoch habe an den Kaiser appelliert, und nun sei er, Festus, im Begriff, ihn nach Rom zu überstellen, er tue sich aber mit dem notwendigen Begleitschreiben schwer, vielleicht könne Herodes ihm in seiner Funktion als oberster religiöser Leiter der Juden und als derjenige, der den Hohenpriester einsetze, ihm behilflich sein, er kenne sich in dieser Materie doch sicher gut aus.

Festus hält den silbernen Kelch hin, den ein Bediensteter ihm mit dem ersten vergorenen Wein dieses Jahres füllt. Berenike schaut gedankenverloren auf den großen Edelstein, den Festus am kleinen Finger trägt. In der Hand hält sie ein Stück Haselnusskuchen, von dem der Honigaufstrich heruntertropft. Sie schimpft. Ein Diener springt herbei und reicht ihr ein feuchtes Tuch.

Schwammig sitzt Herodes da und schaut aus seinem verfetteten Gesicht auf den gebildeten römischen Aristokraten, der mit allem Jüdischen hoffnungslos überfordert ist. Er bietet seinem ratlosen Gastgeber in diesem undurchsichtigen Fall seine Hilfe an: „Den Mann möchte ich selbst gern hören …"

„Ja, das wäre gut", kichert Berenike und schaut mit einer gewissen Befremdung auf das gepflegte Gehabe ihres Gastgebers, den sie seit ihrer Ankunft nur danach betrachtet, welche Qualitäten er wohl als Liebhaber hätte und ob seine schlanke Figur jene Dehnbarkeit verspricht, die ihr übergewichtiger Bruder vermissen lässt.

„Ich habe lange keinen faszinierenden Mann mehr erlebt", fügte sie mit einem Blick zu ihrem Bruder an, „oh, das ist ja spannend … der sitzt hier bei dir im Kerker?"

„Unter Arrest", korrigiert Festus, wonach ihm Berenike über den Mund fährt, dass dieses doch wohl dasselbe sei. Agrippa und Festus schauen sich kurz an. Keiner der beiden hält es für sinnvoll, dieser eingebildeten Kurtisane den Unterschied darzulegen.

„Ach", fährt diese inzwischen fort, „wir sollten ein rechtes Fest feiern ... Schatz", wendet sie sich an ihren Bruder, der geistesabwesend auf einem Kissen lümmelt, „lass uns ein Fest feiern in diesem öden Gebäude und diesen Paulus dann vorführen ..., du weißt, wie sehr ich mich für die geistigen Dinge und für die Philosophie interessiere."

In weinseliger Laune planen sie, an einem der nächsten Tage ein feierliches Abendessen, mit anschließender Vorführung des Paulus, zu geben, „zwischen den Hauptgängen und dem Nachtisch ...", bittet Berenike und klatscht mädchenhaft in die Hände.

Am nächsten Tage werden die Einladungen mit schnellen Reitern ausgeschickt. Sklaven richten den Festsaal her, sie schleppen Tische und Stühle, rücken Kommoden und Schränke zurecht – ängstlich und zugleich hoffend belauscht von dem Gefangenen, der bald als besondere Attraktion zwischen Flötenspielern und Gauklern vorgeführt werden soll.

Der Abend rückt heran.

Bereits früh erscheinen die Spitzen der eingeladenen Militär- und Zivilbehörden mit ihren Frauen und Jünglingen. Festus bewegt sich unter ihnen in einer glänzend weißen Toga, und schließlich erscheinen auch der König und seine Schwester. Mit großem Pomp ziehen sie in den Festsaal ein, Agrippa im gold- und silberdurchwirkten Purpurmantel und Berenike mit einer langen Schleppe, die von vier Sklavinnen getragen wird. Kostbarer Schmuck funkelt und klirrt an Hals und Armen, selbst am Knöchel ihrer zarten Fessel schimmert rötlich ein Kettchen. Sie federt aufrecht an der Seite ihres ungelenken Bruders und lässt sich zum vorderen Teil der Tafel geleiten. Umständlich wird ihr der Schleier auf die Seite drapiert, während Agrippa sich sein Kissen heranzieht und zurechtklopft. Gedämpft treten nun die Geladenen zu ihren Plätzen.

Festus hält eine Begrüßungsrede in ausgesuchtem Latein und deutet an, dass man zu späterer Stunde noch eine Überraschung besonderer Art bereit habe, etwas, das noch keiner der Geladenen jemals erlebt habe. Gefällig neigen diese ihre interessierten Köpfe zu dem Redner und beginnen sich tuschelnd zu fragen, was dieses wohl sei.

Dieweil beginnt das Essen.

Es ist ein von zweihundert Köchen seit Tagen vorbereitetes Mahl. Für jeden der Gäste steht ein gepflegter Tischdiener bereit, während im Innern der u-förmigen Tafel drei Sklaven nur für den Wein sorgen, den es in diesem Herbst reichlich gibt.

Nach den ausgiebigen Fleisch- und Gemüsegängen verschwinden die Diener auf einen kleinen Wink des Festus.

Es wird still in der Runde. Festus wartet ein paar Augenblicke, dann erhebt er sich.

Plötzlich nimmt man an der Tür Geräusche wahr. Alle Gesichter wenden sich dorthin. Die Tür wird aufgestoßen, und herein tritt Paulus, den man am Nachmittag über diesen abendlichen Auftritt informiert hat. Er ist an einen Soldaten gekettet.

Ein Schrei des Entsetzens. Einigen Frauen nehmen beide Hände vor den Mund. Andere schauen verängstigt zu Festus. Berenike lächelt still und schaut mit ihren Bienenaugen zu Paulus.

Der Soldat bleibt dort stehen, wo es ihm bei einer morgendlichen Übung der Zeremonienmeister befohlen hat.

Festus ergreift das Wort. Er stellt den Gefangenen vor und erklärt den Umstand, unter dem er hier sei. Am Ende spricht er eine Bitte aus: „Vielleicht kann mir jemand von euch nach seiner Rede einen Wink geben, was ich dem Kaiser nach Rom über diesen ... über diesen ... diesen dubiosen Fall schreiben soll.“

Festus setzt sich und erteilt Paulus das Wort.

Dieser steht unrasiert, hager und bleich inmitten der festlichen Runde. Seine Augen sind blau umrändert, das Hemd zwar sauber, aber fadenscheinig und ausgewaschen. Er zieht die neugierigen Blick der perlenfunkelnden Hofgesellschaft auf sich.

Wie gewohnt will er zu Beginn seiner Rede die rechte Hand erheben, doch die Kette rasselte rauh und verhindert den gewohnten Gestus.

Erschreckt zuckt der Soldat neben ihm zusammen. Der gespannten Berenike entweicht ein leiser Schrei, sie nimmt kindisch die Hände vor den Mund. Ihre Armreifen klirren.

Festus gibt dem Soldaten einen Wink. Er befreit Paulus von der Kette und verlässt mit schlurfendem Schritt den Festsaal. Paulus reibt sich die Handgelenke.

Festus erklärt, dass Paulus in Arrest sei und die Ketten nur der Spannungssteigerung gedient hätten. Seine Platznachbarn lachen amüsiert auf.

Während Paulus redet, sitzt Festus wie versteinert da. Es ist ihm eine völlig fremde Welt, und obwohl er den Ausführungen zu folgen versucht, bleibt ihm das meiste der bewegten Rede verborgen. Immerhin lauscht er so gespannt, dass er einmal, ohne jede Selbstkontrolle dazwischenruft: „Paulus, du bist verrückt, das viele Studieren hat dich um den Verstand gebracht."

Darauf Paulus: „Ich bin nicht verrückt, erlauchter Festus; was ich sage, ist wahr und vernünftig. Der König versteht sich auf diese Dinge; deshalb spreche ich auch freimütig zu ihm. Ich bin überzeugt, dass ihm nichts davon entgangen ist; das alles hat sich ja nicht in irgendeinem Winkel zugetragen. König Agrippa, glaubst du den Propheten? Ich weiß, du glaubst."

Und Agrippa: „Fast überredest du mich dazu, mich als Christ auszugeben."

Ein amüsiertes Lachen geht durch die Runde. Hüsteln der

Zuhörer und faszinierte Blicke, die zwischen Paulus und Agrippa hin und her wechseln.

Paulus antwortet: „Ich wünschte mir von Gott, dass früher oder später nicht nur du, sondern alle, die mich heute hören, das werden, was ich bin, freilich ohne diese Fesseln."

Agrippa grinst. Das Raunen wird lauter. Viele schmunzeln. Agrippa und Festus flüstern miteinander. Berenike rückt an die beiden heran, um nichts zu verpassen. Die Mundschenke bieten verschiedene Getränke an. Große Platten mit Kuchen und Schüsseln voller dampfenden Griesbreis werden hereingetragen. Agrippa flüstert, er fände an dem Mann nichts, worauf Tod oder Haft stünde. Festus nickt. Berenike schaut lüstern. Agrippa bemerkt zu Festus: „Der Mann könnte freigelassen werden, wenn er nicht an den Kaiser appelliert hätte."

Paulus wird auf ein Handzeichen des verwirrten Festus wieder in Arrest gebracht.

Dort hört er noch lange die Geräusche des Gelages, das bis in die Morgenstunden dauert.

Er liegt rücklings auf dem Bett. Seine Rede geht ihm durch den Kopf, das Zwiegespräch am Ende, jeder Blick, jeder Gestus stehen ihm vor Augen, er betet und ringt und er zermartert sich den Kopf, wohin das Ganze führen würde.

Gegen Mittag des folgenden Tages kommt Festus zu ihm.

Er ist durchaus gut gelaunt und hat etwas Feierliches in seiner Stimme.

Ohne lange Umschweife erklärt er ihm: „Ich habe am Morgen mit Agrippa über dich gesprochen, und dieser hat geantwortet, man könne dich auf freien Fuß setzen …"

Paulus ist fassungslos.

Die Flamme der Freiheit sticht empor, wild gehen die erregten Augen, das Herz schlägt ihm bis zum Halse. Unvermittelt dringt eine Hoffnung in dieses Verlies, die für ihn selbst überraschend kommt, und weckt urplötzlich in seinen

Tiefen etwas, das er selbst sich nie zugegeben hat: Jene letzte Hoffnung, dem Ganzen doch noch auf legale Weise entkommen zu können, ist noch immer da. Und jetzt steigt sie heraus wie der Geist aus der Flasche und erfüllt das Zimmer, zieht durch den Flur, verlässt das Castell, weht übers Land und übers Meer hinüber nach Rom …

Festus hat seinen Kopf zu Boden gesenkt und wartet einen Augenblick. Dann schaut er ihn mit traurigem Blick an und spricht leise: „Agrippa meinte, man könnte dich auf freien Fuß setzen, wenn du nicht an den Kaiser appelliert hättest …"

Paulus lässt enttäuscht die Arme fallen. Ihm wird schwarz vor Augen, er muss sich an der Wand abstützen und setzt sich auf einen Stuhl.

Keine Enttäuschung ist größer als die, der die Hoffnung vorausgeht.

Ein leises „Oh" entweicht ihm. Er zittert am ganzen Körper, kalter Schweiß rinnt ihm über den narbigen Rücken.

Hallend, wie von fern, hört er, dass Festus ihn in den nächsten Tagen wunschgemäß nach Rom überstellen wird.

Überfahrt

In den Jerusalemer Kreisen wird die Nachricht, dass Paulus nach Rom überstellt werden soll, mit Wohlgefallen aufgenommen. Sie kommt vor allem König Agrippa zugute: Da könne man doch mal sehen, was ein guter König zuwege brächte, Agrippa sei ein Freund der Juden, aber dieser Statthalter, der eitle Festus, der sei ja wohl ein Schwachkopf, mein lieber Mann, der habe ja nun wirklich keine Ahnung, der hätte Paulus am Ende noch freigelassen; wenn man sich des Falles schon nicht persönlich annehmen könne, dann solle ihm nun wenigstens in Rom ein schlimmes Ende bereitet werden, diesem Christen; in Jerusalem hätte man ja nun durch die Tötung des Jakobus ein Exempel statuiert, und nun sei es an Rom, desgleichen mit Paulus zu tun – und so weiter.

Agrippa ist abgereist. Im Castell kehrt der Alltag ein. Paulus lebt weiterhin als Gefangener, aber doch mit relativen Freiheiten. Täglich bekommt er Besuch von Christen aus Cäsaräa und vor allem von Lukas. Festus lädt ihn hin und wieder zum Abendmahl und sucht die Diskussion. Aber die Römer sind keine Philosophen, und von Schlachtenformationen und Waffenbau versteht wiederum Paulus nichts.

Er hat sich mit seiner Situation abgefunden. Mehr noch: nun, wo der fast dreijährige Schwebezustand beendet und klar ist, dass er nach Rom überstellt wird, kehren die Lebensgeister in ihn zurück. Er ist guter Dinge, voller Tatendrang und in gespannter Erwartung auf das, was kommen werde. Noch überwiegt die Freude, sich den Jerusalemer Splittergruppen und dem aggressiven Polit-Judentum entzogen zu haben. Er will jetzt nur noch eines: nach Rom.

Aber wieder zieht sich alles in die Länge. Das Wetter wird immer schlechter. Eisige Herbstwinde wehen an die Mauern des Castells. Regen peitscht. Tagelang ist der Himmel wolkenverhangen. Einmal hagelt es, und die weißen Körner bedecken für kurze Zeit das Land. Die Geschäftigkeit im Hause lässt nach. Es werden weniger Waren angeliefert, die Speicher sind voll, und das Jahr neigt sich mit beängstigender Geschwindigkeit dem Ende entgegen. Früher war Oktober dem Worte gemäß der achte Monat des Jahres, aber seit man zu Ehren der großen Kaiser Julius Cäsar und Augustus je einen Monat eingefügt hat, ist es nun schon der zehnte Monat des Jahres 58. In wenigen Tagen wird die Schifffahrt über das Mittelmeer geschlossen. Wer danach noch in ein Segelschiff steigt, ist entweder Pirat oder lebensmüde. Es ist jetzt schon nur noch mit den großen römischen Handelsschiffen möglich, das aufgewühlte und stürmische Meer zu überqueren. Solche schweren Schiffe landen in Cäsaräa gar nicht an. Eile ist geboten.

Irgendwann in diesen Tagen erkundigt sich der Centurio von Festus' Burggarde im Hafen nach den Möglichkeiten eines Gefangenentransportes nach Rom.

Einige wenige Schiffe liegen noch dort. Der Centurio muss lange auf den Kapitän warten, bis dieser aus einer der unzähligen Hafenkaschemmen geschwankt kommt. Er ist sternhagelvoll und lallt wirres Zeug vor sich her. Es hat wieder angefangen zu regnen. Der Himmel ist grau und verhangen. Seit den Vormittagsstunden nieselt es und schwere Böen treiben die eisigen Körner senkrecht über die Hafenanlagen. „Mann, Mann, Mann", sagt der Kapitän. Er schaut, soweit sein Zustand es zulässt, gen Himmel und nimmt den Arm schützend vors Gesicht. „Bei Jupiter, das sieht verdammt noch mal nicht gut aus."

Sie stellen sich unter ein Vordach und sprechen über die Modalitäten der Überführung eines Gefangenen. Dabei erfährt der Centurio, dass dieses Schiff nur bis Myra segelt. Über das offene Meer könne so spät im Jahr solch ein kleiner Kahn nicht mehr fahren, das sei zu gefährlich, er sehe ja selbst, was das Wetter für Kapriolen schlage, aber in Myra werde die Ladung in ein größeres kaiserliches Handelsschiff umgeladen, man könne also in Myra umsteigen, und wenn die Götter mitspielten, dann sei eine Überfahrt nach Rom auch in diesen stürmischen Tagen möglich, man lebe ja in modernen Zeiten, und auch die Schiffe seien besser geworden, größer und bauchiger und schneller …

In der Nacht fängt es an zu stürmen. Der Orkan peitscht Regenschauer an die Küste. Böen reißen ab, was nicht niet- und nagelfest ist. Eine Tür im Innenhof der Burg ist lose und schlägt krachend im Wind.

Paulus' letzte Stunden in Cäsarea sind angebrochen. Er liegt wach auf dem Lager. Die wenigen Habseligkeiten hat er bereits in seinen alten Rucksack gepackt, dessen Riemen durch die schwere Kollekte sehr ausgeleiert sind.

Der Morgen ist grau und diesig. In aller Frühe wird er aus der Zelle geholt, in der er nun fast drei Jahre verbracht hat. Paulus ist mager geworden und läuft gebückt. Über den kurzen Bartstoppeln treten die Wangenknochen hervor. Die Wangen sind eingefallen und die Augen entzündet. Die Stirn ist kahl und die Locken am Hinterkopf und den Schläfen sind weiß. Drei Jahre des Wartens haben ihn ausgezehrt.

Es gibt einen Appell im Innenhof, er wird an einen Soldaten gekettet, schultert seinen Rucksack, und sie gehen die kurze Wegstrecke zum Hafen.

Der Steg ist rutschig. Paulus strauchelt einmal. Die Kette klirrt, auch der Soldat stolpert. Er übergibt dem Kapitän die Papiere. Der nimmt es kaum wahr, denn er ist in eine aufgeregte Diskussion mit einigen Passagieren verwickelt, ob die Überfahrt noch gelingen würde. Es geht um das schlechte Reisewetter. Nach vielem Hin und Her stellt sich auch der Steuermann dazu, ein riesenhafter Mensch mit dunklem, pockennarbigem Gesicht. Er zerstreut mit wegwerfenden Gesten alle Bedenken, das Wetter sei kein Problem, er sei schon öfter bei solchen Stürmen gesegelt, ja, schon viele schlimmere Stürme hätte er erlebt, das hier sei doch wohl eher ein laues Lüftchen, da könne man ja wohl nicht von Sturm reden, das bekomme er hin, man bräuchte sich keine Sorgen zu machen, er habe quasi sein ganzes Leben auf dem Meer verbracht …

Um keine Zeit zu verlieren, gibt schließlich der Kapitän den Befehl: „Leinen los!"

Ohne Mühe kann das Boot im Hafen wenden, denn die Anleger sind weitestgehend frei. Der Steuermann hat in der Tat Recht: unweit der Küste weht ein besserer Wind als an Land, auch der Regen hat etwas nachgelassen, und so geht die Fahrt am ersten Tag bis Sidon, einem nördlich gelegenen Hafen.

Trotz des für die Seefahrt gefährlichen Wetters lichten sie in Sidon frühmorgens den Anker und machen die Leinen los. Sie sind so durchtränkt und schwer, dass sie sich kaum aufwinden lassen.

Paulus steht am Bug des Schiffes und atmet tief ein. Immer wieder zieht er den salzigen Wind in die Nase. Dabei heben sich die schmalen Schultern bis zum Kiefer und fallen beim Ausatmen schlaff nach unten. Er ballt die Fäuste und streckt danach alle Finger von sich, als wolle er sie einzeln in die Ferne werfen.

Am Mittag umschiffen sie Cypern nördlich und sind in Küstennähe vor dem scharfen Westwind geschützt. Von der Insel ist nichts zu sehen. Sie liegt in diesiger Ferne. Irgendwo dort muss Barnabas leben. Wie lange das her ist.

Entgegen aller Erwartungen verläuft die Fahrt auch an diesem zweiten Tag noch gut, obwohl sie erst in der Nacht und mit großer Mühe in Myra, einem Hafen Lykiens, einschiffen. Hier endet die Fahrt. Alle Passagiere müssen von Bord und den Landweg nehmen oder ein anderes Schiff suchen.

Noch am selben Abend begibt sich der Begleitsoldat mit Paulus zu dem Weizenschiff, das die Überfahrt nach Rom noch wagen will. Es ist ein Lastschiff, das für den Transport von Getreide bestimmt ist: ein Zweimaster, der etwa 300 Tonnen fasst und unter Deck Platz für 200 Passagiere hat.

Die Formalitäten werden geregelt, der Kapitän nimmt die Papiere entgegen, ein Matrose weist Paulus und seinem Soldaten einen Schlafplatz unter Deck zu. In der Nacht hört es auf zu regnen. Das Unwetter scheint vorübergezogen zu sein. Zwar schwankt das Schiff selbst an der Mole mehr als gewöhnlich, aber der Wind ist deutlich abgeflaut.

Da Eile geboten ist und das Wetter gut zu werden scheint, legt das Schiff schon ab, als die Passagiere noch schlafen. Zunächst nimmt es in den Morgenstunden gute Fahrt auf. Nach dem Sturm ist es warm geworden, der Wind hat plötzlich wieder etwas Sommerliches. Am Vormittag reißt der Himmel auf und eine gelbe Sonne wirft fahles Licht auf das Wasser. Je weiter das Schiff sich aber gegen Mittag von der Küste entfernen muss, desto stärker bläst der Gegenwind. Hier draußen hat das Meer eine große Dünung. Sekundenlang steigt das Schiff bergan und stürzt dann mit beängstigendem Winkel das Wellental hinab. Unter Deck bersten einige Trennwände, und das geladene Getreide bricht aus den Kammern aus. Sofort fängt das Schiff zu schwanken an.

Kommandos, Unruhe unter Deck, alle Matrosen sind auf den Beinen, sogar die Passagiere müssen nun mit anpacken, das geladene Korn in die Speicher zurückzuschaufeln. Große Zwischenwände werden mit aller Gewalt eingeschoben, damit der Weizen im Sturm fest sitzt. Dieweil ziehen am Horizont blauschwarze Wolken auf und füllen bald den Himmel aus. Sie türmen sich zu mächtigen Gebilden. Ein überdimensionaler Amboss zeichnet sich ab, und die Seeleute wissen, dass hier Kalt- und Warmzonen scharf voneinander getrennt sind, was nichts Gutes verheißt.

Die Mannschaft wird zur Eile angetrieben. Die Matrosen rennen hin und her. Der Ton an Bord wird rauer. Alle sind nervös und angespannt. Einige Passagiere sind seekrank geworden – auch Paulus. Andere haben einfach nur Angst. Sie müssen jetzt mit dem tief liegenden Frachter vor dem Wind kreuzen. Sie kommen kaum noch voran. Am Abend erreichen sie das Tagesziel nicht und müssen die Nacht auf dem unruhigen Meer verbringen.

Die Matrosen haben keinen Augenblick Ruhe. Die ganze Nacht müssen sie mit aller körperlichen Anstrengung vor dem Wind kreuzen. Kein Stern ist zu sehen, und der Himmel ist so wolkenverhangen, dass keine Navigation mehr möglich ist. Am Morgen können sie noch einmal Fahrt aufnehmen, aber es tritt keine durchgreifende Besserung des Wetters ein.

Zäh kämpft sich der schwere Kahn durch die Gegenkräfte. Wenigstens halten die Getreidespeicher jetzt – noch. Am späten Nachmittag drückt ein neuer Orkan das Schiff wieder zurück. Erst im Morgengrauen des dritten Tages dreht der Wind.

Als der seekranke Paulus mit seinem müden Bewachungssoldaten an die Reling tritt, hat der Steuermann das Schiff in südliche Richtung gelenkt, um den Windschutz der Insel Kreta zu nutzen. Jetzt, mit diesem besseren Wind, umfahren sie Salmone, das östliche Vorgebirge Kretas und fahren endlich an der südlichen Küste der Insel entlang. Ermüdet, erschöpft und heilfroh erkennen die Seeleute gegen Abend im abnehmenden Regen die Bucht von Kaloi Limenes. Der Kapitän gibt den Befehl, diese anzulaufen, aber wieder muss das Schiff gegen den vom Land her drückenden Wind und die rückschlagenden Küstenwellen ankämpfen. Zweimal kreuzen sie vor der Bucht und kommen nicht hinein. Der Kapitän läuft aus Angst vor Sandbänken zwischen einem lotenden Matrosen und dem Steuermann hin und her. Er schreit, gestikuliert und schaut auf die ihm angezeigte Senktiefe des Bleis.

Dann endlich kommen sie in den Windschatten der vorgezogenen Landzunge und segeln mit letzten Kraftanstrengungen in die windgeschützte, ovale Bucht ein.

Sobald sie den Anker geworfen haben, beginnt eine heftige

Diskussion: „Wir sind hier mit letzter Kraft angekommen", beginnt der Kapitän, „es ist offensichtlich, dass das Meer nicht mehr befahrbar ist ..."

Der Steuermann gibt zu bedenken: „Hier zu überwintern, ist allerdings unmöglich, ... wir sind am falschen Ort, denn dieses kleine Hafenstädtchen Lasäa hat keine Lagerhallen, in denen wir das geladene Korn unterbringen könnten ..."

Nun ist guter Rat teuer. Ein Offizier holt die Seekarte. Sie ermitteln, dass ein wenig weiter westlich Phönix liege, das zum Überwintern geeigneter sei als Kaloi Limenes, wo sie sich jetzt befänden. Die Strecke zwischen diesen beiden Häfen betrage etwa 40 Seemeilen, könne also in ungefähr einem Tag zurückgelegt werden, wenn der Wind auch nur einigermaßen günstig sei.

Es gibt ein lautes Hin und Her, bis der Kapitän beschließt, bis nach Phönix zu segeln und dort zu überwintern – fatalerweise.

Am anderen Morgen sehen ein paar neugierige Kinder ein tief liegendes Handelsschiff mit gerader weißer Gischtspur unter gutem Südwind die Bucht verlassen. Lange schauen sie dem auf den Wellen tanzenden Rettungsboot nach, das hinten an den Frachter gebunden ist.

Auch diese Kinder wissen, dass die Seefahrt seit drei Tagen geschlossen ist. Wer jetzt noch ausfährt, der riskiert sein Leben. Erschrocken laufen sie durch das Hafenstädtchen und erzählen überall, was Unglaubliches sie eben am Strand beobachtet haben.

Vier Stunden später halten die erfahrenen Bewohner von Kaloi Limenes den Atem an, denn was sie am Morgen den Seeleuten schon hätten sagen können, ist eingetroffen: der Euroklydion, ein in dieser Jahreszeit von den Bergen herabstürzender Sturm von gewaltiger, orkanartiger Stärke. Erst fegt er über die Hafenstadt, lässt die Fensterläden krachend gegen die Wände schlagen und reißt Masten um. Dann nimmt er an Stärke schnell zu, löst Türen aus den Angeln, drückt die Schwellen nieder und greift unter jedes Dach, in dem er nur ein kleines Loch in den Ziegeln findet. Nach getaner Verwüstungsarbeit jagt er auf das offene Meer hinaus, peitscht die Wellen hoch, so dass es bald weiß ist, davonrasend sammelt er zugleich neue Kräfte und schaut sich tobend nach neuer Beute um. Da ist der Lastkahn schon weit auf dem Meer …

Und als nach drei Tagen die neugierigen Kinder den Strand nach angeschwemmten Schätzen absuchen, zieht einer mit Mühe eine Kiste an Land, dann rufen irgendwo helle Stimmen um Hilfe bei der Bergung von noch zusammengebundenen Säcken, in denen sie ein paar Hände voll Weizen finden, und weiter oben ziehen zwei Jungen ein langes Tau wie eine tote Schlange aus dem trügerischen Meer, das nach dem Sturm ganz warm ist.

Was geschehen sein mochte, das erzählen ihnen die Alten, jene, die so etwas schon erlebt und die ihre besten Freunde durch solche Stürme verloren haben.

„Gegen solch einen Wind kommt man nicht an."

„Zuerst zieht man die Segel ein, damit man nicht zu weit abtreibt …"

„Und dann beginnt das Warten: Hält das Boot … krachen die Masten?"

„Vorher aber wirft man alle überflüssige Ladung über Bord …"

„Das kann tagelang so gehen …"

„Keinen Tag kennt man dann und keine Nacht … nur Wolken, Regen und dieser entsetzliche Sturm … und ständig das Quietschen und Krachen der Planken … hält das Boot?"

„Keine Sonne am Tag … kein Stern in der Nacht … ist man in Afrika oder in Italien …?"

„Oder in Griechenland …? Keiner weiß mehr eine Richtung, man muss abwarten, aber der Sturm pfeift weiter … unerbittlich …"

„Da draußen gibt es keine Gnade ..."

Die Kinder lauschen den Geschichten mit offenen Augen und Mündern. In der Ecke liegt zusammengerollt das aufgefundene Tau, andere haben die Säcke und die Kiste als Trophäen heimgetragen. In allen Häusern werden die Geschichten erzählt, denn jeder weiß, was der Euroklyon bedeutet – dazu noch ein solcher, wie er vor ein paar Tagen über Kaloi Limenes hinweggefegt ist.

„Von denen lebt keiner mehr ... die sind alle ertrunken ..."

Die Jüngsten schlafen schon, aber die Älteren können nicht genug von den Mächten des Meeres, von Stürmen und Katastrophen, von Untergängen und seltsamen Errettungen hören.

Über Winter

Dreizehn Tage, nachdem die Kinder so mit den Alten gesprochen haben, spielt sich das Ende des Dramas, das sich abzeichnete, weitab am Rande einer stillen Lagune ab.

Lukas hat das aufgeschrieben, und es klingt, als sei er dabei gewesen:

Da der Hafen zum Überwintern ungeeignet war, beschloss die Mehrheit weiterzufahren, um nach Möglichkeit Phönix zu erreichen, einen nach Südwesten und Nordwesten offenen Hafen von Kreta; dort wollten sie überwintern. Als leichter Südwind aufkam, meinten sie, ihr Vorhaben sei schon geglückt; sie lichteten den Anker und fuhren dicht an Kreta entlang.

Doch kurz darauf brach von der Insel her ein Orkan los, Eurakylon genannt. Das Schiff wurde mitgerissen, und weil es nicht mehr gegen den Wind gedreht werden konnte, gaben wir auf und ließen uns treiben. Während wir unter einer kleinen Insel namens Kauda hinfuhren, konnten wir das Beiboot nur mit Mühe in die Gewalt bekommen. Die Matrosen hoben es hoch, dann sicherten sie das Schiff, indem sie Taue darum herumspannten. Weil sie fürchteten, in die Syrte zu geraten, ließen sie den Treibanker hinab und trieben dahin. Da wir vom Sturm hart bedrängt wurden, erleichterten sie am nächsten Tag das Schiff, und am dritten Tag warfen sie eigenhändig die Schiffsausrüstung über Bord. Mehrere Tage hindurch zeigten sich weder Sonne noch Sterne und der heftige Sturm hielt an. Schließlich schwand uns alle Hoffnung auf Rettung.

Als wir schon die vierzehnte Nacht auf der Adria trieben, merkten die Matrosen um Mitternacht, dass sich ihnen Land näherte. Sie warfen das Lot hinab und maßen zwanzig Faden; kurz danach loteten sie nochmals und maßen fünfzehn Faden. Aus Furcht, wir könnten auf Klippen laufen, warfen sie vom Heck aus vier Anker und wünschten den Tag herbei. Als aber die Matrosen unter dem Vorwand, sie wollten vom Bug aus Anker auswerfen, vom Schiff zu fliehen versuchten und das Beiboot ins Meer hinunterließen, sagte Paulus zum Hauptmann und zu den Soldaten: „Wenn ihr nicht auf dem Schiff bleibt, könnt ihr nicht gerettet werden." Da kappten die Soldaten die Taue des Beibootes und ließen es forttreiben. Wir waren im ganzen zweihundertsechsundsiebzig Menschen an Bord. Als es nun Tag wurde, entdeckten die Matrosen eine Bucht mit flachem Strand; auf ihn wollten sie, wenn möglich, das Schiff auflaufen lassen; das Land selbst war ihnen unbekannt. Sie machten die Anker los und ließen sie im Meer zurück. Zugleich lösten sie die Haltetaue der Steuerruder, hissten das Vorsegel und hielten mit dem Wind auf den Strand zu. Als sie aber auf eine Sandbank gerieten, strandeten sie mit dem Schiff; der Bug bohrte sich ein und saß unbeweglich fest; das Heck aber begann in der Brandung zu zerbrechen. Da beschlossen die Soldaten, die Gefangenen zu töten, damit keiner schwimmend entkommen könne. Der Hauptmann aber wollte Paulus retten und hinderte sie an ihrem Vorhaben. Er befahl, dass zuerst alle, die schwimmen konnten, über Bord springen und an Land gehen sollten, dann die Übrigen, teils auf Planken, teils auf anderen Schiffstrümmern.

Schon nachts haben die Küstenbewohner Krachen und schließlich ferne Schreie durch den Sturm gehört. Als in den Morgenstunden das Schiff zerbirst, stehen sie mit aufgerissenen Augen am Ufer und sehen, wie sich sein gischtumschäumter Bug bizarr vor dem grauen Himmel abhebt. Wenig später werden die ersten großen Planken an Land gespült.

Noch immer ist der Himmel wolkenverhangen, und nur mühsam bricht die aufgehende Sonne durch den Nebel.

Plötzlich sehen sie viele kleine Pünktchen auf den hohen Wellen tanzen: Schiffbrüchige, die sich an Bretter und Planken klammern. Die Fischer laufen, holen ihre Boote und stoßen mit aller Kraft hinaus.

Eine Stunde später scharen sich die hageren und matten Gestalten um ein Feuer, das sie aus Reisig gemacht haben. Sie sind halb verhungert, einige bluten, haben Schmerzen oder können nicht laufen. Die Kleider hängen ihnen in Fetzen vom Leib.

Dreizehn Tage lang sind sie in der Hölle gewesen, hin und her geworfen von den Mächten der Finsternis, wie eine kleine Nussschale wurde ihr ruderloses Boot getrieben, und sie hatten jede Orientierung verloren. Niemand weiß, wo sie sich jetzt befinden.

Die liebenswürdigen Insulaner bringen zwar Tücher, Decken, Obst und Getränke, aber von ihrer Sprache versteht keiner der Geretteten ein Wort.

Nur Paulus und einige phönizische Matrosen hören verwandte Laute aus der punischen Eingeborenensprache heraus. Mit Händen und Füßen verständigen sie sich und bekommen heraus, dass sie sich auf Malta befinden.

Als Paulus einen Haufen Reisig zusammenrafft und auf das Feuer legt, fährt infolge der Hitze eine Viper heraus und beißt sich an seiner Hand fest. Als die Einheimischen das Tier an seiner Hand hängen sehen, sagen sie zueinander: Dieser Mensch ist gewiss ein Mörder; die Rachegöttin lässt ihn nicht leben, obwohl er dem Meer entkommen ist. Er aber schleudert das Tier ins Feuer und erleidet keinen Schaden. Da erwarten sie, er werde anschwellen oder plötzlich tot umfallen. Als sie aber eine Zeit lang gewartet haben und sehen, dass ihm nichts Schlimmes geschieht, ändern sie ihre Meinung und sagen, er sei ein Gott.

Auf der kleinen Insel spricht sich das Ereignis der Errettung Schiffbrüchiger schnell herum. Die Nachricht dringt binnen weniger Stunden bis zum obersten römischen Beamten. Er lässt es sich nicht nehmen, in Begleitung einiger Ratsleute persönlich an den Strand hinunterzugehen, um sich von dem

Ganzen ein Bild zu machen. Als er kommt, springen nur die Einheimischen auf und grüßen ihn, die Schiffbrüchigen rühren sich kaum. Sie sind in Decken gehüllt, sitzen in Gruppen beisammen und blicken sinnierend in die kleinen Feuer, die man ihnen angezündet hat. Sie heben müde ihre Häupter, als die Abordnung erscheint, und schauen sie mit glasigen Augen an. Die Beamten besprechen sich kurz, und dann sagt einer der Begleitleute, ein angesehener Mann namens Publius, die Schiffbrüchigen könnten auf sein Gut kommen und würden volle Gastfreundschaft genießen. Er werde für Transportmöglichkeiten der Verletzten sorgen.

Wenig später fahren seine Sklaven mit mehreren Ochsenkarren an den Strand, laden die Schiffbrüchigen auf und fahren mit ihnen auf das Landgut des Publius. Der Vater des Publius liegt gerade mit Fieber und Ruhr im Bett. Paulus geht zu ihm hinein und betet; dann legt er ihm die Hände auf und heilt ihn – so jedenfalls berichtet es Lukas später, und er fügt noch an, dass daraufhin auch die anderen Kranken der Insel herbeikommen und geheilt werden.

Nach ein paar Tagen, als seine Gäste sich langsam erholen, mobilisiert Publius die Einwohner, und viele von ihnen stellen den immerhin zweihundertsechsundsiebzig Personen in ihren Häusern ein Winterquartier zur Verfügung, auch für Paulus und den römischen Hauptmann, der ihn auf Schritt und Tritt begleitet.

Paulus ist in bester Gemütsverfassung. Selbst die Seekrankheit, die bangen Tage im Sturm, die furchtbaren Albträume im Halbschlaf waren ihm lieber als jeder Tag der Gefangenschaft in Cäsarea. Sogar in den todesdunkelsten Nächten äußerster Seenot wäre es ihm lieber gewesen, hier mit den Freunden zu ertrinken, als irgendwo im Schwebezustand des Hausarrestes zu darben.

Der Winter auf Malta, einem Teil der Provinz Sizilien, ist mild. Etwa drei Monate nach dem Schiffbruch neigt er sich bereits dem Ende zu. Die Schifffahrt übers Mittelmeer ist noch nicht wieder feierlich eröffnet, da geht auf Malta die Nachricht um, dass bald ein Schiff die Insel in Richtung Rom verlassen werde. Es handele sich um ein Alexandrinerschiff, das auf der Insel überwintert habe. Bis zur Eröffnung der Schifffahrt sei es zwar noch einen Monat hin, aber das Boot trage die Dioskuren als Wahrzeichen, Castor und Pollus, und im Zeichen dieser Schutzgötter der Seefahrer könne man den kurzen Weg nach Italien relativ gefahrlos wagen.

Unter der kleinen Gruppe, die im Februar des Jahres 60 das Boot besteigt, befinden sich auch der Gefangene Paulus und jener Hauptmann aus der römischen Legion in Palästina, dessen Aufgabe es ist, ihn sicher nach Rom zu überstellen.

Am ersten Abend laufen sie den Hafen von Syrakus an. Die Fahrt in küstennahen Gewässern war ruhig. Ab Mittag sahen sie schon den schneebedeckten Gipfel des Ätna, der sich vor dem klaren Winterhimmel abhob. Sie machen fest, gehen in einer nahegelegenen Hafenkneipe etwas essen und kehren zur Nacht auf das Schiff zurück, weil der Kapitän ausgegeben hatte, dass die Weiterfahrt für den frühen Morgen geplant sei.

Anderntags passieren sie an dem Cyklopenfelsen der homerischen Sage die Meerenge von Messina, wo von den gefürchteten Gewalten Skylla und Charybtis nichts an diesem ruhigen Spätwintertag zu spüren ist.

Die Fahrt verläuft ruhig, und zwei Tage später segeln sie an dem marmornen Palast des Tiberius im Golf von Puteoli vorüber. Es tauchen Pompeji und Herkulanum mit den Wohnsitzen der reichen Kaufherren auf, Bajae ist zu erkennen, weiter die kaiserliche Villa am Lukrinersee, nachmittags kann man drüben über die kleinen Inseln Procida, Ischia, Nisida bis hin zum Vorgebirge Nesenum blicken. Im Hintergrund schlummert der Vesuv, an dessen fruchtbaren Hängen die wohlhabenden römischen Siedlungen, Villen und Landhäuser vage zu erkennen sind. Wein wächst an seinen Hängen. In seinem fruchtbaren Umfeld lässt es sich gut leben. Seit 800 Jahren gilt der Vulkan schon als erloschen. Was sollte da noch passieren? Der wird nie wieder ausbrechen … Zwanzig Jahre später wird seine furchtbare Eruption ganze Städte meterhoch mit Lava und Asche bedecken und das römische Reich im Innersten erschüttern.

Als sie bei bestem Wetter in den Hafen von Puteoli einfahren, steht Paulus am Bug und hängt den Gedanken nach. Die letzten Stunden seiner Überstellung nach Rom sind angebrochen. Bald geht es von Bord, denn von Puteoli aus, so hat es sein Begleitsoldat ihm eben mitgeteilt, soll es zu Fuß nach Rom gehen. Sie stehen nebeneinander und schweigen.

Vor wenigen Tagen sind aus den Docks einige Schiffe zu Wasser gelassen worden und liegen am Kai. Sie fahren an diesen langsam vorüber.

Das Geschrei der Arbeiter, Sackträger, Kornmesser, Sklavenhändler ist zu hören, und von fern dringt das hölzerne Hämmern der Werftarbeiter herüber. Die Schiffe werden für die neue Saison hergerichtet. Überall herrschen Geschäftigkeit, Hektik und Aufbruchsstimmung.

In diesem Moment passieren sie ein großes Boot aus Afrika, das sich wie eine Wand vor die Geräuschkulisse schiebt und den Lärm für einen Moment verschluckt. Aus seinem Bauch dringt das Brüllen der Löwen und Panther, die demnächst ausgehungert und verwirrt in die Arena der Tierhetzen von Puteoli und Rom kommen werden.

Dann sind sie auch schon vorbei, und bald tönen wieder die Ladearbeiten anderer Schiffe herüber, als wäre nichts gewesen.

Sklaven schleppen Marmorblöcke, Obelisken und kunstvoll behauene Säulenteile, ägyptischer Porphyr wird vorsichtig herabgelassen und auf unzählige hölzerne Rollen gelegt, Giallo Antico aus Numidien ragt aus einem Schiffsbauch, und edle Statuen aus Delphi stehen auf den Ladeflächen, ausgeladen für den gigantischen Bau des Kaisers Nero, von dem auch hier die Hafenarbeiter sprechen: Das goldene Haus.

Im Hafen ist es windstill. Paulus leckt sich die salzigen Lippen und streicht das Haar nach hinten. Die Frühlingssonne wärmt sein Gesicht. Er ist angespannt und kann es kaum erwarten, an Land zu gehen. Da gibt es einen Ruck, er und sein Begleitsoldat taumeln ein paar Schritte zur Seite. Sie haben angelegt.

Sie verlassen das Schiff, und Paulus sagt leise: „Jetzt sind wir in Italien." Der Soldat nickt.

Rom ist nun mit einem Fußmarsch von sechs Tagen zu erreichen, aber noch liegt es fern.

Der Zenturio hat wegen des Schiffbruches und den sich daraus ergebenden Meldungen, Dienständerungen seiner Truppe und Verlustschätzungen im Ort zu tun und legt die Weiterreise nach Rom erst auf sieben Tage später fest.

Paulus wird in ein kleines, am Rande gelegenes Castrum gebracht. Einer der Wärter lächelt leicht, als er den Namen des Gefangenen hört. Kaum ist er mit ihm allein, fragt er nach, ob er tatsächlich jener Paulus aus Tarsus sei? Paulus bejaht, und der Wärter sagt, er sei auch Christ. Es gäbe hier eine kleine Christengemeinde, allesamt Thorachristen, beschnitte Juden, die diesen besonderen neuen Weg gemeinsam gingen.

Paulus fängt sofort Feuer. Er will genau wissen, was es mit diesen Christen auf sich habe, wo sie leben, wie sie leben, auf wen sie sich beriefen.

Er glüht. Seit drei Jahren hat er keine Gemeinde mehr besucht, und nun gibt es so plötzlich Tuchfühlung mit der Missionstätigkeit anderer.

Noch in der Nacht bittet er darum, die Gemeinde besuchen und eventuell bei den Christen Quartier beziehen zu dürfen. Er bekommt die Genehmigung, was außer Paulus auch seinen Begleitsoldaten freut, der auf diese Weise für eine Woche der kargen Kasernenkost zu entfliehen hofft.

Es stellt sich heraus, dass diese Gemeinde – wie auch die in Rom – aus den verschiedensten Thorachristen besteht: einige haben sich während der Exilsjahre taufen lassen und sind als Christen zurückgekehrt, andere haben sich infolge der Missionstätigkeit des Petrus bekehrt. Ob Petrus in Rom sei, will Paulus wissen. Die Gastgeber schauen ihn verwundert an, denn sie waren von einem besseren Kontakt der Apostel untereinander ausgegangen. Petrus sei in Rom gewesen, erzählen sie ihm, aber er sei vor dem Winter wieder abgereist.

Auch Paulus' Frage nach den Heidenchristen beantworten sie frei heraus: Ja, es gäbe auch Heidenchristen, diese nähmen, sofern sie sich hätten beschneiden lassen, an den jüdischen Feiern teil, andere, die die Beschneidung nicht angenommen hätten, lebten mehr oder weniger von ihnen, den Thorachristen, getrennt.

Sieben Tage hat er Zeit, den Gemeindemitgliedern von den wesentlichen Entwicklungen des neuen Weges zu berichten, von den Beschlüssen des Apostelkonzils und der Handhabung des Miteinanders von Juden- und Heidenchristen in den anderen Gemeinden. Sie hören interessiert zu, wenn Paulus erzählt. Jedoch wollen sie von der vollen Integration der getauften – aber unbeschnittenen – Heiden nichts wissen.

Es gibt keinen Streit, das nicht, aber diese erste Begegnung mit den Christen weist in die Richtung, die die Zusammenführung dieser beiden fremden Welten immer hat: sie ist und bleibt ein Problem.

Paulus hört, was in Jerusalem los ist. Es gäbe immer mehr offenen Widerstand gegen die römischen Besatzungstruppen. Diese seien jetzt durchgehend in Alarmbereitschaft. Man hätte die Truppenstärke fast verdoppelt. Immer wieder gäbe es politisch und religiös motivierte Morde. Die Christen seien de facto aus Jerusalem verschwunden. Seit Petrus weg, Jakobus ermordet und Paulus inhaftiert worden sei, hätten sie sich in den Untergrund zurückgezogen oder die Stadt verlassen. Leiter der Gemeinde in Jerusalem sei jetzt wohl ein gewisser Simeon, der Sohn des Klopas.

„Klopas, ... Klopas", meint Paulus und überlegt mit gerunzelter Stirn, wo er den Namen schon einmal gehört habe. „Jener Klopas", fragt er dann, „dem der Auferstandene Jesus Christus auf dem Weg nach Emmaus begegnet sei?"

„Genau jener", antworten sie ihm.

„Es kommen jetzt immer mehr Menschen in Leitungsämter, die Jesus Christus nicht mehr persönlich kennengelernt haben", fügt er nach einer langen Pause nachdenklich an, „ich war vielleicht der Erste".

Als die Tage zu Ende gehen, schicken die Thorachristen einen Brief an die Gemeinde in Rom und kündigen das Kommen des Paulus an.

Am Abreisetag begleiten sie ihn zum Castrum, wo der wachhabende Offizier den Gefangenen wieder entgegennimmt. Ein kleiner Trupp Soldaten und mehrerer Gefangener zieht wenig später von Puteoli los gen Rom.

Am ersten Abend machen sie Halt bei einem Streckenposten der römischen Armee in Capua. Von da aus biegen sie gegen Mittag in die von Brundisium kommende Via Appia ein, Roms wichtigste Militärstraße.

Hier – noch weitab vom fernen Zentrum – ist diese Königin der Straßen zu beiden Seiten mit luxuriösen Landvillen römischer Großgrundbesitzer bebaut. Bei Terracina kommen sie dem Meer wieder nahe, und Paulus hört – zum letzten Mal – sein bewegendes Rauschen.

Schließlich beziehen sie zur Nacht beim Forum Apii, einer Poststation, Quartier. Das Gasthaus wimmelt von ausländischen Pferdeknechten und Maultiertreibern. Der Küchenrauch brennt in den Augen. Es gibt eine dünne Suppe, und schon zu früher Stunde betten sie sich in dem einzigen großen Schlafraum auf röhrichtgestopfte Polster, die nicht ganz hygienisch aussehen. Dorthin dringen bis tief in die Nacht laute Gesänge und Lieder mit zweifelhaftem Text. An Schlaf ist nicht zu denken.

Anderntags steigen sie in Forum Apii in ein kleines Boot, das von Eseln auf der Straße, die parallel zu dem schnurgeraden Kanal verläuft, gezogen wird.

Paulus sitzt geistesabwesend da. Er spürt die durchwachte Nacht. Sein kraftloser Körper schaukelt melancholisch in den leichten Bewegungen des kleinen Transportkahnes. Er weiß, dass er in ein fremdes Revier einzieht, dorthin, wo schon jemand anderes missioniert hat.

In Puteoli hatte er erfahren, dass dieser andere, Petrus, offenbar Gebräuche für richtig erklärt hat, wie sie nicht der Abmachung entsprachen, die sie seinerzeit auf dem Apostelkonvent getroffen hatten. Schlimme Befürchtungen steigen wieder in ihm hoch. Aber das Schlimmste ist, dass ihm im wahrsten Sinne des Wortes die Hände gebunden sind und er als Gefangener nach Rom kommt.

Plötzlich rüttelt jemand Paulus am Arm und deutet auf eine Gruppe, die neben dem Boot her läuft.

Paulus schreckt aus seinem nachdenklichen Dämmerzustand hoch und reckt sich, als wolle er den Schlaf vertreiben. Die Fremden kommen auf das Boot zu. Einer von ihnen hält einfach den Esel an. Die Soldaten rufen etwas. Paulus hat sich erhoben, auch sein Wachsoldat ist aufgestanden. Der Kahn schwappt im flachen Wasser.

„Paulus! Mein Gott, ist es wahr. Paulus!" Priscilla kommt auf ihn zugestürzt.

Mit kurzem Blick genehmigt der verantwortliche Offizier Paulus, das Boot zu verlassen. Er springt an Land.

Klein, gebückt und ein wenig zitternd steht Paulus vor den Leuten. Umarmungen. Küsse. Begrüßungen.

Dann steht Timotheus, der Gute, vor ihm, als sei er vom Himmel gefallen. Still, wie immer ein wenig schüchtern, lächelnd. Paulus schießen die Tränen in die Augen. Sie umarmen sich schweigend. Paulus schaut zu Boden, er kann es nicht fassen. Mit dem Ärmel wischt er sich die Tränen ab. Timotheus umarmt ihn noch einmal. Plötzlich steht auch Lukas da. Paulus weiß nicht, wie ihm geschieht. Lukas umarmt ihn.

„Wir sind dir von Rom aus entgegengegangen", hört er jemanden sagen. Es ist Aquila, der ein wenig weiter hinten steht. Sie haben sich seit seinem Aufbruch aus Ephesus nicht mehr gesehen. Mehr als acht Jahre ist das her.

„Wie schön, dass du endlich da bist", ruft einer.

Wie von ferne dringen die Satzfetzen der Umstehenden zu ihm:

„... ein Brief aus Puteoli." – „... heißen dich willkommen in Rom ..." – „... freuen uns sehr ..." – ... geht es dir?"

Paulus nickt nur und lächelt gequält. Er weint.

Als die erste Aufregung vorüber ist, tritt ein schon älterer Mann hervor: „Paulus", sagt er leise, aber mit offiziellem Ton, „ich bin Linus." Dann schaut er bescheiden zu Boden und fügte noch leiser an: „Petrus hat mich zum Presbyter über die römische Christengemeinde bestellt, in ihrem Namen und in dem Namen des Christus heiße ich dich offiziell in Rom willkommen ..."

„Ja, willkommen ..." – „Sei gegrüßt ..." – „Ave ..." – dringt es fast hymnisch an sein Ohr, und ringsherum sieht er die Menschen sich höflich verneigen.

Paulus grüßt zurück.

„Darf ich dir die Abordnung vorstellen ...: Priscilla und Auqila kennst du ja schon, sie haben von dir erzählt ..."

„Oh, ja ..." – „... schon viel gehört ..." – „... von dir erzählt" – „... gelobt sei der Christus ..." Paulus wird schwindelig.

Als die Zeremonie beendet ist, stehen sie einen Augenblick schweigend beieinander. Paulus spürt den Druck, etwas sagen zu müssen, doch die Kehle ist ihm zugeschnürt. Betreten, berührt, befremdet lächelt er die vielen Fremden an. Doch bevor diese Situation peinlich wird, sagt Linus: „Nun müsst ihr aber weiter, der Zenturio winkt schon ... wir begleiten euch auf der Straße ... bleiben zusammen in der Herberge ... heute Nacht ... an der Posthaltestelle Tres Tabernae ..."

Benommen schlurft Paulus zurück und steigt unsicher in den schwankenden Kahn. Der Fuhrknecht peitscht auf den Esel ein, langsam gewinnen sie an Fahrt, und während Paulus mit trübem Blick über die flache Bordwand sinniert, geht die Gruppe, bei der auch Lukas, Timotheus und Aristarch sind, auf der parallelen Straße nebenher.

Abends gibt es eine weitere Überraschung.

An der Herberge ist eine zweite Gruppe, jene, die gewartet hat, falls die erste Paulus nicht anträfe.

Zerstreut tritt er zu den Wartenden. Linus tritt zu ihm, fasst ihn am Arm und stellt weitere Gemeindemitglieder vor.

Beim Abendessen sitzt Linus neben Paulus, ihm gegenüber haben Aquila und Priscilla Platz genommen. Er lauscht aufmerksam ihren Berichten über den Fortgang des Streites mit den Silberschmieden in Ephesus ... und denkt an Alexander, den Schmied, der ihm viel Böses getan hat ...

Nur zäh gibt er seinen Bericht dazu.

Als der Begleitsoldat zur Nacht befiehlt, verabschiedet sich Paulus gehorsam von den Gemeindemitgliedern und sagt dabei mit trauriger Stimme: „Eure Freude ehrt mich sehr, aber ich komme nicht als freier Mensch, ich bin Gefangener des römischen Staates, an dessen Kaiser ich appelliert habe."

„... oh, nein ..." – „... ist ja schrecklich ..." – „... wie furchtbar ..." – „... darf doch nicht wahr sein ..."

Schweren Schrittes und mit gesenktem Kopf folgt Paulus dem Wachsoldaten und den anderen Gefangenen in den Schlafraum einer der drei Herbergen an diesem Ort.

Am nächsten Tag geht es zu Fuß weiter durch das Albanergebirge, von dessen Hängen herab sie am Abend Alba Longa liegen sehen, der Sage nach die Mutterstadt Roms. Auf der Höhe glänzt in der Abendsonne der Tempel des Bundesgottes Jupiter Latialis, zu dem die sieggekrönten Feldherren im Triumph hinaufziehen.

Dann – endlich! – beginnt das letzte Stück der Reise. Die römische Campagna, Schauplatz und Leichenfeld von so vielen Völkerschicksalen, liegt vor ihnen.

„Ecce Roma!“, sagt Linus, der fast die ganze Zeit neben Paulus und seinem Wachsoldaten gelaufen ist.

Der kapitolinische Tempel und der Palast des Nero ragen in ihrem weißen Marmor heraus. Die berühmten Aquädukte erheben sich am Horizont und führen in das Innere der riesigen Stadt, deren Straßennetz sich zum Zentrum hin mehr und mehr mit Leben füllt.

Die Gruppe zieht durch die Porta Capena in die vollständig ummauerte Stadt ein und wird bald von deren Hektik ergriffen.

Polternde und schaukelnde Karren, knarrende Räder, beladene Maultiere, das Gegacker von Hühnern, die in Käfigen und Säcken vor die Tempel getragen werden, um dort für ein paar Sesterzen den Göttern geopfert zu werden, dazwischen Rufe und Schreie und die wiehernden Pferde der allgegenwärtigen pretorianischen Polizei und Feuerwehr.

Die Straße ist ausgefahren und schmutzig. In diesem Treiben gibt es selbst für die regelmäßig kehrenden Sklaven kein Durchkommen, obwohl Nero ein Gesetz erlassen hat, dass tagsüber keine Wagen mehr in die Innenstadt fahren dürfen. Da dieses Gesetz aber Fahrzeuge mit Baumaterial für die öffentlichen Bauten ausnimmt und weil eben nahezu überall gebaut wird, führt es kaum zu einer Entlastung. Ein paar kleintierzüchtende Nomaden versuchen, ihre Schafe und Ziegen durch das Gewühl zum Markt zu führen.

In dem Getümmel trennen sich die Christen von dem Gefangenentransport, der zum besseren Durchkommen militärische Aufstellung angenommen hat. Nur Linus, Timotheus, Aristarch und Lukas folgen ihnen, bis sie das Prätorianerlager, die riesige Kaserne an der via nomentana, erreicht haben.

Sie sehen, wie der führende Soldat Meldung erstattet. Ihnen wird von innen geöffnet, die Gefangenen treten ein.

Hinter ihnen schließt sich das große Tor. Paulus ist hinter Schloss und Riegel.

In Unfreiheit

Paulus wird zu anderen Gefangenen in ein Massenverlies geschlossen.

Nach einem lieblos verteilten Abendessen kauert er sich in eine Ecke des Kerkers. Zum ersten Mal bedauert er in der nächtlichen Kälte, dass er seinerzeit seinen Mantel in Troas vergessen hat, nachdem er den Jüngling darauf gebettet hatte, der während seiner Predigt aus dem Fenster gefallen war.

Er lehnt sich rücklings an die feuchtkalte Wand, zieht die Beine an, umschließt diese mit den Armen und legt seinen Kopf auf die Knie.

Die vergangenen Tage ziehen noch einmal an ihm vorüber. Die Gefangennahme, der Schiffbruch, die Winterzeit auf Malta, der erneute Aufbruch, die Tage bei den Brüdern in Puteoli. Er war frei. Freier als in den letzten drei Jahren in Cäsaräa. Er konnte gehen, wohin er wollte, genoss Anerkennung, verstand sich mit seinem Begleitsoldaten prächtig, er spürte die warme Sonne auf dem Gesicht, er fühlte den Wind in den Haaren, die schäumende Gischt, das Salz auf der Haut, die tränenden Augen – Freiheit. Alles ist am Ende so schnell gegangen, die Überraschung, dass ihm die Brüder aus Rom entgegengegangen sind, das Beisammensein und das Auseinandergerissenwerden vor dem Gefängnis. Wie soll es nun weitergehen? Er sitzt wieder im Gefängnis. Um ihn herum schnarchen und sabbern die Mitgefangenen. Irgendwo redet einer im Halbschlaf … Ein Schrei! … Hilfe! Hilfe Er schreckt hoch … Wer träumte da? … Die anderen bringen ihn zur Ruhe … Wieder döst er ein … denkt an früher, an die Freiheit, an Barnabas, Johannes Markus … Vor Rückenschmerzen kann er nicht mehr schlafen … Er dankt Gott, dass Lukas und Timotheus hier sind. Wie wird nun alles werden …

Er zittert vor Kälte und Hunger. Am frühen Morgen dröhnen die ersten Kommandos über den Kasernenhof. Der Boden erschüttert von den Hufschlägen der Pferde. Die Zelle, in der sich etwa dreißig Gefangene aufhalten, hat nur einen kleinen Sehschlitz zum Hof. Die Luft ist schlecht. Überall röchelt und schnarcht es. Die ersten Mitgefangenen reiben sich die Augen und schütteln den Schlaf aus den Gliedern. Paulus ist übel. Sein Mund ist trocken, die Augen brennen.

Es rumort an der äußeren Tür. Sie wird geöffnet. Ein Soldat tritt mit schlurfendem Schritt ein. Er hält einen Hammer in der Hand und haut mit großen Schwüngen auf eine Glocke, die dröhnend in Schwingung gerät. Paulus hält sich die Ohren zu. Ein Soldat schreit etwas. Ihn rüttelt jemand am Arm. Er schaut auf und nimmt die Hände von den Ohren. Der Soldat öffnet eine Tür in der zum Gang hin vergitterten Querseite der Gefängniszelle. Es quietscht schmerzhaft. „Paulus aus Tarsus?"

„Mitkommen!"

Er steht unsicher auf.

„Nun mach schon! Burrus, der oberste Befehlshaber der kaiserlichen Polizei, will dich sprechen", der Soldat schubst ihn aus der Tür. Paulus stolpert und haut sich den Zeh an dem Glockenständer. Er hinkt auf einem Fuß weiter. Es geht ein paar Stufen hoch, ein weiterer Soldat öffnet eine Tür. Jetzt erst sieht Paulus, dass die Gefängniszellen praktischerweise direkt in den Felsen gehauen sind und nur ein schmales Gebäude davor gesetzt worden war.

Draußen ist es warm. Die Sonne scheint. Zwei Prätorianer nehmen ihn zwischen sich und führen ihn entlang der Pferdestallungen über den Hof zum Verwaltungsgebäude. Hier geht es militärisch zu. Eine Reiterschar steht in metallgepanzerter Halbbrüstung zum Ausritt bereit. Bei jeder kleinen Bewegung wippt der rote Federbusch auf dem Helm der Soldaten. Sie sehen alle gleich aus, sind alle gleich groß und stehen alle in Reih' und Glied. Sie bekommen von einem Oberst die letzten Anweisungen vor dem morgendlichen Kontrollritt durch die Stadt, deren Lärm nur dumpf in diesen Kasernenbereich dringt.

Hier wirkt alles organisiert, aufgereiht und geordnet. Anders als in den Ländern, die er bisher bereist hatte.

Er fragt sich, was für eine Organisation vonnöten sei, damit allein solch ein riesiger Apparat, wie diese Kaserne hier, funktioniert. Es wundert ihn nicht, dass er gleich am ersten Tag wahrgenommen wird und sich jemand seines Falles anzunehmen scheint. Alles muss seine Ordnung haben.

Im oberen Stockwerk der Bürogebäude müssen sie warten. Nach einer Weile öffnet ein groß gewachsener Adjutant eine große doppelflügelige Tür, grüßt militärisch und bedeutet ihnen einzutreten.

Burrus ist klein von Gestalt und leicht untersetzt. Aber seine ärmellose Wolltunika überdeckt geschickt seinen Bauch, indem er sie etwas über den tiefsitzenden Ledergürtel gerafft hat. Die roten Ärmelstreifen sind als Rangabzeichen deutlich sichtbar. Unter der Tunika trägt er die wadenlange Hose, die Femoralia. Die Füße sind mit einem ledernen Halbstiefel bekleidet, der über den Knöchel bis an den unteren Teil der Wade reicht und vorne akkurat geschnürt ist.

Er hat kaum noch Haare auf dem Kopf und rötliche, hervorstehende Bäckchen, wache Augen und ein anatomisch bedingtes Lächeln auf den Lippen, was ihm einen permanenten freundlichen Gesichtsausdruck verleiht. Er sitzt hinter einem großen Sekretär mit geneigter Schreibfläche, auf dem einige wenige Papiere wohlgeordnet liegen. Ohnehin wirkt das nur spärlich möblierte Zimmer fast steril vor Ordnung. Sein rotes Paludamtentum, jener rechteckige Offiziersmantel, hängt kerzengerade auf einem hölzernen Garderobenständer.

„Du bist also der berühmte Paulus?"

„Jawohl", antwortet Paulus in jenem militärischen Ton, den er auf der gesamten Reise immer wieder gehört hat.

„Sehr gut. Sehr gut."

Er erhebt sich und kommt um den Schreibtisch herum zu

Paulus, der sich zwischen den beiden Prätorianern so aufrecht wie möglich hält.

„Bei eurem dramatischen Schiffbruch", er schüttelt aber nach dem Wort Schiffbruch mehrmals ungläubig den Kopf, „also bei eurem Schiffbruch ist das Begleitschreiben des Porcius Festus verloren gegangen ..."

Während er redet, hält er eine Hand auf dem Rücken, wodurch sein Gang etwas gebückt wirkt, seinen Worten aber zugleich etwas Gebildetes gibt.

„Ich habe, was deinen Fall betrifft, vorerst nichts anderes als die mündliche Darstellung der Soldaten, die dich hierher gebracht haben. Diese fällt allerdings ausgesprochen wohlwollend aus ... ausgesprochen wohlwollend ..."

Er bleibt er vor Paulus stehen und schaut ihn an: „Na ja, ... Prima!" – er klopft Paulus auf die Schultern, als hätte er einen schwierigen Befehl zu seiner Zufriedenheit ausgeführt. Die Pätorianer stehen mit steinernem Gesicht daneben. Burrus setzt sich wieder.

„Erstaunlich positiv ... erstaunlich..." – er setzt sich aufrecht hin –„Also gut. Dein Fall verzögert sich, weil Festus einen neuen Bericht schreiben muss. Ich gewähre dir die leichteste Form der Haft: Du kannst dich unter der ständigen Bewachung eines Soldaten – das ist ja keine Umstellung mehr – frei bewegen", etwas neckisch hebt er dabei eine Hand und wiederholt mit leicht verstellter Stimme: „Frei!" Er scheint zu schmunzeln und präzisiert dann sicherheitshalber, Paulus sei nur relativ frei, er könne wohnen, wo er wolle, müsse aber seinen Wohnort hier bei ihm, Burrus, melden, denn er müsse wissen, wo er ihn finde, die Stadt dürfe er nicht verlassen, nicht öffentlich auftreten und keine Versammlungen abhalten, Besuch allerdings könne er empfangen, so viel er wolle, wenn es Probleme oder Schwierigkeiten gäbe, Fluchtversuche oder Ähnliches, so würde er wieder eingekerkert werden.

Als er fertig ist, legt er die Unterarme flach auf die Tischplatte und die Hände mit einem klatschenden Geräusch übereinander. Lächelnd schaut er Paulus an.

„Das wär's. Wegtreten!"

Wie Marionetten machen die Prätorianer kehrt.

Im Gang wartet bereits ein Wachsoldat. Diesem wird er übergeben. Die Prätorianer marschieren weiter. Paulus und sein neuer Wachsoldat schauen ihnen nach. Der Wachsoldat zuckt mit den Schultern. Als die beiden weg sind, verlassen auch Paulus und er das Gebäude. Der Exerzierplatz ist inzwischen leer. Die Reiter sind wohl ausgeritten und die Pedisequi, die Fußtruppen, in leichtem Laufschritt irgendwo in Rom unterwegs. Auf einem exakt festgelegten Weg gehen sie um den Appellplatz herum zum Tor. Sein Wachsoldat übergibt dort Papiere, es gibt vom Wachsoldaten ein Kopfnicken und einen Wink zu den Pförtnern, der Riegel wird von zwei Mann weggeschoben, zwei andere drücken das Tor nach außen auf. Es öffnet sich knarrend, und nach ein paar Schritten stehen Paulus und sein Begleiter mitten in Rom, der größten Stadt der Welt mit einer Million Einwohnern.

Sie sind unterhalb des Capitolshügels, dem Zentrum der Götter und der gottgleichen Kaiser. Sie befinden sich ganz in der Nähe des jahrhundertealten Tempels der Iuno Moneta und der ihr geweihten Münzstätte. Hier fließen sakrale und profane Macht zusammen, hier wird den Göttern geopfert, hier wird Recht gesprochen, hier enden die Triumphzüge nach gewonnenen Schlachten, irgendwann – so schießt es ihm jetzt durch den Kopf – wird auch er hier vor ein kaiserliches Gericht treten müssen. Wann? Das weiß Gott allein.

Einstweilen überwiegt seine Freude, dem Gefängnis entkommen zu sein, jenem Ort, von dem er noch gestern befürchtet hat, dass er ihm nie mehr entkommen würde.

Er hat bei ihrem Abschied gestern von den Freunden gehört, sie würden bei einer gewissen Miriam im Christenviertel auf der anderen Tiberseite wohnen. Sein Wachsoldat ist ortskundig und führt ihn. Unterwegs werden sie gerempelt und gezerrt. Sie durchqueren befremdliche Märkte, die so ganz anders sind als die im Orient. Unzählige, schmutzige Kinder, humpelnde Kriegsveteranen, Bettler und überall Menschengedränge. Wenn die Menge zu gedrängt um irgendeinen Händler oder Marktschreier steht, dann geht der Wachsoldat vor und zieht Paulus am Armgelenk nach. Er wählt bald ein paar Seitengassen. Sie gehen am Rand des Gerberviertels vorbei, wo es allerdings im erst erwachenden Frühjahr noch nicht gar so erbärmlich stinkt wie im Hochsommer.

Der Tiber glänzt silbrig in der Frühlingssonne. Die cloaca maxima, das riesige Abwasserrohr, ergießt sich in die leichte Strömung und führt diese gelb-schlammig fort.

Hier draußen ist an den Häusern wenig Glanz, kein Marmor schimmert, und die hohen Bauten verhindern, dass Sonne in die Gassen fällt. Die Straßen sind kalt und feucht. Irgendwo spielen ein paar Kinder. An den Fenstern der oberen Stockwerke hängen zerfetzte Kleider zum Trocknen. Es herrscht wenig Betriebsamkeit. Ein Karren poltert in einer Quergasse und biegt in ihre Straße ein. Sie müssen sich an die Hauswand drücken, um ihn vorbeizulassen. Es ist ein Leichenwagen.

Sie treffen Lukas und Timotheus, die gerade auf dem Weg sind, ihn im Gefängnis zu besuchen. Lukas schaut prüfend um sich, als sie sich begegnen. Sie bändigen ihre Freude und verständigen sich leise, fast flüsternd, als hätten die Wände Ohren. Sie gehen gemeinsam zum Haus der Miriam und klopfen vorsichtig. Lukas schaut in der Gasse, ob sie beobachtet würden. Die Tür öffnet sich. Sie treten schnell ein.

Miriam fällt aus allen Wolken. Für sie grenzt es an ein Wunder, dass die beiden, Lukas und Timotheus, gerade erst das Haus mit trüben Gedanken verlassen haben und nun – Minuten später – mit Paulus vor der Tür stehen. Sie wischt die nassen Hände an einer Schürze ab, sagt „Kommt", und geht durch einen engen Gang in die zum kleinen Gärtchen gelegene Stube. Lukas, Timotheus, Paulus und sein Wachsoldat folgen.

In der Stube räumt Miriams zwölfjähriger Sohn gerade einige Stühle auf die Seite. Es ist ein wacher Junge mit tiefbraunen Augen und kurz geschorenem schwarzen Haar. Die Ärmel seines gestrickten Pullovers hat er hochgeschoben und ist zunächst so beschäftigt, dass er sich den Eintretenden gar nicht zuwendet.

„Nazarius", ruft die Mutter, „komm her ... schau, wer hier ist."

Er wischt sich den Schweiß von der Stirn, zieht die Nase hoch und geht mit schlenkernden Armen auf die Gäste zu.

Als er zur Mutter getreten ist, fährt sie ihm über den Kopf. Missmutig zieht er ihn zurück. Miriam lächelt verlegen.

„Das ist Paulus ... du weißt, Paulus, der Missionar", sagt die Mutter stolz und läuft dabei überaus rot an.

„Ich weiß schon ...", sagt der Kleine. Er begrüßt die Fremden und bleibt bei seiner Mutter stehen.

„Hier treffen wir uns", sagt sie und zeigt in die Stube. „Von Herzen seid ihr mein Gast, Petrus hat auch hier gewohnt ... Zu diesem Hause gehört ein Seitenbau, eine Art Hinterhaus mit eigenem Eingang, dort könnt ihr wohnen, so lange ihr wollt ..."

„So lange ich darf", antwortet Paulus und weist auf den Wachsoldaten.

Miriam nimmt jetzt erst wahr, dass der vierte Mann kein weiterer Christ ist, sondern ein Wachsoldat.

„Oh", sagt sie und nimmt beide Hände vor den Mund.

„Ich bin Gefangener des römischen Kaisers", antwortet Paulus, „ich bin kein freier Mensch ..."

„Nero mag ich nicht ...", fällt ihm Nazarius ins Wort.

„Bist du still!", herrscht ihn die Mutter an und schaut ängstlich zu dem Wachsoldaten, der betreten zu Boden blickt.

„Warum bist du gefangen?", fragt Nazarius arglos.

„Für Christus", antwortet dieser, „alles andere verstehst du jetzt noch nicht."

„Ich will es aber wissen", beharrt der Bub, doch seine Mutter schickt ihn wieder an die Arbeit.

Sie selbst führt Paulus in die Wohnung im Hinterhaus.

Diese ist nur mit wenigen Möbeln ausgestattet, und nach kurzem Zwiegespräch stellt sich heraus, dass auch der Wachsoldat ein Bett im Zimmer benötigt.

„Ich werde es Nazarius sagen", antwortet Miriam, „er kann alles organisieren."

Tatsächlich bringt Nazarius bald die ersten Bretter ins Zimmer, und nachdem er das Material abgeladen hat, holt er schließlich einen eisernen Hammer wie einen großen Schatz vorsichtig aus einem mitgeführten Beutel und beginnt damit, das Bett zusammenzubauen.

Als Paulus und seine Begleiter später in der Stube sitzen, kommt Nazarius verschwitzt, aber zufrieden angelaufen. Unter dem Arm trägt er die Tasche mit seinem Hammer, den er in seinem eigenen kleinen Zimmer weit hinten unter seinem Bett versteckt, wo er diesen einzigartigen Schatz wie einen Augapfel hütet – als wüsste er schon jetzt, welch folgenschwere Dienste er ihm eines Tages leisten würde …

Abends prüft der Soldat ungläubig das Bett und kommentiert beim Schlafengehen, es sei bequemer als die Pritschen in der Kaserne.

Bei Miriam lebt es sich angenehm. Sie ist eine fürsorgliche Gastgeberin, die das Maß zwischen diskreter Distanz und sorgender Nähe zu wahren weiß.

Täglich kommen Leute aus den verschiedensten Hausgemeinden, die bei ihr zu Tisch sitzen, Rat und Hilfe suchen oder auch nur um eine kleine Nahrungsmittelspende für das frequentierte Haus abzugeben. Sie klagt nie. Keine Nacht ist ihr zu kurz, keine Mühe zu viel, morgens ist sie als Erste auf, abends zieht sie als Letzte ihre schweren Beine ins Bett.

Ihre Kenntnis von fast allem und jedem in der römischen Christengemeinde ist für Paulus eine unschätzbare Hilfe.

Geduldig erzählt sie von Petrus und seinem Wirken, weiß die Namen der einzelnen Gemeindevorsteher, kennt die Gebräuche, Sitten und Stunden in den einzelnen Häusern.

Dabei stellt sich bald heraus, dass das Haus der Pomponia Graecina eine bedeutende Rolle spielt. Sie ist mit dem Altkonsul Plautus verheiratet und gehört zu den wenigen Christen aus den höchsten Kreisen Roms.

„Ihr Sohn Aulus", erzählt Miriam, „ist etwa so alt wie mein Nazarius. Ich sehe es gerne, wenn sie zusammen sind ... aber sie sind sehr unterschiedlich. Nazarius geht gerne zu ihnen. Sie spielen im Garten und lassen sich von Pomponia Geschichten erzählen ... Aulus ist sehr vornehm, ein wenig schüchtern, aber Nazarius hat von ihm ein bisschen Schreiben und Lesen gelernt, was nicht schaden kann ... Im Hause der Pomponia lebt noch ein Mädchen, das sie wie eine Tochter behandeln, Lygia, sie ist älter und gibt sich gerne mit den beiden Burschen ab ... ich hoffe", sie lächelt verlegen und schaut zu dem Wachsoldaten, der sich aber immer in Paulus' Nähe aufhält, „ich hoffe, ihr lernt sie kennen."

Tatsächlich arrangiert Nazarius ein solches Treffen.Ortskundig führt er Paulus und den Soldaten durch die hintere Gartenpforte, und sie treffen Pomponia auf einer weinumrankten Steinbank an, wo sie sich gerade im Gespräch mit ihrer Pflegetochter Lygia befindet. Auf einen Wink holt eine Sklavin den jungen Aulus und führt ihn an der Hand herbei. Es ist ein kleiner, etwas blasser Bub, mit ausgesuchtem Benehmen. Nach aller Etikette begrüßt er Paulus. Seine Mutter genehmigt ihm, mit Nazarius in einem abgelegenen Teil des Gartens zu spielen. Von dort sind die Geräusche eines artigen Ballspieles zu hören.

Pomponia berichtet von Sklaven und Freigelassenen des Kaisers, die Christen geworden sind, und schüttet, nachdem sie Lygia fortgeschickt hat, Paulus ihr sorgenvolles Herz aus.

„Paulus, ich mache mir große Sorgen um unsere Tochter

…" – sie lächelt schüchtern und korrigiert sich dann: „… unsere Pflegetochter … aber wir betrachten sie wie unsere eigene …" Es fällt ihr merklich schwer, weiterzureden. Sie schaut sich um, als könnten sie belauscht werden, dann blickt sie ängstlich auf den Wachsoldaten und kommt dann Paulus ganz nahe: „Ihr stellt ein junger Mann namens Vinicius nach … Wir sind dadurch in arger Bedrängnis, denn dieser Vinicius hat über seinen Onkel Petronius Kontakt zu den allerhöchsten Kreisen, aber er ist Heide …"

Paulus horcht auf. Pomponia blickt an ihm vorbei zu dem Soldaten und spricht noch leiser: „Wenn er um ihre Hand anhält, dann kann ich es nicht verhindern, zumal dann nicht, wenn Nero selbst eine Hochzeit zwischen den beiden befiehlt …, sich seinem Wunsch zu widersetzen wäre tödlich … er verschenkt die Frauen an seine Günstlinge, als seien sie sein Besitz … gerade wie es ihm in den Sinn kommt … Kann ich sie aber einem Heiden geben?"

„Das ist in der Tat eine verzwickte Lage", antwortet Paulus ruhig, „am besten wäre es, den Heiden zu bekehren…"

„Paulus", flüstert Pomponia erregt, „Ihr habt keine Ahnung, wie es hier in Rom zugeht … ihn zu bekehren bedeutet für uns alle den sicheren Tod …"

„Will sie ihn denn heiraten …?"

„Ob sie will oder nicht, ist denen da oben doch völlig gleichgültig, die Frauen zählen ihnen wenig mehr als Sklaven …" Sie versucht, Paulus zu erklären, in welcher Lage sich die Christen in Rom befinden, und verschafft ihm Einblicke in die für ihn völlig fremde Welt der höheren und höchsten Kreise. Paulus hört aufmerksam zu. Er ist nachdenklich geworden und erkennt einmal mehr, wie schwierig hier in Rom alles ist. Erst nach langem Schweigen wendet er sich Pomponia zu und sagt trüb, er werde darüber nachdenken und für sie beten.

Zu seiner Überraschung blickt Pomponia ihn dankbar an und ist fürs Erste mit dieser Antwort zufrieden.

Sie sprechen noch eine Weile miteinander. Bald kommen die beiden durchgeschwitzten Buben, Aulus und Nazarius, mit roten Wangen zu ihnen, gefolgt von der schönen Lygia, die sofort die Blicke des Wachsoldaten auf sich zieht.

Bei der Verabschiedung verspricht Paulus, bald wiederzukommen in der Hoffnung, etwas für Pomponia tun zu können, „sofern es mir möglich ist", sagt er und weist mit Blicken auf den Soldaten.

Ist an sich schon die undurchsichtige Situation der Christen in Rom schwierig und für Paulus belastend, so tritt zu all dem noch das Problem seiner relativen Unfreiheit durch die ständige Gegenwart eines Wachsoldaten: Die alle zwei Tage wechselnden Wachen verfolgen alle Gespräche, sie lernen wichtige Adressen kennen, Namen, Zusammenhänge und Personen. Dazu tut es wenig, dass jeder nur einen kleinen Ausschnitt während der zwei Tage seines Dienstes kennenlernt, denn je mehr Soldaten die seltsame Bewachung wechseln, umso mehr spricht sich ihr eigentümlicher Dienst auch in der Kaserne herum. Ein treuherziger Bursche erzählt ihm unbefangen, dass der Wachdienst bei den Prätorianern sehr beliebt sei und sich langsam die Kollegen darum stritten, wer als Nächster mit Paulus gehen dürfe.

Man spricht also über ihn – und wer von den Wachen Eins und Eins zusammenzählen kann, der hat sich bald ein eingehendes Bild über die untergründige Tätigkeit und den Zusammenhalt der Christen verschafft.

Auch die Torwächter der Prätorianerkaserne, bei denen er auf die Wachablösung warten muss, kennen ihn inzwischen.

Nicht lange nach dem Besuch bei Pomponia Graeca steht Paulus so wieder einmal an dem Wachhäuschen im Innenhof des Lagers. Sein Soldat hat sich entfernt, der neue Wächter ist noch nicht eingetroffen.

In dieser kurzen Zeit kommt der Torwächter zu ihm, er beugt sich etwas vor und flüstert: „Paulus, seht Euch vor, nicht alle Wächter sind dir wohlgesonnen … Es spricht sich in der Kaserne herum, dass ihr euch mit den Feinden des Nero trefft … So etwas wird nicht gerne gesehen …" Er schaut sich ängstlich um und sieht bereits die Wachablösung für Paulus kommen. Bevor diese jedoch herangetreten ist, flüstert er mit wirren Augen: „Seht Euch vor!"

Lukas und Timotheus sind jetzt immer bei ihm. Mit ihnen bespricht er das seltsame Erlebnis des Tages. Der neue Wachsoldat sitzt in einer Ecke der Stube und scheint zu schlafen. Auf jeden Fall achtet er offensichtlich nicht auf das, was die Männer den ganzen Abend über miteinander besprechen, und auch nachdem die Vorsteher der Gemeinden gegangen sind, bleibt er ruhig atmend im Halbdunkel der Stube sitzen. Miriam ist schon zu Bett gegangen. Ihr Sohn, Nazarius, sitzt noch bei ihnen.

Lukas wiegt nachdenklich mit dem Kopf, nachdem Paulus die Begebenheit erzählt hat.

Timotheus überlegt eine Weile und fragt dann: „Wie kommen die darauf, uns Christen als Feinde des Nero zu bezeichnen?"

„Das wird wohl mit den Hebräern zusammenhängen, die sind hier in Rom bald so mächtig wie in Jerusalem", mutmaßt Paulus, „sie haben einen langen Arm bis hinauf in die höchsten Kreise."

„… bis in die kaiserlichen Gemächer …", sagt plötzlich Nazarius, der den ganzen Abend über keinen Laut von sich gegeben hat.

Lukas sieht ihn fragend an.

„Ja", antwortet Nazarius mit heller, klarer Stimme, „der erste Hofschauspieler Alityrus ist Jude, und Poppäa Sabina, die Geliebte Neros, soll Proselytin sein."

Paulus und die anderen sind sprachlos.

„Woher weißt du das?", fragt schließlich Lukas.

„Das hat Petrus erzählt, und der hat zu den Juden guten Kontakt."

Der Wachsoldat räkelt sich in seiner Ecke und schaut mit verschlafenem Blick zu Paulus.

Ängstlich drehen sich die anderen zu ihm um. Er ist wach geworden und setzt sich aufrecht hin. Die drei Männer und der Bursche unterhalten sich über Dinge, von denen er nichts versteht. Sie sprechen von wenig Zeit, die ihnen noch bleibt, reden von irgendeinem Prozess, der fortgeführt werden müsse, und machen alles in allem einen sorgenbeladenen Eindruck.

Bald darauf gehen sie auf ihre Zimmer.

Der Soldat verriegelt die Tür und fällt in einen bleiernen Schlaf.

Paulus aber liegt wach auf dem Rücken und ist sich gewiss, dass seine letzten Tage in dieser relativen Freiheit begonnen haben.

Er hat den Verdacht, dass in aller Verborgenheit gegen ihn agitiert wird.

Hat er in den vergangenen Monaten relativ unbeschwert die Freiheit genossen und über seinen immer noch in der Schwebe befindlichen Prozess wenig nachgedacht – in kühnen Augenblicken sogar einen positiven Ausgang erhofft –, so wird er nun wieder unruhig. So sehr die Freunde ihm auch gut zureden, so sehr sie auch versuchen, ihm klarzumachen, dass alle derzeitigen Befürchtungen nur auf Hypothesen beruhen: Paulus bleibt bei der Ansicht, dass gegen ihn die bösesten Machenschaften im Gange seien.

Er will, wie schon öfter in den vergangenen zwei Jahren, Linus sprechen, jenen Vorsteher der römischen Gemeinde, den Petrus selbst eingesetzt hat.

Linus ist hinsichtlich der Thorachristen in einer ähnlichen Situation wie Jakobus – Gott habe ihn selig – einst in Jerusalem. Nur in Rom sind die Heidenchristen in der Überzahl.

Es ist absehbar, dass es zu Spannungen mit den Thorachristen kommen würde, und da Paulus im wahrsten Sinne des Wortes die Hände gebunden sind, kann er nur über die einzelnen Vorsteher der Gemeinden Einfluss nehmen.

Öffentlich aufzutreten, ist ihm verboten, und gerade jetzt, wo er sich wieder von allen Seiten in die Enge gedrängt fühlt, ist es auch nicht sinnvoll, durch derartige Auftritte den Argwohn der Juden noch mehr zu wecken.

Linus wohnt in einem kleinen, aber gepflegten Haus am Rande des Christenviertels. Es ist ein Mietshaus ohne Garten, in dem er ein weiteres Stockwerk angemietet hat, um sich dort mit den Christen seiner Hausgemeinde treffen zu können.

Linus ist immer blass. Auch im Alter sieht man ihm an,

dass er früher, als er noch aufrecht ging, ein stattlicher Mann war. Er hat schlohweißes Haar, das im Nacken einen Kranz bildet und lang auf die Schulter fällt. Seine Augen sind grau und immer ein wenig wässerig, was dem ganzen Gesicht den Ausdruck von verschlafener Gutmütigkeit gibt. Er vermittelt bei aller Arbeit, die ihm Petrus nach seiner Abreise überlassen hat, doch nie den Eindruck, als würde ihn jemand stören.

Als er jetzt langsam die hölzerne Tür öffnet und Paulus hineinlässt, wirkt er bedrückt. Während sie die steinerne Treppe zu den oberen Etagen hinaufgehen, warnt er Paulus vor dem wackeligen Treppengeländer.

Oben angekommen, weist er Paulus in die Stube.

Paulus tritt ein und augenblicklich stockt ihm der Atem. Er stutzt und scheint seinen Augen nicht zu trauen. „Mein Gott", sagt er mit zittriger Stimme, „wie lange das her ist ..." Vor ihm steht Johannes Markus. „Fünfzehn Jahre sind es", antwortet er „fünfzehn Jahre, dass ich dich und Barnabas auf eurer ersten Missionsreise verlassen habe und nach Jerusalem zurückgekehrt war."

Er ist sichtlich reifer geworden. Seine Figur hat das Jünglinghafte verloren. Er ist nicht mehr so schlank wie früher. Sein Gesicht wirkt fülliger, und das lockige, kurz geschnittene Haar ist dunkler geworden. Blass ist er wie eh und je.

Paulus treten die Tränen in die Augen, und seine leicht geöffneten Lippen zittern.

„Markus, mein Gott, Markus."

Inzwischen ist Linus eingetreten. Sie setzen sich.

Sie sprechen über Vergangenes – längst Vergangenes. Johannes Markus berichtet, Barnabas sei noch auf Zypern und betreue auf dieser überschaubaren Insel die christlichen Gemeinden. Sie sprechen über die bedenkliche Situation in Jerusalem, über die Lynchjustiz an Jakobus, über die blühende Gemeinde in Antiochia, über Petrus und seine derzeitige Missionsarbeit im Osten.

„Was führt dich nach Rom?", fragt Paulus, nachdem im

Anschluss an diesen ersten Gesprächsteil eine lange Pause eingetreten ist.

„Du", antwortet Johannes Markus und fügt die Erklärung an, es habe sich herumgesprochen, dass er seit fast zwei Jahren in Rom sei, Petrus habe ihn geschickt, nach ihm zu schauen. „Ich war lange Jahre mit Petrus hier, wir haben die Gemeinde zusammen aufgebaut, und ich kenne die Verhältnisse, Petrus meint, es sei gut, wenn ich hier sei, ich könne dir eine Hilfe sein."

Paulus will wissen, weshalb Petrus nicht selber komme. Darauf Johannes Markus: Das gehe in der gegenwärtigen Situation nicht, auch Petrus sei ein alter Mann geworden, die langen Reisen würden ihm gesundheitlich zusetzen, im Übrigen habe er die Sorge, dass durch seine Gegenwart die Spannungen in der römischen Gemeinde steigen würden, sein Anliegen aber sei, die Gemeinde zu einen, die römische Gemeinde sei kompliziert, und vor allen Dingen sei es nicht leicht, mit den Juden hier zurechtzukommen.

Paulus bleibt skeptisch. Ihm ist klar, dass Petrus von seiner Gegenwart in Rom nicht viel halten kann und in Johannes Markus einen Vertrauten schickt, der auf kurz oder lang einen Gegenpol bilden und sich der Interessen der Thorachristen annehmen würde. Vielleicht haben diese auch um Hilfe gebeten, denn angesichts der Tatsache, dass die Heidenchristen an Zahl ständig zunehmen, müssen sie sich bedrängt fühlen.

„Johannes Markus", sagt er schließlich, „wer weiß, wie lange ich diese relative Freiheit überhaupt noch haben werde ... Manchmal bin ich es leid zu kämpfen ... All die Spannungen, die wir haben, wären doch nicht nötig gewesen, wenn sich alle an die Beschlüsse des Konzils gehalten hätten ..."

„Paulus", unterbricht ihn Johannes Markus, „das ist lange her, die Zeiten haben sich verändert ... je radikaler die Juden werden, umso mehr treiben sie vom Christentum weg, damals war das anders, aber jetzt hat der Tod des Jakobus bewiesen, dass auch wir Christen als die Feinde des Judentums angesehen werden …"

„So werden wir immer betrachtet."

„Du vielleicht eher als andere Missionare, weil du früh mit der Heidenmission begonnen hast … aber nun sitzen wir alle, Thorachristen und Heidenchristen in einem Boot, allemal hier in Rom … Paulus, ich bitte dich, lass uns hier in Rom zusammenhalten …"

Er nickt sinnierend vor sich hin.

„Ich werde erst einmal in Rom bleiben", erklärt Johannes Markus, „ich wohne hier bei Linus. Wenn du irgendetwas brauchst, dann sag es mir, ich habe gute Beziehungen, auch zu den Juden … – noch", fügt er nachdenklich an und schaut dabei auf den Wachsoldaten, der hinter Paulus steht und von dem, was hier geredet wird, alles mitbekommt und nichts versteht.

Paulus ist nachdenklich. Lange Jahre hat ihn der Unfriede, in dem sie auseinandergegangen waren, belastet. Immer wieder sind ihm einzelne Situationen durch den Kopf gegangen, oftmals hat er sich gefragt, ob er an all dem schuld war, ob alles tatsächlich so hat kommen müssen. Immer wenn er an Zypern vorbeigefahren ist, hat es ihm einen Stich gegeben. Wie oft hat er in schlaflosen Nächten an die Zeit mit Barnabas und dessen Neffen denken müssen? Dann sind die Jahre ins Land gezogen, und irgendwie hat sich über alles schließlich der Schleier des Vergessens gelegt. Und nun sitzt dieser Johannes Markus, um dessentwillen er und Barnabas ihre Freundschaft geopfert haben, hier in Rom und bietet ihm, einem Gefangenen des römischen Kaisers Nero, seine Hilfe an.

„Übrigens schreibe ich gerade an einer Lebensbeschreibung von Jesus", unterbricht Markus die Gedanken des Paulus. Dieser schreckt ein wenig auf.

„Lukas auch", sagt er kurz.

„Ich weiß, mit ihm habe ich mich abgesprochen, er hat mich um mein Manuskript gebeten, aber das ist lange her …"

Am Ende kommen sie auf die aktuellen Probleme in der römischen Gemeinde zu sprechen. Paulus erfährt, dass sich seit Wochen der entlaufene Sklave eines wohlhabenden Christen hier in Rom herumtreibt.

„Rom ist das Sammelbecken für solche Schicksale."

„Das schon", erwidert Johannes Markus, „nur dieser Sklave kann uns Schwierigkeiten bereiten, denn er soll einem Christen aus einer deiner Gemeinden entlaufen sein, Philemon aus Phrygien."

Während Paulus überlegt, woher er den Namen kennt, fährt Johannes Markus fort, vielleicht komme der Sklave eines Tages zu Paulus, aber es sei gefährlich, ihn aufzunehmen, das sei Diebstahl und könne ihm in seinem Prozess sehr zum Nachteil ausgelegt werden. Er, Johannes Markus, wisse ja nicht, ob der Sklave wirklich noch hier in Rom sei, offensichtlich aber habe er bei einigen Christen Unterschlupf gesucht und gefunden, bei Freigelassenen, ehemaligen Heiden, und wenn sich herumspräche, dass dies die Machenschaften der Christen seien, dann hätten wir die Behörden sofort am Hals wegen Behinderung der Justiz, Aufwiegelung der Sklaven, Sklavendiebstahls und so weiter. Was die Religion betreffe, seien die Römer tolerant, aber was Angriffe auf den Staat angehe, so würden sie keine Gnade kennen.

Drei Tage später klopft es zu ungewöhnlich später Stunde bei Paulus und seinem Wachsoldaten an der Tür. Paulus schaut fragend. Der Soldat zuckt mit den Schultern und bedeutet Paulus mit einer Kopfbewegung Richtung Tür, er solle ruhig öffnen.

Draußen steht ein Fremder. Er wirkt scheu und gehetzt. Seine Augen gehen unruhig hin und her. Prüfend blickt er hinter sich. Paulus holt ihn ins Zimmer. Beim Anblick des Prätorianers weicht er zurück und will die Flucht ergreifen. Paulus hält ihn fest. Der Fremde bleibt stehen und schaut furchtsam um sich. Er stammelte irgendetwas Unverständliches in gebrochenem Griechisch. Sein Haar ist zerzaust, sein Kleider hängen in kleinen Fetzen von ihm herab. Er ist barfuß.

Paulus fragt ihn, ob er Onesimus heiße. Er nickt heftig.

Onesimus zuckt nervös mit dem Kopf und schaut zu Boden. Als er Paulus mit immer noch aufgerissenen Augen ansieht, lächelt er schüchtern aus einem zahnlosem Mund.

„Du bist ein Sklave?", fragt Paulus, „Onesimus heißt doch ‚der Nützliche', oder?"

Onesimus zuckt mit dem Kopf und schlägt dabei mit dem Unterkiefer auf die Brust.

„Ja ... ja ... ich bin ein Sklave und gehöre einem Mann, den du kennst. Ich bin aus Phrygien, wohne in Kolossä, und mein Herr ist Philemon, den du zu deiner Religion bekehrt hast."

„Wie kommst du zu mir?"

„Ich ... ich ... bin entflohen", Onesimus spielt nervös mit den schmutzigen Händen, „... weil ... weil ich gestohlen habe. Es ist ein Wahnsinn, ich sehe es ein ... weil ... weil er mich ja gut behandelt hat ... Was kann ich jetzt tun ... jetzt tun? Nach dem Diebstahl und der Flucht ... Flucht ... werde ich ergriffen ..., dann brennen sie mir mit einem glühenden Eisen ein großes ‚F' auf die Stirne, und alle werden sehen, dass ich ein flüchtiger Sklave bin ... Sklave bin ... Und dann sperren sie mich ein, zur Zwangsarbeit oder in ein Bergwerk, wo ich bis zu meinem Tode schuften muss wie ein Tier ... wie ein Tier ... Sicherlich hat Philemon die Polizei benachrichtigt und lässt mich suchen ... bin daher nach Rom gekommen; hierher kommt ja alles, besonders wer sich in meiner Lage befindet ... Lage befindet. Doch ich sehe, die Gefahr ist hier noch größer ... Vor wenigen Tagen musste ich mit ansehen, wie die 400 Sklaven des Stadtpräfekten Pedanius Secundus alle zum Tode geführt wurden, weil einer den Herrn getötet hat ... Ich kann nicht mehr, bin müde ... bin müde. Seit Monaten auf der Flucht ... wie ein gehetztes Tier ... gehetztes Tier, ohne Haus, ohne Brot ... muss immer mehr stehlen ... darum bin ich zu dir gekommen ... dir gekommen ..."

Es ist ein Bild des Jammers, wie dieser vor Angst zitternde Mensch dasteht.

Paulus ist einerseits gerührt, andererseits aber erkundigt er sich vorsichtig, wie Onesimus nach Rom gekommen sei.

Vor kurzem habe er einen Freund von Paulus und seinem Herrn getroffen, der auch Christ sei. „Als ich ihn sah, konnte ich nicht anders, ich musste ihm die Sache anvertrauen ... anvertrauen; er hat mir geraten, zu dir zu kommen, und hat mir versprochen ... er will auch mit dir reden ... hat er versprochen."

„Epaphras?", fragt Paulus.

Onesimus nickt heftig und Speichel läuft ihm dabei aus dem Munde.

„Gut, gut ... Epaphras ist tatsächlich seit Wochen hier in Rom und hat mir über die Brüder in Kolossä Bericht gebracht ..." – Paulus ist auf Onesimus zugegangen und hat den Arm auf seine Schulter gelegt – „wir wollen schauen, wie man deinen Fehler wieder gut machen kann ... Dein Herr ist ein guter Mensch ... und dann ist er ein Christ ..."

Onesimus bekommt noch etwas zu essen. Dann richten sie ihm ein Nachtlager bei Paulus und dem Soldaten im Zimmer.

Bereits am nächsten Morgen ist Onesimus nicht mehr so in Angst vor dem Prätorianer, und dieser auch nicht vor ihm. Miriam hat aus einer Kiste gebrauchte Kleider hervorgeholt und dem Zerlumpten gegeben, so dass er beim Morgenmahl schon einigermaßen zivilisiert aussieht. Lediglich die grauen Haare stehen wirr zu Berge, was ihm das Aussehen eines Schiffbrüchigen gibt.

Bereits in den frühen Morgenstunden hat Nazarius jenen Epaphras über das seltsame Auftauchen des Sklaven benachrichtigt und diesen gebeten, zu Paulus zu kommen.

Gegen Mittag erscheint er.

Paulus bespricht sich mit ihm allein; dann rufen sie Onesimus und teilen ihm mit, was sie tun wollen, um ihm zu helfen: Paulus würde an Philemon, seinem Herrn, einen Brief schreiben und sich für Onesimus einsetzen. Bis auf Weiteres solle er einstweilen bei Paulus bleiben.

Diese Worte klingen für Onesimus wie ein Traum. Unendlich oft bedankt er sich, unbeholfen nickt er dabei, macht Diener und schlackert mit den Gelenken, bis er schließlich nach Paulus Händen sucht, um diese zu küssen. Paulus wehrt ab.

Paulus schreibt in den nächsten Tagen den Brief an Philemon:

Paulus, Gefangener Christi Jesu, und der Bruder Timotheus an unseren geliebten Mitarbeiter Philemon, an die Schwester Aphia, an Archippus, unseren Mitstreiter, und an die Gemeinde in deinem Haus: Gnade sei mit euch und Friede von Gott, unserem Vater, und dem Herrn Jesus Christus. Ich danke meinem Gott jedes Mal, wenn ich in meinen Gebeten an dich denke. Denn ich höre von deinem Glauben an Jesus, den Herrn, und von deiner Liebe zu allen Heiligen. (...) Es hat mir viel Freude und Trost bereitet, dass durch dich, Bruder, und durch deine Liebe die Heiligen ermutigt worden sind.

Obwohl ich durch Christus volle Freiheit habe, dir zu befehlen, was du tun sollst, ziehe ich es um der Liebe willen vor, dich zu bitten. Ich, Paulus, ein alter Mann, der jetzt für Christus Jesus gefangen ist, ich bitte dich für mein Kind Onesimus, dem ich (...) zum Vater geworden bin. Früher konntest du ihn zu nichts gebrauchen, doch jetzt ist er dir und mir recht nützlich. Ich schicke ihn zu dir zurück, ihn, das bedeutet mein eigenes Herz. Ich würde ihn gern bei mir behalten, damit er mir an deiner Stelle dient (...). Aber ohne deine Zustimmung wollte ich nichts tun. Deine gute Tat soll nicht erzwungen, sondern freiwillig sein. Denn vielleicht wurde er nur deshalb eine Weile von dir getrennt, damit du ihn für ewig zurückerhältst, nicht mehr als Sklaven, sondern als weit mehr: als geliebten Bruder. Das ist er jedenfalls für mich, um wie viel mehr dann für dich, als Mensch und auch vor dem Herrn. Wenn du dich mir verbunden fühlst, dann nimm ihn also auf wie mich selbst! Wenn er dich aber geschädigt hat oder dir etwas schuldet, setz das auf meine Rechnung! Ich, Paulus, schreibe mit eigener Hand: Ich werde es bezahlen (...) Erfreue mein Herz; wir gehören beide zu Christus.

Ich schreibe dir im Vertrauen auf deinen Gehorsam und weiß, dass du noch mehr tun wirst, als ich gesagt habe. Bereite zugleich eine Unterkunft für mich vor! Denn ich hoffe, dass ich euch durch eure Gebete wiedergeschenkt werde. Es grüßen dich Epaphras, (...) sowie Markus, Aristarch, Demas und Lukas, meine Mitarbeiter. Die Gnade Jesu Christi, des Herrn, sei mit eurem Geist!

Wenige Tage nach der Abfassung des Briefes schickt Paulus seinen Helfer Tychikus, der ihn bei seinem letzten Besuch in Jerusalem begleitet hatte und für eine Zeit in Rom war, mit einigen Aufträgen für die christlichen Gemeinden nach Ephesus und Kolossä. Tychikus nimmt Onesimus und das Schreiben an seinen Herrn, Philemon, mit.

Wieder vergehen Monate, und nichts geschieht. In immer gleicher Regelmäßigkeit wechseln die Begleitsoldaten, ziehen gleichgültig schlurfenden Schrittes mit ihm, wohin immer er will. Sie dösen in seiner Nähe, wenn sich die Christen nachts zum Gebet treffen, und begleiten ihn danach schweigsam zu seiner Wohnung.

In der römischen Christengemeinde geschieht Vieles im Stillen, manches im Geheimen, das Meiste nachts.

Es hat sich herumgesprochen, dass Paulus in Rom ist. Er bekommt Briefe, Besuche, Informationen – gehäuft auch die, dass in den von ihm gegründeten Gemeinden gute Vorsteher fehlen und manches dort drüber und drunter gehe. Paulus schickt schweren Herzens Timotheus zurück in die Heimat zu jenen Gemeinden, die Paulus noch zusammen mit Barnabas gegründet hatte und aus denen Timotheus selbst stammt.

Über ihrer Umarmung liegt der ganze Schmerz der Endgültigkeit, eine Art Vorgefühl und Todesahnung mischt sich in den tränenvollen Abschied – sie sehen sich tatsächlich nie wieder.

Lukas bleibt zunächst noch in Rom. Seine Dienste als Arzt sind zur Zeit unentbehrlich, denn ein Besucher aus Philippi, Epaphroditus, ist durch eine heimtückische Krankheit ans Bett gefesselt. Nach vielen, bangen Monaten ist er genesen und verlässt eines Tages Rom in Richtung Philippi, mit einem langen, dankbaren – und letzten! – Gruß des Apostels.

Über all das ist es im Hause der Miriam stiller geworden. Die vielen Besucher, die den Sommer über gekommen sind, haben vor Wintereinbruch des Jahres 62 Rom verlassen.

Nur Lukas ist jetzt noch bei ihm. Dazu noch Miriam, Nazarius, Linus und auch Johannes Markus.

In dem Maße, wie es aber stiller wird, erscheint Paulus die Situation wie die Ruhe vor dem letzten, endgültigen Sturm. Erst jetzt, als es ruhiger wird, merkt er, wie hektisch er in den vergangenen Monaten unter diesem Vorgefühl gegen die unbarmherzig rieselnde Sanduhr gearbeitet hat. Es wird stiller und dunkler, um ihn und – in ihm.

Sein Prozess ist seit zwei Jahren – wie zuvor schon in Cäsarea – in der Schwebe.

Je länger er sich in dieser absurden Form der Freiheit befindet, je mehr Prätorianer ihn kennenlernen, umso mehr spricht sich herum, wie er lebt, wie er denkt, wohin er geht, was er schreibt und was er tut. Er fühlt sich beobachtet und ausspioniert.

Es ist Herbst. Stürme fegen über die ewige Stadt hinweg. Sie rütteln an den Wänden und Häusern, lassen Fensterläden schlagen und kippen Kübel um.

Seit Wochen kündigt der Winter sich nun schon mit schweren Regenfällen an. Ganz Rom gleicht einer einzigen, schlammigen Pfütze. Schon nach kurzen Wegen durch die Stadt kommen er und sein Begleitsoldat völlig durchnässt heim.

Ihm fehlen die Freunde, die Besuche und die Nachrichten aus den Gemeinden, um die er sich unentwegt sorgt. Stärker als in den schaffensreichen vergangenen Monaten fühlt er sich am Beginn des Winters, als die Freunde fort und die Besucher mit den letzten Schiffen vor Wintereinbruch zurück in die Heimat gesegelt sind, vom Leben abgeschlossen, einsam, gemieden.

Mit trüben Gedanken sitzt Paulus an einem kleinen Herdfeuer. Er ist müde. Es geschieht, dass er stundenlang in die Glut schaut und mit roten, brennenden Augen Miriam befremdet ansieht, wenn sie ihm eine heiße Suppe bringt.

Es gibt Tage, da sitzt er – zur Freude seines Wächters – nur in der Stube herum und spielt nervös mit den Händen, deren Zittern er nicht mehr verbergen kann.

Der Prozess

Ein grauer Himmel hängt tief über Rom, und der Westwind peitscht kalte Schauer durch die Gassen. Aus einer Regenrinne tropft es – plop-plop-plop. Das gleichmäßige Geräusch vergegenwärtigt in beängstigender Weise die verstreichende Zeit, wie die Sanduhr, aus der die letzten Körner nach unten rieseln. Paulus liegt schon seit Stunden wach auf dem Rücken. Mit jeder Böe geht ein kalter Zug durch den Raum. Es tagt mühsam und wird kaum hell. Der Wind pfeift durch jede Ritze des baufälligen Hauses. Paulus friert.

Er weiß, dass sich der Wachsoldat nach zehn Tagen Dienst auf seinen freien Tag freut, und so beschließen sie, trotz des Regens schon früh am Morgen zur Ablösung des Wachsoldaten zum Gefängnis zu gehen, hüllen sich in gewachste Kapuzenmäntel und verlassen kaum hörbar das Haus.

Als Miriam am Mittag für ihre wenigen Gäste ein bescheidenes Mahl aufträgt, sind die Plätze für Paulus und den Wachsoldaten leer.

„Vielleicht hat er unterwegs noch etwas zu erledigen gehabt", beschwichtigt sie Lukas, man könne davon ausgehen, dass wohl nichts passiert sei und man sich um jemanden wie Paulus nicht sorgen müsse, er werde sicher bald kommen. So vergehen die Stunden.

Paulus aber kommt nicht.

Die frühe Dunkelheit bricht ein, das karge Nachtmahl wird schweigend eingenommen, und immer noch keine Spur von Paulus. Es regnet wieder in Strömen.

Da beschließt Lukas, sich auf die Suche zu machen. Er könne hier nicht länger herumsitzen. Er habe nun doch das Gefühl, dass etwas nicht stimme.

Er geht durch menschenleere Gassen. Das Pflaster ist rutschig. Ein kalter Wind weht um die Häuserecken. In dieser sumpfigen Vorstadt stehen viele Keller seit Tagen unter Wasser. Es gluckst und blubbert. In den Rinnsteinen strömen braune Bäche.

Lukas trägt nur Sandalen. Sie sind schon nach wenigen Schritten durchnässt. Das dreckige Pfützenwasser hat die Kleider im unteren Teil beschmutzt. Überall plätschert und tropft es, so dass Linus das Klopfen nicht gehört haben muss. Lukas pocht ein zweites Mal. Linus öffnet verängstigt und erkennt Lukas erst, als dieser die Kapuze zuück schlägt. Linus zieht ihn mit einem prüfenden Blick in den Hausflur und schließt schnell die Tür.

Mit hastigen Worten erklärt Lukas, weshalb er bei dem Wetter und so spät am Abend noch komme. Ihm wird bange, als er hört, dass Linus auch nicht wisse, wo Paulus sein könnte. Er sei schon seit Tagen nicht bei ihm gewesen, und er habe keine Ahnung, wo er sich aufhalte.

Um Lukas Füße bildet sich eine Pfütze.

Linus sagt, er werde Johannes Markus fragen, ob der etwas wisse. Er geht in der ihm eigenen Weise langsam und gebückt nach oben und ruft wenig später hinunter, dass Johannes Markus zum Verbleib des Paulus auch nichts sagen könne. Lukas fängt an zu zittern. Er hat Angst. Mit brüchiger Stimme verspricht er Linus, ihnen Bescheid zu geben, sobald er etwas in Erfahrung gebracht habe, dann tritt er wieder in die Nacht.

Ihm ist die ganze Sache nicht geheuer. In hundert Richtungen gehen seine Gedanken, was alles geschehen sein könnte. Er hat die Kapuze wieder tief ins Gesicht gezogen und geht nun sehr schnell.

In der Innenstadt sind doch noch einige Menschen unterwegs. Betrunkene lehnen an Häuserwänden oder suchen Schutz unter einem Dachvorsprung. Die Garküchen und Wirtschaften haben trotz des Wetters geöffnet. Ein Wirt schaufelt seinen Keller leer. Jemand kippt einen Eimer Wasser auf die Straße. Düfte von Bier, Menschen, Geräuchertem und Erbrochenem mischen sich süßlich ineinander. Es riecht nach einem nassen Hund. Lukas hetzt weiter.

Etwa eine halbe Stunde später klopft er an das schwere Tor des Prätorianerlagers, das von Pechfackeln erhellt ist. Sein eigener Schatten tanzt gespenstisch an der hohen Wand. Er atmet heftig und hat Seitenstiche.

An einem vergitterten Fenster erscheint der Nachtwächter mit einer Laterne in der Hand. Er bittet Lukas, näher heranzutreten. Lukas streift die Kapuze ab. „Ich suche Paulus!"

„Paulus aus Tarsus, der von Cäsaräa hierher überstellt wurde?"

Lukas nickt.

„Es ist bereits Nachtzeit. Hier ist keiner mehr, der Auskunft geben könnte. Kommt morgen wieder …" Das Fenster schließt sich und wird von innen verriegelt.

Im strömenden Regen geht Lukas zu Linus zurück und erstattet dort einen kurzen, besorgten Bericht.

Am nächsten Morgen hat es aufgehört zu regnen. Die Gassen dampfen, als Lukas wieder vor dem Haupteingang der riesigen Kasernenanlage steht. Bei den Wachen erfährt er, dass sie Paulus am Vortag eingekerkert haben und das Privileg seines Freiganges aufgehoben wurde. Lukas bittet darum, den Gefangenen besuchen zu dürfen. Langsam öffnet sich das Tor. Am Pförtnerhäuschen muss er warten, bis ein Geleitsoldat gelangweilt über den noch regennassen Hof geschlendert kommt. Er nickt Lukas kurz zu, sagt militärisch „Komm!", macht auf dem Absatz kehrt und geht voraus.

Paulus ist in einer Art Untersuchungszelle untergebracht. Da zur Zeit aber nicht viele Gefangene einsitzen, muss er diese mit niemandem teilen.

Im Zellengang ist es noch kühler als draußen. Links und rechts ist der Flur mit Gittern gesäumt, die in sich unterteilt sind, so dass die Zellen wie dicht nebeneinander gestellte Vogelkäfige wirken. Nur langsam gewöhnen sich die Augen an die Dunkelheit.

Paulus kauerte in einer Ecke des vorderen Käfigs.

Er sieht ihn zunächst befremdet an, dann erhebt er sich langsam und kommt humpelnd auf ihn zu. Er sieht schlecht aus und wirkt, als sei er über Nacht gealtert. Der inzwischen völlig weiße Bart ist wirr, die Haare stehen zu Berge. Seine früher wettergebräunte Haut wirkt blass und es zeichnen sich braune Flecken auf ihr ab. Unter den traurigen Augen hat er tiefe, dunkle Ränder. Die gekräuselten Adern an den eingefallenen und haarlosen Schläfen treten dick hervor. Er zittert vor Kälte am ganzen Körper.

„Paulus, was ist los?", flüstert Lukas und schaut, ob der anwesende Soldat zuhört.

„Was soll schon sein? Sie haben mich einfach hier behalten ... Jetzt nehmen sie wohl den Prozess wieder auf ..."

„Oder ist etwas Neues vorgefallen?"

„Ich vermute schon, irgendwer hat mich vielleicht angezeigt wegen Onesimus, dem Sklaven, den ich so lange bei mir hatte ... ach, es ist das Übliche ..."

Langsam schiebt er die zittrige Hand durch die Stäbe und sucht die von Lukas.

„Meinst du", fragt Lukas weiter, „dass zu dem schwebenden Prozess weitere Vorwürfe kommen?"

„Ich weiß es nicht. Man muss die Verhandlung abwarten ..."

„Wann wird sie denn sein, weißt du schon etwas?"

„Nein, das kann lange dauern, das Hauptziel der Gegner ist auf jeden Fall schon einmal dadurch erreicht, dass ich jetzt hinter Gittern bin." Er umklammerte die Stäbe mit beiden Händen und scheint daran zu rütteln.

„Lukas, könntest du mir meine Schreibsachen bringen, vielleicht auch meinen Mantel ...?", er fasst sich nachdenklich an den Kopf, „... ach nein, den habe ich ja in Troas bei dem Jungen vergessen, der während meiner Predigt aus dem Fenster gefallen war. Karpus hat den Mantel damals an sich genommen und mir ausrichten lassen, dass ich ihn jederzeit bei ihm abholen lassen könnte ..." Lukas drückt seine beiden

Hände, die er wieder durch das Gitter gestreckt hat. Sie sind eiskalt.

„Lukas, bring' mir irgendetwas Warmes, den Mantel soll Timotheus später mitbringen ... ich werde ihm schreiben ... vielleicht kommt er doch noch vor dem Winter wieder."

Lukas will ihm diese Hoffnung nicht nehmen. Er weiß, wie sehr Paulus an Timotheus hängt und was es ihn gekostet hat, ihn um der Gemeinden willen aus Rom fortzuschicken.

„Ich werde dir die Sachen so schnell wie möglich bringen ..."

Soweit die Gitterstäbe es zulassen, umarmen sie sich fest. Paulus zuckt vor den kalten Eisenstäben zurück. „Es ist so tröstlich, dass wenigstens du noch hier bist ...", sagt er ihm leise.

Noch am Abend desselben Tages tritt Lukas wieder vor das Tor. In einem Beutel trägt er Papyrusrollen, Schreibzeug und auch die Notizen, die sie bei Paulus auf dem Zimmer gefunden haben.

Doch dieses Mal zögerte der Wärter, ihn einzulassen. Er verweist umständlich und wortreich auf die Vorschriften, auf genaue Besuchsmeldungen, darauf, dass man keine Ausnahmen machen dürfe, normalerweise jedenfalls nicht, dass er selbst sich damit in Gefahr begebe und ohnehin so schlecht bezahlt sei, dass er seine Arbeitsstelle nicht riskieren wolle.

Lukas drückt ihm unauffällig eine Münze in die Hand. Er öffnet grinsend das Tor und lässt ihn eintreten.

Paulus wartet bereits sehnsüchtig. Sofort nach der Übergabe des Beutels sucht er diesen interessiert durch und ist offensichtlich zufrieden, dass sich in ihm soweit alles befindet. Lukas reicht ihm eine warme Wolldecke durch die Gitterstäbe.

Man merkt ihm an, dass er mit dem Schicksal hadert. In der einbrechenden Dunkelheit dieses nebeligen Herbsttages wirkt er fast furchterregend. Er ist wortkarg und zittert. Seine tief eingefallenen Augenhöhlen sind schwarz. Er wirkt ausgemergelt.

Lukas besucht ihn täglich, jedes Mal besticht er den Wärter und bringt Paulus in einem kleinen Beutel etwas zu essen mit. Anschließend geht er zu Linus und Johannes Markus, um ihnen Bericht zu erstatten. Auch sie haben keinerlei Ahnung, aufgrund welchen Vorwurfes Paulus sich im Gefängnis befindet.

„Man muss die Verhandlung abwarten", sagt Linus.

„Ich bin mir nicht sicher, ob das klug wäre", antwortet Lukas nach langem Überlegen, „es geht ja nicht nur um Paulus, sondern um sein Werk ... – es geht um das Christentum im Allgemeinen, nie ist es darum gegangen, nur gegen Paulus vorzugehen ... im Gegenteil: so oft sie auch hinter ihm her gewesen sind, so ist doch immer das Ziel gewesen, unsere Lehre zu verfolgen ... Jetzt, wo er im Gefängnis sitzt, werden sie uns umso mehr beobachten ..."

„Wer ist denn ‚sie'?", fragt Linus.

Lukas zuckt mit den Schultern. „Irgendjemand muss ja dafür gesorgt haben, dass er eingekerkert wurde, ich weiß nicht, wer es ist ... aber gewiss ist, dass sich das Christentum in Rom sehr rasch verbreitet hat, viele Sklaven sind Christen, einige Prätorianer sind es auch, den Hebräern schwimmen die Felle davon ... Es gibt viele, die Paulus etwas anhängen wollen ..."

Tatsächlich ist die Situation sehr unklar: keiner weiß recht, weshalb Paulus wieder im Gefängnis sitzt, alle sind irritiert und verunsichert. In all das mischen sich die bedenklichsten Nachrichten aus Jerusalem, wo die radikalen Juden immer mehr die Oberhand gewinnen und der Widerstand gegen die Römer immer heftiger wird. Er entwickelt sich langsam aber sicher zu einem Volksaufstand. Dafür müssen die Juden in Rom büßen. Sie sind geächtet, werden verfolgt, ausgestoßen, verlieren ihre Arbeitsstellen und werden wegen Nichtigkeiten hart verfolgt. Um nicht mit ihnen in einen Topf geworfen zu werden, meiden selbst die Thorachristen den Kontakt zu den Juden, so dass auch von der Seite nichts über die Gründe für Paulus' Inhaftierung in Erfahrung zu bringen ist.

Eines Tages ist Paulus spürbar nervöser als sonst. Er nimmt das Stückchen Brot und die gebratene Leber nicht aus dem Beutel. Er habe heute keinen Hunger. Ihm sei eher schlecht. Er habe Magenweh. Seine adrigen Hände drehen den langen Bart zu Locken und lösen diese gleich wieder auf.

„Was ist los, Paulus?", fragt ihn Lukas. Paulus kaut auf der Unterlippe. In einer Nachbarzelle sitzen drei Tagediebe und lachen derb. Es wird jetzt früh dunkel, und im Gang brennen kleine Öllichter. Die schlechte Luft brennt in den Augen. Paulus hüstelt. Sie schweigen. Einige Male nimmt er Anlauf, etwas zu sagen. Seine Stimme zittert. Die Augen sind gerötet und die Lider wirken entzündet.

„Morgen ist meine Verhandlung", sagt er ganz schnell und lächelt danach verlegen.

„Haben sie etwas über den Prozessgegenstand gesagt?", frage Lukas besorgt.

„Nein."

„Und was ist mit deiner Verteidigung?"

„Die übernehme ich selbst ..."

„Soll ich ...?"

„Nein."

„Aber ..."

„Lukas: Nein! Sie haben mich vor Gericht gezerrt, ich werde mich selbst verteidigen ..." Wieder hüstelt Paulus. Die anderen Gefangenen äffen ihn nach. „Ich kann nichts dafür, ich habe mich hier unten erkältet", erklärt Paulus entschuldigend und fährt dann fort: „Ich möchte dich bitten, sehr vorsichtig zu sein, aus Sicherheitsgründen ..."

„Aus Sicherheitsgründen?"

„Ja, sonst zerren sie euch auch gleich vor Gericht, wenn

sie mich schon haben …", seine Stimme ist jetzt fast flehend, „ich bitte dich, seid klug … Die Zeiten sind gefährlich …"

Lukas ist nachdenklich. Im Stillen gibt er Paulus recht: die Zeiten sind tatsächlich gefährlich. Wenn es um die Macht und den Machterhalt geht, dann kennen die Römer keine Gnade. Ständig fühlen sie sich bedroht und von Feinden umgeben. Hat nicht der jetzige Kaiser sogar seine eigene Mutter töten lassen, und das, obwohl er durch den Hofphilosophen Seneca eine gute Ausbildung genossen hat – bis auch dieser den Schierlingsbecher trinken musste? Der Verfolgungswahn gehört bei den Cäsaren zum Erbgut, davon hat man in allen Teilen des Reiches gehört. Und noch in einer anderen Hinsicht hat Paulus recht: in den engen Gassen Roms haben die Wände Ohren. Überall sitzen scheinbar ahnungslose Bettler, die für ein paar As minderwertigen Spitzeldienst leisten; Gesindel fragwürdiger Herkunft besiedelt die Gassen und Plätze, Tagediebe, Gauner und Nichtsnutze, Invaliden, Händler, Marktschreier, Herumtreiber und Störenfriede – jeder ist gut genug, hier und da ein paar Sätze aufzufangen und sie verdächtigen Personen zuzuordnen, denn das niederträchtige Gewerbe der Denunziation wird in Rom gut bezahlt. Rom ist voll von Spionen, die für eine interessante Information mit Geld und hohen Ämtern belohnt werden, weil den misstrauischen Kaisern selbst daran liegt, über alles unterrichtet zu sein.

Wer weiß, schießt es ihm heiß durch die Adern, vielleicht stehe ich schon längst auch auf der Liste …

Lukas traut sich am Morgen nach der Verhandlung trotz aller Warnungen zur Kaserne. Es werde ihm schon nichts zustoßen, schließlich sei er in den vergangenen Wochen täglich bei Paulus gewesen. Er könne nicht anders, als ihn jetzt zu besuchen.

Bald hat er durch das tägliche Gewühl in den Gassen die Kaserne erreicht und klopft an das Tor. Im Bestechen inzwischen geübt, drückt er dem Beamten ein Geldstück in die Hand. „Ho, ho", sagt dieser und schaut auf die nicht geringe Münze, „ihr Christen müsst 's ja dicke haben …" Er steckt das Geld ein und lässt Lukas von seinem Kollegen zu Paulus führen.

Er führt ihn in dasselbe Gebäude, aber zu einem anderen Zellengang ein Stockwerk tiefer. Dort, wo die Schwerverbrecher und die zum Tode Verurteilten ihres Schicksals harren.

Nur durch ein paar am oberen Rand der Außenwände befindliche Schlitze dringt ein klein wenig Licht in den muffigen und nasskalten Keller, der stärker abgeriegelt ist als die Zellen im darüber gelegenen Stockwerk, wo Paulus in den vergangenen Wochen festgehalten worden ist.

Der Wärter öffnet kurz nacheinander zwei Gittertore, die den Flur zum Ausgang und zur Treppe hin absichern.

Als Lukas an die Zelle des Paulus tritt, rührt sich dieser nicht vom Fleck. Sobald sich seine Augen an die Dunkelheit gewöhnt haben, sieht er, dass Paulus mit den Füßen an einen Steinblock gekettet ist. Der Wärter schließt wortlos die Zelle auf, so dass er zu Paulus treten kann.

Schweigend umarmt er ihn. Paulus zittert und seine kalten Finger zucken unkontrolliert.

„Lukas", flüstert er, „es ist zu Ende."

Lukas schweigt und schaut zur Seite. Nach langer Pause fragt er ihn: „Ist es nicht gut gegangen bei der Verhandlung?"

Paulus lächelt ihn an: „Oh doch, sehr gut, zu gut vielleicht … für die, die mir Böses wollen … es gibt eine zweite Verhandlung, aber wie die ausgeht, das kann man sich denken …" Er schaut mit leeren Augen in den dunklen Zellenhintergrund. Erst als sie zu tränen anfangen, zuckt er mit dem Kopf und sieht Lukas wieder an.

Paulus sagt, er habe in der Nacht noch einen Brief an Timotheus geschrieben. Jetzt erst sieht Lukas die typische Blaufärbung der Finger nach langem Schreiben. Der Brief liegt auf dem Block, an den Paulus gekettet ist und der ihm in der

Nacht als Tisch gedient hat. Ein großer Wachsfleck ist auf dem Stein von einer restlos heruntergebrannten Kerze. Daneben liegen das Schreibzeug und das Tintenfass. Der Papyrus wellt sich in der Feuchtigkeit der Zelle.

„... vielleicht kommt er noch einmal vor dem Winter, ich hoffe es so sehr ... nimmst du diesen Brief mit?" Paulus schaut, ob der Wachsoldat ihnen beiden zuhört, aber der ist damit beschäftigt, seine Fingernägel zu reinigen.

Lukas nickt.

„... vielleicht kann er mir auch meinen Mantel aus Troas mitbringen, wenn er kommt ... es ist so kalt hier ..."

Paulus liest das Ende des Briefes an Timotheus halblaut vor:

Beeil dich, komm bald zu mir! Demas hat mich aus Liebe zu dieser Welt verlassen und ist nach Thessalonich gegangen; Kreszenz geht nach Galatien, Titus nach Dalmatien. Nur Lukas ist noch bei mir. Tychikus habe ich nach Ephesus geschickt.

Wenn du kommst, bring den Mantel mit, den ich in Troas bei Karpus gelassen habe, auch die Bücher, vor allem die Pergamente. Alexander, der Schmied, hat mir viel Böses getan; der Herr wird ihm vergelten, wie es sein Tun verdient.

Nimm auch du dich vor ihm in Acht, denn er hat unsere Lehre heftig bekämpft.

Bei meiner ersten Verteidigung ist niemand für mich eingetreten; alle haben mich im Stich gelassen. Möge es ihnen nicht angerechnet werden.

... Grüße Priska und Aquila und die Familie des Onesiphoros! Erastus bleibt in Korinth ... Beeil dich, komm noch vor dem Winter! Es grüßen dich Eubulus, Pudens, Linus, Klaudia und alle Brüder. Der Herr sei mit deinem Geist! Die Gnade sei mit euch!

Er atmet schwer und schaut Lukas an, als sei er unschlüssig, ob er noch etwas hinzufügen solle. Dann rollt er die Pergamente zusammen und übergibt sie ihm.

Lukas legt seine Hand tröstend auf die knochige Schulter des alten Mannes, der gebückt vor ihm steht. Unzweifelhaft hat die Düsternis der Vorahnungen sich dunkel auf ihn gelegt.

In diesen letzten Tagen kommen noch Besucher aus den Gemeinden, wo sich die unerwartete Entwicklung in seinem Prozess herumgesprochen hat.

Aber nur hohe Bestechungsgelder an die Soldaten der Wache ermöglichen jetzt noch einen kurzen Besuch.

Trotz des einbrechenden Winters kommt Onesiphoros eigens angereist, um den Apostel zu besuchen. Auch Linus, der sich aus kluger Vorsicht bisher mit den Besuchen bei Paulus zurückgehalten hat, überwindet die Bedenken und besucht ihn im Gefängnis. Einige Tage danach kommen auch Eubulus und Pudens, wichtige Mitglieder aus der juden-christlichen Gemeinde Roms.

Sie treffen Paulus in keiner guten Verfassung an. Er ist niedergeschlagener denn je. Sein Durst nach Freiheit ist unermesslich. Ein letztes furchtbares Aufbäumen gegen sein Schicksal hat begonnen.

Er schreibt, plant, organisiert ... – als wenn nichts geschehen wäre.

Dann ist es aus.

Zu sehr ist er von den dunklen Vorahnungen bedrückt, zu sehr leidet er unter der Kerkerhaft. Die notwendigen Dinge hat er in die Wege geleitet, seine restliche Habe notdürftig geordnet, einen letzten Hilfeschrei an Timotheus geschickt, nun hat er die Feder aus der Hand gelegt – endgültig.

Das schwache Licht in der Zelle hat seine Augen entzündet, zudem friert er schrecklich, die Hände zittern und bringen keine lesbaren Buchstaben mehr zu Papier. Der Husten wird stärker und stärker. Seine Füße sind ständig kalt. Er ist beängstigend abgemagert.

In den Wochen des letzten, grauenvollen Wartens verlässt

ihn die Kraft. Er will und kann nicht mehr. Jeder Besucher, der jetzt noch kommt, fordert die letzten Kraftreserven. Nur noch Timotheus will er sehen, alle anderen wirken wie Störenfriede.

Timotheus aber kommt nicht.

Täglich fragt Paulus die Wachsoldaten mehrmals, wann diese Verhandlung stattfinden wird. Keiner von ihnen weiß es.

Da beschleicht ihn ein letztes, entsetzliches Vorgefühl, dass diese Verhandlung irgendwann, ganz plötzlich stattfinden würde, so dass wenig Öffentlichkeit daran teilnehmen könnte.

Nachts kann er nicht schlafen, tags sitzt er trüb und sinnend auf dem kalten Fußboden. Unterdessen sind auch andere Gefangene eingeliefert worden und machen es ihm zusätzlich schwer. Ständig ist es unruhig in der Zelle. Die Todgeweihten lärmen derb in ihrer Angst und saugen in gierigem Lebenswillen die letzten ihnen verbleibenden Tage in sich auf.

Dieses hoffnungslose Warten stumpft ihn ab. Müde nur hebt er den Kopf, wenn Neue eingeliefert werden oder andere mit derben Kommandos aus der Zelle geholt werden und nie wiederkommen.

Manchmal glaubt er wie in Trance seinen Namen zu hören, aber nicht einmal dann schreckt er auf. Wenn er gemeint sei, so würden sie ihn schon holen …

Erst als er einen schmerzhaften Tritt gegen das Schienbein bekommt und plötzlich in das Gesicht eines Wärters schaut, ist ihm klar, dass er an der Reihe ist.

Mit einer kleinen Eskorte führt man ihn zur zweiten Verhandlung, die nicht mehr in der großen öffentlichen Basilika stattfindet, sondern in einem kleinen Verhandlungsraum innerhalb des Gefängnisses.

Der Verhandlung selbst wohnt er abwesend bei. Irgendwie

verteidigt er sich noch, aber die Rede geht in einem entfernten Getümmel unter. Wahrscheinlich hat er sich wiederholt und seiner letzten Verteidigungsrede nichts Entscheidendes hinzugefügt.

Er nimmt das Urteil entgegen.

Einmal noch besucht ihn Lukas, aber er darf die Zelle nicht mehr betreten. Still stehen sie am eisernen Gitter beieinander, und zitternd vernimmt Lukas das Todesurteil seines Freundes wie sein eigenes. Dann stehen sie lange still beieinander, und zum ersten Mal sieht Lukas ihn weinen. Seine Lippen zittern.

„Lukas", sagt er, während er sich mit den Händen durch das Gitter in dessen Gewand krampft, „du musst jetzt gehen."

„Ja", sagt Lukas und spürt, wie die Hände das Gewand nicht loslassen wollen. Noch einmal sehen sie sich an. Noch ein Mal blitzen seine schwarzen Augen auf und leuchten tränennass in der Dunkelheit, als sei in dem Bruchteil dieser Sekunde sein ganzes wildes, ungestümes, leidenschaftliches und kompromissloses Leben vor ihm abgelaufen.

Er zieht die Hände zurück und blickt den Freund nicht mehr an. Lukas wendet sich ab und geht. Als er auf der Treppe noch einen letzten Blick zurückwirft, sieht er, wie Paulus sich in einer Ecke der Zelle auf den Boden kauert.

In der winterlichen Dämmerung des nächsten Morgens läuft eine Truppe Liktoren durch die Porta Trigemina. In ihrer Mitte führen sie einen zum Tode Verurteilten. Er läuft gebückt und trägt schwer an seinen Ketten. Hin und wieder wird er vorwärtsgestoßen.

Sie gehen an der Pyramide des Cestus vorbei und ein Stück auf der Via Ostiensis, bis sich zur linken Hand ausgedehntes Weideland erstreckt. Über die Via Laurentiana kommen sie in die feuchte Talsenke der salvischen Sümpfe.

Ein paar kurze Kommandos, dann steht der Trupp. Soldaten reißen die Kleider von dem mageren, knochigen Körper des Gefangenen, bis dieser nackt und zittrig vor ihnen steht.

Er wird an einen Strunk gebunden. Dann sausen die mit Nägeln versehenen Lederriemen der Geißel über seinen narbigen Rücken. Der Kommandant zählt laut mit, bis nach „Vierzig!" der letzte Peitschenschlag im Morgennebel verhallt ist.

Paulus ist bereits halb tot, als sie seinen blutenden, matten Körper in die Knie zwingen. Eine schwere Hand drückt den Kopf auf den Pflock.

Der Henker tritt heran ...

Einen Augenblick später rollt das abgetrennte Haupt in das Sumpfgras, wo es dreimal noch aufschlägt und schließlich an einer Grasnarbe liegen bleibt, während der zuckende Leib vom Pflock sackt.

Die Legende berichtet, dass an jeder der drei Stellen, an denen das Haupt des Apostels aufgeschlagen ist, ein Brunnenquell entsprang, und bis heute heißt dieser Ort, wo unter hohen Eukalyptusbäumen schweigsame Zisterzienser im Kloster einsame Wache halten: Tre Fontane.

* * *

Erläuterungen

In dem Maße, wie Rom zu einem Weltreich wurde, übernahmen die Römer griechische Bezeichnungen und romanisierten diese. Aus Stephanos wird Stephanus, aus Christos wird Christus, aus Ephesos wird Ephesus. Der Einfachheit halber wird hier die uns bekanntere, lateinische Schreibweise übernommen.
Paulus spricht nie von Petrus, sondern verwendet dessen aramäischen Namen Kephas (= Fels), auf diese Unterscheidung ist hier verzichtet worden.

Der Verfasser des „Evangeliums nach Markus" hieß mit vollem Namen Johannes Markus (vgl. Apg. 12,12) und wird später an vielen Stellen nur Markus genannt. Er wird hier konsequent Johannes Markus genannt.
Sein Onkel war Josef aus Zypern, der auch Barnabas genannt wurde. Er heißt hier durchgehend Barnabas.

Paulus führte einen hebräischen und einen römischen Namen. Obwohl die Ansicht verbreitet ist, aus Saulus sei durch sein Bekehrungserlebnis vor Damaskus Paulus geworden, geben die Quellen erst einen sehr viel später datierten Wechsel des Namens wieder.
Man geht heute davon aus, dass er mit dem Beginn der ersten Missionsreise auch seinen römischen Namen verwendete.

Viele der verwendeten Originalstellen aus dem Neuen Testament sind zitiert nach der heute gültigen Einheitsübersetzung, teilweise stammen sie aber auch aus der sogenannten „Jerusalemer Bibel", die ihrerseits eine Übersetzung aus dem Französischen (La Bible de Jerusalem) ist.

Die Bezeichnung Jude ist unter Theologen geläufig und ist nie abwertend gemeint. Jesus selbst war Jude, die Apostel waren Juden, auch Paulus war Jude. Der Begriff hat heutzutage jenseits der biblischen Verwendung zweifelsohne auch eine politische

Bedeutung. Er wird im rassistischen Umfeld abwertend verwendet. Der vorliegende Roman soll diesem verabscheuungswürdigen Rassismus keinen Vorschub leisten. Deshalb wird für jene Juden, die zum Christentum konvertiert sind, nicht Judenchristen, sondern häufig auch Thorachristen gesagt. Die in Israel lebenden Juden werden meist Hebräer genannt.

Achaia
Mit dem Ende der Selbstständigkeit wurde Griechenland römische Provinz. Zunächst war es der Provinz Makedonien angegliedert worden, wurde dann aber unter Augustus als eigene senatorische Provinz mit dem Namen Achaia errichtet. Die Provinzgrenzen wurden mehrmals verändert: bis spätestens zur 1. Hälfte des 2. Jahrhunderts wurde Thessalien an Makedonien angegliedert und der Nordwesten Griechenlands mit der neu formierten Provinz Epirus vereinigt. Das unter Caesar neu gegründete Korinth wurde Hauptstadt von Achaia.

Agape(feier)
früheste Bezeichnung für die Abendmahlsfeier als Liebes- und Gedächtnismahl der Christen. Die Abendmahlsfeier ist die zentrale kultische Feier der Christen.

Akropolis
eigentlich ein Burgberg (akrópolis ist zusammengesetzt aus ákros = höchster, und pólis = Stadt), bezeichnet aber im engeren Sinne den zu jeder antiken griechischen Stadt gehörenden Kultplatz mit den wichtigsten Heiligtümern und Tempeln. Eine Akropolis liegt, wenn die geografischen Gegebenheiten es ermöglichen, auf dem höchsten Berg nahe einer Stadt, auf dem zur Ehre der Götter die Tempel und Kultanlagen erbaut sind.

Amphipolis
antike Stadt, wichtiger Stützpunkt für Athen in Kleinasien mit einem Hafen an der Mündung des Strymon (s. dort), wird zusam-

men mit Apollonia (s. dort) in der Apg 17,1 erwähnt als Reiseroute von Paulus und Silas nach Thessalonich.

Apollonia

In der Antike hießen mehr als zehn Städte Apollonia. Das hier gemeinte Apollonia liegt am Festland westlich der Insel Thasos (Insel im Nordosten Griechenlands im Thrakischen Meer, in der nördlichen Ägäis).

Asia

römische Provinz, die das ursprüngliche Gebiet des Königreiches Pergamon umfasst, das im Westen Kleinasiens in der heutigen Türkei lag und im 2. Jahrhundert v. Chr. durch Erbschaft zum römischen Reich kam.
Asia ist eine der bedeutendsten und wohlhabendsten Provinzen des römischen Reiches. Hauptstadt mit Sitz des Proconsuls war Ephesus. In den Städten der Provinz Asia lebten überwiegend Griechen.

Bithynien

ist eine Landschaft in der Antike, war später ein Königreich, zur Zeit des heiligen Paulus eine römische Provinz im nordwestlichen Kleinasien, nördlich zwischen Pergamon und Galatien, westlich von Byzanz, dem heutigen Istanbul, am Bosporus mit einer Küste zum Schwarzen Meer im Norden und den Marmarameer, das das Schwarze Meer mit der Ägäis / dem Mittelmeer verbindet, im Westen.

Byzanz

Antike Stadt am südwestlichen Ausgang des Bosporus, später Konstantinopel und heute Istanbul.

Calcedon

(auch: Kalchedon) antike Hafenstadt in Bithynien mit Zugang zum Marmarameer / Mittelmeer, westlich von Byzanz gelegen.

captatio benevolentiae:
seit der Antike gebräuchliche Form, eine Rede (oder ein Theaterstück) mit freundlichen Worten zu beginnen, um die Zuhörer positiv einzustimmen.

Chalkidike
Zwischen dem Strymonischen Golf und dem Thermaischen Golf gelegene Halbinsel auf dem Festland Griechenlands, an dessen nordwestlicher Spitze Thessaloniki liegt.

collaboratio in materiale
eine Kollaboration ist in einem negativen Begriffsverständnis als (verschwörungsähnliche) Zusammenarbeit von Personen zu bezeichnen. Stimmt jemand zwar mit den Inhalten einer Kollaboration nicht überein, arbeitet jedoch formal mit Kollaborateuren zusammen (Gewährung von Unterschlupf, oder etwa Leistung von Schreibdiensten etc.), dann spricht man von „collaboratio in materiale" = materielle – nicht inhaltliche – Kollaboration).

Diakon
erstes in der Urkirche eingeführtes Amt, das auch Frauen innehatten, es sind die Helfer der Apostel, vor allem bei der Agape-Feier, also die „Tischdiener"

Diaspora
wörtl.: Zerstreuung; dort, wo eine best. Religion in der Minderheit ist

Doryläum
Antike Handelsstadt im nördlichen Phrygien (heutige Türkei/Anatolien) in Kleinasien.

ecce roma
Siehe, da ist Rom!

Egerdir
Antike Stadt in Kleinasien, nahe Pisidien

Eurakylon
antike Bezeichnung für einen Wirbelsturm mit sehr schnellem Richtungswechsel. Der Name ist durch die Verbindung zweier Windbezeichnungen in einem einzigen Namen entstanden: euros = ein Südostwind und aquilo = ein Nordwind.

Euroklydon
Der Euroklydon (oder Euryklyon) ist ein stürmischer Südostwind im östlichen Mittelmeerraum, der häufig mit kräftigen Regenfällen und Gewittern einhergeht. Er tritt größtenteils im Winter auf. Der Euroklydon stellt sich ein, wenn ein Tief von Süditalien her in Richtung Libanon und Israel zieht.

Evangelium
wörtl.: frohe Botschaft, meint die durch Jesus Christus gekommene Botschaft von der Auferstehung der Toten, später auch Begriff für das Neue Testament.

Galatien
bezeichnet sowohl eine Landschaft (und insofern das Besiedlungsgebiet keltischer Stämme) als auch die römische Provinz Galatia, die ihren Namen von dem ehemaligen Königreich im Norden hat.

Gamaliel
jüdischer Patriarch in Jerusalem (9-50 n. Chr.). Er war Lehrer des Apostels Paulus (Apg 22,3) und verhinderte in Jerusalem nach der Gefangennahme von Petrus und einigen Aposteln deren Steinigung mit dem Argument, dass ein menschliches Werk von alleine untergehen würde, ein göttliches jedoch unzerstörbar sei (Apg 5,34- 42).

Gangas
kleiner Fluss, der an Philippi vorbeifließt, Nebenfluss des Strymon (siehe dort).

Griechenland
war auch zur Zeit des heiligen Paulus noch kein einheitliches Gebilde, es bestand aus mehreren römischen Provinzen: Paulus war in Makedonien (Philippi ,Thessaloniki und Athen), Achaia (Korinth).

Heide
jüdische, schon im Alten Testament verwendete, Bezeichnung für diejenigen, die dem Judentum nicht angehören und andere Götter als Jahwe verehren.

Hellenen
Griechen

hellenische Thorachristen
griechische, d. h. griechisch sprechende Volljuden (Beschnittene), die durch die Taufe Christen geworden sind.

Heraklea
voller antiker Name: Herakleia Lynkestis war der Hauptort der makedonischen Landschaft Lynkestis im antiken Makedonien (nahe der heutigen Stadt Bitola im Südwesten der ehemaligen jugoslawischen Republik Mazedonien).

Ikonium
antike Stadt in Lykaonien, in der Mitte Kleinasiens (heutiges Konya, Türkei), etwa 1200 m hoch gelegen. Die Hochebene hat nur lokale Flüsse, die nicht ins Meer sondern in Binnenseen münden; Ikonium wird von den nördlichen Ausläufern des Taurusgebirges, mit bis zu 2300 m hohen Bergen, begrenzt.

Impluvium
ein in den Fußboden des Atriums eingelassenes Becken in antiken römischen Häusern zum Auffangen des Regenwassers (siehe auch: Tablinum).

Judaisten
Judenchristen, die für alle Christen die Taufe und die Einhaltung des jüdischen Gesetzes fordern; für sie ist das Christentum eine innerjüdische Bewegung.

Karalis
der Karalis-See liegt in der killanischen Ebene, etwa sechs Kilometer südlich von Anabura und 30 km südöstlich von Antiochia.

Katechumenen
Taufbewerber

Katharsis
gr. Reinigung, Begriff aus der griechischen Tragödie, wo die innere Reinigung durch das Durchleben heftiger psychischer Affekte wie Trauer oder Angst erreicht werden soll.

Kephas (gr. = Fels),
Paulus bezeichnet Petrus immer als Kephas, an keiner Stelle der uns erhaltenen Schriften nennt er ihn Petrus.

Kestros
der Fluss entspringt im westlichen Taurusgebirge. Er mündet in das Pamphylische Meer (heute: Golf von Antalya).

Kybistra (voller Name: Herakleia Kybistra)
(strategisch wichtige) Stadt am Fuße des Taurusgebirges, wo die Straße zur Kilikischen Pforte in die Berge führt (heute: Eregli in der türkischen Provinz Konya).

Lystra
war eine antike Stadt in der kleinasiatischen Landschaft Lykaonien in der heutigen Türkei. Sie lag 30 km südwestlich von Ikonion, dem heutigen Konya. Lystra erhielt unter Kaiser Augustus den Titel einer römischen Colonia (Colonia Iulia Felix Gemina Lystra) und wurde der Provinz Galatien zugerechnet.

Mesusa

(bedeutet wörtlich: Türpfosten) kleines Pergamentröllchen mit den Schriftzitaten, die nach Vorgabe des Buches Deuteronomium (V. Buch Mose) an die Türpfosten eines jeden jüdischen Hauses geschrieben sein sollen: „Du sollst (diese Worte) auf die Türpfosten deines Hauses und deiner Stadttore schreiben." (Deut 6,9).

Nasiräer-Gelübde

Das Gelübde geht auf Moses zurück. Im Buch Numeri heißt es:

Dies ist das Gesetz des Gottgeweihten: Wenn die Zeit seines Gelübdes um ist, so soll man ihn an den Eingang des Offenbarungszeltes führen. Und er soll dem Herrn sein Opfer bringen, ein einjähriges Schaf ohne Fehler als Brandopfer und ein einjähriges Schaf ohne Fehler als Sündopfer und einen Widder ohne Fehler als Dankopfer und einen Korb mit ungesäuerten Kuchen von feinstem Mehl, mit Öl vermengt, und ungesäuerte Fladen, mit Öl bestrichen, und was dazugehört an Speisopfern und Trankopfern. Und der Priester soll's vor den Herrn bringen und soll sein Sündopfer und sein Brandopfer zurichten. Und den Widder soll er dem Herrn als Dankopfer zurichten samt dem Korbe mit dem ungesäuerten Brot und soll auch sein Speisopfer und sein Trankopfer darbringen. Und der Geweihte soll sein geweihtes Haupt scheren vor dem Eingang des Offenbarungszeltes und soll sein geweihtes Haupthaar nehmen und aufs Feuer werfen, das unter dem Dankopfer brennt. Und der Priester soll eine gekochte Vorderkeule von dem Widder nehmen und einen ungesäuerten Kuchen aus dem Korbe und einen ungesäuerten Fladen und soll's dem Geweihten auf seine Hände legen, nachdem er sein geweihtes Haar abgeschoren hat. Und der Priester soll's vor dem Herrn bringen. Das ist der heilige Anteil für den Priester samt der Brust des Schwingopfers und der Keule des Hebopfers. Danach darf der Geweihte Wein trinken. (Num 6,13-20)

Das Gelübde entwickelte sich von diesen biblischen Grundlagen her im Laufe der Zeit, blieb aber im Wesentlichen bestehen. Das Gelübde konnte für 30 oder für 100 Tage abgelegt werden. Es gab auch einzelne Personen, die es ein Leben lang hielten. Es bezog sich darauf, während der festgesetzten Zeit drei Punkte zu beachten:

auf alkoholische Getränke zu verzichten
sich keiner Leiche und keinem Grab zu nähern,
sich nicht die Haare und den Bart zu schneiden.

Das Nasiräer-Gelübde konnte nur im Tempel zu Jerusalem beendet werden. Daher spielte das Gelübde nach der Zerstörung des Tempels (70 n.Chr.) faktisch keine Rolle mehr.

Nazaräer
geschichtlich nachweisbare, früheste Bezeichnung für diejenigen Juden, die ihr Judentum nach der Lehre des Jesus von Nazaret leben (die Heiden, die nach dieser Lehre leben, nennt man „Christen").

Nicaea
(heutiger Name: Isnik, Türkei) auch Nikaia; Stadt in Bithynien in Kleinasien unweit von Byzanz, dem heutigen Istanbul.

nihil celeriter quam fama
nichts ist schneller als ein Gerücht

Nymphäum (plural: Nymphäen)
in der griechischen und römischen Mythologie sind Nymphen weibliche Gottheiten niederen Ranges, die oft als Personifikation von Naturkräften und als Begleiterinnen höherer Gottheiten auftreten; ein Nymphäum war ursprünglich ein Nymphenheiligtum, das sich über einem Brunnen oder einer Quelle befand; in der Spätantike wurde der Begriff Nymphäum dann für alle Quell- und Brunnenhäuser sowie Bauwerke mit Wasserbecken verwendet

Onan
kommt im Buch Genesis (I. Buch Mose) vor: „Juda nahm für seinen Erstgeborenen Er eine Frau namens Tamar. Aber Er, der

Erstgeborene Judas, missfiel dem Herrn und so ließ ihn der Herr sterben. Da sagte Juda zu Onan: Geh mit der Frau deines Bruders die Schwagerehe ein und verschaff deinem Bruder Nachkommen! Onan wusste also, dass die Nachkommen nicht ihm gehören würden. Sooft er zur Frau seines Bruders ging, ließ er den Samen zur Erde fallen und verderben, um seinem Bruder Nachkommen vorzuenthalten." (Gen 38, 6-9) Aus dieser biblischen Gegebenheit stammt der Begriff onanieren für sexuelle Selbstbefriedigung.

Orontes
Der Fluss entspringt im Libanon-Gebirge; fließt zunächst in nördlicher Richtung parallel zur Mittelmeerküste durch Syrien und das südliche Kleinasien (heutiges Südanatolien), er durchquert die antike Stadt Antiochia (heutiges Antakia in der Türkei) und fließt ab dort (im 90 Grad Winkel zu seinem bisherigen Verlauf) stark mäandrierend nach Westen, wo er ins Mittelmeer mündet.

orthodox
wörtl.: rechtgläubig, oft aber im Sinne von konservativ gebraucht

pedisequi
Fußtruppe

Pharisäer
eine innerjüdische Richtung, die sich von den Sadduzäern durch den Glauben an die Auferstehung der Toten unterscheidet.

Philippi
antike Stadt am Gangas (siehe dort) im Osten Makedoniens nahe der Grenze zu Thrakien (etwa 15 km nordwestlich des heutigen Kavala bei dem Dorf Krinides in Nordgriechenland). Philippi lag an der Via Egnatia (siehe dort).

Pisidien
antike Bezeichnung für eine (schwer zugängliche) Landschaft

im westlichen Taurusgebirge im Süden Kleinasiens; Pisidien grenzte im Osten an Lykaonien, im Süden an Pamphylien und im Norden und Westen an Phrygien. Zur Zeit des hl. Paulus war Pisidien Teil der römischen Provinz Galatien.

pluralis majestatis
(lat., „Plural der Majestät") der grammatische Plural wird angewandt, um jemanden in der Anrede als besonders mächtig oder würdig auszuzeichnen; Würdenträger benennen sich auch selbst mit dem grammatische Plural, z.B. „Wir haben beschlossen ..." – obwohl es nur eine (besonders mächtige) Person ist, die einen Beschluss de facto allein gefasst hat.

Presbyter
Gemeindevorsteher (das Wort stammt aus der Politik), das, was heute etwa ein Pfarrer ist (Priester).

Proselyten
Nichtjuden, die die jüdischen Gebräuche halten, aber unbeschnitten sind.

Sadduzäer
eine innerjüdische Richtung, die sich von den Pharisäern darin unterscheidet, dass die Sadduzäer nicht an die Auferstehung der Toten glauben.

Samothrake
(= ‚thrakisches Samos'), griechische Insel im Thrakischen Meer in der nördlichen Ägäis. Das antike Samothrake war für die Nautik und den Fernhandel bedeutsam. Hier warteten die Segelschiffe auf günstige Winde für die Durchfahrt ins Schwarze Meer.

Sekte
dt.: Ausschnitt, meint, dass eine bestimmte Lehre den Teilbereich einer größeren, umfassenden Lehre abdeckt.

Sicarier

Die Sikarier bildeten den militanten Arm der Zeloten (übers.: Eiferer), einer Partei, die 6 nach Christus von Judas dem Galiläer gegründet wurde, um sich gegen die römischen Besatzungsmächte zur Wehr zu setzen.

Simon, einer der 12 Apostel wird im Neuen Testament Simon, der Zelot genannt, weil er wohl ursprünglich dieser Partei angehörte.

Im Jahr 70 wurde Jerusalem von römischen Truppen erobert und der Tempel zerstört, die letzten Aktivitäten der Zelotenpartei sind aus der Festung Masada im Jahr 73 bekannt, wo nach der Erstürmung durch die Römer die Überlebenden den Freitod wählten.

Die Sikarier (lat. sica = Dolch) verübten Attentate mit dem Dolch gegen hohe römische Beamte und gegen Juden, die mit den Römern kolaborierten.

Silpius

höchster der vier Berge (500 m), die die antike Stadt Antiochia am Orontes (siehe dort) nach Osten hin begrenzten (Reste der alten Stadtmauer sind noch heute auf dem Berg zu sehen).

Strymon (auch: Struma)

Fluss in Nordgriechenland (entspringt im heutigen Bulgarien), der in der nördlichen Ägäis ins Thraktische Meer fließt. Im Altertum bildete der Fluss die Grenze zwischen Makedonien und Thrakien.

Synagoge

Versammlungsraum; zum Gebet gehen Juden in die Synagoge, dort werden die Schriften gelesen und von Schriftgelehrten (Rabbinern) ausgelegt, weshalb das Judentum auch eine Buchreligion genannt wird. Nur im Tempel (in Jerusalem) wird auch das Opfer von den Priestern (aus dem Stamm Levi) dargebracht.

Synagogen gibt es in jeder größeren Stadt (des römischen Reiches). Die Synagogen in Jerusalem wurden von einzelnen Landsmannschaften (geordnet nach Sprachen oder den jeweiligen

Städten) betrieben, sie waren Anlaufstellen für die Pilger aus der jeweiligen Region.

Synedrium
oberste Instanz, die über das Judentum wacht und sich aus 72 Ratsmitgliedern aus den verschiedensten Richtungen (Sadduzäer, Pharisäer, Zeloten) zusammensetzt; der Vorsitzende ist der jeweilige Hohepriester.

Tablinum
Bezeichnung eines Raumes im antiken römischen Haus, der direkt an das Atrium (zentraler rechteckiger Innenraum in der Mitte des Hauses) angrenzt, von dem aus die umliegenden Räume zugänglich waren. Er war der Repräsentationsraum und erhielt sein Licht über eine Dachöffnung.

Tempel
im Gegensatz zu anderen Religionen hat das Judentum nur einen Tempel, dieser steht in Jerusalem, nur dort kann Jahwe das Opfer durch die Priester dargebracht werden.

Thessaloniki
Schon in der Antike große Stadt in Makedonien (Nordgriechenland), an der nördlichsten Endung des Thermaischen Golfs und zugleich an der Via Egnatia gelegen.

Troas
Voller antiker Name: Alexandria Troas; Stadt in der kleinasiatischen Landschaft Troas (heute: türkischen Provinz Canakkale), etwa 30 km südlich des antiken Troja gelegen.

Via Egnatia
war eine römische, um das Jahr 146 v. Chr. gebaute, Heerstraße, die die Adriaküste und den Bosporus miteinander verband. Sie war damit zugleich die östliche Fortsetzung der Via Appia und bildete den direkten Landweg zwischen Rom und Byzanz. Die antike Straße verlief durch mehrere damalige Provinzen Klein-

asiens (Illyrien, Makedonien und Thrakien; heute liefe sie durch die Staaten Albanien, Mazedonien, Griechenland, Bulgarien und die Türkei). Ihr Name stammt vom römischen Prokonsul von Makedonien Gnaeus Egnatius, der den Bau der Straße in Auftrag gegeben hat.

Visitation
eine in der Kirche bis heute übliche, offizielle Form des Besuches des Bischofs in einer Gemeinde, bei der der Bischof seiner Aufsichtspflicht nachkommt.

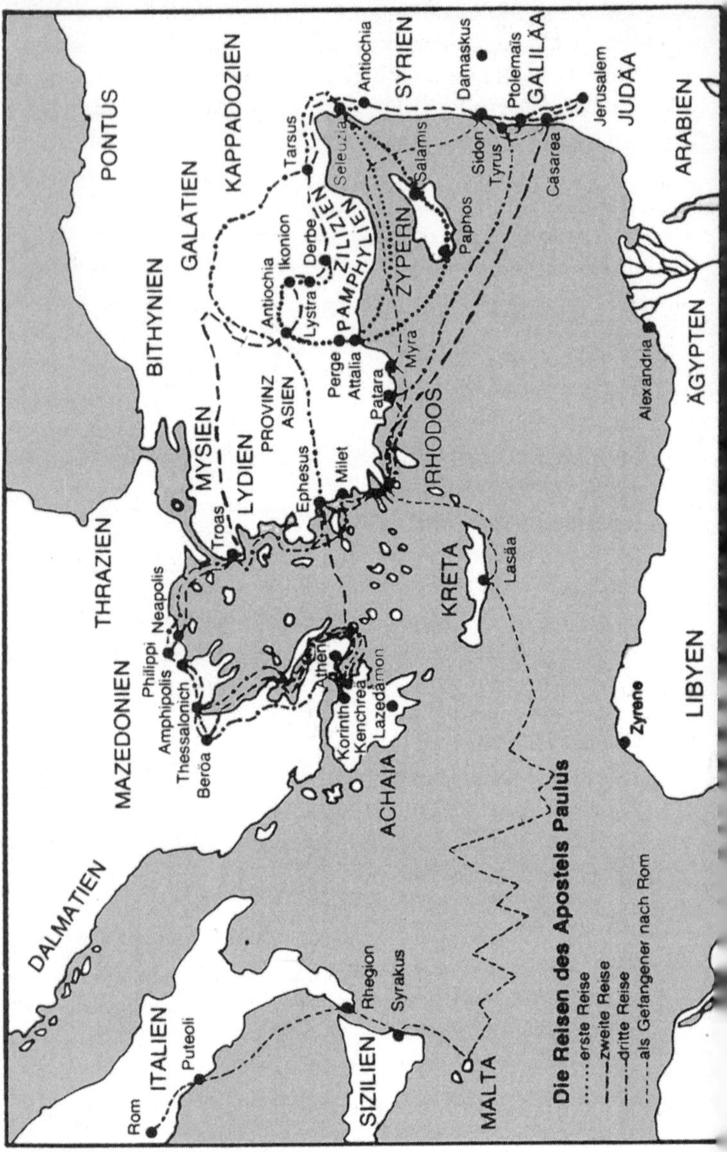

Die Reisen des Apostels Paulus